Daisy Rose

COLETTE DAVENAT | *ŒUVRES*

LES ÉMIGRÉS DU ROI	*J'ai lu* 2227******
LES ROUGEVILLE - 1 : CLÉMENTINE	
LES ROUGEVILLE - 2 : AGATHE	
DAISY ROSE	*J'ai lu* 2597******
LE SOLEIL D'AMÉRIQUE	

Colette Davenat

Daisy Rose

Éditions J'ai lu

1

Achille avait apporté des muffins.

C'était sa contribution au dîner, lequel consistait généralement chez les Maubrun en deux tasses de thé, des toasts, des fruits de saison et une gourmandise dont on lui laissait le choix.

Quand Daisy n'était qu'une gamine comme sa sœur Charlotte, picorer sur ses genoux l'enchantait. Ces dînettes lui paraissaient bien plus originales, bien plus divertissantes que s'asseoir bêtement à une table devant une soupière de légumes.

À présent, elle y prenait moins de plaisir, rêvait parfois de jolis repas, de petits plats bien composés et parés. Mais il ne fallait pas compter pour cela sur Céleste. Et le temps béni où les Maubrun avaient eu un chef de cuisine appartenait à celui des souvenirs, que son père, Sosthène de Maubrun évoquait sans regret, car il avait le naturel gai, des ambitions limitées à sa tranquillité, et professait volontiers que la recette du vrai bonheur consiste à cueillir les petites joies de la vie et à ne point s'appesantir sur les soucis.

Daisy soupira, se pelotonna sur les coussins en satin vieux rose du sofa.

– À quoi penses-tu ? dit Achille.

– Je pense que le banquier Lacaz a bien mal choisi son moment pour venir importuner Papa.

Achille avait toujours meublé son paysage. Leurs pères étaient cousins germains, leur mariage projeté depuis l'enfance. Ils avaient grandi dans cette idée et entre eux s'était établie une complicité déjà presque conjugale.

Charlotte, la sœur de Daisy, qui n'avait que quatorze ans mais déjà un joli tour de poitrine et le regard pointu quand elle fixait les garçons, lâcha le toast qu'elle était en train de beurrer amoureusement pour son cousin.

– Chut ! Écoutez !... Je crois qu'il s'en va. Eh bien ! Papa ne l'aura pas gardé longtemps !

– Que veux-tu qu'ils se disent ? Les cours de la Bourse sont aussi étrangers à Papa que les fluctuations des marées ! Je me demande d'ailleurs...

Le bruit de la porte d'entrée, aux gonds mal graissés, l'interrompit. Puis celle du salon s'ouvrit. Sosthène de Maubrun parut. Sa parenté avec Achille était presque agressive : même chevelure cendrée aux ondulations nonchalantes, même profil tracé au pinceau fin, le nez long, la lèvre inférieure légèrement renflée, l'expression aimable, une stature identique, l'honnête moyenne sans plus, mais à laquelle quelque chose d'indéfinissable qui s'appelle la race ajoutait sa prestance. Entre l'homme mûr et le jeune homme, il n'y avait que quelques rides de différence.

– Une tasse de thé, j'ai le gosier sec ! s'écria-t-il.

– Charlotte, sers Papa. Alors Papa, racontez-nous ? Que vous voulait le banquier Lacaz ? Notre rente aurait-elle encore baissé ?

Sosthène de Maubrun plissa les yeux.

– *Monsieur le baron Lacaz,* Daisy, s'il te plaît ! Plus un titre est frais, chérie, plus on l'exhibe. Une manière comme une autre de le patiner. Dire que j'ai connu celui-ci commis à la banque Laffitte sous Louis XVIII ! Je vous garantis que, si ce n'était pas un peu gros, je lui donnerais du baron, il n'y a rien qu'il me refuserait ! Néanmoins, ce soir, c'était plutôt en quémandeur qu'il venait.

– Papa, votre thé, dit Charlotte.

– Charlotte, n'interromps pas Papa ! En quémandeur, dites-vous ? Mais que possédons-nous ?

– Notre terre de Bougival, figure-toi. Depuis que Napoléon le Petit a pris Saint-Cloud pour campagne, trouver un château alentour devient une gageure. Il faut être près du maître pour faire sa cour ! Ainsi raisonne notre financier. Bref, il guigne l'emplacement. Ses plans sont déjà faits. Il rase le château et, sur les fondations, envisage d'élever une de ces constructions modernes, blanc neuf, tarabiscotées et bardées de fioritures comme un gâteau d'anniversaire, qu'affectionnent les gens de son espèce qui n'ont point de passé, mais tout un présent à étaler.

– Papa, vous n'allez pas vendre ! s'écria Charlotte.

– Petite ! Me vois-tu bradant Maubrun ? Enfin, brader... Le prix est bon, il irait jusqu'à 200 000 francs. Mais nous ne dansons pas sur la même musique, le baron Lacaz et moi !

Sosthène de Maubrun se mit à rire.

– Je pense d'ailleurs le lui avoir signifié assez vertement.

– Vous avez eu raison, mon oncle, approuva Achille. À l'automne, où irions-nous chasser si nous n'avions plus Maubrun, n'est-ce pas, Daisy ?

– 200 000 francs... murmurait celle-ci.

Elle pivota, s'assit droite, fixa son père.

– Il fallait accepter, Papa.

Trois regards se braquèrent sur elle.

Daisy les ignora.

200 000 francs.

Une petite fortune.

De quoi rajeunir l'appartement, des flots de

soie, des peintures claires, la splendeur des ors ravivée, bref un cadre digne de ces meubles superbes sauvés du naufrage et que cette grisaille appauvrissait. De quoi s'offrir des chevaux, un bel équipage, aller dedans vêtue comme elle aurait aimé l'être au lieu d'ajouter un bout de dentelle et un volant à ses vieilles robes pour en faire des neuves, pouvoir accepter les invitations qu'on refusait parce qu'on n'avait pas la possibilité de les rendre. De quoi briller, être la plus belle... Belle, elle l'était, son miroir la renseignait, elle n'avait pas besoin qu'Achille le lui dît. D'ailleurs, il ne le lui disait jamais, rectifia-t-elle, ses pensées se reportant avec agacement sur son cousin. Les compliments ne servent aux hommes que pour séduire, et celui-ci la considérait déjà comme son bien, tout comme Maubrun ! Cependant, pour l'instant, Achille n'avait encore ni l'une ni l'autre et ce n'était pas pour lui permettre d'aller faire des massacres de perdreaux, de faisans et de lapins qu'elle allait renoncer à l'espoir que, soudain, les paroles de son père faisaient naître.

– Il faut accepter, Papa.

– Daisy ! s'exclama Achille.

Elle se serait mise toute nue devant lui, il n'aurait certainement pas eu l'air plus scandalisé.

– Daisy ! répéta Sosthène de Maubrun.

Elle les toisa.

– Vous ne voyez rien, vous vivez dans un autre monde. Mépriser l'argent, c'est une position commode pour qui ne souhaite faire aucun effort.

– Il n'y a que quelques minutes, c'était la tienne aussi, dit Achille.

– Précisément. Je m'adapte... 200 000 francs ! Ça fait réfléchir, ça change tout, ça vaut bien un sacrifice !

– Un sacrifice ! cria Charlotte. Pas pour toi.

Tu détestes Maubrun, tu as la campagne en horreur.

La campagne. Son immobilité. Le vent, la pluie, la grêle. Se crotter les jupes, grelotter dans des salles dont aucun feu ne parvenait à chasser l'humidité. Et l'odeur de moisi dans les chambres, le fumet de la fermière qui venait aider Céleste pour le service.

Daisy murmura :

– La campagne, c'est aussi une question de moyens.

Sosthène de Maubrun, qui se taisait, releva la tête.

– Chérie, je ne comprends pas. Nous sommes heureux, non ? Nous ne manquons de rien et, pour le superflu...

– Papa, vous et Achille... votre cercle, vos causeries, vos parties de whist... Mais moi ! Mais Charlotte quand elle ne sera plus un bébé – oui, un bébé, mademoiselle ! Bien sûr, nous sommes heureuses, mais nous pourrions l'être plus. Vous, vous avez tout eu, si vous ne l'avez plus. Les souvenirs vous suffisent. Mais moi, qu'ai-je eu, qu'aurai-je si vous persistez dans cette indifférence aux choses ?

Achille l'interrompit :

– Il me semble que ce n'est pas très aimable pour moi ce que tu dis.

Daisy haussa le cou vers lui :

– Toi, ne te mêle pas de ça ! (Elle revint à son père.) Si Maman était encore là, elle vous le dirait aussi. Elle ne s'est jamais accommodée de cette situation, vous le savez. Elle adorait le luxe, les toilettes. Pourquoi n'aurais-je pas les mêmes goûts ? Je les ai. Je ne vous en parlais pas... À quoi bon ? Vous n'auriez pu les satisfaire. Mais aujourd'hui qu'une possibilité nous est offerte... Enfin, Papa, ne seriez-vous pas content de nous gâter ? Pour les quelques jours que nous passons à Maubrun chaque année !

– Vraiment, Daisy, marmonna Achille.

Il posa son assiette sur laquelle le toast préparé par Charlotte était demeuré intact, se leva. Daisy le foudroya du regard.

– C'est ça, va-t'en. Ça t'évitera de prendre parti.

– Oh ! mais il est tout pris ! Je suis contre. Ennuyer ton père pour des histoires de chiffons ! Vendre Maubrun pour t'acheter des robes...

– Achille, il n'y a pas que cela. Je suis...

– Une égoïste.

Une onde rose monta aux joues de Daisy.

– Soit. Une égoïste. Mais toi, mon pauvre ami...

Sosthène de Maubrun agita les mains.

– Mes enfants ! Mes enfants ! Vous n'allez pas vous disputer !

Daisy suivit Achille des yeux tandis qu'il contournait la table sur laquelle trônaient les jattes de miel et de confiture, les pyramides de muffins et de toasts, la bouilloire en argent, le pot de crème et les tasses pleines qui refroidissaient.

Il se glissa par la porte, disparut.

Elle se mordit les lèvres, murmura : « Papa, Papa... », s'extirpa du sofa, courut jusqu'à Sosthène de Maubrun, tomba à genoux à côté de lui, l'entoura de ses bras.

– Papa, je vous aime, je vous aime tant ! Mais essayez de comprendre...

Le petit hôtel qu'habitaient les Maubrun rue du Bac datait du début du XVIIe siècle.

Mais c'est sous Louis XVI, grâce à la faveur dont jouissait auprès de la reine Marie-Antoinette la belle Adéla de Maubrun, grand-mère de Sosthène, que la fortune des Maubrun avait atteint son apogée. La Révolution vint, condamna Adéla, morcela le patrimoine. Ce qu'en récupérèrent ses descendants à la Restauration s'épuisa vite. En 1840, Sosthène fut contraint de vendre l'hôtel.

Un accord avec le nouveau propriétaire, Me Benoîton, notaire à Paris, lui permit toutefois de conserver en location le deuxième et le troisième étage. On casa ce qu'on put. Mais la magnifique salle à manger Renaissance, le mobilier des grands salons n'avaient pas leur place dans cet univers restreint, on dut s'en séparer. Sosthène et ses filles logeaient au deuxième. Le troisième, plus étroit et lambrissé, accueillit Achille au décès de ses parents. Une disposition pratique, et l'on restait entre soi, car le rez-de-chaussée et le premier n'étaient pas occupés.

Lorsque Daisy empruntait l'escalier, le silence qui montait de ces lieux déserts lui serrait toujours le cœur et elle se penchait au-dessus de la rampe comme dans l'espoir de recueillir l'écho joyeux des fêtes qui les avaient jadis peuplés.

Ce soir-là, toutefois, elle gravit les marches d'un trait, frappa vigoureusement à la porte d'Achille.

Quand il ouvrit, elle lança d'une voix où pointait le défi :

– Papa a accepté. Nous vendons Maubrun.

Le vestibule était étroit, sans un meuble.

Suivie d'Achille, Daisy le traversa, entra dans ce qu'il appelait sa « pièce à tout faire ».

Désordre, odeurs de pipe, poussière...

Bien que le Grand Courtois, ancien maître d'hôtel dans cette maison et descendu au rang de valet par la disgrâce des temps, daignât monter une ou deux fois par semaine avec son plumeau, le ménage n'avait jamais l'air fait.

Daisy en riait.

Là, elle fronça les sourcils, se précipita, ouvrit la fenêtre.

– Ça sent le renfermé chez toi.

Achille l'écarta, referma la croisée.

– Avec ta permission... Alors, tu as décidé ton père ? Une sacrée bêtise, à mon avis !

– On ne te le demande pas.

Il prit Daisy dans ses bras.

– Depuis quand t'est venue la folie des grandeurs ?

– La folie des grandeurs ! Tu parles comme un portier. Qu'y a-t-il d'extraordinaire à souhaiter vivre la vie à laquelle on se sent destinée ?

– J'estime, moi, que nous vivons joliment.

Il la serra contre lui, posa un baiser sur chacune de ses paupières.

Des caresses de l'enfance, ils étaient tout naturellement passés à celles de leur âge.

« Puisque nous allons nous marier », avait dit Achille.

En effet.

Et Daisy trouvait charmant qu'Achille l'embrassât.

Il chuchota, la tenant très près :

– C'est idiot, je croyais te connaître presque toute... Vendre Maubrun ! Moi qui comptais qu'une fois mariés nous irions y habiter. La forêt devant nous, des chevaux, le calme... Un paradis !

Daisy se dégagea.

– Des chevaux ? Quels chevaux ? L'écurie est vide, tu le sais très bien. Et qui les soignerait ? Qui entretiendrait cette énorme bâtisse ?

Elle eut un rire sec.

– Réveille-toi, Achille ! Même dans ton paradis, pour vivre heureux, il faut de l'argent.

Elle marcha vers la fenêtre.

Le jardin, laissé à l'abandon par l'actuel propriétaire qui n'avait vu dans cette acquisition qu'un investissement à long terme, présentait un aspect désolant. Les arbres et les haies qu'on ne taillait plus entrecroisaient leurs branches dénudées par l'hiver. Le carrelage du grand bassin disparaissait sous un lit de feuilles pourries, les ronces roulaient leurs arceaux brunâtres jusque dans les allées... D'ailleurs, il n'y avait plus d'allées, plus de pelouses, plus de parterres et, l'été, les rosiers étouffés par les surgeons ne donnaient que de pâles et mourantes églantines.

– La première chose que je ferai sera de prendre un jardinier à nos frais et de remettre le parc en état.

Achille ricana.

– Tu obliges ton père à vendre votre terre pour ordonner celle d'un autre ! Décidément, Daisy...

Elle se retourna.

– Achille, je ne veux plus t'épouser.

– Daisy !

D'un geste, elle écarta sa protestation.

– J'ai réfléchi. Non, laisse-moi parler. Je t'aime beaucoup. Et puis, à force de nous entendre répéter que nous étions faits l'un pour l'autre... Mais quand on est toujours ensemble... Comment t'expliquer ? C'est comme contempler de sa fenêtre toujours le même horizon. On ne le considère que sous un angle, les autres nous échappent. Au fond, nous nous connaissons trop bien pour nous connaître. Tout à l'heure, je l'ai compris. Peut-être l'avais-je déjà compris avant. Mais il a fallu cette discussion...

– Qu'est-ce que cela change ? Je t'aime, moi ! Avec ou sans Maubrun.

Daisy le considéra.

Une allure vieillotte, la jeunesse emprisonnée par les habitudes, son éternel frac trop ajusté, on ne les portait plus ainsi...

– Tu aurais besoin d'un bon tailleur.

– Un tailleur ! Je te dis que je t'aime et tout ce que tu trouves à me répondre, c'est d'aller chez le tailleur ! Pour quoi faire d'ailleurs ? Je suis parfaitement à mon aise dans cet habit.

– Tu vois bien ! Même pas un effort pour me plaire !

Daisy s'approcha d'Achille.

– C'est un amour de vieux mari que tu as pour moi.

Elle l'embrassa doucement sur la joue, passa devant lui et sortit.

Le lendemain après-midi, Daisy envoya le Grand Courtois chercher un fiacre.

Elle avait convaincu son père qu'après les impertinences débitées au baron Lacaz mieux valait qu'elle se chargeât de la démarche.

Sosthène de Maubrun avait cédé comme pour le reste.

Discuter affaires lui répugnait. Et plus encore aujourd'hui. Il avait mal dormi à cause de cette discussion, la première qu'il eût jamais eue avec sa fille. Se pouvait-il que Daisy ne fût pas heureuse ? Il se sentait trahi, menacé dans sa sérénité et, pour préserver la délicatesse de leurs rapports, il aurait abandonné plus qu'un château.

Daisy choisit sa plus belle robe, celle qu'elle réservait pour la messe, le dimanche, à l'église Saint-Thomas-d'Aquin.

La robe, en drap rose, avait appartenu à sa mère, mais la coupe n'en était pas démodée. Au contraire. Ce genre de jupe étagée en trois larges volants que soutenait la crinoline faisait actuellement fureur.

Quand elle mettait cette robe, Achille riait.

« Où l'extravagance des femmes s'arrêtera-t-elle ? Tu as l'air d'avoir enfilé l'une sur l'autre trois jupes dont les deux premières auraient rétréci. »

Achille...

Pauvre Achille.

Elle avait peut-être été un peu dure. Mais il n'y avait pas trente-six façons de dire ces choses-là. Elle l'avait dit comme elle l'avait ressenti. D'un coup. Brusquement incapable d'imaginer toute une vie en sa compagnie. L'avait-il crue ? Probablement pas.

Daisy soupira, acheva d'agrafer son corsage, saisit sur la console le minuscule chapeau à bord relevé qui accompagnait la toilette, s'en coiffa. Dans le miroir, ses longues anglaises d'un blond doré brillaient comme de la soie. Elle mouilla son doigt, le passa sur ses sourcils, trouva qu'ils avaient la forme de deux petites ailes, rit, recula, esquissa une révérence, s'avança vers Céleste.

Céleste était la filleule du Grand Courtois et son souffre-douleur.

Seize ans, un minois rond, un petit chignon noir et sec piqué au sommet du crâne, beaucoup de bonne volonté, mais une maladresse innée que les remontrances de Courtois aggravaient au lieu de l'en corriger. Le magnifique service de la Compagnie des Indes, qui avait appartenu à la marquise de Pompadour, périssait, pièce après pièce, entre ses mains.

Sosthène de Maubrun disait :

« Laissez donc cette enfant, Courtois. La vaisselle est faite pour qu'on la casse. »

Charlotte avait assisté à la toilette de sa sœur, le regard désapprobateur; un poing sous le menton, elle secoua ses tresses rousses et ricana :

– Que de frais pour un banquier !

– Idiote ! Précisément, un banquier. On ne va pas chez ces gens-là en mendiante. Papa n'y entend rien. Je suis persuadée que, si Lacaz lui a offert 200 000 francs pour Maubrun, la terre en vaut le double. Et ne me regarde pas comme si j'étais une sans-cœur ! Vendre Maubrun, ça me fait mal pour Papa. Mais toi, tu verras, bientôt tu m'en remercieras. Céleste, mon burnous !

Sosthène de Maubrun accompagna Daisy jusqu'au fiacre.

– Comment comptes-tu expliquer à Lacaz ce... revirement ?

Daisy sourit.

– J'y ai réfléchi. Je lui dirai que la modicité de son offre vous avait fâché. Ce langage lui est sûrement plus accessible que celui des sentiments.

Il la considérait, pensif.

– Tu deviens un peu trop intelligente pour moi, Daisy.

Elle rit, l'embrassa.

– Papa, je vous adore.

Céleste, qui les avait suivis, se précipita pour arranger sur la banquette les plis de sa jupe, comme elle le voyait faire aux femmes de chambre des riches demeures avoisinantes.

– Mademoiselle a l'air... a l'air... Un joli nuage rose, voilà de quoi Mademoiselle a l'air !

Daisy lui donna une petite tape.

– Oh, oh ! mais nous sommes poète !

Elle porta à ses lèvres sa petite main gantée, envoya un baiser à son père.

Derrière Sosthène de Maubrun, la maison montrait une façade boudeuse, toute grise, les ferrures rouillées, les volets rabattus au rez-de-chaussée et au premier. Elle songea qu'avec l'argent du banquier elle pourrait louer la maison entière, y faire rentrer la vie et la joie, et se sentit très importante.

2

Le Grand Courtois, que l'on appelait ainsi sans que Daisy eût jamais pu savoir pourquoi, sa taille n'ayant rien qui le distinguât, se plaisait à répéter qu'il avait servi les Maubrun sous trois rois et deux empereurs et qu'il continuerait tant que Dieu le voudrait.

Cette fidélité l'autorisait à donner libre cours à toutes les critiques qui lui passaient par la tête. On n'en aurait pas toléré le centième ailleurs. C'était sa façon de réajuster ses gages, encore qu'il n'eût aucun besoin, hormis celui d'exercer sa tyrannie et l'achat, deux fois l'an, d'une paire de gants beurre frais qu'il prenait chez Mayer, rue de la Paix. Il ne fût jamais sorti sans ses gants.

Assis à côté du cocher de fiacre, il opposa tout le temps du trajet son mépris au verbiage du bonhomme qui pestait contre les turbulences de la circulation : trop d'omnibus, trop de voitures de remise, trop de passants, trop de travaux surtout, la faute en incombant au préfet Haussmann, un assassin en train de mettre Paris les tripes à l'air de l'Étoile à l'Hôtel de Ville. Bien que Haussmann fût dans les faveurs de Napoléon III, le Grand Courtois le défendit parce que l'autre l'attaquait.

À leur arrivée rue Saint-Lazare devant la

banque Lacaz, il paya la course, y ajouta un si maigre pourboire que Daisy se sentit rougir, descendit, ouvrit majestueusement la portière.

– Mademoiselle m'excusera, mais je trouve cette démarche déplacée. Je l'ai dit à Monsieur Sosthène. Comment Monsieur a-t-il consenti à ce que Mademoiselle pénètre dans ce genre d'établissement ?

Daisy se força à sourire.

– Courtois, voyons ! Papa sait bien qu'il ne peut rien m'arriver quand tu es là ! Et, sois honnête, l'endroit paraît tout à fait convenable.

La banque allongeait sa masse entre deux rues. À hauteur du second étage, des pilastres incrustés dans la pierre de taille délimitaient de larges panneaux de marbre blanc, où se nichaient des statues d'hommes grandeur nature, habillés de costumes de différentes époques et qui avaient dû être des financiers célèbres, supposa Daisy, car on voyait difficilement quelles autres gloires du passé eussent été mieux à cette place. Deux géantes cariatides épaulaient le linteau du porche qu'une élégante dentelle de fer forgé protégeait.

La façade annonçait le luxe ostentatoire qui, dès l'entrée, vous accueillait dans le grand hall élevant son plafond jusqu'au faîte de l'édifice, coiffé d'une coupole de vitraux. Les circonvolutions d'un monumental escalier de marbre se profilaient dans ce vide, desservant les étages supérieurs de la banque que la disposition du hall partageait en deux ailes. Du marbre, également, pavait le sol, jaspé vert et blanc, aux reflets glauques. À gauche et à droite se dressaient des comptoirs d'acajou derrière lesquels, défendus par des guichets dorés, trônaient une file d'employés qu'assiégeait le public.

Malgré l'assurance que Daisy arborait, elle se sentait impressionnée. Rue du Bac, un banquier était un personnage dont on riait volontiers mais, dans son cadre, il acquérait une tout autre dimension.

Elle prit une grande inspiration et, suivie de Courtois, avança, sa toilette rose traçant un sillon de lumière dans la foule compacte et sombre des habits. Une foule essentiellement masculine. Elle ne repéra que deux ou trois femmes dont la vêture criarde, les yeux charbonneux, la bouche fendue d'écarlate et le teint froissé par les veilles dénonçaient clairement la profession. Daisy les ignora, évitant aussi les regards que les hommes posaient sur elle, bien qu'il y eût quelques jeunes gens charmants, mais elle craignait de déclencher les foudres de Courtois qui, à chaque pas, répétait : « Mademoiselle n'ira pas plus loin. Nous rentrons. »

Ils atteignirent enfin un guichet.

L'employé, étalant dans l'ouverture une barbe superbe, d'un noir d'encre, choisit la voix la moins engageante qui fût pour s'enquérir :

– Mademoiselle désire ?

– M. Lacaz, s'il vous plaît.

– Mademoiselle a rendez-vous, je présume ?

Le Grand Courtois se pencha.

– Jeune homme, Mademoiselle est Mlle de Maubrun, la fille de M. le comte de Maubrun. Nous n'avons point pour habitude d'attendre. Allez en référer à votre maître.

Daisy corrigea le ton d'un sourire.

– Je vous en prie... C'est à titre privé que je souhaite m'entretenir avec M. Lacaz.

L'employé daigna enfin la regarder.

– Ah ! Vous me l'auriez dit immédiatement...

– Faquin ! grommela Courtois lorsqu'il se fut éloigné.

– Oh ! tais-toi, tais-toi ! Ça ne m'amuse déjà pas d'être ici...

– Mademoiselle l’a bien voulu.

En effet.

Et, pour tâcher de contrôler son énervement, Daisy se mit à passer en revue toutes les joies futures qui la paieraient de cet effort.

– Si Mademoiselle veut bien me suivre.

L’employé arrêta Courtois.

– Mademoiselle, seulement.

On traversa le hall sur toute sa longueur jusqu’à une porte vitrée que l’employé poussa.

Après les lumières dorées de l’intérieur, celle qui tombait dans cette cour étroite, cernée de murs, paraissait grise.

En face, tout au fond, se carrait un petit hôtel. Trois fenêtres, au premier, étaient éclairées. Un valet attendait sur le seuil.

L’employé lui confia Daisy.

– Conduis cette demoiselle chez Monsieur Louis.

Daisy emboîta le pas au valet.

On monta un escalier.

Son cœur battait.

Brusquement, l’idée que Lacaz pouvait refuser de reprendre la transaction et ne la recevait que pour mieux se venger de l’accueil que Sosthène de Maubrun lui avait réservé la veille l’effleura. L’orgueil lui fit rejeter cette éventualité et, comme le valet écartait un battant capitonné de cuir, l’invitant d’un geste, elle redressa la tête avec hauteur, entra.

La tache rougeoyante d’un feu... Une silhouette d’homme se dessinant en ombre, devant.

L’homme se retourna.

Un uniforme moulait sa puissante stature, des soutaches d’argent brillaient à ses manches.

– Mademoiselle, que me vaut l’honneur... ?

Daisy s’immobilisa.

– M. Louis Lacaz n’est pas là ? On m’avait pourtant dit...

– J'ai l'impression, mademoiselle…

Il rit.

– Si c'est une plaisanterie, monsieur, dit-elle sèchement, je vous saurais gré de m'en faire profiter.

– Disons une confusion de l'employé. Mon père et moi portons le même prénom, et il a certainement dû croire… Qui pourrait songer que vous vous intéressez à la finance ? Mais permettez que je me présente. Commandant Lacaz, 4e régiment de chasseurs d'Afrique.

– Daisy de Maubrun.

Ils s'avancèrent alors d'un même mouvement, se découvrant dans la pleine lumière, et si charmés par ce qu'ils découvraient l'un de l'autre que, durant quelques secondes, ils ne prononcèrent pas une parole, ne firent pas le moindre geste, comme ensorcelés.

Louis Lacaz pensait qu'il n'avait jamais rien vu de plus frais, de plus exquis que cette blonde apparition vêtue de rose, encore que la toilette ne sortît pas de chez le meilleur faiseur, mais la grâce et la vivacité de la silhouette compensaient aisément les maladresses de la couturière, et le teint éblouissait, le petit nez était d'un tracé parfait, la bouche belle, arrogante, et l'on retrouvait ce défi au fond des grands yeux… noirs ? bleu foncé ?… qui vous regardaient sans papilloter sottement comme le font en général les jeunes filles, des yeux hardis et pourtant très… neufs, tel fut le qualificatif qui vint à l'esprit de Louis Lacaz, cependant qu'il essayait de situer Daisy… Daisy de Maubrun… Le nom et cette distance qui se devinait sous la simplicité apparente évoquaient le faubourg Saint-Germain mais, bien que certaines amitiés lui en eussent ouvert les portes, il était sûr de ne pas l'y avoir rencontrée. Pas plus qu'à la cour impériale. Qui était-elle ? Que venait-elle faire à la banque ? Il ne connaissait à son père que la fréquentation de femmes superbes et coûteuses, qu'ils se partageaient volontiers, mais que celle-ci fût de celles-là semblait inconcevable...

Daisy, elle, était en proie à un trouble étrange.

Habituée à la finesse un peu mièvre de son père et d'Achille, elle était déroutée par la virilité presque agressive de l'officier. Et elle détaillait ces traits énergiques, brunis par un hâle qui en parachevait la séduction, les pommettes dures, une fossette au menton comme fendu par un coup de sabre, le cheveu et la moustache très noirs, ressentant un étonnement auquel se mêlait une impression à la fois délicieuse et violente.

Elle en avait même oublié l'objet de sa visite et sursauta en entendant le commandant Lacaz dire :

– Mademoiselle, peut-on savoir, si ce n'est indiscret... ? Mon père est absent pour l'après-midi. Cependant, peut-être me serait-il possible, avec le concours de l'un de ses collaborateurs, de vous renseigner ?

Depuis que leurs regards s'étaient croisés, vendre Maubrun ne semblait plus l'unique chose au monde qui importât.

Daisy dut faire un effort pour revenir à la réalité.

– Je vous remercie, monsieur, mais il s'agit d'une affaire personnelle.

– Ah... ?

L'interrogation demeurait, nuancée d'une certaine froideur qu'elle ne comprit pas, mais qui lui fut désagréable.

– Après tout, dit-elle vivement, vous êtes le fils de M. Lacaz, je peux très bien vous expliquer... Nous possédons près de Bougival une propriété que Monsieur votre père souhaitait acquérir. Le mien s'y est refusé pour des raisons affectives, mais la fortune de notre famille a été très éprouvée par les revers de la Monarchie et une offre plus intéressante que celle qui nous a été faite l'inclinerait sans doute à accepter...

Pourquoi lui racontait-elle leurs embarras pécuniaires ? Pourquoi cette maladresse ? Elle s'était juré d'aborder la discussion le front haut, et maintenant, à cet inconnu qu'elle ne reverrait probablement jamais...

Elle enchaîna d'un ton léger :

– Et puis, je déteste la campagne, et les séjours que nous y faisons à l'époque de la chasse sont pour moi une vraie pénitence !

– Je transmettrai à mon père.

Il sourit.

– Délivrer une ravissante jeune fille de l'ennui le décidera, j'en suis persuadé, à se ranger à vos conditions. Les banquiers sont des sentimentaux, quoi qu'on en dise. Mais je suis impardonnable. Asseyez-vous, je vous en prie. Vous allez penser : Ces militaires n'ont aucune éducation ! Toutefois, j'ai une excuse.

– Laquelle ?

Daisy sourit à son tour, ployant le cou d'un joli geste qu'elle répétait souvent pour elle-même dans le miroir.

– Mais vous, mademoiselle... Vous ! Votre beauté me rend oublieux de mes devoirs.

Le Grand Courtois eût froncé les sourcils, mais personne n'avait appris à Daisy qu'une jeune personne de son rang se doit de repousser les flatteries, fût-ce les plus banales. Aussi rit-elle, enchantée, songeant dans le même temps qu'en quelques secondes le commandant Lacaz venait de lui faire plus de compliments qu'Achille durant toutes ces années.

Elle aurait également dû refuser le fauteuil qu'il lui offrait, s'en tenir là, remercier, s'en aller, mais elle s'assit, lissa les volants de sa jupe, secoua ses boucles, accepta le thé qu'un valet apporta bientôt, accompagné d'un verre de porto pour l'officier.

Excellent, d'ailleurs, ce thé ! Bien parfumé, servi avec du lait cru, dans une fragile porcelaine, un raffinement qui étonnait chez des bourgeois.

– Pourquoi souriez-vous ? dit-il.

– Pour rien. Vous habitez ici ?

– Nous y habitions. J'y suis né. Mon père y a conservé ses bureaux. Lui et ma mère ont déménagé pour Monceau. L'endroit est encore peu urbain, mais le préfet Haussmann a dessus de grands projets, ce sera bientôt l'un des quartiers les plus élégants de notre capitale... Moi, j'arrive d'Algérie.

– La finance ne vous tentait pas ?

– Fichtre, non ! Remuer des chiffres... Quelle pauvre vie !

– Ce doit être beau, l'Algérie.

– Mademoiselle, pour un soldat, tout terrain d'action est beau. Cependant, n'idéalisons pas. Les palmiers sur fond de soleil couchant et profil de dunes... L'Algérie, c'est aussi un maquis abominable, la fournaise, le froid intense, les mouches, les cousins, les scorpions, des panthères, des hyènes... Mais ne parlons pas de moi, parlons plutôt de vous.

Elle eût aimé avoir à raconter des événements exaltants, n'en découvrait aucun dans cette existence douce, tiède et paisible qui, jusqu'à présent, avait été la sienne.

À part la vente de l'hôtel, rue du Bac...

Mais elle était presque un bébé à l'époque et n'en conservait que le souvenir d'amusantes bousculades dans l'escalier que les valets montaient et descendaient, vidant le rez-de-chaussée et le premier, entassant au deuxième et au troisième les meubles que leur désignait sa mère.

Et puis, voici juste six ans, après la fuite du roi Louis-Philippe, que Sosthène de Maubrun avait salué d'un « Bon vent ! », quoique le vent qui avait emporté le souverain fût aussi celui qui ramenait la république...

– Monsieur votre père est légitimiste, mademoiselle ?

– Notre famille a tout acquis et tout perdu au service des Bourbons, monsieur. Cela attache.

– Et comment juge-t-il le retour de l'Empire ?

– Mon père ne le juge pas, monsieur, il le subit. Encore qu'il nourrisse moins d'animosité contre Napoléon III que contre Louis-Philippe. Pour lui, disons le mot, tous deux sont des usurpateurs. Mais on excuse moins facilement les procédés d'un prince que ceux d'un parvenu.

Le commandant Lacaz porta la main à sa moustache.

– Et que s'est-il passé en 1848, qui vous a touchée personnellement ? Vous étiez en train de me dire...

Les yeux de Daisy se voilèrent.

– Ce fut cette année-là que ma mère mourut. Elle était anglaise, la fille cadette de Lord Welsh. Mon père et elle s'étaient connus à Londres, ils s'aimaient follement. C'est d'elle que je tiens mon prénom.

Daisy s'interrompit.

Sosthène de Maubrun disait toujours :

« Si tu veux te rendre aimable, abstiens-toi de conter tes chagrins. Question de dignité, d'abord. Et puis, crois-moi, ça n'intéresse personne. »

Elle força sa voix à reprendre un ton enjoué :

– À cause de ma mère aussi, le thé est chez nous une véritable institution. Le Grand Courtois, notre maître d'hôtel… Courtois ! Mon Dieu ! Je l'ai complètement oublié !

Elle se leva.

– Il faut que je parte. Courtois m'attend dans le hall. Monsieur…

– Je vous raccompagne.

– Je préférerais… Vous comprenez, Courtois…

Elle rit. Le rose de sa robe montait à ses joues.

– J'ai honte de l'avouer, mais je redoute ses humeurs comme la peste !

– Vous êtes si strictement surveillée ?

– Oh, non ! Pas du tout ! Aujourd'hui, il se trouve que Courtois… Vous comprenez, la démarche pour moi était un peu délicate. Mais j'ai un père adorable qui vit dans les nuages et je fais ce que je veux.

– En ce cas, puis-je espérer vous revoir ?

– Mon Dieu, monsieur…

– Dites quand ?

Il était très proche, il ne souriait plus, le visage contenu, impatient, et elle éprouvait une sorte de vertige, l'impression d'être entraînée, emportée par quelque chose de plus fort que sa volonté.

– Eh bien, je ne sais pas… balbutia-t-elle. Nous sommes lundi, disons… la semaine prochaine, peut-être.

– La semaine prochaine…

Il s'empara d'une main qu'elle ne songea pas à lui retirer.

– Mademoiselle, je ne suis ici que pour un petit mois, ensuite je repars, j'ignore quand je reviendrai, vous n'allez pas me refuser ces quelques jours…

– Je vais souvent l'après-midi au manège de M. Germain, rue de Grenelle, murmura Daisy. Passez demain. Vers trois heures. Il se peut que j'y sois.

M. Germain, qui avait commencé palefrenier chez les Maubrun, enseignait l'équitation aux demoiselles.

Il avait mis Daisy en selle, alors qu'elle ânonnait à peine son alphabet, et les résultats obtenus procuraient tant de satisfaction à ce vieil homme difficile et rageur que, pour elle, les leçons étaient gratuites et ses meilleurs chevaux disponibles à toute heure.

Les autres élèves se vengeaient de cette préférence en exhibant des tenues mirobolantes et en échangeant devant Daisy des commentaires enthousiastes sur les bals qu'offraient leurs mères et auxquels on ne la conviait pas. Daisy, par fierté, les ignorait. D'ailleurs, la clientèle de M. Germain changeait continuellement, les élèves supportant mal les critiques, voire les injures, dont il les abreuvait.

Il était exactement trois heures moins cinq à la grosse horloge du manège, lorsque apparut le commandant Lacaz.

M. Germain venait de piquer une de ses colères.

Sur son ordre, la reprise s'était arrêtée, et les cavalières, groupées au centre, observaient Daisy en train d'exécuter avec aisance une série de voltes.

– Admirez, mesdemoiselles ! hurlait Germain. De la jambe, le rein droit, la main souple… Bref, du doigté, de l'intelligence ! C'est trop vous demander, et je ne vous en demande point tant, mais tâchez au moins de me faire un temps de galop acceptable ! Des pommes juchées sur quatre allumettes, voilà de quoi vous avez l'air ! Vous déshonorez mes chevaux, mesdemoiselles ! Mademoiselle de Maubrun, je vous remercie.

Il aida Daisy à descendre de selle, chuchota :

– C'est pour vous, ce bel officier ? Attention, mademoiselle Daisy. Les chasseurs d'Afrique sont de rudes gaillards. Passez-lui le mors avant qu'il s'emballe !

Elle le considéra, rieuse :

– Vous ne direz rien, n'est-ce pas, Germain ?

Et, relevant la traîne de sa jupe d'amazone, elle sortit de la piste, se dirigeant vers la tribune circulaire, en bois, destinée aux parents des élèves, d'où le commandant Lacaz avait suivi sa démonstration.

– J'ai rarement vu une femme dominer sa monture avec autant de grâce et d'autorité, dit-il. Vous montez à merveille, mademoiselle. Appréciation de cavalier !

– Merci. Ma mère adorait les chevaux. Aimer, c'est le secret pour bien faire, non ? À elle et à Germain, je dois mon peu de connaissances.

– Ne soyez pas si modeste.

– Oh ! n'allez pas imaginer... Je ne suis pas du tout modeste ! Mais en équitation, comme dans n'importe quelle discipline, je suppose, dès qu'on atteint un certain niveau, on s'aperçoit que tout reste à apprendre. C'est gentil d'être venu. Voulez-vous que nous nous asseyions ?

Il prit son bras.

– Je vous emmène.

Elle jugea ce ton de commandement délicieux.

– Vous m'emmenez... Et où m'emmenez-vous ?

– À vous de décider. Je n'ai guère l'habitude de sortir avec des jeunes filles, j'ignore leurs goûts.

– Vous n'aimez pas la compagnie des jeunes filles ?

– En général, franchement, non. Les échantillons que ma mère collectionne dans ses salons me donnent plutôt envie de fuir, et j'ai trop peu de temps pour le gaspiller, alors que tant de femmes charmantes ne demandent qu'à être distraites.

– Pourquoi êtes-vous donc venu ?

Le regard de l'officier pétilla.

– C'est que vous me semblez une rareté, mademoiselle de Maubrun. Une jeune personne de votre âge, qui se promène sans chaperon...

Daisy se raidit.

– Nos moyens ne me permettent pas une femme de chambre assez présentable. Dieu merci, d'ailleurs ! Avoir quelqu'un sur ses talons... Mais je suis parfaitement capable de me défendre.

– Je n'en doute pas, dit-il doucement.

Un tilbury que surveillait un valet en livrée attendait devant la porte du manège.

– Ma voiture de garçon, déclara-t-il.

Il s'empara lui-même des rênes après avoir installé Daisy à son côté, une couverture de fourrure sur les genoux.

De la rue de Grenelle aux jardins du Luxembourg, elle demeura silencieuse.

C'était la première fois qu'elle montait seule dans une voiture avec un homme – Achille ne comptait pas –, et elle se reprochait maintenant d'avoir accepté si facilement.

Qu'allait-il déduire de cette indépendance qu'elle affichait ?

Les confidences d'une compagne à la pension Beaupras où, jusqu'à l'année précédente, elle était inscrite en externe, l'avaient quelque peu éclairée sur les dangers que représente la gent masculine. Et, en plus, un militaire, quelqu'un qui n'était même pas de leur milieu...

Daisy jeta un coup d'œil vers Louis Lacaz dont l'attention se concentrait pour l'instant sur la manœuvre du tilbury parmi les encombrements.

Au-dessus du dolman bleu céleste à parements jonquille, le profil se campait, superbe. Elle remarqua ses lèvres fortes que l'ombre de la moustache adoucissait, eut un petit frisson. Essaierait-il de l'embrasser ? Et, à nouveau, l'impression de commettre une exquise folie s'empara d'elle.

La promenade fut courte.

Début mars, la nuit tombe vite.

Ils rirent beaucoup. Tout est prétexte à extérioriser la joie quand une présence vous comble. Louis Lacaz eut l'élégance de ne pas faire briller l'argent de sa famille. Il orienta la conversation sur celle de Daisy.

Elle lui décrivit son père, sa sœur Charlotte, Achille...

– N'êtes-vous pas un peu amoureuse de ce beau cousin qui paraît occuper tant de place dans votre vie ?

– Je l'ai cru, lança-t-elle avec légèreté. Le vœu de Papa était que nous nous mariions. Mais Achille est trop... enfin, pas assez... Moi, j'aurais envie de bouger, de sortir, de danser. Voyez-vous, depuis la mort de notre mère, mon père a coupé avec toute mondanité. Il se contente de rencontrer ses relations à son cercle de l'Union, et pour nous, ses filles... C'est que j'ai déjà dix-sept ans !

Sans s'en rendre compte, à travers les mots, elle se livrait.

Il la ramena au manège.

Daisy rentra à pied rue du Bac.

Le lendemain, ils retournèrent au Luxembourg.

Ce fut devant la fontaine Médicis qu'il l'embrassa. Cela se fit très simplement.

Daisy s'était arrêtée pour mieux admirer le plan d'eau frangé d'arbres au fond duquel une opulente sculpture plantait son reflet, lorsqu'une ombre s'intercala dans sa perspective. Elle se sentit saisie aux épaules, releva la tête; leurs yeux, puis leurs lèvres s'unirent.

Les baisers d'un homme ont une volonté autre que ceux d'un jeune homme.

Le baiser de Louis Lacaz, exigeant, presque

brutal, mit dans la bouche de Daisy une saveur de feu. Autour d'eux, le ciel absorbait lentement le paysage, le grand silence du crépuscule les enveloppait de sa douceur.

Soudain, il la lâcha, desserra les petites mains nouées à sa nuque, les garda entre les siennes, écartant de lui la jeune fille, la contemplant... « Daisy... murmura-t-il... Vous permettez que je vous appelle Daisy ? », ce qui était comique après la liberté qu'il venait de prendre, et Daisy éclata de rire nerveusement, une façon comme une autre de détourner l'émotion et de revenir à la réalité. Car, hélas ! il fallait rentrer, et il le lui disait, ajoutant : « Demain, n'est-ce pas ?... », une question qui ne demandait pas de réponse.

Il en fut ainsi jusqu'au dimanche.

Le dimanche, ils ne se virent pas.

Il l'avait prévenue :

« Ma mère donne un grand déjeuner en mon honneur, je ne peux me dérober. Je suis à Paris pour si peu de temps... »

Si peu de temps.

Au lieu de compter et de recompter les baisers que lui donnait le commandant Lacaz, au lieu de perdre le sommeil en rêvasseries, voilà ce qu'elle devait se répéter : il serait bientôt loin. Cette attirance, ce plaisir d'être deux se résumerait à une brève aventure due au hasard, dont le charme était peut-être d'en connaître déjà le dénouement... Aurait-elle consenti avec autant de facilité si le temps ne leur avait pas été mesuré ? Certainement pas. Elle aurait réfléchi, reculé devant les conséquences que pouvait provoquer une fréquentation que Sosthène de Maubrun, malgré son insouciance, eût hautement réprouvée. Mais il n'en saurait rien. Quelques jours encore, et Louis Lacaz partirait rejoindre son bataillon, on vendrait Maubrun – le banquier avait adressé une lettre à

Papa, confirmant ses intentions –, l'existence prendrait un tour agréable, elle rencontrerait d'autres hommes aussi aimables et mieux assortis par la naissance, et la fontaine Médicis deviendrait un souvenir, juste un joli souvenir. Surtout ne pas lui accorder plus d'importance !

Le dimanche, elle n'eut pas le cœur de se rendre au manège et tourna en rond dans l'appartement.

– Tu devrais te réconcilier avec Achille, observa Charlotte.

Achille !

Il s'agissait bien d'Achille !

Le monde avait basculé depuis leur dispute.

Achille, c'était un amour d'enfants, une habitude, une certaine tendresse, mais rien à voir avec... avec... Mon Dieu ! serait-elle amoureuse ? Cette pensée arrêta la riposte que Daisy se préparait à lancer à sa sœur. Elle se sentit frappée d'épouvante, reposa sur ses genoux le mantelet en velours bleu pâle qu'elle était en train de garnir d'une frange d'effilés de soie ton sur ton pour le rafraîchir et qu'elle comptait porter le lendemain... croisa ses mains tremblantes.

Amoureuse ?

Jouer à cela avec Achille n'était pas dangereux, mais avec le commandant Lacaz...

Le cœur de Daisy se serra. Elle détesta cette douleur. Déjà, il la faisait souffrir ! Elle ne voulait pas souffrir, elle n'était née que pour le bonheur ! Elle se mordit violemment les lèvres, décréta que demain serait le dernier jour qu'ils se verraient.

Vers sept heures du soir, Sosthène de Maubrun et Achille arrivèrent du cercle.

Achille avait choisi d'affecter vis-à-vis d'elle la désinvolture, ils se parlaient à peine.

Le Grand Courtois se présenta avec le plateau du thé.

Céleste suivait, portant les ramequins d'œufs brouillés.

Le dimanche, par tradition, on ajoutait toujours des œufs brouillés à la collation.

Courtois foudroya Céleste du regard.

– J'avais acheté des truffes chez Corcellet, mademoiselle Daisy, et cette petite imbécile a oublié de les mettre dans les œufs !

– Ça ne fait rien, Courtois. De toute façon, je n'en veux pas, je n'ai pas faim.

Elle but mélancoliquement deux tasses de thé. Achille mangea trois ramequins d'œufs brouillés. Il se consolait vite, songea Daisy méchamment. Elle entendait son père conter un potin sur le comte de Morny, qu'il avait recueilli au cercle; sa voix, les exclamations de Charlotte, les bruits familiers de la vaisselle et de l'argenterie, tout cela lui parvenait de manière étouffée comme à travers un brouillard.

– Quelle affluence rue de Rivoli, ce soir ! dit Sosthène de Maubrun. Il y a bal aux Tuileries pour les vassaux de Napoléon le Petit.

Louis Lacaz en était.

« Quel dommage que nous ne puissions y aller ensemble, avait-il dit. Vous êtes faite pour les bals, Daisy... »

L'envie de pleurer qu'elle contenait depuis le matin était soudain plus forte que sa dignité.

Elle bredouilla vaguement : « Excusez-moi, Papa... Une migraine », sortit du salon, alla se jeter sur son lit, enlaça son oreiller et fondit en larmes.

Depuis leur premier baiser, c'était devenu un rite.

En montant dans le tilbury, Daisy découvrait chaque après-midi un gros bouquet déposé à son intention. Tulipes, roses, orchidées, des fleurs de serre somptueuses, beaucoup trop coûteuses pour qu'elle pût les rapporter chez elle sans éveiller l'attention. Un bouquet de violettes eût mieux convenu.

Louis Lacaz avait dit, horrifié :

« Vous me voyez achetant un bouquet de violettes ?... Vous les garderez le temps de notre rencontre. Ensuite, donnez-les, jetez-les, peu importe. »

Ce lundi, le bouquet était particulièrement ravissant.

Rond, tout en roses alternées, roses et blanches, habillé de dentelle d'or et lié d'un flot de rubans également dorés. Durant le trajet jusqu'à la fontaine Médicis, Daisy le garda entre ses mains, son regard fixé dessus. Un parfum très doux en montait. Elle le respirait, tandis que Louis Lacaz expliquait sa soirée aux Tuileries, les amabilités de l'Empereur.

– Je suis sûr qu'en dépit des préventions de Monsieur votre père, Sa Majesté vous plairait, les femmes lui trouvent beaucoup de séduction et, parlant de femmes, chérie, il y en avait de fort jolies, mais pas une qui vous égalât...

C'était délicieux à entendre.

Cela faisait mal aussi, car ces compliments étaient les derniers qu'elle recevrait de lui.

Les palpitations de son cœur, l'émoi qu'elle avait ressenti en revoyant tout à l'heure l'officier avaient achevé de la renseigner sur des sentiments qui ne pouvaient être. Sa résolution était prise. Dès qu'ils auraient atteint la fontaine Médicis, elle lui signifierait qu'elle ne souhaitait plus le rencontrer.

Ils parvinrent au bassin.

Quittant son bras, elle s'approcha pour planter dans l'eau son bouquet à côté de ceux de la semaine précédente, encore frais, dessinant un petit parterre flottant, et elle pensait tristement qu'il n'y aurait plus de bouquets, plus de rendez-vous, plus de baisers, lorsqu'il arrêta son geste.

– Daisy, ce bouquet, je désirerais que M. de Maubrun et votre sœur le voient.

– Mais...

– Si vous y consentez, j'irai demain demander votre main à M. de Maubrun. Écoutez, écoutez-moi. Vous allez me dire que cela est insensé, beaucoup trop rapide, mais je ne suis plus un gamin, j'ai trente ans et assez d'expérience pour savoir ce que je veux. Je vous aime, si aimer signifie vous vouloir pour femme, avoir le désir de vous offrir tous les agréments de l'existence, vous protéger, vous chérir. Une semaine, c'est peu pour se connaître, mais il m'en a fallu moins pour savoir que vous étiez... non pas celle que j'attendais, car l'idée du mariage ne m'avait jusqu'alors jamais effleuré, mais celle qui apparaît et qu'on ne peut laisser passer... Je sais aussi qu'une union avec le monde de la finance ne peut être jugée que mésalliance par Monsieur votre père et que nous courons au-devant de certains problèmes. Cependant, j'ose espérer que le choix d'une carrière déjà bien tracée et mes états de service me vaudront quelque indulgence de sa part.

Daisy, que la stupeur avait d'abord rendue muette, l'interrompit :

– Je n'ai pas encore dit, monsieur, que je vous épouserais. Il me semble que vous disposez bien légèrement de...

Il lui prit des mains le bouquet, le jeta, la saisit presque rudement aux épaules.

– Dites oui. Vous le voulez. Ça aussi, je le sais.

3

Chose étrange, ce qui catastropha le plus Sosthène de Maubrun ne fut pas les cachotteries qu'on lui avait faites ni le nom de celui que sa fille souhaitait lui voir agréer pour gendre, mais que ce mariage se présentât comme un mariage d'amour.

– Ma pauvre enfant, ma pauvre enfant... répéta-t-il à plusieurs reprises, allant s'asseoir lourdement dans un fauteuil et prenant son visage entre ses mains.

– Mais, Papa ! cria Daisy. Enfin, vous et Maman... Vous m'avez dit cent fois...

Sosthène de Maubrun releva la tête.

Elle n'avait jamais remarqué toutes ces petites rides qui lui plissaient la peau autour des yeux. Il est vieux, pensa-t-elle, et sa gorge se serra.

– Ta mère et moi nous sommes tout de suite adorés, c'est vrai, dit-il. Mais au risque de détruire la belle opinion que tu as de ton père, je te dois la vérité. Je ne l'ai pas rendue heureuse, Daisy. Plus la flamme est ardente, plus l'amour se consume vite. Et quand la passion n'est plus... Les hommes sont inconstants, chérie. J'ai beaucoup trompé ta mère, elle en a souffert.

Imaginer Sosthène de Maubrun courtisant, embrassant d'autres femmes...

C'était cependant pis d'apprendre que la gaieté de sa mère n'avait été qu'une façade. Daisy se sentit trahie par cette faiblesse, cette résignation que les paroles de son père laissaient entendre.

– Moi, je n'aurais pas souffert, je me serais vengée, je vous aurais rendu la pareille, lança-t-elle.

Sosthène de Maubrun soupira.

– Tu es d'une autre nature. Mais qu'on réagisse d'une façon ou d'une autre, quand on espère trop de quelqu'un, il y a désenchantement. C'est pourquoi un mariage avec Achille m'avait semblé la solution raisonnable. Même naissance, même éducation, bonne entente... Évidemment, Achille n'a pas de fortune.

– Ce n'est pas pour sa fortune que j'aime le commandant Lacaz !

– Je préférerais.

– Papa !

– Tu m'aurais dit : « J'épouse un banquier »... Oui, je sais, il n'est pas banquier. Avec un peu de chance nous l'aurons bientôt général... et, pourquoi pas ?... maréchal ! mais quand même, petite, les avantages dont il jouit, ceux dont il héritera viennent de la finance... Bref, tu m'aurais dit : « Je l'épouse parce que ses millions me paraissent aimables », j'aurais sans doute été déçu de te voir renoncer aux principes de notre famille, j'aurais pensé que j'avais failli à mon rôle, mais cela m'aurait, en un sens, rassuré pour toi... L'argent, lorsqu'on en éprouve le besoin, c'est quelque chose de positif et, d'après ce qu'on m'a raconté sur la richesse des Lacaz, ce bonheur, cent ans ne te suffiraient pas à l'épuiser ! Mais là... Quand l'engouement aura passé, que te restera-t-il ? Même pas un nom dont tu puisses t'enorgueillir !

– Papa !

– Et cette vie que vous aurez ! Lui, en Afrique. Toi, à Paris...

– Le commandant Lacaz connaît personnellement le maréchal de Saint-Arnaud, le ministre de la Guerre.

– Un ancien baladin, un brigand !

– C'est votre opinion. On le dit grand soldat. Et il a suffisamment d'influence pour muter Louis Lacaz à Paris... Il me l'a promis, Papa. Dès son retour à l'armée, il entreprendra les démarches.

– Daisy...

– Papa, je l'aime. Si vous me refusez votre consentement...

– Ce serait mon devoir. Mais ton père est un égoïste et un lâche. Songer que ma fille pourrait me détester... Vois, tu en es déjà aux menaces... *Si vous me refusez votre consentement*... Eh bien, tu l'as ! Marie-toi ! Je t'aurai prévenue.

Sosthène de Maubrun n'y mit qu'une condition : le mariage se ferait rue du Bac.

Les dimensions du salon et de la salle à manger permettaient de réduire le nombre des convives aux deux familles et aux quatre témoins. Sa fille « entrait en bourgeoisie ». Pas lui. Il ne concéderait aux Lacaz que le temps d'un déjeuner. On commanderait chez Chevet le repas, le personnel, la vaisselle, les chaises. Chevet étendait ses services de traiteur jusqu'aux cours d'Angleterre et d'Allemagne. Ce serait assez bon pour eux.

Son futur gendre prit la chose avec esprit.

– Monsieur le comte, je vous suis infiniment reconnaissant. Je ne savais comment annoncer à ma mère mon intention de partir le jour même de notre mariage pour Trouville. Nous y avons une maison. J'ai pensé que Mademoiselle votre fille et moi y serions au mieux pour terminer mon congé. Nous avons si peu de temps ! Votre délicatesse me met à l'aise. Il y a un train qui part pour Lisieux vers les cinq heures. Ce sera parfait.

Le compartiment était loué en entier pour eux seuls, et tout fleuri de roses blanches et d'œillets.

Dès que le train s'ébranla et que disparurent les visages de Sosthène de Maubrun, de Charlotte et des Lacaz venus les accompagner jusqu'au quai, Daisy se jeta sur la banquette, envoya promener ses souliers, poussa un grand soupir.

– Chérie, on jurerait à vous voir que vous avez dansé tout l'après-midi.

– Ne me rappelez pas, monsieur, que pour vous épouser j'ai renoncé à ce que toute femme peut légitimement espérer le jour de ses noces : une jolie fête. Il faut vraiment que je vous aime beaucoup, parce que ce déjeuner... ! Enfin, nos pères se sont plutôt bien comportés, non ? Votre père me plaît, il est très séduisant.

– Dois-je être jaloux ?

– Louis !

Ils éclatèrent de rire.

Derrière les vitres de la portière défilaient des ombres que le crépuscule bleutait. Un paysage irréel, plein de douceur. Le mouvement des roues l'accompagnait. Louis Lacaz tenait Daisy embrassée. Elle ne bougeait pas, blottie dans son bonheur, un peu lasse aussi de toutes les tracasseries qui l'avaient précédé... Dire oui à l'amour engendre des complications.

– Chérie, ma mère souhaite vous connaître.

Daisy s'était donc rendue avec Louis Lacaz à Monceau.

Sa sœur Charlotte les escortait, boudeuse, le regard acéré, prête à relever n'importe quoi qui justifierait l'indignation que provoquait en elle cette mésalliance.

L'hôtel Lacaz se campait sur une butte, pris entre cour et jardin, lequel n'était qu'une simple pente de gazon descendant jusqu'au parc Monceau.

On y accédait par un vaste perron à rampes dorées, qu'abritait une marquise bordée d'un lambrequin à franges et à glands d'or.

Sosthène de Maubrun eût critiqué.

Seul, l'ancien lui paraissait aimable. Néanmoins, l'ancien avait eu un jour aussi cet air pimpant et frais, cette brillance, cette blancheur.

Daisy jugea l'architecture très élégante dans sa composition. Un imposant pavillon bien ouvert à la lumière, flanqué de deux tours engagées à demi dans le corps du bâtiment, qui devaient ménager de jolies pièces rondes.

Peut-être un peu lourd d'aspect, l'ensemble s'allégeait lorsque, s'approchant, on découvrait les détails des sculptures, une ravissante profusion de rameaux, de fleurs et de fruits accrochant leurs enroulements gracieux aux balcons et soulignant les corniches d'une telle luxuriance que les œils-de-bœuf des mansardes s'y enfouissaient.

De belles écuries en briques rouges s'étendaient sur la gauche et, à droite, une immense vasque retenant l'eau cristalline que soufflaient deux amours emplissait la cour d'un doux murmure.

– C'est assez réussi, n'est-ce pas ? dit Louis Lacaz en aidant Daisy et Charlotte à descendre de la voiture.

Un maître d'hôtel les accueillit à l'entrée.

Le vestibule causa à Daisy une sensation d'étouffement. Était-ce la grande clarté qui le précédait ? Plutôt, ces volutes de soie cramoisie occultant portes et murs. Même le tapis, épais comme de la mousse, et la rampe de l'escalier de marbre blanc, gainée de velours, étaient de cette teinte, d'un rouge très foncé, tirant sur le violet, qu'aucune femme coquette n'aurait choisie car elle devait être fatale pour le teint.

Mme Lacaz les attendait dans le petit salon.

Elle se leva de son fauteuil, s'avança, baisa son fils au front.

– Mlle de Maubrun est charmante, dit-elle.

Le regret de le constater se notait.

On la sentait désolée que Daisy eût une longue lignée d'ancêtres, l'allure qui va avec, le cœur radieux et de la beauté.

Mme Lacaz avait certainement nourri des espérances d'une tout autre sorte pour son fils. Une bru qui lui eût ressemblé, une mademoiselle Petitpied ou Laffitte, bien élevée, point sotte, belle dot, la figure de tout le monde et qui, peu à peu, aurait pris la sienne, une physionomie sèche, dure, des plis aux coins de la bouche et que la coiffure, deux bandeaux stricts et sans grâce, n'arrangeait pas.

– Tout cela est si soudain... Notre fils nous a beaucoup surpris, dit-elle encore, tirant sur des manchettes en taffetas plissé dont la couleur puce s'assortissait au feston qui ourlait le bas de sa jupe d'un beige terne.

Louis Lacaz, ensuite, se chargea de la conversation.

Daisy se contentait de sourire tout en examinant le salon.

Aucune fausse note. Chaque meuble, bibelot, tableau était de valeur et bien placé. Un beau plafond, légèrement cintré, étincelait de tout l'or de ses médaillons. Sur le sol, un tapis d'Aubusson. Mais pas une plante, pas une fleur, une ordonnance impersonnelle qui glaçait. Rue du Bac, si les peintures accusaient la négligence et les petits moyens, du moins traitait-on les lieux avec amitié. On les habitait, on leur abandonnait un peu de soi, on laissait son livre sur le fauteuil, l'empreinte de ses pieds aux coussins du sofa, des fils, des épingles, son châle, son mouchoir où ils tombaient, on allait franchement et avec gaieté jusqu'au désordre. Ici, un grain de poussière eût paru aussi déplacé qu'un rire.

La porte à double battant se rouvrait, poussée par la main feutrée d'un valet; un petit garçon entra, trottinant devant sa gouvernante.

– Mon petit-fils, annonça Mme Lacaz.

– C'est Adrien, glissa Louis Lacaz à Daisy, le fils de ma sœur. Vous savez...

Il le lui avait expliqué.

Sa sœur, mariée à un certain Lormel, principal collaborateur du banquier Lacaz, était morte en couches huit ans plus tôt, laissant cet enfant. Les Lormel, père et fils, habitaient le second étage de l'hôtel.

On embrassa Adrien qui était mignon et fleurait le savon anglais. Cette présence secoua de sa torpeur Charlotte qui raffolait des enfants et mit une certaine animation dans l'expression de Mme Lacaz.

– Ce petit... dit-elle, posant une main assez belle sur la tête d'Adrien. (Et, presque aimable :) Louis, nous devrions faire visiter l'hôtel à Mlle de Maubrun. Après tout, mademoiselle, vous serez bientôt ici chez vous. Lorsque vous rentrerez de Trouville, nous nous organiserons et s'il y a quoi que ce soit qui ne vous plaise pas dans l'appartement que je vous destine...

Daisy accentua son sourire.

– Je vous remercie, madame. Mais nous sommes convenus avec le commandant Lacaz... Sans lui, comprenez-le, je me sentirais un peu étrangère pour m'installer dans cette demeure. En attendant qu'il bénéficie d'un autre congé, je resterai chez mon père.

Elle consulta la pendule, dit vivement :

– Je vous prie de nous excuser. Monsieur, pouvez-vous nous raccompagner ? Je dois aller avec Courtois chez Chevet, et il est déjà horriblement tard, nous avons eu tant d'encombrements pour parvenir jusqu'ici !

En sortant, Louis Lacaz murmura :

– Qu'est-ce que c'est que ce mensonge ? *Nous sommes convenus*... Ce qui était convenu, Daisy, c'est que vous habiteriez chez mes parents.

– Eh bien, j'ai changé d'avis. Voulez-vous, mon chéri, qu'en plus d'agoniser de chagrin durant votre absence je périsse d'ennui !

En gare de Lisieux, un valet attendait sur le quai pour les conduire à la voiture. Le cocher descendit de son siège, présenta ses vœux. Les chevaux, quatre superbes alezans, avaient leurs crinières nattées de satin blanc, et des touffes de primevères et de violettes fleurissaient l'intérieur de la voiture. Les violettes et le bois précieux gainant la caisse répandaient une délicate odeur.

– Quelle gentille attention, observa Daisy.

– Le personnel n'a fait qu'obéir à mes ordres.

– J'aime que vous me gâtiez ainsi, Louis, dit-elle doucement.

Dans la voiture, elle ôta ses gants pour le plaisir de contempler à nouveau la bague qu'il lui avait offerte.

– Trop grosse, avait décrété Charlotte. Ce n'est pas un diamant, c'est un pavé. Évidemment, on ne peut demander de la discrétion à un fils de parvenu.

– Papa, faites-la taire ! avait hurlé Daisy en empoignant sa sœur par ses nattes.

Charlotte était cependant restée sans voix lorsqu'on avait apporté « la corbeille », en fait un ravissant chiffonnier dans les tiroirs duquel s'amoncelait tout ce dont une femme pouvait rêver, châles de cachemire, dentelles, trois éventails incrustés de pierreries, de véritables bijoux, et des douzaines de paires de gants, des peignes d'écaille incrustés de perles, un petit sac brodé de roses avec son fermoir d'or, deux ombrelles, l'une à manche d'ivoire, l'autre à monture d'émail bleu, et... bref, une foule de choses exquises, d'un goût parfait, qu'elle avait éparpillées dans la chambre en tourbillonnant, ivre de joie.

– Papa, avouez qu'un tel homme mérite qu'on l'adore !

Sosthène de Maubrun avait souri, de ce sourire contraint et héroïque qu'il avait adopté depuis ces derniers jours.

Il l'eut pour la signature du contrat.

Cela se fit rue du Bac.

Sans doute Mme Lacaz aurait-elle souhaité un décor plus opulent, et plus nombreuse assistance à un acte revêtant dans la bourgeoisie autant de solennité que la messe, mais le banquier, lui, se montra fin diplomate et signa d'une main enjouée le document sur la table où d'ordinaire, à la même heure, le Grand Courtois disposait le plateau du thé.

Un joli nombre de millions en rentes et immeubles hérités de l'aïeul paternel représentait l'apport actuel de Louis Lacaz.

Celui de Daisy consistait dans le maigre revenu des deux fermes de Maubrun que son père ne songeait plus à vendre.

– Ce sera pour s'offrir ses bonbons chez Boissier, avait lancé Sosthène d'une voix qui frisait l'insolence.

Le banquier s'était incliné.

– Monsieur le comte, si l'on pouvait chiffrer la grâce et la beauté, Me Benoîton, ici présent, n'aurait point assez de pages à ce contrat pour établir la dot de Mademoiselle votre fille.

À partir de cette déclaration, Daisy avait considéré le baron Lacaz avec beaucoup de sympathie.

Un petit homme, dans la cinquantaine, sur lequel l'âge ne mordait pas, noir de poil, vif, remuant, avec des regards de braise dénonçant un tempérament dont son épouse ne devait guère profiter.

Ce fut son entrain qui sauva le repas de noces.

La cérémonie religieuse, prévue dans la stricte intimité, avait amené à Saint-Thomas-d'Aquin une affluence considérable. La finance, l'industrie, la politique. À défaut de recueillement, la puissance et l'argent étaient présents.

– Parbleu ! avait murmuré Sosthène de Maubrun, furieux, tout en conduisant sa fille à l'autel, j'aurais dû m'en douter, nous sommes tombés dans un traquenard ! Tu penses bien que les Lacaz n'allaient pas se priver du seul bénéfice que leur rapporte l'opération, à savoir l'alliance de monsieur leur fils avec une demoiselle de la noblesse.

Daisy, vêtue de la robe de mariée de sa mère, satin à traîne et long voile en point d'Angleterre, qu'une couronne de jasmin et de fleurs d'oranger retenait sur sa chevelure dorée, avait été félicitée, embrassée par des centaines d'inconnus.

Les dames susurraient :

– Délicieuse ! Vraiment délicieuse...

À celles-ci, elle entendait sa belle-mère chuchoter :

– Les contraintes de la rigueur militaire, n'est-ce pas ! Louis et sa jeune femme partent pour Trouville tout à l'heure. Un mariage d'amour... Oui, attendrissant ! La réception ? À Monceau, à leur retour, je vous le promets, le temps a manqué, la jeunesse a ses impatiences !...

La joie que Mme Lacaz s'était évertuée à manifester avait flanché en arrivant rue du Bac.

De fait, après cette élégante cohue, la table réduite à douze couverts paraissait bien mesquine malgré le chemin de fleurs, les lumières et le surtout d'argenterie.

Le défilé avait retardé le repas de près de deux heures. C'était sans conséquence pour les huîtres, mais la bisque d'écrevisses et le consommé de volaille arrivèrent froids. Devant la nervosité de Louis Lacaz qui craignait de perdre le train de Lisieux, Daisy envoya Charlotte ordonner au personnel de Chevet de presser le service. Elle avait mangé six huîtres, pris une cuillerée de bisque. L'avancée des plats acheva de lui couper l'appétit... saumon à la vénitienne... turbot sauce hollandaise... filets de bœuf à la royale... épigrammes d'agneau aux pointes d'asperges...

Une tasse de thé, un toast grignoté sur le sofa, c'eût été le bonheur !

Achille paraissait du même avis.

Il avait d'abord carrément refusé d'assister au mariage.

– Tu me brises le cœur, tu couvres de honte notre famille, et tu voudrais... Es-tu inconsciente ou idiote ?

Riposter eût été stérile.

Daisy avait choisi ses accents les plus doux.

– Chéri, je t'en prie. Enfin ! tu imagines ce déjeuner sans toi, ta place vide ? Moi, je ne peux pas... Et ne serait-ce que pour Papa. Achille, tu ne peux pas faire ça à Papa !

Pauvre Papa.

De temps en temps, elle lui lançait un petit sourire comme pour dire : « Je vous aime. Ne soyez pas triste. Bientôt, je vous reviendrai. »

Oui.

Bientôt, ce serait Louis qui la quitterait.

Et, pensant à cela, sa hâte d'être enfin seule avec lui, dans ses bras, redoublait.

Ce sentiment devait se lire sur son visage, car le banquier, relevant la tête de son assiette, que

les serveurs ne cessaient de remplir, et la considérant, déclara brusquement :
– Mon fils, vous êtes un homme heureux !

Depuis Lisieux, ils parlaient peu, s'embrassaient.

Elle aimait cette bouche à la fois dure et douce qui fouillait la sienne. Louis Lacaz ne se permettait rien de plus, sinon de caresser son dos et ses hanches à travers l'étoffe de son burnous en chuchotant : « Cette nuit, chérie, vous serez toute à moi », ce qui éveillait en elle une curiosité un peu trouble. Devenir une femme... Demain, allait-elle se reconnaître ? Et elle souriait dans le noir.

Soudain, il dit :

– Nous approchons. Entendez-vous cette espèce de grondement ? C'est la mer, Daisy.

Ils l'aperçurent lorsque l'attelage atteignit la Corniche. Une immensité noire que la lune pleine moirait d'or.

Le grondement s'enflait à mesure que l'on descendait vers la plage.

– Mon Dieu ! s'exclama Daisy. Comment est-il possible de dormir avec un bruit pareil ?

Il l'étreignit plus fort.

– Je n'ai pas l'intention, madame Lacaz, de vous laisser dormir.

Elle rougit.

L'unique maison éclairée était celle vers laquelle on se dirigeait, située au bout de la grande rue, en bordure de grève. Par la vitre de la portière, Daisy distingua un toit relevé de pignons pointus, compta deux étages, beaucoup de fenêtres habillées de légers balcons à jour, et l'on fut devant la porte.

Le personnel était rassemblé, plusieurs valets, des femmes de chambre en long tablier amidonné, la cuisinière.

Le plus vieux des valets récita un petit compliment.

Louis Lacaz remercia sèchement, ordonna qu'on décharge les bagages.

Peut-être était-ce l'habitude de s'adresser à des soldats qui lui donnait ce ton cassant quand il parlait aux domestiques ? Elle l'avait déjà remarqué, s'en était sentie froissée. Elle se promit de le lui dire.

– Madame désire-t-elle une collation ?

– Vous avez faim, Daisy ? Non ? Moi non plus. Seulement un peu de champagne, Antoine.

Un grand feu de bois crépitait dans la cheminée.

La pièce, immense, carrée, tenait à la fois du hall et du salon, surplombée par une galerie à balustrade ouvragée, autour de laquelle les chambres se distribuaient. Des nattes réchauffaient le dallage. Le mobilier était adapté au cadre. Des bahuts anciens, de larges tables rustiques, des fauteuils garnis de coussins en cretonne fleurie. De très belles portes cloutées. Au-dessus de la cheminée s'alignait une collection d'étains.

– Mes parents ont acheté cette maison voici quinze ans. Ma mère y vient l'été avec le petit Adrien et sa gouvernante. Mon père, de moins en moins. Dès qu'il est loin de Paris, il s'ennuie. Comment trouvez-vous ? L'ensemble aurait besoin qu'on le modernise.

Daisy n'osa lui dire que, tel quel, elle le préférait aux somptuosités glacées du salon de l'hôtel Lacaz. On respirait ici un autre air... peut-être celui d'une époque où les relations du couple Lacaz avaient encore quelque douceur.

Cette pensée l'assombrit.

– Chérie, ne restez pas devant le feu, venez, ôtez ce burnous, asseyez-vous. Les femmes de chambre rangent vos bagages. Nous monterons dès qu'elles auront fini.

Elle s'assit, s'avisa qu'elle avait soif, vida d'un trait la flûte de champagne que Louis Lacaz lui tendait.

Une seconde flûte la revigora tout à fait. Elle se sentait à nouveau béate de tendresse, sa joie retrouvée.

Louis Lacaz, debout, lui caressait doucement la nuque.

Il effleura son oreille, chuchota : « Ma femme », posa la main à la naissance de son décolleté, l'y laissa, disant encore : « N'aie pas peur, je serai très doux avec toi. »

Le tutoiement accentuait la chaude pression de sa main.

Peur ?

Pourquoi ?

Elle avait toujours jugé stupide l'appréhension que ses compagnes, à la pension Beaupras, manifestaient en évoquant la perspective de leur nuit de noces. Être couchée avec un homme dans le même lit... ! Il est vrai que, pour la majorité des jeunes filles, l'homme en question serait un parfait inconnu avec lequel elles n'auraient pas échangé plus de trois mots, ne l'ayant rencontré que lors de la présentation avec leurs parents et au contrat, avant que la cérémonie religieuse les unisse. Et elle les avait plaintes à l'époque, imaginant Achille dans son lit. Non, vraiment, Achille ne lui faisait pas peur du tout ! Comment avoir peur d'Achille ? Et aujourd'hui... Aujourd'hui, elle aimait de toute son âme le plus merveilleux des hommes, elle connaissait le goût de sa bouche, la force tendre de son étreinte. De quoi aurait-elle peur ?

Daisy leva la tête, sourit.

Ils montèrent enlacés.

La chambre.

Trois fenêtres, des rideaux en toile de Jouy bleue.

La chambre importait peu.

Mais Daisy fut sensible au bruit du loquet que Louis Lacaz fermait, à ces murs brusquement rabattus sur eux, au silence.

Les femmes de chambre avaient disposé une de ses chemises de nuit et son peignoir sur la couverture du lit. À droite, une porte entrouverte révélait l'existence d'un cabinet de toilette.

Tout à coup, le regard de Louis Lacaz, elle n'aurait su dire pourquoi, oppressa Daisy.

Elle murmura d'un ton hésitant :

– Peut-être... Ne croyez-vous pas, chéri... ? Je vais faire un brin de toilette. La fumée de ce train... Je dois avoir l'air d'une négresse !

Elle tenta un petit rire, mais Louis Lacaz garda son visage figé.

– Vous êtes très, très belle telle que vous êtes, prononça-t-il gravement.

Daisy le contourna, s'approcha du lit, se pencha pour prendre sa chemise de nuit... n'acheva pas son geste, retenue par deux mains dures qui lui ceinturaient la taille. Machinalement, elle tenta de se dégager, glissa sur la carpette, se retrouva étalée à la renverse sur le lit, Louis Lacaz l'écrasant à demi, dans le fatras de ses jupes.

– Tu feras ta toilette tout à l'heure, dit-il d'une voix qui n'était pas la sienne.

– Louis...

– J'ai attendu, je t'ai respectée. Maintenant... Je te désire tant, Daisy ! Dans le compartiment, si j'avais voulu...

Que voulait-il ?

En tout cas, ce qu'elle voulait, c'était que cessât cette situation ridicule, ôter sa robe, sa crinoline dont les cercles d'acier lui meurtrissaient les cuisses, se rafraîchir, revêtir sa jolie chemise de nuit, brosser ses boucles, l'accueillir dans les draps, toute parfumée, enveloppée de dentelles et dévoiler peu à peu à son admiration les attraits que la veille elle avait minutieusement recensés dans son miroir. C'était ainsi qu'elle voyait la scène, c'était ainsi que les choses devaient se passer.

– Je t'aime, disait-il.

Daisy ne l'entendait pas.

Elle avait rêvé d'un embrassement gracieux, d'une progression dans les baisers sans imaginer jusqu'où ceux-ci la mèneraient, elle savait qu'en amour non seulement les sentiments, mais les corps « se confondent », elle l'avait lu dans un recueil de poésies, on le lui avait chuchoté à la pension Beaupras, et elle avait trouvé l'expression sublime, illustrant parfaitement les audaces de sa pensée qui allaient jusqu'à lui offrir la vision de deux corps nus, pressés l'un contre l'autre, mais devant ces violences elle avait l'impression qu'elle ne savait plus rien et que l'amour, quand on le fait, ce n'est pas du tout poétique, c'est tout autre chose, quelque chose d'assez cruel, de barbare, qui transforme les hommes, puisque Louis, si prévenant, si attentif à la satisfaire, se permettait tout à coup de la malmener, de la commander…

Elle dit, cherchant son souffle et tâchant de l'écarter de ses petits poings :

– Louis, s'il vous plaît… Lâchez-moi. Vous me faites mal. C'est… c'est grotesque. Et vous abîmez ma crinoline !

Quand il releva sa jupe, le volant se déchira. Il ne s'en excusa même pas, continua de s'acharner dessus… comme un être privé de raison, songea Daisy, comprenant enfin que, quoi qu'elle fît, quoi qu'elle dît, il s'en tiendrait à cette obstination sourde et aveugle.

Alors, parce qu'elle ne supportait pas de le voir se conduire ainsi, parce que ce comportement l'effrayait plus encore que ce qu'il pourrait exiger ensuite, elle l'aida à dégrafer le lien de toile qui rattachait la crinoline au corset.

Les jupons suivirent, dénoués un à un.

Maintenant, il était si près, l'enfouissant dans sa chaleur, qu'elle ne distinguait plus entre les battements de son propre cœur et ceux de Louis Lacaz. Et de le sentir ainsi, l'épousant de tout son grand corps dans le désordre de leurs vêtements, une sorte de suffocation s'emparait de Daisy.

Elle jeta les bras autour de lui, agrippa ses cheveux noirs et épais, colla avidement sa bouche à la sienne.

C'était un contact familier, tendre. Un contact *civilisé.*

Elle y noya son cri.

Le soleil filtrant à travers les volets la réveilla.

Elle s'étira, sauta du lit, courut tirer les rideaux, ouvrit les volets.

Le spectacle l'enchanta.

Toute cette eau...

Une petite brise la fouettait, striant d'écume sa surface argentée qui, en se rapprochant, virait à l'ocre comme pour harmoniser sa couleur à celle, blond pâle, de la grève.

Elle referma la fenêtre, alla jusqu'au miroir, écarta ses boucles pour mieux se voir.

Oui, vraiment, sans aucun doute, elle avait changé, elle n'était plus la même. Une ombre bleutée aux paupières, une petite figure menue, tout à fait intéressante et, aussi, surtout, une expression nouvelle, assurée...

Elle rit.

Quand un homme vous désire...

Mon Dieu ! Qu'il avait été désolé, repentant de sa brusquerie !

– Chérie, je me suis conduit comme un sauvage...

Elle avait pardonné. Elle ne souffrait plus du tout. Et après avoir enfilé sa chemise de dentelle, ordonné sa coiffure, elle l'avait autorisé à s'en assurer moyennant, cette fois, beaucoup de douceur et de baisers. Elle avait eu raison de vouloir mettre sa chemise. Se la faire ôter était charmant. Ensuite... Ah ! ces yeux pleins d'orgueil qu'il avait posés sur elle, cette adoration ! Elle en avait été toute remuée. Un délicieux sentiment de triomphe.

Elle se dirigea vers le lit, lentement, admirant le beau visage de son époux, la vigueur du torse et des épaules que le drap découvrait. Il avait une grande cicatrice en travers du sein droit, souvenir d'une embuscade dans l'Aurès, il le lui avait expliqué.

Mon Dieu ! Qu'elle l'aimait !

Elle le réveilla très vite pour le lui dire.

Tous les matins, après le déjeuner qu'ils prenaient fort tard car les ardeurs amoureuses de Louis Lacaz n'avaient pas d'heure, ils sortaient.

Le temps était radieux.

Ils se promenaient sur la plage. Daisy ramassait des coquillages, il acceptait de les lui porter. Quand il n'avait plus assez de mains, elle courait, s'avançait vers la mer jusqu'à ce que l'eau la frôlât. Son front se couvrait d'une pluie de petits frisons dorés, l'air marin faisait briller ses yeux, elle criait de plaisir, l'appelait. Il riait : « Folle, ma folle ! », lâchait les coquillages, la rattrapait, la ramenait dans ses bras, les jupes trempées.

Un matin, il fit seller les chevaux, ils traversèrent Trouville. La *reine des plages* sommeillait derrière ses volets clos qu'en juin la saison rouvrirait. Il lui montra l'établissement de bains, le casino construit aux alentours de 1830. Elle le jugea désuet. Puis ils remontèrent la Corniche et se lancèrent au grand galop dans la campagne. Un souffle printanier verdissait le paysage, l'églantine commençait à poindre, les prés s'étoilaient de crocus et de primevères. Quand Daisy rentra, elle vacillait un peu.

– Tu es fatiguée, chérie ?

Non. Un simple excès de bonheur.

La cuisinière avait du talent. Ses moules farcies, ses feuilletés de crevettes, ses poissons accommodés de cent façons, ses volailles à la crème et ses entremets composaient des repas exquis. Daisy ne se souvenait pas d'avoir eu un tel appétit. L'amour, ça donne faim, aussi !

Après le déjeuner, ils ne s'attardaient pas, montaient.

Le grand lit les accueillait.

Vers les cinq heures, une des femmes de chambre toquait à la porte. Elle venait aider Daisy à s'habiller et à se coiffer. Elle était jeune, gaie, habile. L'appartement de la rue du Bac s'y fût-il prêté, Daisy l'aurait ramenée à Paris. Elle avait à présent les moyens de s'offrir une vraie femme de chambre, de s'offrir tout ce qu'elle désirait.

– J'ai donné des instructions à mon beau-frère Lormel. Quand je serai parti, Daisy, tu n'auras qu'à...

Elle l'avait aussitôt interrompu.

Penser à ce départ lui barbouillait le cœur, elle ne voulait pas en entendre parler, elle refusait tout ce qui n'était pas la félicité présente.

Aussi détestait-elle l'intérêt qu'il prenait à la lecture du *Moniteur* que le cocher allait tous les jours chercher pour son maître en gare de Lisieux.

– Qu'y a-t-il donc de si palpitant dans ton journal ? disait-elle.

– La politique, répondait-il d'un ton évasif. Il faut bien, ma chérie, que je me tienne au courant.

Elle se mordait les lèvres et, dès qu'il reposait

le journal, elle le roulait en boule et le jetait dans le feu. Le voir se tordre, se recroqueviller, disparaître dans les flammes la vengeait.

Le 25 mars, il ne leur restait plus que cinq jours avant de quitter Trouville. Calculés en heures, cinq jours, cela paraît encore l'infini.

Elle se le disait.

Le 27, il plut.

À l'heure habituelle, Michelet, le cocher, revint de Lisieux. Il entra, oubliant de fermer la porte derrière lui, roulant de gros yeux, la mine soûle.

– Ça y est, mon commandant ! s'écria-t-il.

– La porte, s'il te plaît ! gronda Louis Lacaz.

Et reposant son verre avec tant de précipitation que quelques gouttes de porto giclèrent sur la table, il se leva, traversa la pièce de ses grandes enjambées, rejoignit le cocher, le poussa en direction de l'office.

– Que se passe-t-il, Louis ? demanda Daisy quand il revint.

Il lui prit doucement les mains.

– Daisy... Daisy, tu auras certainement entendu ton père évoquer le différend qui oppose les Russes aux Turcs et l'assistance que la France et l'Angleterre ont promise à ces derniers ?

Elle secoua ses boucles avec impatience.

– Voyons, chéri, je t'ai déjà expliqué que depuis la mort du roi Charles X en 1836... donc, un an avant ma naissance, Papa a barré la politique de son répertoire. À la maison, on parle peinture, musique, littérature, on peut discuter durant des heures sur la qualité d'un thé ou sur les aléas d'une partie de whist... sur n'importe quoi, mais la politique, jamais !... Sauf lorsque Louis-Philippe s'est enfui et, aussi, après le coup d'État du 2 décembre, voici trois ans. Papa en a ri... ! Les Républicains, disait-il, ont mis les marrons au feu, mais c'est Napoléon le Petit qui les mangera...

Elle s'interrompit.

– Louis, ces Russes, ces Turcs, cette histoire… C'est important ?

– Ce matin, la France et l'Angleterre ont déclaré la guerre à la Russie.

– La guerre !

Il l'étreignit.

– Daisy, ma chérie, je suis désolé, je n'avais pas voulu t'inquiéter, j'espérais qu'on nous laisserait ces quelques jours, mais… Il faut que nous rentrions.

– Louis !

– Les femmes de chambre sont en train de faire les bagages. Michelet attelle des chevaux frais à la voiture. S'il y a un train à Lisieux pour Paris, nous le prendrons, sinon il nous y conduira. Je dois rejoindre au plus tôt mon bataillon.

Il la lâcha, se dirigea vers l'escalier.

Daisy suivait, ses deux mains cramponnées à sa jupe pour les empêcher de trembler.

4

Louis Lacaz quittait Paris le surlendemain.

Il ne voulut pas que Daisy vînt à la gare et la raccompagna en voiture de l'hôtel Lacaz, où ils avaient dormi une nuit, à la rue du Bac.

Elle demeurait silencieuse, ses mains enfouies dans les siennes, pressée contre lui.

Il s'en va, il s'en va à la guerre...

Elle était incapable de concentrer son esprit sur quoi que ce soit, sauf sur cette pensée terrifiante et l'écoutait à peine tandis qu'il parlait.

D'abominables détails prosaïques.

– Tu n'auras qu'à envoyer tes factures à Eugène Lormel. Il se chargera de les régler. Achète-toi de jolies choses, tout ce dont tu as envie, cela te distraira.

Elle n'avait envie que d'une chose : sa présence, et il la lui retirait.

– Va voir ma mère de temps en temps.

Divine consolation.

– Ah ! j'allais oublier ! Pour le courrier... La poste aux armées est parfois d'une lenteur désespérante. Je me suis arrangé... Chérie, tu m'écoutes ? Je me suis arrangé avec un ami, Daniel de Rotran... Je voulais te le présenter, le temps m'a manqué. Il jouit de certaines facilités en raison de diverses missions diplomatiques qu'il a effectuées pour l'Empereur. Il te fera parvenir mes lettres et tu pourras lui en confier la réponse. Le marquis de Rotran, rue Saint-Honoré, tu te souviendras ?

La voiture arrivait devant l'hôtel Maubrun.

Avec un petit gémissement, elle lui jeta les bras autour du cou.

– Embrasse-moi.

Elle avait le visage un peu meurtri, l'œil trop brillant. Sa belle bouche tremblait.

Il la baisa avec passion, détacha les mains qui se cramponnaient.

– Chérie, tu m'as promis...

Durant les brefs adieux qu'échangèrent Sosthène de Maubrun et son gendre, elle fut stoïque.

Et encore, à la fenêtre de l'appartement, d'où elle le regarda partir, si fort, si superbe, revêtu de son grand manteau de drap blanc piqué de bleu, sous lequel se devinaient le bleu céleste du dolman et le pantalon garance. Il leva la tête, lui fit un petit signe, sourit. Elle sourit aussi. La rue était blanche de soleil. Le cordon en argent de sa casquette rutilait. Le valet de pied ouvrit la portière. Il s'y engouffra. Daisy porta les mains à sa poitrine, les larmes jaillirent de ses yeux.

– Mon enfant, voyons, répétait Sosthène de Maubrun, maladroit devant la souffrance.

– Veux-tu un thé ? dit Charlotte. Je suis sûre que *là-bas,* les domestiques ne le font pas comme Courtois.

Cette évocation de Trouville redoubla les sanglots de Daisy.

Le soir, Achille était là, et le plateau du thé sur la table, les toasts que Céleste s'était appliquée à ne pas brûler, de la confiture de cerises qu'avait achetée spécialement pour elle Courtois, et un grand plat de muffins.

– Je suis passé les prendre à la boulangerie de

la Fontaine-Gaillon, ce sont ceux que tu préfères, dit Achille.

Ils étaient gentils, ils l'entouraient, mais on ne pouvait évidemment leur demander d'être affectés par le départ de Louis Lacaz. Ils ne la comprenaient pas. Elle avait été précipitée d'un rêve merveilleux en plein cauchemar, elle se mourait de désespoir, et son père racontait les sempiternels potins de son cercle, Charlotte babillait.

– Daisy... Daisy, écoute, ça va t'intéresser. On trouve maintenant à Paris des machines à coudre étonnantes. Ça vient d'Amérique. Un certain M. Singer...

Achille intervint :

– Ma pauvre Charlotte ! Enfin, réfléchis. Qu'est-ce que ta sœur ferait maintenant d'une machine à coudre ? Quand on s'appelle Mme Lacaz...

Achille s'entêtait à ne considérer ce mariage que comme un mariage d'argent. C'était une position confortable pour son amour-propre.

Elle but son thé, alla se coucher, s'endormit après avoir trempé deux mouchoirs.

Le troisième jour, Germain, le maître de manège, monta.

– Mademoiselle Daisy... J'ai appris... Vous devriez venir nous voir. Je n'en peux plus de crier après ces satanées gamines, j'y perds mes poumons ! Venez, ça me fera plaisir... Et aux chevaux, donc ! J'ai pensé aussi... On m'a confié une petite jument à vendre. Gris truité, la bouche comme un velours, un vrai bijou. Des fois que cela vous intéresserait. Le prix est en rapport. Mais, à présent, pour vous, quelle importance !

Une jument, à elle...

Avec la jument, il lui faudrait un costume d'amazone neuf et... Louis Lacaz l'avait dit, elle n'avait qu'à vouloir !

Les paroles de Germain la tirèrent de son apathie mieux que tous les beaux raisonnements qu'on lui prodiguait. Bien sûr, elle le savait, une femme d'officier se doit en toute circonstance de garder le front haut, l'œil sec, et quand, en plus, on appartient à la noblesse, l'exemple vous vient de loin. Mais, à dix-sept ans et lorsqu'on n'a pas la vocation de l'héroïsme, on se console mieux avec de jolis riens.

Daisy acheta la jument et se renseigna sur la meilleure maison spécialisée dans les tenues d'équitation, auprès de Dusausoy, boulevard des Italiens, où tous les ans Sosthène de Maubrun se faisait faire un gilet, disant : « Je préfère un gilet de chez Dusausoy qu'un habit pour le même prix chez un quelconque tailleur. » On lui indiqua M. Lamballe, trois maisons plus loin. Auprès de lui, elle s'enquit d'une bonne couturière, et M. Lamballe l'envoya chez Mme Guy, rue Neuve-Vivienne.

Daisy y emmena Charlotte, commanda deux toilettes pour chacune d'elles. Elle choisit les siennes en pensant à Louis Lacaz : un charmant écossais blanc, rose et vert, sur lequel tombait souplement la *rotonde,* une grande pèlerine ouatinée, du même vert jade, et une robe de cachemire blanc, assortie d'un burnous à brandebourgs bleu nuit.

Devant une glace, cernée de regards admiratifs, le chagrin se portait moins péniblement.

Elle eut même un petit frisson de plaisir en s'apercevant vêtue de son costume d'amazone et donna un pourboire royal à l'essayeuse. N'en déplaise à son père, c'était délicieux de constater combien le nom des Lacaz éveillait la sympathie des fournisseurs et décuplait leur zèle.

Le lendemain, elle étrenna le costume au manège et revint rue du Bac assez tard, très satisfaite de l'effet qu'elle avait produit.

Le Grand Courtois lui ouvrit.

– Madame Daisy, un monsieur a demandé Madame.

– Un monsieur ?

– M. le marquis de Rotran. Il est au salon avec Monsieur Sosthène.

Daisy tressaillit.

– Mon Dieu, Courtois ! Mais c'est ce monsieur dont le commandant Lacaz m'avait parlé ! Peut-être m'apporte-t-il une lettre ?

Elle traversa le vestibule, poussa la porte vitrée, la longue traîne en drap gros bleu de l'amazone négligemment rejetée sur le bras gauche.

Son cœur battait, l'émotion rosissait ses joues, ses boucles ruisselaient de sous le haut chapeau qu'un drapé de gaze survolait d'une vapeur azurée.

– Ah ! Daisy, dit son père.

L'inconnu assis dans le fauteuil en face de lui se leva.

– Daisy, je te présente le marquis de Rotran. Ma fille, Mme Lacaz.

Elle s'avança, le mouvement découvrant les grâces de son buste que le petit corsage de piqué à gilet et basques courtes ajustait étroitement.

– Madame...

Il s'inclina sur sa main.

– Je lis dans vos yeux une question.

Daisy sourit.

– En effet, monsieur.

– Je regrette, je n'ai pas encore reçu de lettre de votre époux. Il faut être patiente, madame. Il n'y a que quinze jours que le commandant Lacaz est parti.

– Seize ! rectifia Daisy vivement.

Il sourit à son tour.

– Le commandant est un homme heureux... Je me suis permis, madame, sachant que vous demeuriez chez M. votre père, de venir vous rassurer.

Dès qu'un courrier me parviendra, vous l'aurez dans l'heure.

– Merci. C'est vraiment très aimable. J'avais d'ailleurs songé à envoyer chez vous notre valet. Vous qui connaissez mon époux, vous devinez, monsieur, combien sa présence peut me manquer.

– Si tu t'asseyais, au lieu de tenir le marquis debout ? observa Sosthène de Maubrun.

Daisy s'assit.

La déception avait ravivé sa peine. Les images de la tendresse et du bonheur tournoyaient dans sa tête comme une valse triste. Elle avait la gorge nouée et elle resserra frileusement sa veste qu'un grand col de toile blanche épinglait, tout en s'efforçant par courtoisie de s'intéresser à la conversation.

– ... La politique, une chienlit ! disait Sosthène de Maubrun. Je n'y fourre plus le nez. J'attends.

– Moi, je l'avoue, j'essaie de m'en accommoder, répliquait tranquillement le marquis de Rotran. L'Empereur vaut mieux que la République, vous en conviendrez, monsieur le comte. Nous avons l'ordre, la fermeté, un souverain dont je ne me risquerais pas à vous faire l'éloge, mais l'approcher, c'est l'apprécier. Il y a beaucoup de positif en lui.

Il sourit.

– Ma nature est ainsi faite. J'ai toujours préféré n'importe quelle solution à la noyade. La Monarchie a sombré, je me raccroche à l'Empire. Vous voyez, je suis franc. De plus, mes relations privilégiées avec l'Impératrice ont grandement influencé ce rapprochement. Une femme exquise. Alors qu'elle n'était encore qu'Eugenia de Montijo, nous entretenions une bien agréable amitié. Cette amitié se poursuit, je m'en honore. Savez-vous, monsieur le comte, et je vais certainement vous surprendre, que Sa Majesté est comme vous : légitimiste dans l'âme ?

– Ah ?... J'ignorais, dit Sosthène de Maubrun. Légitimiste... vraiment ? Curieux pour l'épouse d'un Bonaparte !

Il rit.

Malgré la prise de position du marquis de Rotran, Daisy sentait son père sous le charme. Elle en fut contente comme d'un succès personnel et considéra avec plus d'attention l'ami de Louis Lacaz.

Un visage sans signes particuliers, fin, de construction régulière, le teint blanc, comme poudré, des cheveux clairs, les sourcils et la moustache à peine esquissés... Tout était dans le regard, profond, semblant observer les êtres et les choses avec une discrète mansuétude, mais ce n'était peut-être qu'apparence car, au fond des yeux, sous les cils pâles, une petite lueur moqueuse pétillait.

Daisy nota encore que son veston droit, à la dernière mode, était remarquablement coupé, sa lingerie éblouissante, ses chaussures cirées par un valet compétent et qu'à n'en point douter ses rapports avec la cour des Tuileries se révélaient plus fructueux que l'entêtement de Sosthène de Maubrun à s'en tenir écarté.

Elle dit, roulant entre deux doigts la pointe du petit foulard de soie noué à son cou comme un mouchoir :

– Louis ne m'a pas dit... Comment vous êtes-vous connus, monsieur ?

– Oui, au fait ! Comment donc vous connaissez-vous ? s'enquit Sosthène de Maubrun.

La mine et le ton traduisaient sans fard sa pensée : « Comment est-ce possible ? Une amitié entre un homme issu de la finance et un membre de notre aristocratie... Expliquez-moi, je ne saisis pas. »

Le marquis de Rotran eut un petit geste de la main.

– Dans les turbulences de la jeunesse, madame. Nous avions vingt ans l'un et l'autre. Nous sommes du même âge, encore que je fasse plus vieux. L'oisiveté appauvrit le sang, et je n'ai pas la magnifique santé de votre époux. Mais à vingt ans... Bref, étant dans un de ces lieux de plaisir que fréquentent les jeunes gens, Lacaz qui s'y trouvait me tira d'une mauvaise affaire sur laquelle vous me permettrez de ne pas m'étendre, sinon pour souligner son esprit d'à-propos qui m'évita peut-être le pire, ce jour-là. Il y a des sympathies qui naissent d'un hasard. Et le tempérament chaleureux de votre époux, madame...

– N'est-ce pas ! s'écria Daisy. Oui, c'est cela, chaleureux ! Le mot lui va tout à fait. Louis est si... si...

Elle rougit.

– Excusez-moi. Je crains de m'être laissé entraîner.

– Du tout. C'est charmant.

– Ma fille en est encore au premier enthousiasme, dit Sosthène de Maubrun, la bouche pincée.

– Papa ! Monsieur, continuez, je vous en prie. Ainsi, Louis et vous avez sympathisé ?

– Oui, madame. Nous n'avons pas le même caractère, mais précisément ces différences nous ont attirés. Et l'on se lie à vingt ans plus facilement qu'à trente. À chaque congé de Lacaz, nous nous revoyons, nous échangeons nos idées. Il m'apporte une bouffée d'aventure. Cela fait du bien de respirer de temps à autre un autre air ! Nous nous instruisons mutuellement des intrigues de l'armée et de la cour et, à l'occasion, grâce à nos appuis, nous nous rendons quelque service.

– Monsieur, pensez-vous que cette guerre va durer ?

– Tout porte à croire, madame, qu'une solution diplomatique interviendra... et que vous reverrez très bientôt le commandant Lacaz. C'est bien cela, n'est-ce pas, que vous souhaitiez m'entendre dire ?

Il se leva.

– Je ne voudrais pas abuser.

– Oh ! mais pas du tout ! Au contraire ! J'ai été si heureuse de faire votre connaissance et de pouvoir parler de Louis ! C'est... c'est le meilleur moment que j'aie passé depuis son départ.

– Vous me flattez. Monsieur le comte, je profiterai de votre aimable invitation et passerai un après-midi au cercle de l'Union. Madame, dès que j'aurai des nouvelles de votre époux...

À la porte, Daisy répéta :

– Je suis très heureuse d'avoir fait votre connaissance, monsieur.

– Moi, je vous connaissais déjà.

– Vraiment ? Mais...

– J'étais à Saint-Thomas-d'Aquin pour votre mariage... M'autorisez-vous un compliment ? Banal. Les compliments sur la beauté le sont toujours, à moins que l'on ne donne dans l'emphase. J'ai donc tout simplement pensé ce jour-là que vous étiez la femme la plus ravissante que j'avais jamais vue. Je n'ai pas changé d'avis.

Avril, mai, juin...

Daniel de Rotran avait offert à Daisy une carte afin qu'elle pût situer le théâtre des opérations militaires.

Étudier la géographie à la pension Beaupras l'ennuyait prodigieusement. Sa mémoire n'en avait retenu que l'essentiel. Mais elle était maintenant capable de reproduire par cœur le détroit des Dardanelles s'avançant entre la péninsule de Gallipoli et l'extrémité nord-ouest de l'Asie Mineure, une mince ligne d'eau reliant la mer Égée à ce petit lac bleu que dessinait sur la carte la mer de Marmara.

Louis Lacaz était là.

Très exactement, à Gallipoli, signalé sur la carte par une des épingles à tête de perle, dont elle se servait pour fixer son tablier à sa robe lorsqu'elle soignait ses plantes vertes.

Le soir, elle posait la carte sur son drap, fixait la tête de l'épingle avec intensité.

Peut-être, à distance, percevait-il son appel, le besoin qu'elle avait de lui ?

Gallipoli !

Un nom pareil ! Être à Gallipoli ! Et pour y faire quoi ? Par instants, elle enrageait de la bêtise des hommes. Le marquis de Rotran – Dieu merci ! elle avait quelqu'un pour l'instruire, car il ne fallait compter ni sur Sosthène de Maubrun ni sur Achille – le marquis de Rotran lui avait expliqué les motifs de cette guerre. Aberrants !

« Toutes les guerres, ma chère, sont stupides pour ceux qui en éprouvent les effets et non le bénéfice », disait-il de sa voix dont les inflexions nonchalantes rappelaient celle de Papa, mais derrière cette similitude se cachait, on le sentait, une tout autre volonté.

Bref, pour en revenir à la guerre, l'origine du conflit reposait sur une querelle entre chrétiens catholiques et chrétiens orthodoxes, ceux-là grignotant peu à peu les lieux saints de Jérusalem et de Bethléem... Pour une colonne subrepticement déplacée, pour un cloître indûment occupé, Louis était aujourd'hui à Gallipoli ! On croyait rêver ! Hélas ! les Russes appuyaient les chrétiens orthodoxes; les Turcs, par traité, devaient assistance aux catholiques romains – encore que la loi de Mahomet leur ordonnât de maudire pareillement tous les chrétiens. Et le prétexte, pieux, était fourni à la Russie d'accroître sa puissance en démantelant un empire turc vacillant, ce qu'avaient jugé intolérable les gouvernements français et anglais qui se souciaient peu qu'elle, Daisy, se retrouvât au lendemain de ses noces seule dans son lit.

Au mois de juin, elle déplaça l'épingle.

La dernière lettre de Louis Lacaz mentionnait que les chasseurs d'Afrique avaient pris position dans Varna, une ville située plus haut sur la carte, en bordure de la mer Noire.

La teneur, à part cette nouvelle, ne différait pas des précédentes, à savoir que, les Russes se dérobant, l'armée déplorait son inaction.

Elle, non.

Tant qu'il n'y aurait pas de combats... Et durant ces journées, elle lançait à tout bout de champ vers le ciel des bribes de prières pour que ce statu quo continuât et que cette affaire se réglât, comme le marquis de Rotran l'escomptait, en quelques traits de plume.

Aux courriers de Louis Lacaz, elle répondait par de petits mots tout raturés d'encre.

Il lui semblait n'avoir que des niaiseries à lui raconter. Qu'importait à Louis, retourné dans un univers d'hommes, le nom de sa jument qu'elle avait baptisée Cérès et la docilité que montrait celle-ci au dressage ? Que lui importait la description de ses toilettes et qu'elle en eût commandé deux autres à Mme Guy, plus adaptées à la saison ? Car il était parti au début du printemps et, déjà, l'été s'annonçait ! Non, ça non plus, il ne fallait pas l'écrire, il ne fallait pas se plaindre. Alors, elle lui décrivait ses visites à l'hôtel Lacaz, où elle allait déjeuner une fois la semaine, une corvée, mais elle ne le lui disait pas, louant l'amabilité que lui témoignait son beau-père et taisant l'animosité sourde de Mme Lacaz, qui laissait mal augurer de leur cohabitation future, mais cette réflexion, elle la gardait aussi pour elle. À part cela... Sa petite existence. Quelques visites du marquis de Rotran : « Il m'apporte tes lettres. Nous parlons de toi. Toute ma famille l'apprécie beaucoup. J'en crois même Charlotte vaguement amoureuse... » La missive s'achevait sur des tendresses et, de s'être ainsi remué le cœur, elle en restait épuisée jusqu'au lendemain.

Le 4 juillet, dans la matinée, Daisy était seule à l'appartement lorsque Eugène Lormel se présenta.

Elle n'avait pas revu le beau-frère de Louis Lacaz depuis le mariage et, en apercevant dans l'encadrement de la porte sa grosse face bien nourrie qu'un crâne parfaitement lisse et rose coiffait, elle eut un choc.

– Louis !

Elle avait crié.

– Il ne s'agit pas de Louis, madame. Je peux entrer ?

Daisy resserra le col de son peignoir.

– Excusez-moi. Il fait si chaud ! Je flânais... Mais entrez, entrez, je vous en prie.

Il prit le temps de carrer sa corpulence entre les deux bras du fauteuil, de noter certainement le désordre de la table que Céleste avait oublié de débarrasser avant de partir au marché, s'humecta les lèvres.

– Madame, j'ai le pénible devoir de vous annoncer... Le baron Lacaz est décédé. Oui, madame. Votre beau-père, et le mien. Subitement, voici deux heures. Le cœur, madame. Les médecins l'avaient prévenu, il a trop abusé de ses forces.

– Mon Dieu ! mon Dieu ! Il paraissait si plein de santé, si jeune, si…

Eugène Lormel n'était pas venu pour larmoyer sur l'irrémédiable, mais pour lui communiquer les dispositions qu'il avait jugé devoir aussitôt prendre.

– Mme Lacaz, comme vous le savez, est à Trouville depuis le début de la semaine avec mon fils Adrien. J'ai envoyé un valet l'aviser, et alerté le ministère afin que Louis soit prévenu rapidement. Par le télégraphe…

Une joie aiguë dissipa la stupeur de Daisy.

– Louis va revenir, vous croyez ?

– Étant donné l'inactivité de nos armées, je le pense. Le baron Lacaz était une personnalité. Les autorités militaires accorderont certainement cette faveur à son fils. Ne serait-ce que pour ouvrir la succession à laquelle de grands intérêts nationaux sont liés.

En attendant Mme Lacaz, ce fut donc Daisy qui veilla le banquier.

Malgré la peine sincère qu'elle éprouvait, ses pensées étaient incapables de parvenir au recueillement souhaitable.

Louis va revenir…

Cette petite musique bruissait à ses oreilles, l'étourdissait, lui donnant un air rêveur, un peu hébété qui, heureusement, pouvait passer pour l'expression du chagrin, encore qu'on ne lui en demandât pas.

Mme Lacaz, dès son retour de Trouville, avait pris les choses en main, la reléguant au rôle de simple figurante, ce qui convenait très bien à Daisy.

Elle n'avait rien à dire à tous ces gens qui l'avaient probablement félicitée lors du mariage et arrivaient aujourd'hui en toute hâte des stations thermales, des bains de mer, de leur campagne ou de quelque endroit à la mode où la nouvelle les avait atteints, pour défiler dans le grand salon d'angle transformé en chapelle ardente, avant que disparût sous le couvercle d'acajou plombé la physionomie aimable du baron Lacaz.

L'enterrement eut lieu le lendemain de l'arrivée de son fils.

La grande chaleur de juillet s'augmentait de la flamme des centaines de cierges garnissant l'église. Les fleurs dressées en montagne autour du catafalque répandaient une odeur douceâtre. Daisy suffoquait sous son crêpe. C'était pratique cependant. Elle pouvait y dissimuler un bonheur que, seul, d'en haut, le baron Lacaz surprenait peut-être, mais les morts comprennent mieux que les vivants combien le temps est compté.

« Une semaine. On m'a accordé une semaine, chérie, avait dit Louis Lacaz. Pauvre père ! Enfin, il aura eu la mort qu'il souhaitait. Naturellement, Eugène Lormel ne t'a pas expliqué... Maman l'ignore, quoiqu'elle ait peu d'illusions. Mon père n'est pas mort ici. Il était chez l'une de ses belles amies, en train de... Bref, celle-ci a averti Eugène, il l'a ramené en voiture, on a fait croire... Sa passion pour la chair l'a tué. Vert à cinquante ans comme à vingt ! Les avertissements des médecins le laissaient indifférent. Il disait toujours : "Rendre le dernier soupir dans un lit, il le faudra bien, mais je te garantis, mon garçon, que je m'arrangerai pour que ce ne soit pas le mien et pour m'y préparer en joyeuse compagnie." »

Daisy avait relevé dans la voix une complicité qui l'avait indignée.

Son père... Son beau-père... Louis Lacaz envisageait-il, par hasard, lui aussi, de la tromper un jour ?

Il avait écrasé sous les siennes les jolies lèvres d'où jaillissait ce ton féroce. « Toi... Toi... », murmurait-il, froissant la soie de sa robe de deuil exécutée dans les douze heures par Mme Guy, laquelle avait eu les paroles de circonstance que lui dictait sa profession : « Le noir, madame Lacaz, avec la blancheur de votre peau, l'or de votre chevelure... Vous serez somptueuse ! »

À en juger par l'emportement amoureux de Louis Lacaz, Mme Guy avait eu tout à fait raison.

Le chagrin et l'atmosphère solennelle de l'hôtel paraissaient, dès qu'ils se retrouvaient dans la chambre, exacerber ses sens. Après un court sommeil, Daisy se réveillait au matin, rompue, glorieuse, songeant que ces nuits illuminées par des embrassements sans fin doubleraient la semaine qui leur était accordée.

Le surlendemain de l'enterrement, le notaire, Me Poiloud, apparut à Monceau pour donner lecture du testament.

Daisy jugea interminable l'énumération des biens.

La banque, ses succursales, des fabriques, sucreries, filatures, briqueteries, etc., des participations importantes dans des entreprises de construction et dans les différentes compagnies de chemin de fer, des immeubles, la propriété de Trouville, l'hôtel de Monceau, deux domaines de rapport, dont l'un de 800 hectares dans le Berry...

Elle étouffait ses bâillements.

Son époux, Mme Lacaz et le beau-frère Lormel écoutaient patiemment. Une simple formalité à respecter. Le testament était sans surprise. De son vivant, le banquier leur avait déjà communiqué ses volontés.

Louis Lacaz les résuma ensuite pour Daisy, peu accoutumée au jargon des notaires.

En dehors de quelques petits legs à des serviteurs et à des employés, la fortune du baron Lacaz se partageait, ainsi que la loi le lui permettait. La banque et ses succursales, représentant environ – on arrondirait avec une filature de coton – le tiers de la succession, reviendraient à son petit-fils Adrien Lormel lorsque celui-ci atteindrait sa majorité. Eugène Lormel, père d'Adrien, en assumait la pleine gestion. C'était sa place, il la méritait. Louis Lacaz, porteur du nom, héritait des deux autres tiers, et il le disait, citant des chiffres faramineux, avec la désinvolture de ceux qui ont toujours entendu compter par millions autour d'eux.

– Mais ta mère, Louis. Ta mère ! Enfin, n'eût-ce pas été juste... ? Ton père ne lui laisse rien ?

– Sa dot, qui était considérable, lui sera restituée. Et ma mère possède, par apports d'héritages, plus de revenus personnels qu'elle ne saurait en dépenser. Elle a approuvé elle-même ces dispositions, ne se réservant que le mobilier de l'hôtel et, cela va de soi, la jouissance de l'appartement qu'elle y occupe. Mais l'hôtel, à présent, m'appartient... nous appartient, chérie. Dès que je serai reparti, je veux que tu viennes t'y installer. C'est à toi, dorénavant, qu'incombe le rôle de maîtresse dans cette maison.

– Louis, ta mère... Elle ne m'aime déjà pas. Comment acceptera-t-elle ? C'est à la fois délicat et désagréable.

Elle enroula les bras autour de son cou d'un geste câlin.

– Vois-tu, chéri, j'avais pensé... Pourquoi ne lui laisserions-nous pas Monceau ? Après tout, ce serait bien normal ! Tu pourrais acheter une autre maison, rien que pour nous. Il y a un ravissant petit hôtel à vendre, rue de Varenne. C'est à côté de la rue du Bac et du manège, nous y serions...

Il se dégagea, dit sèchement :

– Non. Je ne me sentirais pas du tout chez moi faubourg Saint-Germain.

– Pourquoi ?

– Pourquoi ! Tu le demandes ? Daisy, Daisy ! Ce n'est pas parce que la mort de mon père me fait baron que j'en suis pour cela plus aristocrate aujourd'hui qu'hier. À défaut de siècles derrière moi, j'ai du bon sens. Dans ton monde, on me tolère. Pas plus.

– Le marquis de Rotran t'aime beaucoup.

– Rotran... oui. Son humour et sa curiosité édulcorent ses préjugés. De plus... mais je te prie de considérer cette remarque comme venant d'un fils de la finance, c'est-à-dire dénuée de toute péjoration, au contraire !... de plus, il y trouve son profit. Sa famille servait les Bourbons. Lui, il s'est servi de la bourgeoisie de Louis-Philippe et, maintenant, il coquette avec l'Empire. Il n'a qu'une haine avouée : les Républicains. Toutefois, y aurait-il un revirement en leur faveur, je suis sûr qu'il s'en sortirait gagnant et dans leurs bonnes grâces. Un malin ! Qui pousse l'intelligence jusqu'à n'en montrer que ce qu'il faut pour n'offenser personne !... Oui, lui, je crois qu'il m'aime bien. Mais prends ton père. La civilité l'oblige à des efforts envers son gendre, cependant le premier imbécile venu se rendrait compte combien il lui en coûte !

– Chéri, chéri, s'empressa Daisy, ne mêlons pas Papa... Il ne s'agit que de nous. J'ai dit la rue de Varenne... Mais si le quartier ne te plaît pas, nous pouvons en choisir un autre. Les Champs-Élysées...

Il la fixa.

– Monceau me convient parfaitement. J'aime cet hôtel, je n'en changerai pas et j'entends que tu l'aimes aussi. Ma mère... Ma mère n'est pas un dragon, que je sache ! (Et, adoucissant son ton :) Entre femmes, on arrive toujours à se comprendre, tu verras, je vous fais confiance, tout se passera très bien. Allons, chérie, souris-moi. Tu ne voudrais pas gâcher notre peu de temps par une dispute, n'est-ce pas ?

La semaine s'épuisa.

La veille du départ de Louis Lacaz, ils allèrent dîner chez le marquis de Rotran.

L'hôtel Rotran élevait ses deux étages rue Saint-Honoré, presque à hauteur de la rue de Castiglione.

Peu de façade, mais, après avoir franchi le porche peint en vert qui le jouxtait sur la droite, on découvrait une superbe enfilade de fenêtres prises dans les arabesques touffues d'un lierre. La cour pavée s'ornait d'un massif de roses et, au fond de celle-ci, épaulant l'hôtel en équerre, un portique sculpté enjambait de ses élégants arceaux un paysage de jardin.

Le perron avait trois marches, doucement incurvées par l'usure des siècles. Dans le hall d'entrée pendait une lanterne en cristal et bronze doré, de toute beauté.

Un valet, qui n'avait pas l'obséquiosité de ceux de l'hôtel Lacaz, les conduisit au petit salon.

Des murs tendus de moire crème, une immense, merveilleuse tapisserie des Gobelins occupant le panneau central, des meubles en bois de rose incrusté de nacre, de moelleuses bergères, des tables légères qui semblaient faire des pointes sur le tapis en point de Hongrie, deux peintures de Gainsborough, des coupes d'argent et de cristal emplies de fleurs... Le choix du décor reflétait la personnalité de celui qui en avait décidé.

Après un repas excellent, accompagné de grands vins, on prit le café sur la terrasse, laquelle prolongeait la salle à manger par deux portes-fenêtres.

Des lampadaires éclairaient de leurs transparences dorées les buissons de roses et une profusion de fleurs, géraniums, ageratums, bégonias, dahlias, lupins, pieds-d'alouette, scabieuses, fuchsias, si adroitement disposées que l'homme semblait n'être pour rien dans cette harmonieuse exubérance. Un bassin glougloutait. À sa surface, surveillés par un sphinx de marbre blanc, flottaient des nymphéas roses.

Des caisses d'orangers, de camélias et de jasmins jalonnaient la terrasse qui, sur toute la largeur de l'hôtel, face au jardin, bordait le rez-de-chaussée.

– Ces jasmins sont un cadeau de l'Impératrice. Elle les a fait venir spécialement pour moi d'Estrémadure, en Espagne, où elle est née. Sa Majesté a toujours des intentions charmantes. (Daniel de Rotran sourit.) Beaucoup disent qu'aimer les fleurs n'est pas un penchant viril, mais je les aime. Leur variété, leurs nuances, leur fragilité m'émeuvent. Composer un bouquet, en humer le parfum, c'est comme caresser une jolie femme.

Le sujet était délicieusement scabreux.

Daisy l'aurait volontiers approfondi, elle se sentait un peu ivre de vin, toute molle et chaude dans le confortable fauteuil où son hôte l'avait installée, mais un valet vint, servit les liqueurs, et la causerie menée par Louis Lacaz bifurqua sur les chemins beaucoup moins plaisants de la guerre.

– L'Empereur s'y est vu contraint sans enthousiasme. Nous n'étions pas prêts. Quelle pagaille lorsque nous sommes arrivés dans les Dardanelles ! Enfin, quand je les ai quittées, la situation paraissait meilleure, le ravitaillement assuré.

Daisy tripotait le ruché de son corsage.

– Louis, quand tout cela sera-t-il terminé ?

– Vous l'entendez, Rotran ? Savez-vous que c'est l'unique question qu'elle me pose ! Les femmes croient les militaires des devins. Je ne le suis pas, chérie. Et tant que les Russes refuseront le combat... Une belle et bonne bataille, voilà ce qu'il nous faut pour les anéantir et en terminer, comme tu dis, quitte à aller les chercher jusque chez eux ! C'est l'avis du maréchal de Saint-Arnaud, et je le partage. Quand nous les aurons devant nous...

– Oh ! tais-toi, tais-toi ! je t'en prie ! s'écria Daisy.

Elle s'était dressée à demi, les mains crispées sur les accoudoirs du fauteuil. Elle s'interrompit, se rassit avec un petit soupir, se tourna vers Daniel.

– Excusez-moi, monsieur. Vraiment, je suis confuse...

– Mon ami Lacaz est très aimé, madame, je n'en retiendrai que cela. Au fait, mon cher, lorsque la guerre sera terminée, comptez-vous poursuivre dans l'armée ?

Daisy lui fut reconnaissante de faire dévier la conversation.

– Poursuivre, bien sûr ! dit Louis Lacaz. Pourquoi ?

– Je pensais... L'administration des biens que vous venez de recueillir est une tâche assez rude.

– Mon beau-frère Lormel s'en occupera. Je l'ai chargé de mes intérêts. Il est très compétent. Mon père savait ce qu'il faisait en lui abandonnant la gestion de la banque. Mon manque d'intérêt le désolait. Mais que voulez-vous... !

Louis Lacaz rit, mordit sa moustache de ses dents fortes, très blanches.

Attirées par le nœud hongrois à quatre tresses d'argent qui, sur chaque manche, marquait son grade, les flammes du chandelier rôdaient autour de lui et semblaient prendre la mesure de sa carrure.

– Que voulez-vous, répéta-t-il, on ne se change pas ! Vous, Rotran, vous aimez les fleurs. Moi, j'aime l'action.

– Tu m'as promis... murmura Daisy.

– Qu'avez-vous promis à votre épouse ?

– De me faire muter à Paris. Et je le ferai. Cette jeune dame a trop de beauté pour qu'on ne la surveille pas de près.

– Ah ! l'amour ! lança d'un ton moqueur Daniel de Rotran. Il lime les griffes du lion.

– Vous n'avez jamais songé à vous marier ? demanda Daisy. Mais peut-être est-ce indiscret...

– Du tout. Me marier ? Moi ? Je suis un vieux garçon, madame.

– Pas si vieux !

– Mais si douillettement installé dans le célibat qu'on ne m'en délogera point. Le mariage, ma chère, c'est une vocation ! Des petites épousailles de temps à autre sans cérémonie ni témoins satisfont tout à fait mes appétits et mon égoïsme. Il faudrait vraiment... Non, je ne vois pas.

Louis Lacaz se leva.

– Chérie, nous devons rentrer. Je pars tôt demain matin et j'ai encore...

Brusquement, le paysage s'assombrissait comme si un vent froid en eût dispersé l'enchantement et soufflé les lumières.

Louis Lacaz accepta cette fois que Daisy l'accompagnât à la gare de Lyon.

Un bateau-vapeur l'attendait à Marseille, qui le transporterait rapidement vers la mer Noire.

Quand il gravit le marchepied, elle ressentit un déchirement de tout son être et se précipita, l'entoura de ses bras, comme si la violence de son désespoir eût été capable de le retenir.

– Chérie, je ne veux pas que tu pleures. Je te le jure, je reviendrai vite.

Le train s'ébranlait.

Il dit encore :

– Tu es mon amour, ne l'oublie pas.

Il l'embrassa, rabattit doucement son voile de deuil, la saisit aux aisselles, la déposa sur le quai.

Elle était seule.

5

La rage qu'inspiraient les réflexions de Mme Lacaz, toujours certes formulées avec politesse mais coulant de sa bouche comme une eau glacée et ponctuées d'un « ma fille » particulièrement désagréable aux oreilles de Daisy, se révélait être une panacée contre les angoisses de la séparation.

La passation des pouvoirs avait été symbolique.

– Ma fille, cet hôtel est maintenant propriété de mon fils. Vous en disposez. Il est content de ce que j'en ai fait, mais si vous jugiez bon de modifier quelque détail…

Cette éventualité devait paraître hors de question à Mme Lacaz; la phrase demeura en suspens.

Après quoi, à peine Daisy arrivée, sans prendre le temps de sourire, elle l'avait entraînée pour une visite des lieux.

Étienne, le maître d'hôtel, suivait, un fort bel homme au profil de César, plus satisfait assurément de lui-même que de n'importe quel maître, et la première volonté de Daisy, si elle avait osé l'exprimer, eût été de le congédier sur l'heure.

D'un pas élastique et vigoureux, qui était celui de Mme Lacaz, on descendit aux sous-sols.

Inspecter les commodités d'une cuisine et de ses dépendances n'avait rien d'exaltant.

Daisy s'y prêta avec distraction, notant cependant que la température ambiante faisait ruisseler la cuisinière et ses aides et que Mme Lacaz, au lieu de vanter le modernisme du monte-plats et l'ingéniosité de la grande broche, aurait dû un peu plus songer au bien-être de son personnel.

Les salles de réception du rez-de-chaussée, salons, salles à manger, fumoir, bibliothèque, Daisy connaissait, on les lui épargna.

Le palier du premier étage était de magnifiques proportions, mais assez sombre. Il aurait fallu des glaces pour réfléchir la lumière de la cage de l'escalier. Il y en avait peu dans cette maison. Mme Lacaz ne devait pas aimer rencontrer son image. On la comprenait.

On passa rapidement devant un certain nombre de portes fermées, probablement celles des pièces qu'elle se réservait, et l'on atteignit la chambre donnant sur le parc Monceau, que Louis Lacaz et Daisy avaient occupée au moment des obsèques du banquier.

– J'ai pensé qu'en attendant le retour de mon fils vous coucheriez chez lui. Ensuite, nous verrons à ce que vous ayez votre propre chambre.

– Celle-ci sera très bien pour nous deux, dit tranquillement Daisy.

La figure de Mme Lacaz se contracta, elle tourna très vite le dos au lit, comme pour fuir les images indécentes que les paroles de Daisy suggéraient à son esprit.

– Je doute que cet arrangement satisfasse Louis. Les hommes, ma fille, ont le souci de leur indépendance, et des heures qui ne sont point les nôtres.

En ressortant, Daisy pointa le doigt sur les portes voisines.

– Qu'y a-t-il ici ?

– Des chambres d'ami. Je ne suppose pas...

– J'aimerais y jeter un coup d'œil. Étienne, s'il vous plaît.

Étienne entrouvrit la première porte.

Daisy passa la tête, se tourna vers sa belle-mère en souriant.

– Ce sera tout à fait bien. J'installerai ma garde-robe ici et, à côté, mon boudoir.

– Je ne sais si Louis...

Daisy ravala son sourire.

– Il n'est pas dans mes intentions, madame, de bouleverser le décor auquel vous êtes accoutumée, mais vous permettrez qu'au moins, là où vous n'êtes pas, je me sente chez moi.

Mme Lacaz renonça à poursuivre la visite jusqu'au deuxième étage occupé par les Lormel, père et fils.

Ceux-ci devaient bientôt quitter la maison pour aller habiter le petit hôtel situé derrière la banque, rue Saint-Lazare, où Daisy avait rencontré pour la première fois Louis Lacaz.

En un sens, elle le regrettait.

La présence du petit Adrien meublait les silences de la maison et, bien qu'elle n'éprouvât pas une sympathie folle pour Eugène Lormel, le personnage cachait sous les plis et replis de graisse qui fourraient ses habits une certaine finesse d'esprit qui la distrayait de son ennui.

– J'étouffe, mes chéris, j'étouffe ! criait-elle en arrivant rue du Bac.

On s'empressait autour d'elle.

Céleste dégrafait sa crinoline, délaçait son corset, Charlotte débarrassait le sofa pour qu'elle pût s'y étendre, elle envoyait promener ses souliers sur le tapis, se calait dans les coussins, ses pieds caressaient voluptueusement la soie, on lui mettait entre les mains une bonne tasse de thé, elle soupirait : « Ah ! que je suis bien ! », buvait avec gourmandise le liquide parfumé et sucré à point, mangeait trois muffins coup sur coup.

– *Elle* ne te nourrit donc pas, mon pauvre ange ? disait Achille.

Daisy riait.

– Idiot ! Mais si, beaucoup trop ! Quand j'entre dans cette salle à manger… Pourquoi a-t-elle mis des vitraux aux fenêtres et des marbres gris sur les consoles ? Quand j'entre et que j'aperçois dix plats en train de me guetter sournoisement sous leurs couvercles, c'est fini, je n'ai plus faim. Je n'y peux rien, l'excès de nourriture, ça me coupe l'appétit.

– Dis-le-lui.

– Lui dire quoi ? Peut-on dire à une femme qui a presque trois fois votre âge et qui, de surcroît, vient de perdre son époux : « Votre rôle est fini, c'est moi qui commande. Désormais, je ne veux sur cette table qu'une petite côtelette bien grillée, trois haricots verts et des œufs brouillés aux truffes » ? Impossible ! Il faudrait un peu de bonne volonté de sa part. Elle n'en a aucune. C'est une mesquine. Tu ne voudrais pas que je la copie, non ? Mais quand Louis reviendra, je vous garantis qu'elle se retrouvera seule ! Je plie bagage !… Au fait, quand venez-vous dîner ?

– Tu sais bien que nous nous en allons à Maubrun, cette fin de semaine, disait Sosthène de Maubrun. La chasse commence.

– Et en août, vous aviez un lumbago, et… Papa, Papa ! Ce n'est pas gentil !

– Daisy, glissait Charlotte, le marquis de Rotran a promis de venir nous voir à Maubrun.

Charlotte souriait.

Elle était charmante dans sa nouvelle robe vert pomme. Plus douce. Presque une jeune fille.

Daisy se levait du sofa, courait l'embrasser,

embrassait son père, Achille, reprenait sa place.

– Ah ! que je suis bien ! Qu'on est bien ici ! répétait-elle.

– Pourquoi ne nous accompagnes-tu pas à Maubrun ?

– Je ne peux pas, j'ai promis à Louis... Et puis, s'il arrivait un courrier, je veux être là.

Les troupes françaises et anglaises se trouvaient maintenant en Crimée.

Daisy avait consulté sa carte.

Voyons, la Crimée...

Elle mettait le doigt dessus. Une presqu'île triangulaire s'avançant dans la mer Noire, à gauche de la mer d'Azov. À la pointe de la presqu'île, un petit point : le port de Sébastopol. Un port russe. Les négociations ayant échoué, on s'était finalement décidé à faire ce que préconisait Louis Lacaz : se porter au-devant du danger, combattre les Russes là où ils ne pouvaient plus s'esquiver, sur leur propre terrain.

Fin septembre, Daniel de Rotran apporta à Daisy une lettre de Louis Lacaz, relatant avec vigueur les prouesses qui avaient permis de remporter le 20 du mois une première belle victoire sur les bords de l'Alma, un petit fleuve côtier au nord de Sébastopol.

Cela, à Paris, par le télégraphe, on l'avait su dès le lendemain, mais l'apprendre par lui, c'était avoir la certitude qu'il était vivant, et Daisy, en prenant connaissance de la lettre, se mit à sangloter.

– Pardonnez-moi, c'est la joie. Je me suis fait tant de souci !

– Allons, allons, ma chère ! Un guerrier de la trempe de votre époux est indestructible. Et, à présent – ce n'est pas moi, mais l'Empereur en personne qui l'affirme –, il suffit à nos troupes de s'emparer de Sébastopol, et le tour est joué, le conflit se termine. Tenez, prenez mon mouchoir, et ne pleurez plus. Ça gâte le teint. Une jolie femme ne pleure pas.

Le 27 octobre, elle alla essayer un burnous chez Mme Guy, passa ensuite boulevard des Italiens devant la Corbeille fleurie, fit arrêter la voiture.

Le jour commençait à tomber. Le cocher avait allumé les lanternes. Leurs clartés vives embrasaient l'argent des harnais et les grands panneaux de la caisse, laqués noirs à réchampis vert olive, qui semblaient comme portés par cette vapeur d'or. Le valet de pied déplia le marchepied. Des badauds l'entouraient, admiratifs. Daisy descendit avec un petit frisson de plaisir.

À la Corbeille fleurie, elle commanda plusieurs douzaines de gros chrysanthèmes blancs et jaunes pour renouveler les bouquets du hall et du salon – elle était quand même parvenue à imposer ce goût à Mme Lacaz après une suite de sottes querelles qu'elle appelait en riant « ma bataille des fleurs ».

Elle alla encore chez Boissier, boulevard des Capucines, acheter des bonbons pour le petit Adrien, et rentra.

En franchissant les grilles, elle aperçut, rangé dans la cour, l'équipage de Daniel de Rotran.

Cela ajouta à son contentement.

Sans doute, une lettre de Louis Lacaz...

Elle monta le perron d'un pas vif, confia son chapeau à un valet, contrôla rapidement dans le miroir l'alignement de ses boucles, pénétra dans le petit salon.

Le sourire se figea sur ses lèvres.

À côté de Daniel de Rotran se tenait Sosthène de Maubrun.

Elle eut comme un recul.

Que faisait son père dans cet hôtel où il s'était toujours refusé à paraître et alors qu'il était censé se trouver à Maubrun avec Charlotte et Achille ?

... Charlotte... Achille...

Elle cria :

– Papa ! Que...

Daniel de Rotran la prit doucement par le bras.

– Venez, asseyez-vous.

Elle se dégagea, le fixa.

– Que se passe-t-il ?

Et, brusquement, elle porta la main à sa bouche.

– C'est Louis ? Il est blessé ? Papa, enfin, parlez !

– Le marquis de Rotran est venu me chercher à Maubrun. Il a jugé qu'en la circonstance... Je... Ma pauvre petite ! La nouvelle est parvenue au ministère ce matin. Ton époux... Ah ! Je préférerais bien ne pas avoir à t'annoncer...

– Non !

Il lui sembla que quelqu'un d'autre qui n'était pas elle avait hurlé. Parce que ce ne pouvait être elle, ce ne pouvait être Louis...

Elle sentit qu'on la soutenait, qu'on la conduisait à un fauteuil, entendit une voix qui disait :

– Voici deux jours, le 25, à la bataille de Balaklava, les Russes ont pris l'offensive. Les Français et les Anglais ont laissé beaucoup des leurs sur le terrain. Je suis désolé, madame.

Elle se leva du fauteuil.

– Je ne vous crois pas. Louis n'est pas mort. Il n'est pas mort, vous dis-je ! Je le sentirais, je...

– Ma chérie...

– Papa ! Enfin, avouez que ce serait une monstruosité ! Nous nous aimons tant ! Dieu ne voudrait pas...

Elle frotta ses mains l'une contre l'autre. Elle avait froid tout à coup, très froid. Évidemment, on ne poussait jamais assez le feu dans cette pièce, Mme Lacaz avait toujours trop chaud.

– Où est ma belle-mère ?

– Nous l'avons prévenue, dit Daniel de Rotran. Elle est dans sa chambre. Madame, je vous en prie...

– Daisy, ma chérie, tu devrais te rasseoir, tu es toute pâle.

Elle les écarta.

Cette sollicitude lui était odieuse, et ces regards endeuillés avec lesquels ils la considéraient comme si elle était devenue une petite chose fragile, prête à se briser sous leurs yeux.

– Il faut que je monte voir Mme Lacaz, il faut que je lui explique, dit-elle d'une voix essoufflée. Ce n'est pas vrai, ce ne peut être, il doit s'agir d'une méprise... un autre officier... Si c'était vrai, je le sentirais, je...

Elle fit deux ou trois pas. Le plancher ne paraissait pas très stable. On toussa. Cela venait de très loin, un son amorti, effleurant le silence. Un silence bizarre. Et elle avait de plus en plus froid.

Elle cria :

– Louis !

Et s'affaissa.

Le malheur ne favorisa aucun rapprochement entre Daisy et sa belle-mère.

Mme Lacaz refusait toute consolation. Son visage muet et cependant affreusement éloquent semblait dire :

« Vous aurez gâché les derniers moments que j'avais à partager avec mon fils. Vous ne portez même pas un enfant de lui pour perpétuer le nom des Lacaz. Vous n'avez été capable que de vous approprier la plus grande part de notre fortune. »

À la mi-novembre, elle déclara à Daisy qu'elle

quittait Monceau pour aller vivre chez les Lormel, rue Saint-Lazare.

– J'y serai avec tout ce qui me reste d'affection sur cette terre. Naturellement, j'emporte les meubles.

Daisy obtint qu'on laissât en l'état la chambre de Louis.

Malgré les papiers officiels, les condoléances reçues, l'ouverture du testament rédigé en sa faveur par Louis Lacaz après le décès du banquier – et elle découvrit avec stupeur l'existence de ce testament... *Je te le jure, je reviendrai...* N'en était-il donc pas sûr, l'avait-il donc trompée en affichant tant d'optimisme ? – bref, malgré toutes les preuves étalées à sa vue, elle persistait dans sa volonté de le croire vivant.

Après le départ de Mme Lacaz, ne se sentant plus aucune obligation, elle réintégra la rue du Bac.

Du personnel de l'hôtel, elle ne garda que celui des écuries, le jardinier, le portier et sa femme. La voiture passait la prendre à deux heures. Tous les après-midi, elle retournait à Monceau, fleurissait la chambre, installait à son côté la robuste silhouette de l'absent et, s'accrochant à ses souvenirs, morceau par morceau, elle reconstituait le bonheur.

Cela dura jusqu'en janvier.

Et puis, un jour...

Un furtif rayon de soleil caressait le miroir, ce chatoiement attira son regard, elle s'aperçut.

Il y avait une éternité qu'elle ne se voyait plus. Oh ! toujours bien coiffée, élégamment mise, Charlotte y veillait, mais le visage... Les soins les plus affectueux ne peuvent effacer les traces du désespoir, et ce visage... Daisy recula. Elle avait l'impression d'être confrontée à une inconnue. Voyons, ce ne pouvait être elle, Daisy, cette femme… cette enfant, plutôt, la figure grosse comme un poing, l'œil creusé d'ombre, la bouche… Elle pensa que Louis l'aurait vue ainsi, jamais il ne l'aurait aimée.

« Des femmes belles, j'en ai eu, disait-il. Mais ton éclat, cette gaieté… Voilà ton charme, petite sorcière ! »

Et il riait, il riait…

Daisy renifla, força son attention à se concentrer sur le miroir. Cette expression tremblée, vacillante… Brusquement, elle avait peur. Quelque chose en elle se révoltait. Elle ne voulait pas être ainsi, Louis ne l'eût pas voulu !

Elle quitta la pièce en courant, descendit l'escalier.

Au rez-de-chaussée, la lumière filtrant à travers les volets éclairait tristement les pièces désertes et vides. Cette désolation, qu'elle avait trouvée naturelle parce que conforme à ses réflexions, lui parut sacrilège.

Était-ce ce que Louis aurait désiré ? Faire un mausolée de cet hôtel qu'il avait aimé, dont il lui avait confié la garde ? Non. Certainement pas. Louis était si fort ! À sa place, il eût fait front devant n'importe quelle situation, si terrible fût-elle, rebâti du neuf sur les cendres.

Elle sortit.

La clarté l'éblouit. De petits souffles frais montaient du parc Monceau. Un cheval hennit aux écuries. L'eau, dans sa vasque de pierre, murmurait.

Daisy regardait autour d'elle avec avidité, l'impression d'avoir été hors du décor, on ne sait où, et d'y rentrer tout à coup.

Elle se retourna, considéra la maison.

Un pâle soleil d'hiver, à son couchant, la nimbait. Le gracieux arrondi des balcons et les sculptures tapissant la façade, telles des efflorescences nées de la pierre, en prenaient des teintes blondes et rousses. Les ors du perron brasillaient. À gauche et à droite des tours cernées par l'ombre approchante du crépuscule, le panorama s'étendait, vaste, infini, sans un toit, comme pour mieux dégager la splendeur de l'édifice. Au premier étage, deux fenêtres flamboyaient, celles de la chambre dont elle avait, dans sa précipitation, oublié d'éteindre les lumières et de refermer les volets. Ce rougeoiement était la seule vie...

Le soir, Daisy annonça à Sosthène de Maubrun et à Charlotte son intention de rouvrir l'hôtel Lacaz.

– Louis le souhaiterait, je le sens, dit-elle. Vous viendrez y habiter avec moi, n'est-ce pas ?

Son père eut un petit soupir.

– J'aurais préféré... Mais bien sûr, ma chérie.

Elle s'avisait soudain que lui aussi avait une mine à l'envers.

Il y a des physionomies auxquelles le malheur sied, celle des Maubrun ne s'y prêtait pas du tout.

Durant les mois qui suivirent, réinstaller Monceau accapara toutes les journées de Daisy.

L'activité lui remit du rose aux joues et, de temps en temps, même, un petit sourire lui échappait.

« Louis Lacaz serait content de vous, madame », disait Daniel de Rotran.

Il montait souvent rue du Bac partager en toute simplicité le thé des Maubrun.

Sosthène appréciait ses manières, son élégance, son esprit. Charlotte lui beurrait avec dévotion ses toasts, et il avait fait la totale conquête d'Achille.

Une influence spectaculaire dont Daisy suivait les effets avec stupeur. Cela avait commencé par quelques sorties.

Daniel de Rotran avait emmené Achille à son cercle, le cercle des Pommes de Terre qui, en dépit de son nom, ne le cédait en rien à celui, très aristocratique, de l'Union. Puis, du cercle au café Anglais et dans quelques soirées où la noblesse, le pouvoir et la richesse se coudoyaient. La garde-robe d'Achille y jurait. L'orgueil l'avait jeté dans un train en direction de Poitiers où il tenait de ses parents une petite propriété. Il l'avait vendue à la première offre. Maintenant, il allait, habillé par Dusausoy, chaussé par Schumacher, coiffé par Gibus, et ne dénigrait plus l'argent des autres car, les besoins lui venant, il commençait à en mesurer la nécessité.

– Par moments, il m'inquiète, disait Daisy à Daniel de Rotran. Je le sais trop fier pour accepter quoi que ce soit de moi, et que fera-t-il quand il aura dépensé l'argent de sa terre ?

– Laissez-m'en le soin. Croyez-vous que je m'occuperais d'Achille si je n'avais décelé en lui la bonne étoffe ? Il plaît... Mais si, je vous assure ! Je comprends d'ailleurs mal votre étonnement. N'étiez-vous pas plus ou moins fiancés avant de rencontrer mon ami Lacaz ?

– Il vous l'a dit ?

– Oui. Ce jeune homme est toujours très amoureux de vous, vous savez. Et je le soupçonne de vouloir vous prouver qu'il vaut mieux que ce que vous en pensez.

– Oh ! mais je n'en pense que du bien ! J'adore Achille, il a beaucoup de qualités...

– Mais pas celles qu'une femme recherche, c'est cela, non ? Eh bien, détrompez-vous. Votre Achille est un timide, voilà tout. Et, des timides, il a en public la rudesse, la hauteur. Les femmes prennent ses mines pour du dédain, elles se sentent provoquées, et elles aiment ça quand une aimable figure et un beau nom servent l'attitude. Nous le marierons à quelque joli sac d'or, il perdra sa timidité et pourra ensuite, à défaut de séduire sa trop brillante cousine, rêver de coûteuses maîtresses. Achille, ma très chère, au cas où vous l'ignoreriez, a le sang bien chaud.

– Monsieur de Rotran, vous êtes un Machiavel !

Il était aussi un conseiller précieux, connaissant les meilleurs fournisseurs, peintres, tapissiers, ébénistes, et Daisy se demandait souvent ce qu'elle aurait fait s'il n'avait été là pour l'assister dans les travaux entrepris à l'hôtel Lacaz.

Il disait :

– Louis Lacaz était mon ami, et est-ce me flatter que de penser être devenu un peu le vôtre ? Si je puis vous être utile en quoi que ce soit, n'hésitez pas. D'ailleurs, pour vous enlever tout scrupule, sachez que la décoration est mon péché mignon. L'Impératrice me fait appeler parfois à cet effet. À propos, j'ai en projet de partir quelques jours en avril. Nous allons à Londres. La reine Victoria et le prince Albert ont invité l'Empereur et l'Impératrice. Sa Majesté m'a prié d'être du voyage... La reine Victoria ? Une délicieuse personne ! Je la connais de longue date.

Quand on faisait la somme des relations de Daniel de Rotran, quand on l'écoutait, discourant de sa voix bien posée, ayant un avis éclairé sur tout, on avait du mal à réaliser qu'il était un homme jeune et que six petites années le séparaient d'Achille.

En revenant de Londres, après lui avoir conté les fastes dont l'Angleterre avait honoré la France en la personne de ses souverains, il déclara brusquement :

– J'ai parlé de vous à l'Impératrice. Sa Majesté a manifesté le désir de vous connaître.

– Moi ? Mais...

– Vous êtes faites pour vous entendre. Dieu

ne vous a façonnées ni l'une ni l'autre dans le moule mesquin et ordinaire qu'il choisit trop souvent, hélas ! pour le beau sexe.

– Merci. Voici un charmant compliment. Eh bien, si Sa Majesté souhaite vraiment me rencontrer…

Daisy s'interrompit.

– Quel genre de robe, dites-moi, dois-je commander à Mme Guy pour la circonstance ?

– Simple. Étant donné votre deuil, Sa Majesté vous recevra dans ses appartements et, lorsque le devoir ne l'y contraint pas, ses préférences vont à la simplicité. Mais le simple est le plus ardu à réaliser. Puis-je me permettre un conseil ?

– En ai-je rejeté un seul, de tous ceux que vous avez eu l'amabilité de me donner ?

Daniel de Rotran sourit.

– N'allez plus chez Mme Guy, dit-il. Ce n'est pas ce qu'il vous faut. Il n'y a qu'un couturier digne de vous habiller, c'est Worth.

– Worth ? Ça ne sonne pas français.

– C'est un Anglais, parisien depuis dix ans. Il travaille à la maison Gagelin, rue de Richelieu. Mais il volera bientôt de ses propres ailes, toutes les femmes voudront être habillées par lui. Un génie ! Vous en jugerez par vous-même si vous acceptez que je vous y accompagne.

Combien de jolies femmes Daniel de Rotran avait-il déjà conduites chez ce couturier ?

Sur ce sujet, il observait une grande discrétion, ne se vantait pas comme la plupart des hommes ont coutume de le faire, les plaisirs de l'amour semblant n'être pour lui que la conclusion raffinée d'un dîner ou d'un spectacle, cela, il l'avait dit une fois, mais n'avait rien ajouté.

En tout cas, il avait ses habitudes rue de Richelieu.

Les vendeuses l'accueillirent avec l'empressement que l'on réserve aux meilleurs clients, on dévisagea Daisy d'un air charmé, on les installa dans les meilleurs fauteuils, on leur proposa un rafraîchissement, et une jeune fille froufroutante alla quérir le fameux Worth.

Daisy s'imaginait voir apparaître une silhouette pompeuse, pincée dans un veston sombre. Surprise ! L'homme qui s'inclina devant eux avait l'air bohème d'un artiste peintre ou d'un poète. Moustaches de phoque, gros sourcils, une chevelure qui devait résister à toute discipline. Le portrait se complétait d'un grand foulard écossais lâchement noué sur une espèce de paletot flottant, ressemblant à une blouse de maçon, mais taillé dans un beau velours de soie noir.

– Monsieur le marquis...

– Ah ! mon cher Worth ! Madame, voici M. Worth. Mon cher, vous n'aurez droit à aucun éloge. Je vous ai déjà suffisamment vanté auprès de Mme la baronne Lacaz... Mme la baronne est pour moitié votre compatriote. Sa mère était la fille de Lord Welsh.

Durant que Daniel de Rotran parlait, les yeux du couturier ne quittaient pas Daisy.

– Superbe, superbe, marmonnait-il.

– Monsieur, dit Daisy, vous serait-il possible de me montrer quelques croquis de vos modèles ? Je voudrais une toilette simple, je dois rendre visite en privé à Sa Majesté l'Impératrice...

Worth l'interrompit sans façon :

– Des croquis ! Mais, madame la baronne, je ne travaille que sous l'inspiration du moment. Chacune de mes toilettes ne va qu'à la femme pour laquelle je la compose. L'important, c'est vous, votre personnalité. Je crée autour. C'est cela, l'art. Une toilette simple, dites-vous ? Laissez-moi faire. Revenez dans quatre jours. Le premier essayage sera prêt.

– Mais quel tissu… ?

– Madame, madame ! Une toilette se pense. Je pense, je pense… et c'est le coup de cœur ! Vous ne serez pas déçue, je vous le promets.

– Je suppose que vous avez quand même besoin de mes mesures ?

Worth se toucha le front.

– Je les ai là, madame. Je vous le répète, ne vous souciez de rien, laissez faire Worth.

En les raccompagnant à la voiture, il s'immobilisa brusquement.

– Puis-je vous poser une question ? Aimez-vous le rose, madame ?

Daisy sursauta.

– Monsieur ! Vous voyez bien…

– Je vois, madame. J'anticipais. Lorsque la gaieté aura retrouvé sa place sur ce visage, avec votre chevelure, votre teint… qui vous vient d'Angleterre, madame la baronne !… je vous habillerai de rose… Ah ! madame ! Je vous en prie, hâtez-vous ! Ensemble, nous allons faire des chefs-d'œuvre !

Bien que les critiques formulées par Daniel de Rotran à l'encontre de Mme Guy et la vanité de Worth n'eussent pas disposé Daisy à l'indulgence, elle dut reconnaître que la toilette était une réussite.

Elle se composait d'une jupe de soie à large volant sur laquelle était jeté un petit habit de coupe presque militaire, à double boutonnage de jais. L'habit collait au buste comme une seconde peau, des nœuds de ruban en retroussaient les pans, et les revers du corsage, les hauts poignets se doublaient de la même faille épaisse et brillante. C'était élégant, presque sévère. La jeunesse et la beauté de Daisy s'exaltaient de cette rigueur.

Lorsqu'elle apparut ainsi vêtue dans le salon

de la rue du Bac devant Daniel de Rotran venu la chercher pour la conduire chez l'Impératrice, il hocha la tête.

– Vous êtes sublime, madame. Quel dommage, évidemment, d'étouffer cette merveille sous des paquets de crêpe ! Cela me paraît une horrible coutume. On a du chagrin, on l'expose. Est-ce décent ? Les gens doivent-ils être instruits des tourments de notre cœur ? Le deuil est tout juste bon, à mon avis, pour celles qui, ne ressentant rien, désirent commodément dissimuler leur indifférence, quand ce n'est pas leur contentement.

Le voyage en Angleterre ayant retardé l'installation de Leurs Majestés à Saint-Cloud, ce fut vers les Tuileries que la voiture se dirigea.

En entrant dans le vestibule formant au rez-de-chaussée le centre du pavillon de l'Horloge, Daisy murmura :

– Savez-vous que, depuis le départ en exil du roi Charles X, cela fait maintenant vingt-cinq ans, aucun Maubrun n'a passé ce seuil ? Mon père me l'a rappelé tout à l'heure.

– Il est fâché ?

– Moins que je ne l'avais craint. Son jugement à l'égard du régime semble s'assouplir. Il m'a dit : « Après tout, puisque tu as épousé un Lacaz... » Combattre n'est pas dans la nature de Papa. Et Charlotte... Charlotte trouve bien tout ce que vous décidez.

Daniel de Rotran sourit, de ce sourire discret qui était le sien.

Au bas de l'escalier du pavillon de Flore, les gardes contrôlèrent le carton d'audience.

Au premier étage, le chef des huissiers, habit marron brodé d'argent, les attendait. Aucune formalité. Daniel de Rotran était connu. À sa suite, et après avoir franchi le barrage souriant de quelques dames du palais, auxquelles il la présenta, Daisy pénétra dans plusieurs salons en enfilade.

Il y avait le salon Vert, le salon Rose, le salon Bleu.

Chacun, d'un ravissant camaïeu différent. Le premier, décoré de verdures et d'oiseaux. Le deuxième, dont le plafond semblait crouler sous une floraison de roses peintes, rideaux, lambrequins, chambranles assortis à cette nuance. Le troisième, orné de portraits où prédominait l'azur. C'était dans celui-ci, le salon Bleu, que l'Impératrice recevait en général les visiteuses, mais, pour eux, les portes de son bureau s'ouvrirent.

Daisy exécuta d'une manière impeccable les trois révérences de rigueur, apprises pour l'occasion.

Elle ne se voulait pas impressionnée.

Pourquoi l'être ? Le sang qui coulait dans les veines d'Eugénie de Montijo ne pouvait s'enorgueillir de la pureté de celui des Maubrun. Bonne noblesse espagnole chez les Montijo, mais du côté maternel on relevait un grand-père britannique, commerçant en primeurs, d'un malencontreux effet.

Après les salutations de Sa Majesté, il y eut un échange de propos entre Celle-ci et Daniel de Rotran, que Daisy mit à profit pour inspecter les lieux.

Ce qu'elle vit lui plut.

Boiseries d'acajou, murs tendus de soie des Indes, vert clair, contrastant agréablement avec le beau rouge pourpre des rideaux et des sièges, des meubles disposés sans étiquette, une profusion de vases, de bibelots, de photographies, réunis là, cela se sentait, non pour garnir mais parce qu'on aimait s'en entourer, beaucoup de jardinières débordant de plantes vertes, le paysage coupé par de multiples paravents que l'Impératrice, au dire de Daniel de Rotran, déplaçait sans cesse pour modifier les perspectives de la pièce, une pièce pleine de fantaisie et de charme et dont l'arrangement plaidait en faveur de celle qui l'avait conçu.

Une belle intrigante ! répétait Sosthène de Maubrun. Napoléon le Petit ne l'eût jamais épousée si la fine mouche ne lui avait refusé ce qu'il n'a obtenu qu'en passant par la chapelle.

Intrigante ?

La jeune femme assise sans façon près de la cheminée dans un fauteuil bas révélant ses jupons sous la simple jupe noire n'en avait pas l'arrogance.

Belle, oui. On comprenait que l'Empereur se fût laissé tenter. Et fine mouche. L'ovale parfait du visage, en harmonie avec la transparence du teint, le modelé délicieux des lèvres et cette chevelure d'un blond ardent n'étaient pas tout. Derrière le front haut et droit se devinaient volonté et réflexion.

– J'ai appris, madame...

Ce fut presque supportable d'entendre parler de Louis Lacaz à l'imparfait, tant Sa Majesté y mit de tact, s'en éloignant plutôt pour déplorer les lenteurs d'une guerre qui avait peu évolué depuis l'automne dernier, toujours centrée sur la Crimée et sur le siège du port de Sébastopol qui n'en finissait pas de résister.

Puis, par quelque détour, la conversation s'orienta sur le sport équestre.

– J'ose avancer que la baronne Lacaz égale presque à cheval la grâce de Votre Majesté !

– Daniel, vous me flattez ! J'en conclurai donc que la baronne Lacaz me surpasse.

Elle riait, très naturelle, découvrant des dents admirables.

– Il faudra, madame, que vous veniez à Compiègne montrer vos talents. Nos chasses...

Le battant de la porte s'écarta.

L'homme était d'un physique assez quelconque, et il y avait une disproportion frappante entre ses épaules larges, le buste long, cintré dans la redingote de drap, et sa taille très moyenne. Peut-être ce poids l'entraînait-il ? Il avançait, la silhouette un peu inclinée, courbant l'épaule... à moins que l'attitude ne fût dictée par une affable courtoisie, un désir de plaire, et dès que l'on croisait ses yeux bleu pâle, très doux, empreints de bienveillance, on n'en doutait plus.

– Madame, je suis charmé...

La voix était belle, grave, teintée d'accents étrangers.

– Au premier abord, cela surprend, avait dit Daniel de Rotran. Mais l'Empereur, sur les quarante-six années qu'il totalise, en a passé trente-trois hors de France, vivant cependant dans la seule ambition d'y revenir et de reconstruire la dynastie napoléonienne. Vous allez rencontrer l'homme tranquille, au faîte de sa puissance. Souvenez-vous que vous avez devant vous un ex-conspirateur qui, par deux fois, a tenté de faire culbuter Louis-Philippe. Tentatives malheureuses. Une condamnation à perpétuité a soldé la seconde. Son évasion du fort de Ham – je suppose que vous en avez entendu parler ? – souligne une résolution inébranlable. Et finalement – n'est-ce pas amusant ? – c'est la légalité et la République qui l'ont remis en selle. On cherchait un président, une pâte molle, facile à manier, on a jugé qu'il conviendrait. Personne ne le connaissait, tous lui prêtaient de la médiocrité, cette médiocrité a fait l'unanimité. Il serait parfait, une simple tête d'affiche. Napoléon, ça faisait bien sur les panneaux électoraux, ça rassurait les masses turbulentes qui voyaient l'Autre, l'Oncle, n'ayant jamais vu le Neveu. Chacun, royaliste, républicain, s'est frotté les mains en se disant : Il ne tiendra pas, mais le temps qu'il tiendra, c'est autant de gagné pour fortifier nos positions. C'est lui qui a fortifié la sienne et qui a gagné.

Daniel de Rotran avait ajouté :

– Il a la séduction des vainqueurs sans en afficher l'outrecuidance.

Daniel de Rotran avait toujours raison.

Les sarcasmes de Sosthène de Maubrun et d'Achille ne pouvaient rien contre la brusque sympathie que Daisy éprouvait.

Quand ils prirent congé, Napoléon III sourit.

– Maintenant que vous connaissez, madame, le chemin de notre cour, nous souhaitons que vous ne l'oubliiez plus.

Ce fut l'unique allusion au comportement observé jusqu'alors par la famille Maubrun.

Tandis que la voiture sortait des Tuileries, Daniel de Rotran déclara :

– Vous lui avez plu. Avez-vous remarqué comme il tortillait le bout de sa moustache en vous regardant ? C'est chez lui un signe qui ne trompe pas.

Daisy avait, elle aussi, décelé cette admiration.

– D'après ce que je sais – parce que je sais quand même, mon cher, quelques petites choses sur lui ! –, toutes les femmes lui plaisent.

– Toutes... les belles, madame ! Quand on est empereur, le choix surabonde.

– Mais... et l'Impératrice ?

– L'Impératrice, la pauvre, a des colères et comprend d'autant moins son époux qu'elle n'a que dégoût pour les joies de la chair. Enfin, il lui sera resté fidèle six mois. Avec son tempérament, c'est une performance.

Daisy dit soudain :

– Je suis contente d'être venue. Merci. Je vous le dois.

– Sans la mort de mon ami Lacaz, c'eût été avec lui…

Elle l'interrompit :

– Ne dites pas ça ! Mort ? Non, je n'y crois toujours pas, je ne puis y croire, je le sens, je le sais, il reviendra ! Après tout, ses soldats ont été forcés de l'abandonner en terrain ennemi, peut-être n'était-il que blessé, peut-être est-il prisonnier…

Daniel de Rotran se tourna vers elle.

– Ainsi, c'est cela que vous pensez ?

– Oui, c'est cela ! Et personne…

Il prit sa main.

– Daisy… Vous permettez que je vous appelle Daisy ?

La mémoire de Daisy se déclencha brutalement…

Dans un parc, devant une fontaine, un autre homme vêtu d'un dolman bleu céleste et d'un pantalon garance lui avait un jour chuchoté les mêmes mots, il était beau, tendre, et elle avait ri de bonheur, le goût de son baiser sur les lèvres…

Les larmes jaillirent de ses yeux.

Daniel de Rotran la laissa pleurer en silence.

Quand elle n'eut plus de larmes, respirant à petits coups et pressant son mouchoir sur ses paupières, il dit avec une grande douceur :

– Daisy, écoutez-moi. Il m'en coûte d'être cruel avec vous, mais il le faut, il faut vous ôter cette idée de la tête. Les rapports sont formels. Louis Lacaz est tombé, criblé de balles, tous les témoignages concordent.

– Taisez-vous ! Taisez-vous. Je ne veux pas…

– Qui le veut ? Qui n'a pas eu ce recul en perdant un être cher ? Ce que le cœur ne peut accepter, l'esprit se refuse à le concevoir. Pourtant, vous le devez. Ce n'est pas oublier quelqu'un que de continuer à vivre. J'adorais ma mère. Quand je l'ai perdue, j'avais à peu près votre âge, j'ai cru ma vie anéantie. Et puis, j'ai réagi, je me suis dit : Elle t'a donné cette vie, tu n'as pas le droit de la gâcher, on ne gâche pas un tel cadeau. Ne gâchez pas la vôtre, Daisy. Les deuils éternels ne sont que le refuge des petites âmes.

6

Le 10 septembre 1855, Sébastopol capitula.

Le 28, les premières troupes étaient de retour en France. Le surlendemain, elles défilèrent dans Paris.

Ce matin-là, Daisy se mêla à la foule des Parisiens massés sur le parcours. Elle n'avait prévenu personne, elle voulait y aller seule.

Femmes et enfants pavoisaient au passage des vainqueurs. Ceux-ci tardaient. L'impatience faisait dévier les bavardages de la foule vers d'autres sujets de fierté. On se remémorait le voyage officiel des souverains anglais, le mois précédent, on en évoquait les grands moments, la reine Victoria allant aux Invalides s'incliner devant le tombeau de Napoléon Ier, et cet hommage rendu à l'Oncle rejaillissait sur le Neveu, la visite de la Reine à l'Exposition Universelle ouverte depuis mai aux Champs-Élysées, chacun de ceux ici présents s'en félicitant comme d'un succès personnel, mais c'était encore une façon de célébrer la gloire du nouvel empire...

Daisy écoutait vaguement.

Cet enthousiasme ne la concernait pas.

Tout à coup, une aigre sonnerie de trompette perça le brouhaha, un martèlement sourd ébranla le pavé, les rumeurs s'enflèrent.

Le cœur de Daisy se mit à battre.

Elle avait réussi à se faufiler jusqu'au premier rang, juste derrière un ouvrier maçon sur les épaules duquel un gamin était juché. En se penchant de biais, éclaboussée par les rires de l'enfant, elle vit l'Empereur.

Il était en grand uniforme, la figure heureuse, un peu fatiguée.

Des pétales de rose tombaient des façades, tournoyaient comme des flocons autour de son cheval, s'écrasaient sur la chaussée blanche de soleil.

Mais voici qu'un flot bouchait l'horizon, roulant entre les maisons ses vagues bleues sur lesquelles scintillait une poussière d'argent.

– Les chasseurs d'Afrique… Vive les chasseurs d'Afrique !

Le cri fut repris par des milliers de voix.

Daisy regardait les soldats passer. Elle avait l'œil fixe, la bouche sèche. Elle se força à demeurer jusqu'à ce que les dernières tuniques bleu céleste eussent disparu et que les remplaçât l'uniforme des zouaves.

Puis elle partit.

Elle n'avait rien à faire au milieu de cette exaltation. La joie présente, les applaudissements, ces fleurs, ce soleil même ne récompensaient que les vivants.

En rentrant à Monceau où elle s'était installée en juin, elle trouva son père et sa sœur très inquiets.

– Où étais-tu ? Nous nous demandions…

– J'ai voulu aller voir par moi-même. Les chasseurs d'Afrique sont rentrés.

Elle eut un soupir, redressa les épaules, ôta son chapeau auquel pendaient ses voiles de veuve, le tendit à Charlotte.

– Range-le. Je ne le porterai plus. À quoi bon !

Cela ne me ramènera pas Louis. C'est fini, ils sont revenus, Louis ne reviendra plus… Autant commencer tout de suite à essayer de vivre sans lui.

Sa première sortie fut pour le mariage d'Achille.

Achille épousait Mlle Julie Poitevin, fille unique de Jules Poitevin, et filleule du préfet Haussmann, ce qui devait bien faire les affaires du papa, celui-ci étant l'un des trois premiers entrepreneurs en construction de la région parisienne.

– Nous ne nous aimons pas, avait annoncé superbement Achille.

– Chéri, tu n'as pas de comptes à me rendre… Mais peut-être ne dois-je plus t'appeler chéri ? Cette demoiselle pourrait en prendre ombrage, même si ce sont nos ancêtres qui, d'après toi, l'ont séduite.

– Julie ?

Achille avait ri.

– Attends de la connaître. Oh ! ce n'est pas une beauté, mais…

Non, vraiment pas belle. Des lèvres épaisses, trop de pommettes, le nez d'une courbe imprévue, retroussé comme une virgule, bistre de peau, noire de cheveu, un cheveu maigre qui devait donner des crises de nerfs à sa femme de chambre, mais cette laideur était étoilée par deux yeux luisant d'intelligence et de malice.

« J'ai l'air d'une guenon », disait Julie en riant.

Julie adorait les toilettes excentriques, habillait de jaune cru ou de vert acide un corps long et fluide – ce qu'elle avait de mieux –, conduisait elle-même son tilbury, fumait des cigarettes, buvait comme un homme et les regards qu'elle jetait sur ceux-ci exprimaient sans honte l'intérêt qu'elle leur témoignait. Bref, à la voir, on demeurait sidéré en se demandant comment ses dignes parents avaient pu bourgeoisement enfanter un être aussi farfelu et captivant.

Le mariage eut lieu à l'hôtel des Poitevin, rue du Colisée.

Si les grands sentiments manquaient, la réception était assurément plus fastueuse que le déjeuner rue du Bac avec les Lacaz.

Ce fut supportable pour Daisy de l'évoquer.

Le souvenir de Louis Lacaz devenait par un effort constant quelque chose de très doux. Cette tendresse lui insufflait la volonté d'être ce qu'il aurait aimé qu'elle soit... Du moins s'en persuadait-elle, refusant de croire que le temps, sa vitalité et sa jeunesse faisaient leur œuvre.

Ce fut cependant en pensant au verdict de Daniel de Rotran qu'elle commanda pour le mariage d'Achille une somptueuse robe en gaze blanche aux multiples volants brodés d'argent, qu'éclairaient les feux de très beaux diamants dont la facture lui avait valu la visite d'Eugène Lormel.

– Madame, dans la famille Lacaz, on investit. Ces pierres représentent le coût d'une fabrique de produits colorants à laquelle je comptais employer l'excédent des revenus de l'année dernière.

– Que ferais-je d'une fabrique de plus ? avait-elle répliqué, suave. Dans nos familles, monsieur, l'argent ne représente pas un but, mais un moyen. Prenez-en note. Dépenser est l'unique satisfaction que m'a laissée cette union malheureuse. Si je fais le bilan des larmes et du chagrin, ce me semble peu.

Le commentaire de Daniel de Rotran, à qui elle raconta la scène le jour du mariage, fut caustique.

– Pardi ! Sur cette transaction-là, notre brave

Lormel ne touchera rien. Vous ai-je dit que vous étiez ravissante ?

– C'est à vous que je le dois.

– À moi ?

– Votre cher Worth n'y est-il pas pour quelque chose ?

– Ah oui… Worth… Je l'ai rencontré. En pleine euphorie. Il m'a décrit les robes qu'il prépare à votre intention pour Compiègne.

– Les robes se font, mais j'hésite encore.

– Daisy ! Nous en avons déjà discuté. Vous devez venir ! L'Empereur et l'Impératrice le souhaitent. Et je me suis arrangé pour que votre cousin Achille et Julie soient de la même *série*, la quatrième, ce sera la plus élégante et la plus gaie, cette année.

Daisy sourit.

– Vous obtenez toujours ce que vous désirez, n'est-ce pas ?

Il dit, le regard soudain grave :

– J'essaie.

Sur le plancher du grand salon, dans lequel les lustres à girandoles de cristal miraient leur splendeur, Achille faisait tournoyer Mme Émilie Poitevin, sa belle-mère.

Achille se tirait avec désinvolture de son rôle. Un million de dot, et les espérances, c'était assez pour qu'un jeune homme prît confiance en lui. De plus, les parents de Julie avaient racheté l'hôtel Maubrun, rue du Bac, et fait inscrire l'acte au nom de leur gendre. Une élégance.

Sosthène de Maubrun se montrait satisfait.

– Sacré Achille !

– Je croyais, Papa, que vous étiez contre les mésalliances.

– Achille reste Maubrun et il réargente notre nom. Pour un homme, c'est dans l'usage. Quand je serai mort, il reprendra le titre. Cette petite fera une comtesse très présentable. Son originalité la hausse au-dessus du commun.

La « petite », juchée sur un tabouret, achevait de distribuer aux invités les morceaux de son voile en point d'Angleterre.

Elle vint vers Daisy, agitant un bout de dentelle.

– C'est pour vous, ça porte bonheur, paraît-il. Vivement demain ! J'ai l'impression d'être une mouche dans un bol de crème fouettée avec tout ce blanc sur moi. Si j'avais pu, je me serais mariée en rouge vif... ne serait-ce que pour le plaisir de scandaliser tous les braves gens qui se délectent en imaginant le moment où Achille va se jeter sur la pauvre Julie qui criera au secours et appellera sa maman ! Quand on y réfléchit, un mariage, c'est d'une obscénité ! Il vaut bien mieux faire ça gentiment avant, sans grandes orgues ni bénédiction...

– Vous voulez dire...

– Ce que je dis, ma chère. Dans dix ans, je serai vieille. Alors, je mets les bouchées doubles. Ne suis-je pas dans le vrai, monsieur de Rotran ?

– Pour ma part, j'ai toujours été du genre gourmet plutôt que boulimique.

– Bah, un repas est toujours un repas !

Julie lança cela avec tant de drôlerie que Daisy ne put s'empêcher de rire.

Daniel de Rotran riait aussi. Sa main, très belle, très blanche, s'appuyait à une colonne.

Brusquement, Daisy se demanda l'effet que lui ferait cette main posée amoureusement sur elle.

Recevoir le carton glacé de couleur rose, envoyé par le grand chambellan de la Maison de l'Empereur, vous invitant à l'une des *séries* de Compiègne, représentait la plus haute distinction mondaine.

Il y avait quatre séries dans l'année, d'une semaine chacune, réparties entre la mi-octobre et la mi-novembre. Les arts, l'armée, la diplomatie, la politique, de grands noms s'y pressaient. Les assauts de luxe et d'élégance étaient de règle.

Le 7 novembre, vers une heure, Daniel de Rotran vint chercher Daisy.

Il avait passé huit jours à Turin, envoyé par Napoléon III auprès du roi Victor-Emmanuel, et, en le revoyant, elle eut un élan affectueux.

– Vous m'avez manqué, Daniel.

– Vous m'avez manqué certainement beaucoup plus.

Le train, un train spécial, affrété par la Maison Impériale, quittait la gare du Nord à 2 h 33. Une cohue monstre d'équipages encombrait les abords de la gare. On retrouva Achille et Julie déjà installés dans l'un des six wagons de première classe réservés aux invités. Les valets et les femmes de chambre suivaient leurs maîtres dans quatre autres wagons et, tout derrière, les fourgons engloutissaient les monceaux de bagages entassés sur le quai.

Worth avait livré les robes de Daisy emballées dans des caisses de bois blanc, une robe par caisse, afin que chaque toilette conservât sa fraîcheur intacte.

En gare de Compiègne s'alignaient de grands breaks attelés en poste, que menaient des cochers à livrée vert et or. Les chevaux étaient superbes, queue de renard au frontail. Les postillons portaient la perruque à marteau poudrée, la veste rouge et vert, la culotte de peau sous la botte à chaudron.

Il faisait un temps gris. Une petite humidité tombait, venant des bois avoisinants.

Daniel de Rotran proposa de monter dans l'un des coupés fermés. Il craignait le froid pour Daisy.

Elle refusa, rieuse, resserrant un peu son manteau, un amour de petit paletot en cachemire blanc, qu'habillaient des revers en velours mauve et d'énormes boutons imitant l'améthyste, d'une telle excentricité qu'elle s'était fortement disputée avec Worth avant de convenir que sa silhouette pouvait se le permettre et que cette fantaisie lui seyait.

Tandis qu'on attendait au milieu des cris des postillons et des cochers, et de l'affolement des domestiques courant après les bagages que les valets du château chargeaient dans de grands fourgons, Daniel de Rotran lui présenta plusieurs invités.

Les hommes...

Charmants ! À chacun de leurs regards, on se sentait plus belle ! Sans doute pour cela, les femmes, masquant leur agacement sous des sourires, vous détaillaient consciencieusement, cherchant le défaut par lequel elles pourraient ensuite détruire votre image auprès de leurs compagnons.

Tout à coup, Julie poussa Daisy du coude.

– Regardez... Là-bas, dans ce break qui s'en va... Je crois que c'est le comte Paul de Nhuys. Mon père a construit l'hôtel qu'il habite aux Champs-Élysées, presque à côté de celui du comte de Morny.

– Paul de Nhuys, répéta Daisy. Il fait partie de la famille napoléonienne, non ?

– C'est le cousin germain de notre empereur. Un des derniers bâtards de Napoléon Ier, conçu durant la Campagne de France. Mais bâtard de Napoléon, c'est un titre ! Le comte de Nhuys ne tire profit que depuis peu de cette glorieuse origine, ce qui ne l'a pas empêché déjà sous Louis-Philippe d'amasser une fortune. Ne me demandez pas comment...

– Mais je ne le vous demande pas, Julie.

– Riez, riez. Quand vous le verrez... Toutes les femmes se pâment devant lui. Vous vous pâmerez, trésor !

– Si toutes les femmes le font, ce me semble une raison suffisante pour ne pas suivre la loi commune.

Daniel de Rotran se retourna.

– Bonne réponse.

– Monsieur de Rotran ! dit Julie, moqueuse, c'est très mal d'écouter aux portes !

– Une habitude de diplomate, ma chère. Voilà notre break.

La ville fut traversée au grand trot, entre deux haies de curieux, béats.

Au château, dans la vaste antichambre que meublaient à chaque embrasure de porte les Cent-Gardes en grand uniforme, c'était la panique. Une armée de fourriers et d'huissiers s'efforçaient d'apaiser les humeurs, tout le monde réclamant à la fois ses domestiques, ses bagages, son logement.

Daniel de Rotran épargna ces affres à Daisy.

Il semblait à Compiègne comme chez lui et, dès qu'il parut, un valet de pied – habit vert, culotte écarlate – s'élança, les conduisit à leurs appartements.

Celui de Daisy était au premier étage – une marque de faveur, elle devait l'apprendre par la suite.

Les fenêtres s'ouvraient sur la forêt.

L'automne y allumait ses derniers feux. De brusques flamboiements incendiaient les frondaisons encore vivaces, parmi les grands arbres déjà consumés dressant leurs membres noirs et nus. Au pied, les feuilles s'étalaient en nappes jaunes et rousses.

Daisy quitta la fenêtre, revint examiner avec curiosité son domaine.

Il se composait d'une entrée et de deux chambres, la plus petite pour sa femme de chambre, la sienne, large, avec rideaux et tapisseries en perse grise à fleurs, mobilier d'acajou. L'honnête confort d'une maison de campagne, mais les accessoires du cabinet de toilette étaient beaux, en porcelaine de Sèvres bleu et or, marqués du N que survolait la couronne impériale.

Louise, la femme de chambre, tardait. C'était une personne fort compétente engagée par le Grand Courtois, comme tout le nouveau personnel de l'hôtel Lacaz.

Daisy calma son impatience en remplissant le petit bulletin posé sur la table et émanant du Service de la Bouche. On l'y priait de bien vouloir désigner ses goûts pour le déjeuner du matin. Café, thé, chocolat, consommé, œuf à la coque, viande froide, fruits... à moins que l'on ne préférât s'en remettre à la surprise en choisissant « le déjeuner de Leurs Majestés ». Ce qu'elle fit.

Il était près de cinq heures, lorsque Louise apparut, précédant un nombre impressionnant de malles, de cartons et les dix-huit caisses de Worth que Daisy s'empressa de recompter. Elle avait le cœur qui battait, les nerfs à vif. Il lui restait à peine deux heures pour s'habiller, se farder, se coiffer.

– Hé ! Madame la baronne, je sais ! déclara la femme de chambre que son sang-froid semblait avoir abandonnée... Mais c'est la foire d'empoigne ici ! J'ignore comment sont les maîtres, mais tous les domestiques sont à tuer. Une canaille !

À sept heures moins le quart, Daniel de Rotran passa la prendre.

Il avait grand air.

Habit à la française, boutonné de perles, dentelle au col et aux poignets, culotte courte, bas de soie, souliers à boucles. Les perles étaient grosses comme des pois, enchâssées dans un cercle de rubis; la dentelle, de Bruxelles; et la teinte de l'habit, un satin gris nuancé d'argent, ajoutait encore à l'élégance naturelle de ses traits.

– Daniel ! que vous êtes beau !

– Pour l'amour du ciel ! Je crois sans modestie pouvoir prétendre à mieux !

Son regard pétillait.

Il recula.

– Montrez-vous.

Daisy tourbillonna en riant.

La jupe de satin blanc déployait une ampleur royale. Dessus couraient de légers drapés de mousseline que des touffes de violettes pinçaient en festons. Le buste s'en élevait comme une mince couronne, s'épanouissant en un triple volant de gaze. De ce nuage, le cou et les épaules se dégageaient, superbes, comme sculptés tout en douceur dans du marbre rose. Et le visage était d'une fraîcheur d'enfant, à peine fardé, des lèvres tendres, une touche de mauve sur les paupières et des diamants aux cheveux que Louise avait parsemés de poudre d'or.

Daniel de Rotran eut son fin sourire.

– Ma chère, vous allez être bien haïe ce soir.

Presque toute la série était rassemblée dans le grand salon appelé galerie des Cartes, parce que tapissé de grandes cartes de la forêt de Compiègne, lorsqu'ils y pénétrèrent.

Il y avait là près de cent personnes, et l'on distinguait tout de suite par leur aisance les habitués des nouveaux venus.

À l'entrée de Daisy, le murmure discret des voix se tut.

Elle se sentait un peu émue, mais ne le montra

pas, continua d'avancer, haussant hardiment sa petite tête ensoleillée. Daniel la conduisit parmi les dames alignées à gauche sur un rang et rejoignit les hommes plantés en face, sur la droite.

Julie, vêtue de faille vert laitue, lui fit un petit signe.

Daisy le lui rendit et, ce faisant, se penchant un peu, son regard heurta un autre regard. Le regard appartenait à un personnage dont la haute taille la dominait et qui était en train de la déshabiller des yeux avec l'arrogance tranquille de ceux qui s'y croient autorisés par les succès, le rang et la richesse.

Daisy se sentit nue.

Elle se détourna.

D'ailleurs, un frémissement agitait la galerie, que la solennité remplaça, figeant les silhouettes. La porte à double battant s'était ouverte, les souverains entraient.

Suivis de ce qui semblait un ballet bien réglé.

Accompagné du chambellan, l'Empereur se mit en devoir d'adresser une courtoisie à chacun des hommes présents, cependant que l'Impératrice faisait de même pour les femmes. Après quoi, mouvement inverse, ce fut au tour de Celle-ci de passer devant la file des messieurs et à l'Empereur de saluer les dames.

Il arrêta sur Daisy son œil bleu dont les pensées secrètes se voilaient d'une douce affabilité.

– Compiègne, madame, n'a jamais été plus joliment fleuri.

La salle à manger éblouissait.

C'était un embrasement de lumières. Assiettes de vermeil posées sur les tables comme autant de soleils, cristaux étincelants, pièces d'argenterie dont le métal rosissait sous le feu des lustres, et de grands buissons de chrysanthèmes alternant avec des pyramides de fruits magnifiques aux peaux de velours ou de satin, sur lesquels s'égouttait la flamme blonde des chandeliers.

Les valets en livrée de cérémonie s'empressaient, surveillés par les maîtres d'hôtel vêtus de l'habit marron à la française, épée au côté. En sourdine, dans une pièce voisine, la musique militaire jouait une fanfare.

On se plaçait librement, par préférence, par coteries, à l'exception des quatre invités choisis par Leurs Majestés, qui avaient le privilège de les encadrer.

Ce fut ainsi que Daisy eut à sa droite Daniel de Rotran assis à côté de l'Impératrice et, sur sa gauche, un certain Mr Van Eyckle, citoyen new-yorkais, de souche hollandaise, dont la fortune colossale construite sur des spéculations de terrains au siècle dernier – il le lui confia avec le franc contentement caractérisant le peuple américain – et les relations au plus haut niveau justifiaient la présence à Compiègne.

Mr Van Eyckle s'émerveilla de l'anglais que parlait Daisy et se lança aussitôt à sa conquête.

De temps en temps, le valet désigné pour leur service – on comptait un valet pour deux convives – interrompait Mr Van Eyckle, annonçant à voix basse les plats, potages, relevés, entrées, rôts, entremets, une nourriture très abondante, trop riche, lourde.

Daisy prit trois cuillerées de potage à la brunoise, un doigt de turbot sauce hollandaise, une aile de faisan à la Toulouse, une tranche de foie gras au madère, tout cela par politesse, mais les truffes au champagne et les fondus à la fraise éveillèrent subitement son appétit. C'étaient ce genre de petites choses délicates, qui se mangent toutes seules, qu'elle aimait. Les vins étaient remarquables.

– Attention, jeune femme, chuchota Daniel de Rotran. Je vous surveille. N'abusez pas du chambertin.

– Daniel ! Je suis très, très bien !

Elle lui adressa un sourire épanoui, pensant qu'avoir pour ami un homme tel que lui était délicieux.

Au dessert, l'Empereur, dont l'attention s'était souvent dirigée vers elle, lui fit présenter une corbeille de fruits.

– Goûtez, madame, dit-il en travers de la table. Ces figues ont mûri au soleil du Midi et ce chasselas vient de nos treilles de Fontainebleau.

Cette amabilité valut à Daisy le regard féroce de la dame assise à droite de Sa Majesté, une magnifique créature à la chevelure très rousse, dont les chairs rondes et nacrées, resplendissantes dans la clarté ambiante, se constellaient d'émeraudes.

– Qui est-ce ? demanda-t-elle à Daniel de Rotran lorsque, après avoir pris le café dans la galerie des Cartes, on passa dans un autre salon.

– La duchesse de Torente. Noblesse d'Empire. L'actuelle maîtresse du comte de Nhuys, et certains prétendent qu'il partage les faveurs de la dame avec son cousin l'Empereur. Ma chère, je crains que vous ne vous soyez fait une ennemie. La duchesse garde jalousement ses terrains de chasse.

Daisy rit.

– Je n'ai pas l'intention de les lui disputer.

– Vos intentions ne coïncident pas forcément avec celles des intéressés. L'Empereur s'est montré envers vous d'une prévenance qui va allumer les commérages, et le comte de Nhuys, à l'autre table, vous a beaucoup observée durant le repas.

– Je n'ai rien vu, je ne sais même pas à quoi ce monsieur ressemble ! Au fait, ressemble-t-il à son père ?

– Napoléon Ier n'avait pas besoin d'un beau physique. Pour être honnête, celui-ci non plus. Il a remarquablement manœuvré, mais l'apparence l'a sans aucun doute servi. Les femmes amoureuses et influentes sont de grande ressource pour les ambitieux et Dieu sait s'il en a eu et s'il l'est !... Vous dansez ?

Au son d'un piano mécanique dont le chambellan actionnait la manivelle, quelques couples se formaient.

Les hommes redescendaient du fumoir. La digestion semblait alourdir la vivacité des conversations. Les dames assises autour de l'Impératrice pressaient un petit mouchoir sur leurs fronts moites. Des odeurs musquées se mêlaient à celles des parfums.

Daisy aperçut Julie entraînant Achille dans la danse.

Et elle se revit brusquement rue du Bac.

... Charlotte se mettait au piano, le Grand Courtois repoussait la table, Achille l'enlaçait gaiement, polkas, valses de Vienne, mazurkas se succédaient. Sosthène de Maubrun guidait les pas et les figures. Il avait été un danseur effréné dans sa jeunesse et, parfois, il acceptait encore de faire un tour de valse avec Daisy. Son père et Achille... Elle n'avait jamais dansé avec personne d'autre, pas même partagé ce plaisir charmant avec Louis Lacaz. Le temps leur avait manqué. Ils en avaient eu si peu...

Le cœur de Daisy se serra, elle eut mal. Que faisait-elle ici, avec ce chagrin en elle ? Suffisait-il d'une étoffe bien chiffonnée par M. Worth, de quelques diamants et des compliments de l'Empereur pour s'en consoler ?

Daniel de Rotran chuchota :

– Daisy, je devine à quoi vous songez. Mais, chère... Il vous aimait. Comment ne serait-il pas heureux et fier ce soir ?

Elle releva la tête, vit la tendresse dans ses yeux.

– Pardonnez-moi, dit-elle, dansons.

Peu à peu, dans ses bras, elle s'apaisa, le chagrin passait. Il n'avait pas sa place dans ce salon capitonné de précieux velours grenat, parmi ces ors et ces glaces où se multipliait la magnificence des lumières.

Après la valse, il y eut une polka. L'Empereur relayait maintenant son grand chambellan et tournait lui-même en toute simplicité la manivelle du piano mécanique.

La polka terminée, Achille et Julie les rejoignirent.

Soudain, Daisy entendit une voix qui disait :

– Madame, m'accorderez-vous cette danse ? Je me présente, Paul de Nhuys.

Habit noir de demi-gala, très strict. Le visage était de charpente élégante, bien structuré, la bouche d'un modelé superbe et son expression gourmande renforçait celle des yeux bruns, pailletés d'or, qu'une épaisseur de cils étirait vers les tempes. De cette physionomie se dégageait quelque chose de félin, peut-être dû à ces longs yeux avides, à la lourde chevelure d'un brun fauve aux ondulations soignées. Beau, très beau. Julie n'avait pas exagéré... Mais le même regard assuré, effronté que celui qui l'avait dévisagée dans la galerie des Cartes, la même fatuité. Rien que de croiser son regard, on avait l'impression de commettre avec cet homme une indécence.

Daisy le toisa.

– Non, monsieur, je ne danse pas.

Quelques instants plus tard, elle dansait avec l'Empereur.

La série s'acheva par une chasse à courre.

La semaine avait été charmante.

De minuit, heure à laquelle Leurs Majestés se retiraient, jusqu'à midi le lendemain, on avait « quartier libre ». On en profitait pour se reposer, flâner au lit et, en fin de matinée, faire une courte promenade en forêt. Daniel et Julie accompagnaient Daisy. Achille...

Julie disait avec un petit soupir de contentement qui renflait sa gorge mince :

« Ce garnement ne me laisse pas dormir. Un monstre ! Aussi n'y a-t-il pas moyen de le sortir des draps. Il ronfle comme un poêle quand je me lève. »

À force d'avoir la peau chauffée par tous ces regards d'hommes, Daisy sentait le froid en se retrouvant seule dans son lit et faisait souvent des rêves qu'elle n'aurait osé conter.

L'après-midi, l'Impératrice organisait des balades en char à bancs. On allait admirer le lac ou visiter les ruines de Pierrefonds. Les messieurs suivaient à cheval. On rentrait. Thé, causeries. Les soirées multipliaient les distractions. On dansait, on jouait à de nombreux jeux. Billard anglais, toupie hollandaise et, surtout, aux palets. L'Empereur y montrait beaucoup d'adresse. Il enseigna lui-même à Daisy la meilleure façon de lancer le palet sur le grand tapis vert pour l'amener le plus près du but figuré par un point blanc. Ce faisant, il la frôlait de son habit, ensuite se redressait, tortillait sa moustache. On oubliait parfois qu'il était le souverain, tant l'ambiance était simple et aimable, sans obligation aucune si ce n'est, pour les dames, d'être belles.

Changer de toilette, de coiffure, de maquillage,

de bijoux, occupait tout le temps que les réjouissances, les repas et le sommeil vous laissaient.

Il convenait toujours de se surpasser, c'était presque un défi que l'on se lançait à soi-même et l'on y employait tous les artifices.

Les dix-huit créations de Worth n'avaient point été de trop et Daisy se promit en rentrant à Paris de convoquer M. Lemonnier, le joaillier. Une parure de diamants, même pesant bon poids, paraissait bien mesquine en comparaison des merveilles ruisselant à chaque dîner, et chaque dîner renouvelées, sur les épaules et la gorge des autres femmes... Des saphirs lui iraient très bien, assortis à ses yeux comme les émeraudes l'étaient à ceux de la duchesse de Torente.

Entre elles deux, c'était « la bête de guerre », comme disait Julie.

Daisy y récoltait de nombreuses sympathies parmi les dames désireuses de se venger des prétentions de la duchesse. Elle en riait, commençant à tirer de ce monde les leçons...

Le matin de la chasse, l'heure du déjeuner fut avancée.

Le rendez-vous était à midi au Puits-du-Roi, un vaste carrefour étoilé d'allées droites qui se perdaient à travers la forêt.

Dans les ors et les pourpres du décor qu'ensoleillait une douce clarté blonde, les piqueurs à cheval en culotte écarlate et chapeau galonné attendaient. Devant eux, les valets de chiens en livrée contenaient la meute. De l'autre côté, la file des voitures venues des châteaux voisins était rangée en demi-cercle. Au centre de ce tableau riche en couleurs et animé par le frémissement joyeux des chiens dont les pelages ondoyaient en taches blanches, orange, noires et feu, se groupaient les invités ayant le *bouton*. Daisy les rejoignit.

C'était une marque d'estime toute particulière, et Daniel de Rotran avait dû certainement intriguer beaucoup pour qu'elle obtînt cette faveur dès sa première chasse.

Quand Daisy avait reçu du Grand Veneur les boutons en argent devant obligatoirement figurer sur l'uniforme de vénerie, Sosthène de Maubrun avait marmonné : « Napoléon le Petit paraît bien informé. L'éclat de nos anciennes chasses rehaussera la sienne. Le nom des Maubrun est célèbre en vénerie. C'est égal, l'attention plaide pour lui. »

L'uniforme était seyant.

Habit vert à collet de velours écarlate, dont un galon argent et or marquait les parements, les coutures et l'écusson, gilet de même velours écarlate, culotte de peau blanche pour les messieurs, jupe d'amazone pour les dames. Avec cela, le chapeau Louis XV, dit *lampion,* également galonné. Daisy avait remisé ses beaux cheveux dans une résille. Le lampion ajoutait à sa jeunesse un petit air crâne, tout à fait délicieux. Ce fut l'appréciation de Daniel de Rotran.

Il ne suivait pas la chasse, étant empêché par un entretien politique avec le comte Walewski, ministre des Affaires étrangères et autre bâtard de Napoléon Ier, entretien devant se dérouler à la même heure dans le bureau de l'Empereur et, effectivement, Sa Majesté venue en char à bancs jusqu'au Puits-du-Roi s'en retourna dès que le signal de l'attaque fut donné par la fanfare.

L'Impératrice prit aussitôt la tête.

Le paysage, futaies, clairières, défilait...

Portée par le vent de la course, un air sec lui fouettant les joues, Daisy sentait monter en elle une exquise euphorie. Si la société de Compiègne représentait pour elle une nouveauté dans laquelle évoluer exigeait prudence et adresse, elle était à cheval dans son élément, la meilleure, et la superbe jument alezane qu'on lui avait attribuée – autre attention de l'Empereur – répondait à merveille à son humeur.

Elle sema bientôt Achille et l'Américain, Mr Van Eyckle, qui l'escortaient ainsi que quelques autres cavaliers, mais la vitesse du galop la lança à un embranchement sur le mauvais chemin. Voulant couper court, elle s'égara davantage, s'entêta et se décida enfin à s'arrêter pour examiner sa position.

Elle se trouvait presque en lisière de forêt, un taillis serré la séparant de la plaine qui s'étendait en contrebas.

Soudain, elle entendit la fanfare sonner le *débuché* en même temps qu'elle apercevait le cerf dévalant la plaine et courant droit vers une ferme, poursuivi par les cris de la meute.

À ce moment, des craquements de branches et le bruissement des feuilles jonchant le sol l'avertirent d'une présence.

Elle se retourna, reconnut le comte de Nhuys, et sa surprise fut plus affectée que réelle, car depuis le début de la chasse elle avait remarqué ses manœuvres pour se rapprocher d'elle.

L'uniforme de vénerie découvrait une musculature puissante que, d'ordinaire, il dissimulait sous la rigueur de l'habit.

Son cheval bai, d'énorme encolure, accompagnait admirablement cette force.

Il l'amena près de la monture de Daisy.

En bas, dans la plaine, la meute s'était engouffrée aux trousses du cerf dans la cour de la ferme et tentait de le cerner.

– Il va découdre quelques chiens, défoncer la palissade et leur échapper, observa-t-il. Nous le rattraperons plus aisément en continuant jusqu'à l'étang de Sainte-Perrine. Au fait, mes compliments, madame. Vous vous débrouillez diablement à cheval.

– Je n'ai aucun mérite, je monte depuis l'âge de six ans.

Il rit.

– Mon Dieu ! Cela ne doit pas faire tellement longtemps !

Son ton la piqua.

– J'en ai quand même dix-huit, dit-elle dignement.

– Bel âge puisqu'il est encore avouable ! Moi, j'en ai quarante. Nous sommes dans le bon écart. J'ai l'expérience, vous, la jeunesse.

Il inclina la tête.

– Ma chère baronne, Compiègne se termine. Comment avez-vous trouvé ? Un peu fête de patronage, non ?

– C'était très agréable.

– Nous en reparlerons. Pour une fois que je vous tiens seule et sans votre cavalier servant... Peut-on espérer vous revoir à Paris ?

– Certainement. Il y a un bal aux Tuileries en décembre. J'en serai.

– Allons, allons, ce n'est pas ainsi que je souhaite vous rencontrer, et vous le savez fort bien. Quand une femme me plaît, et vous...

– Vous l'imaginez tout de suite allongée dans votre lit, à votre disposition, n'est-ce pas ?

– À quoi donc voulez-vous qu'un homme normalement constitué pense en vous voyant ? Penser à autre chose serait vous outrager et s'outrager soi-même. Évidemment, c'est assez brutalement énoncé, surtout par cette bouche angélique, mais le contraste me paraît prometteur.

Daisy le fixa.

– Auriez-vous l'obligeance de m'indiquer le chemin pour rejoindre la chasse ?

Il se pencha vers elle. Une odeur d'eau de

Cologne, de cuir et de métal effleura les narines de Daisy. C'était une odeur plaisante, virile, qui la suffoqua un peu. Elle se sentit troublée, une bouffée de chaleur monta à ses joues.

Il dit :

– Enfin, ma chère baronne, que me reprochez-vous ? Depuis notre arrivée au château, vous m'opposez une mine revêche. Les femmes me jugent plutôt aimable, d'ordinaire... Et manifestement, veuve à votre âge, c'est peut-être un état, ce n'est jamais une fin. Les nuits doivent vous sembler longues. À cette belle bouche, il faut des baisers, à ce corps adorable...

– Taisez-vous, taisez-vous ! cria-t-elle.

Il sourit.

– La chasteté vous rend nerveuse. Je suis excellent médecin.

– Adieu, monsieur.

Mais il étendit le bras, retint la monture de Daisy par la bride.

– Attendez. Juste une question. Serait-ce vrai ce que l'on murmure sur vous ?

– On murmure... Que murmure-t-on ?

– ... Que vous avez le projet, avec votre printemps et vos fossettes, de remplacer la duchesse de Torente dans les bonnes grâces de l'Empereur.

Daisy sursauta.

– La duchesse de Torente ! Enfin, monsieur, ne la dit-on pas votre maîtresse ?

– Bah ! ce qu'on dit... La duchesse a bien servi et, cela, ce n'est pas un secret de le dire. Je note toutefois que vous ne niez pas...

– Mais évidemment que si ! Je nie, monsieur, je nie ! L'Empereur... Mon Dieu ! suffit-il que Sa Majesté m'ait manifesté quelque courtoisie...

Paul de Nhuys l'interrompit :

– Ne vous défendez pas. Je ne vous reproche rien. J'aime les ambitions. Je peux favoriser la vôtre. Sachez que le plus difficile n'est pas d'émouvoir mon bon empereur, mais de maintenir ce... ce sentiment, si vous voyez ce que je veux dire ! Mais peut-être ne le voyez-vous pas ? Vous semblez si effarouchée dès qu'on vous parle d'amour.

– Vous appelez ça parler d'amour ?

– Qu'est-ce que l'amour, sinon la satisfaction de deux épidermes qui s'accordent ? J'ajouterai même que c'est l'unique façon saine de l'envisager. Le reste, tout ce qu'on y met autour, n'est que chausse-trapes à l'usage des cœurs sensibles. Le mien a son emploi : me maintenir en vie. Ma vie m'est trop précieuse pour en détraquer le mécanisme par des stupidités. Vous voyez, je suis franc. Je suis toujours franc avec les femmes. Cela m'évite des pleurs ensuite, et c'est déjà une sélection.

Il rit doucement.

Ce rire tira Daisy de l'espèce de fascination qui la retenait là, l'écoutant. Jamais elle n'avait entendu un homme parler de lui-même avec un tel cynisme. Elle éprouva tout à coup le besoin impératif de le faire taire, d'abaisser cette morgue par quelques paroles bien senties, celles qui lui venaient aux lèvres.

– Les délicatesses du cœur sont sans doute étrangères aux personnes comme vous. Parce que, monsieur, qui êtes-vous, en fait ? Un aventurier, fils d'aventurier, pas plus.

Le rire de Paul de Nhuys s'enfla.

– Ma chère baronne, voyons ! Ces gamineries ne sont pas chose à dire dans ces lieux ! Mon impérial cousin ne serait pas content. Mais rassurez-vous, je ne les lui répéterai pas. Savez-vous que vous avez un caractère tout à fait intéressant et que vous me paraissez de plus en plus charmante ?

Le cheval de Daisy, fouaillé par les éperons, partit droit devant.

Il ne chercha pas à la suivre.

En bas, le cerf avait réussi à se dégager, entraînant la meute.

Elle retrouva l'animal et son cortège de chiens furieux à l'étang de Sainte-Perrine comme Paul de Nhuys l'avait prédit.

7

Le soir, il y eut la « curée froide » aux flambeaux.

En quittant la salle à manger, au lieu de se diriger vers la galerie des Cartes, les convives se dispersèrent dans les salons donnant sur la cour d'honneur. Les fenêtres en avaient été ouvertes. L'Empereur et l'Impératrice, suivis d'une vingtaine de personnes, dont Daniel de Rotran et Daisy, s'avancèrent jusqu'aux balustrades du balcon central.

Dans la cour, les valets de pied en grande livrée, coiffure poudrée, faisaient la haie.

Les flambeaux, ou plutôt les piques qu'ils tenaient, auxquelles étaient fixées de petites nacelles de fer, remplies d'étoupes imbibées d'esprit-de-vin et de sels de cuivre, jetaient des flammes hautes et verdâtres qui décoraient l'obscurité plus qu'elles ne l'éclairaient. De temps en temps, ces lueurs étranges, dansantes, pareilles à des feux follets, accrochaient de leurs reflets la foule massée de chaque côté, et l'on apercevait la face blafarde de quelque bourgeois de Compiègne ou de son épouse, venus assister au spectacle.

Au pied du grand perron s'étalait la dépouille du cerf... Enfin, les morceaux que l'on réservait à la meute, recouverts de la *nappe,* c'est-à-dire de la peau de l'animal, que les chiens maintenus à distance guettaient, l'œil luisant, les flancs agités de grands souffles bruyants.

Daisy s'en détourna, observant Daniel de Rotran.

Il avait été singulièrement muet et distrait toute la soirée.

Feignant un entrain qu'elle ne ressentait pas, car la scène avec le comte de Nhuys et les allusions déplaisantes de celui-ci lui avaient en partie gâché la chasse, elle murmura :

– Savez-vous que Julie m'a convaincue ? C'est décidé. En décembre, j'offrirai un dîner à Monceau. Ce sera une façon de remercier les personnes qui m'ont ici témoigné leur amabilité. Il faudra que vous m'aidiez, Daniel. Nous établirons la liste ensemble, vous m'indiquerez les relations que vous aimeriez y voir... Eh bien, monsieur, dites quelque chose ! N'êtes-vous pas satisfait ? Vous qui me poussez aux distractions...

Il posa sur elle un regard grave.

– Daisy, en décembre, je ne serai pas à Paris, ni les mois qui suivront.

– Mais... Daniel ! Mon premier dîner ! Vous ne pouvez pas ne pas être là.

– Je crains pourtant...

Les piqueurs sonnaient la *Royale.*

Il lui serra le bras.

– Je vous expliquerai tout à l'heure.

Dans la cour, les chiens redoublaient leurs aboiements, l'échine frissonnante. Le maître d'équipage baissa son fouet. La meute bondit, épaule contre épaule, hurlant sa rage et sa convoitise, soulevée du pavé, soudée dans son élan comme une monstrueuse bête à cent pattes... À moins d'un mètre des restes du cerf, le maître d'équipage releva son fouet, la bête s'aplatit, se fractionna, et les chiens retournèrent en geignant à leur place. Trois fois, le manège recommença, jusqu'à ce que le valet désigné tirât la nappe d'un seul coup et s'enfuît en courant, l'emportant ainsi que la tête du cerf. Le fouet demeurant baissé, la curée commença.

Daisy avait l'estomac barbouillé. Le dîner ne passait pas. Et elle attendait, très nerveuse, que la curée prît fin pour comprendre le ton et l'attitude de Daniel de Rotran. Que se passait-il ? En quoi l'avait-elle offensé ? Quelqu'un lui aurait-il rapporté son aparté involontaire avec Paul de Nhuys ? Et elle jetait des regards courroucés vers celui-ci, qu'il ne voyait pas, très occupé à plaisanter avec la duchesse de Torente qui mordillait ses lèvres pulpeuses, violemment écarlates, de ses petites dents pareilles à des perles et semblait prendre le plaisir le plus vif au festin de sang qui se déroulait sous ses yeux.

Quand on eut entendu la *Vénerie,* la *Compiègne* et la *Bonaparte,* Leurs Majestés quittèrent le balcon.

– Daniel, vous allez m'expliquer...

Il l'entraîna dans un petit salon.

Silence. Lumières douces.

Elle s'assit.

Il choisit de rester debout.

– Ce matin, l'Empereur m'a proposé une mission à l'étranger. Je ne puis vous dire où... secret d'État ! La mission est dans mes capacités et requiert un temps dont seul un célibataire libre de tout engagement peut disposer. Je pense accepter. Rien ne me retient à Paris.

– Comment, rien ! coupa-t-elle avec indignation. Eh bien... et moi ? Je croyais quand même compter un peu. Est-ce cela, votre amitié ?

Le regard de Daniel de Rotran s'aiguisa.

– Daisy, s'il vous plaît ! Pas d'hypocrisie ! De

ma part, ce n'est plus de l'amitié, et vous le savez. Un homme peut-il continuer dans l'amitié lorsqu'il côtoie presque quotidiennement une femme telle que vous ? J'avais évité jusqu'à présent ce genre d'écueil. Sans mal, d'ailleurs, n'ayant jamais rencontré quelqu'un susceptible de bouleverser l'ordonnance de ma vie. Mais vous êtes apparue, et aujourd'hui... Ma foi, aujourd'hui, j'ai peur, je me sauve. Égoïsme, lâcheté, tout ce que vous voulez !

– Daniel, Daniel ! Mais moi... moi ! Que vais-je devenir sans vous ?

Il eut un rire sec.

– Compterais-je donc un peu ?

– Vous en doutez ?

– Oui. J'ai été une heureuse transition. Vous êtes maintenant tout à fait capable de conduire votre existence seule.

Seule...

Sans ses conseils, ses attentions, son réconfort constant.

Daisy n'avait jamais cherché à analyser ses sentiments vis-à-vis de Daniel de Rotran, elle s'était peu à peu habituée à ce qu'il fût là, toujours merveilleusement présent, disponible, disant « mon ami Lacaz » de cette voix chaude qui lui allait droit au cœur, lui tendant son mouchoir pour essuyer ses larmes, l'accompagnant chez l'ébéniste ou chez le couturier, l'introduisant dans cette cour impériale où, grâce à lui, elle était reçue en reine. Bref, elle avait remis son bonheur entre les mains de Daniel comme s'il n'y avait rien de plus naturel qu'il s'en occupât, et voilà qu'il se dérobait, et elle avait tout à coup l'impression de perdre l'équilibre fragile auquel elle était parvenue et de replonger dans le noir affreux qui avait suivi son deuil.

– Vous n'avez pas le droit, dit-elle d'une voix tremblante.

– Vous avez raison, je n'en ai aucun.

– Ce n'est pas ce que j'ai voulu dire !

– C'est ce que je dis, moi. Quand on est sain d'esprit, et je m'en flatte, on évite une situation pareille. Certains se contentent de vivre l'ombre d'une passion. Moi, pas. Aussi, je m'en vais.

– Vous ne m'aimez pas. Vous dites ça, mais si vous m'aimiez vraiment…

– … Je resterais dans vos jupes, je respirerais votre parfum, j'attendrais que d'autres hommes vous séduisent, je serais l'ami fidèle, le confident, je recueillerais vos plaintes quand un amant vous décevrait… Non, Daisy.

– Un amant ! s'écria-t-elle. Pourquoi voulez-vous que je prenne un amant ?

– Parce que voici plus d'un an que votre mari est mort. À votre âge, on a besoin d'un homme auprès de soi.

– Mais je vous ai ! Je vous ai, vous ! Nous nous entendons si bien, que ferais-je d'un autre ?

Il dit doucement :

– La beauté d'une femme s'entretient par l'amour. Pour que ces yeux conservent leur velours, ce teint son éclat, il vous faut de l'amour, chérie. La nature le commande.

Daisy songea que le comte de Nhuys lui avait tenu, quelques heures auparavant, les mêmes propos, mais il n'avait pas eu pour les exprimer cette tendresse, c'était un cynique, un brutal, tandis que Daniel…

Elle se sentit bizarrement émue.

– Daisy, il faut que nous allions rejoindre…

– Non, je vous en prie. Restons encore un peu. Je ne peux croire… Daniel, je ne veux pas que vous partiez.

Il s'approcha.

– Cela ne dépend que de vous.

Il prit la main de Daisy, la retourna, posa ses lèvres au creux de la paume.

Ce n'était pas un de ces baisers légers comme une politesse, dont il parsemait leurs bavardages, mais une caresse amoureuse qui la toucha au plus profond d'elle-même et l'étourdit.

– Daisy, j'ai respecté votre chagrin, il était trop tôt pour vous parler, et j'ignorais... Mais vos paroles m'inclinent à penser que je ne vous suis pas indifférent, aussi... Daisy, voulez-vous m'épouser ? Nous sommes de même race, de mêmes goûts, votre famille est déjà un peu la mienne, et vous me connaissez assez pour savoir que je n'agis jamais par impulsion mais après réflexion. J'ai la certitude qu'ensemble nous aurons une vie délicieuse, car ce que j'éprouve, ma chérie, n'est pas ce caprice vulgaire qui emporte trop souvent la résolution d'un homme et la lui fait regretter ensuite, mais un sentiment qui ne cessera qu'avec moi-même.

Le mariage du marquis de Rotran et de la baronne Lacaz fut célébré le 14 décembre 1855.

Daisy emménagea ce même jour à l'hôtel Rotran, rue Saint-Honoré, son père et sa sœur devant bientôt l'y rejoindre.

Elle aurait préféré continuer à habiter Monceau auquel la rattachait le souvenir de Louis Lacaz. En plus, depuis les transformations qu'elle y avait effectuées, elle s'était mise à aimer l'orgueilleuse et blanche demeure, sa situation privilégiée qui faisait que l'on était à Paris sans y être, jouissant à la fois des commodités de la ville et d'un air plus sain, d'espace et de cette vue incomparable sur le parc. Mais sa volonté se heurta à un refus très ferme de Daniel.

– Les Rotran résident depuis trois siècles dans

cette demeure, notre place y est. Loin de moi l'idée de vous écarter de pensées qui vous restent chères et me le sont puisque Louis Lacaz était mon ami, mais je vous conseillerais de vendre l'hôtel de Monceau. Il est trop neuf, une construction de parvenu, disons le mot. Ce n'est pas à garder.

Daisy se contenta de licencier une partie du personnel. Vendre ? Cette suggestion l'avait choquée.

Pour se faire pardonner, Daniel lui aménagea rue Saint-Honoré un ravissant appartement à côté du sien.

– Vous y serez chez vous. Le négligé conjugal m'a toujours paru peu romantique à surprendre au saut du lit. Et la désaffection naît de l'accoutumance.

Un boudoir précédait la chambre, mais fermé par une tenture, et l'on passait ainsi d'un simple mouvement de l'une à l'autre pièce, également tapissées d'un velours rose pâle, fragile et lumineux comme une chair de femme. Des rideaux en satin, de cette nuance, tombaient à gros plis cassés sur le tapis bleu pervenche semé de roses en bouquets. Et le même satin encadrait le lit de ses flots de draperies relevées de chaque côté par des nœuds en guipure de Venise. Le soir, aux flammes des lampes, des clartés d'aurore s'y éveillaient et les dentelles des oreillers, la fine batiste des draps en rosissaient doucement, elles aussi.

Les meubles étaient de bois précieux. Blonds. Des chiffonniers aux multiples tiroirs secrets, un cabinet Louis XVI dressant sur ses courtes pattes un exquis décor de papillons et de plumes d'oiseaux, un bonheur-du-jour de très belle facture. Il y avait aussi deux moelleuses bergères, des poufs habillés de velours rose, ourlés d'un grand volant froncé comme une jupe; dans le boudoir, des jardinières de plantes vertes, un sofa avec une profusion de petits coussins pour s'y blottir... Daniel s'était rappelé tous ses goûts ! Et il avait suspendu un Gainsborough de la meilleure époque entre les deux fenêtres.

Seuls, les bibelots manquaient.

Il avait dit :

« Vous choisirez vous-même dans la maison. Ces petits objets sont une affaire de cœur. On les choisit et on les dispose selon ses préférences. »

Jouxtant la chambre, une pièce carrée, tout en armoires garnies de cretonne à fleurs, était destinée à la garde-robe.

Enfin venait le cabinet de toilette dont les ouvertures se voilaient de blanches mousselines plissées. Des glaces cerclées d'or s'incrustaient dans les murs, reflétant à l'infini la neige immaculée du décor. Sur les étagères, Daisy découvrit une collection de flacons en opaline savonneuse. Les accessoires pour la toilette, en opaline turquoise marquée d'or au chiffre des Rotran, étaient la seule note vive, avec une grande coupe de primevères jaunes et violettes, placée sur une petite table.

Chaque détail de l'appartement témoignait de l'amour le plus tendre, et Daisy se le répétait le soir du 14 décembre, après que Louise et Céleste qu'elle avait amenées de Monceau se furent retirées, la laissant dans la chambre, revêtue de son peignoir en peluche blanche, ses beaux cheveux blonds dénoués et flottants.

Pour se donner une contenance, elle s'assit devant le bonheur-du-jour, passant et repassant la brosse dans ses boucles.

Quel homme se cachait sous l'apparence policée de Daniel ? Un homme, ses vêtements ôtés, devient brusquement un inconnu aux réactions imprévisibles. À Trouville, lorsque Louis Lacaz...

Et brusquement, l'image de celui-ci, qu'elle s'était évertuée à refouler durant toute la journée, s'imposa avec une telle force que Daisy lâcha la brosse, jeta son visage entre ses mains.

Comment supporter qu'un autre la touche, refasse avec elle ces gestes ? L'amour permet de vaincre la pudeur. Elle aimait Louis Lacaz. Elle avait été heureuse de lui donner du plaisir et de s'en enorgueillir ensuite. Mais Daniel... ? Une tendresse qu'il avait su rendre indispensable, une entente délicieuse... Cela suffisait-il pour accepter sans répugnance ces rapports intimes auxquels elle s'était engagée en l'épousant ?

Une petite voix ironique qui ressemblait à celle de Julie claironna à son oreille :

« Il fallait y penser avant, trésor ! »

Quand Daniel de Rotran entra, il la trouva, le regard fixe, des traces de larmes sur les joues.

– Eh bien, eh bien... dit-il.

Elle se redressa.

– Daniel, je...

– Chut ! Ne dites rien. Vous êtes fatiguée. Venez vous étendre.

La soutenant, il la conduisit à petits pas vers le lit, l'aida à s'allonger, s'assit au bord du lit, à côté d'elle, effleurant ses cheveux d'une main légère.

– Là, calmez-vous. Je devine ce que vous ressentez. Mais dites-vous, ma chérie, que vous n'avez envers moi aucune obligation d'aucune sorte, alors que je les ai toutes, ayant juré que vous serez heureuse. Le devoir conjugal est une expression horrible. Dans ce lit, je ne veux être que votre amant et ne l'être que lorsque vous y serez disposée.

Ce langage eut pour effet de raviver les pleurs de Daisy.

– Excusez-moi. C'est nerveux, je vous assure.

Elle renifla, essaya bravement de sourire.

– Je suis une idiote !

– Mais non. Une adorable enfant un peu effrayée, tout simplement. C'est normal. Croyez-vous que je vous aimerais si vous vous comportiez autrement ?

Il se pencha, embrassa son front, ses tempes, ses paupières. Sous cette pluie de petits baisers, frais, sans insistance, Daisy se décontractait...

Quand la bouche de Daniel, avec une délicatesse infinie, cueillit sa bouche, elle ne marqua aucun refus. Elle ne pleurait plus, elle n'avait plus sur la poitrine ce poids qui l'étouffait, elle était bien. Les lèvres qui effleuraient les siennes avaient une grande douceur qui la rassurait.

Il murmura :

– Vous n'êtes pas à votre aise ainsi. Vous seriez mieux en ôtant ce peignoir.

Et, sans bien savoir comment, elle se retrouva en chemise, assise dans le lit, reposant contre la poitrine de Daniel, les bras de celui-ci l'entourant. Cela paraissait aussi naturel que s'il eût été toujours là. Elle s'appuyait contre lui sans crainte.

Ils restèrent un long moment ainsi.

Il se contentait de lui chuchoter de petits mots tendres. Étaient-ce ses inflexions qui l'émouvaient ou ce souffle chaud sur sa nuque... ? Daisy se sentait devenir un peu moite, les seins lourds, les reins remués comme la nuit lorsqu'elle s'éveillait de ses rêves... Et ce fut elle qui bougea, tourna la tête vers lui.

Les lèvres de Daniel, après avoir repris les siennes, chiffonnaient maintenant le linon de son corsage. Il ne se dépêchait nullement, il n'avait pas la grande voracité qui emportait Louis Lacaz, ses gestes autoritaires dans la passion, il pressait sa chair à petits coups à travers la chemise, et cette lenteur durcissait ses seins, amenait en elle comme une impatience.

– Nous n'irons pas plus loin que vous ne le souhaitez, ma chérie, dit-il. L'amour est une fête. Elle se prépare à deux.

À deux ?

Louis Lacaz ne lui avait-il donc pas tout appris ? Y avait-il un autre comportement pour une femme que de se soumettre gentiment, et différentes manières pour un homme d'imposer sa force ?

Daisy eut un petit sourire très doux qui était comme une invite à poursuivre, et Daniel dénoua les rubans, dénuda sa gorge.

Elle avait été très fière lors de sa nuit de noces à Trouville d'en révéler la blancheur à Louis Lacaz, et cette fermeté, cette attache haute et insolente qui rappelait celle des statues, mais le plaisir se situait, ce soir, ailleurs. La vanité paraissait puérile, ridiculisée par les sensations que faisait naître l'exquis cheminement des baisers, cette morsure tendre sous laquelle son corps se dépouillait de toute pensée, peu à peu transformé par ces lèvres expertes en un petit animal avide de caresses.

Quand Daniel repoussa la chemise jusqu'à ses pieds, l'offrant nue aux ors roses des lumières, un frisson parcourut les flancs de Daisy, elle se mit à trembler.

Des mains légères l'enveloppèrent.

Elle gémit : « Daniel », se cambra, allongea les mains, le cherchant, inondée d'un désir qui lui commandait soudain d'attirer cet homme sur elle et de le recevoir, mais une voix qui semblait venir de très loin dit : « Attends. Laisse-moi t'embrasser toute. C'est ainsi qu'après l'amour est le meilleur »... Et elle se renversa dans le désordre des oreillers, les doigts agrippés aux draps...

Au matin, Louise la réveilla.

Elle était seule dans le lit, les draps bien tirés.

– M. le marquis fait demander à Madame s'il peut, à l'heure qui conviendra à Madame, venir prendre le déjeuner avec elle. Mais si Madame préfère dormir, il a dit...

– Non. Pas du tout. D'ici une demi-heure, ce sera très bien. Louise, mon peignoir, s'il vous plaît.

Louise l'aida à l'enfiler et Daisy la renvoya, passa dans le cabinet de toilette. Elle se sentait rompue, tout habitée de langueurs, c'était une impression assez bouleversante et qui remplissait son esprit de confusion.

Quand Daniel entra, elle l'accueillit, environnée de senteurs de fleurs, les cheveux liés d'un ruban, car elle avait dû renoncer à se faire une coiffure. Il faudrait l'habileté de Louise pour réparer les dégâts causés par les dissipations de cette nuit et, d'y repenser, lui présent, elle rougit un peu.

Il posa un baiser sur son front, un écrin sur ses genoux.

– Daniel !... Qu'est-ce que c'est ?

Il sourit, un sourire jeune, très gai.

Même en robe de chambre, il conservait son aspect net, son raffinement, ses façons d'être, empreintes de dignité et d'élégance.

– Ça ? dit-il. Une babiole, pour me faire pardonner de vous avoir fait veiller si tard.

Elle eut un petit « oh ! » joyeux de protestation, ouvrit l'écrin.

– Daniel ! Des saphirs ! Justement, je voulais...

– Je sais.

– Vous savez toujours tout.

– Je m'y essaie.

Il la suivit des yeux, tandis qu'elle se précipitait pour agrafer le collier devant la glace de la cheminée.

Les saphirs étaient de toute beauté, d'un bleu sombre velouté, chaque pierre large comme l'ongle du pouce, enchâssée dans un tour de diamants en rose, et un cordon de perles les reliait les unes aux autres.

Daisy dégagea son peignoir, recula un peu pour admirer l'effet, ses yeux brillaient.

– Daniel ! Ce collier est somptueux ! Vous me gâtez trop.

– C'est moi que je gâte.

Il s'approcha, murmura dans son cou :

– Avez-vous été contente de votre époux, cette nuit ?

Bien au-delà. Elle en restait encore stupéfaite. Un éblouissement ! Non, vraiment, jamais elle n'aurait soupçonné que faire l'amour pût prendre pour une femme cette dimension !

Ses saphirs au cou, toute rose, chauffée par l'haleine de la cheminée qui s'engouffrait dans son peignoir, elle se retourna vivement.

Il attendait sa réponse.

Leurs regards se croisèrent.

Dans celui de Daniel, Daisy perçut une sorte d'anxiété. Une fraction de seconde, elle s'en étonna, puis elle comprit.

Ce qu'il voulait en réalité n'était pas s'assurer du plaisir qu'il lui avait donné, ayant suffisamment d'expérience pour en juger, mais savoir si elle en avait eu *plus* avec lui qu'avec Louis Lacaz. Le cœur de Daisy se serra. Comment avouer que Louis ne l'avait jamais invitée à ces délices… ? Et pourquoi cela ? Depuis le réveil, la question la tourmentait. Trop de fougue nuit peut-être à cet art délicat qu'est la recherche de l'accord parfait. À moins que… ? Daniel pourrait sans aucun doute la renseigner, mais comment le lui demander ? C'eût été trahir une mémoire chère, enlever du brillant aux souvenirs, paraître bien ignorante aussi.

Elle eut un joli rire de coquette.
– Contente ? Vous vous sous-estimez, Daniel !

L'Empereur et l'Impératrice ajoutèrent à leurs vœux de félicité un magnifique reliquaire byzantin orné de turquoises et de perles, que l'on exposa dans le salon s'ouvrant sur le jardin.

Sosthène de Maubrun et Charlotte vinrent s'installer à l'hôtel Rotran.

Sosthène avait amené son mobilier. Dans ce décor doucement patiné mais que les peintures claires et les dorures faisaient vivre, au milieu d'un personnel à qui de longues années de service autorisaient une plaisante familiarité, il se retrouvait comme dans sa jeunesse. Les ans glissaient de son visage, le tailleur lui avait refaçonné une allure pimpante, il rayonnait et, avec un manque de tact parfait, ne laissait pas passer une occasion de souligner les avantages que représentait ce second gendre sur le premier.

« On ne se marie bien qu'entre soi, répétait-il. Jamais, mon enfant, tu n'as autant resplendi. »

Le miroir lui donnait raison.

Les soins amoureux que Daniel prodiguait chaque nuit à Daisy exaltaient sa beauté. Ses yeux se cernaient de mystère, sa bouche meurtrie de baisers paraissait une invite, et l'on avait l'impression de surprendre de voluptueux secrets en suivant sa démarche à laquelle le bonheur d'être imprimait un balancement nouveau, une façon de cambrer les reins ou de ployer la taille qui ne s'acquiert que dans les abandons de la jouissance.

Sur cette silhouette, Worth se déchaînait.

Le demi-deuil s'était terminé avec le remariage. Et ainsi que le couturier l'avait décrété lors de la première visite que Daisy lui avait rendue rue de Richelieu, c'était en rose qu'il l'habillait. Toutes les nuances. Depuis les roses très pâles, presque blancs, couleur de chair, les roses pêche, ocrés de soleil, les roses tendres empruntés aux fleurs, jusqu'aux roses violents, bleutés dont la sensualité évoquait l'Orient.

Worth apportait autant d'attention au choix des couleurs qu'à celui des étoffes et ne maniait que les plus beaux matériaux... Velours à grands volants de zibeline pour le bal des Tuileries, fin décembre... Gaze rebrodée d'or, le 9 janvier, chez la princesse Mathilde, cousine germaine de l'Empereur... Faille à longue traîne, ennuagée de dentelle d'argent, le 29 janvier, encore aux Tuileries... Tulle bouillonné sur fourreau de satin, à la réception du comte de Morny, à l'hôtel de Lassay, en février... Chaque soirée se marquait d'une toilette.

En ce début d'année 1856, Paris tournait au rythme insouciant des valses. La paix était enfin signée. Et le 16 mars naquit le prince impérial. Les réjouissances s'en augmentèrent.

De temps en temps, Daisy se faisait conduire à Monceau.

Le Grand Courtois y régnait en despote. Elle s'amusait de ses doléances, inspectait les lieux pour lui faire plaisir, sachant d'avance que tout serait parfait, il lui servait le thé dans le petit salon d'angle d'où l'on apercevait les frondaisons du parc, elle savourait un moment d'indépendance.

Ici, elle était *chez elle*. Sa maison, ses domestiques. Et quoi qu'en dissent Daniel, son père et Charlotte, le côté clinquant de la construction, la profusion des ors, l'extravagance des sculptures, cette débauche dans l'ornementation, née de l'orgueil et de la volonté de puissance, l'enchantaient. C'était moderne, c'était éclatant, cela allait avec le temps.

En revanche, elle ressentait à présent une sorte

de gêne dans la chambre de Louis Lacaz et évitait d'y pénétrer. Le lit la dérangeait.

Elle n'avait revu Mme Lacaz que pour lui annoncer par politesse son remariage avec Daniel de Rotran.

« Et vous prétendiez aimer mon fils ! avait lancé la mère de Louis. À peine disparu, déjà oublié ! »

La visite s'était achevée dans les cinq minutes.

Un jour, après leur mariage, Daisy avait relaté la scène à Daniel.

Il avait eu pour la commenter un ton très dur qui, venant de lui, l'avait surprise.

– Qu'est-ce qu'elle s'imaginait ? Que vous useriez votre jeunesse à pleurer un mort ?

Et il avait ajouté :

– Vous devriez d'ailleurs cesser d'aller à Monceau. C'est malsain de demeurer tournée vers le passé. Que cherchez-vous là-bas que je ne vous apporte ?

– Daniel, j'y vais simplement pour m'assurer...

– ... Que vos sentiments pour Lacaz sont intacts ?

Elle avait sursauté :

– Daniel ! Vous n'êtes quand même pas jaloux... ?

Mais, déjà, il rectifiait son expression, réglait sa voix.

– Pardonnez-moi, je me suis sans doute mal exprimé. Je ne vous reproche pas l'attachement que vous aviez pour Louis Lacaz, mais la mémoire a tendance à idéaliser... Daisy, je vais vous dire une chose à laquelle je souhaite que vous réfléchissiez. Ce mariage a été un coup de cœur. Louis Lacaz est apparu dans le ciel un peu terne de votre existence, vous avez été éblouie, vous avez succombé.

– Insinueriez-vous que le premier venu...

– Ne vous fâchez pas, Daisy. Le premier venu,

avec sa prestance, son auréole de guerrier, ses manières d'homme, oui, ma chérie. Aussi, je doute que cette union eût résisté au temps. Lacaz avait de grandes qualités viriles. Ce ne sont pas celles qui rendent les femmes heureuses... Enfin, pas le genre de femme que vous êtes. Les fleurs rares ont besoin d'attention constante. L'armée l'absorbait. Il vous aurait négligée.

– Vous parlez comme Achille, sauf qu'Achille est persuadé que je n'ai fait qu'un mariage d'argent.

– Non. Certainement pas... Mais il faut être honnête envers soi-même. Le reflet de l'or donne belle mine à un homme ! Vous eût-il conquise, marchant à pied et habitant une mansarde ?

Parce que cette clairvoyance la piquait, elle avait dit :

– Peut-être.

Il avait ri.

– Daisy, Daisy ! Quelle mauvaise foi ! Avec vos goûts de luxe, votre appétit à jouir de tous les agréments que permet la fortune... Ma pauvre chérie ! Mais vous ne l'auriez même pas regardé une minute. Cette constatation n'enlevant rien à la valeur de mon ami Lacaz, je m'empresse de vous le dire, sinon vous allez m'arracher les yeux !

Daniel avait lancé cela avec tant de précipitation comique qu'elle en avait oublié son agacement et ri avec lui.

Au printemps, la cour se transporta à Saint-Cloud.

Daisy alla plusieurs fois rendre visite à l'Impératrice assez mal remise de ses couches et qui, les médecins le disaient, ne pourrait plus avoir d'autres enfants. Sa Majesté avait un autre sujet de mélancolie. On parlait beaucoup à Paris de l'intérêt très vif qu'inspirait nouvellement à l'Empereur une jeune Italienne qui faisait ses débuts à Paris, la comtesse de Castiglione.

Daisy l'avait rencontrée chez la princesse Mathilde. Très belle, en effet, encore que Daniel affirmât que, face à elle, Daisy, Virginia de Castiglione avait l'air d'une chicorée frisée égarée à côté d'une orchidée.

– Daniel ! Vous êtes méchant ! Une chicorée frisée... Pourquoi une chicorée frisée ?

– Comme les yeux des femmes brillent quand on dit du mal de leurs consœurs ! Eh bien, c'est sa chevelure. Cette masse crêpée, frisée, ces mèches en tire-bouchons qui vrillent tout autour de cette tête... Attention ! la tête est ravissante ! mais on a envie de couper tout ce qui dépasse et de l'accommoder en vinaigrette.

La comparaison avait mis Julie en joie.

– Si M. de Rotran n'était aussi manifestement fou de vous, je m'arrangerais pour vous le chiper. Il y a des hommes plus beaux, je n'en connais pas de plus spirituel. Et l'esprit, dans un lit, c'est ce qui fait la différence... Ah ! elle rougit ! Mon Dieu, vous devez être bien heureuse.

Elle l'était.

Après ce grand chagrin, tout lui souriait, elle allait de bonheur en bonheur.

Le 10 mai, elle donna une fête rue Saint-Honoré.

On avait ouvert les portes-fenêtres, le jardin ajoutait ses parterres, ses illuminations au décor des salons, l'orchestre jouait sur la terrasse parmi les orangers et les jasmins étoilés de lampions muticolores, l'air embaumait la giroflée et les premières roses, on but beaucoup de punch, ce fut une soirée très réussie.

Après le départ du dernier invité, Daniel et

Daisy s'attardèrent longtemps main dans la main à regarder la nuit.

Ils ne savaient pas que, pour leur couple, le temps de l'insouciance s'achevait et que, jamais plus, ils ne goûteraient ensemble la perfection tranquille d'un tel instant.

8

Le lendemain, Daisy se rendit à Maubrun.

Son père, sa sœur, Julie et M. Rouère, l'architecte amené par celle-ci, l'accompagnaient.

Elle avait résolu de restaurer le château.

Sa situation près de Saint-Cloud, où l'Empereur et l'Impératrice passaient plusieurs mois de l'année, présentait pour Daniel et elle les avantages qu'y avait vus le baron Lacaz. De plus, le projet comblait les vœux de Sosthène de Maubrun. M. Poitevin, le père de Julie, se chargerait de son exécution, et Julie avait promis le concours de M. Alphand, ingénieur en chef des promenades et plantations de Paris, pour redessiner le parc que le manque d'entretien avait rendu à l'état presque sauvage. Les réalisations opérées par M. Alphand au bois de Boulogne, les deux superbes lacs artificiels créés par ses soins étaient la garantie d'une imagination au service du meilleur goût.

La journée fut joyeuse.

Sosthène et Achille promenaient un enthousiasme faisant plaisir à voir derrière l'architecte qui prenait des croquis, requinquait en quelques vigoureux traits de plume les quatre grosses tours d'angle, refaisait une envolée de toitures là où il n'y avait plus qu'une vague charpente crevant de partout, redressait les linteaux des portes et des fenêtres dont la pierre s'affaissait... Il jugea néanmoins celles-ci de belle allure, admira la façade où briques rouges et briques noires alternaient en une savante composition et déclara que l'escalier du perron, en fer à cheval, était un chef-d'œuvre de grâce, sans toutefois s'y risquer car la plupart des balustres en étaient descellés. De l'extérieur, on passa à l'intérieur.

Julie, en toilette jaune et petit chapeau de paille relevé d'un large nœud de taffetas vieil or, poussait des cris devant les proportions qu'elle découvrait, et encore les distinguait-on mal dans le petit jour sale que laissaient passer les volets.

– Je veux, monsieur Rouère, un cabinet de toilette et une garde-robe pour chaque chambre. Prévoyez également deux salles de bal. Il est possible que nous soyons amenés à recevoir plusieurs centaines d'invités. Les communs et les écuries doivent être en rapport. Enfin, voyez et ne lésinez pas. Le prix importe peu.

C'était divin de pouvoir adopter ce ton négligent quand on se rappelait les saisons de chasse où, faute d'argent, on campait ici comme des sauvages !

Les valets avaient apporté des paniers de victuailles.

On déjeuna sans façon sur l'herbe, salade de homard, volailles, pâtés de foie gras, qu'accompagnaient d'excellents bordeaux auxquels M. Rouère fit honneur.

– Comme nous serons bien ! s'exclamait Julie. La forêt est aussi magnifique que celle de Compiègne. Et cet étang ! Agrandi, avec un débarcadère et quelques jolies barques dessus, ce sera tout à fait comme à Saint-Cloud.

On pria M. Rouère de noter l'idée pour la

communiquer à M. Alphand lorsqu'ils reviendraient ensemble pour une visite plus détaillée.

Le soleil prolongeait d'or l'ombre des frondaisons. La brise était tiède; la verdure, fraîche aux yeux. Charlotte fit un bouquet de pâquerettes pour Daniel. Julie et Achille s'égarèrent dans le sous-bois. Ils réapparurent, un peu rouges. Julie avait sa jupe de soie jaune tachée d'herbe. Daisy la taquina. Ce mariage d'intérêt se convertissait en mariage d'amour.

Achille le lui devait, pensa-t-elle. Si le fameux soir où le baron Lacaz leur avait rendu visite, elle n'avait pas pris l'initiative de modifier le cours de leurs vies, il porterait encore son vieux frac, elle, les robes de sa mère, et ils en seraient toujours à échanger de tristes baisers.

On rentra, enchantés les uns des autres.

C'était une de ces journées sans fausse note, pleine d'harmonie, où le cœur se sent presque lourd de bonheur.

En arrivant rue Saint-Honoré, Daisy se changea, guettant avec impatience Daniel pour lui expliquer les intentions de M. Rouère, relatives à Maubrun.

En général, vers les six heures et demie-sept heures, il revenait du cercle des Pommes de Terre, prenait un verre de porto, on dînait ensuite.

À sept heures, recoiffée, vêtue d'une légère robe en cachemire rose, Daisy était dans le petit salon avec son père et sa sœur. Un roulement sur le pavé annonça la voiture.

– Voilà Daniel !

Charlotte bondit de son siège, tapota ses cheveux, fila comme une biche, et Daisy songea qu'il devenait urgent de faire dévier les rêves sentimentaux que cette petite nourrissait envers son beau-frère.

Charlotte réapparut, la figure chagrine.

– Daniel n'est pas là.

– Pas là ! Comment ça, pas là ?

– Il a fait arrêter le cocher rue de Rivoli, il est descendu et il lui a dit de rentrer. Tu comprends, toi ?

– Allons, allons ! intervint Sosthène de Maubrun. La rue de Rivoli est à trois pas. Il aura voulu se dégourdir les jambes, faire un tour dans les jardins des Tuileries... Laissez-lui un peu d'air, à ce garçon !

À huit heures moins le quart, Sosthène se leva.

– Passons à table. Daniel est le premier à dire que faire attendre sa cuisinière est pire impolitesse que manquer un rendez-vous avec une jolie femme. Allons, ma chérie, ne fais pas cette tête. Il aura été retardé. Compter à un mari sa liberté gâte le meilleur ménage.

Celui de Papa ne semblait pas avoir été si excellent qu'il pût s'en autoriser pour vous faire la leçon ! Il fut le seul à manger. Avec un appétit qui acheva d'exaspérer Daisy.

On retourna dans le petit salon.

Un valet apporta le café, les liqueurs, les eaux-de-vie.

Sosthène de Maubrun choisit une liqueur des Chartreux, alluma un cigare. Charlotte se mit à effeuiller une à une les pâquerettes cueillies à Maubrun et qu'elle avait disposées dans un gobelet d'argent.

– Que fait-il, que fait-il ? répétait-elle.

Sur le tapis, autour de son fauteuil, s'éparpillaient les pétales des pâquerettes et les tiges massacrées.

– Oh ! tais-toi, tais-toi ! hurla tout à coup Daisy. Et ramasse-moi ces cochonneries !

Elle alla sonner, commanda du thé. Elle en but trois tasses. Cela ne la calma pas. Comment Daniel osait-il la laisser dans cette inquiétude ? Où était-il ? Chez une femme ? De penser qu'il était peut-être en train de faire à une autre ces choses exquises, excitantes, qu'il lui faisait, elle en était malade de rage, toute barbouillée, ses mains tremblaient.

Elle essaya de se raisonner.

Si Daniel avait eu envie de la tromper, il s'y serait pris d'une autre manière, intelligemment, sans qu'elle s'en aperçût. Cette logique redoubla toutefois son angoisse. Car s'il ne se trouvait pas avec une femme, qu'imaginer ?

– Je vais alerter la police, déclara-t-elle.

Sosthène de Maubrun la fixa avec sévérité.

– S'il te plaît. Rassieds-toi. Veux-tu te couvrir de ridicule vis-à-vis du personnel ? Il n'est que dix heures. La police te rira au nez. Elle aurait fort à faire s'il lui fallait courir après tous les maris qui oublient un repas !

– Ce n'est pas le genre de Daniel d'oublier quoi que ce soit.

– C'est vrai ce que dit Daisy, Papa !

– Mes filles, vous raisonnez en femmes. Moi, en homme... Un ami rencontré par hasard, une petite fête...

– Chut ! s'écria Charlotte. Je crois que...

Des pas résonnaient dans la cour.

Daisy attrapa sa sœur par le bras.

– Toi, tu restes ici !

Elle se précipita dans le hall, claquant derrière elle la porte du salon.

Daniel passait le porche.

En le voyant, Daisy s'immobilisa.

Les reproches qu'elle s'apprêtait à formuler se bloquèrent dans sa gorge et elle y porta les mains comme s'ils l'étouffaient.

– Qu'y a-t-il ? parvint-elle à articuler. Que vous est-il arrivé ?

Le visage de Daniel était couleur de cendre, figé dans une sorte d'hébétude, et elle en fut d'autant plus impressionnée qu'il avait l'art de se composer une physionomie quelles que soient les circonstances. Une coquetterie chez lui, ou plutôt l'orgueil de maîtriser ses émotions.

Comme il ne répondait pas, planté sur le seuil, la considérant avec cette expression terrible, elle s'arracha à sa stupeur, courut vers lui, l'entoura de ses bras.

– Daniel, mon chéri, qu'avez-vous ?

Elle remarqua encore qu'il avait dû perdre son chapeau et que ses vêtements et ses souliers étaient gris de poussière comme s'il avait marché très longtemps.

Cela non plus ne lui ressemblait pas.

Il avait horreur du moindre négligé et empruntait la voiture pour ne pas faire cinquante mètres à pied.

– Daniel…

Il se dégagea.

– Quelle heure est-il ?

– Plus de dix heures. J'étais très inquiète.

– Il ne fallait pas, dit-il d'une voix monocorde.

– Comment vouliez-vous que je ne m'inquiète pas… ?

– Je vous en prie, Daisy. Je suis fatigué.

Il se dirigea vers l'escalier, se retourna.

– Présentez mes excuses à votre père. Je vais me coucher.

Elle courut après lui.

– Mais… mais… Enfin, Daniel, on se meurt d'inquiétude à votre sujet, et… Ç'est tout ce que vous trouvez à me dire ?

Ses yeux se levèrent jusqu'à elle.

Daisy crut – mais peut-être son imagination l'entraînait-elle – y déceler de la peur.

Péniblement, comme si chaque mot lui coûtait un effort, il dit :

– J'ai été pris au cercle d'une forte migraine.

J'ai pensé qu'un peu d'air... Je me suis promené. Je n'ai pas vu le temps s'écouler. Je suis navré.

– Je vais envoyer un valet chercher votre médecin.

– Je n'ai pas de médecin. Je me suis toujours soigné moi-même. Daisy, laissez-moi. Je me sens déjà beaucoup mieux. Après un bon repos, cette migraine...

Une migraine ?

La migraine ne chavire pas les traits au point de vous donner un air de revenir de l'autre monde ! Il mentait, elle en était certaine. Mais elle devinait aussi qu'il n'en dirait pas plus.

– Je vous accompagne à votre chambre.

– Non. J'ai besoin d'être seul. S'il vous plaît !

Son ton l'arrêta.

Elle demeura au bas des marches, le suivant du regard tandis qu'il montait l'escalier degré par degré d'une allure usée de vieil homme.

À la fin de la semaine suivante, elle se décida à prendre conseil d'Achille et de Julie, et se rendit rue du Bac.

L'hôtel Maubrun avait été entièrement ravalé.

Sa pierre, débarrassée des fientes de pigeon et des impertinences du temps, brillait d'un éclat que Daisy ne se souvenait pas de lui avoir connu; les volets et les ferrures avaient troqué leur rouille contre une jolie peinture fraîche; les marbres des sols, poncés, offraient des perspectives drapées de grosses soies aux teintes fortes, des violets, des verts, des jaunes, les couleurs préférées de Julie et le coup d'œil ravissait Daisy chaque fois qu'elle venait, mais aujourd'hui elle se laissa tomber sur un siège sans rien voir.

– ... Je ne sais que faire, conclut-elle. Depuis ce maudit soir, il me parle à peine, il est comme absent. Et quand j'essaie de l'interroger, quand je le supplie de consulter un médecin, pour un peu il se mettrait en colère… En colère, lui ! Si souriant, si mesuré dans ses humeurs !

– Et ton père, qu'en pense-t-il ?

– Achille ! Tu connais Papa. « Si Daniel te dit qu'il a des migraines, c'est qu'il a des migraines. Les femmes s'inventent à plaisir des ribambelles de petits maux, mais nous autres hommes sommes censés être solides comme le Pont-Neuf ! Pourquoi n'aurait-il pas des migraines ? Ça lui passera. En faire un drame n'arrange rien. Au contraire. Tu l'assommes, ce garçon, avec ta sollicitude. » Voilà Papa ! Jamais, de toute sa vie, il n'a voulu considérer un problème en face.

– M. de Maubrun a peut-être raison, Daisy. Ma mère a parfois des migraines atroces…

Julie l'interrompit.

– Achille, laissez-nous un instant.

Achille sorti, elle prit les mains de Daisy.

– Ce n'est pas de l'indiscrétion, chérie, mais pour mieux vous aider… Et nous ne sommes plus des oies blanches ni l'une ni l'autre. Comment cela se passe-t-il entre vous deux au lit ? A-t-il également changé de ce côté-là ou reste-t-il bien amoureux la nuit ?

Daisy soupira.

– Il ne vient plus dans ma chambre. Enfin, si, le lendemain, il est venu, mais il… il n'a pas pu. Enfin, vous voyez… Et depuis… C'est affreux, Julie, affreux ! Nous étions si heureux ! que nous arrive-t-il ?

– Allons, allons, ne vous mettez pas dans ces états. Il est peut-être vraiment malade. La souffrance n'incite pas aux galipettes !

– Non. Je suis sûre que non. C'est intérieur. Un souci. Quelque chose qui le ronge et qu'il me cache. Je le note à ses yeux. Quand je les fixe, ils se dérobent. En tout cas, quoi que ce soit, ce doit être très, très grave pour qu'il se refuse à m'en parler. C'est… c'est comme une cassure. Il n'est plus le même. Un autre.

Daisy baissa la tête.

– J'ai peur, Julie.

Julie rappela Achille.

On examina les diverses causes plausibles auxquelles attribuer ce comportement.

Un problème financier ?

Très improbable.

La fortune de Daniel de Rotran, dont Daisy avait eu connaissance le jour de la signature de leur contrat de mariage, contrat établi sous le régime de la séparation de biens conservant à chacun la libre administration de ses propriétés, était soigneusement placée. Plusieurs immeubles à Paris, un solide portefeuille d'actions de différentes compagnies réputées pour leur stabilité, de belles rentes. Et l'imaginer se risquant dans des entreprises hasardeuses ne cadrait pas avec son tempérament.

– D'ailleurs, les ennuis de ce genre, entre époux, on se les confie, non ?

– Pas forcément, dit Achille.

Il rit.

– Moi, bien sûr, je n'ai rien, tout est à Julie, ça simplifie. Mais vous deux… Daniel est riche. C'est cependant presque dérisoire en comparaison de ce que tu as glané chez les Lacaz.

– Achille ! s'il te plaît !

– Admettons qu'il enregistre une perte sévère. Ne se sentirait-il pas brusquement en infériorité vis-à-vis de toi ? Il affecte la modestie, mais c'est un orgueilleux, ton époux !

– À moins que ce ne soit une femme ? dit Julie. Il vous adore. Mais il y a d'anciennes maîtresses bigrement encombrantes !

Un chantage ?

L'idée répugnait à Daisy.

– Les femmes n'ont jamais compliqué sa vie. Il me l'a dit, je le crois. Et même... La situation serait vite réglée. Daniel n'est ni un sentimental ni un faible. Je ne le vois pas s'affolant parce que... Et pourtant... !

– Vous avez interrogé le cocher ?

Daisy haussa les épaules.

Prébois était au service des Rotran avant la naissance de Daniel. Il ne dirait jamais rien que son maître ne l'ait autorisé à dire.

– Il maintient qu'il l'a laissé rue de Rivoli, ce soir-là... Ah si ! Il a quand même ajouté que Daniel était descendu très vite de voiture comme s'il avait aperçu dans la foule quelqu'un qu'il connaissait.

– Eh bien, tu vois... observa Achille.

– Je vois quoi ? À quoi cela nous avance-t-il ?

– À rien, tu as raison.

Ils étaient tombés d'accord.

Pour distraire Daniel de son angoisse, enfin de ce tourment dont on ne parvenait pas à définir le motif, un dépaysement semblait le remède le plus indiqué.

Julie avait spontanément offert d'organiser un petit voyage à quatre.

– L'Italie... À cette saison... Songez aux douces nuits parfumées... Il vous reviendrait plus ardent encore !

Daisy avait hoché la tête.

– Il flairera un complot, il refusera. Il refuse toute suggestion venant de moi. C'est triste à dire, mais j'ai l'impression qu'il apprécie plus maintenant la compagnie de Papa que la mienne. Papa feint de croire que tout va pour le mieux dans le meilleur des mondes. C'est ce qu'il souhaite. Par moments, je n'en peux plus, j'ai envie d'exploser, d'exiger une explication, de lui montrer qu'il est en train de tout gâcher par son silence, mais je le sens si malheureux. Ce serait comme piétiner un homme à terre… Un homme à terre !… Daniel ! Vous vous rendez compte !

Après avoir mûrement réfléchi, Daisy se résolut à solliciter un entretien confidentiel avec l'Impératrice.

Prétextant une réunion à Maubrun entre l'architecte et M. Alphand, elle se rendit à Saint-Cloud et confessa certaines craintes relatives à la santé de Daniel – sa santé, pas plus.

– Pour ses migraines, le médecin recommande un déplacement. Mais il ne veut rien entendre… Toutefois, si Sa Majesté l'Empereur lui confiait quelque mission à l'étranger, comme il l'a déjà fait en maintes occasions, l'honneur commanderait à mon époux de partir. Et me référant à l'amitié que Vos Majestés n'ont cessé de lui témoigner…

Daisy revint de Saint-Cloud un peu réconfortée.

L'Impératrice l'avait reçue avec une grande bonté et lui avait promis de faire l'impossible.

– Les couples heureux n'abondent pas. Ce m'est une satisfaction d'admirer le vôtre. Soyez assurée, ma chère, que tout ce qui sera en mon pouvoir… Naturellement, votre époux ne saura rien de cette démarche.

À quelques jours de là, au repas de midi, Daniel annonça être convoqué aux Tuileries par Napoléon III.

Daisy passa l'après-midi les nerfs à vif. Au retour, il se borna à dire : « L'Empereur était de belle humeur. » Elle n'osa lui en demander plus.

Durant le dîner – on était au dessert – il lança tout à coup :

– Savez-vous, Daisy, que Morny et de Nhuys l'emportent tous les deux ?

– L'emportent... L'emportent sur quoi ?

– Daisy ! J'en ai longuement parlé devant vous avec la princesse Mathilde... Souvenez-vous... À notre soirée, voici trois semaines.

Depuis trois semaines, elle avait eu d'autres préoccupations que la rivalité existant entre le comte de Morny et le comte de Nhuys. Depuis trois semaines, son monde à elle, et par sa faute à lui, allait sens dessus dessous et, blessée par l'impatience du ton, elle ouvrait la bouche pour lui dire qu'elle se fichait éperdument d'eux et qu'au lieu de s'y intéresser il ferait mieux de corriger ses nouvelles manières et d'accorder un peu d'attention au désespoir de sa femme, mais Sosthène de Maubrun la devança.

– Racontez, mon cher. J'adore les petits potins.

– C'est de la politique, monsieur. Est-il nécessaire de vous rappeler que la paix entre la France et la Russie vient à peine d'être signée ? Il s'agit maintenant de sceller cette réconciliation. À cet effet, l'Empereur a décidé d'envoyer au sacre du tsar Alexandre II un ambassadeur extraordinaire. Il hésitait. Morny ou de Nhuys ? En choisir un, c'était fâcher l'autre. Et chacun est une puissance. Bref, Sa Majesté a tranché avec sa sagesse coutumière. Ils partent tous les deux. Morny est chef de la délégation. De Nhuys l'assistera. Morny est plus âgé. Paul de Nhuys ne peut donc se froisser de la nuance.

– Est-ce pour vous communiquer cette décision que Sa Majesté vous a fait mander ? dit Daisy.

– Plus exactement pour me prier d'accompagner la délégation. Il y aura obligatoirement des frictions entre ces deux hommes. Quelqu'un de neutre et d'un peu habile mettrait du liant.

Le cœur de Daisy battait.

– Daniel ! Mais c'est magnifique ! Et quelle marque d'estime !

– Je n'ai pas encore accepté.
– Mais vous allez le faire, n'est-ce pas ?
– Je vais y réfléchir… L'invitation vous concerne également.

Le lendemain soir, après que Sosthène de Maubrun et Charlotte se furent retirés, Daniel pria Daisy de prendre ses dispositions. Il avait décidé de se joindre à la délégation. Leur départ pour Saint-Pétersbourg était fixé à la mi-juillet.

– Daniel, je suis si heureuse ! Un voyage nous fera tant de bien, vous…

La voix de Daisy se brisa, elle fondit en larmes.

– Pardonnez-moi, c'est stupide, mais…

Il vint vers elle, s'agenouilla devant son fauteuil, baisa sa main et, quand elle releva la tête, elle croisa un regard tendre, plein d'amour.

– C'est à vous de me pardonner. Lorsque ces douleurs me prennent… je suis comme une bête, je me terre dans mon trou ! Mais tout ira très bien à présent, je vous le promets. Un séjour de plusieurs mois en Russie, c'est ce qu'il me fallait. Paris… je ne saurais vivre ailleurs. Mais quand j'arrive à saturation, il est temps que je m'en éloigne un peu. Daisy, ma chérie, je vous aime. Vous ne saurez jamais à quel point !

Il la raccompagna à sa chambre et demeura avec elle jusqu'au petit matin.

Bien que la pensée de côtoyer un personnage tel que le comte de Nhuys n'enthousiasmât pas Daisy, elle avait résolu d'être aimable et d'oublier les propos insultants qu'il lui avait tenus dans les bois de Compiègne.

Après tout, c'était indirectement grâce à lui si Daniel paraissait avoir retrouvé l'équilibre et le goût de vivre. Et, la tendresse des nuits influant sur son jugement, elle en arrivait à se persuader qu'elle avait bâti une tragédie sur rien, comme son père le lui répétait, et que les migraines étaient seules responsables d'un état dont elle se reprochait aujourd'hui d'avoir grossi les proportions par son affolement.

Le temps fila très vite en essayages de toutes sortes.

Couturier, bottier, lingère, corsetière, modiste...

Il fallait tout prévoir, les commodités du voyage, le climat, les innombrables fêtes qui les attendaient en Russie, une toilette pour chaque réception et, pour chaque toilette, les accessoires.

– N'oubliez pas, Daisy, qu'en Russie, vous représenterez la beauté, la grâce, l'élégance de la France, disait Daniel. Et je vous cite les propres paroles de l'Empereur : « Qui mieux que la marquise de Rotran... »

Comment ne pas se sentir une pointe d'orgueil, un petit essoufflement au cœur en entendant cela ?

Du coup, Daisy décréta que pour s'acquitter avec honneur des responsabilités dont on la chargeait une parure d'émeraudes s'imposait. Elle convoqua le joaillier, M. Lemonnier, acheta non seulement les émeraudes mais d'autres très jolies babioles, dont des épis de diamants et des entrelacs de perles pour les cheveux.

Le jour du départ, trois fourgons amenèrent ses bagages à la gare.

Sur le quai, les soixante-douze caisses en bois blanc, livrées par Worth, plus une vingtaine de malles et d'innombrables cartons offraient un coup d'œil assez impressionnant que considéraient, effarés, les employés.

Les bagages de Daisy n'étaient cependant pas les seuls à boucher l'horizon.

Un peu plus loin, une autre montagne de colis enrubannés se dressait, autour de laquelle virevoltait une silhouette féminine, drapée dans un grand châle de cachemire blanc, et également escortée de femmes de chambre et de valets.

Ce fut elle qui s'avança vers Daisy, dévoilant un petit visage d'une ossature si fine, si délicate qu'un pinceau d'ange semblait l'avoir tracé. Deux beaux yeux noirs y brillaient. Quand elle parla, sa respiration un peu rapide rosit ses joues diaphanes.

– Madame, vous êtes, je suppose, de notre voyage ? Permettez-moi de me présenter. Corinne Doubretskoï.

– Daisy de Rotran. Vous êtes d'origine russe, madame ?

– Oh non ! Bien française ! Mon mari, le prince Alexis Doubretskoï, lui, l'était. Ainsi, vous êtes la marquise de Rotran. J'aurais dû m'en douter. Une mauvaise grippe m'a tenue à l'écart de toute réunion mondaine depuis l'automne dernier... Je suis de petite santé. Mais mes amies ont des mines toutes chiffonnées lorsqu'elles citent votre nom. J'en avais donc conclu que vous étiez superbe. Je ne m'étais pas trompée.

– Merci. Il m'est facile de vous renvoyer le compliment. Vous êtes ravissante, madame.

La jeune femme rit.

– Eh bien, voilà le premier événement marquant de notre expédition ! Deux femmes qui se rencontrent et se complimentent avec sincérité, le fait mérite d'être signalé ! Nous serons amies, n'est-ce pas ?

Elle resserra frileusement son châle autour de ses minces épaules.

– Ne sentez-vous pas un courant d'air ? Été comme hiver, j'ai toujours froid.

– En ce cas, la Russie ne me semble guère indiquée. Comment supporterez-vous le climat ?

– Bah ! je ne mettrai pas le nez dehors et je me rôtirai devant un grand feu. J'aime le feu, je peux passer des heures à observer les flammes, c'est fascinant ! Et je ne voulais pas rester à Paris sans mon frère. Nous ne nous séparons jamais. Mon frère est l'homme le plus merveilleux. Mais vous le connaissez...

– En effet, nous nous connaissons, dit une voix derrière Daisy.

Elle se retourna.

Le comte de Nhuys s'inclinait.

– Madame...

– Monsieur...

Il dit :

– Corinne, vous n'êtes pas raisonnable. J'avais envoyé Joseph pour qu'il vous mène à notre wagon.

– Eh bien, mon frère, vous nous y mènerez, vous !

Corinne Doubretskoï sourit à Daisy.

– Naturellement, vous partagerez notre wagon.

– C'est très aimable à vous, mais mon mari est en train de parler avec le comte de Morny.

– Morny ! Vous n'allez pas monter avec le comte de Morny ! Vous venez avec moi. Nous ne serons pas trop de deux pour empêcher ces messieurs de nous rebattre les oreilles avec la politique ou les cotations de la Bourse. Paul ! Insistez, s'il vous plaît, auprès de la marquise de Rotran.

– Je crains que vous ne vous abusiez sur mon charme, Mme de Rotran y est insensible. Quoique nous hantions les mêmes soirées, j'en suis encore, à mon grand dépit, à lui quémander une valse.

– Oh ! mais c'est tout à fait mal, ça ! déclara Corinne Doubretskoï avec un petit air sévère.

Et Daisy ne put que rire.

Le train chargé de conduire la délégation jusqu'à la frontière séparant la Prusse de la Russie – la voie ferrée n'allant pas plus loin – avait été somptueusement aménagé.

À l'exception des voitures de tête destinées aux bagages et aux domestiques, les wagons formaient une suite de salons reliés entre eux par un pont suspendu. Un velours cramoisi en tapissait les cloisons, le plafond s'ornait de peintures, canapés et sièges étaient en abondance, et on les disposait selon ses préférences.

Durant la journée, l'un des salons se transformait à volonté en salle à manger, un autre en fumoir pour les messieurs. On avait la curieuse impression d'être non pas dans un train, mais dans un confortable appartement lancé sur rails à travers le paysage.

Dès le départ, Morny et de Nhuys avaient délimité leur territoire, chacun choisissant deux des salons où s'affairaient leurs secrétaires et leur personnel.

Daniel de Rotran, fidèle aux consignes données par l'Empereur, allait de l'un à l'autre avec une sérénité souriante. Il paraissait complètement rétabli.

Le bonheur que Daisy en éprouvait l'incitait à une aimable indulgence qui s'étendait jusqu'au comte de Nhuys.

Celui-ci excellait toujours dans ces petites phrases sèches, mordantes qui, accompagnées d'un simple froncement de sourcils, faisaient trembler la terre autour de lui, mais Daisy maniait à présent avec plus de subtilité l'ironie et c'était presque un jeu, amusant, stimulant, de s'attaquer à cette arrogance sans lui laisser le plaisir de vous désarçonner. D'autre part, il fallait le reconnaître, ce cynique, ce bel animal doué d'une féroce intelligence avait pour sa sœur des prévenances qui étonnaient.

« Les femmes n'ont jamais compté pour mon frère, je suis la seule, disait celle-ci avec fierté.

Savez-vous que nous avons dix-huit ans d'écart et que ni l'un ni l'autre n'avons connu notre mère de qui nous tenons cependant notre parenté commune ? Elle est morte à ma naissance, elle avait quarante ans. Je suis une enfant de vieux, ma chère ! Tandis que Paul... Pensez, le fils de Napoléon Ier ! Un beau sang, c'est tout ce que ses parents lui ont donné. L'Empereur a abdiqué sans même savoir qu'il allait avoir ce fils. Et notre mère... Elle ne l'a pas reconnu. Ce sont des maraîchers qui, moyennant finance, l'ont recueilli. Un destin misérable si notre grand-mère, Mme de Voiron, la mère de notre mère, ne l'avait finalement repris, élevé. Ah ! c'est une histoire très embrouillée ! Un jour, je vous la raconterai quand nous serons seules. »

Elles ne l'étaient jamais.

Leur coin de salon empli de doux parfums, de bruissements de soie et de rires était le plus fréquenté.

Daisy avait eu la surprise de découvrir dans le parterre d'aristocrates composant la délégation son joaillier, M. Lemonnier.

– Voulez-vous le fin mot de l'histoire ? avait dit Paul de Nhuys. Morny, tout en étant prodigue, ne néglige nullement les petites économies. Il devait une somme au brave Lemonnier. Pour la régler sans débourser un liard, il a offert à celui-ci le voyage. Grâce à l'immunité diplomatique, notre Lemonnier va passer en franchise un beau lot de bijoux et de parures. Il les vendra en Russie, très cher et sans acquitter de droits de douane. Énorme bénéfice, et ce service éteint la dette de Morny. On reconnaît bien là le digne petit-fils de Talleyrand !

– Talleyrand ? avait relevé Daisy. Monsieur, on se perd dans votre famille !

– Permettez ! Morny n'est pas de ma famille !

– Pourtant, n'est-il pas le demi-frère de l'Empereur, dont vous êtes le cousin germain ?

– Il est son demi-frère, comme je suis celui de Corinne, par leur mère, la reine Hortense. Un enfant qu'elle a eu du comte de Flahaut, lequel était lui-même un enfant adultérin, puisque conçu avant la Révolution par Talleyrand et sa belle amie, Adelaïde de Flahaut, sous le regard complaisant du mari. Morny n'a pas une goutte de sang napoléonien. Mais assez parlé d'Auguste. À votre tour, madame, de satisfaire ma curiosité.

– Oh ! mais je ne sais pas, cela dépend...

– Je vous ai connue à Compiègne, veuve du baron Lacaz. Pourquoi tant de précipitation à vous remarier ? M. de Rotran a toutes les qualités, cependant... Je dis toujours à ma sœur : « Avoir les plus beaux hommes pour réchauffer ton lit vaut mieux que n'en avoir qu'un dont l'humeur tiédira jusqu'à te laisser dans des draps glacés. »

– Que voulez-vous, monsieur, je n'avais pas de frère pour me conseiller ! Encore qu'une telle réflexion venant d'un frère...

– Alors, prenez-la de moi ! Je suppose que vous avez maintenant assez grandi pour qu'on puisse vous dire sans risque de vous choquer que vous êtes de plus en plus désirable... et désirée ? Un bon point d'ailleurs pour Rotran !

Elle avait grandi.

Elle soutint avec désinvolture ce regard qui la caressait.

Le comte de Morny se trouva souffrant, et la délégation dut s'arrêter quelques jours à Wiesbaden, dans une auberge.

Ce fut là qu'un message d'Eugène Lormel, le beau-frère de Louis Lacaz, rejoignit Daisy.

Eugène Lormel l'informait avoir reçu une offre magnifique pour l'hôtel de Monceau. L'acheteur éventuel, un Italien, exigeait une réponse immédiate. D'où ce courrier urgent.

« ... La demeure a coûté, sans les meubles, un million et demi au baron Lacaz. On m'en propose le double. C'est une occasion que vous ne retrouverez pas. Et songez, madame, aux frais, personnel et entretien, que vous réglez sans en jouir... »

Daniel approuva.

– Lormel a cent fois raison, ma chérie. Vendez, débarrassez-vous-en, je vous le répète depuis assez longtemps.

– Vous m'avez souvent dit aussi que Lormel voyait dans toute affaire son intérêt. Dans celle-ci, je ne vois pas le mien.

– Mais...

– Daniel, une commission préparatoire présidée par le préfet Haussmann étudie l'annexion de plusieurs communes de la Seine, comprises entre le mur d'octroi et la ligne des fortifications, Auteuil, Passy, Montmartre, Monceau, Grenelle, etc. Monceau sera bientôt un arrondissement de Paris. Le père de Julie m'a confié qu'Haussmann avait des projets grandioses pour cette zone que le parc valorise. Dans dix ans, n'en déplaise à Lormel, l'hôtel quintuplera peut-être. Les expropriations bouleversent de nos jours tous les prix.

– J'ignorais que vous saviez tant de choses.

– Une femme peut se passionner pour ses toilettes et avoir quand même le goût de la réflexion. Cela vous ennuie ?

– Au contraire. Mais dans l'immédiat...

– Je ne vends pas. Je vais répondre à Lormel...

Elle se dirigea vers la table, se retourna.

– Voyez-vous, Daniel, j'aime cette maison. C'est sans doute difficile pour vous de le comprendre...

– Non. Pas du tout. Je comprends très bien.

Sa voix n'avait rien d'aimable.

– Vous comprenez quoi ?

– ... Que vous continuez à entretenir avec complaisance une sentimentalité nocive. Il y a des femmes qui, toute leur vie, vont au cimetière fleurir et pleurer un cher disparu. Vous, c'est dans cette baraque !

– Daniel ! Comment osez-vous ?

Elle le dévisagea, suffoquée.

– Ma décision n'a rien à voir avec Louis Lacaz. Vous jugez cette maison de mauvais goût. Papa aussi. Moi, elle me plaît. Elle me plaît, entendez-vous !

– Ne criez pas. Les cloisons sont minces. La délégation va s'imaginer que nous nous disputons.

– Et que faisons-nous d'autre ? Ou, plutôt, que faites-vous, vous, sinon me chercher une vilaine querelle ?

Il dit :

– C'est vous qui m'y obligez. Daisy, je vous le demande, vendez cette maison.

– Non. J'aurais besoin d'argent, vous auriez besoin d'argent... Ce n'est pas le cas, n'est-ce pas ? Vous me le diriez si vous en aviez besoin ?

Il ricana.

– Qu'allez-vous inventer ? Je n'ai aucun souci.

– Je ne sais pas, dit-elle lentement. Je vous trouve si bizarre, cela vous ressemble si peu de me parler sur ce ton. Avant que vous ayez ces migraines, jamais vous ne m'aviez parlé ainsi.

– Les femmes ont du génie pour détourner les torts à leur profit !

Il fixa Daisy.

– Me jureriez-vous que vous ne regrettez plus Louis Lacaz, que vous ne pensez plus à lui ?

Ne plus penser à Louis... ?

Bien sûr, elle y pensait ! On n'efface pas de sa

mémoire un homme qui a tant compté, qu'on a tant aimé ! Néanmoins, pour être juste, ce souvenir avait pâli, et Daniel y était pour beaucoup.

Voilà ce qu'il fallait lui dire, ce qu'il souhaitait entendre. Elle le savait. Mais a-t-on envie de donner satisfaction à quelqu'un qui vous agresse sans raison, de façon grotesque ? Être jaloux d'un mort… Elle se refusait à entrer dans ce jeu.

– Je vous écoute, dit Daniel.

– Mes sentiments pour Louis Lacaz sont très différents de ceux que j'éprouve pour vous. Je vous prierais de ne plus m'en reparler. Je n'ai pas à répondre à…

– Vous n'avez pas répondu.

Daniel saisit son chapeau accroché à la patère, se dirigea vers la porte, l'ouvrit et sortit, la refermant sans bruit.

9

Une chaleur sèche jaunissait la plaine.

Rien ne distinguait les terres de Russie de celles de Prusse dans ce paysage coiffé d'un ciel bleu presque laiteux, si ce n'est qu'en son milieu le tracé de la voie ferrée s'arrêtait.

Près d'une cahute, entourés d'employés du service des douanes, plusieurs équipages et de nombreux fourgons pour les bagages attendaient.

Les membres de la délégation française firent la grimace devant les deux berlines qui leur étaient destinées.

On avait prévu une calèche pour le comte de Morny.

Paul de Nhuys, lui, avait préféré faire venir sa voiture de Paris, une superbe berline avec cocher et valets de pied en livrée, attelée de six chevaux à robe de soie, bichonnés comme s'ils sortaient de l'écurie, et ils n'en étaient pas loin, remisés depuis la veille au précédent village. C'est ce qu'expliqua Corinne Doubretskoï à Daisy, tandis que les deux jeunes femmes s'installaient sur la banquette rembourrée en prévision de l'état des routes et qu'un fragile velours crème capitonnait.

– Ouf ! s'écria Corinne. Cela repose du mouvement de ce train.

Prescott, sa femme de chambre anglaise, lui tendait un petit mouchoir imbibé d'eau d'iris.

Elle le pressa sur son front.

– Ma pauvre tête ! Je rêve d'un bon bain, très chaud, bien salé. Il n'y a que cela qui me soulage.

– Vous devriez essayer, Daniel, quand vous avez vos migraines, dit Daisy.

Il sourit.

– Ma chérie, les migraines d'une jolie femme sont charmantes, celles d'un homme s'ignorent. Princesse, veuillez me pardonner. Le devoir, en la personne du comte de Morny, m'appelle. Je me permettrai de vous rejoindre à l'étape.

– Daisy, vous avez un mari délicieux, n'est-ce pas, Paul ?

– Je dirais oui si M. de Rotran n'était précisément le mari de Madame. On ne devrait pas être sympathique quand on possède une belle épouse.

Les lèvres de Paul de Nhuys se retroussèrent.

– J'aime les maris dont j'ai à me venger.

– Paul !

Le frère et la sœur se mirent à rire.

Daisy suivit du regard Daniel qui traversait la chaussée caillouteuse, se dirigeant vers la calèche d'Auguste de Morny.

Un mari délicieux...

Il l'avait été.

Il ne l'était plus.

Depuis la scène à Wiesbaden, son humeur s'était à nouveau détériorée. Oh ! devant le monde, il donnait le change, gai, affable ! Mais quand ils se retrouvaient seuls, elle avait l'impression qu'un paravent invisible se dépliait entre eux.

Elle avait tenté une explication.

– Daniel, que vous ai-je fait ? Pourquoi êtes-vous si... si différent ?

– Différent ?

– S'il vous plaît, ne me prenez pas pour une

imbécile. Je le vois très bien... Mais vous, vous savez pourquoi. Et j'ai le droit de savoir. Vous avez changé. Serait-ce parce que j'ai décidé de garder Monceau ? Cela semble grotesque, mais j'ai beau chercher, je ne vois pas d'autre...

Il l'avait interrompue.

– Soyez gentille. Évitons les discussions. Ne me parlez plus de Monceau.

– Mais si, justement, je veux en parler, vous parler de Louis ! L'amitié que vous aviez pour lui nous a rapprochés. Aujourd'hui, pourtant, vous paraissez juger aberrant qu'un homme dont vous vantiez les qualités, qui était votre ami, puisse m'avoir laissé des souvenirs. Louis m'était très cher, vous êtes mieux placé que quiconque pour le savoir, comment voudriez-vous que j'oublie l'importance qu'il a eue dans ma vie ? Mais il est mort. Nous avons eu, depuis, vous et moi, beaucoup de bonheur, pourquoi maintenant le mettre en tiers...

Daniel avait posé son journal.

– Il faut vraiment faire très attention à ce que l'on dit devant une femme. En vous conseillant de vendre Monceau, je n'ai songé qu'à votre bien. Vous ne m'imaginez quand même pas jaloux de Louis Lacaz ? En tiers... Quelle expression ! Vous vous suggestionnez, ma chère !

– Je ne...

– Je le reconnais, je me suis un peu énervé à Wiesbaden. Pour moi, le passé est terre brûlée, je ne me retourne jamais dessus. Et j'aimerais qu'il en soit de même pour vous. Après tout, combien de jours avez-vous vécu avec Lacaz ? Même pas un mois. Et sentir que vous vous cramponnez à ce peu de temps... J'en souffre pour vous.

– Vous avez tort, dit-elle sèchement. Le souvenir de Louis me reste précieux, mais je n'en souffre plus. Ce dont...

– Eh bien, alors, c'est parfait. Vous me voyez content.

– Si vous me laissiez terminer ma phrase. Ce dont je souffre, c'est de votre attitude, Daniel.

Il avait soupiré, pris le ton que l'on emploie avec un enfant pour le ramener à la raison.

– Daisy, Daisy, écoutez-moi. Ce voyage en Russie se présente pour vous comme un voyage d'agrément, une occasion de briller, agréable à une femme. Je le comprends, mais pourriez-vous, vous, faire l'effort de comprendre que ma position est autre ? Je me dois de satisfaire l'Empereur, d'éviter les heurts entre Morny et de Nhuys et, croyez-moi, ces deux-là ne sont pas faciles à manier, c'est une tension de chaque instant ! Je ne puis être disponible comme je l'étais à Paris. Cela vous flattait que Sa Majesté nous eût désignés. Toute prérogative, ma chérie, implique des devoirs. Le vôtre est de ne point trop exiger présentement de votre époux. Est-ce abusif, anormal de vous demander cela ? Ce que je fais, j'aime le faire bien. Laissez-moi donc agir comme je l'entends. Distrayez-vous, je ne puis vous dire mieux ! La princesse Doubretskoï est une personne charmante, profitez de sa compagnie. Bientôt, nous serons à Saint-Pétersbourg, vous n'aurez plus une minute pour vous ennuyer.

Le soir, à l'étape, des fonctionnaires de la cour impériale russe attendaient la délégation française pour lui faire les honneurs du gîte.

Deux maisons de bois, de piètre apparence, dans une bourgade.

Néanmoins, Daisy eut la surprise en entrant de trouver le couvert mis sur nappe de damas. Des candélabres à quinze bougies dispensaient de part et d'autre leur clarté ardente. La table était parfaite. Service de Sèvres vert et or, pièces de vermeil, cristallerie. La grossièreté des bancs se dissimulait sous des coussins à ganses d'or. Sur le sol s'étalait – c'était presque un crime ! – un tapis de la Savonnerie et, face à l'âtre, une immense tapisserie déroulait sa fresque bucolique dont les admirables teintes dans les blancs, les roses et les bleus rappelaient les cartons de Boucher.

– Mais *c'est* un Boucher, dit Corinne.

– Eh bien, voici une aimable façon de recevoir des hôtes, l'Empereur sera heureux. Pourquoi riez-vous ?

– Daisy, navrée de vous enlever vos illusions, les Russes n'y sont pour rien. Tout cela vient de Paris, de notre hôtel. Paul aime à s'entourer de son décor quand il voyage.

– Vous voulez dire...

– Mais oui. Il est ainsi. Et j'espère que vous avez faim. Fréjus, notre chef de cuisine, excelle dans son art. Il nous a précédés avec tout ce qu'il faut. Parce que les nourritures russes... Mon époux, le prince Doubretskoï, bien qu'ayant rompu tout contact avec son pays après s'être converti au catholicisme romain, prétendait toujours manger en France comme en Russie. Il m'en a dégoûtée. Il m'aurait d'ailleurs dégoûtée de tout, s'il n'avait eu l'esprit de trépasser... Une arête de sterlet fichée dans le gosier. Il était ivre, il s'est étouffé en pleine ripaille. Ah ! que j'ai été heureuse ! Je pleurais, je pleurais. Les gens s'imaginaient que c'était de chagrin. Une brute, mon chou ! Avec de beaux yeux, une taille de jeune fille, les manières les plus exquises. Mais il ne les avait pas au lit, et la première nuit... Il a bien fait de mourir. Un jour ou l'autre, Paul l'aurait tué.

Au dîner, le frère et la sœur présidaient, chacun à un bout de la table.

Daniel était à côté de Corinne. Daisy, à la droite de Paul de Nhuys.

Elle arrêta son regard sur des touffes de petites roses disposées dans des coupes en vermeil.

– Même des fleurs ! Monsieur, vous êtes un magicien !

– Mais non. Nous ne sommes plus au temps des contes de fées, madame. De nos jours, le pouvoir de l'argent remplace la baguette magique. Qui le détient peut tout s'offrir.

Elle dit :

– Pas tout. Pas les sentiments. Les sentiments ne s'achètent pas.

Paul de Nhuys sourit.

Il avait un sourire large, bien fendu, découvrant des dents fortes, très blanches.

– Je mettrai votre naïveté sur le compte de la jeunesse. Tout s'achète, même ce bibelot fragile et charmant qu'est un cœur de femme.

– Si vous parlez de ces femmes...

– Je parle de n'importe laquelle. Il suffit d'en bien calculer le prix.

– Vraiment ?

Daisy rit pour masquer son agacement.

– Et à combien estimeriez-vous le mien ?

– Aucune idée. Il faudrait que j'étudie la question... L'héritage de votre premier mari fait sérieusement monter les enchères.

– Monsieur !

– Ne vous fâchez pas. Vous m'interrogez, je vous réponds. Seriez-vous de celles qui ne supportent pas la franchise ?

– La bonne éducation passe avant.

Il se pencha vers elle.

– Vous ne me vexerez pas. On ne vexe que les sots.

– Vous avez une très haute opinion de vous-même, n'est-ce pas ?

– Ma foi, lorsque je considère les autres... À vingt ans, je n'avais pas de nom ni un sou en poche, je devais à ma logeuse, à mon tailleur, à tous mes amis. Voyez maintenant ! Quand on a de la cervelle, pas trop de scrupules et la conviction que la splendeur a été créée tout spécialement pour soi, on l'atteint un jour ou l'autre. Et, croyez-moi, c'est savoureux de constater, alors, combien la réussite dérange. On naît bâtard, une mère qui vous abandonne pour préserver sa réputation, notez que je ne l'en blâme pas, un père... Mon Dieu, être le fils, même naturel, d'un empereur qui a fait trembler l'Europe, éveille plus les suspicions que les sympathies, les gouvernements craignent toujours que le sang parle, et ce fut mon seul héritage ! Bref, les gens vous sachant pauvre vous voudraient médiocre, confondu dans la masse. Moi, j'ai sauté la barrière, et plus haut que les mieux nantis. Aussi, que voulez-vous, en songeant aux maux d'estomac que leur donne l'évaluation de mon train de vie, de mes collections, de mes châteaux et de mon portefeuille, je me régale ! Les plaisirs de l'argent – nous y revenons – sont infinis.

Les valets avaient enlevé les potages et les relevés, apportaient les hors-d'œuvre chauds.

Contrairement à ce que laissait supposer son physique vigoureux, Paul de Nhuys mangeait peu.

– Parmi mes ambitions, j'ai celle de faire un beau vieillard. Trop de sauces, trop d'épices, trop de vins, c'est la ruine du corps, et la tête marche avec ! Mais que cela ne vous empêche pas... Désirez-vous des croustades à la portugaise ou des bouchées aux crevettes ? Je vous recommande le feuilleté, et les crevettes ont été transportées sur glace.

– Vous occupez-vous aussi de ce genre de détails ?

– Ma chère, les gages de mon chef de cuisine sont trois fois ceux que notre bon Empereur accorde au sien. Je suis ainsi tranquille. Il perdrait trop à m'empoisonner.

Il cueillit une rose, la posa à côté de l'assiette de Daisy.

– Je m'inscris en tête de liste.

– En tête de liste ? Quelle liste ?

– Toute femme mariée en vient à se choisir des amants. Autant que vous commenciez par moi. Vous ne serez pas déçue. Je fais l'amour comme le reste. Très, très bien.

– J'aimerais, je vous prie, une bouchée aux crevettes.

– Est-ce une manière de me ramener à ce que vous appelez la bonne éducation ?

– Je n'ai pas cette prétention. Le travail serait considérable.

– Vous préférez donc les platitudes que les autres hommes vous servent ? Tout en ayant d'ailleurs la même idée en tête. Si les femmes réfléchissaient à ce à quoi pensent les hommes lorsqu'ils leur susurrent qu'elles ont une bouche douce comme un pétale de camélia ou des petites mains à peindre… Moi, je suis franc.

– Franchise pour franchise, dit-elle doucement, je craindrais, monsieur, de m'ennuyer dans un lit où l'on ne me convierait que pour béer d'admiration. De béer à bâiller…

Paul de Nhuys éclata de rire.

– Savez-vous que nous progressons ? Évoquer mon lit ne vous fait plus rougir. C'est un premier pas, ma chère. Quant à bâiller… On ne juge bien que sur pièces, si j'ose m'exprimer ainsi. Essayez. Vous serez alors à même de juger. Je vous promets…

– Si vous n'abandonnez pas immédiatement le sujet, je quitte la table !

– Vous ne le feriez pas. Cela contrarierait M. de Rotran. Il tient à nos bonnes relations.

Paul de Nhuys riait toujours.

Elle détourna la tête.

À l'autre bout de la table, Daniel et Corinne bavardaient gaiement.

Celle-ci, croisant le regard de Daisy, cria :

– Vous vous amusez ? Mon ange, il faudra que vous me prêtiez souvent votre époux. Il a un tel esprit !

À Saint-Pétersbourg, au palais Voronzoff-Daschkoff, résidence de la délégation française, ils disposèrent enfin de deux chambres.

Daisy en fut soulagée.

Daniel approuva également cet arrangement.

Ses migraines l'avaient repris. Elle avait renoncé à le supplier de consulter un médecin, elle ne lui posait plus de questions, s'adaptait peu à peu à ces rapports polis, distants, qu'il avait établis entre eux.

Au fond, peut-être *se suggestionnait-elle,* comme Daniel le disait, peut-être était-ce la progression normale d'un mariage ? Six mois de lune de miel... et beaucoup ne les avaient pas. Ensuite, l'amant s'éclipse, l'époux s'installe, il a ses obligations, ses humeurs, ses petits maux; on est côte à côte, menant chacun sa vie. La majorité des couples autour d'elle illustraient cette réflexion. Pourquoi pas le leur ? Mais alors, pourquoi s'être remariée ? Le mariage, dans ces conditions... Quand l'amour déserte, quand il ne s'agit même pas d'intérêt... Qu'avait-elle besoin d'un mari si celui-ci ne lui embellissait plus l'existence comme il le lui avait promis ? Car il le lui avait promis, il s'y était engagé, elle l'avait cru !

Par moments, elle le retrouvait.

Un certain ton pour chuchoter : « Daisy », une certaine manière d'effleurer sa hanche, et elle tressaillait, croyait à nouveau le bonheur possible, s'accusait d'impatience, d'égoïsme... Mais, déjà, il s'éloignait, se réfugiait derrière une banalité, et le poids de toute la tendresse qu'il lui avait manifestée les premiers mois ne pesait plus rien devant l'amertume qu'elle ressentait.

Après le grand chagrin que lui avait causé la mort de Louis Lacaz, ne méritait-elle pas un peu de bonheur ? Un premier mariage qui s'était terminé tragiquement, et celui-ci... Elle détestait ces sentiments de découragement et de faillite qui lui alourdissaient le cœur, elle s'efforçait de les chasser.

Quand ils rentreraient à Paris, elle aviserait, elle mettrait Daniel face à ses responsabilités, elle trouverait une solution, il y en avait certainement une... Cette assurance que Daisy prenait sur le futur avait l'avantage d'ajourner les discussions et de rendre la situation supportable. Même si Daniel était en train de tout gâcher entre eux, elle n'avait pas l'intention de le laisser lui gâcher le présent.

Le palais Voronzoff-Daschkoff était à l'image de Saint-Pétersbourg.

Architecture aux proportions écrasantes, marbres, statues, dorures, une accumulation de richesses, dissimulant derrière sa magnificence les carences d'un peuple vivant encore dans les conditions d'insalubrité et d'inconfort du Moyen Âge.

La chambre de Daisy ressemblait à un coupe-gorge, pleine de tapisseries poussiéreuses et de recoins que la flamme des bougies peuplait d'ombres. Peu de meubles, une étendue sinistre de parquets où l'on dénombrait, telles des épaves, un lit à grand dais, une table, quelques sièges dos aux murs et deux coffres de bois noir sculpté dont Louise et Céleste, en unissant leurs efforts, avaient toutes les peines du monde à soulever les couvercles.

Corinne Doubretskoï insista très vivement pour améliorer ce décor.

Elle avait l'amitié impulsive, possessive, les manières câlines, autoritaires, d'une enfant à qui l'on avait toujours tout cédé en raison d'un état de santé précaire.

– Daisy ! Vous ne pouvez me refuser ! Mon frère a apporté tant de choses de Paris. Faites-moi ce plaisir !

Sur son ordre, les valets du comte de Nhuys habillèrent les fenêtres de soies vives, jetèrent les chatoyances fleuries d'un tapis sur le parquet, le lit s'engloutit sous un flot de dentelles neigeuses, des chandeliers furent ajoutés, une vasque de cristal débordant de roses pourpres égaya la table.

C'était à ne pas s'y reconnaître, et Daisy contemplait ce décor tout neuf et riant lorsque Paul de Nhuys lui-même surgit dans la porte que, pour la commodité des valets, on avait laissée ouverte.

– C'est mieux ainsi ? Vous êtes contente ?

Daisy lui sourit.

Sa chevelure, retenue par un simple lien, moussait en frisons dorés. Elle était sans maquillage, sans crinoline, vêtue d'une petite robe de mousseline, et il y avait encore du ravissement dans ses yeux.

– Merci. C'est vraiment très aimable à vous.

– Vous voyez que je peux être aimable. Au revoir, madame.

Après son départ, Daisy demeura songeuse.

Le lendemain, 17 août, le comte de Morny, accompagné de la délégation française en grande tenue, alla présenter ses lettres de créance au tsar Alexandre II dans son palais de Peterhof, situé à quelque distance de Saint-Pétersbourg.

Daniel en revint, très satisfait de la réception faite aux Français.

– Le Tsar, bien que n'ayant hérité du trône que l'année dernière, a déjà la carrure d'un grand souverain. Le progrès et le modernisme l'attirent. Il s'est fixé cette tâche et paraît très lucide quant aux difficultés qui l'attendent dans un pays où presque tout reste à faire... Le physique ? Aimable. Vous jugerez. Demain soir, nous avons souper et bal au palais de Peterhof. Je compte sur vous. Soyez la plus belle.

Worth avait fait le nécessaire.

Une toilette à vous couper le souffle.

Tulle rose. Un rose de fleur, très frais. Des mètres et des mètres de tulle, gonflant la jupe comme un nuage. Des nœuds de lamé argent la parsemaient. Piqué dessus, un petit bustier dans le même lamé, si étroitement ajusté qu'il semblait coulé dans le métal. De cette brillance jaillissaient les grâces rondes du corsage. Une écharpe de tulle les drapait, retenue par les épis de diamants achetés à M. Lemonnier.

Et Louise avait admirablement réussi la coiffure : deux longues boucles pendantes à la mode du Grand Siècle, le reste de la chevelure bouffant sur les tempes, que couronnait un envol de plumes d'autruche, roses frangées d'argent.

– Daisy, vous avez l'air d'une déesse ! s'était exclamée Corinne.

Elle était, elle aussi, bien jolie, vêtue de satin lilial, rebrodé de rubis et de perles, sa lourde chevelure lustrée ornée de camélias, et lorsqu'elles firent leur entrée dans la salle du trône de Peterhof, avançant du même pas, comme portées par le balancement langoureux des crinolines, un frémissement parcourut l'assistance, rompant durant quelques secondes la sévérité de l'étiquette.

Le tsar Alexandre II, encore jeune, un sourire chaleureux, et la tsarine Marie, parée comme une châsse, eurent les mots qui convenaient.

Le souper fut médiocre.

Mais les nourritures importaient peu. Le plaisir était ailleurs, il vous emplissait les yeux.

Les portes-fenêtres ouvertes sur le parc offraient un spectacle de jeux d'eaux, que l'abondance des illuminations transformait en féerie.

Il n'y avait plus de nuit, mais la grande clarté dorée que dispensait l'eau en mouvement des fontaines, inscrivant dans le ciel ses courbes scintillantes qui multipliaient les étoiles.

Cette splendeur accompagnait celle de la salle à manger.

Entre les deux monumentales portes de bronze, gardées par des nègres géants enturbannés d'écarlate et d'or, la perspective des tables flambait. Une braise de pierreries. Les soies s'en moiraient de luisances irisées et, sous les feux croisés des lustres et de tous ces joyaux répandus, la chair des femmes prenait des teintes de beaux fruits chauffés au soleil.

Daisy était à l'honneur, placée entre le comte de Morny et Lord Granville, le chef de la délégation anglaise.

Dès le souper achevé, le bal commença.

Daniel dansa avec elle la première danse, puis se retira dans un petit salon avec Lord Granville.

Daisy se trouva aussitôt assiégée par une nuée de cavaliers, russes, français, anglais, autrichiens, chacun revendiquant le privilège de la conduire.

– Messieurs, messieurs ! disait-elle, ne sachant

lequel élire sans froisser les autres, lorsque Paul de Nhuys les écarta.

– Messieurs, je vais vous mettre d'accord. Mme la marquise de Rotran m'avait réservé cette valse.

Il était superbe, habit de cour bleu à boutons d'or, doublé de satin blanc.

Il s'inclina.

Elle sourit.

Leurs corps s'harmonisaient. Ils avaient la même souplesse, la même élégance. Daisy se sentait un peu moite, oppressée, mais, quand l'ondoyante et fugitive arabesque des notes prit fin, elle se surprit à le regretter.

Il baisa sa main.

– Merci pour cet instant.

Durant toute la danse, il n'avait pas prononcé une parole.

Le jour suivant, elle était en train de s'apprêter, bousculant Louise et Céleste, car Daniel l'attendait pour aller visiter le musée de l'Ermitage, lorsque M. Lemonnier, le joaillier, se fit annoncer.

– Monsieur Lemonnier, vous choisissez mal votre heure pour venir me tenter. Je dois sortir. Je vous accorde deux minutes.

– Je n'en aurai pas pour plus longtemps, madame. M. le comte de Nhuys m'a prié de vous remettre ceci.

– M. de Nhuys ? Mais...

Machinalement, Daisy ouvrit l'écrin qu'avait déposé devant elle le joaillier.

Une fleur. Un travail exquis. De la nacre éclose en pétales, au milieu desquels un diamant perlait comme une énorme goutte de rosée.

– Cette fleur se porte au cou, passée dans un simple ruban de velours. Je signale à Madame la marquise que la pierre est d'une eau superbe.

Daisy referma l'écrin d'un mouvement sec.

– Monsieur Lemonnier, veuillez rendre cela à M. le comte de Nhuys. Un bijou de ce prix ! Je m'étonne...

– Si je puis me permettre, madame. M. le comte m'a dit avoir des obligations envers M. le marquis de Rotran et souhaiter l'en remercier en vous étant agréable. M. le comte agit toujours en grand seigneur.

– Laissez-m'en juge, monsieur. Je ne saurais accepter, je vous le répète. Aussi, dites-lui... ou, plutôt, non...

Elle reprit l'écrin.

– Combien coûte ce bijou ?

– Madame... !

– Combien ?

– 50 000 francs. La pierre...

– Je n'ai pas l'intention d'en discuter la valeur. Je l'achète. Vous m'enverrez, pour que je la signe, la facture. La banque Lacaz réglera. Vous restituerez, je vous prie, à M. de Nhuys la somme qu'il a déboursée. Et je compte sur votre discrétion.

– Vous me mettez, madame, dans un embarras... M. le comte...

– Soyez tranquille. Il comprendra.

Le soir même, Daisy offrit le bijou à Corinne.

Elles étaient convenues pour le lendemain matin d'une promenade en calèche sur la perspective Nevski, mais lorsque Daisy frappa à la porte de l'appartement ce fut Paul de Nhuys qui ouvrit.

– Ne cherchez pas ma sœur. Je lui ai demandé de nous laisser seuls... Pourquoi avez-vous fait ça ?

– Fait quoi ?

– Allons, madame ! Donner à Corinne le bijou que j'avais choisi pour vous.

Daisy le toisa.

– Je crois, monsieur, que ce serait à moi de vous poser la question. De quel droit vous autorisez-vous à m'adresser ce présent ? C'est... c'est insultant ! Gardez cela pour vos maîtresses ou pour les femmes que vous souhaitez éblouir. Sachez, et il me répugne de le dire mais vous m'y forcez, que je peux recourir à M. Lemonnier sans que ce soit vous qui me l'envoyiez et payiez la facture.

– Précisément. Vous le dites. Pour vous comme pour moi, ce bijou n'est qu'une babiole. J'avais pensé que vous auriez la simplicité de le considérer comme tel. Lemonnier me l'a montré parmi un lot de bagues et de bracelets que je destine aux épouses des grands dignitaires de la cour impériale. Il m'a plu. C'était une façon de marquer cette aimable danse que vous m'avez accordée au Peterhof.

– Une danse n'est qu'une danse.

– Je sais. Un autre vous aurait fait envoyer une corbeille de roses ou d'orchidées, il eût été remercié et non pas souffleté, mais les arrangements floraux laissent à désirer dans ce pays. Et puis, que voulez-vous, j'ai une grosse excuse, je ne suis qu'un parvenu, je peux donc tout me permettre. Cela, pour vous éviter de me le rappeler ! Et moi, cela ne me gêne pas de le dire. Je préfère être un parvenu qu'un raté et j'aime offrir. Toujours de jolies choses. Si c'est un crime à vos yeux, ce ne l'est pas du tout aux miens. Enfin, madame, que faut-il faire ? Ne pouvons-nous être amis ?

– Amis ? L'amitié me semble bien impossible, monsieur, entre une femme mariée et un homme comme vous.

Le visage de Paul de Nhuys se crispa.

– Vous vous trompez, j'ai beaucoup d'amies, le mariage n'empêche pas... D'ailleurs, en ce qui vous concerne, je ne crois pas que M. de Rotran en prendrait ombrage. Passer ses nuits à discuter politique… Votre mari, ma chère, ne me paraît guère occuper dans le lit conjugal la place qu'on doit y tenir quand on a une jeune et belle épouse à satisfaire.

Daisy rougit.

– Je vous interdis…

Il dit avec douceur :

– Vous n'êtes qu'une enfant. Vous n'avez pas encore trouvé l'homme qu'il vous faut.

– Prétendriez-vous…

– Je ne prétends rien, je constate. Pourquoi tout de suite vous sentir agressée ? Vous n'êtes pas sûre de vous, madame. Vous avez peur.

– Peur ? De qui ? De vous, peut-être ?

– Non. De vous-même. Jusqu'à quand résisterez-vous à la tentation ? De toute façon, je ne suis pas pressé.

Il prit sa main, y posa un baiser léger.

– À bientôt. Bonne promenade. Je vous envoie Corinne.

10

Quelques jours plus tard eut lieu le départ de la cour impériale pour Moscou où, en la cathédrale de l'Assomption, devaient se célébrer les cérémonies du sacre.

Le voyage fut conduit selon un protocole ne tenant compte ni de la résistance physique des personnes ni des caprices de la saison qui était déjà ici très avancée et annonçait à coups de tonnerre l'automne. En quelques minutes, des trombes d'eau transformaient la terre craquelée des chemins en torrents de boue où s'enlisaient les voitures. Les maîtres se voyaient contraints de les abandonner avant qu'on les basculât sur les bas-côtés de la route afin de ne pas entraver la marche du cortège.

Mais la fatigue, les grandes colères des cochers, les essaims de mouches, la puanteur des villages, tout cela s'oublia en entrant dans Moscou.

Un doux soleil de septembre traversait la poussière blonde qui volait sous le pas des chevaux. Les coupoles de la vieille ville inscrivaient leur grâce multicolore dans le ciel très bleu. Les cloches sonnaient. Une brise faisait palpiter les échafaudages de fleurs et de feuillage, chaque maison avait ses tentures et ses tapis aux balcons, et cette avancée triomphale fendant la masse extasiée et hurlante du petit peuple maintenu par les cordons de troupe contre les façades se poursuivit jusqu'au palais Kourilov.

La veille, Daniel avait exposé à Daisy le problème de leur résidence.

– Vous le savez, Morny et de Nhuys ont loué à Moscou un palais chacun. Morny me réclame auprès de lui. Je ne suis pas assez vaniteux pour croire lui être indispensable, mais suffisamment perspicace pour soupçonner une manœuvre visant à me faire prendre position contre de Nhuys. Je ne le souhaite pas. La neutralité est ma règle. D'autre part, froisser Morny... Il n'est jamais bon de s'aliéner une intelligence aussi redoutable que la sienne. Aussi ai-je pensé, si vous n'y voyez pas d'inconvénient... Corinne Doubretskoï a eu l'amabilité de nous inviter. Demeurez auprès d'elle. J'irai chez Morny. Nous aurons ainsi un pied dans chaque cour et contenterons tout le monde.

– Daniel, c'est délicat. Corinne n'est pas seule. Elle habite avec son frère. J'ai du mal, je vous l'avoue, à me faire à ses manières, je préférerais que nous ne nous séparions pas.

Elle s'agitait, elle était un peu pâle.

– S'il vous plaît, Daisy. Je vous le demande. Ce n'est que l'affaire de quelques jours.

Le palais Kourilov retenu par Paul de Nhuys se situait à deux rues de celui où logeait Morny.

Les salles de réception étaient une succession de boiseries dorées, de fresques et de glaces dans lesquelles se reflétaient les sols de marbre rose.

Sitôt les cérémonies du couronnement achevées, le comte de Morny offrit un bal en l'honneur du Tsar et de la Tsarine.

Ce fut un succès.

Cependant, Paul de Nhuys déclara au retour à sa sœur et à Daisy qu'elles n'avaient vu que du très ordinaire.

– Attendez la fête que nous donnons samedi. Vous aurez alors des raisons de vous extasier, et tout Moscou également... Je compte sur vous, madame, pour m'assister ainsi que Corinne.

Là-dessus, il était ressorti.

Corinne affirmait que, durant le trajet de Saint-Pétersbourg à Moscou, il avait noué une intrigue avec Lady Clara Hosier, l'épouse de l'un des membres de la délégation anglaise.

Lady Clara avait de longues boucles cuivrées, un regard myosotis, une taille de nymphe, et s'habillait toujours de blanc bien que la trentaine la guettât au coin des yeux.

– Mon frère ne déteste pas une pointe de maturité, disait Corinne.

– Il n'a jamais songé à se marier ?

– Se marier !

Corinne avait pouffé.

– Il aime trop les femmes pour en rendre une malheureuse, mon ange !

Daisy trouvait à Lady Clara un sourire niais, la voix pointue et une prétention insupportable.

D'ailleurs, eût-elle été parfaite, elle lui aurait découvert quelque défaut.

Cette intrigue l'agaçait.

Devant l'insistance de Paul de Nhuys, elle en était peu à peu arrivée à se persuader d'avoir réussi là où combien d'autres avaient échoué, et c'était une distraction charmante d'imaginer à genoux ce séducteur qui feignait de mépriser les sentiments. Elle en souriait toute seule en y pensant. Lady Clara avait détruit cette illusion. Daisy ne le lui pardonnerait pas, non plus que l'irritation qu'elle en ressentait, simple irritation, mais irritation quand même, et elle décida de punir l'Anglaise en l'éclipsant totalement le soir du bal.

Le choix de la toilette était essentiel.

La plus audacieuse.

Une gaze d'or jetée sur une mousseline couleur chair. Le jeu des transparences dévoilait la gorge, somptueuse, presque nue. Ses émeraudes, de l'or sur les paupières, des lèvres corail, une peau nacrée. Et dans ses cheveux blonds le bouquet d'orchidées que Paul de Nhuys lui avait fait porter ainsi qu'à Corinne.

Celle-ci était en velours blanc soutaché d'argent.

Quand il les aperçut, Paul de Nhuys s'exclama gaiement :

– L'or et l'argent ! Mes amours !

Ils descendirent.

C'étaient les ultimes minutes avant qu'apparaissent les premiers invités.

Joseph Lombard, un petit homme à l'œil vif et au teint olivâtre, qui remplissait auprès de Paul de Nhuys tous les emplois sans avoir de titre bien défini, s'avança au bas de l'escalier que prolongeait la double haie des valets en grande livrée, coiffure poudrée.

– J'espère que Monsieur le comte sera satisfait.

L'ornementation de la fête avait fait l'objet de nombreux conciliabules.

Paul de Nhuys aurait souhaité que celle-ci se déroulât dans les beaux jardins du palais Kourilov, mais le froid déjà vif interdisait ce projet. N'y renonçant qu'à demi, il avait décidé de faire transporter le décor à l'intérieur.

Le hall d'entrée était devenu une allée de verdure, que des éclairages savamment dissimulés ensoleillaient. Les arbustes les plus rares et les plus parfumés s'y trouvaient rassemblés, intercalés avec de gracieuses fontaines pulvérisant une eau d'iris et de jasmin dont les senteurs se joignaient à celles, exquises, des essences.

On parvenait ainsi dans les salons.

Charpentiers, menuisiers, jardiniers y travaillaient depuis une semaine et Joseph Lombard affirmait qu'il ne restait plus une rose sur pied dans Moscou et ses environs.

Elles étaient toutes ici.

Roses écarlates, recouvrant de leur pourpre de grands arcs dressés entre les colonnes de marbre du premier salon. Roses roses et roses blanches, composant sur les murs du deuxième d'enchanteresses tapisseries. Roses thé, d'une fragrance poivrée, enroulant leur feuillage aux balustres de l'estrade prévue dans le troisième salon pour la famille impériale, face à la célèbre collection de Rembrandt, détenue par Paul de Nhuys, apportée de Paris et qu'il exposait ce soir, selon le vœu émis par le Tsar.

De petites filles en costume hollandais du XVIIe siècle encadraient ces chefs-d'œuvre, portant chacune une rose artificielle dont le cœur était une perle et qu'elles offriraient aux dames d'honneur de la Tsarine.

Les souverains russes firent leur entrée à dix heures.

Le bal commença aussitôt par un quadrille d'honneur.

Paul de Nhuys l'ouvrit avec la Tsarine; Corinne, avec le Tsar.

Le comte de Morny invita Daisy pour la première danse.

Sans qu'il ait l'esprit de Paul de Nhuys, ses traits fins et empreints de distinction étaient agréables. L'intelligence se notait au regard. Il en adoucissait l'intensité pour les jolies femmes.

– L'ami Paul a fait merveille, dit-il. Mais il triche un peu. Comment rivaliser avec ce parterre quand il accapare pour lui la plus belle fleur de notre cour ? Je suis au regret, madame, que vous ne vous soyez pas jointe à M. de Rotran et eussiez préféré le domicile de Paul au mien.

– J'avais promis à la princesse Doubretskoï...

– Charmante, n'est-ce pas ? Un peu fantasque, mais charmante. Le frère et la sœur ont beaucoup d'attraits.

La danse s'achevait.

Daisy passa des bras de Morny à ceux de Paul de Nhuys.

– Qu'est-ce que vous racontait Morny ?

– Il m'a fait mille compliments sur vous.

– C'est tout lui. Plus il enrage, plus il sourit. Ma chère, nous faisons un triomphe ! Le Tsar n'a point économisé ses éloges. Vous ai-je dit que vous étiez une provocation pour tout honnête homme ? J'en vois cent qui vous mangent des yeux. Ce doit être bien dur pour votre époux de supporter les regards de tous ces animaux en train d'imaginer ce qu'ils vous feraient... Mais mieux vaut que je me taise, j'en arriverais aux indécences, et cette enfant me gronderait !

– Ne me traitez pas d'enfant, mon cher ! Vous vous vieillissez d'autant.

Daisy rit.

Impossible de se fâcher ce soir.

La musique. Ce décor sur lequel des lustres allumaient des ruissellements d'or. L'admiration, si douce à une femme...

Elle avait le cœur à la joie et, bien qu'elle n'eût pas encore touché au champagne et au punch, elle se sentait un peu étourdie, comme soûlée par l'ondoiement des soies, le miroitement des joyaux et l'odeur forte des roses se mêlant aux parfums répandus sur toutes les blanches épaules, que la chaleur ambiante et les effets de la danse exaltaient.

– Le droit du mari, ma chérie, dit Daniel en l'enlaçant à son tour. Inutile de vous demander si la soirée vous plaît, vous rayonnez.

Lui, malgré l'élégance de l'habit de cour, n'avait pas bonne mine. Et, parce qu'elle était heureuse, elle s'en émut.

L'orchestre jouait une valse.

Elle dit :

– Vous rappelez-vous, Daniel, notre première valse à Compiègne ?

– Oui. Vous portiez votre robe blanche à bouquets de violettes.

Il soupira.

– Mon Dieu, que cela semble loin !

... Et il n'y avait même pas un an, songea Daisy brusquement horrifiée, prise de vertige.

Elle manqua un pas.

– Daniel, que nous est-il arrivé ? murmura-t-elle.

Il avait repris son sourire.

– Daisy, voyons, soyez à la danse. On nous observe. Les gens vont se figurer que vous me faites une scène de ménage.

– Je me fiche des gens. Daniel, nous nous entendions si bien.

– Croyez-vous que ce soit l'instant et le lieu ?

– Avec vous, ce n'est jamais l'instant ni le lieu. Vous éludez, vous faites une tête de bois, vous ne dites rien !

– Parce qu'il n'y a rien à dire. Mais si l'on ne dit pas à une femme vingt fois par jour qu'on l'aime, elle s'imagine ne plus être aimée. Daisy, Daisy ! Apprenez à avoir un peu de raison. J'ai mes obligations. Si je vous dis, si je vous jure que mes sentiments pour vous sont les mêmes, serez-vous satisfaite ?

Non, elle ne l'était pas. Et ni la polka dansée avec le tsar Alexandre II ni les autres valses, mazurkas, quadrilles ne parvinrent à lui rendre sa gaieté.

Elle avait une sorte d'étouffement à hauteur du corset, elle but beaucoup de champagne, cela ne passa pas.

Le cotillon, exécuté après le départ des souverains russes, fut la dernière flamme que jeta le bal.

Morny prit congé.

Daniel s'en alla avec lui, bien que Paul de Nhuys l'eût aimablement prié de rester.

– La grande affluence fait apprécier le calme qui lui succède. On commente, on dissèque... Le meilleur moment, mon cher, et à ne partager qu'avec des gens d'esprit.

La retraite de Morny entraîna celle des délégations étrangères et, bientôt, les salles furent vides.

Du feuillage et des pétales écrasés souillaient le sol, les étalages floraux se recroquevillaient, et les glaces et les ors s'éteignaient sur le passage des valets qui ne gardaient des lumières que l'indispensable pour procéder au rangement.

– Fugitive splendeur ! dit Corinne. Et qui fait réfléchir.

– Est-ce l'heure des réflexions ?

– Pas pour vous, mon frère. Un homme est toujours jeune. Mais je ne peux m'empêcher de comparer l'éclat de cette fête au nôtre, faibles créatures. Celui-ci, pour lequel tant d'efforts et d'artifices ont été déployés, n'aura duré que l'espace d'un soir. Notre beauté, elle aussi, se fanera. En pleine gloire. Un matin, on se réveille vieille.

Paul de Nhuys se mit à rire.

– Allons, vous n'êtes encore qu'en bouton ! Et il y a des maturités radieuses. Souhaitez-vous attrister Mme de Rotran ? Vous êtes bien silencieuse, madame. Fatiguée ?

– Un peu.

– Je serai votre médecin. Aux jeunes femmes que l'excès de succès rend mélancoliques, la Faculté prescrit du champagne. Vous allez me dire que le remède est déjà pris, mais le prendre dans l'agitation en annihile les bienfaits. Joseph, mon ami, fais servir dans le petit salon. Et ajoute un verre pour toi. Tu l'as mérité.

Le petit salon accumulait les trésors.

Quand on entrait dedans, on avait l'impression d'ouvrir une cassette entièrement gainée de bois précieux, dans laquelle on trouvait, rangés, une mosaïque de tapis de prière en soie, des tapisseries, dont celle de Boucher, et une ribambelle de pièces d'argenterie et de vermeil pour tous usages. Devant le grand feu qui pétillait était jetée une somptueuse couverture en chinchilla dont Paul de Nhuys avait fait l'acquisition à Moscou pour l'offrir à Corinne.

Celle-ci s'écria :

– Une minute ! Messieurs, tournez-vous ! Daisy, mon ange...

Corinne retroussa ses jupes et ses jupons et, aidée de Daisy, détacha sa crinoline, rabattit le devant[1], enjamba la cage de toile et d'acier, la poussa du pied, lâcha ses jupes avec un soupir d'aise, courut s'agenouiller sur la fourrure, les mains tendues aux flammes.

– Ce ne devrait pas être permis d'imposer aux femmes une telle barbarie ! dit-elle.

– Mais c'est vous-mêmes qui vous l'imposez. À multiplier les obstacles, vous vous croyez plus désirables. Faites un référendum parmi les hommes. À l'unanimité, nous autres, pauvres diables,

1. Les trois premiers cercles d'acier, sur les dix maintenant la crinoline, s'arrêtaient aux hanches, ménageant une ouverture sur le devant par laquelle les femmes s'introduisaient dedans.

nous contenterions de plus de simplicité. Le costume d'Ève était charmant et Adam devait s'économiser bien du temps !

– Paul, mon chéri, au lieu de dire des sottises, venez m'embrasser.

Il s'approcha, se pencha.

Corinne noua ses bras blancs et graciles au cou de son frère.

Elle se haussait un peu, cambrait les reins, le velours de sa robe se tendait sur ses cuisses et le brasier jetait dessus une grande lueur qui rosissait l'étoffe.

– Folle, disait Paul de Nhuys, caressant l'épaisse chevelure noire un peu défaite. Ma folle !

De cet embrassement fraternel se dégageait une sensualité qui troubla Daisy. Elle détourna les yeux.

Il servit lui-même le champagne.

Les valets avaient apporté une jatte de caviar, des toasts et deux plats de *pirojki,* des petits pâtés russes, délicieux, farcis à la viande.

Daisy se découvrit subitement une petite faim. Le champagne lui avait fait du bien, et elle n'avait jamais résisté au plaisir d'une dînette improvisée.

Elle prépara un toast de caviar pour Corinne. Paul de Nhuys en réclama un. Elle le lui fit, garnit une assiette de pirojki, alla s'asseoir sur le sofa.

– Hein ? Ne sommes-nous pas bien ? disait-il.

Malgré l'habit de cérémonie, il paraissait tout à coup très simple, un autre, nota Daisy sans se rendre compte qu'on aurait pu faire sur elle la même réflexion en la voyant, les boucles embrouillées, son assiette sur les genoux, mordant avec gaieté dans le petit pâté.

Joseph Lombard vida une flûte, s'en alla, tenant à s'assurer que les Rembrandt étaient en sécurité.

– Mes enfants ! s'écria Corinne. Je donne les

Mille et Une Nuits pour un petit moment comme celui-ci !

Ils rirent.

Daisy envoya promener ses souliers, réclama du champagne.

On parla du Tsar, de Morny et des invités les plus notoires.

– Quel dommage que votre époux ne soit pas resté ! dit Corinne.

– M. de Rotran, ma sœur, est un homme très secret. Il aura jugé plus prudent, vis-à-vis de Morny, de ne pas associer le fruit de ses observations à nos critiques.

– C'est pourtant bien amusant de critiquer les gens… Et se payer leur tête nous rembourse un peu de tous ces frais !

– Les frais ! Quels frais ? M'avez-vous déjà vu dépenser un sou sans qu'il m'en rapporte dix ? J'appelle cela un investissement. Les affaires à faire ici sont aux dimensions du pays. Colossales. À commencer par les chemins de fer, encore à l'état embryonnaire et que…

– Paul, pitié ! Vos affaires, vous les ferez demain ! Causons de choses plus divertissantes. J'ai trouvé à Lady Clara pâle mine, et elle nous a quittés bien tôt. Êtes-vous en brouille ?

– Indiscrète !

– Allons, soyez gentil, dites-nous !

Il sourit.

– Que voulez-vous que je vous dise ? Que Lady Clara est comme ces livres qu'on se repasse de main en main et qui s'ouvrent toujours à la même page parce que s'y trouve le seul passage qu'on ait plaisir à parcourir et que, une fois la curiosité satisfaite, on l'abandonne, l'intérêt n'étant plus ? Avouez que ce ne serait pas bien. Aussi, ne le dirai-je pas, sinon Mme de Rotran me prendrait pour un goujat.

Corinne rit beaucoup, s'étira, bâilla, se mit sur pied, un peu vacillante, soutenant d'une main sa coiffure qui croulait.

– Mes anges, je n'ai pas votre belle santé, je vais me coucher.

Paul de Nhuys se tourna vers Daisy.

– Il reste encore un peu de champagne. Le terminons-nous ?

Elle aurait dû refuser, se lever, suivre Corinne.

C'était la raison.

« ... Apprenez à avoir un peu de raison », lui avait dit tout à l'heure Daniel.

De la raison, pourquoi ? Pour supporter l'indifférence qu'il lui manifestait, pour remonter grelotter seule dans son lit ? Était-ce raisonnable de bouder quelques minutes plaisantes, de se conduire en épouse digne et bien décente quand il ne correspondait plus, lui, à l'idée qu'elle se faisait d'un mari ? Elle n'avait pas du tout envie d'être raisonnable !

Le silence remplaça le babillage de Corinne.

Les valets avaient dû se retirer, on n'entendait plus aucun bruit.

Paul de Nhuys s'extirpa de son fauteuil, remplit la flûte de Daisy, la sienne, se rassit.

Il ne parlait pas, il ne bougeait pas, il la regardait.

La pièce semblait s'être réduite à ce fauteuil – un siège Louis XIV à haut dossier contre lequel il s'appuyait, une main posée sur l'accoudoir de tapisserie, ses longues jambes jetées devant lui – et au sofa où elle se tenait, elle, moite, le sang aux tempes, le cœur qui battait.

Quelque part en elle, une voix criait : « Va-t'en, va-t'en ! », mais, prise par ce regard, elle demeurait immobile, son verre entre les doigts, qu'elle ne songeait pas à boire, car l'ivresse n'était plus dans le vin, mais dans les yeux de cet homme qui la contemplait, dans les sensations que faisait naître ce désir qui palpitait entre eux.

Brusquement – Au bout de combien de temps ? Quelques secondes... quelques minutes... elle eût été incapable de le dire... –, il se leva, posa son verre, s'approcha, lui ôta le sien des mains, se pencha vers elle... « Daisy, ma très chère », murmura-t-il, et, passant ses bras autour d'elle, il la souleva, l'emporta...

Au petit matin, il la ramena à son appartement.

Le soir suivant, chaque soir avant qu'on repartît pour Saint-Pétersbourg, Daisy retourna dans la chambre de Paul de Nhuys.

Louise et Céleste ne parleraient pas. Et Corinne était parfaite. N'ignorant probablement rien, mais faisant comme si...

Paul disait :

– Ma sœur approuverait. Elle vous aime.

Et lui, que ressentait-il ? Il ne le disait pas, elle ne le lui demandait pas. L'amour... elle avait trop souffert à la mort de Louis Lacaz, elle était trop endolorie par l'attitude de Daniel pour avoir la stupidité de courir après. Se sentir belle, désirée, le corps content. Pas plus. Au fond, son père qu'elle traitait de léger était un sage. Cueillir la joie quand elle se présente, recevoir, donner peu : la recette du bonheur. Le reste vous fait des rides, la bouche amère.

Pour l'instant, le bonheur, c'était le corps magnifique de Paul, ses gestes dans l'amour comblant ce besoin que Daniel avait éveillé en elle, encore que Paul y ajoutât parfois une certaine brutalité, mais cette violence succédant aux douceurs se révéla bientôt un piment supplémentaire. Il vous amenait à la lui réclamer.

Qu'elle répondît aussi bien à ses caresses et qu'elle connût déjà le plaisir l'avait surpris.

– Je croyais initier une enfant. Vos yeux trompent, madame de Rotran ! Auriez-vous eu, par hasard, d'autres amants ?

Daisy avait lancé un non indigné... Et, aussitôt, elle s'était mordu les lèvres.

Idiote !

Qu'allait-il en déduire ?

C'était facile de se l'imaginer en observant son air satisfait, un peu songeur !

Elle s'était donc empressée d'enchaîner en riant :

– Il faut un commencement à tout, Paul, vous me l'avez assez dit !

Mais il n'avait pas ri.

Les premiers flocons de neige tourbillonnaient sur la perspective Nevski lorsque, tout début octobre, la délégation française regagna Saint-Pétersbourg.

Malgré les énormes feux de bûches que les valets entretenaient à longueur de journée dans les cheminées, Corinne se plaignait du froid. Elle avait un peu de fièvre, une petite toux.

Daniel, frileux lui aussi, pestait contre le climat.

Trois semaines après leur arrivée au palais Voronzoff-Daschkoff, il déclara à Daisy avoir écrit à l'Empereur pour solliciter la permission de quitter la Russie.

– Je ne juge plus ma présence utile ici. Morny et de Nhuys vont maintenant vaquer à leurs affaires personnelles. Il ne s'agit plus de diplomatie, mais de gros sous... J'espère avoir la réponse de Sa Majesté dans les jours qui viennent. Paris me manque.

Il montrait aujourd'hui la même hâte à rentrer en France qu'il avait eue à en partir.

Leurs rapports demeuraient ce qu'ils étaient, et Daisy n'avait pas grand espoir que ce changement les améliore. Toutefois, bien que leur séjour en Russie fût prévu pour une plus longue durée, elle ne formula pas d'objection.

En quelque sorte, cette décision la soulageait, tranchant la situation que ses relations avec Paul de Nhuys étaient en train de créer.

Le rencontrer à Saint-Pétersbourg se révélait beaucoup plus difficile et dangereux qu'à Moscou. La police russe surveillait les déplacements de chaque membre des délégations étrangères. Louer un appartement était donc à exclure. Ne restait que le palais Voronzoff-Daschkoff où ils habitaient, mais là aussi les moindres allées et venues faisaient l'objet d'un contrôle : celui des domestiques.

L'unique endroit où leur présence ensemble ne risquait pas d'attirer les commérages était l'appartement de Corinne. Paul de Nhuys, étant arrivé à cette conclusion, avait donc requis la complicité de sa sœur, négligeant toutefois d'en référer au préalable à Daisy, ce dont celle-ci s'était froissée.

– Que pouvons-nous faire d'autre ? avait-il dit. D'ailleurs, Corinne était au courant. Elle est toujours au courant. Elle a un sixième sens pour cela. Quand je couche avec une dame, elle le sait avant même...

– Très délicat de me mettre dans le lot commun !

– Daisy ! Voilà bien une réflexion de femme ! Et je pensais que l'amitié que vous avez pour elle...

– Vous avez mal pensé. Précisément. Elle est mon amie, mais votre sœur, et j'aurais voulu la tenir en dehors...

– Quand on s'encombre d'un époux, mon enfant, on en subit les contraintes. Je ne peux venir vous faire l'amour dans votre lit, il faut bien que j'en trouve un autre... et qui ne soit pas le mien non plus ! Vous imaginez-vous que cela m'amuse de devoir régler ce genre de détails, alors que mes affaires m'occupent ? Cherchez vous-même la solution ! Vous en avez une ?

– Peut-être, avait-elle dit lentement. Ne plus nous voir.

Il avait ri.

– Allons, madame, on ne boude pas son appétit !

Et il l'avait poussée vers le lit de Corinne, si bien caressée et possédée que Daisy avait fini par oublier complètement ses réticences et même l'endroit où elle était.

Ce mélange de force et de cajoleries dont il usait avec elle la ravissait. Elle y retrouvait les grands emportements de Louis Lacaz, mais nuancés par un raffinement, une connaissance des réactions féminines qui assuraient à chacune de leurs étreintes un harmonieux dénouement. Orgueilleux de ses talents, certes, Paul de Nhuys l'était ! Mais, en sortant de ses bras, on eût été bien ingrate de le lui reprocher. Il avait des initiatives que Daniel ne s'était pas permises. Elle les découvrait. Et si, en se les rappelant, elle éprouvait quelque gêne, elle n'en avait aucune devant lui. Leurs gestes, ceux qu'il faisait, ceux qu'il lui suggérait, paraissaient naturels. Tout est beau lorsqu'on est beau. Il le lui répétait et, pour l'en persuader, l'invitait parfois à contrôler leurs jeux dans la grande psyché qu'il plaçait face au lit. Elle murmurait : « Non, Paul. Pas ça. » Mais elle regardait quand même et, il avait raison, elle ne surprenait dans la glace rien de choquant ni de vulgaire parce qu'ils étaient beaux.

Après quoi, venait le moment pénible.

Il la rhabillait avec une adresse de caméristе, Daisy se recoiffait, tâchait d'effacer les traces de la volupté sur son visage, posait dessus une désinvolture qu'elle ne ressentait pas et, tandis qu'il s'éclipsait par une autre porte, elle passait dans le salon où Corinne, étendue devant le feu, rêvassait. Elles parlaient de toilettes ou de la soirée qui s'annonçait, elles prenaient le thé et Daisy regagnait sa chambre, épuisée par cet effort de conversation.

Un jour, Corinne s'était relevée d'un bond, la masse de ses cheveux noirs flottant autour d'elle, et elle avait couru vers Daisy, l'avait embrassée.

– Daisy, Daisy, mon ange ! Un peu de simplicité ! Vous n'êtes pas une dame en visite, mais la dame que Monsieur mon frère tient dans ses bras. C'était bon ? C'était bien ? Je suis heureuse que ce soit vous. Là ! C'est dit ! N'en parlons plus, mais pour l'amour du ciel, décontractez-vous !

Daisy aurait cependant préféré que leurs rendez-vous eussent lieu ailleurs. Elle ne s'y faisait pas.

Et puis, il y avait aussi Daniel surgissant à l'improviste.

– Venez, Daisy, je vous emmène.

– Je regrette, mais Corinne est un peu souffrante, j'ai promis de lui tenir compagnie.

– Eh bien, nous serons deux.

Au rendez-vous suivant, Paul de Nhuys avait éclaté.

– Me faire droguer comme un jouvenceau derrière la porte ! On ne me fait pas cela, ma chère.

– Et que vouliez-vous que je fisse ?

– Ce n'est pas à moi... Les femmes sont inventives quand elles le veulent ! Mais le vouliez-vous ? Tenez, il suffisait de dire à Rotran que l'état de ma sœur ne lui permettait pas de recevoir d'autre visite que la vôtre. Rotran eût compris. C'est un gentilhomme.

– Je n'y ai pas pensé.

– C'est bien ce que je disais... Peut-être, au

fond, cela vous a-t-il amusée de m'imaginer tournant en rond autour de ce lit ? Il y a des femmes...

Le regard de Daisy s'était durci.

– Je vous en prie ! Ne m'assimilez pas à la volaille que vous avez connue et ne me parlez pas sur ce ton ! Jamais un homme...

– C'est ce qui vous a manqué.

Elle avait claqué la porte, se jurant de ne plus le revoir et, vingt-quatre heures plus tard, s'était retrouvée allongée avec lui.

Il riait.

– Nous sommes faits pour nous entendre. J'aime les personnes de caractère. Rien n'est meilleur qu'une réconciliation après une bonne dispute. C'est sain de se mettre en colère ! Entre hommes, non. Jamais. Les affaires exigent un total sang-froid. Mais avec une dame... Une querelle vaut tous les aphrodisiaques ! Il faudra que j'en touche deux mots à Morny, lui qui se bourre de pilules pour soutenir ses défaillances.

Il ne lui demandait pas quels étaient ses rapports avec Daniel et ne paraissait nullement se soucier qu'elle remplît ou non ses devoirs conjugaux. D'ailleurs, elle ne lui aurait pas répondu, les difficultés de leur couple ne le concernaient pas.

En revanche, dès leur retour à Saint-Pétersbourg, il s'avisa de prendre ombrage des sourires qu'elle accordait aux autres hommes. Et le lendemain d'un bal au palais de Peterhof où Daisy avait dansé trois fois de suite avec Lord Bradley, un charmant membre de la délégation anglaise, il explosa.

– Un amant, ce n'est plus assez ?

Elle était en train de détacher sa crinoline.

– Comment ? dit-elle distraitement.

– Vous m'avez entendu. Faire la coquette avec Lord Bradley toute la soirée... Que cherchiez-vous ? À me ridiculiser ?

Daisy enjamba la crinoline.

Elle riait.

– Paul, voyons ! Vous ridiculiser ? Vis-à-vis de qui ? Les gens ignorent ce qu'il y a entre nous. Comment pourrais-je vous ridiculiser ? Vous ne savez pas ce que vous dites, mon cher. Et cela m'étonne, venant d'un homme si intelligent... C'est maintenant que vous êtes ridicule !

– N'essayez pas de vous en tirer par l'ironie. Les gens, je m'en fous ! C'est pour moi. Je n'aime pas ça du tout. Quand une femme me plaît...

Elle s'immobilisa, blonde et rose dans ses lingeries.

– ... Vous la voulez dans votre lit. Eh bien, vous m'y avez ! Que voulez-vous de plus ? Entrer dans votre lit, ce n'est pas entrer au couvent, que je sache ! M. de Rotran lui-même ne montre pas tant d'exigence. On est aimable avec moi, je le suis... Vous m'ennuyez, Paul. Je viens ici passer avec vous un moment agréable. Faites en sorte qu'il le soit, sinon...

Il s'avança vers elle.

La fureur lui bridait les yeux, gonflait sa belle bouche.

– Les femmes n'ont pas pour habitude de m'imposer leurs conditions. J'aime...

– En effet. Elles semblent vous avoir très mal éduqué, dit Daisy. *J'aime... Je n'aime pas...* Moi, je n'aime ni les vociférations, ni les scènes, ni les hommes qui croient pouvoir tout se permettre. Réservez ces exigences aux maîtresses que vous payez. Là, votre sacro-saint argent doit faire tout son effet.

Il l'attrapa par le bras, enfonçant les doigts dans la chair douce.

– Tais-toi ! Tu vas te taire ?

– Vous voyez ! Vous continuez ! Vous n'avez donc rien compris ?... Et lâchez-moi, s'il vous plaît ! Vous me faites mal. En plus d'être grossier, seriez-vous une brute ?

Il la lâcha.

Elle se dirigea vers la crinoline, s'y introduisit.

– Qu'est-ce que vous faites ? dit-il.

– C'est clair, non ? Je m'en vais.

Il poussa une sorte de rugissement étouffé, fonça sur elle, l'empoigna, l'extirpa de la crinoline, la souleva comme un fétu, la jeta sur le lit, se pencha au-dessus d'elle, posant une main lourde sur sa gorge.

– On ne discute pas avec les femmes. Il n'y a qu'une manière de leur démontrer qu'elles ont tort.

Daisy essaya de se redresser, elle haletait, elle tremblait, la tête pleine de cette rage qu'il lui avait communiquée.

– Laissez-moi. Je ne veux plus que vous me touchiez. Jamais ! Vous êtes un être abject, un ignoble individu, un... un sale bâtard !

Il ricana.

– Allez-y. J'adore les injures quand je sais que je vais m'en rembourser.

– Je vous préviens...

– Je vous préviens, moi, que si vous criez ma sœur va vous entendre. Alors, décidez-vous. Consentante, coopérative, aimable ? Ou on ameute les foules ? Si l'un de nous en est gêné, ce ne sera pas moi.

Ce fut presque un viol, et ce fut délicieux.

Cependant, ni l'un ni l'autre ne capitulèrent sur les motifs de la querelle et, presque après chaque bal, celle-ci reprenait.

Daisy ne faisait rien pour l'éviter. D'abord, par défi, par volonté d'affirmer son indépendance... Au nom de quoi se priverait-elle des hommages des autres ? C'est agréable d'être fêtée, adulée, de faire tourner les regards et les têtes !

Et puis, elle commençait, elle aussi, à goûter ces éclats.

Jamais elle n'avait connu de tels affrontements.

Rue du Bac, on évoluait *mezza-voce.*

Le paroxysme du mécontentement se traduisait chez Sosthène et Achille par une éclipse de sourire, une moue... à la rigueur, une exclamation lâchée un ton au-dessus et, ensuite, on se hâtait de se raccommoder, la paix étant le plus précieux des biens.

Avec Louis Lacaz, elle n'avait vécu que dans l'amour.

Et Daniel...

Cette réserve dont il s'enorgueillissait semblait aujourd'hui à Daisy hypocrite... Pis ! condamnable ! Comment savoir à quoi s'en tenir avec un être qui ne s'extériorise jamais, même pas capable de piquer de temps en temps une belle colère ?

Avec Paul de Nhuys, on savait.

Dès que Daisy entrait dans la chambre de Corinne et qu'au lieu de l'enlacer il la fixait, les bras croisés, un reflet sauvage dans les yeux, elle devinait que l'orage se préparait. C'était une sensation excitante. Elle secouait ses boucles, fronçait son petit nez, pointait le menton avec insolence, ajustait sa voix.

– Qu'avez-vous aujourd'hui à me reprocher, mon cher ? le regard que M. Untel a glissé dans mon corsage ou les trente secondes (je les ai comptées pour vous !) durant lesquelles la main de Lord K... a tenu la mienne ?

Quelquefois, il riait. Mais, le plus souvent, les critiques pleuvaient, et il en venait aux insultes, elle feignait de prendre la porte et tout se terminait par une somptueuse réconciliation.

Néanmoins, après une réception chez le prince Golovkine – six cents domestiques, un train de vie auprès duquel celui des Tuileries faisait presque petit-bourgeois –, il dépassa les bornes.

– Vous mériteriez d'être fouettée.

– Ah ? Le prince était notre hôte. J'ai dansé avec lui et je ne...

– Danser ! Vous appelez ça danser ? Ce porc de Golovkine en avait les yeux qui lui sortaient de la tête !

– Mon cher Paul, je ne suis pas responsable de l'effet que je produis... Pauvre prince ! Il est si charmant !

– Charmant ? Ignoble ! Adipeux ! Cette bedaine pointée sur vous... À vomir ! Vous n'êtes pas dégoûtée. N'importe quel homme serait le bon.

Daisy rit.

– Seraient-ce ses richesses qui vous taquinent, Paul ? Il est sans aucun doute beaucoup plus fortuné que vous, mais laid... point ! Et avec d'excellentes manières, lui ! Savez-vous qu'il m'a invitée ainsi que M. de Rotran dans sa propriété du Caucase ? J'irai peut-être. Il m'a promis d'organiser des chasses en mon honneur. Si l'on en juge par sa petite fête, ce ne doit pas être mal.

Il la fixa.

– Allez-y. Et puisque ce butor n'a rien à vous refuser, demandez-lui donc de faire un crochet par la Crimée, il vous emmènera à Balaklava visiter les lieux où ses compatriotes ont tué votre époux.

– Paul !

Mais le ton ne l'arrêta pas.

– À votre place, et vu l'amour que vous portiez au baron Lacaz, je ne supporterais pas qu'un Russe me mette ses pattes dessus. Mais vous, vous vous en fichez. Du moment qu'on vous admire, qu'on vous encense, votre mémoire fiche le camp !

Daisy était devenue très pâle.

– C'est méchant, c'est bas, ce que vous venez de dire. La guerre et la paix sont deux situations très différentes. Et l'on ne vit pas bien dans la rancune. D'ailleurs, vous qui remarquez tout, n'avez-vous pas observé que je n'ai pas accordé une seule danse depuis notre arrivée à un officier qui a participé à la campagne de Crimée ? Non, évidemment, vous ne l'avez pas remarqué ! Vous ne remarquez que ce qui alimente les débordements de votre sale caractère. Voulez-vous que je vous dise ? Vous êtes jaloux, mon cher, jaloux comme un employé de magasin, et j'en ai assez de votre despotisme bon marché !

Cette fois, il ne la retint pas et, de toute façon, il aurait été obligé de l'assommer pour l'empêcher de quitter la chambre, tant elle se sentait en colère et blessée.

Ce fut à la fin de la semaine que Daniel reçut de Napoléon III l'autorisation de regagner la France.

– L'hiver s'installe déjà par ici. Plus tôt nous quitterons Saint-Pétersbourg... Si vous pouvez être prête dans deux jours, Daisy.

Elle alla donner ses ordres aux femmes de chambre et entreprit dès l'après-midi ses premières visites d'adieu.

Elle éprouvait une sorte d'apaisement.

Partir était préférable. Cette liaison avec Paul de Nhuys commençait à déborder des limites qu'elle s'était fixées. Une joyeuse aventure. Ce n'était plus cela. Elle n'avait pas reparlé à Paul depuis leur dispute, il l'ignorait, et bien qu'elle se répétât que c'était très bien ainsi, qu'elle ne voulait plus jamais avoir affaire à ce goujat, ce tyran, ce... tous les qualificatifs qu'elle accumulait ne l'empêchaient pas d'avoir le cœur maussade et le corps en deuil.

Le lendemain matin, elle considérait mélancoliquement les malles béantes que Louise et Céleste étaient en train de remplir lorsqu'il se fit annoncer.

Elle lui désigna avec cérémonie un siège, mais, dès que les femmes de chambre se furent retirées, elle dit vivement :

– Paul, je vous avais dit… Je ne veux pas que vous veniez ici. M. de Rotran pourrait s'étonner…

– J'ai appris par Corinne que vous retourniez en France. Une décision subite ?

– Non. Mais M. de Rotran m'avait priée de garder le projet secret jusqu'à ce qu'il obtienne de l'Empereur sa permission. D'ailleurs, il ne m'en a informée moi-même que depuis peu.

– Puis-je vous demander un service ?

– Certainement, dit-elle du même ton froid.

– Je désirerais que vous remmeniez ma sœur avec vous. L'humidité de Saint-Pétersbourg ne lui réussit pas. Le médecin craint pour elle les grands froids.

– Volontiers. Mais je croyais… Corinne m'avait dit qu'elle se refusait à être à Paris sans vous.

– Je l'ai convaincue… ou, plutôt, l'idée de s'en aller en votre compagnie l'a convaincue. Elle vous aime beaucoup. Vous êtes attachante quand vous vous en donnez la peine, ma chère.

Paul de Nhuys se leva.

– Ce fut vraiment très agréable de vous connaître.

Elle ne trouva pas un mot à dire, elle avait la bouche sèche, l'esprit vide, et quand il prit sa main et l'effleura d'un baiser poli, au contact de ses doigts pressant les siens, un frisson la traversa.

À la porte du vestibule, il se retourna.

– Vous veillerez sur Corinne, n'est-ce pas ? Elle est si fragile…

Une expression de tendresse, presque de souffrance, bouleversa ses traits.

– Je vous le promets, dit Daisy.

Leurs regards se croisèrent.

Quand Louise et Céleste revinrent dans la pièce, Daisy n'avait pas bougé.

11

Les lettres ne remplacent pas la présence.

Malgré la nombreuse correspondance échangée avec sa famille, Daisy ressentit un grand bonheur en retrouvant Sosthène de Maubrun et Charlotte.

Celle-ci se jeta en sanglotant dans les bras de Daniel.

– Comme vous nous avez manqué !

Même Sosthène semblait un peu gêné par le ton de ces effusions.

– Allons, allons... disait-il.

Et pressant la main de Daisy :

– Que tu es belle, toi !

Il baissa le ton.

– En revanche, ton époux... petite, petite mine.

Daniel qui avait toujours l'oreille qui traînait se retourna.

– Le voyage, monsieur. Ce fut bien éprouvant, n'est-ce pas, Daisy ?

Affreux !

Neige, glace et boue jusqu'en Prusse, et des haltes sordides. Ensuite, le train, un trajet qui avait paru interminable car on n'y disposait pas d'un dixième du confort dont la délégation avait joui à l'aller.

– La Russie, ne m'en parlez plus ! conclut Daniel.

Daisy se dressa.

– Daniel ! C'était quand même magnifique !

Un flot de sang monta à ses joues, elle y porta la main.

– Raconte, raconte, disait Charlotte.

– Par pitié ! Tu me vois ? C'est une dégoûtation, ces trains. Papa, accordez-moi une demi-heure. Je monte me débarbouiller et me changer. Je rêve depuis des jours et des jours d'un cabinet de toilette. Et puis, j'ai des cadeaux pour vous, Céleste et Louise doivent être en train de les sortir des malles.

– Et comment s'est comportée notre Céleste à la cour impériale ?

– Bien. Très bien. J'en ferai mes compliments au Grand Courtois. On peut maintenant lui confier un flacon sans qu'elle le casse et un jupon sans qu'elle le brûle !

Sosthène et Charlotte riaient.

C'était bon d'échanger à nouveau entre soi ces petits clins d'œil, ces riens dont la saveur échappe aux autres et qui font partie intégrante du capital d'affection qu'amasse toute famille unie.

L'animation de Daisy s'arrêta au seuil de la chambre.

Les candélabres étaient allumés, la pièce baignait dans sa clarté rose. Les dentelles, les petits objets de porcelaine, les ivoires, les opalines, le vase d'argent avec trois tulipes sur le bonheur-du-jour, les jardinières de plantes, la Dame de Gainsborough somptueuse et empanachée dans son cadre, tout était à sa place. Daisy considéra le lit, soupira. Malgré le grand feu dont la vigueur jetait une note ardente dans ce paysage tout en douceur et calfeutré de velours et de satin, elle avait très froid.

Lorsqu'elle redescendit, elle avait réajusté son sourire.

Céleste suivait, les bras chargés de cartons et de paquets.

Pour Sosthène de Maubrun, un tableau de Gabriel Metsu, un peintre hollandais du XVIIe siècle.

Sosthène admirait beaucoup les œuvres de Gabriel Metsu sans avoir jamais pu en acquérir. Paul de Nhuys, à qui Daisy en avait incidemment parlé, lui avait déniché le tableau à Moscou, une scène de la vie familière, dans les bruns et les ocres. Le peintre y excellait.

Elle arracha son père à sa contemplation.

– Ce n'est pas tout, Papa. Céleste !

Céleste présenta une pelisse doublée de loutre de Sibérie.

– Quand le tailleur m'a demandé votre âge pour choisir la couleur du tissu, j'ai dit : Ne vous préoccupez pas de l'âge, mon père est un jeune homme.

Charlotte piaffait d'impatience.

Elle n'attendit pas l'essayage de la pelisse pour éparpiller les rubans, les papiers, les écrins, accrocher un cœur de saphir à son cou, trois rangs de perles à son poignet, enfiler les petites mules de satin blanc rebrodées de velours et de béryls verts, et on ne sut pas si elle en appréciait le travail exquis car, poussant des cris, les mules aux pieds et trébuchant sur les hauts talons, elle se précipita vers la cape d'hermine que Céleste déployait sur un fauteuil.

Un gros manchon accompagnait la cape. Et il y en avait un autre en zibeline, mantelet assorti, pour Julie.

Daisy les lui offrit le soir même.

Prévenu par un valet, le jeune ménage Maubrun accourut de la rue du Bac, et on le garda à dîner.

Il fallut naturellement décrire à nouveau les festivités de Saint-Pétersbourg et de Moscou.

– Et Morny, Morny ! criait Julie. Monsieur de Rotran, dites-nous... Vous n'avez pas eu trop de problèmes avec lui et avec le comte de Nhuys ?

– Tout s'est très bien passé. Le comte de Morny a une finesse d'esprit remarquable et, sous des aspects plus abrupts, Paul de Nhuys ne lui cède en rien... Mais demandez à Daisy. Elle est devenue très amie avec sa sœur, la princesse Doubretskoï, qui est rentrée avec nous. Elle vous en parlera mieux que moi.

– Je parie qu'il vous a fait la cour, non ?

Daisy se força à rire.

– Vous savez, Julie, là-bas, tous les messieurs faisaient la cour à toutes les dames.

– Oui, mais lui ! Un homme comme lui !

C'est alors que cela se produisit.

Elle était là, présidant la table, son père à droite, Achille à gauche, Daniel en face, encadré de Julie et de Charlotte. Derrière eux, les portes-fenêtres dont les valets avaient laissé les volets ouverts sur la nuit se brouillaient d'une vapeur blonde. Dans son assiette refroidissait un pigeon à la crapaudine auquel elle n'avait pas touché, écoutant Julie vanter les charmes de Paul de Nhuys, et Julie le faisait beaucoup mieux qu'elle. Parce que parler de Paul... Et brusquement, elle fut prise d'un vertige, ferma les paupières, *le vit.*

Il n'avait pas son visage de convoitise, recueilli, un pli gourmand à la lèvre, mais son visage des grandes colères, la peau tendue comme un masque, la chair des joues mangée de l'intérieur, cette expression féroce, fascinante qui ajoutait au feu sombre de son regard, qui vous donnait envie d'aller plus loin encore, jusqu'au bout de cette rage pour voir à quelles violences celle-ci le conduirait...

Elle le vit comme s'il était devant elle, sans décor, simplement elle et lui s'affrontant, et quelque chose chavira en elle, elle se sentit faible, tout habitée par lui, en proie à un enivrement inexprimable, et elle sut qu'elle l'aimait.

– Daisy... Daisy, mon ange, tu rêves ou quoi ? Le sel, s'il te plaît.

Elle posa la salière devant Achille.

Julie disait :

– Un voyage comme celui-ci... Ou n'importe lequel, d'ailleurs, mais partir ! Achille, pourquoi ne partirions-nous pas en Italie ? Paris m'assomme, Daisy, vous ne pouvez savoir...

Julie s'interrompit, soupira.

Elle sortait d'une fausse couche et paraissait s'en être assez mal remise.

– Julie, voyons, rappelez-vous ce qu'a dit le médecin, dit Achille. Du repos...

Julie posa sans douceur sa fourchette dans son assiette.

– La barbe ! La barbe avec vos médecins, votre repos ! Pour avoir un bel enfant, je me suis tenue comme un ange. Pas de cigarettes, pas de bal, pas une goutte de champagne, j'ai même renoncé – pour vous obéir, mon cher – à mener mon tilbury, bref je me suis enterrée vivante entre quatre murs, et j'ai horreur de ça, je ne suis pas comme vous, j'aime bouger, moi ! Et tout ça... Il pleut, une idiote de marche, on glisse, et patatras ! Plus de bébé pour la pauvre Julie ! La pauvre Julie est punie ! De quoi, je vous le demande ? Qu'ai-je fait au bon Dieu ?

– Julie, ma chérie, dit Daisy. Ce sont des accidents qui arrivent. Vous en aurez un autre.

– Pas de sitôt ! Pour l'instant, je veux m'amuser, m'amuser, vous entendez, Achille ? Aussi, amusez-moi au lieu de m'embêter avec vos sermons.

Elle fondit en larmes, jeta sa serviette sur la table, sortit en courant de la salle à manger.

Un silence consterné planait.

Daisy poussa Achille du coude.

– Qu'est-ce que tu attends ? Vas-y ! Tu vois bien qu'elle est malheureuse. Va la consoler.

Achille se tourna vers elle.

Il avait sa physionomie butée.

– Depuis sa fausse couche, ça n'arrête pas. Scène sur scène. Elle explose pour un rien. Abonder dans son sens n'est pas la manière de lui venir en aide. Elle doit apprendre à se dominer, à…

Daisy eut un rire sec.

– C'est peut-être bien élevé, mais c'est comme ça que les couples sombrent, mon pauvre chéri ! Évidemment, toi, tu n'as pas de nerfs, mais elle… À quoi tu lui sers si tu n'es pas avec elle quand elle a de la peine et qu'elle a besoin de toi ?

Elle se leva.

– Je vais la chercher.

Le surlendemain, Daisy fit atteler et se rendit chez Corinne Doubretskoï.

Il faisait très beau. Un ciel bleu pâle, juste un petit nuage posé comme un flocon sur l'Arc de Triomphe. De nombreuses calèches remontaient l'avenue des Champs-Élysées. Aux portières s'apercevaient des visages poudrés, cousus de fourrures, que le froid vif et sec rosissait.

À hauteur de la rue Marbeuf, le cocher tourna, redescendit l'avenue.

Un peu avant le petit hôtel que le comte de Morny avait délaissé pour occuper l'hôtel de Lassay depuis qu'il présidait la Chambre, Paul de Nhuys avait fait construire le sien.

Daisy était souvent passée devant avec Daniel.

De l'extérieur, on voyait un alignement de grandes grilles dorées au-dessus desquelles s'élevaient deux étages en pierre de taille, de style néogrec, les fenêtres cintrées, ourlées de balconnets, et, dans les intervalles, des statues fort peu vêtues.

Une fois même, les grilles étant ouvertes, Daisy avait surpris dans la cour, large, blanche, sans verdure, le profil d'un bassin au milieu duquel deux éléphanteaux de marbre soufflaient de l'eau.

Elle voyait à présent qu'ils étaient trois.

Un perron de quelques marches surélevait le rez-de-chaussée, une belle façade, presque toute en vitres, distribuant à l'intérieur une grande lumière.

M. Poitevin, le père de Julie, avait édifié l'hôtel. Il disait que celui-ci avait coûté, voici trois ans, près de quatre millions. Cela n'étonnait plus quand on pénétrait dans le hall.

Ce fut Prescott, la femme de chambre anglaise de Corinne, alertée par le maître d'hôtel, qui accueillit Daisy.

– Mme la princesse prie Madame de l'excuser. Elle est souffrante... Oui, toujours cette petite toux. Si Madame veut bien me suivre, Mme la princesse la recevra dans ses appartements.

Deux femmes de bronze doré, nues et brandissant des lampadaires à cinq becs coiffés de globes de verre dépoli, montaient la garde au pied de l'escalier.

Daisy marqua une pause.

Un empereur, des rois, des princes, des chefs de gouvernement, une ribambelle de préfets et de ministres, des financiers, tout ce que Paris comptait d'artistes en renom avaient gravi ces degrés.

À la cour des Tuileries, on disait : « L'escalier de Paul de Nhuys » comme on parlait de la galerie des Glaces, à Versailles, ou d'autres merveilles.

Le dessin en était beau : à double envolée, souligné par le déploiement gracieux des rampes et des balustres sculptés, que coupaient à intervalles réguliers de grandes amphores supportant des candélabres de bronze piqués d'énormes bouquets de bougies. La matière en faisait un joyau : l'escalier, ses rampes, ses balustres, ses amphores et même le revêtement mural étaient entièrement taillés dans l'onyx.

L'appartement de Corinne occupait tout le second étage.

L'amoncellement des tapis et des tentures absorbait le moindre bruit. Des senteurs d'Orient flottaient.

La chambre était d'une originalité précieuse.

Un ciel de cachemire blanc glissant en plissés souples le long des murs habillait la pièce comme une toilette de femme. À égale distance, des nœuds de perles agrafaient les plissés, découvrant un velours bleu pâle. À la lumière du jour, on avait préféré celle d'une grosse lanterne incrustée de lapis-lazuli et de turquoises. Peu de meubles. Des divans tendus du même velours, recouverts de fourrures, quelques tables basses. Le lit reposait sous un nuage de mousseline.

Corinne y était étendue.

Une petite mine. Des yeux trop grands. Et le rose de ses joues s'expliquait quand on touchait sa main.

– Corinne, vous avez de la fièvre ! s'écria Daisy.

– À peine. Je me suis agitée. Le plaisir de vous voir. Et un tel voyage... Quand on a ma santé, il faut du temps pour s'en remettre. Alors, votre famille ? Contez-moi.

Un beau valet servit le thé.

Quand il fut sorti, Corinne dit :

– J'ai des nouvelles de mon frère.

Elle rit, toussa, se souleva dans les oreillers.

– Je sais, vous pensez : Déjà ? Impossible ! Elle délire. Mais Paul est ainsi. Il a voulu qu'à mon arrivée je trouve un mot de lui et m'a écrit durant que nous étions sur les routes. Peut-on rêver plus délicat, plus affectueux ? Ah ! qu'il me manque ! Je ne vis qu'à moitié.

Elle aligna ses cheveux noirs, noués en tresses, sur sa gorge frêle, enchaîna :

– Il vous adresse ses amitiés. Mon ange, je sais que vous n'aimez pas qu'on se mêle de vos affaires et, rendez-moi justice, pendant le voyage, je ne vous en ai pas soufflé mot. Mais est-ce vrai ce qu'il m'a dit avant que nous partions ? Vous vous êtes brouillés ?

– Brouillés... le mot est grand.

– Allons, allons, Daisy, ne vous fermez pas comme une trappe ! Nous sommes amies, non ? Puis-je parler franchement ?

– Bien sûr.

– Comme elle dit ça ! Eh bien, je dirais, moi, que c'est mieux. Paul a un caractère terrible, il a fait souffrir beaucoup de femmes.

– Pas moi. On ne souffre que lorsqu'on le veut bien.

– Daisy, Daisy, ne jurez pas !

Une quinte de toux l'interrompit.

– Vous parlez trop, dit Daisy. Et pourquoi en parler ? Nous avons eu des moments agréables dans un contexte qui s'y prêtait, je n'ai jamais songé à plus... Et maintenant, dites-moi ce que pense le médecin de cette vilaine toux.

– Une petite inflammation de la poitrine. J'ai l'habitude. Je passe tous mes hivers au lit. C'est simplement que Paul... Quand il est là, je me fiche d'être malade, je me fiche de tout, vous comprenez.

Elle avait brusquement les yeux gros de larmes.

– Je l'aime tant ! Et vous aussi, je vous aime. Mes amies... J'en ai des gentilles, mais des sincères... L'argent éveille les mesquineries. Paul est très jalousé... Vous reviendrez demain ?

Daisy revint tous les jours.

La fièvre avait baissé, mais la toux ne diminuait pas. Le médecin avait posé des vésicatoires, multipliait les potions et les poudres. Corinne gisait, dolente, sous les couvertures. La chaleur de la pièce était insupportable. Elle ne la sentait pas, refusait de se lever.

À la fin de la semaine, elle voulut écrire à son frère.

– Daisy, vous feriez cela pour moi ? Je suis si fatiguée, je vous dicterai...

« Mon chéri,

Tu sais comme je suis paresseuse et mauvaise épistolière. Aussi, ai-je confié ma plume à Daisy. J'ai eu une petite fièvre qui me laisse toute patraque. Le bon docteur Darralde, qui me connaît bien, dit que j'ai surtout le mal de toi. Il me faut, hélas ! prendre ce mal en patience, n'est-ce pas ? L'Impératrice a demandé très aimablement de mes nouvelles et l'Empereur s'est déclaré content du rapport que lui a fait Monsieur de Rotran sur les différents aspects de notre voyage en Russie. Monsieur de Rotran est venu hier avec Daisy me faire une visite. Nous avons bien ri mais, ensuite, j'ai eu une grosse toux, le docteur Darralde m'a grondée et Prescott m'a posé à nouveau des vésicatoires. Je me sens comme un paquet de chiffons. Je m'ennuie à mourir de toi. Je relis ta lettre. Je t'embrasse, je t'embrasse, je t'embrasse... »

Daisy releva la plume.

– Ne va-t-il pas s'inquiéter en recevant cette lettre ?

Corinne sourit.

Elle avait tout à coup perdu son air de petite fille.

– Mais je veux qu'il s'inquiète ! dit-elle. Un

homme, quand ça ne s'inquiète pas, ça vous oublie !

Sitôt la lettre rédigée, Daisy rentra rue Saint-Honoré.

Le coiffeur, M. Sébastien, venait à cinq heures la coiffer pour le bal qu'offraient Leurs Majestés aux Tuileries.

Elle revêtit une robe qu'elle avait portée au palais de Peterhof, un rose « chair de pastèque » que Paul de Nhuys aimait. Des écharpes de mousseline vert cru couraient en festons sur la jupe, semées de grappes de lilas blanc. Le décolleté, très profond, était un parterre de lilas et de roses. Sa parure d'émeraudes s'harmonisait très bien avec la hardiesse des couleurs.

L'Empereur, charmant, tortilla à maintes reprises sa moustache en la considérant, ce qui figea un peu plus le visage marmoréen de la belle comtesse de Castiglione.

Sa liaison avec Napoléon III alimentait les conversations et les effets s'en notaient sur l'Impératrice, ravissante en toilette argent et or, mais une lueur triste au fond des yeux.

– Je suis heureuse pour vous, ma chère, dit-elle en aparté à Daisy. Votre époux a une mine splendide.

C'était exact.

Daniel semblait aller beaucoup mieux. De l'entrain, des attentions, une gaieté dans la voix... C'était elle qui n'allait plus.

Faire son entrée dans la galerie de Diane, où se tenaient au garde-à-vous les superbes Cent-Gardes vêtus d'azur, cuirasses d'argent et casques à longue crinière neigeuse, avait toujours causé à Daisy une impression délicieuse qui s'augmentait dans le salon des Maréchaux à l'approche de l'estrade sur laquelle trônaient les souverains.

Elle aimait cette atmosphère alourdie par l'arôme des fleurs et l'agitation de l'assistance, l'encens que le regard des hommes répandait sur son passage…

Ce soir, le spectacle la laissait froide. Elle s'ennuyait. Tous ces regards ne valaient pas celui d'un seul. Elle n'eut même aucun plaisir à faire la coquette. Qui le lui reprocherait ? Certainement pas Daniel.

En repartant, dans la voiture, alors qu'elle se permettait enfin de décrocher son sourire, il prit sa main.

– J'avais presque oublié dans la pompe de ces palais russes le ton aimable de nos réceptions. Nous y manquions, m'a-t-on assuré. Sa Majesté en premier. Mais sachant trier dans les courtoisies celles qui me reviennent, je dirais que c'était plutôt votre éclat qui y faisait défaut.

– Merci.

Quand les chevaux tournèrent dans la rue de Castiglione, Daniel pressa les doigts de Daisy.

– Puis-je, ma chérie, venir tout à l'heure vous retrouver dans votre chambre ?

Elle acquiesça en silence.

Ce fut Céleste qui la déshabilla.

Daisy lui avait donné l'autorisation d'aller dans l'après-midi à Monceau embrasser le Grand Courtois, et la petite babillait, narrant avec des rires étouffés les remontrances que son parrain lui avait faites sur sa coiffure dont elle avait changé.

– Il m'a dit : Une fille de ta condition, quand ça commence à penser aux frisettes, ça perd bientôt son jupon…

Daisy écoutait d'une oreille distraite, plongée dans ses réflexions.

Depuis Saint-Pétersbourg, Daniel ne l'avait pas touchée.

Reprendre leurs rapports ?

Il avait délaissé la place, un autre l'avait trop bien occupée, elle n'en avait plus envie, l'idée lui en répugnait comme une contrainte. Le devoir conjugal. Cette pesanteur dans les membres, cette crispation à l'estomac... Ce devait être cela que la plupart des épouses ressentaient. Et puis, subitement, elle songea combien, au tout début, il avait su se montrer un amant tendre et délicat, et elle s'en voulut. Peut-être existait-il encore une chance qu'entre eux se rétablisse l'entente, elle n'avait pas le droit de rêvasser, c'était Daniel, son mari.

Quand il entra, il la trouva couchée au creux du grand lit rose.

Il plia sa robe de chambre sur un fauteuil, se glissa à côté d'elle, l'enlaça, chercha tout de suite sa bouche, ses seins, avec une ardeur que Daisy se rappelait à peine.

Elle se laissait faire, guettant un tressaillement, un frisson. Elle n'éprouvait rien, sinon un sentiment de faillite qui la décourageait un peu plus.

Il rejeta les draps, la mit doucement nue.

Elle eut froid.

Des lèvres, des mains la caressaient, jouaient avec son corps, mais elle avait beau se répéter que ces lèvres, ces mains lui avaient appris la volupté, prenant alors le même chemin qu'aujourd'hui pour l'y amener, elle continuait à n'être entre les bras de Daniel qu'une poupée de son.

L'impression était atroce.

Soudain, il la lâcha, la recouvrit avec le drap, s'assit au bord du lit, face à elle qui le regardait.

– Daisy, ma chérie, qu'y a-t-il ?

Comme elle ne répondait pas, il soupira, inclina la tête.

– Question idiote, dit-il. Vous n'êtes pas responsable. C'est moi. Je vous ai négligée mais, malgré cela, je voudrais maintenant vous voir réagir selon mon humeur ! Les hommes sont si fats !

– Daniel...

– S'il vous plaît, ne m'interrompez pas. J'ai eu un assez grave souci, avant que nous partions en Russie...

Daisy se dressa.

– Je le savais ! Pourquoi ne pas me l'avoir dit ? Oh ! Daniel, Daniel ! Qu'est-ce que c'était ?

– Vous me permettrez de le taire.

– Il s'agissait d'argent... de vos affaires ?

Il prit la main de Daisy.

– Ne cherchez pas. Il ne s'agissait pas d'argent. N'en parlons plus, voulez-vous.

– Ne pas en parler ? Mais nous devons en parler ! Si vous m'en aviez parlé au lieu de vous inventer des migraines...

Elle respirait très vite, très fort, sa voix était aiguë.

– Daisy, Daisy, calmez-vous. Je n'ai pas inventé, j'avais également des migraines, la tête un peu sens dessus dessous. Je vous en prie, n'insistez pas, il y a des choses qu'un homme préfère garder pour lui. Je vous donne ma parole qu'aujourd'hui ce souci n'existe plus. J'en ai eu l'assurance à notre retour. Vous me croyez, n'est-ce pas ?

Daisy lui enleva sa main.

– Vous rendez-vous compte que cela fait six mois, six mois, Daniel ! que je me pose des questions, que je suis dans les tourments, et vous ne voulez pas me dire... ! Je m'étais même figuré que c'était à cause de Louis, que vous en étiez jaloux.

Il dit doucement :

– Les motifs créent la jalousie. Être jaloux d'une ombre, pensez-vous que cela cadre avec mon bon sens ?

– Non. Mais...

– Daisy, nous allons oublier tout ça. Je vous aime. Nous avons traversé par ma faute une période difficile, mais je n'ai jamais cessé de vous aimer. Vous n'imaginez même pas combien je vous aime. Vous me pardonnez ? Il n'y a rien que je ne ferais pour que vous me pardonniez.

Daisy abaissa les paupières.

– Il me faudra du temps. On ne guérit pas en un jour, Daniel. Vous avez fait plus de mal que vous ne le croyez.

Il se leva, alla jusqu'au fauteuil, enfila sa robe de chambre, en noua la ceinture avec soin, revint près du lit, se pencha, effleura d'un baiser les boucles blondes éparses sur l'oreiller. Un peu de la poudre d'or répandue par M. Sébastien y brillait encore.

– Daniel, murmura-t-elle.

– Chut ! Est-il besoin de mots ? Voyez à quel point je vous aime. J'en suis arrivé à perdre mon intelligence, à laisser l'animal qui est en tout homme me dominer. Je n'aurais pas dû vous brusquer, exiger. On ne brusque pas une femme telle que vous. Dormez, ma chérie. Nous serons à nouveau heureux, je vous le promets.

Après son départ, elle demeura longtemps étendue sur le dos, considérant le ciel de lit dont le rose se diluait dans l'or des lumières. Des pleurs coulaient sur ses joues, mouillaient les dentelles de sa chemise qu'elle avait retrouvée roulée en boule sous les couvertures.

Le jour de Noël, on déjeuna en famille rue Saint-Honoré, avec Achille et Julie.

Daniel avait tenu à décorer lui-même la salle à manger. De gros bouquets de roses de Noël s'épanouissaient dans les vases, des guirlandes de houx serpentaient entre les lustres, liées de nœuds de satin rouge vif. Le coup d'œil était parfait. Le repas, également. Mais le château-yquem, le romanée, le chambertin, le champagne et le porto eurent un effet désastreux sur Julie.

Le ménage Maubrun semblait, lui aussi, en difficulté.

Achille manquait d'énergie.

Il regardait, sans intervenir, sa femme calmer ses états d'âme en buvant trop, en fumant cigarette sur cigarette, conduire son tilbury comme si mille démons la poursuivaient, et surtout rire bien bruyamment avec d'autres.

Daisy tentait de le secouer.

– Emmène-la. N'importe où. Tiens, en Italie. Elle en rêve ! Julie a de grandes qualités. Ne laisse pas, par négligence, son côté fantasque l'emporter.

Achille répondait :

– Les routes sont mauvaises. Le médecin...

– Le médecin ! Julie n'est pas malade, elle a une santé de fer. C'est dans la tête, mon pauvre chéri, que ça ne va pas, c'est à toi d'être son médecin !

« Je serai votre médecin... » Une phrase de Paul de Nhuys.

– Plus tard. Nous verrons, disait Achille.

Plus tard, c'est parfois trop tard.

Daisy soupirait, se taisait.

La crise de larmes dont Julie arrosa le soufflé aux amandes gâta le déjeuner.

À peine le café bu, Daisy se leva.

Elle se sentait agacée, de mauvaise humeur.

– J'ai promis à la princesse Doubretskoï de lui faire une petite visite cet après-midi. Elle se sent si seule sans son frère.

Daisy se tourna vers Charlotte.

– Tu m'accompagnes... Vous, Papa, je ne vous le demande plus.

– … Et tu as raison ! Libre à toi ! Moi, je ne fraie pas avec la gent d'Empire. Je sais, ton amie est de bonne noblesse, ne me le répète pas. Mais qu'elle habite sous le toit d'un de ces aventuriers à dents longues qui pullulent dans la famille Bonaparte suffit pour que je m'abstienne.

– Daisy, dit Charlotte d'une voix mourante, est-ce vraiment nécessaire ?

– C'est poli. Le comte de Nhuys et la princesse Doubretskoï ont été des plus aimables durant notre séjour en Russie. Elle souhaite te connaître. Je ne peux quand même pas lui avouer que j'ai pour sœur une pimbêche et une mal éduquée !

– Charlotte, dit Daniel, la princesse est charmante. Allez-y, vous verrez, vous me direz… Allons ! courez vite mettre ce joli petit chapeau vert qui vous donne un air de lutin !

C'était vexant de constater avec quelle facilité Daniel se faisait obéir de Charlotte…

À présent, Daisy avait ses habitudes à l'hôtel de Nhuys.

La voiture les déposa devant le perron, le maître d'hôtel leur ouvrit : « Madame la marquise est attendue. »

Au bas de l'escalier, Charlotte ricana, chuchota :

– Doit-on se déchausser pour fouler le Saint des Saints ?

– Non. Mais se débarrasser de sa stupidité est conseillé !

Sur le palier du second étage, Charlotte s'arrêta devant un tableau.

– On dirait un Fragonard.

– C'est un Fragonard. Si tu t'intéressais un peu, ma petite, aux personnalités qui marquent notre époque au lieu de t'attarder dans celle des Bourbons comme Papa, tu saurais que le comte de

Nhuys jouit en Europe d'une grande réputation d'amateur d'art. Il...

Daisy s'interrompit, rabaissa la voix d'un ton.

– Tu vas trouver la princesse Doubretskoï bien fatiguée. Elle va un peu mieux, néanmoins elle ne se lève toujours pas.

Ce fut Prescott qui les introduisit, mais à peine avaient-elles franchi le seuil de la petite entrée séparant le corridor de la chambre qu'une silhouette jaillit tel un tourbillon, et se jeta au cou de Daisy.

– Corinne ! Mais... Mais c'est le miracle de Noël !

Vêtue, coiffée, maquillée, un teint de lys et de rose, une joie dans les yeux qui irradiait comme une lumière.

– Il est là, il est revenu ! s'écria-t-elle. Je le savais, je savais qu'il reviendrait !

– Vous voulez dire... articula Daisy, pétrifiée.

– Ce que je dis, mon ange ! Paul est rentré. Sans s'annoncer, il y a deux petites heures. Le bonheur m'a presque tuée !... Prescott, s'il vous plaît, envoyez un valet prévenir M. le comte que Mme la marquise de Rotran est avec moi.

Daisy rassembla ses esprits.

– Corinne, je vous ai amené ma sœur... Charlotte, la princesse Doubretskoï.

Elle entendit vaguement les compliments que Corinne faisait à Charlotte, la réponse polie de celle-ci, se laissa entraîner par les voix jusqu'au boudoir, dépouiller de son manteau de zibeline par un valet, s'assit parce qu'on le lui dit.

Paul.

Même l'évocation de leur dernière scène au sujet du pauvre prince Golovkine ne parvenait pas à chasser l'émotion. Il était là. À l'étage au-dessous. Daisy pressait ses mains l'une contre l'autre. Elle avait la bouche sèche, une grande faiblesse dans tout le corps, le creux des reins moites, la tête perdue.

– Daisy, la princesse Doubretskoï te parle.

Le regard de Charlotte.

– Excusez-moi, Corinne. Vous disiez ?

– Savez-vous la nouvelle que Paul nous rapporte ? Auguste de Morny s'est enflammé pour une jeune Russe, dame d'honneur de la Tsarine, il se marie.

– Vraiment ? C'est en effet une nouvelle. Un célibataire aussi endurci.

– La comtesse Le Hon doit être dans une rage ! Être la maîtresse de Morny depuis plus de vingt ans, avoir bâti sa fortune et se voir délaissée pour une gamine...

La porte.

Des pas.

Le rire de Corinne.

– Voilà Paul. Paul, mon chéri...

Daisy s'était ressaisie.

Un sourire bien dessiné, le buste souple, le cou un peu ployé, une grâce lointaine.

– Quelle surprise, monsieur.

– Madame, la surprise est pour moi. Chaque fois que l'on vous revoit, on vous découvre plus belle.

Corinne fit les présentations. Il salua Charlotte, alla se placer debout derrière sa sœur, les mains appuyées aux épaules de celle-ci.

– Cette jeune personne est un monstre. Je reçois sa lettre, je m'affole, je prends la route, je brave l'hiver russe, je brûle les étapes, j'accours, je m'attends à la trouver moribonde, et regardez-la ! Fraîche comme l'aurore. Ma sœur, je devrais vous corriger.

Corinne gloussait.

– Corrigez-moi. Les plus mauvais traitements administrés par vous me seront doux. D'ailleurs, soyez honnête. Vous me connaissez. Vous savez bien que j'exagère toujours un peu. Vous êtes rentré parce que vous vous ennuyiez de moi, c'est ça, la vérité. Allons, confessez-vous, dites-le !

Charlotte pinçait les lèvres, considérait ses ongles.

– Et vos affaires, monsieur ? dit Daisy.

– Bien avancées, je vous remercie. Joseph Lombard et trois de mes secrétaires sont restés là-bas. Évidemment, j'y serais moi-même... Mais Saint-Pétersbourg... Cette cour est bigrement rigide quand les fêtes ne l'animent plus. Je commençais à m'ennuyer. Et s'ennuyer pour de l'argent n'est supportable que lorsqu'on n'en a pas.

– Ah ! enfin, vous le dites ! Vous vous ennuyiez de moi ! s'écria Corinne.

– J'ai dit que les Russes m'ennuyaient, je n'ai pas dit...

Il rit, il était si beau, si gai, que le regarder était une souffrance.

Daisy se leva.

– Charlotte.

Charlotte se mit debout avec un empressement qui frisait la grossièreté.

– Corinne, nous ne voulons pas vous déranger plus longtemps. J'étais venue vous embrasser parce que, le jour de Noël, être seule...

Corinne interrompit Daisy.

– Je l'ai dit à Paul. Vous avez été une amie... ! Je serais morte, toi au loin, si je n'avais eu Daisy !

Paul de Nhuys lâcha Corinne, fixa Charlotte.

– Mademoiselle, peut-on vous laisser un instant avec ma sœur ? Madame, me consacreriez-vous quelques minutes ? J'ai certaines informations à vous communiquer, qui réjouiront M. de Rotran... C'est de la politique, mademoiselle. À votre âge, cela n'amuse pas.

Charlotte pointa le menton.

– Détrompez-vous, monsieur. Je m'y intéresse. Sans doute mes opinions sont-elles opposées aux vôtres...

– Si vous nous faites le plaisir de revenir dans cette maison, nous en discuterons. J'adore les jeunes filles qui ont des opinions, quand elles sont jolies. Madame, auriez-vous la bonté de me suivre jusqu'à mon bureau ?

Le corridor... L'escalier.

Sur le palier du premier étage, il tourna à droite, s'engagea dans une galerie.

Au plafond tournoyaient des groupes de femmes nues, échevelées, que taquinaient des satyres. La finesse des coloris, l'élégance du trait masquaient l'indécence des gestes.

Il faisait très chaud dans cette galerie brillamment éclairée, tapissée de damas jaune bouton-d'or, les fenêtres closes de satin épais à rayures jaunes et vertes. Daisy se sentait suffoquer. Elle n'arrivait plus à rattraper ses pensées... sauf une : maintenir Paul dans l'ignorance de ses sentiments. On ne les avoue pas, on ne les laisse pas deviner à un homme qui réduit l'amour au contact de deux épidermes et qui, avec son tempérament de despote, s'en arrogerait des droits que le fait de vous coucher dans son lit ne lui donne pas ! Mais la désirait-il encore ? Que voulait-il exactement ? Peut-être pas plus qu'il ne lui avait dit...

Paul de Nhuys ouvrit une porte, s'effaça.

Daisy entra.

Il repoussa la porte, s'y adossa, la dévisagea.

– Je vous ai manqué ?

– Mon Dieu, autant que j'ai pu, moi, vous manquer, mon cher Paul.

Une voix qui ne flanchait pas, juste l'ironie qu'il méritait. Elle n'aurait pas pensé en être capable.

Il parlait.
– ... le plus incroyable...
Elle dit :
– Excusez-moi, je n'ai pas suivi. Que disiez-vous ?
Il la fixa, les sourcils froncés.
– Sacrebleu ! Ce n'est pas vous qui rendez les choses faciles à un homme ! On est en train de vous dire que l'on vous aime... Oui, mon enfant, je vous aime, figurez-vous, j'ai découvert ça ! C'est bien le plus incroyable. Je ne croyais pas à ce genre de sentiment, je le réservais aux femmes et aux imbéciles, toutefois quand quelqu'un vous manque au point qu'on fait sans goût ses affaires, ce doit être cela, non ?
– Paul...
Mais il coupa, à sa manière, comme s'il allait de soi que, lui l'aimant, elle l'aimât, elle aussi, et qu'il fût superflu de s'en assurer :
– Nous ne nous séparerons plus.
Et, enfin, il s'approcha d'elle.

Quand la voiture reprit les Champs-Élysées, Charlotte murmura d'un petit ton sucré :
– Sais-tu, c'est Papa qui me l'a dit, que son nom était Denhuys et qu'il l'a coupé en deux comme le comte de Morny l'a fait pour le sien ? D'ailleurs, ils ne sont pas plus comtes l'un que l'autre. De nos jours, il vaut mieux s'appeler Durand ou Percepied, on risque moins de se retrouver en compagnie de tricheurs. Au fait, il t'a gardée longtemps dans son bureau, ce monsieur de Nhuys !
Daisy saisit sa sœur au poignet.
– Je te fais grâce de tes appréciations mesquines. Fils d'empereur, ça ne suffit pas ? Et maintenant, écoute-moi bien. Si tu te permets devant Daniel ces insinuations, je te jure que je me

débrouille pour que Papa t'envoie en pension jusqu'à ta majorité ! Mademoiselle voit le mal partout, mais n'en voit aucun à se tortiller comme une courtisane dans les bras de son beau-frère ! Tu devrais avoir honte.

– Daisy !

Daisy considéra le visage empourpré de sa sœur, poussa un soupir.

– Tais-toi, s'il te plaît. Je n'ai pas envie de me disputer.

La voiture passait devant le superbe hôtel de la comtesse Le Hon, traversait le Rond-Point.

Elle ferma les yeux.

12

Pour leurs rendez-vous, elle avait songé à l'hôtel Lacaz.

Paul de Nhuys refusa.

Son équipage, sa silhouette étaient trop connus. Des apparitions répétées à Monceau y éveilleraient vite la curiosité.

– Les journaux, nos ennemis politiques et même certains membres de notre gouvernement sont à l'affût de n'importe quel scandale susceptible de gâter la confiance que me témoigne l'Empereur. Je n'en veux ni pour vous ni pour moi.

Dans les vingt-quatre heures, grâce à ses relations, il fit acheter sous un nom d'emprunt un petit hôtel situé avenue Montaigne, dont les écuries jouxtaient le jardin s'étendant derrière l'hôtel de Nhuys.

– Les propriétaires allaient s'y installer. Je leur en ai proposé trois fois la valeur. Ils n'ont pas résisté. Personne ne résiste à l'argent. C'est la plus mauvaise affaire que j'aie jamais faite, mais je ne la regrette pas, la disposition des lieux assure notre sécurité. Votre cocher vous déposera aux Champs-Élysées, il vous croira chez Corinne et nous serons, vous et moi, avenue Montaigne, sans que nul nous y ait vus entrer.

Il plaça dans l'hôtel un couple de confiance qui

suffirait au peu de service. La construction était neuve, sans un meuble. En huit jours, une chambre et un boudoir furent aménagés. La chambre était tendue de plumetis blanc sur fond rose, avec de grands nœuds de satin qui bouffaient.

Paul disait en riant :

– Le décor convient peu à un homme dans la quarantaine, mais il te va tout à fait. Tu as une peau d'enfant, des cheveux d'enfant, une odeur d'enfant...

Ils ne se tutoyaient qu'au lit et aussi quand Paul se mettait en colère.

Cela arrivait encore souvent.

Jaloux avant même cette révélation de l'amour qu'il avouait aujourd'hui avec superbe, mettant ce sentiment au même niveau que sa réussite et ses richesses, c'est-à-dire bien au-dessus de ceux que sont capables d'éprouver les simples mortels... L'amour des autres ? Médiocre. Une niaiserie. Le sien ? Quand on fait tout mieux que quiconque, n'aime-t-on pas mieux ? Et elle aimait cet orgueil, cette force avec lesquels il l'affirmait, parce que c'étaient précisément cette force, cet orgueil qui l'avaient attirée vers lui... Jaloux déjà à Saint-Pétersbourg, il ne pouvait que l'être davantage ici.

Daniel devenait sa cible favorite.

– Il te touche ?

– Chéri, c'est mon mari.

La première fois que Daisy lui avait répondu cela, il l'avait considérée d'un air terrible mais, croisant son regard, il avait soupiré.

– Tu as raison. Néanmoins, penser que... Il s'y connaît, Rotran ! La plupart des maris sont des sagouins et la majorité des femmes mariées s'imaginent que l'extase pour elles consiste à servir de réceptacle aux désirs de leur conjoint. Lui, il t'a sacrément façonnée ! Et je parie que, lorsqu'il te tient, tu m'oublies.

– Paul, je vous en prie.

Mais les mots lui montaient à la tête, il les roulait dans sa bouche comme des gorgées de vin, il s'en soûlait, il en ajoutait encore et encore, il empoignait Daisy, il s'acharnait à la faire avouer, il exigeait de tout savoir, tout, tous les détails.

– Il t'embrasse comme moi ? Ça te plaît ? Mais dis-le, ne triche pas ! Ça t'a plu, pourquoi cela ne te plairait-il plus ? Les femmes sont de petits animaux.

– Paul, assez. Vous êtes impossible ! Vous dites des horreurs !

Sa rage le lâchait, mais aucun de leurs rendez-vous ne se terminait sans qu'il conclût que cette situation devait s'achever.

– Il faut que vous quittiez Rotran. Je chercherai un moyen pour obtenir la séparation de corps. Vous vous en irez avec les honneurs, j'y veillerai, ces messieurs du tribunal me mangent dans la main. Ensuite, vous serez libre, nous pourrons afficher nos liens. Qui y trouvera à redire ? En tout cas, pas ma chère famille impériale. Mathilde, la propre cousine germaine de l'Empereur et la mienne, traite son amant Nieuwerkerke comme un époux, elle donne l'exemple.

Ce désir qu'avait Paul de Nhuys de rendre publique leur entente, cette volonté de l'associer à son existence étaient doux au cœur de Daisy et le lui faisaient aimer davantage, mais ne lui enlevaient pas sa lucidité.

Il faut des motifs très graves pour présenter une demande en séparation de corps. Daniel ne lui en fournissait aucun. C'était elle, la coupable, et elle n'avait pas la moindre envie de passer aux yeux du monde et de sa famille pour une femme adultère. Ni beauté ni naissance ni fortune ne résistent à ce genre de réputation, ni même l'amour, qui s'en aigrit. Elle n'en voulait pas.

Aussi avait-elle repris ses relations avec Daniel et, plus souvent qu'elle ne le confessait à Paul de Nhuys, elle recevait son époux dans son lit afin d'écarter les soupçons qu'il eût fini par concevoir de sa froideur.

Une femme honnête peut se refuser, une qui l'est moins doit songer aux conséquences.

D'autre part, et cela elle le disait à Paul, un grand fonds de tendresse lui restait pour Daniel. Elle répugnait à lui causer du chagrin. Il avait certes une grosse part de responsabilité dans la situation présente, mais il l'aimait.

– Vous pouvez comprendre cela, Paul.

Il haussait les épaules.

– Si j'avais dû prendre en compte le désespoir de toutes celles qui m'ont aimé ! Et ne croyez pas que je n'aie eu que de la volaille de cour, comme vous dites. Certaines étaient douces, charmantes, des femmes aussi dignes de compassion que Rotran. Mais enfin, mon enfant chérie, on ne vit qu'une fois, on n'a pas le droit pour soi-même de se laisser étouffer par la faiblesse des autres ! Rotran – cela m'ennuie d'avoir de l'amitié pour lui, mais j'en ai –, Rotran n'a pas su vous garder.

– Sait-on toujours ? Saurez-vous ? Peut-être qu'un jour je ne vous aimerai plus.

Il ne cherchait pas à vérifier si ce n'était qu'une tendre moquerie ou si elle pensait ce qu'elle avançait, il rétorquait aussitôt, la mâchoire lourde :

– Je n'ai pas commis une erreur de toute ma vie. Crois-tu que nos relations seraient devenues ce qu'elles sont si je n'avais été sûr de toi ? Tu n'as jamais aimé Rotran. Et ton premier mari, le baron Lacaz... Je m'en souviens : bel homme, un peu trop militaire. Ce n'était qu'une folie de jeune fille, les jeunes filles sont des alouettes, on les attrape avec tant de facilité que cela ne m'a jamais amusé. Tu es tombée dans le piège, tu t'es mariée. Une fois. Deux fois. Mais je suis le premier, Daisy.

Et il concluait :

– Il n'y en aura pas d'autres.

De nombreuses fêtes jalonnèrent les premiers mois de l'année 1857.

Entre autres, un somptueux bal à l'Hôtel de Ville.

Daniel et Daisy y assistèrent en compagnie de Julie et d'Achille.

Le préfet Haussmann, qui semblait apprécier les jolies figures, se montra d'une galanterie charmante. On parla de l'aménagement de Paris. Le nom de Monceau fut prononcé. Haussmann affirma que, sous trois ans, l'annexion de la commune de Monceau serait chose faite et que les terrains allaient y acquérir une valeur considérable.

La conversation se déroulait devant Daniel.

Il dit en souriant :

– On avait proposé à mon épouse le rachat d'un hôtel qu'elle y possède. Elle a décliné, malgré l'intérêt de l'offre. Rendons grâce à l'intuition féminine.

Daisy, se rappelant la scène que Daniel lui avait faite à Wiesbaden, se sentit mal à l'aise. La contradiction entre ces deux attitudes l'irritait et la peinait à la fois.

Il y eut aussi le bal costumé au ministère des Affaires étrangères.

Le comte Walewski (demi-frère de Paul de Nhuys, puisque également enfant naturel de Napoléon Ier) recevait. Daisy y parut en robe de l'époque Louis XVI, reproduite d'après une peinture représentant son aïeule, la belle Adéla de Maubrun. La générosité du décolleté rivalisait avec les chairs rondes que dévoilait la comtesse de Castiglione en « dame de cœur ». Dans le feu des diamants, l'or rose du costume rebrodé d'argent, Daisy éblouissait. Paul de Nhuys marqua son mécontentement en s'occupant trop de la duchesse de Torente et de la baronne Langlade, une jeune et ravissante veuve, qu'une tunique de Diane chasseresse habillait très peu.

Le lendemain, avenue Montaigne, Daisy feignit l'indifférence au sujet des deux dames.

– Tant mieux, dit-il. Je déteste les femmes jalouses.

– C'est amusant de vous entendre dire ça !

– Quel rapport ? Je suis un homme. Les écarts d'un homme ne comptent pas. Mais lorsqu'une femme fait un faux pas, elle tombe toujours sur le dos. La chute est grave.

– Auriez-vous peur...

– Peur ? C'est toi qui peux avoir peur. Tu couches avec un autre, je te tue.

Elle s'était étirée, très nue, vêtue de ses boucles.

– Eh bien, moi, chéri, j'apprendrais que vous me trompez, je ne ferais pas tant d'histoires, je vous quitterais, c'est tout. Risquer le scandale, la prison ou pis pour un homme qui ne vous mérite pas !

Il l'avait soulevée des oreillers, secouée à lui briser la nuque.

– Me quitter ? Ah ! tu ne me connais pas !

Plus tard, après qu'ils se furent réconciliés, il dit :

– Tu sais que mon bon empereur m'a promis pour bientôt la couronne ducale. La tête de Morny si je suis fait duc avant lui ! Il va s'en étouffer ! Ce n'est pas que je souhaite la mort de Rotran, mais duchesse de Nhuys... Le titre t'irait bien.

Daisy avait réussi à cacher son émotion sous un petit ton impertinent.

– Si j'ai bonne mémoire, ne conseillez-vous pas aux jeunes veuves de profiter de leur état plutôt que de retomber dans les contraintes du mariage ?

– J'ai dit ça ?

– Dit et redit. Je peux même vous répéter le commentaire : Mieux valent dix beaux hommes qu'un seul qui vous laisse bientôt geler seule dans vos draps.

– Dix ? J'ai dit cela ? Stupide ! Quand on en prend dix, on en prend cent ! En admettant que Rotran... Note que je ne lui veux pas de mal, mais...

– J'espère bien !

– La mort nous guette tous. En admettant donc... Tu n'aurais que moi, je te le garantis !

Cet instinct de possession, bien qu'il lui flattât le cœur, l'effrayait un peu.

Au printemps, la cour se transporta à Saint-Cloud.

Daniel et Daisy y furent invités en juin.

La fête avait lieu au château de Villeneuve-l'Étang, situé à cinq minutes de voiture de Saint-Cloud, dont la simplicité champêtre s'alliait aux goûts de Leurs Majestés.

La soirée était superbe.

Les eaux dormeuses entourant le château se teintaient du reflet multicolore des lanternes qui pavoisaient les barques. On venait de couper les foins. L'air embaumait.

L'Impératrice, en toilette blanche, allait et venait sur la pelouse au milieu des invités. Elle avait le sourire. Virginia de Castiglione, souffrante, était absente. Personne ne la regrettait. Pas même l'Empereur à ce qu'il semblait, très en train, son éternel *paquitos* aux lèvres.

Corinne était venue avec son frère, la silhouette frileuse, enveloppée dans un grand châle. Elle considérait avec anxiété la proximité des étangs et, quand le départ en barque fut annoncé, elle déclara qu'elle rentrait au château.

– Ma chère princesse, dit Daniel, je me ferai un plaisir de vous accompagner. Ma santé s'accommode mal, elle aussi, de cette humidité et les exercices physiques n'ont jamais été mon fort... Daisy, cela ne vous ennuie pas ? M. de Nhuys aura l'amabilité de me remplacer.

– Si vous préférez, Daniel, je vais avec vous.

– Du tout. Je m'en voudrais de vous faire manquer la promenade.

Tout en se dirigeant vers la rive, Daisy à son bras, Paul de Nhuys murmura :

– Si c'est un piège que nous tend votre époux, il est un peu grossier. Nous allons être sages comme des images, mon enfant chérie. Je vous ramènerai sans un pli à votre jupe.

Elle rit.

Elle portait une robe de mousseline rose et blanc, une touffe de marabout blanc et des nœuds de velours couleur pensée sur son petit chapeau de paille d'Italie.

– Daniel n'est pas comme vous, dit-elle, il a confiance en moi.

– Quand on voit où la confiance mène... ! Vous comprendrez qu'on soit vigilant !

La plupart des barques étaient déjà occupées. Les dames, dans leurs corolles de soie largement étalées, ressemblaient à de grandes fleurs posées sur l'eau. Le coup d'œil était ravissant.

L'Empereur se tourna vers Daisy et Paul de Nhuys.

– Paul, mon cher, tu permets... ? Madame, me ferez-vous le plaisir ?

– Le plaisir est pour moi, Sire.

Aidée par l'Empereur, Daisy enjamba le rebord de l'embarcation. Ses jupes, en se retroussant, brassèrent une écume de dentelles. Elle s'assit.

L'Empereur monta à son tour, saisit les rames.

À ce signal, les barques s'ébranlèrent.

Daisy vit Paul de Nhuys repartir en direction de la pelouse, puis le paysage s'accéléra.

Le clair de lune accentuait les ombres. Des chutes de feuillage frangeaient la nappe d'eau brillante, formée par tous les petits étangs joints.

– Quelle belle nuit, n'est-ce pas, madame ?

– En effet, Sire.

Il la fixait de son œil pâle, très doux, et elle se sentait un peu remuée par le désir qu'elle y lisait. Il meubla le silence de quelques galantes constatations sur la toilette de Daisy, dit tout à coup :

– Nous projetons, l'Impératrice et moi, un court séjour en août à l'île de Wight où la famille royale anglaise passe l'été. Trouveriez-vous de l'agrément à vous joindre à nous avec votre époux ? Il y aura également Walewski et Persigny.

– Ce serait un grand honneur, Sire.

– Eh bien, c'est dit, ma chère. J'en ferai part à Rotran.

Entre moustache et barbiche, un sourire se creusait. Cet air de gaieté donnait de la jeunesse à des traits qui, la plupart du temps, semblaient en sommeil parce que figés par la réflexion.

Dans le silence, on entendait des bruits de rames, des rires, mais provenant d'assez loin, et Daisy s'avisa que la barque s'était détachée de la petite flottille qui les escortait, s'engageant à présent dans une sorte de couloir de verdure. Au bout, l'horizon s'élargissait en forme de lac au centre duquel une île s'élevait, couverte d'ardente végétation.

L'Empereur s'y dirigea, posa les rames.

– Faisons-nous quelques pas, madame ? L'endroit est charmant. Nous y serons bien pour poursuivre, sans être interrompus, notre conversation.

Daisy lui rendit son sourire du mieux qu'elle put.

– Votre Majesté m'autorise-t-elle à être franche ? La grandeur d'un souverain se place au-dessus des commérages. La réputation d'une femme n'a point ce privilège. Le monde ne lui pardonne rien, même la distraction la plus innocente.

– Laissez dire, ma chère ! S'il fallait se soucier de toutes les attaques dont on est l'objet !

Daisy dit doucement :

– J'ai un mari, Sire. Il risquerait de s'en offenser plus que moi. Aussi supplierais-je Votre Majesté d'avoir la bonté de me raccompagner, sinon l'on va s'étonner.

– Eh bien... eh bien... marmonna-t-il.

Puis, avec un rire bref, il reprit les rames.

– Je connais mon bon empereur, déclara le jour suivant Paul de Nhuys. Pour lui, il n'y a qu'une manière de faire la conversation à une femme. C'est de ce genre de conversation que la Castiglione est sortie toute chiffonnée l'année dernière à pareille époque et du même lieu, et de là que date sa faveur.

– N'en parlons plus.

– Au contraire, parlons-en !... Je te signale que, comme amant, Louis-Napoléon ne vaut pas tripette. Un bûcheron !

– Cela ne m'intéresse pas.

– Je l'espère bien ! Parce que si l'idée te venait de jouer les Montespan à cette cour-ci...

Daisy secoua ses boucles.

– Mon Dieu ! J'y réussirais assez, ne croyez-vous pas ? N'ai-je pas toutes les dispositions pour... voyons, comment m'aviez-vous dit dans les bois de Compiègne ? Ah oui ! Pour maintenir les sentiments de votre impérial cousin ?

– J'ai parlé de cela avec toi ?

– Mais oui ! Vous m'aviez même offert votre aide, me prêtant ces intentions. Vous ne me l'offrez plus ? Paul ! Paul, je plaisantais ! L'Impératrice s'est montrée si aimable envers moi. La pauvre. Ce ne sera pas par ma faute qu'elle souffrira.

– Merci ! Tu me rassures !

Elle se coula dans ses bras.

– Chéri, ne nous disputons pas, profitons plutôt. Bientôt nous serons en juillet...

– Et que se passera-t-il en juillet ?

En juillet, elle allait à Maubrun avec sa famille, Achille et Julie.

Mais elle s'arrangerait, s'empressa-t-elle d'ajouter, elle viendrait à Paris, elle aurait de nombreux essayages chez Worth en prévision du voyage...

– Quel voyage ?

– C'est vrai, je ne vous ai pas dit. L'Empereur nous emmène en août à l'île de Wight.

Cette perspective raviva la colère de Paul de Nhuys.

– Sacrebleu ! Je connais Louis-Napoléon. Plus une femme se dérobe, plus il en a envie. Ça tourne à l'obsession chez lui. Je parie qu'il ne t'a invitée que pour cela. Et on ne peut même pas compter sur ton époux pour surveiller ses manigances. Il ne voit rien... Ou, qui sait, il voit et laisse faire parce que lui-même... Daisy, est-ce qu'il ne te tromperait pas un peu ? Un mari trop aimant, c'est suspect.

– Daniel ? Je suis sûre...

– On n'est jamais sûr. Ça t'ennuierait ? Mais oui, ça l'ennuierait. Incroyable ! Tu le trompes, mais... La vanité des femmes...

– Ce n'est pas une question de vanité, je n'imagine pas mon mari...

– Tu devrais. Imagine-le. Nous l'aurions, notre motif, pour demander la séparation.

Worth avait quitté la maison Gagelin et la rue de Richelieu pour un magnifique local rue de la Paix.

La rue était encore peu commerçante, n'abritant que le joaillier Mellerio et la maison de lingerie Doucet, mais les projets que l'Empereur et le préfet Haussmann formaient la destinaient à prendre une grande importance dans le futur.

Worth habillait à présent l'Impératrice et l'on respirait une odeur de peinture neuve et de gloire, mêlée à celles des étoffes et des parfums précieux, lorsqu'on pénétrait dans ses salons blanc et or. Des divans recueillaient les bavardages de la clientèle; des plateaux chargés de verres de madère et d'assiettes de petits fours circulaient et un personnel élégant s'employait à calmer les impatiences car on attendait quelquefois plusieurs heures avant d'être introduite dans le bureau du grand homme.

Pour Daisy, toutefois, il faisait une exception, n'oubliant pas ce qu'il lui devait. C'était, en effet, après avoir admiré sur elle les créations de Worth que Sa Majesté s'était décidée à le choisir pour fournisseur.

En vue du séjour à l'île de Wight, le couturier se surpassa.

Fin juillet, Daisy revint de Maubrun. La garde-robe était prête, livrée.

Lorsqu'elle passa rue de la Paix pour exprimer sa satisfaction, une des vendeuses, un peu embarrassée, lui apprit que sa facture avait été adressée par erreur rue Saint-Honoré au lieu d'être envoyée à la banque Lacaz et que Daniel l'avait réglée.

– M. Worth prie Madame la marquise de bien

vouloir nous excuser. Nous avons un nouveau caissier…

Daisy rentra contrariée.

La facture, au montant de laquelle s'ajoutaient ceux de plusieurs robes de bal achetées au début du printemps, s'élevait à près de 150 000 francs.

– Daniel, pourquoi ne pas m'avoir apporté cette facture à Maubrun ? Vous n'avez pas à supporter mes folies vestimentaires.

Son ton devait refléter trop exactement sa pensée.

Le visage de Daniel se rembrunit.

– Insinueriez-vous que je n'ai pas les moyens de l'acquitter, si vous les avez, vous ?

Cette susceptibilité – ce manque de simplicité, corrigea-t-elle mentalement – irrita Daisy.

– Je n'insinue rien. Mais il est évident que si je dépendais uniquement de vous j'aurais des scrupules à dépenser de cette façon. Nous en étions du reste convenus ensemble lorsque nous nous sommes mariés. La fortune que j'ai héritée de Louis Lacaz me…

– … Me fait passer à vos yeux pour un pauvre homme ? Dites-le, ma chère. D'ailleurs, vous l'avez dit. Et ce n'est pas très plaisant à entendre. Amour, bonheur, fortune… Que ne vous a-t-il apporté ? Et que puis-je, en regard de tant, vous offrir, moi ?

Daisy se mordit les lèvres.

– Il y a plus de six mois que nous n'avons pas parlé de Louis. Je prononce son nom, vous voilà tout de suite fâché, désagréable.

Il dit lentement :

– Peut-être est-ce parce que durant ces six mois je n'ai guère progressé. J'espérais. Un désaccord s'arrange. Mais vous vous éloignez chaque jour davantage, et je ne peux m'empêcher de penser, par moments, que Lacaz a eu de vous la meilleure part. Non. Ne dites rien. Les sentiments ne se commandent pas.

Il avait coiffé son chapeau, était parti à son cercle.

Ce fut dans ce climat tendu qu'ils s'embarquèrent sur la *Reine-Hortense* avec l'Empereur, l'Impératrice et leur suite.

Sur le rivage de l'île de Wight, la reine Victoria et le prince Albert attendaient leurs hôtes. On gagna aussitôt Osborne. Ce château, que la souveraine anglaise avait fait édifier en 1846, lui ressemblait. Un abord simple et gracieux, une vêture sans prétention, mais on sentait la solidité et la bonne race. Le prince Albert justifiait par sa prestance et son affabilité la passion que la reine lui vouait.

Au château, on fit connaissance des enfants royaux.

Le lendemain, le prince de Galles, Bertie[1] et la princesse Vicky accompagnèrent leurs parents à un grand pique-nique prévu sur les dunes.

Dans cette ambiance familiale, la reine Victoria donnait toute sa gaieté. Elle s'installa sans façon sur un pliant, réclama son album, se mit à crayonner. Daniel tenait son ombrelle. Le prince Albert conversait avec l'Impératrice. L'Empereur en profita pour complimenter Daisy sur sa robe de linon à volants.

Un coup de vent emporta sa capeline, ornée d'un bouquet de pivoines.

Il courut après, la ramassa.

Elle s'était levée, haussait les bras pour protéger sa coiffure. Le vent et le soleil jouaient avec les transparences de sa toilette.

Il lui tendit la capeline.

Elle s'en coiffa, remercia.

1. Le futur roi Edouard VII.

– N'aurai-je jamais droit à plus qu'à un sourire de politesse, madame ? murmura l'Empereur.

Elle rit.

– Sire, je serais bien coupable envers Votre Majesté si Elle ne m'inspirait que de la politesse.

– Puis-je donc savoir, madame, quels autres sentiments j'ai eu le bonheur d'éveiller en vous ?

– Ceux que motivent la gratitude et la plus respectueuse admiration, Sire.

– Gratitude, respect... Croyez-vous que ce soit cela que j'aie envie d'entendre ? Vous vous adressez au souverain. Mais c'est l'homme, madame, qui vous parle et vous juge bien cruelle.

Heureusement, les valets avaient achevé de dresser le couvert, la reine Victoria rangeait ses crayons, Daniel s'approchait, évitant à Daisy de poursuivre ce dialogue délicat.

Le lendemain, troisième jour d'une visite qui en comportait quatre, on laissa ces messieurs, auxquels s'étaient joints Lord Palmerston et Lord Clarendon, discuter politique.

La reine Victoria avait organisé une excursion jusqu'au petit port de Cowes.

Le cortège se composait de quelques voitures découvertes. Mousselines fleuries et dentelles en débordaient. L'air était d'une grande douceur, le ciel très bleu. Des curieux jalonnaient le parcours.

Daisy se trouvait dans la seconde voiture en compagnie des jeunes princes et elle bavardait joyeusement avec eux lorsque, à l'entrée de Cowes, parmi la foule massée le long des façades, son regard accrocha une silhouette.

Un homme. Très grand. Il observait la première voiture dans laquelle avaient pris place la reine Victoria et l'Impératrice et offrait à Daisy son visage de trois quarts.

Ce visage...

Le cœur de Daisy se mit à battre avec violence,

elle porta la main à sa bouche comme pour retenir un cri.

Ce visage était celui de Louis Lacaz.

Le prince Bertie, qui manifestait à son égard l'intérêt que tout garçon de seize ans porte à une jolie femme, se souleva de la banquette, s'interposant entre l'homme et le regard de Daisy.

– Quelque chose ne va pas, madame ?

Elle le rassura d'un geste. Elle était incapable de prononcer une parole.

Quand le Prince se rassit, l'homme avait disparu.

Cela rendit à Daisy une partie de son sang-froid. Avait-elle rêvé ? Non, elle n'avait pas rêvé, elle avait vu... Qu'avait-elle vu ? Un homme dont la stature, la physionomie s'apparentaient à celles de Louis Lacaz. Une ressemblance impressionnante, encore que si fugitive...

En traversant la ville, elle scruta les figures dans l'espoir d'apercevoir à nouveau l'inconnu et de pouvoir confronter les traits de celui-ci avec ses souvenirs, mais ne le revit pas.

On fit quelques pas sur la jetée.

Daisy considérait la mer.

C'était la même mer qu'elle découvrait le matin à Trouville, en ouvrant les volets. Et, brusquement, sa mémoire longtemps assoupie se réveillait, l'emportait en arrière... Les promenades sur la grève avec Louis Lacaz, ce bonheur tout neuf, l'expression de ses yeux quand il la prenait dans ses bras, la ramenait, les jupes trempées d'eau, rieuse, vers la maison. Elle avait oublié cette expression, la chaleur du regard, la fierté amoureuse que celui-ci reflétait, elle avait oublié jusqu'au goût de ses baisers parce que d'autres bouches depuis avaient caressé la sienne, mais la brise chargée de sel, qui venait du large, le lui rapportait et elle en avait subitement sur les lèvres une saveur douce-amère...

Au dîner, ce soir-là, elle fut distraite. Assez pour que Daniel le remarquât. Lorsqu'il lui en demanda la raison, elle répondit... le soleil... la promenade...

S'ils n'avaient eu cette scène à propos de la facture de Worth, sans doute lui aurait-elle conté l'étrange rencontre qu'elle avait faite. Daniel répétait souvent que chacun, sur terre, possède son sosie, cela l'eût intéressé. Mais elle n'avait pas envie de remettre entre eux l'ombre de Louis Lacaz, et elle se tut.

13

Le 11 août, ils étaient de retour.

Daisy vit Paul de Nhuys avenue Montaigne, retourna dans la soirée à Maubrun.

Daniel resta rue Saint-Honoré.

Elle comptait se détendre auprès de sa famille, mais le caractère de Julie ne s'améliorait pas. On ne respirait à l'aise que lorsque celle-ci partait à Paris dans son tilbury.

– À ta place... disait Daisy à Achille.

– Merci. Garde tes conseils pour toi. Le mariage ne paraît pas te réussir tellement bien non plus. Pourquoi Daniel ne t'a-t-il pas accompagnée ?

Dans la deuxième quinzaine du mois, Daisy donna un grand dîner.

On servit par petites tables devant la pièce d'eau. Daniel vint. Daisy avait invité Corinne et Paul. Elle fut fière de leur présenter aux lumières la façade du château magnifiquement embrasée.

– C'est très beau, dit-il, et votre père est tout à fait charmant.

La séduction de Corinne, son apparence éthérée semblaient en effet triompher des préventions de Sosthène de Maubrun. C'était un coup d'œil bien agréable de les contempler côte à côte bavardant gaiement, Sosthène très empressé, rajustant le châle de Corinne dès qu'il glissait de ses frêles épaules.

Julie troubla l'ambiance.

Bien que Daisy eût prié Daniel de veiller à ce qu'elle n'abusât pas des vins, elle commença de faire du tapage dès les buissons d'écrevisses du Rhin et les timbales de foie gras au malaga, parlant trop, riant trop... On en était aux entremets, truffes au vin de Champagne, suprême de pêches, gelée d'ananas à l'orientale et gâteaux d'ambroisie glacés, lorsqu'elle s'effondra. Achille dut l'emmener.

Daisy était furieuse.

Paul, à sa droite, chuchota :

– Allons, ne vous tracassez pas, souriez, pensez à nous... Demain, n'est-ce pas ?

Et, là-dessus, il enchaîna tout naturellement sur la politique avec le comte Walewski, commentant l'attitude anglaise hostile au rapprochement de la France et de la Russie, thème qui avait dominé au cours des entretiens entre l'Empereur et le prince Albert à l'île de Wight.

Daisy l'écoutait, l'observait, vêtu de noir, l'habit strict, mais cette rigueur était en soi une coquetterie imposant aux regards la mâle beauté du visage, l'autorité de l'expression, et elle s'apaisait, s'imprégnant doucement d'amour et d'orgueil.

Ce fut au tout début de septembre qu'Achille reçut la lettre.

On était en train de prendre le café dans le petit salon.

La pièce, de proportions réduites, était l'une de celles que Daisy préférait. Boiseries miel, douceur des velours mariant l'ocre et le brun aux bleus Nattier des tapisseries; au plafond, un superbe lustre hollandais en cuivre.

Le premier feu de la saison crépitait dans la

cheminée. Il pleuvait depuis la veille, et Julie en avait profité pour s'échapper dans son tilbury, criant que déjà avec du soleil la campagne, ce n'était pas drôle, mais que si le temps s'en mêlait...

Bref, on savourait le calme, lorsqu'une femme de chambre entra, présenta le plateau du courrier à Achille :

– On vient d'apporter cela pour Monsieur.

– Qu'est-ce que c'est, mon garçon ? dit distraitement Sosthène de Maubrun.

Daisy observait par la fenêtre Charlotte courant sur la pelouse après un petit chien que Daniel lui avait offert.

Elle soupira... Daniel était capable de tant d'attentions et de gentillesses !... entendit soudain Achille lâcher un juron et faillit en renverser sa tasse.

– Qu'y a-t-il ?

– Il y a... il y a... Tiens, lis !

Il tendit la lettre à Daisy.

Deux lignes :

« Monsieur, votre femme vous trompe.

D'un cornard à un autre... »

Papier grossier. Écriture vulgaire. Quant à la prose...

– Achille ! Tu ne vas pas croire ça ! Tenez, lisez, Papa.

Achille marmonna :

– Non... Non, bien sûr. Encore que... Pourquoi me l'écrirait-on ? Comme dit le Grand Courtois, il n'y a pas de fumée sans feu. Et Julie... Je la connais. Ce n'est pas la morale qui la retiendrait. Et elle va trop souvent à Paris.

– Moi aussi, j'y vais !

Oui.

Retrouver Paul.

Et, disant ces mots, Daisy commença de penser

que cette lettre était peut-être autre chose qu'une basse calomnie.

Sosthène de Maubrun toussota.

– Mon cher garçon, enfin, voyons… Julie est une gentille petite. Un peu changée depuis sa fausse couche, mais de là à… Manifestement, quelqu'un ne te veut pas de bien, mais si tu portes foi à cette accusation, c'est toi qui te feras du mal. Reprends-toi, mon cher ! Ce torchon pue le sordide, une vengeance de domestique congédié… Jette ça au feu et n'y pense plus.

Mais Achille, pour une fois, ne semblait pas enclin à suivre le chemin de la facilité.

– Ne plus y penser ! Mon oncle, vous en parlez à l'aise ! Plus j'y pense, au contraire… Dans ces cas-là, les domestiques sont les mieux informés. Et, disons-le, Julie a beau porter notre nom, ce ne sera jamais qu'une bourgeoise. Les bourgeoises n'ont pas ce sens de la dignité que possèdent les femmes de notre monde.

Daisy ricana.

– Tu es un sot. Tromper son mari se pratique dans tous les mondes. Bourgeoise, vraiment ! Oublierais-tu que tu as été bien content de trouver la dot de Julie, l'argent des parents de Julie ? Veux-tu que je te dise, tu t'occuperais d'elle comme tu dois au lieu de t'engourdir dans ton bien-être, tu n'en serais pas à te demander si… Julie est très bien. Elle est malheureuse, un point, c'est tout !

– Te voilà bien indulgente. Tu n'arrêtes pas de dire qu'elle t'agace…

– Oui, elle m'agace, elle devient insupportable, mais parce qu'elle s'ennuie ! Elle s'ennuie avec toi. Et quand une femme s'ennuie avec son mari…

– Tu vois ! Tu penses donc…

– Ne me fais pas dire ce que je n'ai pas dit, s'il te plaît ! Je dis que tu devrais…

Achille fourra la lettre dans sa poche.
– J'y vais.
– Tu vas où ?
– À Paris. La chercher. Elle avouera... Nom de Dieu ! Si elle a sali notre nom...
– Achille, ne jure pas, dit Sosthène de Maubrun. Et tu ferais mieux de rester ici. À quoi cela t'avancera-t-il ?
– Comment, mon oncle ! Mais... mais... !
– Papa a raison. Si tu t'imagines qu'une femme va avouer... Et avouer quoi ? Julie n'a certainement rien à avouer. La quereller n'arrangera pas vos affaires.
Daisy se leva.
– Donne-moi cette lettre. Je vais y aller, moi. Je la lui montrerai, autant lui dire la vérité, et, d'après sa réaction, nous saurons...
Achille ne résista que peu.
Son indignation s'usait déjà devant la perspective d'affronter les répliques cinglantes de Julie, ses cris, ses larmes. Julie avait l'art des scènes, pas lui.
Il accompagna Daisy jusqu'à la voiture, l'accabla de recommandations.
– Fais attention, ne la cabre pas, ne...
En refermant la portière, il murmura :
– C'est bête, mais j'y tiens, tu sais.

Julie n'était pas chez ses parents rue du Colisée, mais Daisy la trouva rue du Bac.
L'air trop désinvolte qu'elle afficha dès que Daisy produisit la lettre confirma celle-ci dans ses soupçons.
– Julie, vous vous méprenez. Je ne suis venue que pour vous éviter ainsi qu'à Achille un moment pénible. Demain, il croira ce que vous lui direz. Tout à l'heure, il n'avait envie de croire que le pire. Je ne me permettrais ni de vous accuser ni

de vous juger, je ne désire que vous aider et, si Achille n'était pas mon cousin, j'irais jusqu'à dire que si vous l'avez trompé il ne l'a pas volé ! Je le lui ai dit d'ailleurs.

Le visage de Julie s'empourpra.

Elle tomba sur une chaise, jeta sa tête dans ses mains, se mit à sangloter.

– Allons, allons, répétait Daisy en lui caressant l'épaule.

Soudain, Julie se releva, essuya ses joues ruisselantes et, dépeignée, bouffie, les lèvres qui tremblaient, elle dit avec violence :

– Je ne mérite pas votre amitié.

– Julie, vos actes ne regardent que vous et Achille. L'amitié n'a rien à voir...

– Même si c'est avec votre mari que j'ai couché !

Le cri de Julie résonna aux oreilles de Daisy.

Elle s'attendait si peu à cette déclaration qu'elle ne comprit pas aussitôt. Puis elle eut l'impression d'avoir reçu une gifle, demeura tout étourdie, le souffle coupé.

– Allez-y, dites-le ! Je suis une garce !

Julie continuait à pleurer et à crier.

Daniel et Julie...

– Pourquoi avez-vous fait cela ? articula Daisy.

– Vous ne vous demandez pas pourquoi il l'a fait, lui ? Oh ! pas par amour ! L'amour, c'est pour vous ! Mais vous ne le rendez pas heureux, ça se voit, vous êtes comme une maladie qu'il aurait attrapée... Alors, il se soigne avec les moyens dont dispose un homme. Et moi... moi...

Julie respira bruyamment.

– Il est venu ici l'autre jour chercher un fusil qu'Achille l'avait prié de lui rapporter à Maubrun. J'étais d'humeur noire. Je m'embête. Au château, votre père et Achille ne parlent que de leurs maudites chasses, celles qu'ils ont faites, celles qu'ils feront. J'ai horreur de la chasse ! Et la campagne... Je ne peux quand même pas rester plantée sur la pièce d'eau comme un nénuphar, ni me rouler dans l'herbe... du vert, du vert, du vert... Le vert me sort des yeux ! J'aurais eu mon bébé... C'était un garçon, vous savez.

– Julie... Vous disiez... Daniel... ?

– Il est bon, il est sensible, il a essayé de me consoler. Il comprend, lui, les angoisses d'une femme, il ne vous dit pas : Julie, soyez digne ! Julie, le monde vous observe ! Nous avons ri, il a tant d'esprit, et puis... Nous étions ici...

Daisy regarda machinalement autour d'elle.

Ainsi, dans ce joli boudoir tendu de soie bouton-d'or qu'elle avait elle-même choisie avec Julie... Son œil se posa sur la porte ouvrant sur la chambre à coucher. Elle se força à imaginer Julie et Daniel enlacés, poussant cette porte, se dirigeant vers le lit avec impatience... Non, impossible d'imaginer Daniel impatient devant Julie. En revanche, Julie n'avait jamais caché l'attirance que lui inspirait Daniel, ce devait être elle... Elle ou lui, quelle importance ? Daisy découvrait qu'elle n'éprouvait rien, sinon une amère impression de gâchis.

Julie renifla.

– Vous allez tout raconter à Achille, je suppose ?

Daisy ne répondit pas.

Elle marcha jusqu'à la fenêtre, écarta le rideau.

C'était le paysage de son enfance, mais ordonné, embelli, plein de couleurs, tel qu'elle l'avait souvent rêvé en le contemplant de cette même fenêtre qui avait été celle de la chambre de Charlotte. Les frondaisons bien étayées, des allées semées de gravier blanc entre le tracé régulier des buis, le bassin empli d'eau claire, et la pluie s'égouttant doucement sur les roses, des roses magnifiques, d'un écarlate velouté.

Elle se retourna.

– Je ne dirai rien à Achille. Achille… Il est ce qu'il est, maladroit, égoïste, casanier, mais il a du sentiment pour vous, il vous aime, Julie, et il souffrirait, je ne veux pas qu'il souffre.

– Vous ne le lui direz pas ?

– Il désire être rassuré. Il le sera. Et peut-être que l'inquiétude va le secouer, peut-être est-il encore temps pour vous deux ? Vous vous entendiez très bien. Si vous faites vous-même un effort…

Julie s'était rassise, croisait et décroisait ses doigts.

– Pourquoi vous ai-je raconté ça ? Je regrette, Daisy.

– Moi aussi. Je vous aimais beaucoup.

– Vous… Qu'allez-vous dire à Daniel ?

– Ça, ma chère, c'est mon affaire. Pas la vôtre.

Julie bondit de son siège, se précipita, étreignit Daisy.

– Daisy, Daisy, je vous jure, je n'ai pas voulu ça, c'est arrivé… Je ne sais pas comment c'est arrivé. Daniel était là, j'étais triste…

Daisy se dégagea.

– Vous l'avez dit.

– Vous… Vous me détestez maintenant, n'est-ce pas ? Vous détestez votre pauvre Julie ?

– Mais non, je ne vous déteste pas. En un sens, vous me rendez presque service. Mais j'aurais préféré que ce soit une autre, pas vous.

Elle prit son sac, ses gants.

– Je serai à Maubrun dans la soirée. Je tranquilliserai Achille. Revenez demain. Et tâchez de mettre un peu d'ordre dans votre tête, Julie. Buvez moins aussi. Vous vouliez devenir comtesse de Maubrun. C'est un engagement. Je ne prétends nullement que dans nos familles nous soyons des saints, on y fait toutes sortes de bêtises, mais on les fait avec discrétion. Un titre, ça ne s'achète pas, ça se mérite.

Daisy se fit conduire rue Saint-Honoré.

La pluie avait cessé.

Dans le hall, un valet la débarrassa de son chapeau et de son écharpe de gaze.

Le bois précieux de la rampe, les dorures des glaces, les cristaux de la lanterne rivalisaient de brillant.

Elle entra dans le salon.

Daniel ne reviendrait du cercle que vers sept heures, cela lui donnait presque une heure pour maîtriser ses pensées, encore que sa résolution fût prise.

Un bourdonnement d'insectes pénétrait par les portes-fenêtres. Daisy marcha jusqu'à la terrasse. C'était une explosion de fleurs, un spectacle de beauté et de paix. Elle cueillit une feuille d'oranger, la froissa entre ses doigts, en huma le parfum. Des oiseaux gazouillaient.

Le jardinier ratissait.

Il l'aperçut, posa son râteau, souleva son grand chapeau de paille.

– Quand Madame la marquise rentrera de sa campagne, j'aurai encore de bien beaux bouquets pour sa chambre.

Elle le remercia d'un sourire, lâcha la feuille d'oranger, retourna à l'intérieur.

Quelque chose de pesant, de douloureux ralentissait ses pas. Elle renonça à monter jusqu'à la chambre. Les plis du grand lit de satin rose conservaient trop de jolis souvenirs.

Pourquoi les souvenirs, ceux dont on ne veut plus, surgissent-ils au moment le plus inopportun ? Pourquoi ne pas se rappeler plutôt les mois pénibles que Daniel lui avait fait vivre, pourquoi ne pas se dire que s'ils en étaient là aujourd'hui c'était par sa faute, à lui, pourquoi cette tristesse, cette tendresse ?

Elle s'assit dans le fauteuil en velours d'Utrecht bleu qui était le sien en face de celui de Daniel, caressa de la main l'accoudoir un peu usé, soupira. Ils avaient été heureux.

Les valets vinrent allumer les lumières avec des gestes feutrés, dans ce silence qu'observent les domestiques quand ils pressentent quelque drame.

À sept heures moins le quart, la voiture arriva.

Le roulement des roues écrasant le pavé accentua les battements de cœur de Daisy. Elle se leva nerveusement, tapota sa jupe, rectifia l'alignement de ses boucles.

Daniel parut.

– Daisy, vous ne m'aviez pas dit... Vous passez la nuit ici ?

– Non, je pars pour Maubrun. Daniel, je viens de la rue du Bac...

Il ne chercha ni à nier ni à s'excuser, et Daisy lui en sut gré, c'eût été trop pénible.

Il dit simplement :

– Pauvre Julie ! Elle avait tant de remords vis-à-vis de vous... Ce fut d'ailleurs l'unique fois.

– Daniel, je ne vous le demande pas. Je ne veux pas le savoir, ni même s'il y a eu d'autres femmes que Julie.

Il inclina la tête, une mèche de ses cheveux blonds et fins se dérangea, il la remit en place.

– Il y en a eu, dit-il.

– Ah...

Elle avait la bouche sèche, une boule dans la gorge, le corps raide.

Daniel poursuivait de ce ton lisse et courtois qu'il employait indifféremment pour discuter avec la reine Victoria et l'Empereur de la situation internationale ou pour prier un valet de lui apporter un verre d'eau.

– L'exaltation des sens justifie un acte qui, sinon, m'est toujours apparu animal et grossier.

Le peuple fornique. Les gens raffinés haussent ces relations jusqu'à la réciprocité du plaisir. Vous n'éprouvez plus de plaisir avec moi, Daisy. Là-dessus, on ne me trompe pas. Alors, que voulez-vous, voilà où nous en sommes ! Que souhaitez-vous ? Demander la séparation ?

– C'est mon intention, dit Daisy.

– Naturellement, je prendrai tous les torts. Je les ai.

Il avança la main, lui effleura la joue.

– Vous me manquerez, ma chérie.

Des larmes jaillirent des yeux de Daisy.

– Daniel... Oh ! Daniel, Daniel...

Il la serra contre lui.

Il y avait longtemps qu'elle n'avait ressenti dans ses bras cette douceur.

– Ne pleurez pas. Pour moi, une porte se ferme, qui ne se rouvrira pas. Mais vous... D'autres portes s'ouvriront pour vous. Votre existence ne fait que commencer. Je retourne à la mienne. J'ai été présomptueux en vous épousant, je le paie. On paie toujours ses erreurs. C'en fut une de croire que la force de mes sentiments suffirait à vous les faire partager. C'en fut une seconde... Allons, je ne veux pas vous lasser. Tenez, prenez mon mouchoir.

Daisy se tamponna les paupières.

– Mon père et Charlotte vont être si désolés. Ils vous aiment tant, et... ce n'est pas le moment de le dire, mais moi aussi, Daniel, je vous aime. Beaucoup, beaucoup... Seulement...

– Seulement, beaucoup, ce n'est pas assez. Et je vous promettrais d'être fidèle, cela ne vous redonnerait pas le goût de moi, n'est-ce pas ? La plupart des couples qui nous entourent se contentent d'aussi peu, ils se côtoient, se supportent, tolèrent leurs caprices. Nous pourrions. C'est une façon de vivre. Je ne vous la proposerai pas… Vous allez vous réinstaller à Monceau ?

– Oui.

Daniel sourit.

– Mon Dieu, quand je songe… Ce pauvre Lacaz ! J'ai tant craint de vous perdre, à cause de lui ! Finalement, je vous perds, mais l'ennemi, c'était moi-même, cette sale tête pensante !

Sosthène de Maubrun fut accablé par la nouvelle.

Son égalité d'humeur avait déjà été mise à l'épreuve par l'annonce impromptue du départ d'Achille et de Julie qui, main dans la main, s'en allaient en Italie raccommoder leur ménage, ce qui privait Sosthène de son compagnon de chasse à la saison où celle-ci débutait.

La décision de Daisy, apprise le même jour et s'ajoutant à cette défection qui bouleversait ses habitudes, fit monter à ses joues pâles le sang de la colère.

– Ma fille, tu t'ingénies vraiment à tout faire de travers ! Tu commences par te choisir un époux dans la bourgeoisie… Dieu a eu la bonté de nous en débarrasser… Tais-toi ! Pour une fois, laisse-moi dire ce que je pense ! Ensuite, tu rencontres un homme de la meilleure race et… Vous ne vous entendez plus ? Entre gens bien nés, on s'entend toujours sur l'essentiel ! Mais toi, au lieu de t'en accommoder gentiment… Nom de Dieu ! Une femme séparée de corps…

– La princesse Mathilde l'est ! Cela ne l'empêche pas…

– Si tu me cites les gens d'Empire… Bel exemple ! Une femme qui vit ouvertement avec une espèce de saltimbanque qu'elle entretient…

– Le comte de Nieuwerkerke est sculpteur, Papa.

– Soit, un sculpteur. Mais elle vit dans le péché. Sont-ce tes intentions ? Vivre avec un homme hors du mariage ? Au fait, peut-être existe-t-il déjà, cet autre homme ?

Daisy jeta à son père un regard glacial.

– Vivre dans le péché... N'est-ce point aussi vivre dans le péché que joindre l'adultère au mariage ?

– Daniel te trompe ?

– Je ne parle pas de lui, mais de vous.

– Daisy !

– Papa, cessons cette discussion. Chacun est libre. Je ne suis pas ma mère pour vous reprocher vos aventures. Mais laissez-moi vivre. Et reconnaissez que nous n'avons quand même pas à nous plaindre. Il y a séparation et séparation. Quand on s'en tire avec les honneurs et qu'on possède une belle fortune, croyez-moi, on est fêtée partout.

Sosthène de Maubrun rappelé à la raison, il avait fallu subir les criailleries de Charlotte.

L'approbation et la joie violente de Paul de Nhuys compensaient. Il avait choisi lui-même l'avocat chargé de présenter la demande en séparation de corps. Il disait : « Bientôt... » Ce n'était pas encore pour demain.

Et Daisy se satisfaisait très bien du présent.

Elle avait retrouvé l'hôtel Lacaz avec un sentiment de bonheur.

Cet air, ce panorama, ce ciel si vaste...

Quand Daisy gravissait les marches du perron, passait sous les ors de l'auvent, son cœur s'épanouissait, elle se sentait chez elle, libre, une reine.

Elle se découvrit une fringale de changements.

En deux ans, son goût avait évolué, la poussant vers la magnificence.

Elle jugea la façade de l'hôtel, tournée vers le parc Monceau, bien négligée. Il y avait là une vue à exploiter, un jardin qui n'en était pas un.

M. Rouère, l'architecte qui avait rénové Maubrun, fut convoqué, et M. Alphand, l'ingénieur en chef des plantations et promenades de la capitale, eut l'amabilité de se joindre à celui-ci.

On décida d'une avancée festonnée de dorures, courant tout le long de la façade, sur laquelle s'ouvrirait la salle de bal. La nuit, on aurait Paris éclairé devant soi, et l'on pourrait descendre à sa rencontre par un immense escalier qui déroulerait ses degrés et ses paliers en terrasses jusqu'aux grilles du parc Monceau. De chaque côté, la butte remblayée offrirait pelouses, massifs et bosquets. Enfin, la construction d'une serre chaude fut arrêtée. Ce serait en hiver avoir le printemps chez soi et, en été, une oasis avec ses grandes nappes de verdure, ses bassins en mosaïque, ses fleurs rares et l'eau murmurante des fontaines.

L'idée de la serre enthousiasma Daisy.

Les travaux commencèrent aussitôt.

On vivait dans le vacarme des pioches et des marteaux. Le Grand Courtois bougonnait. C'était pour la forme. Servir à nouveau ses maîtres le comblait, bien qu'il dît à tout propos : « À quoi ça ressemble, Madame Daisy ? Une jeune dame comme vous, abandonner son époux ! Pauvre Monsieur Sosthène ! Il ne méritait pas ça ! »

Sosthène de Maubrun semblait cependant s'adapter.

Il avait sa voiture personnelle, un coupé acheté chez Ehrler, pour le mener à son cercle, deux valets pour soigner une garde-robe qu'il ne cessait d'accroître, et sa signature, selon les instructions de Daisy, était honorée sans limites par la banque Lacaz. Ces consolations s'ajustaient à sa philosophie, et quand il marmonnait : « La sagesse commande de tirer le meilleur du pire », Daisy souriait.

Sosthène et Charlotte avaient réintégré le deuxième étage aménagé pour eux après le décès de Louis Lacaz. Mais Daisy n'avait pas repris la chambre qu'elle occupait avec celui-ci, préférant celle de son beau-père, le banquier.

C'était la plus belle chambre de l'hôtel, quatre fenêtres, balcons sculptés, parquets de bois précieux et un plafond peint dans tous les tons d'or, auquel elle ne toucha pas.

Une jolie pièce ronde – à transformer en boudoir – faisait suite, logée dans la tour est. Y accédait un minuscule escalier à vis débouchant derrière la maison et permettant ainsi de s'en aller par la petite porte qui donnait accès au parc Monceau sans attirer l'attention du portier. Cette disposition avait été conçue par le banquier Lacaz pour dissimuler ses frasques.

À la mi-novembre, lorsque les embellissements de l'appartement furent achevés, Daisy en remit la clef à Paul de Nhuys.

Le premier soir, elle tint à lui faire visiter les lieux et, tout spécialement, le cabinet de toilette.

Parmi les mousselines à grands volants tuyautés teintant de douceur la lumière se nichait la merveille des merveilles, une baignoire de marbre rose, ronde, dont les rebords découpés en corolle étaient au niveau du carrelage pointillé d'or. On y descendait par trois marches. Les robinets étaient en vermeil, ainsi que toutes les garnitures. Une immense glace en renvoyait l'image. L'eau même y prenait une teinte de fleur.

Sosthène de Maubrun n'avait pas aimé du tout, mais Paul de Nhuys, lui, sut apprécier et n'attendit pas que l'on retournât dans la chambre pour ôter à Daisy le léger déshabillé de tulle et de dentelle sous lequel elle était nue.

Tous les soirs, il venait.

L'heure variait selon la réception du jour. Bien

souvent, ils sortaient de la même, se saluant avec une politesse dont ils riaient plus tard dans les bras l'un de l'autre.

Un matin, Sosthène de Maubrun déclara avoir entendu du bruit provenant de l'appartement de sa fille.

– J'ai failli descendre, je craignais que tu ne fusses souffrante.

Daisy dit tranquillement :

– Vous avez bien fait de vous abstenir, Papa. Je n'étais pas seule. J'aime quelqu'un, voyez-vous, et ce quelqu'un m'aime. Nous préférons que tout se passe dans la discrétion, et vous serez du même avis.

Sosthène avait montré qu'il pouvait avoir de la tête, ce qu'on oubliait parfois.

Il n'avait posé qu'une question :

– Et les domestiques ?

Céleste et Louise étaient au courant. Elles l'étaient déjà à Saint-Pétersbourg. On pouvait compter sur leur silence. Quant au Grand Courtois...

Bien qu'il lui en coûtât, Daisy avait jugé indispensable de l'aviser.

Elle s'attendait à un déluge de remontrances.

Le Grand Courtois dit simplement :

– Le premier qui se mêle de ce qui ne le regarde pas, je lui coupe la langue et je le jette dehors. Je vais les avertir. Nous leur donnons le double des gages qu'ils recevraient ailleurs. Aucun ne parlera... Au point où nous en sommes, autant que vous fassiez vos sottises chez vous ! Une dame, quand elle n'a plus de mari, n'a que sa réputation pour la protéger. Sauvons au moins cela.

C'était certainement ce qu'avait dû penser Sosthène de Maubrun...

Partager avec un homme des nuits entières est

très différent de cet entre-deux-portes fébrile, un œil fixé sur la pendule, que représente un rendez-vous d'amants.

Daisy découvrait un autre Paul de Nhuys.

Celui-ci se livrait peu à peu, expliquait son enfance avec les Denhuys, ce couple de maraîchers qui, moyennant finance, l'avaient reconnu officiellement pour fils, des gens frustes, âpres à leurs petits gains, pour qui tout était un luxe, même l'affection. Une épidémie les avait emportés...

– Mme de Voiron, ma grand-mère maternelle, que le remords tourmentait, car elle avait été la première à exiger de ma mère que celle-ci abandonnât « le fruit de ses amours », comme on dit, Mme de Voiron, donc, me prit chez elle, m'éduqua. Je la considérais comme ma bienfaitrice. Quand ma mère mourut à la naissance de Corinne, Mme de Voiron m'avoua la vérité et de qui j'étais en réalité le fils. Se croire un vulgaire produit maraîcher et apprendre qu'on a pour père l'empereur Napoléon...

Paul a dix-huit ans.

Ces révélations ajoutent à son tourment d'orgueil et d'ambition. Il décide de s'approprier le monde. Jeune et beau, avec cette dureté de cœur qui est souvent un attrait supplémentaire, il séduit. Mme de Voiron a peu de moyens, mais des relations. Il les exploite. Les femmes s'offrent à l'aider.

– Je n'ai aucune raison de te le cacher. Il faut un capital, si petit soit-il, pour débuter. J'ai pris l'argent où j'en ai trouvé, et je te promets qu'on m'a presque supplié de l'accepter ! C'est ainsi que j'ai acquis ma première fabrique de produits chimiques à Clichy. Avec les bénéfices, j'ai acheté celle de planage de métaux à Clamart. Ensuite...

Paul entre dans la politique.

Orléaniste, cela va de soi, puisque Louis-Philippe règne. Le Roi apprécie son habileté et son sérieux en affaires. Les Princes en raffolent. Il organise leurs fredaines. Il est bientôt membre du Jockey Club, devient député en 1845. Dès lors, il mène grand train avec les puissants, il touche à tout, chemins de fer, mines, raffineries, sociétés immobilières, il est partout où l'argent roule et se ramasse pour peu qu'on ait le mot de passe afin de se trouver où il faut, quand il faut.

– Le premier million donne de sacrées courbatures. Puis, on sème... Mais alors, ce sont les autres qui se baissent pour vous cueillir la récolte.

Lorsque la Révolution de 1848 chasse Louis-Philippe, Paul se rappelle qu'il a un cousin qui se nomme Louis-Napoléon. Il fait campagne pour lui.

Louis-Napoléon est élu en décembre premier président de la Deuxième République.

La majorité écrasante obtenue par celui-ci incite à penser que président c'est peu et qu'empereur serait beaucoup mieux pour lui et les siens. Le pas est franchi trois ans plus tard, le 2 décembre 1851. Paul de Nhuys n'a ménagé ni son appui ni sa fortune. Un pari, mais l'enjeu le valait...

– Une existence bien construite. Il n'y manquait que toi, mon enfant chérie.

Il avait des tendresses nouvelles, une douceur sur le visage quand il dormait, qu'elle ne lui connaissait pas.

Et elle aussi se confiait.

Il était plus facile de parler à Paul qu'à Daniel.

Daisy lui racontait sa rencontre avec Louis Lacaz, cet amour fou qui les avait précipités l'un vers l'autre, son chagrin.

Paul disait :

– Tu n'étais qu'une petite fille. Tu m'attendais.

Il la fixait en souriant, l'œil étiré, une flamme au fond, la chevelure un peu en désordre, dans ce négligé qui succède à l'amour, et le cœur de Daisy se dilatait.

Jamais elle n'avait atteint cette plénitude dans le bonheur. Quand elle le lui confessait, il souriait, froissait amoureusement ses boucles.

– Je suis né pour rendre les femmes heureuses. Toutes les dames de la cour te le diront...

Elle le faisait taire en riant.

Daniel venait assez souvent à l'hôtel Lacaz.

La solution qu'ils avaient adoptée semblait l'avoir soulagé. Il redevenait l'ami qu'il avait été.

Dans les réceptions où ils se rencontraient, tout se passait bien. Quoique les démarches en vue de leur séparation s'effectuassent avec discrétion, l'emménagement de Daisy à Monceau avait éclairé l'opinion. Mais leurs relations demeurant courtoises et meilleures en somme que celles de la majorité des couples, le monde qui avait arbitré des situations autrement consternantes s'inclinait devant ce bon ton.

Fin décembre, il vint annoncer à Daisy son départ pour Rome.

Entourée des siens, elle franchit joyeusement le seuil de l'année 1858.

Et le 14 janvier arriva...

14

Ce soir-là, on donnait au théâtre du Cirque une féerie : *Turlututu Chapeau pointu.*

Le titre renseignait sur le ton de l'œuvre, mais Paul de Nhuys raffolait de ce genre de spectacle, vaudevilles, opérettes, et ne manquait pas une première des Bouffes-Parisiens.

Le théâtre doit être une évasion, disait-il, une distraction, un éclat de rire. La vie fournit suffisamment matière à la réflexion. Inutile de l'assombrir par des tragédies de pacotille.

Il avait été convenu que Daisy assisterait avec lui et Corinne à la création de *Turlututu Chapeau pointu,* mais elle reçut la semaine précédente un carton de l'Impératrice l'invitant ce même soir, 14 janvier, à une représentation de l'Opéra.

À cette amabilité s'ajoutait celle de se rendre à l'Opéra dans la propre voiture de Leurs Majestés, faveur sans aucun doute destinée à bien marquer que les rumeurs concernant la désunion des Rotran n'affectait en rien l'amitié en laquelle les souverains la tenaient.

– Tu as gagné un satisfecit de bonne conduite, avait déclaré Paul. L'Impératrice t'est reconnaissante de ne pas lever tes jupes devant l'Empereur. Je le sais. Elle l'a dit. On me l'a répété. En d'autres termes, évidemment ! Elle dit aussi que se séparer comme vous le faites est plus honorable qu'accepter certaines compromissions, sauf si des intérêts supérieurs vous y obligent. Ça, c'est pour elle qu'elle le dit. Et quant à notre impérial matou, je le connais. Il cire ses moustaches en comptant ses chances de te conquérir maintenant que te voilà une pauvre petite femme sans époux. Continue à être sage. Je viendrai à l'entracte m'en assurer...

Avant que le coiffeur, M. Sébastien, commençât son travail, Louise et Céleste habillèrent Daisy.

Velours pêche, tissé à Lyon pour Worth, une nuance très pâle où frissonnaient des reflets d'or, retroussé de gros nœuds de satin chocolat laissant apparaître des bouillonnés de dentelles; une taille souple comme un rameau, les épaules très nues, la manche débutant à hauteur du décolleté, très large, rebrodée de perles et incrustée de découpes de satin, un grand volant de blonde découvrant les poignets sertis de bracelets de diamants.

Pour Noël, Paul de Nhuys lui avait offert un somptueux diadème. Elle avait décidé de l'étrenner ce soir. Et, assise devant le miroir, l'ampleur de la robe rassemblée autour du pouf, M. Sébastien, Louise et Céleste groupés derrière elle, Daisy était en train d'étudier les suggestions du coiffeur lorsque la porte s'ouvrit.

La voix de Sosthène de Maubrun.

– Daisy... Pouvons-nous être seuls ? J'ai à te parler.

L'œil toujours fixé sur la glace, elle dit :

– Papa ! enfin !... Ne voyez-vous pas... M. Sébastien me coiffe. Je suis pressée. Je dois être aux Tuileries à sept heures et quart précises, il est déjà...

– C'est urgent.

Daisy se retourna.

Le visage de Sosthène de Maubrun lui causa un choc.

– Papa ! Qu'y a-t-il ? Qu'avez-vous ? Vous êtes souffrant ?

Elle se leva.

Les femmes de chambre, le coiffeur s'écartèrent. Elle les renvoya d'un geste, s'approcha de son père.

Il avait eu cet air quand il lui avait appris la mort de Louis Lacaz, pensa-t-elle brusquement, et, de même que ce jour-là, elle cria :

– Charlotte ? Achille ?

– Non. Non, rassure-toi.

– Me rassurer ? Avec la tête que vous avez ? Papa, allez-vous me dire !

Il la prit par la main.

– Chérie, assieds-toi.

– C'est Daniel ? Il a eu un accident ?

– Daniel est à Rome. Aux dernières nouvelles que nous avons reçues, il allait très bien.

Elle lui décocha un regard exaspéré.

– Alors, quoi ? Eugène Lormel s'est fait sauter la cervelle ? Nous sommes ruinés ? Le feu a pris à Maubrun, il y a une épidémie de choléra ?

Sosthène de Maubrun lâcha un soupir.

– Ce serait peu.

– Peu ?

Daisy en demeura sans voix.

Il la conduisit jusqu'au pouf, garda sa main dans les siennes, et elle se rendit compte qu'il tremblait.

– Prépare-toi à apprendre... Ma pauvre enfant ! En vérité, c'est si... si... Je ne sais comment...

– Papa, vous me dites ce que vous avez à dire ou, sinon, je hurle !

– Louis Lacaz est en bas.

– Louis La... ! Papa !

Daisy se jeta en avant, s'accrocha à son père, le scruta, épouvantée.

– Non, je ne suis pas fou, je l'ai vu, Courtois l'a vu, c'est lui... Il... Il... Enfin, il t'expliquera...

– *Il m'expliquera !* Mais Louis est mort, Papa ! Il est mort, mort !

Elle fut consciente de sa voix stridente.

Louis... Louis Lacaz...

Elle avait l'impression que sa raison lui échappait. Elle retomba sur le pouf, écrasant sous son poids dentelles, velours, satin.

– Daisy, je t'en conjure, reprends-toi. Tu veux t'étendre ? Tu veux que j'appelle Céleste ?

Daisy secoua la tête, montra du doigt le guéridon sur lequel, à l'intention de Paul, il y avait toujours une bouteille d'excellent cognac dont il prenait parfois un fond de verre.

– S'il vous plaît, chuchota-t-elle. Et cela ne vous fera pas de mal non plus !

Elle but le verre d'un trait.

Sauvé par des Russes... l'amnésie l'a empêché...

Elle entendait des phrases, elle en saisissait à peine le sens.

Soudain, elle s'écria sans savoir comment elle avait été capable de parvenir à cette réflexion :

– C'est un imposteur ! On vous aura abusé, Papa... Vous voulez me faire croire... Mais c'est impossible, impossible, je refuse...

Elle prit sa tête dans ses mains, bousculant le savant édifice de papillotes disposé par M. Sébastien.

– Impossible ! Impossible, vous dis-je !

– Daisy, il faut te faire coiffer. Il... Il veut te voir.

Elle se regarda dans le miroir.

C'était elle, maintenant, qui avait l'air d'une morte. Une morte habillée par Worth.

Elle cligna des yeux. Les diamants qui étincelaient sur sa gorge lui rappelèrent ses obligations. En aucun cas, elle ne pouvait se permettre d'arriver en retard aux Tuileries ! Appuyer son esprit vacillant sur cette pensée lui rendit un peu de sang-froid.

Elle se mit à arracher ses papillotes.

– Papa, pouvez-vous, je vous prie, aller dire à... à... dire que je descends ? Je me change et je descends. Et envoyez-moi Céleste et M. Sébastien... Mais oui, ça ira. Faites vite.

La robe fut remplacée par n'importe quoi... N'importe laquelle, Céleste, presse-toi... M. Sébastien se hâta de réunir ses boucles... Quelques épingles, ça n'a aucune importance, c'est juste pour... une visite à recevoir... Pour une fois, elle se moquait éperdument de son apparence, elle était au-delà de toute coquetterie.

Céleste insista pour lui mettre du rouge aux joues.

– Madame est à faire peur !

Elle se fit servir un autre verre de cognac. Il lui fallait bien ça pour avoir le courage de se lever, de marcher jusqu'à la porte...

Ce fut sur le palier, en passant devant la chambre qu'elle avait partagée avec lui, que l'émotion jaillit et que Louis Lacaz cessa d'être seulement un nom surgi du néant, un sujet de stupeur à laquelle se mêlait de l'effroi.

Elle n'avait pas touché au décor de la chambre.

Dans l'armoire en bois de poirier sculpté était encore rangé le portemanteau de Louis Lacaz, que les autorités militaires lui avaient renvoyé. Au temps de son grand chagrin, Daisy le sortait souvent de l'armoire, l'ouvrait, en étalait sur le lit le contenu, et elle pleurait... Mon Dieu ! avait-elle pleuré dans cette chambre où ils avaient ri ensemble, où ils s'étaient aimés !... Depuis longtemps, elle n'y entrait plus, mais de revivre subitement ce désespoir, ces joies, quelque chose de doux, de tendre faisait battre son cœur, et ses paupières brûlaient.

Elle descendit lentement l'escalier, s'aidant de la rampe.

Dans le hall, Sosthène de Maubrun et le Grand Courtois.

Leurs mines consternées, leurs chuchotements évoquaient une veillée funèbre.

– Je lui ai dit que tu descendais. Je... Je n'ai pas pu rester, c'était au-dessus de mes forces. Mais si tu veux que je t'accompagne...

– Je préfère être seule avec lui, Papa.

– Tu es sûre que...

– Courtois, où est... Où est-il ?

– M. le baron Lacaz est dans le petit salon mauve... Madame Daisy...

– Laisse, Courtois. Merci.

La porte.

De fins rideaux de voile opacifiaient les vitres; le bouton brillait, ovale, en porcelaine blanche cerclée d'or.

Daisy marqua une pause, tourna le bouton.

Le drap marron de l'habit, le pantalon mastic dont était vêtu l'homme qui s'avançait vers elle la déroutèrent. Ses souvenirs avaient la couleur du bleu céleste et de la garance.

Elle s'immobilisa.

Une sorte de timidité paralysait ses gestes.

À un étranger, on tend la main; à un parent, la joue; à un mari ou à un amant, ses lèvres...

Tandis que gauche, empruntée, elle mesurait la distance que le temps avait placée entre eux, il s'empara de sa main, la baisa.

– Daisy...

C'était sa voix. C'était aussi son visage.

– Daisy, depuis le jour où j'ai recouvré la

mémoire, je n'ai vécu que dans l'espoir de cette minute.

Elle dit :

– Louis... Louis, excusez-moi, mais je suis si... si bouleversée. Asseyons-nous, vous m'expliquerez...

Tous les mots semblaient bêtes, aucun n'était capable de s'ajuster à la situation.

Daisy s'assit, éprouvant un bonheur physique à ne plus avoir à se soutenir. Louis Lacaz prit place en face d'elle.

– Vous avez changé de personnel ? dit-il.

– Oui.

– Celui que nous avions me paraissait bien.

– Louis, vous avez vu votre mère ?

– Cela fait quinze jours que je suis à Paris.

– Quinze jours...

– J'ai voulu me réhabituer un peu, me remettre du voyage avant de me présenter à vous. J'ai beaucoup souffert, Daisy !

– Moi aussi, j'ai souffert.

– Ne comparons pas ! Je ne souhaite à personne...

– Oui... oui, bien sûr. C'était idiot de ma part, dit-elle nerveusement.

Elle croisait et décroisait les doigts, elle avait les paumes moites.

– Louis, si vous m'expliquiez ? Enfin, comment est-ce possible ? Comment les autorités militaires ont-elles pu m'aviser de... de votre décès sur le champ de bataille de Balaklava, alors que... que...

– Vous me permettrez pour aujourd'hui d'être bref, c'est si pénible... Je me rappelle la charge anglaise balayée par l'artillerie russe. Mon bataillon avait reçu l'ordre d'attaquer celle-ci par le flanc, l'ennemi a riposté... Ensuite, c'est comme un feu d'artifice dans ma tête, et le noir. D'après les rapports officiels que mon beau-frère Lormel a consultés, nous supposons que, dans l'affolement provoqué par l'hécatombe de la cavalerie anglaise et par la confusion qui en résultait, les brancardiers m'ont cru mort. Il s'agissait de sauver les blessés, les Russes reprenaient le terrain, et dans leur précipitation... D'ailleurs, les témoins ont corroboré sans restriction les déclarations des brancardiers. On m'avait vu tomber criblé de balles. Cinq, pour être précis... La mort, à vrai dire, je n'en étais pas loin, et peut-être eût-il été préférable que j'y reste.

– Louis ! Ne dites pas ça ! La vie...

– On se demande à quoi elle tient. On meurt d'une grippe, d'une éraflure mal soignée, et moi... Ce sont des pilleurs de cadavres qui m'ont trouvé. Les Russes sont faits d'un mélange de cruauté et de générosité dont la démesure échappe à nos mentalités occidentales. Ils font preuve aussi d'une superstition délirante... Ils... Je devrais dire elles, car c'étaient des femmes. Me découvrant vivant parmi ces morts qu'elles détroussaient, elles y ont vu un signe de Dieu et se sont acharnées à me sauver. Elles m'ont caché, emmené loin du théâtre des opérations militaires dès que ce fut possible. L'une d'entre elles avait sa sœur lingère dans un domaine. Le régisseur du domaine était catholique romain, donc hostile à la politique du Tsar et à la cause défendue par l'armée russe. Il m'a gardé... Tout ce que je viens de vous dire, c'est lui qui me l'a appris par la suite, car j'étais dans le coma en arrivant au domaine. J'ai mis des mois à récupérer mes forces. Mais pas la mémoire. J'ignorais qui j'étais.

– Mais votre tenue d'officier ?

– Les femmes s'étaient empressées de m'en débarrasser. Dissimuler un officier français... Elles m'avaient habillé avec les oripeaux dont elles disposaient. Je n'avais donc aucun moyen de savoir. Je parlais français, à part ça... rien. Aucun souvenir. C'est affreux, Daisy, d'être sans passé ! Alors, je me suis conformé au présent. Le régisseur et sa famille étaient de braves gens. Ils m'ont fait une place parmi eux. Je leur rendais de menus services. J'étais nourri. J'avais un toit. Et dans cet état de faiblesse et de semi-léthargie qui était le mien, ce confort relatif me suffisait.

– Vous n'avez pas songé à regagner l'armée à Sébastopol ?

– Circuler en Crimée ! J'ânonnais trois mots de russe, c'eût été un suicide.

– Mais une fois la guerre terminée, pourquoi ne pas être revenu en France ? murmura Daisy.

– Pour retrouver qui et quoi ? Quand on n'a que des ténèbres derrière soi... Et le voyage... Il fallait de l'argent.

– Voyons, si ces personnes avaient eu la bonté de vous recueillir, elles auraient sûrement eu celle de vous en prêter. Qui ne l'aurait fait !

Louis Lacaz soupira.

– Lorsqu'on analyse de loin, on juge différemment. C'est facile de dire : Vous auriez pu... vous auriez dû... Vous ne pouvez savoir, personne ne peut savoir ! Avoir un trou noir dans la tête... Et puis, ma santé n'était plus ce qu'elle avait été. Encore maintenant, j'ai souvent des accès de fièvre, des étouffements, ma hanche droite... Je ne veux pas m'attendrir sur moi-même, mais... Si la comparaison peut vous éclairer un peu, j'étais comme un pauvre animal heureux d'avoir déniché un gîte, blotti dedans, et ne souhaitant que s'y maintenir.

Il soupira encore.

– Cela a duré trois ans... Enfin, presque. Le fils aîné du régisseur m'avait en amitié. Nous montions ensemble. À cheval, j'étais bien. Un autre... ou, plutôt, moi-même ! En automne dernier, au cours d'une promenade, l'orage nous surprit, foudroya un arbre presque devant nous. Ma monture s'est cabrée de peur, je suis tombé... Le choc, le fait peut-être de me retrouver relativement dans la même position qu'à Balaklava, car mes derniers souvenirs de la bataille, ce sont le fracas, le feu, mon cheval qui se cabre et moi lâchant les rênes... Tout au moins, c'est ainsi que je m'explique... Dans les semaines qui suivirent, par bribes, tout m'est revenu. Vous d'abord, Daisy, et mon père, mes chefs, mon identité. J'étais à nouveau Louis Lacaz, c'était comme une seconde naissance, c'était... c'était... Il faut l'avoir vécu !

Sa voix se brisa, il se tut, passa la main sur son visage, considéra Daisy.

Des larmes coulaient sur ses joues, sa respiration soulevait son corsage.

Il vint vers elle.

Il avait la démarche lourde, le corps un peu affaissé sur la droite, elle ne l'avait pas noté en entrant, ni ces épaules voûtées, cette lassitude sur la figure... Sa figure. Aucun doute. La fossette au menton, le nez bien charpenté, mais la jeunesse, l'enthousiasme avaient fui de ses yeux, des rides marquaient durement la bouche, le teint était gris, et il y avait du gris mêlé à sa chevelure noire qui se clairsemait.

Il dit :

– Dieu ! Que vous êtes belle et fraîche !

Et elle se sentit coupable.

Il poursuivit :

– Je suis parti aussitôt. Je n'avais plus qu'une hâte... Néanmoins, au fur et à mesure que je me rapprochais de la France, cette hâte s'est transformée en crainte. Vers quoi allais-je ? C'était un autre cauchemar. Quand Eugène Lormel m'a appris que vous vous étiez remariée avec le marquis de Rotran, j'ai songé sur le moment à disparaître de nouveau, j'étais anéanti ! Mais il m'a dit que des rumeurs circulaient sur votre séparation, que vous n'habitiez plus rue Saint-Honoré, que vous étiez revenue à Monceau… Daisy, pourquoi avez-vous épousé Rotran ?

Elle essuya ses joues, soupira.

– Daniel s'est montré un ami merveilleux. J'étais si seule. Avec lui, je pouvais parler de vous. Et nous nous entendions très bien, nous avions les mêmes goûts, ma famille l'appréciait, et… C'était si dur d'essayer de vivre sans vous, si dure d'être seule, Louis !

– Daisy, vous n'avez pas à vous excuser, je comprends. Le malheur fait tout comprendre, même qu'on puisse être oublié par ceux qu'on aime.

Elle se dressa.

– Ne dites pas ça. Daniel, c'était différent. Je ne vous ai jamais oublié, Louis.

Il lui prit la main, l'effleura de ses lèvres.

– Merci de me le dire. C'est ma première grande joie.

Il reposa doucement sur la jupe sa main qui tremblait, s'écarta, alla jusqu'au double panneau vitré isolant le salon de la serre et que l'on ouvrait les soirs de réception.

Les conseils de M. Alphand avaient permis la réalisation d'un superbe paysage. La lumière du jour l'éclairait. Et, la nuit, on allumait les lampadaires de bronze doré disposés comme dans un parc.

Un parc miniature, avec ses allées de marbre blanc, sur lesquelles bambous de l'Inde, palmiers et autres arbres exotiques inclinaient leurs dentelles de feuillage; ses recoins charmants, meublés de petits bancs, de statues, de fontaines. Cette humidité constante entretenait le foisonnement des orchidées. Leurs têtes mauves, blanches ou tigrées étaient partout, posées sur le décor comme des oiseaux de soie. L'air embaumait de leur parfum sucré. À terre, un assemblage de plantes naines reproduisait des motifs persans. Ces artistiques compositions donnaient l'impression de tapis jetés entre les marbres. Elles festonnaient également le grand bassin. Des iris d'eau, des sagittaires, des arums d'Éthiopie, des nymphéas flottaient dessus. Un escalier, dont les marches dépassaient de part et d'autre la largeur du bassin, surplombait celui-ci, accédant au salon. Des portes vitrées, la vue plongeant sur cette eau fleurie était un spectacle insolite et plein d'enchantement.

Louis Lacaz se retourna.

– Vous avez fait des transformations. Quand je suis entré dans le hall, je ne m'y reconnaissais plus, j'avais peine à croire que j'étais chez moi.

– Pourtant, dit-elle machinalement, du côté de la rue, la façade est restée la même, c'est sur le parc Monceau... Vous verrez, c'est assez réussi.

Daisy s'interrompit.

« Chez moi », avait-il dit.

En effet, il était chez lui.

Elle n'était plus chez elle, mais chez lui.

Cette constatation l'atteignit comme un coup de poing dans la poitrine.

Elle n'y avait pas pensé. Pense-t-on à ces choses quand on a la tête et le cœur sens dessus dessous ? Elle n'avait pensé qu'aux souffrances qu'il lui contait, qu'à celles que, par pudeur, il taisait.

Le souffle coupé, elle se sentit détrônée, chassée...

– Oh ! mais c'est très bien, disait-il. N'y voyez aucun reproche. Ces somptuosités vous conviennent... Elles surprennent simplement le pauvre hère que je fus.

Elle se jugea mesquine, se détesta pour ses pensées.

– Je suis ravie que cela vous plaise, cette maison est la vôtre, Louis.

– La nôtre, dit-il gravement.

Et elle sentit à nouveau une crispation désagréable à hauteur de l'estomac.

On frappait.

Le Grand Courtois.

– Madame Daisy... Le cocher peut-il atteler ? Sinon, il faudrait envoyer un valet aux Tuileries... C'est qu'il est déjà six heures et demie...

– Vous sortiez ? demanda Louis Lacaz.

– L'Empereur et l'Impératrice m'ont invitée dans leur loge de l'Opéra à une représentation, mais...

Il sourit.

– Ne changez rien pour moi.

– Mais...

– J'insiste, Daisy.

– Louis, en de telles circonstances, Leurs Majestés qui sont l'amabilité même m'excuseront. Je pourrais... Vous pourriez dîner ici, avec nous.

Il sourit encore.

– Nous aurons d'autres dîners... Courtois, donnez l'ordre au cocher d'atteler. Madame va à l'Opéra.

Après le départ de Courtois, Louis Lacaz dit :

– Daisy, pour moi l'instant de vous revoir était prévu, espéré... Vous ne pouvez imaginer combien ! Mais je comprends que pour vous... Il faut que nous réapprenions à nous connaître. Mon retour va évidemment annuler le mariage que vous avez contracté avec Rotran. Je ne veux toutefois bousculer en rien les habitudes que vous avez prises durant mon absence ni forcer vos sentiments. J'habiterai rue de Rivoli. Eugène Lormel y possède un immeuble, il m'a prêté un appartement. J'y campe.

Elle dit, avec effort :
– Louis, vous êtes ici chez vous.
– J'y serai lorsque vous serez prête à m'accueillir. Je suis heureux que vous ayez conservé cette maison et notre propriété de Trouville. Y êtes-vous retournée ?
– Non, jamais. Sans vous, je n'aurais pas pu.
– Nous irons. Vous souvenez-vous de nos balades sur la plage ? Que j'étais jeune, alors !
Ses yeux brillaient.
Cette lumière effaçait les ombres, restituait à Daisy le visage de l'homme qu'elle avait aimé, fier, assuré, la silhouette magnifique dans le dolman bleu céleste à soutaches d'argent, et auquel celui-ci ressemblait comme un portrait fané par le temps.
Son cœur lui fit mal.
– Nous avons eu si peu de temps, murmura-t-elle, la vie a été si injuste... surtout pour vous.
– Dites-moi simplement que vous êtes contente de me revoir, cela me dédommagera de tout.
– Contente... répéta-t-elle. Mais, Louis, cela ne se demande pas.
Elle jeta un regard sur la pendule, se leva.
– Vous me pardonnez... Mais, vraiment, vous ne voulez pas ? Je peux...
– Je vous en prie. Allez. Eugène Lormel m'a appris que vous aviez fait la conquête de Leurs Majestés. C'est bien, très bien... À propos, il serait convenable que vous leur annonciez la nouvelle... Puis-je passer ici demain dans l'après-midi ? Demain matin, j'irai au ministère entreprendre les démarches pour régulariser ma situation vis-à-vis des autorités militaires. L'après-midi, vous serez ici ?
– Louis, voyons ! Venez déjeuner !
Elle le raccompagna jusqu'au perron.
Une voiture était garée dans la cour; le vieux cocher de Mme Lacaz sur le siège.

Elle attendit sur les marches que l'équipage eût franchi les grilles pour rentrer.

Son père surgit de la bibliothèque.

– Alors ? Quelles sont ses intentions ?

Daisy s'appuya contre le mur, soupira.

– Il t'a parlé de reprendre l'existence en commun ? Il cherche à s'imposer ?

– Non, pas du tout. Il a été très... Enfin, il a montré beaucoup de délicatesse.

– De la délicatesse ? marmonna Sosthène de Maubrun. La seule vraie délicatesse eût été de ne jamais reparaître !

Daisy fixa son père avec indignation.

– Papa ! Comment pouvez-vous dire ça ?... Après ce qu'il a souffert... Pauvre Louis. Il m'a expliqué. Ce fut affreux. Vous n'avez pas le droit...

– Le droit, c'est lui qui l'a maintenant. Mais j'ai, moi, celui de penser à ma fille, et quand je pense dans quel gâchis il te met...

– Papa, je suis fatiguée, si fatiguée... Et cette soirée à l'Opéra... Demain, nous verrons.

Les femmes de chambre la rhabillèrent.

Céleste, agenouillée devant elle, fit bouffer un à un les nœuds de satin chocolat, tandis que Louise redrapait le décolleté et donnait des pichenettes pour gonfler les bouillonnés de dentelles.

On lui remit ses diamants.

Louise avait baigné son visage avec une eau de lys que l'on se procurait chez Delettraz et qui était censée après une simple application vous laver de vos soucis et redonner au teint sa pureté de fleur.

On refit le maquillage. Beaucoup de rose aux joues, beaucoup de poudre de riz, du brillant et de l'or sur les paupières.

M. Sébastien, lui, brossait, lustrait, lissait, bouclait avec fureur.

– Exécuter en un quart d'heure une coiffure alors qu'il me faudrait normalement deux heures pour en venir à bout… Et Madame la marquise va à l'Opéra, en compagnie de Leurs Majestés ! Demain, je serai déshonoré.

Daisy ne répondait pas, mordait les lèvres corail que lui avait dessinées Louise, et concentrait toutes ses forces pour ne pas éclater en sanglots.

Le coiffeur posa le diadème.

Louise et Céleste poussèrent des cris d'admiration.

Le toupet de M. Sébastien se pencha vers Daisy.

– J'ai fait de mon mieux, et Madame la marquise fait le reste. Ce n'est pas mal. Madame est satisfaite ?

Elle prit la glace à main qu'il lui tendait, présenta docilement ses profils au miroir. Celui-ci flambait sous le feu des diamants. Était-ce cet éclat qui lui brouillait la vue ? Elle ne se voyait pas, elle ne voyait dans le miroir que le visage de Paul…

15

Il était huit heures lorsque le cortège parvint à l'Opéra.

En tête, un peloton de lanciers sanglés dans leur *kurka* bleu foncé que barrait la buffleterie blanche, coiffés du *czapska* à plumet tombant de crin rouge, escortait la voiture qui contenait les officiers de la Maison de l'Empereur, celle-ci précédant la berline impériale qu'entouraient des cavaliers.

Le long de la rue Le Peletier[1], la foule se pressait.

L'Impératrice était grippée. Cela n'altérait pas sa grâce. Elle agitait la main derrière la vitre et répondait par des saluts aux ovations.

En face de Sa Majesté était assis le général Roquet. À côté de lui, Daisy.

L'éducation lui permettait de se maintenir. Elle se sentait toute molle, une poupée de chiffon avec une figure en porcelaine peinte.

L'Empereur disait :

– On nous a promis un bon spectacle. Vous aimez *Guillaume Tell,* madame ?

1. Le Palais-Garnier, notre théâtre de l'Opéra actuel, ne fut commencé qu'en 1862 et inauguré en 1875. Avant cette date, et depuis sa fondation en 1669, l'Opéra a changé douze fois d'emplacement.

– Beaucoup, Sire.

Daisy se composa un sourire ravi.

Elle avait décidé de profiter de l'intimité relative de la loge pour informer l'Impératrice du retour de Louis Lacaz. Avant, elle voulait voir Paul, le mettre au courant. Il avait promis de venir au premier entracte, elle s'accrochait à cette pensée.

La berline s'arrêta devant le péristyle.

La façade de l'Opéra, brillamment illuminée par la rampe à gaz, projetait sa clarté jusqu'à l'intérieur de la voiture. Les acclamations redoublaient.

L'Empereur rit avec bonne humeur.

– Notez, mesdames, qu'à l'Opéra je bâille ! Mais il faut bien faire plaisir, se montrer...

Un fracas abominable l'interrompit.

Daisy eut l'impression d'être happée de la banquette, mais c'était en réalité la voiture tout entière que ce grand souffle surgi d'on ne sait où soulevait. Cela ne dura que quelques secondes, même pas le temps de se préoccuper de soi et des autres, ni d'avoir peur.

La peur vint après.

La lumière de la rampe à gaz, tous les réverbères s'étaient éteints. Dans l'obscurité, on entendait le ruissellement des vitres brisées, des hurlements de douleur, les hennissements des chevaux, un cliquetis de sabres.

La voix de Napoléon III, très calme, s'éleva :

– C'est un attentat. Ne bougez pas. Eugénie, vous êtes bien ?... Madame de Rotran... ? Général... ?

Le général Roquet ne répondit pas. Il avait dû être touché.

Des torches couraient dans la nuit.

La portière s'ouvrit. Un des policiers chargés d'assurer la sécurité de l'Empereur parut. Son visage était en sang. Il confirma.

– Trois bombes, Sire. Elles ont été lancées entre les roues de la berline. Un miracle, Sire... !

Sortir de la voiture ne fut pas aisé.

La pesante machine était à demi couchée, les essieux rompus par l'explosion. Un officier tendit la main à Daisy. Ce mouvement déséquilibra l'infortuné général Roquet qui s'écroula sur la banquette. Son sang maculait la jupe de Daisy et avait éclaboussé la toilette blanche de l'Impératrice. Le chapeau de l'Empereur était troué. Un morceau de verre lui avait écorché le nez.

Dehors, c'était un spectacle terrifiant.

Le cocher de la berline, les trois valets de pied, et près de la moitié du peloton de lanciers étaient blessés. Des chevaux gisaient, le poitrail déchiqueté. Mais c'était encore peu. La désolation s'étendait partout où portait la vue, et les torches qui s'augmentaient de toutes celles qu'on apportait du voisinage cernaient le carnage.

L'Impératrice répétait nerveusement :

– Ne vous occupez pas de nous. C'est notre métier. Voyez les blessés.

La rue Le Peletier en était jonchée. On les enlevait en hâte, car des chevaux affolés s'étaient déjà emballés et avaient piétiné la foule, ajoutant au désastre.

L'Empereur manifestait en la circonstance le flegme et la dignité des très grands rois. Beaucoup de cœur aussi. L'émotion ambiante lui permettait de donner libre cours à sa générosité. Il avait spontanément offert son aide pour le transport des blessés, mais le commissaire de police s'opposait à cette volonté. Les assassins rôdaient peut-être encore et, d'autre part, la présence de l'Empereur à l'Opéra était indispensable pour tranquilliser le public.

L'Impératrice insistait en ce sens.

Daisy s'était un peu écartée de la discussion.

Elle considérait, impuissante et navrée, un des chevaux de la berline gravement atteint qu'il allait falloir abattre, lorsqu'elle aperçut Paul de Nhuys.

Son élégance tranchait sur l'aspect chaotique de la rue. Il était à pied, ayant dû probablement se résigner à abandonner son équipage sur le boulevard. À son allure se devinait l'angoisse, et celle-ci se révéla toute quand il parvint devant Daisy.

– Tu n'as rien ?... J'étais au théâtre du Cirque. Nous avons appris... Je me suis précipité... Penser que tu pouvais être...

Sans se soucier des regards, il l'étreignit.

La catastrophe avait fait oublier à Daisy le tragique de sa propre situation. Être dans les bras de Paul lui restitua son désespoir.

Il la secouait.

– Daisy, Daisy... Qu'est-ce que c'est que ce sang ?

– Celui du général Roquet. Le pauvre général a été blessé... Paul, mon chéri, lâchez-moi. Que vont penser les gens ?

– Ce qu'ils voudront. D'ailleurs, ils ont d'autres chats à fouetter !... Je te quitte. Je vais saluer mon bon empereur. Dieu merci ! l'Empire est sauf ! Mais, à ce qu'on m'a dit, il s'en est fallu de peu.

Paul de Nhuys appuya les arguments du commissaire de police et de l'Impératrice.

– Sire, si vous n'apparaissez pas au spectacle, on en conclura que l'attentat a réussi. Nous ignorons l'ampleur et les ambitions du complot. Laisser peser un doute sur l'état de santé de Votre Majesté pourrait se révéler lourd de conséquences.

L'Empereur céda.

À l'entrée des souverains dans l'avant-scène impériale, toute l'assistance se leva pour les ovationner, cependant que l'orchestre attaquait *Par-*

tant pour la Syrie, la romance de la défunte reine Hortense, mère de l'Empereur, que celui-ci chantait enfant et qui, depuis son avènement, était devenue l'hymne officiel du Second Empire.

Partant pour la Syrie,
Le jeune et beau Dunois
Alla prier Marie
De bénir ses exploits

Amour à la plus belle !
Honneur au plus vaillant !

Sosthène de Maubrun et Achille fredonnaient cette rengaine en se tordant de rire. L'Empereur lui-même avait confié à Daisy qu'il était excédé de l'entendre partout où il passait. Mais, ce soir, ces paroles trouvaient un certain écho dans le cœur de Daisy, elle avait en les écoutant les larmes aux yeux.

La représentation commença.

Des fragments de divers opéras figuraient au programme.

Daisy, assise près de l'Impératrice, n'en reconnaissait aucun. Comment annoncer la nouvelle à Paul ? Elle se sentait faible, lâche.

La porte de la loge s'ouvrait sans arrêt.

Le garde des Sceaux, le ministre de l'Intérieur, le préfet de police, Pietri, arrivèrent. Puis Morny, la princesse Mathilde, son frère, le prince Napoléon, d'autres personnalités. Les employés allèrent chercher des sièges.

Paul de Nhuys discutait avec Napoléon III et les ministres.

Chaque nouveau venu voulait des détails.

L'Impératrice désignait Daisy.

– Demandez à Mme de Rotran. Elle nous accompagnait.

Cette animation autour d'elle soulageait Daisy. Elle redoutait maintenant de se trouver seule avec Paul. Lui dire... Elle en avait le cœur qui flanchait.

Les rapports des officiers de police se succédaient. Le bilan provisoire de l'attentat était consternant. On dénombrait déjà six morts et plus de cent cinquante blessés.

La pitié ne consolait pas Daisy.

Elle vivait. Même pas une égratignure... Mais être morte, au fond, cela n'eût-il pas tout arrangé ?

À onze heures et demie, on quitta l'Opéra.

Les Boulevards étaient pavoisés. Ce fut une marche triomphale jusqu'aux Tuileries.

La voiture de Daisy l'y attendait.

L'Impératrice se retira aussitôt. Daisy prit congé de l'Empereur. Il tortillait sa moustache. Le danger et les ovations des Parisiens lui avaient mis une lueur dans les yeux.

Le Grand Courtois avait préparé la collation : chaud-froid de volaille, salade de petite chicorée, choux soufflés aux zestes d'orange. Paul raffolait de ces choux, mais il n'en mangeait jamais plus d'un. L'obésité de la plupart des hommes de son âge lui répugnait.

Dans la cheminée s'amoncelait une braise ardente. Les ors du plafond rougeoyaient.

En rentrant, selon son habitude, Daisy avait pris un bain. Puis, dans le cabinet de toilette, moite de vapeurs parfumées, Céleste avait dénoué, brossé, remis en plis sa chevelure.

Daisy surveillait les gestes de la petite dans le miroir. Elle se voulait très belle. Ce serait la dernière nuit que Paul passerait ici. Ils ne pouvaient plus maintenant s'y rencontrer.

Elle ordonna à Louise d'ajouter un peu de fond de teint à ses joues, un soupçon de bleu à ses paupières, choisit une tresse de perles pour lier ses boucles, enfila le peignoir qu'il préférait, s'assit près du feu.

Après cette terrible journée, elle s'obligeait à ne plus penser à rien sinon aux quelques moments qu'elle avait décidé de se réserver avant d'informer Paul de Nhuys.

Quand il arriva des Tuileries, elle écouta à peine ses explications.

– Chéri, chéri, embrasse-moi !

En général, c'était toujours lui qui prenait l'initiative de la conduire au lit, et Daisy, en riant, se faisait prier un peu, disant qu'il avait des manières de sauvage et que quelques compliments disposent une femme, mais ce soir ce fut elle qui l'entraîna, le dévêtit avec emportement…

… La pendule sur la cheminée marquait cinq heures et quart.

Ils n'avaient même pas touché à la collation.

Haussé sur un coude, Paul considérait avec orgueil le ravissant visage renversé dans l'oreiller, que l'amour avait pâli et marqué d'ombres.

– Frôler la mort, madame, a déchaîné en vous de bien charmants démons… Mais attention, je ne suis plus un jeune homme, tu vas me tuer !

Il rit, effleura de la main la hanche de Daisy.

– Viens plus près. Mais tu seras sage ? J'ai juste le temps de dormir une heure, de rentrer chez moi me changer et d'aller au ministère de l'Intérieur pour y tenir conseil avec Morny et Billaut avant de retourner aux Tuileries. Cet attentat va faire un sacré bruit ! La Bourse…

– Paul…

– Je t'ennuie avec mes histoires de politique et de finance, hein ?

Il rit encore.

– Vivement que l'ami Rotran te libère et que nous n'ayons plus à nous cacher !… À vingt ans, cela m'amusait de me faufiler dans le lit de toutes les dames mais, tu vois, je vieillis, je n'en veux plus qu'une et je la veux dans mon lit... Qu'est-ce que tu fais ?

Daisy s'était levée, passait son peignoir.

Elle revint vers le lit, s'arrêta au bout, fixa Paul de Nhuys.

– Paul, écoutez-moi... Vous me promettez de m'écouter sans m'interrompre ?

Mais, dès la première phrase, il se mit à hurler qu'elle ne lui ferait pas avaler une énormité pareille, qu'on l'avait prise pour une imbécile, abusée, que la fortune de Louis Lacaz était capable d'inspirer plus d'un coquin, qu'il existait des ressemblances extraordinaires, que... Bref, la même réaction que Daisy avait eue en face de Sosthène de Maubrun, décuplée par l'irascibilité de son tempérament.

– Enfin, Paul ! Puisque je vous le dis, puisque je vous affirme que c'est lui ! Qui peut mieux savoir ? Il a été mon mari, non !

– Même pas un mois... Mais inutile de me le rappeler, sacrebleu !

– Paul, je vous en prie, je vous en prie... dit-elle d'une voix tremblante. Calmez-vous.

Il poussa un rugissement.

– Me calmer ? Alors que tu es en train de m'annoncer... Tu te rends compte de ce que cela signifie ? Notre liaison ne pourra jamais devenir officielle, nous ne pourrons pas vivre ensemble, nous ne... Daisy, Daisy !

Il allait et venait, foulant le tapis semé de volubilis et de roses effeuillées.

Daisy pressa ses mains l'une contre l'autre.

– Vous mettre en colère n'arrangera rien.

Il s'arrêta, la fixa d'un air presque méchant.

– Qu'est-ce que tu vas faire ?

– Je ne sais pas. Comment voulez-vous que je sache ? Il n'y a rien à faire.

Elle se mit à pleurer doucement.

Il ignora ces larmes.

– Pourquoi n'as-tu pas dit à ce monsieur Lacaz qu'il revenait trop tard ? Voilà ce qu'il fallait lui dire. Le stopper net dans ses prétentions. Après tout ce temps, avoir encore des prétentions... Il a un sacré toupet, ton mari !

– Ne parlez pas ainsi. Essayez de vous mettre un peu à sa place.

– Personne ne s'est jamais mis à la mienne.

– Paul ! Il a horriblement souffert, il a perdu la santé, il a vécu...

– C'est lui ou moi que tu défends ?

– Il ne s'agit pas de ça, mais si vous l'aviez entendu... Il est impossible de rester insensible...

Paul de Nhuys ricana.

– Tu m'excuseras, la pitié est un sentiment que je méprise autant que ceux qui l'inspirent. Chaque fois que j'ai eu un revers quelconque – et tu me vois maintenant, mais j'en ai eu, et des sévères –, je n'ai jamais cherché à émouvoir les autres sur mon sort. Les autres s'en foutent ! J'ai fait front, je me suis battu, et je te garantis que je m'appellerais Louis Lacaz, je ne sangloterais pas sur ton épaule, je serais déjà réinstallé dans cette maison et dans ce lit, que cela te plaise ou non !

– Et vous parlez de ses prétentions. Louis ne se le permettrait pas. Il est...

– Ah non ! S'il te plaît ! Les qualités de ce monsieur m'indiffèrent. Je n'ai pas, moi, des souvenirs d'alcôve qui m'incitent à m'attendrir dessus.

– Paul !

Il passa la main sur son visage, soupira.

– Nous parlons pour ne rien dire... Allons, viens, ne reste pas plantée là, avec cette figure. Viens t'asseoir près de moi et réfléchissons.

Ce fut lui qui vint, la prit dans ses bras, l'embrassa et, la tenant par la taille, la mena à la bergère.

Daisy frissonnait.

Il s'agenouilla devant la cheminée, souffla sur les braises, remit des bûches. Une flamme haute jaillit. Il alla jusqu'au guéridon, remplit deux petits verres de cognac.

L'alcool, le feu et, surtout, ces gestes d'amour dont il l'entourait la réchauffèrent. Elle se sentit enfin capable de lucidité.

Bien qu'ils ignorassent l'un et l'autre à quelle loi se référait un tel cas, ils en savaient assez pour convenir que le droit était certainement du côté de Louis Lacaz.

Le divorce, introduit en France au début de la Première République, avait été supprimé en 1816 par Louis XVIII[1]. Seul, le décès de l'un des deux conjoints autorisait le remariage de l'autre. Le fait que Louis Lacaz fût vivant entraînait donc l'annulation de celui contracté par Daisy avec Daniel de Rotran, le premier mariage redevenant valable.

Contre cela, la puissance, l'argent de Paul de Nhuys ne pouvaient rien.

– ... D'un pauvre bougre, en lui allongeant une fortune, il eût été aisé d'obtenir que celui-ci acceptât de renoncer à toi, mais il a fallu que tu choisisses un fils de banquier... Enfin, peut-être... Tu dois bien avoir une idée de ce qu'il se propose ? Ne consentirait-il pas, en honnête homme, à te rendre ta liberté ?

– Il m'aime encore, dit Daisy.

– Sacrebleu ! Nous sommes vraiment gâtés ! Il est riche et il t'aime... Ton remariage avec Rotran ne l'a pas refroidi ? Il ne t'a pas reproché de l'avoir bien vite oublié ?

– Mais je ne l'avais pas oublié. Daniel, c'était différent. Je n'ai jamais...

1. Le divorce fut rétabli par la loi du 27 juillet 1884.

Paul de Nhuys dévisagea Daisy.

– Tu lui as dit ça ?

– Oui. Bien sûr. Pourquoi ne le lui aurais-je pas dit ? C'est la vérité.

– La vérité, mon enfant, quand on ne la présente pas dans son ensemble, est encore plus trompeuse que le mensonge. Pour que la vérité, ta vérité, fût entière, il aurait fallu lui dire aussi que maintenant, il ne compte plus et qu'il t'empoisonne l'existence. Mais toi... Bon sang ! Tu lui déploies un tapis sous les pas !

– Paul, ne recommençons pas. Pour vous, c'est facile... J'ai aimé Louis, je n'ai eu que du bonheur avec lui, je ne peux pas, je ne veux pas lui faire de mal.

– Tu préfères qu'il nous en fasse ? Jouer les bonnes âmes...

Daisy serra les mâchoires.

– Je ne joue pas les bonnes âmes, je ne fais que ce que je pense devoir faire. Ce n'est pas sa faute...

– Ce n'est pas la nôtre. Les petits bonheurs qui font celui de tout le monde, ça n'existe pratiquement pas. On sacrifie toujours quelqu'un pour sauver sa part. C'est lui ou toi... Et je te connais, tu la veux, ta part de bonheur !... Aussi, tu m'entends, plus d'élans de sincérité de ce genre, plus d'apitoiements. Je te parais peut-être cynique, cruel, mais vois un peu les choses comme elles sont ! Personne ne l'a envoyé contre son gré en Crimée, ton mari ! Il affectionnait l'armée, l'aventure, la guerre, il t'a séduite avec son bel uniforme, abandonnée à l'angoisse pour devenir colonel. Parfait. Je ne discute pas les ambitions. Mais l'état militaire comporte des risques, et quand on s'engage en quoi que ce soit, on les assume. Si je suis ruiné demain, je ne me brûlerai pas la cervelle, je ne demanderai pas la charité... parce que c'est la charité qu'il te demande ! J'imaginerai les moyens de me remettre à flot. Il aurait pu mourir. Il vit. De quoi se plaint-il ? Il veut être aimé ? Tu t'arranges pour nous présenter, il aura le lendemain cent femmes ravissantes…

– Cette sorte de femmes…

– Tu n'y es pas. Une odyssée pareille, ça émeut, ça éveille l'instinct maternel et comme, si j'ai bonne mémoire, il est plutôt bien planté, tous les cœurs vacants de la cour lui sont d'ores et déjà acquis. Toi, tu te bornes à la stricte politesse, tu lui fais comprendre que tu n'es plus la même, que ton amour pour les beaux officiers s'est usé et s'il a le tact, la délicatesse que tu dis ou, simplement, une once de fierté, il t'offrira une solution.

Paul de Nhuys soupira.

– Bien sûr, je le comprends un peu, cet homme. Il a eu de durs moments, il a végété, il s'est replié sur lui-même, il rentre, il croit tout naturel… Il devrait réfléchir. La vie a suivi son cours, tu n'es pas restée enfermée dans une boîte durant ces quatre ans. On peut espérer récupérer des biens, mais les sentiments ? Le destin lui a joué un sale tour. Ce n'est pas à toi cependant de payer la note. Même moi, à sa place, avec tout l'amour que je te porte, je m'effacerais, il me semble.

Il étendit la main, caressa tendrement les boucles de Daisy.

– Nous ferons avec ce que nous avons. Lorsque tu te seras séparée de lui, nous nous organiserons une existence, nous serons heureux, je te le garantis. En attendant, prudence ! Reprenons nos habitudes. Je te vois demain avenue Montaigne ?

– Demain, Louis vient déjeuner.

– Tu ne vas quand même pas à présent lui consacrer tout ton temps, à ce revenant ! Bon. Je t'attendrai après-demain.

Quand Paul de Nhuys fut parti, Daisy alla décrocher dans sa garde-robe les deux robes de chambre qu'elle lui avait offertes. Ces vêtements n'avaient plus leur place ici. Ni la bouteille de cognac sur le plateau, ni la boîte de cigares dans le tiroir de la commode.

Elle donnerait les cigares à Courtois, pensa-t-elle, et elle se rassit, pressant les robes de chambre contre elle, essayant de se raisonner.

Louis Lacaz se présenta à midi.

Sosthène de Maubrun avait fait toute sorte de difficultés avant d'accepter de paraître au déjeuner.

– Rétrospectivement, la pensée que tu aurais pu être victime de cet attentat... Je t'ai pourtant assez répété que la famille Bonaparte n'est pas une fréquentation. Et avoir, en plus, ce Lacaz à notre table. Non, vraiment, c'est trop, ne demande pas cela à ton pauvre père, je serais incapable d'avaler une bouchée.

– Papa ! On ne vous demande pas d'avoir de l'appétit, mais d'être là.

La curiosité de Charlotte l'emporta sur l'horreur bruyante qu'elle avait manifestée en apprenant la nouvelle.

Elle descendit dans le petit salon mauve, pomponnée, frisée, dans une robe de tartan écossais dont le fond vert mettait en valeur sa crinière rousse, et avec un air dont Daisy la pria aussitôt de rabattre l'arrogance.

– Sois aimable. Les choses sont suffisamment compliquées...

– *Tu* les compliques. Ce serait moi, Louis Lacaz ne ferait pas long feu ici.

Daisy dit durement :

– Ici, c'est chez lui. Et au cas où tu l'aurais oublié, je te rappelle que le train de maison, tout, et jusqu'à tes robes de chez Worth, c'est son argent qui les règle.

Sosthène de Maubrun hocha douloureusement la tête.

– J'ignore ce que tu vas décider, ma fille, mais je sens que je ne demeurerai pas longtemps dans cet hôtel.

– Papa, Papa ! s'écria Charlotte. Pourquoi ne retournerions-nous pas rue Saint-Honoré quand Daniel rentrera de Rome ? Il nous aime. Je suis sûre qu'il serait enchanté...

– De toutes les inepties que je t'ai entendue proférer, dit Daisy, celle-là...

L'entrée de Louis Lacaz arrêta la dispute.

Peut-être parce que son apparence avait tant frappé Daisy la veille, elle lui en trouva une bien meilleure. Il était très élégant. Veston droit à petits revers, pantalon rayé, et sa cravate de soie grise s'harmonisait avec ses tempes argentées.

Il salua Sosthène de Maubrun, complimenta Charlotte sur sa beauté.

– Lorsque nous nous sommes vus la dernière fois, mademoiselle Charlotte, vous étiez encore une petite fille... Mon Dieu, Daisy, c'est aux métamorphoses de la jeunesse que se mesurent le plus cruellement ces années ! Mon neveu Adrien, le fils d'Eugène Lormel, est presque un jeune homme. Joli garçon, n'est-ce pas ?

– Vous savez, Louis, je n'entretiens avec Eugène Lormel que des relations d'affaires. Votre mère a dû d'ailleurs se charger de vous le dire.

– Vous êtes contente d'Eugène ?

– Il a été très bien... encore qu'il me juge affreusement dépensière, mais nous n'avons pas du tout les mêmes conceptions de l'usage de l'argent, dit Daisy avec une désinvolture marquée.

Louis Lacaz sourit.

– Il me l'a dit. Ce pauvre Eugène ! Vos factures

l'épouvantent. Mais je lui ai dit, moi, que ce m'était une joie d'avoir pu, au moins, durant ces années, contribuer à votre bien-être.

Sosthène considérait ses chaussures; Charlotte, la bordure brodée de petites pensées, qui galonnait le sofa.

Louis enchaîna ensuite avec vivacité sur l'attentat.

Il se trouvait la veille au soir dans l'appartement de son beau-frère, rue de Rivoli, quand les bombes avaient éclaté. En entendant le bruit des explosions, il était descendu. Les rumeurs l'avaient conduit rue Le Peletier.

– J'ai eu très peur, vous sachant à l'Opéra avec Leurs Majestés. Heureusement... J'étais dans la foule, je vous ai aperçue montant les marches en compagnie du comte de Nhuys, cela m'a rassuré.

– Y a-t-il du nouveau ? coupa Daisy.

– Les auteurs de l'attentat ont été arrêtés. Il s'agit de quatre Italiens. Je l'ai appris ce matin au ministère.

– Louis, à propos... Il m'a été impossible, en la circonstance, de parler à Leurs Majestés de votre retour.

– Je comprends. Ce serait bien cependant que vous ayez au plus tôt un entretien en privé avec l'Impératrice. C'est à vous de l'informer personnellement. Le ministère l'est.

– Vous avez dû faire sensation, dit Sosthène de Maubrun. Ce n'est pas tous les jours qu'un héros ressuscite.

Louis Lacaz le fixa.

– Je ne me considère nullement comme un héros, monsieur. Je ne souhaite qu'oublier ces années et reprendre une vie normale.

Le repas fut parfait, mais simple.

Daisy avait banni de la table l'amoncellement de plats cher à Mme Lacaz. Des huîtres, un turbot au champagne, une selle d'agneau avec sa garniture, petites pommes rissolées, truffes et champignons, un soufflé au citron. Le chef le réussissait à merveille.

– Vous avez engagé un chef de cuisine ?

– Oui. Les femmes sont d'excellentes cuisinières, mais pour la présentation il n'y a vraiment que les chefs. Et lorsqu'on reçoit des personnalités comme la princesse Mathilde, le prince Napoléon, le comte Walewski ou le comte de Nhuys, on ne peut que leur offrir ce à quoi ils sont accoutumés.

– Daisy ! s'exclama-t-il en souriant. Je crois rêver. Qu'est devenue cette jeune personne dont le régal était de souper sans façon sur ses genoux d'une tasse de thé et de muffins ?

– J'ai changé, Louis. Cependant, le soir, quand nous sommes seuls, je vous avoue qu'un thé, des toasts et des fruits constituent encore souvent notre ordinaire.

Il dit d'un ton pensif :

– Une des spécialités de notre cuisinière était la génoise aux pistaches. Vous en souvenez-vous ? Ma mère nous en avait fait servir lorsque nous étions revenus de Trouville à la déclaration de guerre.

– Non, je ne m'en souviens pas.

Daisy secoua la tête.

La lumière des chandeliers tournoya, accrochée à ses boucles.

– J'étais dans un tel état en songeant que vous partiez vous battre que je ne voyais même pas ce que l'on mettait dans mon assiette.

Leurs yeux se croisèrent.

Daisy baissa les paupières.

Des images l'assaillaient. Elle ne pouvait s'empêcher de penser que cet homme l'avait tenue dans ses bras, qu'il avait été le premier... C'était d'ailleurs curieux. Elle revoyait à présent Daniel sans que la présence de celui-ci lui causât le moindre trouble, un ami très cher, pas plus. Mais Louis Lacaz... Peut-être, précisément, parce qu'elle n'était pas allée avec lui jusqu'au plaisir et que leurs rapports en gardaient quelque chose d'inachevé ?

Après le café, Sosthène de Maubrun s'éclipsa et Charlotte en fit autant. Elle se rendait au manège de M. Germain prendre sa leçon d'équitation.

– J'en profiterai pour passer rue Saint-Honoré et jeter un coup d'œil au jardin. Je veux voir ce que le jardinier a prévu pour le printemps. Vous aimez les fleurs, monsieur ? Daniel les adore. Il a un goût si raffiné en tout !

Quand elle eut disparu sur cette pirouette, Louis Lacaz déclara :

– Votre sœur semble apprécier beaucoup Rotran.

– Oui, beaucoup. Daniel a le don de se faire aimer.

– Pourtant, malgré ses belles qualités, vous étiez sur le point de vous séparer, observa-t-il. Il n'a donc pas su remplacer ce que nous avions connu ensemble.

Il y eut un silence.

Louis Lacaz le rompit.

– Pourriez-vous me communiquer son adresse à Rome ? Il est indispensable que Rotran nomme quelqu'un pour le représenter en son absence. Mon avocat doit l'en aviser.

– Ne pensez-vous pas que ce serait plus aimable si vous écriviez vous-même à Daniel ? Nous nous trouvons dans une situation hors du commun, et vous étiez très amis.

– L'avocat suffira.

Daisy se pencha.

– Louis, j'espère que vous n'en voulez pas à Daniel ?

– Je lui avais confié le soin de transmettre mon courrier à ma femme, je ne lui avais pas demandé de se glisser à ma place alors que celle-ci était à peine froide. N'en parlons plus, voulez-vous ?

Elle dit sèchement :

– Vous ne pouvez rendre les autres responsables de ce qui vous est arrivé ni de ce qui en a découlé.

Louis Lacaz soupira.

– Vous avez raison. Pardonnez-moi. Mais il y a certaines pensées difficiles à supporter.

Daisy se leva.

– Aimeriez-vous voir les transformations que j'ai faites ?

Elle le conduisit dans un bruissement de soies jusqu'à la salle de bal.

Le revêtement de moire lilas choisi par Mme Lacaz, les canapés de velours corinthe destinés aux jeunes filles faisant tapisserie et à leurs mères, les lourds ornements de bronze avaient été enlevés. La pièce, immense, de la largeur de trois salons, n'était qu'un miroitement de glaces soulignées d'étroits panneaux en boiseries dorées.

– Le soir, lorsque les lustres et les bras d'applique sont allumés, on se croirait au cœur d'un diamant, c'est très beau, dit-elle. Et, au printemps, les musiciens joueront sur la terrasse.

Ils sortirent, s'appuyèrent à la balustrade dont les dorures reproduisaient les enroulements de fleurs et de feuillages sculptés sur la façade.

Un petit soleil d'hiver faisait au loin briller des toits. L'horizon se pointillait de taches scintillantes. Plus près, les arbres du parc Monceau dressaient leurs branches nues et, sous leurs yeux, le jardin remblayé descendait vers les grilles, coupé en deux par un somptueux escalier de marbre blanc dont les paliers adoucissaient l'inclinaison.

– Il faut imaginer ce que sera la perspective quand les vasques seront garnies de géraniums et de pétunias, quand les premiers rosiers commenceront à fleurir... Sur les marches, nous mettrons les orangers en caisses qui sont pour l'instant dans la serre, et j'ai de très jolies idées pour les massifs. M. Alphand – vous connaissez M. Alphand – m'a précieusement conseillée.

– Mais j'imagine déjà, dit-il. Daisy, Daisy ! Je suis confondu ! C'est absolument magnifique !

– Oui, c'est bien.

Il saisit sa main, la baisa.

– Merci. J'ai toujours tant aimé cette maison.

– Moi aussi, je l'aime, dit Daisy.

– Elle est comme vous : l'expression même de la jeunesse, de la splendeur et de la beauté.

Il gardait sa main entre les siennes.

Daisy la lui retira avec douceur.

– Voulez-vous que nous descendions jusqu'aux grilles ?

Du doigt, tout en avançant, elle lui désignait l'emplacement futur des parterres, lui nommait les arbres, les arbustes. C'était un bavardage peu compromettant, et elle éprouvait un contentement mêlé d'orgueil à lui faire admirer son œuvre. Aujourd'hui, c'était elle qui l'éblouissait !

Le long des grilles, un air froid chargé de l'humidité du parc soufflait.

Daisy resserra son châle de cachemire.

– C'est de la folie de sortir si peu vêtue ! Vous allez vous enrhumer, dit Louis Lacaz.

Il ôta son veston, le lui posa sur les épaules, bien qu'elle le lui défendît.

– Daisy, s'il vous plaît !

Le veston conservait sa chaleur.

Daisy eut l'impression d'un contact intime lorsque celle-ci se communiqua à son propre corps et la pénétra. Le tissu fleurait l'eau de Cologne. Elle reconnut l'odeur, fraîche, très agréable, de l'essence de néroli. À Trouville, le cabinet de toilette, les oreillers, les draps du lit étaient imprégnés de cette odeur, et elle la respirait sur la peau de Louis Lacaz lorsqu'il l'étreignait.

Ce souvenir olfactif lui en ramenait brutalement d'autres.

... Un poids d'homme écrasant son cœur qui s'affolait, l'étau de deux cuisses dures, et ce grand baiser avide qu'elle croyait alors, dans son ignorance et sa naïveté, être la meilleure part du plaisir...

Ils remontèrent l'escalier.

Daisy pressait le pas.

La maison, sous son chapeau d'ardoises, semblait les observer d'en haut. Un rideau s'agita au second. Le retour de Louis Lacaz suscitait des inquiétudes parmi les domestiques. Et la curiosité les dévorait. Les jeunes caméristes, en le croisant tout à l'heure dans le hall, avaient ce regard noyé d'extase que l'on accorde aux miraculés.

Paul avait raison. Avec cette auréole et son physique – vieilli, mais encore très séduisant –, les femmes allaient être folles de lui.

Quand ils furent rentrés, Daisy s'empressa de rendre à Louis Lacaz son veston.

Ils revinrent dans le petit salon.

Il accepta un autre cigare et un verre de cognac.

Par Eugène Lormel, il était au courant du voyage en Russie que Daisy avait fait avec Daniel.

– Racontez-moi.

– Louis, la Russie ne me semble pas un sujet bien plaisant à évoquer pour vous.

– Ne vous inquiétez pas. Vous ne me rappellerez rien. J'étais si loin des fastes et des fêtes dans notre domaine de Crimée...

Au fond, mieux valait parler du couronnement d'Alexandre II que des épreuves par lesquelles il était passé.

Impossible de raisonner comme Paul. Impossible d'oublier les liens qui l'avaient unie à Louis Lacaz. C'était comme une main invisible qui la tirait en arrière.

Sa mémoire la harcelait, son cœur flanchait. Et chaque fois que Louis disait avec une certaine expression : « Ces années... », les mots l'atteignaient, elle se sentait en dette envers lui que la vie avait privé de tout. Mais comment expliquer cela à Paul ? Il trouverait tout de suite des arguments pour démontrer qu'elle se comportait comme une idiote sentimentale et que cette attitude était la pire à adopter...

Louis Lacaz la quitta à cinq heures et demie.

Il dînait chez Eugène Lormel, avec la fiancée de celui-ci.

– Ce vieil Eugène ! Ça l'a pris d'un coup après douze ans de veuvage. On ne peut le lui reprocher. La mémoire de ma sœur a été plus qu'honorablement respectée. Mais je me sens un peu gêné de leur imposer ma présence, en plus de celle de ma mère. Oh ! une jeune femme charmante. Veuve, également. Elle n'a même pas la moitié de son âge. Une taille leste, de belles dents, des yeux... Eugène y laissera sa santé, et je crains qu'elle ne lui coûte plus cher que toutes ses maîtresses réunies. Eugène a toujours géré son budget galant comme celui de sa maison, mais celle-ci, vous verrez, va le guérir de son péché d'avarice !

Il riait.

Dans le hall, alors que Courtois lui tendait son chapeau et sa canne, il s'immobilisa.

– Daisy, vous ne m'avez pas donné l'adresse de Rotran, à Rome. Il me la faut.

Elle monta dans sa chambre.

La dernière lettre de Daniel était sur son écritoire, attendant qu'elle y réponde. Daisy la prit...
« Ma chérie, j'espère que tout va bien pour vous et que vous êtes heureuse. Le Saint-Père m'a reçu

en audience hier… » Elle se mordit les lèvres pour ne pas pleurer. Heureuse…

Elle soupira, recopia l'adresse de Daniel sur un papier, redescendit.

Louis Lacaz était assis.

Il se leva.

– Avec cette maudite hanche, les stations debout me sont pénibles. Daisy, j'ai passé une journée merveilleuse. Quand pouvons-nous nous revoir ?

– Mais quand vous voulez.

– Non. C'est à vous de dire. Je me refuse à perturber le programme de vos journées.

– Eh bien… Je suppose que, de votre côté, vous allez avoir de nombreuses obligations, des visites à faire.

– Peu. Je préfère pour l'instant observer beaucoup de discrétion. Pour vous comme pour moi, ce retour doit s'effectuer sans tapage. Me produire comme une bête curieuse, merci. Je n'ai jamais supporté la curiosité qui s'alimente des malheurs d'autrui. Et la plupart de mes compagnons d'armes sont dispersés dans des garnisons de province. Après-demain vous convient ?

Daisy acquiesça, ne pouvant faire moins qu'ajouter son sourire au sien.

16

« Aberrant » fut le qualificatif qu'employa Achille lorsque Daisy lui résuma la situation.

Achille et Julie rentraient d'Italie, apaisés. Un nouvel enfant était en train.

– Mon pauvre ange ! disait Achille. Rends sa maison à Lacaz, plie bagage, viens chez nous. Rue du Bac, c'est, ce sera toujours chez toi, n'est-ce pas, Julie ?

Julie renchérissait.

Daisy remerciait, déclinait.

Elle ne conservait aucune rancune envers Julie. Mais habiter sous un toit qui n'était plus le sien, quoi qu'affirmât affectueusement Achille... Et existait-il un endroit qui remplaçât Monceau ?

Elle ne pouvait ni se résoudre à quitter la maison ni concevoir d'y vivre avec Louis Lacaz.

Après les visites de celui-ci, elle s'interrogeait avec stupeur. De tant d'amour, que restait-il ? Elle se rappelait son chagrin. Il serait apparu à ce moment-là, le bonheur l'aurait tuée ! Et maintenant... Elle reprenait ses souvenirs, elle avait presque du mal à le reconnaître... Ses façons, ses regards, sa manière de s'exprimer... C'était lui et ce n'était pas lui. Manquaient le brillant, le charme, la fascination. Il en avait certainement encore. Elle ne lui en trouvait plus, il ne l'émouvait qu'en fonction de ses souffrances et de l'homme qu'il avait été. Voici quatre ans, elle s'était jetée dans ses bras, aujourd'hui, elle se demandait pourquoi. Pourquoi aime-t-on et n'aime-t-on plus ? Mais était-ce vraiment de l'amour ? Un engouement de jeune fille, affirmait Paul. Peut-être, en effet. Le temps l'aurait transformé en meilleur ou en pire. Comment savoir ? Ils n'avaient eu que trois semaines à partager. Trois semaines... Le temps pour Worth de composer une toilette de bal, le temps d'une cure dans une station thermale, le temps d'un coup de foudre, du soleil plein le cœur, des baisers, des projets, des rires, l'existence devant soi... L'existence demeurait.

– Installons-nous à Maubrun, disait Sosthène.

Malgré le désarroi, les détails prosaïques s'imposaient. Papa ignorait ce que coûtait l'entretien d'un château. Il faudrait vendre. Un bon prix, certes, dans l'état actuel de la propriété, mais ce serait quand même renoncer à beaucoup car, depuis le jour où elle était allée à la banque Lacaz, les goûts de Daisy avaient évolué dans des proportions vertigineuses.

– Qu'importe si la résurrection de Lacaz te dépouille de ton héritage, disait Paul de Nhuys. Tu n'iras pas toute nue. Je suis là.

L'idée de dépendre de lui froissait Daisy. Disposer sans rendre de comptes à personne était un privilège dont elle mesurait à présent le prix.

D'ailleurs, Paul devenait furieux lorsqu'elle lui relatait les suggestions d'Achille et de son père.

– Tu dois tenir, c'est à Lacaz de céder. Si tu t'en vas, les torts seront pour toi. Et partir éveillerait les soupçons de Lacaz. Je ne peux me permettre un scandale. Ce qui valait pour Rotran vaut pour lui, avec cette différence que Rotran est un gentilhomme et Lacaz, un bourgeois.

– Paul, Louis ne cédera pas. Il est prêt à attendre, mais il ne dissimule pas ses intentions. Il me considère toujours comme sa femme.

– Si, dès le début, tu n'avais pas alimenté ses illusions en soupirant avec lui sur ses malheurs !

Les rendez-vous avenue Montaigne commençaient par de grands embrassements et se terminaient en querelles.

Paul était nerveux.

L'attentat de l'Opéra ayant démontré la fragilité d'un régime reposant sur l'autorité d'un seul, l'Empereur avait quelques jours plus tard institué un conseil de régence, chargé d'assister l'Impératrice durant la minorité de son fils, en cas d'empêchement du souverain. Paul briguait une place à ce conseil. Morny l'avait obtenue. Le choix de Napoléon III s'expliquait : il avait besoin de Morny, président de la Chambre, pour faire approuver par le Corps législatif diverses lois d'exception. Néanmoins, cette désignation ulcérait Paul.

– Après tout ce que j'ai fait pour l'aider à se hisser sur le trône ! Mon bon empereur est un ingrat. Je ne le lui pardonnerai que lorsqu'il m'aura accordé la couronne ducale, et je la veux avant Morny. Ça, je le lui ai dit aussi !

Daisy l'écoutait discourir, effarée.

Quelle importance ces honneurs avaient-ils face à l'imbroglio dans lequel elle se débattait ? Pourtant, ils en avaient. La vie publique de Paul passait avant leur bonheur. C'était dur à accepter.

Louis Lacaz venait presque chaque jour à Monceau.

Il avait retrouvé avec une grande joie l'écurie intacte. Les séquelles qu'il gardait de ses blessures n'affectaient pas sa monte. C'était toujours un remarquable cavalier. Il passait le matin, se faisait seller Pyrrhus, son favori, partait galoper au bois de Boulogne. Il rentrait en général à l'heure du déjeuner, on ne pouvait faire autrement que le prier de partager le repas. Sosthène de Maubrun et Charlotte le traitaient avec cérémonie et condescendance comme s'il eût été un invité de passage. Il n'avait pas l'air de s'en formaliser, il apportait des cigares pour Sosthène, de grosses boîtes de bonbons de chez le confiseur Boissier, dont Charlotte raffolait, la louait pour sa bonne tenue à cheval lorsqu'elle arrivait du manège sur sa jument, il se satisfaisait de tout, et c'était bien difficile de ne pas s'aligner sur cette humeur. Il n'y avait que le nom de Daniel qui lui ôtât le sourire.

Un après-midi, il frappa à la porte du boudoir.

– Daisy, pardonnez-moi... Je ne voulais pas que les domestiques interrompent votre sieste. J'avais des livres de stratégie militaire dans la bibliothèque, ils n'y sont plus. Savez-vous... ?

Daisy se reposait sur le sofa.

Elle porta la main au décolleté de son peignoir.

– Vous auriez demandé au Grand Courtois... Il les a fait monter au grenier dans une malle. Un valet vous les descendra.

– Puis-je m'asseoir un instant ?

– Je vous en prie.

Elle avait la respiration un peu courte de se trouver en tête à tête avec lui dans cette tenue.

Louis Lacaz regardait autour de lui.

Le petit bureau où le banquier Lacaz aimait méditer ses opérations boursières en fumant un cigare n'avait conservé que sa charmante disposition en rotonde. Retapissé de grosse soie écrue, avec des drapés de satin bleu nuit aux fenêtres et un tapis chinois, également dans les bleus, c'était une pièce délicieuse. Les allées et venues avec le cabinet de toilette y laissaient un sillage parfumé.

L'œil de Louis Lacaz s'arrêta sur la rampe

tournante de l'escalier à vis que Paul n'empruntait plus.

– Vous avez quand même gardé l'escalier... Pauvre père. Était-il fier de cette commodité qui lui évitait les commérages du personnel et les scènes de ma mère ! À propos, Daisy. J'ai une requête à vous adresser. Je souhaiterais que vous vous réconciliiez avec elle.

– Nous réconcilier ? Nous ne sommes pas fâchées. Incompatibilité de caractère. Votre mère m'ennuie, Louis, et je la choque. Je ne vois donc nullement la nécessité de nous imposer à l'une et à l'autre cette corvée.

– Daisy, faites-moi ce petit plaisir... Une simple visite.

La veille, il avait offert à Charlotte une magnifique cravache à pommeau d'or. Charlotte avait remercié du bout des lèvres, Sosthène n'avait pas daigné lever les yeux de son journal.

Daisy soupira.

– Après tout, si vous voulez, Louis.

Elle n'osa le dire à Paul.

L'entrevue eut lieu dans le petit hôtel des Lormel, situé derrière la banque Lacaz, là où pour la première fois Daisy avait vu Louis Lacaz.

Une robe à trois volants de drap rose glissant sur le parquet à la rencontre d'un dolman bleu céleste... Mademoiselle... Monsieur... L'émerveillement des regards, et cette joie qui pétillait en elle comme du champagne.

Louis Lacaz chuchotait :

– Vous vous rappelez, Daisy ?

Elle avait le cœur barbouillé, elle se sentait vieille, triste, vaguement effrayée, l'impression d'être attirée dans un piège. Elle n'aurait pas dû venir, et cette conviction s'accrut jusqu'au malaise devant le comportement de Mme Lacaz.

Elles ne s'étaient pas parlé depuis que Daisy

lui avait annoncé son remariage avec Daniel. Mme Lacaz n'avait pas bougé. Elle conservait son faciès sec et sans âge, ses bandeaux bien tirés, son allure robuste, et étalait le même nombre de rangs de perles sur son corsage boutonné jusqu'au menton.

Ce qui était nouveau, c'était le sourire qu'elle affichait, son ton presque affectueux.

Au bout d'une demi-heure, Daisy se leva.

Elle n'en pouvait plus, surtout après avoir entendu Mme Lacaz déclarer avec onction que ce que Dieu avait séparé puis réuni était marqué de sa bénédiction.

L'Impératrice s'était exprimée en termes presque identiques.

– Ma chère, notez dans ce miracle la volonté divine. Dieu vous avait pris votre époux, Il vous le rend. Oui, oui, je comprends... Mais vous vous réadapterez. C'est dans les situations délicates que la valeur se manifeste. Nous ne doutons point de la vôtre, chère Daisy.

Paul de Nhuys, à qui Daisy avait rapporté ces paroles, s'était mis en rage.

– Dieu a bon dos ! La vérité est qu'Eugénie souhaite te remettre sous la coupe d'un mari. La Castiglione a reçu son congé, elle est repartie pour Turin, le poste est vacant, l'Empereur piaffe et l'Impératrice le connaît suffisamment pour savoir que tes refus attisent sa concupiscence. La touchante histoire du sieur Lacaz vient à point. Toute la cour, elle y veille, en a la larme à l'œil, on ne cause que de vos amours passées et futures. Rotran a raison de prolonger son séjour à Rome. Cela en devient injurieux pour lui !

L'opinion se prononçait donc en faveur de la reprise de ses relations avec Louis Lacaz.

Lasse d'opposer un air vague aux curieuses qui assiégeaient l'hôtel Lacaz, Daisy avait fini par condamner sa porte. Elle refusait toute sortie.

D'ailleurs, elle n'avait rien à se mettre, elle n'était même pas allée rue de la Paix commander ses toilettes de printemps chez Worth, elle n'avait plus de goût à rien, elle ne savait plus où elle en était. Chaque soir, sur l'oreiller, elle se jurait de prendre une décision le lendemain, mais laquelle ? Aucune ne la satisfaisait.

Un vendredi d'avril, en fin d'après-midi, Louis Lacaz se présenta.

Sosthène de Maubrun était à son cercle. Charlotte assistait à une petite fête que donnait une des élèves du manège.

Daisy ne se souvenait pas de lui avoir dit de venir dîner, mais elle ordonna que l'on mît son couvert.

Ils dînèrent seuls.

On entendait la pluie ruisseler des gouttières et crépiter sur la verrière de la marquise.

Les valets avaient enlevé le plat d'asperges, disposé les viandes et les sauces.

Louis Lacaz considéra Daisy.

– Nous sommes bien, dit-il.

Daisy eut un sourire contraint.

Elle avait projeté de se faire servir un thé dans sa chambre, se reprochait maintenant d'avoir cédé à la faiblesse. Elle aurait dû renvoyer Louis, lui dire... Eh bien, la vérité ! qu'elle n'avait pas envie de le voir, que sa tendresse, ses regards lui pesaient. Lui dire aussi qu'après avoir été le roi sur l'échiquier de son existence il n'était plus qu'un pion qu'elle ne savait où placer et que plus tôt il le comprendrait... Qu'attendait-il donc pour le comprendre ?

L'agacement lui donnait des palpitations.

Il parlait à présent de Trouville.

Elle y vit une manœuvre.

– Nous y retournerons, n'est-ce pas ? disait-il. Vous vous rappelez...

Daisy coupa :

– Vivre de souvenirs, Louis, n'est pas vivre.

– Mais c'est du futur que je vous parle, Daisy.

– Puisque vous en parlez...

Daisy posa son couteau et sa fourchette.

– Parlons-en, et essayez de considérer les choses en vous mettant un peu à ma place. Le temps s'est écoulé différemment pour chacun de nous, Louis. Votre perte de mémoire en a peut-être raccourci pour vous la durée, mais moi, j'ai changé, Louis, je ne suis plus la même.

– Pour moi, vous êtes la même.

Elle dit, exaspérée par son expression butée :

– Comment pourrais-je être la même ? Me prenez-vous pour la Belle au Bois dormant ? Vous réapparaissez, vous feignez de croire que tout est demeuré en l'état, que je vous attendais... Louis, je suis désolée, mais je vous en prie, regardez la réalité en face ! Je ne vous attendais plus. Vous étiez mort. J'avais dix-sept ans. Je vous ai pleuré, énormément pleuré. Et ensuite... Eh bien, j'ai continué à vivre. À vivre, Louis ! Je me suis remariée.

– Devant la loi, ce mariage ne compte pas.

– La loi ! Est-ce que je vous parle de la loi ? Je vous parle de moi. Louis, comment faut-il donc vous le dire ? J'aurais tant aimé ne pas vous blesser, je pensais que de vous-même vous me proposeriez un arrangement, que nous chercherions ensemble un terrain d'entente...

Louis Lacaz la dévisagea :

– Qu'est-ce qui a pu vous donner cette impression ?

– En la circonstance, cela me paraît normal.

– Pas à moi. Vous êtes ma femme. Vous le

resterez. Cette viande est délicieuse, vous ne trouvez pas ?

Daisy se leva.

– Louis, je vais quitter cette maison. Disposez-en, ce n'est que justice, elle est à vous. Mais vous ne disposerez pas de moi.

Elle contourna la table, claqua la porte, monta à sa chambre d'un pas que la rage accélérait, claqua encore une porte, envoya promener ses souliers, dégrafa sa crinoline, l'écarta d'un coup de pied, s'assit dans la bergère, près de la cheminée.

Une bûche perdit l'équilibre, s'effondra dans un pétillement d'étincelles, s'enflamma. Le plafond en fut tout éclairé. Et l'or des boiseries, les satins, les lampes d'opaline rose, la glace au-dessus de la commode, dans laquelle se reflétait une brassée de tulipes jaunes.

Le silence étoffé par les tentures environnait Daisy.

Elle pressa ses mains l'une contre l'autre d'un mouvement convulsif; sa respiration soulevait le plissé de son corsage, son humeur tombait. Elle se sentit accablée. Elle avait été maladroite, elle l'avait brusqué, braqué, et maintenant...

La porte se rouvrit.

Louis Lacaz entra.

Elle le regarda, muette.

– Daisy, je crois que vous vous êtes un peu emportée. Quoi que vous en pensiez, je suis parfaitement conscient du bouleversement qu'a produit sur vous mon retour.

Il s'avança dans la pleine lumière des chandeliers. Les rides qu'il avait rapportées de Russie, l'amertume qui durcissait ses traits, la bouche lasse contredisant l'autorité du menton ressortaient.

Pourquoi, mais pourquoi était-il revenu ? songea-t-elle avec désespoir, osant enfin s'avouer le fond de sa pensée, n'ayant plus de pitié que pour elle-même.

D'une voix monocorde, il poursuivit :

– Je suis monté vous demander de rester. Cette demeure est vôtre, elle a besoin de votre grâce, de votre élégance, aucune autre femme ne saurait si bien...

Le cœur de Daisy se mit à battre.

Paul de Nhuys disait :

« L'hôtel de Monceau, la rente en rapport, un accord à l'amiable... Pour un homme qui se respecte, il n'y a pas d'autre proposition à te faire. »

Elle se redressa.

– Je suis contente, Louis, que vous vous décidiez à une attitude plus raisonnable. C'est vrai, je ne vous le cache pas, m'en aller me coûterait beaucoup, j'ai de l'affection pour cette maison.

– Nous en avons tous les deux. Je ne m'imagine pas vivant ailleurs maintenant ni y vivant sans vous.

– Mais...

– Daisy, s'il vous plaît ! Ne m'interrompez pas. Vous parlez d'attitude raisonnable. C'est la vôtre, ma chère, qui ne l'est pas. Vous vous comportez comme une enfant, vous tapez du pied, vous criez : « Je pars ! » Bon. Admettons. Mais ce caprice vous mènera où ? Ne comptez pas sur l'indulgence de l'opinion. Les femmes ont toujours tort dans notre société. Une très jolie femme, encore plus. On vous prêtera un amant, des mœurs dissolues. Les gens ne savent qu'inventer. Vous perdrez les faveurs de la cour, on ne vous recevra plus, on vous oubliera.

– Taisez-vous, dit-elle.

– Daisy... Daisy, je suis le seul à pouvoir vous assurer l'existence que vous méritez. Des honneurs, le respect de tous, des enfants. Si vous désertez ce domicile, vous ne donnerez jour qu'à des bâtards.

– Taisez-vous, répéta-t-elle.

Louis Lacaz hocha la tête.

– Il fallait bien que quelqu'un vous ouvre les yeux. Et ce n'est pas votre père qui peut le faire. La nonchalance le porte. Réfléchissez... Voyons, serait-ce si terrible de vivre avec moi ?

– Non... Non. Mais...

Daisy rassembla son courage et sa franchise.

– Je ne vous aime plus, Louis. Enfin, plus comme avant, et je ne...

– Quand on aime, il en reste toujours un fond. D'ailleurs, si nous avions vécu ensemble durant ces années, m'aimeriez-vous encore de la même façon qu'au début ? Posez-vous la question. Les sentiments évoluent.

Il la surplombait.

Cette grande ombre au-dessus d'elle l'étouffait. Elle s'extirpa du fauteuil, se mit debout.

– Comment pouvez-vous, après ce que je vous ai dit, envisager de reprendre nos relations ?

– Je viens de vous répondre, il me semble. Je vous aime. Je saurai me contenter de votre amitié. Dans un ménage, beaucoup n'ont même pas ça, Daisy.

– Vous m'aimez, mais vous brandissez la loi, vous me refusez la liberté que je vous réclame. Louis... Louis, je vous en prie, c'est bien difficile, je le sais, de vous demander cela, mais...

– Détrompez-vous, Daisy. Si vous quittez Monceau, vous ne serez jamais libre. La malveillance s'attachera au moindre de vos gestes. Comprenons-nous bien. Je n'ai nullement la prétention de vous retenir contre votre gré, je ne cherche qu'à vous démontrer l'erreur que vous commettriez. Lorsque l'annulation sera prononcée – d'après mon avocat, ce sera le mois prochain –, vous me ferez part de votre décision. Si vous vous obstinez à vouloir partir, soit. Mais je ne renoncerai pas à vous, et vous saurez à quels risques vous vous exposez.

Après que Louis Lacaz fut redescendu, Daisy se rassit dans la bergère.

Elle avait l'esprit engourdi.

Demain, elle penserait.

Pour l'instant, elle avait gagné un peu de temps, elle restait ici, elle se sentait soulagée, lâche, bêtement heureuse...

Quand elle vit Paul, elle ne lui mentionna pas cette conversation.

Il était de belle humeur.

Il avait enfin arraché à l'Empereur la promesse d'être fait duc avant la fin de l'année.

« Ma chérie,

J'ai dit adieu à Rome et, voici quelques heures, bonjour à Paris. N'ayant guère envie de me heurter à Lacaz et n'osant vous suggérer de venir rue Saint-Honoré dans la position délicate... et très ridicule où nous nous trouvons, je vous propose une rencontre en terrain neutre. Le bois de Boulogne me semble tout indiqué. Que diriez-vous de demain, 4 heures, à l'entrée de la petite allée près des lacs où nous avions coutume de faire arrêter la voiture ?

Remerciez Charlotte d'avoir si bien veillé sur mon jardin. Les tulipes et les jonquilles sont superbes.

Mes respects à Monsieur votre père.

Je vous embrasse comme je vous aime, et si quelqu'un s'en offusque, tant pis !

Votre Daniel. »

Toute la matinée, Charlotte guetta avec angoisse le ciel, et elle n'attendit pas que l'on servît le café pour remonter se faire friser par sa femme de chambre.

Daisy riait.

Elle-même s'apprêta avec un soin particulier et se surprit à chantonner, ce qui ne lui était pas arrivé depuis longtemps.

Le cocher avait attelé la nouvelle calèche à huit ressorts, caisse et train vernis *à l'anglaise,* gris perle, réchampis cerise, l'intérieur en reps mat du même gris.

Avenue de l'Impératrice, Daisy et Charlotte ouvrirent leurs ombrelles. Le soleil était chaud.

– Tu vois que j'ai bien fait de mettre ma robe en mousseline, dit Charlotte.

Elle s'agitait, scrutait l'horizon, soupirait.

– Calme-toi, chérie, répétait Daisy. Quand tu t'énerves, tes taches de rousseur ressortent.

Mais cette menace demeurait sans effet sur l'impatience de Charlotte.

C'était l'heure exquise de la promenade.

Victorias, landaus, calèches, mail-coaches, coupés, cabs, dog-carts convergeaient à petite allure (l'encombrement n'en permettait point d'autre) vers les nappes ondulantes de verdure, que délimitait le tracé des arbres s'allongeant en perspective vers les coteaux de Saint-Cloud et de Suresnes. Des rires gazouillaient. L'air était blond. L'œil se perdait dans des fouillis de soie, dans des mousses de dentelles, chaque chapeau était un petit parterre, le soleil ruisselait sur les joyaux, sur l'argent des harnais, allumait les boutons de cuivre des livrées et au milieu de cet étalage de richesses coulant dans l'avenue comme un grand fleuve paresseux et scintillant se faufilaient quelques fiacres. Ils détonnaient.

– Daniel va nous attendre, disait Charlotte.

– Les hommes sont faits pour ça, mon petit chou.

– Oh ! toi, toi ! Allons bon, qu'est-ce qui se passe, à présent ?

Dans un crissement de roues, les équipages s'écartaient, se tassaient à gauche et à droite, un chuchotement respectueux remontait la chaussée, précédant deux piqueurs en habit vert, coiffés de calottes rondes à glands d'or, qui ouvraient de leur trot rapide un grand vide devant eux.

Derrière, un phaéton apparut.

– L'Empereur, murmura Daisy.

Il conduisait lui-même.

Il stoppa à quelques mètres, jeta les rênes à l'un des grooms accrochés à l'arrière du phaéton, en descendit, se dirigea vers le landau.

Déjà, les valets de Daisy abaissaient le marche-pied.

L'avenue, dégagée, était blanche de lumière. Les bustes des femmes se pressaient aux portières.

Un peu émue par l'attention dont elle était l'objet, Daisy salua.

– Ma chère, nous sommes heureux de vous voir, dit Napoléon III. Vous nous manquez beaucoup. La cour n'est plus ce qu'elle était, privée de votre beauté.

– Votre Majesté me comble, mais...

– Je sais. Nous avons donné ordre que cette situation se régularise dans les plus brefs délais. Nous vous voulons bientôt parmi nous. Vous me manquez, répéta-t-il.

Son regard pâle détaillait Daisy.

Un petit pardessus court en faille rose cendré l'habillait, laissant voir la guimpe de linon plissé, les manchettes de dentelle et les grands volants de la jupe dont l'enroulement gracieux montait jusqu'aux basques du pardessus, bordées d'une passementerie ton sur ton. Sur la chevelure blonde, tressée et roulée en chignon, était perchée une minuscule paille d'Italie qu'un bouquet de roses avec son feuillage ornait.

– Daisy, chuchota-t-il. Daisy Rose…

Sous l'œil et le ton, elle rougit.

Lorsque le phaéton se fut éloigné et que la cohue des voitures se reforma, Charlotte ricana.

– C'est pour te dire cette niaiserie qu'il nous a retardées ? Daisy Rose… À quoi ça rime ! À part que tu es toujours en rose.

– Justement ! C'est un petit nom d'amitié, une manière charmante de le souligner… Une niaiserie. Pauvre sotte ! On ne m'a jamais fait un compliment plus ravissant.

Le landau parvint aux lacs avec près d'une heure de retard.

Le long des sentiers sillonnant les berges de gazon, des couples déambulaient. L'eau avait le poli et l'éclat du métal. La barque de promenade glissait dessus.

La voiture de Daniel était garée devant le chemin sablé. Il en sortit dès que le landau s'approcha. Il avait bonne mine, une figure légèrement hâlée, ce qui était nouveau et allait bien avec ses cheveux clairs. Le veston droit à fines rayures l'allongeait.

– Daniel, vous êtes superbe.

Ils s'embrassèrent doucement.

– Et moi ! dit Charlotte.

Quand Daniel se tourna vers elle, elle se jeta à son cou et Dieu sait combien de temps aurait duré cet attendrissement si, tout à coup, de la voiture de Daniel, une silhouette féminine n'avait surgi.

Charlotte s'écarta comme si les vêtements de Daniel la brûlaient.

– Qu'est-ce que c'est que *ça* ?

Daniel dit tranquillement :

– Une personne que j'ai ramenée de Rome.

Daisy la considéra.

L'ossature délicate, un teint d'or bruni comme on en voit sur les peintures aux madones italiennes. Les yeux étaient largement fendus, frangés de longs cils très noirs; la bouche, pulpeuse, d'un rouge de grenade. Un châle aux broderies agressives drapait des formes que l'on devinait menues. Du front, étroit et têtu, jaillissait une explosion de cheveux sombres.

– Daniel, vous débauchez les enfants maintenant, chuchota Daisy avec un entrain un peu forcé.

Il eut un rire bref, lança quelques mots en italien.

La jeune fille rentra docilement dans la voiture.

– Qui est-ce ? demanda Daisy.

– Je l'ai découverte parmi des antiquités dans un grenier de Rome. Elle rêvait de pendants d'oreilles en verroterie, elle avait de la crasse jusqu'au bout de son petit nez. Avez-vous vu cet adorable petit nez ? Je lui ai offert des boucles en or et je l'ai débarbouillée.

– Vous allez vivre avec elle ?

– Grands dieux, non ! Je la loge dans un hôtel. C'est d'ailleurs elle qui m'a supplié de l'emmener. Paris, le paradis des grandes courtisanes. Elle le sera.

– Mais c'est encore une enfant.

– Une enfant ! Ma pauvre chérie. Angelica est un petit serpent. Suivre les ruses de son esprit m'enchante autant, sinon plus, que faire joujou avec elle ! Elle ne sait ni lire ni écrire, mais compter... Elle en remontrerait à un banquier.

Il avisa Charlotte, très digne, juchée sur la banquette.

– Pourquoi Charlotte boude-t-elle ?

– Elle se croit amoureuse de vous, vous le savez bien.

– Vous devriez lui trouver un mari. Charlotte

montre trop de passion pour les amoureux de sa sœur. C'est malsain, cela. Charlotte, j'ai deux mots à dire à Daisy, et ensuite nous bavarderons...

– Laissez-la, dit Daisy. Quand elle commence à faire sa mauvaise tête, nous en avons pour jusqu'à la fin de la semaine.

Elle prit le bras de Daniel, ils avancèrent dans le chemin.

– Alors, il est revenu, dit-il. Je le savais, je savais qu'il reviendrait.

Daisy sursauta.

– Vous le saviez ? Comment pouvez-vous dire une chose pareille, Daniel ?

– Puis-je me permettre une question que je n'ai pas osé vous poser dans mes lettres ? Vous êtes heureuse ?

– Non. Heureuse pour lui, bien sûr, mais...

Daisy se mordit les lèvres.

– Je ne l'aime plus, Daniel.

– Pourtant, j'ai toujours été persuadé...

– Et vous aviez tort, je vous l'ai dit cent fois !

Elle soupira.

– Que me conseillez-vous ? Je ne sais que faire.

Il dit d'un ton sec qui l'étonna :

– Ne demandez pas de conseils au foutu imbécile que je suis.

– Daniel ! qu'ai-je dit ? Qu'est-ce qui ne va pas ?

– Rien. Pardonnez-moi. J'étais en train de penser que si les choses avaient été différentes entre vous et moi, aujourd'hui je sais ce que je ferais, je vous emmènerais loin, très loin, Lacaz ne nous retrouverait jamais.

Elle le fixait, ne comprenant rien à son agitation, à ses propos décousus.

Il sourit brusquement.

– Ma chérie, c'est bon de vous revoir, vous l'ai-je dit ?... Vous voulez un conseil ? Lâchez Monceau, Lacaz, sa fortune, vous ne manquerez de rien, je suis là, je serai toujours là... Voilà ce que j'aimerais vous conseiller. Honnêtement, je ne le peux pas. Notre séparation ne vous a pas nui parce que nous y avons mis du tact. Je connais Lacaz mieux que vous. Il n'en aura aucun, il vous détruira. Et vivre dans l'ombre ne convient pas à votre caractère. Il vous faut le grand jour, le soleil, l'éclat des lumières. Restez avec lui, et croyez bien que je préférerais me couper la main que vous donner ce conseil, mais c'est le seul sensé.

Jusqu'à Monceau, Charlotte n'ouvrit pas la bouche. Mais Daisy était trop préoccupée par les paroles de Daniel pour se soucier de l'air tragique de sa sœur et de sa pâleur.

Louis Lacaz vint dîner.

En attendant de passer à table, Daisy mentionna incidemment sa rencontre avec Daniel.

Louis Lacaz se rembrunit.

– Daisy, il ne me semble guère convenable...

– Laissez-m'en juge. D'ailleurs, Daniel n'était pas seul. Une... Une personne qu'il a connue en Italie l'accompagnait.

– Sacré Daniel ! s'exclama Sosthène de Maubrun. Comment est cette personne ?

– Très jeune, très... exotique, belle.

Sosthène de Maubrun rit.

– Daniel n'aime que les belles femmes, nous le savons. Et sans avoir de physique, il plaît à toutes. L'esprit, le charme, c'est ça, mon cher !

Daisy se hâta d'enchaîner sur les amabilités de l'Empereur.

Louis Lacaz défronça ses sourcils.

– Bien. Très bien, dit-il. Voici un témoignage public de l'estime en laquelle Sa Majesté vous tient, Daisy.

– L'estime ! grommela Sosthène. Napoléon le

Petit est un chien fou, tout le monde sait ça. Et qu'il arrête son équipage devant ma fille me paraît la désigner à des médisances dont je me passerais. Être distinguée par Louis XIV, je vous concède l'honneur; par un Bonaparte, je n'en vois point !

Daisy allait répondre lorsque la femme de chambre de Charlotte entra.

– Madame, Mademoiselle Charlotte... Madame peut-elle venir un instant ?

Tout en montant les deux étages, la femme de chambre lançait un flot de phrases.

– Mademoiselle Charlotte m'a dit : « Apporte-moi le flacon de laudanum... » Vous savez, Madame, ce que M. le docteur lui a prescrit lorsqu'elle a eu sa bronchite cet hiver. J'ai cru qu'elle s'était enrhumée, je le lui apporte. Elle me dit : « Sers-moi un verre d'eau. » Je le lui sers. Elle avait un drôle d'air, mais Mademoiselle Charlotte, elle a souvent des airs. Elle verse le flacon de laudanum dans le verre. Moi, comme une bête, je la regardais. Et elle me dit : « Va-t'en, laisse-moi seule, tu m'embêtes ! » Et, d'un coup, j'ai compris, j'ai crié : « Vous n'allez pas faire ça, Mademoiselle Charlotte ! », et je me suis précipitée, elle m'a repoussée, le verre s'est renversé, et je suis descendue à toute vitesse.

Daisy poussa le battant.

Charlotte était assise au bord du lit, sanglotait.

Daisy courut, l'entoura de ses bras.

– Chérie, chérie, mais pourquoi ? Qu'est-ce qui t'a pris ? C'est à cause de Daniel ? Mais enfin, voyons, petite sotte, aucun homme ne vaut qu'on lui sacrifie...

– Toi, tu n'aimes que toi, dit Charlotte à travers ses larmes.

– Comment ! Et toi, et Papa, je ne vous aime pas, peut-être !

– Tu nous traînes dans tes bagages, tu te

moques de ce qui nous plaît ou non, tu décides, tu tranches, on suit. Quand nous avons quitté l'hôtel de Rotran, j'ai cru mourir de chagrin, tu ne t'en es même pas aperçue. Et maintenant, qu'est-ce qu'on va faire ? Où va-t-on aller si tu vends Maubrun ? Daniel et Maubrun, c'est tout ce que j'ai.

Daisy l'écoutait, sidérée.

– Tout ce que tu as... Mais, Charlotte, tu as tout, toutes les robes que tu veux, des tas de jolies choses, une jument, tu n'as qu'à demander...

– C'est Maubrun que je veux. Mais Maubrun, tu t'en fiches aussi. Tu te fiches de nous briser le cœur, tu vas le vendre, et où irons-nous ?

Daisy soupira, étreignit Charlotte qui sanglotait de plus belle.

– Ne pleure pas. Nous ne vendrons pas Maubrun. Nous restons ici.

Et elle se mit à pleurer, elle aussi.

17

Paul de Nhuys n'était pas homme à se lamenter et, s'il avait si bien réussi dans ses ambitions, c'était plus grâce à la pondération et au calcul qu'à l'impétuosité apparente de son caractère.

Daisy le savait.

Quand elle lui annonça sa décision, il approuva.

La sagesse était de s'incliner. Pour l'instant, Lacaz avait les bonnes cartes : l'opinion en sa faveur, la loi pour lui, et leur liaison lui fournissait un atout supplémentaire.

– Vivre dans la hantise d'un constat d'adultère, ce ne serait pas une vie pour toi, mais ce serait celle que te ferait Lacaz si tu le quittes. Patience. Un jour ou l'autre, nous le mettrons dans son tort. En manœuvrant bien... En attendant, il faudra continuer de nous contenter de l'avenue Montaigne.

– Paul, j'ai autre chose à vous dire. D'ailleurs, vous venez de le dire vous-même. Ce n'est pas une vie de vivre ainsi. Me partager entre vous et lui... Et avez-vous réfléchi à ce que cela implique ?

– Y réfléchissais-tu quand tu étais mariée avec Rotran et que tu venais déjà me rejoindre ici ?

– Ce n'est pas pareil.

Suggérait-elle, par hasard, qu'ils ne se voient plus ? Était-ce cela ? Des scrupules vis-à-vis du sieur Lacaz… à moins qu'elle n'eût repris du goût pour l'homme, à l'avoir dans ses jupes tous les jours de la semaine ?

Il avait empoigné la tête de Daisy entre ses mains, froissait ses cheveux, fouillait son regard, rugissait.

Soudain, il se tut, la lâcha, bondit du lit, alla chercher les vêtements de Daisy, les jeta en vrac sur le tapis.

– Habille-toi. Va-t'en.

– Paul !

– Tu es sourde ? Je t'ai dit de t'en aller.

Sa voix était glacée, terrible.

Daisy se leva, ramassa son corset.

– Pourriez-vous me lacer, s'il vous plaît ?

Il la laça.

Pour attacher sa crinoline, elle dut s'y reprendre à trois fois. Impossible d'accrocher le lien de toile à l'agrafe du corset ! Ses doigts tremblaient. Tout son corps tremblait.

Et à quoi bon essayer d'expliquer à Paul… ?

Il ne comprendrait pas.

Il était fort, égoïste. Il n'avait jamais une hésitation, un regret, un remords. Quand un projet avortait, il le remplaçait par un autre. La lutte le stimulait… Mais, en l'occurrence, c'était elle qui devrait se battre, ruser, accepter les compromissions. Et elle était fatiguée. Rue du Bac, on ne lui avait pas enseigné les subtilités de la dissimulation, on vivait à cœur ouvert, dans une paix charmante. Oui, bien sûr, elle avait trompé Daniel avec Paul, mais recommencer encore… Ces rendez-vous furtifs, se déshabiller, s'étreindre, se rhabiller… L'amour, ce n'est pas seulement le faire. Les joies quotidiennes l'ornent.

Paul se résignait à cette solution, affirmant n'en voir point d'autre. Il y en avait pourtant une, celle à laquelle Daniel avait fait allusion au bois de Boulogne : fuir ensemble. Mais jamais Paul ne sacrifierait pour elle le pouvoir et les honneurs, et il eût été bien étonné, choqué même, de se l'entendre reprocher et de savoir que, au fond, si elle rompait aujourd'hui, c'était surtout parce qu'elle ne se sentait pas assez aimée.

Daisy alla prendre sur le bois du lit la ceinture de sa robe, qu'il avait tout à l'heure dénouée. Les draps gardaient encore l'empreinte de leur embrassement. Renoncer à cela... Elle eut comme une faiblesse. Pourquoi renoncer ? Elle pouvait venir ici deux fois la semaine, conserver Monceau, son rang d'épouse, l'honorabilité, ne pas tout perdre, ne pas perdre Paul...

Il dit :

– Tu es prête ?

Elle le considéra.

Le visage qu'il devait avoir lorsqu'il acculait à la faillite un adversaire, jaugeant combien de secondes restaient au malheureux avant de s'effondrer, d'implorer grâce... Aucune colère dans ses yeux durs comme des cailloux ni sur sa lèvre. Le mépris.

Elle ne sut comment elle parvint à épingler son chapeau, à draper son châle, mais elle le fit, un drapé très élégant comme le lui avait appris Worth, les plis du cachemire enrobant rondement l'épaule et distribués de façon à souligner la minceur de la taille, s'inspecta dans le miroir, rectifia une boucle, fit volte-face, se dirigea vers la porte, entendit tout à coup son nom crié avec stupeur comme si Paul comprenait seulement maintenant ce qui leur arrivait.

– Daisy !

Elle avait rassemblé son sac, ses gants, sa dignité, la colère la portait à nouveau, elle ne se retourna pas.

Le 24 mai 1858, le tribunal décréta le baron Louis Lacaz remis dans ses droits d'époux.

Deux jours plus tard, il emménagea à Monceau.

Daisy avait insisté pour lui céder la chambre du banquier Lacaz, il eut la courtoisie de refuser.

Elle avait donc fait redécorer l'ancienne chambre de Louis, y adjoignant un bureau et une garde-robe afin qu'il occupât un appartement aux dimensions du maître de maison.

Les tentures et les tapisseries étaient à grosses rayures vertes et jaunes, les rideaux en velours du même jaune avec galons et pampilles d'or, le mobilier Empire, acajou massif et bronze. Des lustres hollandais en cuivre, à trois étages de branches porte-lumière, superbes, datant du XVIIe siècle, complétaient ce décor essentiellement masculin.

Surveiller l'installation, visiter les antiquaires avait distrait un peu le chagrin de Daisy.

Pensant que l'attention lui serait agréable, elle avait ordonné de placer dans la nouvelle garde-robe de Louis Lacaz son portemanteau d'officier, mais quand il aperçut le drap garance passepoilé de bleu céleste, sur lequel s'étalait le numéro du régiment découpé dans le même bleu, son expression se figea.

– Daisy, tout est parfait, mais faites-moi plaisir. Dites à un valet de monter ce portemanteau au grenier. L'armée, avec ma santé, c'est fini pour moi.

– Ah ? Je croyais... Vous ne songez pas à reprendre de l'activité ?

– Non.

– Louis, si vous le souhaitez, quand il y aura une vacance dans la Maison de l'Empereur... Je peux, dès maintenant, intervenir en ce sens auprès de Sa Majesté. D'excellents états de service sont exigés, vous les avez, et...

– Ne vous mêlez pas de ça.

Il dut se rendre compte que ce ton la déconcertait, car il ajouta :

– Excusez-moi. L'armée ne représente plus pour moi que de pénibles souvenirs. En parler me rend nerveux.

Le soir de son arrivée, sur sa demande, une petite réception dans l'intimité eut lieu.

– Invitez vos cousins Maubrun. Ma mère, Eugène Lormel et sa fiancée viendront. Je pense que votre cousin, bien qu'il ne m'aime pas, daignera nous faire cet honneur. C'est normal qu'en ce jour où nos existences s'unissent à nouveau nos familles soient présentes.

L'excellence des mets fut un sujet de conversation. Eugène Lormel et Louis Lacaz réussirent à le faire durer jusqu'aux compotes et aux pâtisseries.

L'éducation manquait à la fiancée d'Eugène Lormel pour dissimuler son ennui.

La condescendance marquée des Maubrun, Sosthène et Achille, avait éteint dès les présentations la lueur qui folâtrait dans son regard. Louis avait raison : de beaux yeux, une bouche qui promettait des gourmandises, un corsage plein de ressources. Elle n'avait pas plus. Tout l'argent de Lormel ne parviendrait pas à lui donner un autre relief.

On passa dans le petit salon.

Visite traditionnelle de la serre. Les lampadaires allumés répandaient de l'or dans les bassins. L'admiration fit sortir la fiancée d'Eugène de son mutisme.

On revint s'asseoir.

Mme Lacaz connaissait les parents de Julie. Les constructions Poitevin prirent le relais sur la gastronomie et la flore exotique. On en évoqua les grandes réalisations dont, évidemment, l'hôtel de Nhuys.

– On dit le comte de Nhuys le plus bel homme de la cour, dit la fiancée d'Eugène.

Daisy laissa à Julie le soin de répondre.

Ses pensées étaient ailleurs.

Corinne était venue la voir.

– Daisy, mon frère est dans une rage abominable. Il m'a interdit de prononcer votre nom. Depuis que vous avez rompu, il ne rentre plus coucher chez nous. Les hommes ! Pour se consoler, ils emploient toujours le même moyen. Mon ange, nous restons amies, n'est-ce pas ? Mais pourquoi... Ne pouviez-vous gentiment composer ?

Achille n'avait pas lâché trois paroles durant toute la soirée. Il donna le signal du départ.

Daisy s'arrangea pour éviter le baiser de Mme Lacaz.

Eugène, dans la chaleur des vins et des liqueurs, retrouvait ses accents d'ancien commis.

Il s'arrêta sur le perron, profilant sa bedaine au clair de lune.

– Belle nuit pour une seconde nuit de noces !

La fiancée gloussa.

– Eugène ! mon ami... !

Daisy se réjouit que son père et Charlotte n'eussent pas jugé nécessaire de raccompagner les invités.

Elle avait mal au cœur, un poids sur l'estomac, et ce n'était pas le dîner, elle n'avait rien mangé.

Elle rentra dans le hall avec Louis Lacaz.

Les valets avaient éteint les grandes lumières. Une pénombre nacrée cernait l'escalier. Sur une console trônait le buisson d'orchidées, trop massif, trop voyant, livré avec le carton d'Eugène Lormel.

Louis Lacaz lui présenta son bras.

– Nous montons ?

En une fraction de seconde, Daisy vit le lit, se vit dedans, regardant Louis Lacaz s'approcher, et tout son corps se contracta. Impossible. Elle ne pourrait pas. Pas après cette horrible soirée, les commentaires d'Eugène Lormel, le rire de cette petite dinde et la bénédiction de Mme Lacaz qui paraissait tant se réjouir aujourd'hui de ce qu'elle avait déploré voici quatre ans... Quatre ans ! Quatre années que cet homme ne l'avait pas touchée, et il disait : « Montons »...

Elle s'immobilisa.

– Louis, vous devez le comprendre, j'ai besoin de... d'un peu de temps.

– Daisy...

– Vous n'allez pas m'exhiber l'arrêt du tribunal, je pense ?

– Daisy ! Quelle réflexion ! Mais...

– Merci de cette délicatesse. Je n'en attendais pas moins de vous.

Il la reconduisit à la porte de sa chambre.

Elle lui consentit un baiser.

Le baiser de Louis Lacaz se répétait chaque soir, mais Daisy s'arrangeait pour reculer l'échéance.

Il lui avait refusé sa liberté, il avait ruiné ses espérances de bonheur, il ne la contraindrait pas sur ce point. Ce serait à son heure, quand elle le voudrait.

La distance qu'elle maintenait entre eux lui inspirait de l'amabilité, de la gaieté. Elle avait des attentions pour Louis Lacaz, l'accompagnait volontiers dans ses promenades matinales au bois de Boulogne, l'autorisait à assister à ses essayages chez Worth, l'ambiance était très supportable.

Sosthène de Maubrun disait :

– Dieu m'est témoin que j'ai désapprouvé ton mariage, Lacaz m'est toujours aussi peu sympathique, mais tu as bien fait, c'était l'unique parti à choisir. Charlotte est en âge de se marier. Un scandale dans une famille est un boulet que chaque membre traîne au pied la vie entière.

Tous ceux qui l'aimaient, même Paul, l'avaient poussée à ouvrir son lit à cet époux. Elle ne s'y décidait pas, mais sentait la patience de celui-ci faiblir, et son étreinte se faire plus impérative à chaque baiser.

Après une bonne semaine, il explosa.

– Quand ? dit-il. Daisy, je veux une date. Avez-vous juré de me rendre fou !

Il la tenait aux épaules, elle trouva brusquement un certain charme à cette violence.

Les grandes glaces du palier lui renvoyaient l'image d'un bel homme en habit noir, aux tempes argentées. La colère lui seyait mieux que cette mélancolie teintée de demi-sourires, qu'il arborait habituellement.

– Revenez dans une heure, Louis, murmura-t-elle.

Céleste et Louise l'habillèrent pour la nuit.

Le trouble qui avait assailli Daisy sur le palier ne résista pas à ces préparatifs.

Elle se glissa entre les draps, très froide, très lucide, beaucoup trop lucide, et cette lucidité ne l'abandonna pas lorsque Louis Lacaz s'étendit contre elle.

Daniel et Paul l'avaient accoutumée à de tendres préludes. Son corps, sans les désirer, se fût peut-être ému sous ses caresses. Il n'y en eut pas. Une possession rapide, brutale. L'amour lui avait permis à Trouville d'en tirer joie et orgueil. Elle n'en avait plus.

À la mi-juin, la princesse Mathilde, fille de l'ex-roi Jérôme, frère de l'empereur Napoléon Ier, offrait une grande réception qui clôturait en général les mondanités avant l'éparpillement vers les stations balnéaires, thermales et autres endroits à la mode.

C'était la première invitation que Louis Lacaz et Daisy acceptaient.

Depuis plusieurs mois, la chronique de la cour épiait, commentait leurs moindres faits et gestes. Ils avaient supplanté dans les conversations les sujets les plus graves, tels les remous causés par l'attentat de l'Opéra, l'exécution en mars du comte Felice Orsini, le chef des conjurés, et cette nouvelle politique axée sur l'unité italienne, vers laquelle l'Empereur dirigeait ses pensées... Leur présence promettait donc d'être l'attraction de la fête.

La princesse Mathilde habitait un splendide hôtel, rue de Courcelles.

Dans le vestibule, sur fond de pourpre, se détachait le buste de Napoléon Ier sculpté par Canova. La Princesse, comme il se doit, était bonapartiste avec passion. Cependant, son grand air, la finesse de ses manières lui venaient de sa mère, Catherine de Wurtemberg, par laquelle elle se trouvait alliée à toutes les cours européennes.

Elle avait eu la taille frêle, de la beauté, une romance en exil avec son cousin Louis-Napoléon, mais le mariage ne s'était pas fait, le prétendant manquant à l'époque d'espérances sérieuses... Aujourd'hui, Mathilde avait perdu les lys et les roses de sa jeunesse, pris de l'épaule et de la gorge, vu Eugénie de Montijo occuper une place qui aurait pu être la sienne, mais les regrets n'altéraient pas sa gaieté naturelle.

Drapée de tissu d'or, un diadème d'émeraudes enserrant son chignon, elle s'empara avec une autorité souriante du bras de Daisy et la conduisit elle-même à la salle de bal.

Quand Daisy avait confié à Worth son désir d'éblouir la curiosité, ce qui était la plus élégante façon d'y répondre, le couturier avait exigé deux jours de réflexion, puis deux encore, et il avait fallu attendre une longue semaine avant que l'inspiration jaillît.

– De la plume d'autruche, madame la baronne ! Mousseuse, très frisée. Je la choisirai moi-même, brin par brin. Nous la fixerons sur des volants de tulle. Beaucoup de volants, beaucoup de plumes... Une nue de plumes, madame la baronne ! Je la vois. Elle palpite à votre souffle. Un frisson aérien. Le buste s'en dégage. Nous l'habillerons d'un rien de mousseline et d'une guirlande de pivoines. Des pivoines pâles qui enlaceront ces blanches épaules et s'effeuilleront sur ce beau sein. Vous serez une fleur, vous serez un oiseau, vous serez... Ah ! je ne vous le dis pas ! Tout Paris le dira.

Dans sa chevelure coiffée en grosses boucles lâches, M. Sébastien avait semé des perles...

La princesse Mathilde savait ménager ses effets.

Trois cents paires d'yeux étaient maintenant braquées sur le chef-d'œuvre de Worth. Plus personne ne dansait.

Soudain, Daisy sentit l'attention se détourner d'elle et de Louis Lacaz, dirigée à présent vers une silhouette qui traversait la salle, venant dans leur direction.

C'était Daniel.

Louis Lacaz avait dit avant de quitter Monceau :

– Je présume que Rotran, nous sachant présents, aura le tact de s'abstenir.

Daisy éprouva une sorte de plaisir pervers à le voir s'approcher.

Daniel prit sa main, la baisa avec autant de naturel que s'ils eussent été seuls et non le point de mire de toute l'assistance.

– Daisy, vous êtes trop belle. Ce n'est pas bien. Vous ridiculisez nos pauvres compliments, n'est-ce pas, Lacaz ?

Cette aimable désinvolture ne semblait pas du tout du goût de Louis.

Il salua avec raideur, sans un mot.

– Mon cher baron, j'aimerais vous présenter…

L'intervention de la princesse Mathilde écarta la tension.

Daniel suivit du regard Louis Lacaz qui s'éloignait.

– Notre mariage, ma chérie, lui reste en travers du gosier. Je lui aurais cru plus de panache. S'adapter à n'importe quelle situation est le propre de l'homme d'esprit. Il est vrai que pour l'esprit… L'humour n'a jamais été la qualité majeure de Lacaz, et je crains que son séjour en Russie n'ait anéanti le peu dont il était doté. Vous me direz que commander à de pauvres diables d'aller se jeter sous le feu de l'ennemi n'en exige qu'un minimum…

– Daniel, vous êtes méchant !

– Il vaut mieux être méchant que mesquin ou rétréci. Enfin ! Que faisons-nous ? Êtes-vous disposée à récompenser l'attente de ces bonnes gens et à m'accorder une danse ? Ou redoutez-vous les foudres de votre ancien et nouvel époux, si vous vous affichez avec celui qui a assuré l'intérim ?

– Dansons.

Un peu plus tard, il chuchota :

– Lacaz se conduit bien ?

– Très bien.

– Il me paraît morose. Pourtant, de vos deux maris, si l'un d'entre eux a des raisons de s'affliger, c'est bien moi !

– Pourquoi détestez-vous Louis ? Il a été votre ami.

– Je ne le déteste pas.

– Si. Vous le détestez.

– Disons que je l'exècre. Nuance !

– Pourquoi ?

– Je vous le dirai peut-être un jour, mais sûrement pas ce soir. Parlons d'autre chose. Lacaz ne m'amuse pas... Savez-vous que la petite Angelica est casée ?

– Votre Italienne ?

– Ce n'est pas *mon* Italienne. Elle a déniché au pré Catelan un lord, pas bien jeune, pas bien beau, mais la fortune compense. Il l'a installée dans un petit hôtel, rue Rameau. Domestiques, équipage, déjà quelques diamants aux cheveux. Vous me direz : « Les filles entretenues courent les rues, qu'y a-t-il de drôle ? » Attendez de connaître les exigences de l'Anglais ! Oh ! minimes. Encore fallait-il y songer... Mais je ne sais... Peut-être ce que l'on pouvait se permettre de glisser à l'oreille de la marquise de Rotran va-t-il paraître indécent à la baronne Lacaz ? Qu'en pensez-vous, ma chérie ?

Daisy rit.

– La baronne vous dit : « Zut ! », et la marquise vous écoute. Là. Êtes-vous content ?

– Presque. Mais ne riez pas ainsi. Vous êtes trop jolie, vous me désespérez. Eh bien, pour en revenir à Angelica, l'Anglais se présente trois fois la semaine rue Rameau, lâche dans la chambre deux souris blanches, et la petite habillée de sa seule chevelure, de ses bas et de ses jarretières a pour tâche de trotter derrière les souris et de les attraper. L'Anglais, sans la toucher, prend ainsi délicatement son plaisir, paraît-il.

– Mon Dieu ! Quelle horreur !

– Voilà bien les femmes ! Dès qu'on évoque ces gentilles bestioles, elles tremblent de peur. Angelica, non. À Rome, elle en avait plein son grenier. Cela se révèle un sérieux atout.

– Je ne vous parle pas de ça ! Comment peut-on se livrer à des jeux aussi malsains ?

– Malsains ? C'est au contraire charmant et

assez émoustillant. Imaginez les formes exquises de cette enfant s'échauffant à traquer son gibier et à le débusquer des multiples cachettes dont une chambre à coucher est pourvue... ! Au risque d'en choquer beaucoup, je dirais que le spectacle offre plus d'imprévu que celui d'une chasse à courre. Évidemment, les souris du bon lord ne suffisent pas à la petite. Votre serviteur supplée sans obligation. Depuis que j'ai cessé d'être pour elle une source de revenus, Angelica s'est mis dans la tête qu'elle m'aimait. Nous rions bien ensemble.

La danse se terminait.

Louis Lacaz, près de l'estrade de l'orchestre tendue de velours ponceau, parlait avec le comte de Nieuwerkerke. Stature imposante, barbe soyeuse, sculpteur sans notoriété mais séducteur de talent. L'art ne l'eût point fait vivre. La princesse Mathilde y pourvoyait grandement. Nieuwerkerke était rue de Courcelles chez lui et entendait que chaque nouveau venu le sût.

– Tiens, s'exclama Daniel, toujours les derniers !

Paul et Corinne.

Lui, en habit noir. Elle, en satin noir.

Daniel caressa la main de Daisy.

– Je vous laisse présenter Lacaz à la princesse Doubretskoï. J'ai idée que je serais de trop.

Paul manifesta une hauteur souriante. Corinne ploya avec grâce son joli cou. Louis fut aimable.

Daisy n'avait pas revu Paul de Nhuys depuis leur rupture. Cela faisait presque deux mois. Elle avait l'impression, debout entre lui et Louis Lacaz, de mourir lentement. Paul évitait avec soin de la regarder. Elle l'observait de profil. Son œil s'étirait comme lorsqu'il contenait quelque colère, sa voix était trop posée.

Le comte de Nieuwerkerke l'invita.

Elle accepta avec soulagement.

Quand elle revint, Paul de Nhuys bavardait encore avec Louis Lacaz.

– ... Toutes les bonnes affaires, cela se sait, me passent par les mains, disait-il. Je serais aise, à l'occasion, de vous en faire profiter.

– Je vous le rappellerai, monsieur le comte. Mon beau-frère Lormel est un parfait gestionnaire. Mais j'ai l'intention de me lancer un peu dans la finance et de risquer quelques sommes pour distraire mes loisirs.

– Monsieur, m'autorisez-vous ? Voilà longtemps, ma chère, que nous n'avons pas dansé.

À peine se furent-ils éloignés, Paul murmura :

– Tu n'as pas bonne mine.

– Merci. Vous non plus.

– Comment vas-tu sans moi ?

– Et vous ?

Elle sentait la chaleur de sa main à travers la mousseline du corsage.

– Mais, très bien. Moi, je ne suis pas marié, ma petite enfant. Je vaque d'un lit à un autre. Es-tu bien dans le tien ? Lacaz y tient-il correctement ma place ? Te gâte-t-il ?

– Taisez-vous.

Daisy détourna la tête.

Louis Lacaz n'était plus là où ils l'avaient laissé, mais avec un groupe de personnes parmi lesquelles le prince Napoléon, dit Plon-Plon, frère de Mathilde. Plon-Plon ne se consolait pas qu'un autre Bonaparte que lui assurât la continuité de la dynastie. La bile lui remontait à la figure. Sa ressemblance avec le buste de l'entrée était frappante. De Napoléon Ier, il tenait aussi l'amour immodéré des femmes.

– Plon-Plon est en train de jauger ton époux pour savoir s'il lui laissera quelque chance de gagner tes faveurs, disait Paul. Au fait, je trouve à Lacaz peu d'entrain. Je t'en ai cependant appris assez pour égayer un homme.

Il parlait en remuant à peine les lèvres, son sourire collé par-dessus.

La rage envahit Daisy.

Elle s'arrêta net.

– Je ne danse plus.

Le sourire de Paul s'étira.

– Comme tu veux. Lacaz s'étonnera. Mais tu prends tes responsabilités. Cela ne me concerne plus.

– Paul... Paul, je vous en prie. Ne pouvons-nous...

– Non, coupa-t-il durement. Non, nous ne pouvons pas. Je ne pourrai jamais.

Une foule d'hommes attendaient la fin de la danse pour la convier à la prochaine. Daisy déclina. Un bras se glissa sous le sien. Corinne.

– Mon ange, reprenez-vous. Il vous a tourmentée ? Que voulez-vous, il vous aime. Souffrir est nouveau pour lui.

La voix de Louis Lacaz fit sursauter Daisy.

– Daisy, nous n'avons pas encore dansé.

Corinne dit :

– Je vais me repoudrer le nez et m'étendre un peu. Cette cohue, cette chaleur... Vous me connaissez. Je suis morte ! Vous me rejoindrez en haut, Daisy.

Le mouvement de la polka se révéla trop vif pour la hanche de Louis Lacaz.

– Louis, si nous nous arrêtions ?

– Fichu cavalier que le vôtre, hein ? Non, ne protestez pas. Je ne vaux ni Rotran ni de Nhuys. D'où je viens, il n'y avait ni salle de bal, ni orchestre. Daisy, je vous prierais dorénavant de ne plus danser avec Rotran. Passer d'un mari à l'autre... Je n'apprécie pas que ma femme se donne en spectacle. Une situation aussi peu commune requiert de la dignité, et je m'étonne...

– Gardez vos leçons. Me donner en spectacle ? Ne vous rendez-vous pas compte que ce que les gens guettent, c'est précisément l'humeur que vous montrez ? Aussi, pour l'amour du ciel, Louis, souriez, ayez un peu l'air heureux !

Après la polka, la vicomtesse de Tavelles se précipita sur eux.

C'était une brune plutôt jolie, l'œil noyé dans les cernes. Selon la rumeur publique, ses reins s'ornaient de délicieuses fossettes que l'Empereur et de nombreux dignitaires de la cour avaient eu la permission d'admirer. Son cocher aussi, affirmaient les mauvaises langues.

– Ma chère, présentez-moi votre époux. Cher, cher baron ! Serait-ce trop vous demander ? Quelle impression a-t-on lorsqu'on recouvre la mémoire ? Vos malheurs m'ont tant bouleversée...

Daisy en profita pour s'éclipser.

Elle traversa les salons très fleuris, distribuant machinalement ses sourires et sa main à baiser. La princesse Mathilde protégeait les Arts. Une mosaïque de tableaux décoraient les perspectives. Et les grands lustres à cristaux, au pavillon en forme de toiture chinoise, étaient admirables. La lumière en ruisselait sur les blanches épaules et les habits noirs, se fixait en grosses gouttes autour des cous et des poignets enchaînés de joyaux.

Des valets passaient, portant de grands plateaux d'argent. Punch, champagne, sorbets...

Daisy prit un verre de punch.

Le soir, après le dîner, elle s'était habituée à boire un cognac – parfois deux – avec Louis Lacaz. Elle avait découvert que l'alcool l'aidait à affronter les quelques instants qu'il lui consacrait ensuite.

Se référant aux manières de Daniel et de Paul, elle s'effarait de constater le peu d'attention que

Louis Lacaz lui prêtait. Il officiait pour lui seul. Son plaisir. Et lorsqu'il se relevait, disant comme il le disait déjà à Trouville : « Ce fut très bon », Daisy n'en concevait plus une sotte vanité, sachant à présent que c'était à lui-même qu'il s'adressait.

Peut-être eût-elle pu modifier cette mentalité – propre à la bourgeoisie, assurait Paul –, lui apprendre qu'une épouse, aussi, est capable de s'émouvoir et que certaines caresses ont souvent plus d'effet sur les femmes que l'acte fastidieux auquel il la soumettait, mais cette science aurait assurément scandalisé Louis. Les hommes comme lui ne la concédaient qu'aux courtisanes, lionnes, lorettes, biches dont c'était la raison d'être. D'ailleurs, écourter ce moment dont il lui faisait un devoir était l'unique désir qu'aujourd'hui elle ressentait.

Dans le vestibule frais et silencieux, un valet montait la garde à côté du buste de Napoléon. Le père de Paul. Daisy scruta cette face muette, cause indirecte de ses tourments, soupira, prit l'escalier.

Au premier étage, une pièce était aménagée pour le confort des invitées.

Plusieurs tables à coiffer s'alignaient entre les fenêtres. On y trouvait des crèmes adoucissantes du parfumeur Guerlain, le « Lys des Vallées » de Delettraz qui corrigeait les rougeurs, la veloutine de Viard tendant à remplacer la poudre de riz, la « boîte de Jouvence » vous offrant ses bleus, ses turquoises, ses bistres, ses ocres, ses roses... bref, tout ce qu'il fallait pour se composer une tête rieuse, même si on avait envie de pleurer et de maudire le ciel. Et des brosses, des peignes, des épingles, des rubans, de l'eau de Lubin, de l'eau de Cologne de chez Farina, des parfums.

L'air embaumait le citron, la bergamote, les mille fleurs. Les rideaux et les tentures étaient de damas à fond mauve et décor jaune d'or. Ils arrêtaient tout bruit. Une ambiance de chapelle. Y flottait le recueillement de toutes les dames venues ici prier devant les miroirs.

Corinne était nonchalamment étendue sur un sofa, sa crinoline plantée toute droite au milieu du tapis.

– Mon ange, mettez-vous du rouge. Vous êtes bien pâle.

Daisy s'assit à une table, s'examina sans complaisance.

Paul avait raison.

Elle avait une mine affreuse, et des yeux ! A-t-on idée d'avoir des yeux pareils quand on est fêtée comme une reine, quand on a une fortune en diamants et en perles sur soi, et la toilette la plus ravissante, la plus extravagante, la plus... Elle essaya de sourire, prit le pot de rouge dans la boîte de Jouvence, se dessina un confetti sur chaque joue.

La porte se rouvrit.

Elle entendit Corinne s'écrier : « Paul ! », l'aperçut dans le miroir.

– Paul, répétait Corinne, vous ne devez pas entrer ici. Si une dame montait...

– En ce cas, chérie, je compte sur vous. Vous vous évanouissez. Vous faites cela très bien, et qui trouverait à redire que votre frère vous prodigue ses soins ? D'ailleurs, je n'en ai que pour une minute.

Daisy le vit, toujours dans le miroir, marcher jusqu'à la table, s'arrêter derrière elle, croisa son regard qui la foudroyait.

– Tu es une imbécile. Nous sommes deux imbéciles.

– Paul...

– Tais-toi. Ton revenant ne nous séparera pas. Demain, je t'attends avenue Montaigne. Jamais je n'aurais dû te laisser partir l'autre jour. Est-ce à une femme de décider ? Mais j'étais dans une telle colère !

Il la souleva par les aisselles, la fit pivoter, l'amena jusqu'à lui, l'étreignit.

– Daisy, Daisy, mon amour, mais que nous sommes bêtes !

La présence de Corinne ne comptait pas.

Ne comptaient que cette douceur soudaine au cœur, l'expression qui éclairait le visage de Paul, ses mains si merveilleusement fortes, sa chaleur...

Daisy s'accrocha à lui avec un petit gémissement.

Il l'avait dit : « Une imbécile » ! Comment avait-elle pu imaginer qu'elle parviendrait à vivre sans lui ? Il était la vie. Il était *sa* vie. Et même si celle-ci devait se restreindre à quelques heures par semaine...

– Daisy, Daisy, tu m'écoutes ? À demain. Corinne, je vous la confie. Je ne veux pas m'attarder ici.

Il dénoua les doigts qu'elle crispait sur sa nuque, se tourna vers le miroir, tapota son habit marqué au revers d'un peu de poudre, tira sur son gilet, donna une pichenette aux dentelles de son jabot et sortit.

La soirée se termina à une heure très avancée.

Daisy saisit ce prétexte pour déclarer qu'elle allait vite se coucher et tâcher de dormir.

– Bonne nuit, Louis. Je ne suis plus habituée à veiller. J'ai une migraine atroce.

– Pourrais-je vous entretenir quelques instants ?

– Mais je viens de vous dire...

– ... Que vous aviez la migraine. J'ai entendu. Mais ce ne sera pas long.

– Qu'avez-vous donc de si sérieux à me dire qui ne puisse attendre demain ?

– Si vous m'invitez à entrer...

Elle s'assit sur un pouf, les volants de plumes d'autruche étalés autour d'elle comme un grand rond d'éventails.

Louis Lacaz resta debout, les mains derrière le dos.

– Daisy, je n'irai pas par quatre chemins. Je sais que vous avez eu une liaison avec le comte de Nhuys.

– Quoi !

Il chercha son regard.

– Ma chère, vous avez la migraine, vous souhaitez vous coucher, moi aussi. Évitez-nous donc cet étonnement et des mensonges. Ce sera un gain de temps.

– Louis...

– Ne m'interrompez pas. Vous êtes sa maîtresse depuis plus d'un an. Sans doute vous demandez-vous comment je puis être au courant ?

– Je ne me le demande même pas, s'écria-t-elle. Puisque je vous dis que c'est faux, Faux !

Il poursuivit paisiblement.

– C'est Eugène Lormel. Vos frais l'inquiétaient. Ne pouvant concevoir que vous dépensiez tant pour votre seul plaisir, il s'est figuré que vous étiez tombée entre les mains d'un aigrefin. Même si la fortune Lacaz était en grande partie devenue vôtre, que voulez-vous, ce pauvre Eugène est ainsi, cela lui faisait mal. Il a mené son enquête. Eugène dispose de beaucoup de moyens et, quand il s'agit de sauver une masse d'argent d'un quelconque péril, il ne lésine pas.

Daisy se leva.

Son cœur battait avec violence.

– L'argent ! Dites plutôt que Lormel me déteste parce que j'occupe un rang qu'il n'atteindra jamais, hériterait-il de toutes les banques de Paris !

– Ne soyez pas méchante. Vous, il vous a suffi de naître pour être.

– Oh ! s'il vous plaît, épargnez-moi ce lieu commun. Lormel a tout simplement cherché à me nuire.

– L'a-t-il fait ? Non. Votre idylle ne le concernait pas. Moi, elle me concerne. Il m'en a donc informé lorsque je suis revenu.

– Il invente, il veut me desservir auprès de vous. Je vous garantis qu'il ne remettra plus les pieds ici.

– Ici, c'est chez moi, et je reçois qui me plaît. Daisy, je vous en prie, n'essayez pas de maintenir cette position. Elle est absurde. Je sais tout. Vos rendez-vous dans l'hôtel de l'avenue Montaigne situé juste derrière celui du comte de Nhuys. Je peux même vous dire le prix qu'il l'a payé, et je l'ai vu de mes propres yeux franchir la grille du parc Monceau pour vous rejoindre dans cette chambre par le petit escalier qu'empruntait mon père. Êtes-vous convaincue maintenant ou désirez-vous d'autres détails ?

– Vous avez osé m'espionner ?

– Disons que je souhaitais savoir à quoi m'en tenir. J'ai quelques excuses, non ?

– Mais si vous le saviez... Je ne comprends pas. Pourquoi ne pas m'en avoir parlé ?

– Ce que vous faisiez avant que nous décidions de reprendre la vie commune ne me regardait pas.

– En effet, cela ne vous regarde pas ! cria-t-elle. Et ce me semble grossier, odieux même, que vous vous permettiez à présent...

Louis Lacaz sourit.

– En stratégie militaire, attaquer est souvent la meilleure défense. J'attendais que vous me rétorquiez cela. Daisy, Daisy, pourquoi vous fâcher ? Je ne vous reproche rien. Vous étiez parfaitement libre. C'était l'affaire de Rotran, pas la mienne... Mais aujourd'hui, vous ne l'êtes plus, vous êtes à nouveau ma femme.

– J'ai rompu avec Paul de Nhuys, dit-elle. Vous savez certainement cela aussi. (Daisy soupira.) Louis, je ne m'explique pas... Connaissant cette liaison, comment avez-vous pu envisager que nous revivions ensemble ?

– Un amant n'est pas un mari. J'ai plus à vous offrir qu'il ne le sera jamais possible au comte de Nhuys. Et j'ai toute confiance en votre bon sens.

– En ce cas, à quoi rime cette conversation, sinon à me montrer de vous un aspect très déplaisant, convenez-en ? Le commandant Lacaz transformé en policier et regardant par les trous de serrure ! L'image ne ressemble guère à celle de l'homme qui m'avait plu naguère et que j'avais épousé.

Le visage de Louis Lacaz se crispa.

– Daisy, vous semblez oublier que je vous aime.

– Vous le dites. Mais quand on aime...

– Je vous aime. J'ai voulu me renseigner. N'importe qui aurait agi comme moi. Songez que durant ces années j'ai tout ignoré de vous. J'aurais d'ailleurs préféré ne pas évoquer ce sujet, mais...

– Mais ?

– Eh bien, en vous voyant ce soir danser avec le comte de Nhuys, j'ai pensé qu'une mise au point s'imposait. La réputation du comte n'est pas des meilleures. Sa puissance et son argent ont réussi jusqu'ici à museler les maris jaloux. Toutefois, s'il cherchait à renouer avec vous, il lui en coûterait. De Nhuys pourrait dire adieu à son titre de duc et à bien d'autres ambitions. À la cour, salir son linge est admis, mais le laver en public, exclu.

Daisy haussa les épaules.

– Je ne vois pas pourquoi vous me dites ça. J'ai rompu, faut-il vous le répéter ?

– Je sais, Daisy, je sais. Mais la femme la plus

honnête n'est pas à l'abri d'une faiblesse, et ce genre d'homme... (Il fixa Daisy.) Écartez-vous-en. Ce sera mieux, beaucoup mieux, croyez-moi. Pour lui et pour vous.

– Est-ce une menace ?

– Daisy, je n'ai que vous à perdre. Et si je vous perdais... Le malheur m'a déjà trop éprouvé, je ne le supporterais pas, j'irais jusqu'au scandale, je vous le dis franchement.

Une bûche croula dans une grande gerbe d'étincelles.

Louis Lacaz s'agenouilla, saisit les pinces, remit avec soin la bûche sur les autres. Une flamme haute et claire jaillit, éclaboussant de pourpre son visage. Il se releva.

– Pour votre migraine, je vous conseille une tisane de tilleul avec quelques gouttes de fleur d'oranger. C'est souverain.

– Merci, dit Daisy d'un ton sec. Si vous avez l'amabilité de me laisser me coucher, je suis sûre qu'elle passera toute seule.

18

Paul de Nhuys avait dit un jour à Daisy qu'en cas d'urgence Joseph Lombard, son homme de confiance, savait où le joindre à toute heure.

Joseph Lombard avait ses bureaux installés rue de Provence. C'était là que la plupart des affaires que Paul traitait en sous-main se concluaient.

Daisy, le matin à la première heure, y dépêcha le Grand Courtois.

Elle avait passé le reste de la nuit à composer sa lettre. Finalement, après qu'elle en eut épuré le texte, biffé une à une toutes les tendresses, ne demeuraient que trois phrases.

« Impossible de nous rencontrer au lieu convenu. Priez Corinne de venir me voir à la fin de cette semaine. Je lui expliquerai.

Daisy. »

Les révélations de Louis Lacaz l'avaient tant stupéfiée et effrayée qu'elle se méfiait de tout, même d'un simple morceau de papier.

Le surlendemain, Courtois fut abordé chez Corcellet par le secrétaire de Joseph Lombard. Celui-ci lui remit un billet.

Le ton était du même laconisme; l'écriture, celle de Paul. *« Vendredi, 3 heures. Mme Zéphyr, lingère. Place des Victoires. »*

Daisy fit garer la voiture rue Neuve-Vivienne, déclara au cocher qu'elle allait faire quelques emplettes et, après s'être retournée plus de dix fois pour vérifier qu'on ne la suivait pas, se rendit place des Victoires.

Le nom de *MADAME ZÉPHYR* brillait en lettres d'or au front du magasin. La devanture s'ornait d'un rideau de velours gris perle qu'une embrasse retroussait, dévoilant des pièces de dentelle et de linon drapées et froncées de rubans aux couleurs tendres.

L'intérieur était étroit, peint du même rose frais que le bois de la façade. En général, dans ce genre de commerce, un aimable fouillis accueille la clientèle. Ici, rien ne traînait. Deux fauteuils, un guéridon, un comptoir. Le magasin surplombait un entresol vitré.

Une femme apparut par l'ouverture menant à l'arrière-boutique.

Blonde, un chignon sévère, mais la gorge ne l'était pas, ronde, dansant sous la guimpe blanche. Une paire de ciseaux, retenue par un lacet de cuir, pendait sur sa jupe de drap brun qu'un galon ton sur ton festonnait.

Elle salua Daisy, alla retirer le bouton de porcelaine qui ouvrait et fermait la porte du magasin, désigna de sa main potelée l'arrière-boutique.

– Madame est attendue.

Dans la pénombre, un escalier se profilait, quelques marches à flanc de mur, s'arrêtant à un petit palier.

– Si Madame veut se donner la peine de monter...

La voix, à la fois obséquieuse et complice, heurta désagréablement Daisy.

La chambre n'avait pas de fenêtre. Un peu de clarté filtrait à travers la soierie à fleurs masquant une des cloisons. Ce devait être la partie vitrée que l'on apercevait du rez-de-chaussée.

Le luxe du mobilier surprenait.

Sur la commode à rosaces, une paire de candélabres-statuettes, très beaux, reproduisant une femme élevant entre ses bras une haute tige fleurie de lys, étaient allumés. Les flammes des bougies se prolongeaient dans une glace large, faisant vis-à-vis au lit. Le survolait un ciel gonflé d'une belle moire bleu pâle que bordait une frange dorée. La couverture était faite, les oreillers et le polochon avaient des bouffettes de satin.

La femme esquissa une révérence et s'éclipsa.

Daisy fit machinalement quelques pas.

Son cœur battait. L'atmosphère de cette chambre l'oppressait. On y respirait un parfum violent. Le manque d'aération soulignait l'exiguïté de la pièce, le plafond bas... Sur le tapis, au pied du bonheur-du-jour, placé en angle et sur lequel était disposé un élégant nécessaire à coiffer, une épingle à cheveux avait été oubliée...

Elle eut envie de s'en aller.

– Daisy...

Daisy se retourna.

Par une autre porte dissimulée dans la boiserie et qu'elle n'avait pas remarquée, Paul apparut.

Il la prit dans ses bras, lui baisa les lèvres.

Elle s'écarta.

– Qu'est-ce que c'est que cet endroit ?

– Ne t'inquiète pas. Il y a une double entrée. Personne ne m'a vu. Et Mme Zéphyr me doit beaucoup. Nous sommes tout à fait en sécurité... Chérie, pourquoi m'as-tu envoyé ce billet ?

– Vous êtes déjà venu ici avec d'autres femmes ?

– Je pourrais te répondre non. Mais pourquoi te mentir ? En quelques occasions, oui. Mme Zéphyr est la providence des pauvres épouses persécutées et des jeunes filles en mal d'amour... Daisy, que se passe-t-il ?

Elle le lui dit, s'appliquant à ne pas regarder le lit.

C'était stupide en pareille circonstance, mais elle ne pouvait s'empêcher de penser que Paul, ici même…

Tout le désir qu'elle avait de lui après ces deux mois de séparation s'évanouissait. Elle se sentait froide, engourdie, la tête pleine de ces femmes inconnues que Paul avait embrassées, caressées, possédées dans cette chambre et devant cette glace dorée de lumières.

Paul adorait mettre une glace en tiers dans ses jeux. Combien de fois avait-il surveillé sur ce reflet le délicat cheminement de la jouissance, que sa bouche, ses mains traçaient, combien de fois avait-il guetté les premiers tressaillements de volupté, la soumission, l'extase… Combien de fois, combien de cris ?

L'amener, elle, chez cette Mme Zéphyr… !

Daisy en avait des palpitations.

Et pendant qu'elle remuait ces images, elle continuait à parler. Paul marchait de long en large. Elle en était soulagée. Elle n'aurait pas supporté qu'il la touchât face à cette glace.

Quand elle parvint aux menaces proférées contre lui par Louis Lacaz, il s'immobilisa comme si un mur se dressait brusquement devant lui.

– Sacrebleu, ces choses-là se règlent d'homme à homme ! Le crois-tu vraiment capable, s'il nous découvrait, d'aller claironner partout qu'il est cocu ?

– Oui… Je crois que oui. J'ai l'impression que plus rien ne lui importerait. D'ailleurs, il le dit lui-même.

– C'est à se demander s'il a toute sa tête. Quoique…

Paul tira sur sa moustache.

– … Dignité mise à part, au fond, ce n'est pas

si mal raisonné. La conjoncture nous serait bien mauvaise. Mon bon empereur ne me le pardonnerait pas. En amour, les hommes comme lui gardent plus à la mémoire les échecs qu'ils essuient que les faveurs qu'on leur a accordées. Jusqu'à présent, que tu te refuses pimente son intérêt. Louis-Napoléon te juge vertueuse. Ta conquête en prend du prix. Mais s'il apprenait que toi et moi... Et Morny qui ne décolère pas parce que je vais être duc... Quelle aubaine pour lui !

Elle dit, préférant le faire elle-même que l'entendre de la bouche de Paul :

– Paul, il ne faut plus nous revoir.

Il lui jeta un regard furieux.

– Tu m'as déjà dit cela, il y a deux mois. Voilà bien les femmes ! Renoncer ! Daisy, je ne veux pas, je ne peux pas renoncer à toi, et je n'y renoncerai pas. Ce n'est pas ce monsieur Lacaz...

Elle dit avec emportement :

– Vous ne voulez pas. Vous ne pouvez pas. Mais que pouvons-nous faire d'autre ?

– Attendre, dit-il. Les sentiments de Lacaz ont tenu. Les miens tiendront aussi. J'ai la prétention, figure-toi, de t'aimer plus que lui. Dans son cas, je me serais effacé, moi. Nous attendrons. L'absence idéalise. Il te voulait. Il t'a. C'est déjà différent. Et comptons sur le vent de la cour pour balayer ses préjugés bourgeois. Quand il aura tâté d'une ou deux maîtresses... Le temps est notre allié, mon enfant chérie.

– Le temps, répéta Daisy. Et que vais-je en faire, de ce temps ? Vous, vous avez vos affaires, vos plaisirs, vos satisfactions. Si vous vous sentez seul, il y aura toujours une femme pour vous distraire. Que dis-je : une ? Dix, cent...

– Je n'ai plus vingt ans ! Mais tu ne vas pas me reprocher... Qu'est-ce que tu voudrais ? que je passe toutes mes nuits dans mon lit, que je te jure fidélité ?

Paul de Nhuys dévisagea Daisy, soupira :

– Tu me fais dire des bêtises. Les femmes. Est-ce que cela compte ? Daisy, Daisy, qu'est-ce que tu as ?

– Paul, il faut que je m'en aille, je ne veux pas m'attarder, le cocher s'étonnerait. Et, à part Courtois et Céleste, maintenant je ne me fie plus à personne.

– T'en aller ! Mais... mais...

Paul de Nhuys fonça sur Daisy, l'enlaça.

Elle réunit ses forces.

Le dernier souvenir qu'elle conserverait de lui, ce ne serait pas cette chambre, ce lit où d'autres, beaucoup d'autres avaient dû la précéder.

– Paul, je vous en prie. Le cocher...

– Au diable, ton cocher ! Au diable, Lacaz ! Enfin, tu ne vas pas partir comme ça ! Je te dis que durant peut-être plusieurs mois nous ne pourrons pas... Daisy, tu n'as donc pas envie de moi ?

– Pas ici, dit-elle.

Il la lâcha.

– Pourquoi, pas ici ? Tu n'as quand même pas peur que ton mari soit au rez-de-chaussée en train de nous guetter ?

– Mme Zéphyr suffit.

Les yeux de Daisy s'embuèrent.

– Je vous aime, tout a été si beau entre nous. Mais ici, je ne pourrais pas, je ne veux pas.

Mme Zéphyr était en bas, assise dans l'un des deux fauteuils, les mains croisées sur sa jupe, un peu somnolente. Elle sursauta, se leva, fouilla dans sa poche, en sortit le bouton de porcelaine, le remit à la porte.

Daisy passa.

Le grand soleil l'éblouit.

Elle cligna des paupières, s'éloigna très vite.

Début juillet, Sosthène et Charlotte partirent pour Maubrun, accompagnés d'Achille et de Julie.

Louis Lacaz avait proposé Trouville. Mme Lacaz s'y trouvait avec le jeune Adrien Lormel. Daisy avait refusé.

Ils demeurèrent donc à Monceau.

– Nous serons bien tous les deux un peu seuls, ne croyez-vous pas, Daisy ?

Depuis la soirée chez la princesse Mathilde, Louis multipliait les prévenances.

Chaque matin, ils allaient galoper au bois, déserté par la grande migration estivale. C'était pour Daisy le meilleur moment de la journée. Se mettre à table lui coûtait un terrible effort. Elle avait perdu tout appétit. L'après-midi, Louis sortait. Il s'était inscrit au Cercle des Arts, très bourgeois malgré son titre, dont avait été membre le banquier Lacaz et que fréquentaient Eugène Lormel, avocats et gens de Bourse. En rentrant, les péripéties de sa partie de billard ou de whist meublaient les silences.

Sans se laisser démonter par l'indifférence que Daisy manifestait, il s'enquérait :

– Et vous, Daisy ? Qu'avez-vous fait ?

Elle résistait à l'envie de rétorquer : « Comment, vous ne le savez pas ? Vous avez cessé de m'espionner ? », répondait :

– Rien. Que peut-on faire à Paris en juillet ?

Elle passait des heures dans la serre.

L'odeur forte des plantes et des fleurs l'enivrait parfois jusqu'au vertige. Elle sombrait dans de grandes rêveries désespérées, arrachait une orchidée à sa tige, la considérait : fragile, somptueuse, prisonnière des ors et des marbres, bientôt pourriture. Elle la froissait entre ses doigts, la jetait, se sentait très, très malheureuse.

Souvent, le soir, un thé, des fruits lui servaient

de dîner. Céleste les lui montait. Louis Lacaz ne faisait aucune réflexion. Il prenait son repas dans la salle à manger, repartait au Cercle des Arts.

Il acceptait avec la même égalité d'humeur les excuses que Daisy invoquait pour lui fermer sa porte la nuit. Il avait voulu une épouse irréprochable. Il l'avait. Elle estimait donc avoir droit aux migraines, aux petits maux que les femmes s'inventent pour négliger leur devoir, et elle ne s'en privait pas. Il lui avait ôté toute joie, il n'avait pas su composer, se conduire en gentilhomme, il ne lui avait laissé aucune alternative, sinon ruiner sa réputation et celle de Paul ou se soumettre. Elle avait bien l'intention de le lui faire payer ! Une pauvre satisfaction. Le ressentiment, la mesquinerie, les petites vengeances quotidiennes, elle avait toujours jugé ces pratiques exécrables. En s'y efforçant, c'était elle, au fond, qu'elle punissait.

Une nuit, alors qu'il la rejoignait au lit, ses nerfs craquèrent. Elle éclata en sanglots, le repoussa, s'affaissa, le corps secoué de convulsions...

Quand elle reprit le contrôle d'elle-même, elle était dans les bras de Louis Lacaz. Il l'y garda jusqu'à l'aube, silencieux, apaisant. Une épaule pour déverser son chagrin, juste ce dont elle avait besoin.

Lorsqu'elle n'eut plus de larmes, elle renifla, lissa ses cheveux, soupira.

– Louis, tout était si facile quand je vous aimais.

Il chercha sa main.

– Nous sommes ce que la vie fait de nous.

Il avait un ton pensif, très triste. Elle se sentit en cet instant proche de lui.

À dater de ce jour, sans que son amertume s'effaçât, Daisy considéra Louis Lacaz avec moins de hargne.

Le jeudi, le cocher attelait la voiture, elle allait à Maubrun.

Elle en revenait avec une pointe de rose aux joues, plus d'animation qu'à l'ordinaire et chargée d'énormes bouquets que Charlotte composait.

– Votre famille va bien ? disait Louis Lacaz.

– Vous savez, Louis, pour Charlotte et Papa, Maubrun, c'est le nombril du monde. Charlotte prend des leçons de tir avec Achille. Achille est un excellent fusil. Lui et Papa ont décidé que, cette année, Charlotte participera aux chasses. Elle est très fière... Je ne serais pas étonnée si Julie accouchait de jumeaux. Vous la verriez ! Même sa crinoline ne parvient plus à dissimuler. Elle éclate. Julie a invité à Maubrun une de ses amies, Luce Grandmaison. Le père de Luce, Auguste Grandmaison, est associé avec les frères Pereire, il a notamment pris part à la création du Crédit Immobilier. Luce se souvient très bien de vous. Votre mère l'a plusieurs fois invitée ici avec ses parents.

– Luce Grandmaison... Attendez... Une fillette, avec des tresses blondes, un air très doux ? Je m'en souviens. Mon uniforme la fascinait.

Luce Grandmaison n'avait pas changé.

Toujours blonde, toujours fascinée par les hommes. Des petits seins timides qui allaient avec la candeur de ses yeux bleus. Myope comme une taupe, le nez et les coudes pointus, mais Sosthène et Achille ne s'en apercevaient pas. Sous le charme... Dix-sept ans. Pure. Ils s'émouvaient. C'étaient eux, les innocents.

Julie ne voyait rien, très affairée à compléter la layette du bébé.

Bien vilaine, la pauvre Julie !

Le teint bistre, la figure mangée par ses grosses lèvres, des cheveux qu'elle avait renoncé à friser et qu'elle tordait en chignon comme une matrone.

De ses extravagances ne lui restait que le goût des toilettes tapageuses.

Aux volants, aux falbalas jaune citron ou vert pomme soulignant sa difformité présente, Luce Grandmaison opposait une silhouette gracile, vêtue de délicats pastels... Une fleur à côté d'un panier de maraîcher, disait Sosthène, notant le ridicule de Julie, mais n'en trouvant pas à tourner comme un jouvenceau autour de cette gamine.

Luce traitait Daisy avec une déférence marquée.

Dès que celle-ci apparaissait, elle se précipitait. Un fauteuil, la tasse de thé, l'ombrelle.

– Laissez, disait Daisy sèchement, je ne suis pas encore une vieille dame.

– Oh ! madame la baronne !

Achille intervenait.

– Ne faites pas attention, mademoiselle Luce. Ma cousine a un sale caractère.

Il souriait.

La campagne lui hâlait la peau. Les quelques rides qu'il avait gagnées en se querellant avec Julie mûrissaient son expression.

Il touchait sa moustache dont il effilait maintenant les pointes, ajoutait :

– La douceur, mademoiselle Luce, c'est le plus charmant chez une femme.

Luce baissait les paupières.

Le dernier jeudi de juillet, Daisy eut la surprise en arrivant à Maubrun d'y trouver Daniel.

– Ma chérie, je mentirais en prétendant être venu par hasard. Je savais par M. de Maubrun que le jeudi est votre jour et je souhaitais vous faire mes adieux.

– Vous repartez ?

– Oui. Deux mois en Grèce. Votre père et Achille ont insisté pour me garder à déjeuner, mais si vous craignez que ma présence n'agace

Lacaz, dites-le-moi franchement, je vous embrasse et je me sauve.

– Au contraire. Je suis contente de vous voir.

Il dit avec entrain :

– Voilà l'avantage d'être un ex-mari ! Pourquoi, diantre, Louis XVIII a-t-il supprimé le divorce ? Il y aurait tellement moins de gens qui se détesteraient sur cette terre.

Luce Grandmaison écoutait, oubliant pour une fois de papilloter des cils.

Le déjeuner commença gaiement.

Daniel avait pris place à la droite de Daisy.

Leurs rapports paraissaient choquer Luce. Elle l'eût été bien plus si on lui avait révélé les dessous de cette tablée souriante, pensa Daisy.

Elle se sentait bien, le cœur réchauffé par la présence de Daniel, heureuse de constater que celle-ci ne semblait plus affecter Charlotte, très animée, commentant avec Achille la précision de son tir. Quant à Julie... La voir à côté de Daniel ne la gênait pas. Comment associer cette femme béate, parlant layette et futures tétées à quelque image licencieuse ?

Daisy retint un sourire, s'absorba dans son assiette. Les petites côtes d'agneau servies sur un lit de champignons étaient délicieuses. Elle en reprit deux, et des haricots verts cueillis le matin même au potager.

– Eh bien, ma fille ! disait Sosthène de Maubrun, la mine épanouie.

Par les fenêtres de la salle à manger, on apercevait l'étang – devenu lac grâce aux conseils de M. Alphand –, allongeant sa masse argentée entre les berges de gazon, et la note vive des parterres, les grands arbres fuyant à l'horizon, le ciel très bleu.

– Je reviens de Plombières, dit Daniel. L'Empereur y prend les eaux et m'avait prié de m'y rendre. Nous avons eu un très long entretien avec une personnalité étrangère. La discrétion m'empêche de la nommer. Je ne crois cependant pas trahir la confiance que me témoigne notre souverain en vous assurant que Sa Majesté s'enthousiasme de plus en plus pour l'idée de l'unité italienne. À propos, Daisy, j'ai rencontré à Plombières Paul de Nhuys et la princesse Doubretskoï. Nous avons passé des moments exquis et fait le voyage de retour ensemble. La petite baronne Langlade était des nôtres. Mignonne, mignonne ! Et ce léger zézaiement au bout de la langue... On a envie de le lui voler. Bouchez-vous les oreilles, mademoiselle Grandmaison, quoique je n'aie pas grand-chose à ajouter. Quand de Nhuys est là, on s'économise. Les femmes ne regardent que lui.

Luce choisit sa voix flûtée :

– Moi, je n'aime pas les hommes trop beaux. Ils sont en général peu intéressants.

Daniel rit.

– Merci pour les autres. Mais je me dois de rectifier. Le comte de Nhuys joint à l'attrait physique toutes les séductions de l'intelligence, n'est-ce pas, Daisy ?

– En effet.

La lumière du dehors n'avait soudain plus la même qualité, le paysage perdait son enchantement. De l'eau, de l'herbe, du feuillage...

On prit le café sur la pelouse, à l'ombre du grand hêtre pourpre.

Une abeille vint se poser sur la soucoupe de Luce.

Elle en profita pour pousser des petits cris, renverser son fauteuil en se levant, battre l'air de mouvements gracieux qui agitaient ses mousselines.

Achille se précipita, écrasa l'abeille, redressa le fauteuil.

Charlotte protestait :

– Monstre, on ne tue pas les abeilles. Luce, vous n'êtes qu'une sotte.

Luce se rassit avec précaution.

– Monsieur de Maubrun, je suis confuse... Vous donner tant de peine. Mais les insectes me terrorisent. Je n'ai pas votre courage.

Achille retourna à sa chaise.

Un héros.

Julie, très sérieuse, un béguin de velours blanc sur les genoux, enfilait une aiguillée de fil. Elle louchait un peu. Le regard de Daisy croisa celui de Daniel, ils éclatèrent de rire ensemble.

– Peut-on connaître, mon cher Daniel, l'objet de votre gaieté ? demanda Sosthène.

Daniel reprit son souffle.

– Mon Dieu, monsieur, excusez-moi, la gaieté est parfois sans motif, si ce n'est la joie que communique une agréable compagnie. Nous faisons quelques pas, Daisy ?

Quand ils furent engagés dans les sous-bois, Daniel caressa la main de Daisy, posée sur son bras.

– Daisy, je vous adore ! Pauvre Julie. Nous sommes sans pitié. Mais quand on se souvient de sa pétulance... Enfin, peut-être cette maternité représente-t-elle sa chance de bonheur ? J'ai l'impression, en tout cas, que l'ami Achille ira bientôt chercher le sien ailleurs.

Un banc se dressait, accoté au talus.

– Nous nous asseyons ?

– Ne me dites pas que vous êtes déjà fatigué !

– Je le suis. Mettre un pied devant l'autre m'a toujours paru un exercice des plus fastidieux. Et tout ce qui m'ennuie me fatigue. J'aurais dû naître au temps béni des chaises à porteurs.

Ils s'assirent.

Daniel dit :

– Je désire vous confier quelque chose. J'ai hésité, mais partir c'est, affirme-t-on, mourir un peu et, s'il m'arrivait quoi que ce soit, je veux que tout soit clair entre nous.

– Vous m'effrayez. Quelle gravité !

– Daisy, vous vous rappelez ce jour de mai, voici deux ans, où je suis rentré tard rue Saint-Honoré ? Vous étiez affolée.

– Si je me le rappelle ! Comment ne me le rappellerais-je pas ?

Daisy soupira.

– Est-ce bien nécessaire de revenir en arrière ? De toute façon, maintenant... Vous étiez avec une femme ?

– C'est Julie qui vous fait dire ça ? Non. Il n'y avait aucune femme, il n'y avait que vous. Cependant, je vous ai menti. Ce soir-là, alors que je rentrais du cercle, un encombrement a arrêté la voiture rue de Rivoli... C'est drôle de penser qu'un simple incident, deux cochers qui s'injurient, peut changer plusieurs vies !... J'attendais donc, jetant un regard distrait sur les passants et, tout à coup, très près, à vingt mètres peut-être, presque à l'angle de la rue de Castiglione, j'ai aperçu...

Daniel s'interrompit, fixa Daisy.

– Vous n'allez pas me croire. J'ai aperçu Louis Lacaz.

Elle eut un haut-le-corps.

– Qu'est-ce que vous dites ! Louis... Mais Louis, à l'époque, était en Crimée. Daniel, vous vous rendez compte de ce que vous avancez ?

– Je savais que vous ne me croiriez pas. Pourtant, je vous jure...

– Ne jurez pas. Vous vous l'êtes imaginé. Et comment avez-vous pu imaginer cela puisque nous pensions qu'il était mort ?

– Justement. Il ne l'était pas, Daisy !

Daisy pressa ses mains l'une contre l'autre.

– Enfin, voyons, Daniel, réfléchissez ! Louis avait perdu la mémoire, il n'est arrivé à Paris qu'en décembre de l'année dernière, soit un an et demi après.

– Je sais, je sais. Ce que vous dites, je me le suis répété cent fois. Mais je l'ai vu comme je vous vois, je vous le jure ! Daisy, je suis un homme sensé, équilibré.

Daniel soupira.

– À vrai dire, de ce jour, je ne l'ai plus été. Chaque matin, je me réveillais en tremblant. Lacaz allait apparaître, vous reprendre. Je ne pouvais même plus vous tenir dans mes bras. Cette pensée gâchait tout. Lacaz a certainement souffert, mais moins que moi, je vous l'affirme.

– Pourquoi ne m'avoir rien dit ?

– Je me figurais que vous l'aimiez encore. Me taire, c'était gagner un sursis. Quand la tête et le cœur s'embrouillent... Lacaz m'a rendu fou. Accompagner la délégation française au couronnement du Tsar se présenta comme une occasion de lui échapper.

– Daniel, attendez, n'allez pas si vite. Nous ne sommes partis en Russie qu'en juillet. En supposant, je dis bien : en supposant que Louis eût été à Paris en mai, il se serait manifesté, il aurait réclamé ses droits sur moi, sur sa fortune. C'est la logique même !

– Ne parlez pas logique à un fou.

– Vous admettez...

– Je n'admets rien, je suis sûr, Daisy ! Ma folie ne fut que la conséquence de ce que mes yeux avaient vu. Je l'ai vu, vous dis-je. Et pas seulement une seconde. J'ai bondi hors de la voiture, je l'ai suivi. La foule nous séparait. Rue de Castiglione, il a pris un fiacre. Le temps d'en trouver un autre, il avait disparu. Alors, j'ai marché, marché. Mon supplice commençait.

Daisy se tourna vers Daniel, saisit ses mains entre les siennes.

– Daniel, c'est impossible, comprenez-le, dit-elle avec douceur.

– Impossible ? N'avez-vous pas eu la même réaction, sans doute le même mot, quand on vous a annoncé que Lacaz était vivant ?

– Oui, mais...

– Eh bien, il l'est ! Non, laissez-moi poursuivre. En quittant Paris, je me sentis revivre. Mais à Wiesbaden, nous avons eu cette sotte querelle à propos de Monceau. Je vous ai conseillé d'accepter l'offre de vente de Lormel. Elle était mirifique. Vous avez refusé. J'ai insisté. Vous vous êtes mise en colère. J'ai interprété cet entêtement comme une confirmation de l'attachement qui vous liait à Lacaz. Mon esprit s'est à nouveau détraqué. Je ne cherchais plus d'explication à son comportement, à son silence, je n'essayais même pas, je n'avais qu'une idée fixe : il allait vous arracher à moi. Et il y est parvenu. Mais par ma faute. Au fur et à mesure que le temps passait, que Lacaz fût mort ou vivant, que je l'aie vu ou non perdait toute importance. L'important, c'était la place grandissante qu'il occupait entre nous.

– Daniel... Daniel... répétait Daisy.

– En revenant à Paris, après avoir interrogé les domestiques, consulté le courrier, je me suis enfin décidé à mettre de l'ordre dans mes pensées, à considérer les faits, à savoir que si Lacaz, comme vous le disiez tout à l'heure, ne s'était pas manifesté, il ne se manifesterait certainement plus, et j'en ai déduit que j'avais eu des visions. Hélas ! pour nous, il était trop tard.

– Vous reconnaissez donc...

Daniel secoua la tête.

– Plus maintenant. Quand j'ai appris à Rome

son retour, j'ai compris que j'étais dans le vrai. Pour une raison que j'ignore...

Daisy coupa avec une soudaine violence :

– Ne parlez pas raison, Daniel, qu'avez-vous fait ? Nous étions si heureux. Et à présent...

Sa voix se brisa.

– Tout ça parce que vous avez croisé un jour un homme qui ressemblait à Louis...

Elle s'interrompit, se leva, très agitée.

– Je peux vous prouver que vous vous êtes trompé. Je l'avais complètement oublié, mais vous vous souvenez que, durant notre séjour à l'île de Wight, la reine Victoria nous avait emmenées, l'Impératrice et moi, en promenade à Cowes ? Eh bien, à Cowes, j'ai eu la même illusion que vous. J'ai cru, moi aussi, voir Louis. Un homme très grand, brun, son profil, une ressemblance extraordinaire. Je ne vous l'avais pas raconté parce que, dès qu'on parlait de Louis, vous deveniez insupportable. Évidemment, il ne s'agissait que d'une ressemblance.

Ils discutèrent encore longtemps.

Aux dates, au bon sens, Daniel continuait à opposer sa conviction.

– Vous voulez que je vous dise la vérité, votre vérité ? s'écria tout à coup Daisy. C'est vis-à-vis de vous-même que vous refusez de reconnaître que vous avez tort pour ne pas avoir à vous juger ! Vous avez détruit notre couple, vous avez bouleversé votre vie, la mienne, sur une simple impression. Daniel, si je suis malheureuse aujourd'hui, c'est à cause de vous.

– Je sais, dit-il très bas, nous serions demeurés unis, jamais je ne vous aurais rendue à Lacaz.

Daisy se mordit les lèvres.

Sa peine remontait en elle, lui donnait la nausée.

Les choses eussent été différentes, jamais elle

ne se serait laissé tenter par Paul, elle ignorerait ce désespoir, ce vide qu'elle sentait en elle.

– De toute façon, disait Daniel, j'en aurai le cœur net. Autant vous le dire. De Grèce, j'ai l'intention de pousser jusqu'en Crimée. Savez-vous le nom du domaine où était Louis Lacaz ?

Non. Louis disait toujours « le domaine ». Mais elle se rappelait le nom du régisseur, un certain Tchokov. Non, attendez, Tchoglokov. Oui, c'était bien cela : Tchoglokov. Louis le lui avait cité à diverses reprises ainsi que celui de la bourgade la plus proche.

Elle ne livra ces détails à Daniel qu'avec réticence et de crainte qu'il n'allât fouiner au ministère de la Guerre pour les découvrir. Si Louis l'apprenait... Elle avait déjà assez de problèmes... ! D'ailleurs, quelle importance ? Qu'espérait-il découvrir en Crimée, sinon la preuve d'une erreur absurde et tragique dont ils payaient tous deux le prix ?

Elle le lui dit.

Ils se quittèrent, fâchés.

À Monceau, elle prit un grand bain, se coucha, but deux tasses de thé.

Louis Lacaz, comme chaque jeudi, dînait au Cercle des Arts.

L'atmosphère de la chambre était étouffante. Malgré les fenêtres ouvertes, la chaleur stagnait, emprisonnée dans les velours, les satins, les boiseries.

Céleste avait oublié d'ôter les bouquets.

Daisy la sonna.

Le parfum des roses et des lys lui portait au cœur. Elle réclama son flacon d'eau de Cologne, se mit nue, s'en aspergea. Sous cette fraîcheur délicieuse, ses seins durcissaient. Elle les caressa. Elle pensait à Daniel, à Paul.

Le roulement de la voiture. Le grincement des grilles. Le bonsoir bref que Louis lançait au cocher.

Lorsqu'il frappa, elle avait remis sa chemise de nuit, tiré les draps.

– J'ai vu de la lumière à vos fenêtres, Daisy. La journée a été agréable ?

– Comme d'habitude. Daniel est passé à Maubrun. Il venait saluer Papa. Il part en voyage. Il arrivait de Plombières où il a rencontré...

– Ce que fait Rotran ne m'intéresse pas.

Louis Lacaz s'avança, contourna le lit.

Il avait les pommettes colorées, le nez pincé. On buvait trop de cognac au Cercle des Arts. Ce n'était pas la première fois que Daisy l'observait.

Il posa une main lourde sur le drap.

Elle dit très vite :

– Louis, je suis fatiguée.

– Ah !...

Il retira sa main, recula.

– Bonsoir.

– Bonsoir, Louis.

Après qu'il eut refermé la porte, Daisy pressa son visage dans l'oreiller. Elle regrettait presque de l'avoir chassé.

Début août, elle se rendit à Fontainebleau.

L'Empereur et l'Impératrice y séjournaient.

Elle en rapporta une invitation d'une semaine pour la villa Eugénie à Biarritz, où Leurs Majestés passaient tout le mois de septembre.

Louis Lacaz montra beaucoup de satisfaction. Il alla même jusqu'à plaisanter.

– Je présume que nous devons cette faveur au charme que vous exercez sur Sa Majesté, mais un homme se doit d'être bon prince avec son empereur. Courez vite chez Worth vous faire très, très belle.

Daisy inspecta sa garde-robe, la jugea suffisante.
Louise se lamentait.

– Je ne comprends pas Madame. J'ai toujours entendu Madame dire que ce qui n'était plus neuf était vieux.

– Eh bien, j'irai avec mes vieilleries.

Se déplacer de Monceau à la rue de la Paix l'épuisait d'avance.

– Si Madame le lui demande, M. Worth viendra ici.

– Louise, s'il vous plaît !

Des heures à discuter d'une nuance, d'un ruban, d'une garniture, les essayages interminables, demeurer debout. Rien que de descendre l'escalier pour le déjeuner, elle était en sueur, les jambes molles.

Louis, à table, la sermonnait.

– Daisy, vous ne mangez pas, vous chipotez.

Lorsqu'elle s'obligeait à terminer son assiette, son estomac regimbait. Elle ne supportait plus le goût relevé des sauces, les truffes, la crème dans les pâtisseries, l'odeur du cognac ni le café. Souvent, en plein repas, elle se levait : « Louis, excusez-moi », allait l'attendre dans le petit salon où un valet lui apportait une corbeille de fruits. Daisy en faisait une grande consommation. Le Grand Courtois les choisissait lui-même chez Corcellet ou chez Chevet. Cerises, fraises, pêches, abricots. Des fruits superbes. C'était sa seule gourmandise, son seul plaisir.

Un jour, Louis Lacaz dit, pensif :

– Vous devriez consulter. Peut-être...

– Peut-être quoi ? releva-t-elle avec humeur.

– Daisy ! Ne serait-ce pas normal ?

Si, bien sûr.

... *Et ils se marièrent, ils furent heureux, ils eurent beaucoup d'enfants...*

Leur mariage n'avait plus rien d'un conte de

fées, ils n'étaient pas heureux et elle ne voulait pas d'enfants. Ça aussi, c'était normal, non ?

Daisy se résigna cependant à appeler le médecin.

Affronter Biarritz, et les contraintes que représentait ce séjour, l'épouvantait dans son état de faiblesse.

Le diagnostic du médecin fut celui qu'elle redoutait.

– Madame la baronne souhaitera certainement être assistée par M. Dubois, le chirurgien-accoucheur de Sa Majesté l'Impératrice ? Je vais l'alerter.

– Je vous remercie, docteur. Ce... Ce sera pour quand ?

Le médecin compta sur ses doigts.

– Disons avril prochain, Madame la baronne. Le meilleur mois. L'enfant naîtra au soleil du printemps avec les premières fleurs. Nous allons remédier à ces nausées et à cette inappétence.

Daisy réussit à accepter les congratulations du médecin avec dignité. Céleste le raccompagna. Elle s'effondra.

Un enfant !

Pourquoi maintenant ? Pourquoi pas avec Daniel au temps de leur bonheur ? Pourquoi pas avec Paul ? Un enfant de Paul ! Son enfant... Ils n'en auraient jamais ensemble. Celui-là, celui qu'elle portait, la liait à présent de façon définitive à Louis Lacaz.

Le soir, avant de passer à table, elle lui annonça la nouvelle.

– Daisy !

Il exigea du champagne pour fêter l'événement et commanda à Courtois d'ajouter un verre pour lui.

Cette joie glaçait Daisy.

– Courtois, mon ami, buvons à la santé du

futur héritier Lacaz. Qu'il ait la beauté, la grâce, l'esprit de sa mère, et de son père... Ma foi, de son père... Votre avis, Daisy ? Que me reste-t-il à lui offrir, à ce petit ?

Elle dit avec effort :

– C'est à vous de répondre, Louis. Je vous connais si peu, au fond.

La perspective de cette naissance devait attendrir Courtois.

À l'étonnement de Daisy, il s'avança.

– Si Monsieur le baron me le permet, je dirais : son courage. Il en a fallu beaucoup à Monsieur le baron pour surmonter toutes ses épreuves.

– Merci, Courtois. Mais le courage est quelquefois de mourir, non de vivre.

Louis Lacaz soupira, leva son verre.

19

La villa Eugénie, à Biarritz, avait été entièrement conçue, aménagée et décorée selon le goût et les directives de l'Impératrice.

C'était plus qu'une villa, moins qu'un château.

Une grande construction aux lignes carrées, montée en pierres blanches et en briques, d'une architecture assez plate. L'exposition compensait. Superbe. Dominant l'Océan. Contempler cette eau virant d'humeur et de couleur en moins de temps qu'il n'en fallait à une femme pour changer de toilette fascinait Daisy.

Le soir de l'arrivée, elle demeura sur le balcon de la chambre jusqu'à ce que Louis Lacaz vînt la gronder.

– Daisy, a-t-on idée ! Avec les embruns. Vous avez les mains glacées.

Et il soufflait sur ces mains douces que Daisy lui abandonnait.

Elle commençait à se résigner...

Un naufragé jeté sur une île fait d'abord le tour de sa détresse, puis celui de son territoire et, s'il ne découvre aucun moyen d'échapper à la condition présente, il s'adapte.

Cette situation, décrite admirablement dans un roman prêté par Julie, avait beaucoup impressionné Daisy. Et elle aussi tentait maintenant de s'adapter.

Survivre, en l'occurrence, ne consistait pas à se bâtir une hutte couverte de palmes et défendue contre les éventuelles bêtes fauves par une solide palissade de pieux ou à explorer les buissons et les rochers en quête de nourriture. Survivre se situait ailleurs. Dans sa tête. Dans une meilleure entente avec Louis Lacaz.

Cultiver les griefs était une attitude stérile. Et rêver d'amour... Oui, elle pouvait. Le naufragé sur son île rêvait bien. Respirer de temps à autre le parfum doux-amer de ce qui avait été, de ce qui aurait pu être. Un luxe. Le luxe est nécessaire. Mais la réalité, c'était l'enfant qu'elle portait, c'était Louis.

Depuis la visite du médecin, il n'allait plus au cercle le soir. Si elle se couchait tôt, il faisait monter un plateau. Vous permettez, Daisy ? C'est un peu bête, vous en haut, moi en bas. Il dînait avec elle.

Quelquefois, ils jouaient aux cartes. Elle, en chemise de nuit, les cheveux retenus par un ruban; lui, en robe de chambre. Céleste ménageait un courant d'air en laissant la porte du boudoir ouverte. La fraîcheur du soir entrait, il disait :

– Nous sommes bien, n'est-ce pas ? Cette tranquillité...

Et elle songeait, le cœur un peu remué, que la tempête ne l'avait pas épargné non plus et qu'ils étaient deux sur son île.

Le jeudi qui avait précédé leur départ pour Biarritz, il avait tenu à l'accompagner à Maubrun.

La journée n'avait pas été un succès.

Sosthène, Achille et Charlotte s'en étaient tenus à la stricte politesse.

La différence entre cet accueil et celui réservé à Daniel n'avait pas dû échapper à Luce Grandmaison. Elle essaya cependant de meubler les silences en minaudant.

– Je n'étais qu'une petite fille, monsieur, quand mes parents m'amenaient à votre hôtel de Monceau. On change. J'ai beaucoup changé, n'est-ce pas ?

– Nous changeons tous, mademoiselle.

Cette raideur que Louis Lacaz observait dans ses rapports avec le sexe opposé surprenait quand on se souvenait de sa chaleureuse séduction.

Luce Grandmaison n'eut pas droit à un compliment. Dépitée, elle rallia le camp adverse.

Julie, seule, fut aimable.

L'annonce de la grossesse de Daisy déchaîna sa volubilité.

– Daisy, quel bonheur ! Dès votre retour de Biarritz, il conviendra de retenir une nourrice et d'acheter la layette. Si vous me le permettez, j'offrirai le berceau. Début avril, vous dites ? Ce sera bientôt là.

En considérant Julie, difforme, toute gonflée de ce petit être qui la dévorait vive, laide comme il n'était pas permis, Daisy ne se sentait nulle hâte.

Au moment des adieux, Sosthène eut un sursaut de courtoisie envers son gendre.

– Monsieur, la plume promet d'être très abondante cet automne. Nous serons heureux de vous compter parmi nous, n'est-ce pas, Achille ? De Monceau, il vous est loisible de venir chasser en voisin.

Louis Lacaz avait remercié, salué.

Régler les factures et se comporter en invité était l'attitude normale qu'on eût attendue d'un gentilhomme mais, de la part d'un fils de banquier, cela devenait de l'élégance...

Ils avaient soupé d'une salade de homard et d'un sorbet au champagne. Puis il l'avait rejointe dans sa chambre.

S'il ne témoignait pas de plus d'imagination, il mettait à présent une certaine douceur dans ses gestes. Parfois, il demeurait auprès d'elle. Il avait un sommeil agité, se retournait sans cesse, gémissait.

Le visage de Paul, quand il dormait, avait l'innocence de l'enfance. Celui de Louis Lacaz semblait torturé. Souvent, il la réveillait d'un cri, se dressait. « Louis, Louis, qu'y a-t-il ? » chuchotait Daisy. Il cherchait sa main, la serrait très fort, s'apaisait.

Le lendemain matin, il s'excusait.

– Un petit accès de fièvre. En Crimée, j'en avais toutes les nuits. C'était affreux. Dans ces moments de faiblesse, on est encore plus conscient de sa solitude. Si vous saviez, Daisy, comme c'est bon de vous avoir près de moi.

Ils arrivèrent à Biarritz le 3 septembre.

Il pleuvait.

Les invités étaient groupés au salon autour de l'Empereur qui lisait un livre à haute voix. L'Impératrice brodait. La comtesse Walewska, que l'on disait avoir succédé à Virginia de Castiglione, se tenait devant la cheminée, présentant ses jupons aux flammes.

À part celle-ci et la duchesse de Torente qui ne semblaient guère apprécier la venue de Daisy, la réception fut charmante.

L'Impératrice donnait le ton.

– Ma chère, nous ne sommes ni à Compiègne ni à Fontainebleau. Ici, chacun fait ce qu'il veut.

Le matin suivant, le ciel était bleu.

Louis Lacaz et Daisy descendirent se promener sur la plage.

Il n'y avait que le chemin à traverser. L'Océan, tout de suite, mettait un goût de sel et d'iode sur les lèvres. Quand l'eau se soulevait pour atteindre les rochers, sa transparence dans le soleil était celle de l'émeraude.

Ils avançaient...

Il dit :

– Biarritz est très différent de Trouville.

La différence, c'était surtout en eux-mêmes qu'elle se trouvait, pensa Daisy avec tristesse.

Que restait-il de ce couple d'amoureux se pourchassant avec des rires ? Un homme et une femme marchant à petits pas, se signalant le verdoiement des collines sur leur droite, les panaches d'écume que l'impétuosité des vagues traçait sur leur gauche, mais n'ayant plus rien à découvrir dans les yeux l'un de l'autre.

Pour le dîner, on s'habillait. C'était l'unique rigueur imposée à la villa Eugénie.

Après le repas, on dansa et on joua aux charades.

Les dames présentes avaient l'air de s'amuser comme des petites folles. Louis bavardait avec le comte Walewski et le Dr Barthès, le médecin du petit prince.

L'Empereur s'approcha de Daisy.

– Deux sous pour vos pensées, madame.

Elle leva les yeux.

– J'étais en train de penser, Sire, que vivre sans désirs, quels qu'ils soient, ne vaut guère la peine d'être vécu.

– Femme trop gâtée !

Il rit, considéra Daisy, toussota, pinça sa moustache.

– Mélancolique, ma chère ? Il ne faut pas. L'existence va où on la mène. Sans doute vous a-t-elle fortement secouée, mais ne lâchez pas les rênes. Entre nous, les meilleures épouses sont celles qui ont beaucoup à se faire pardonner. Elles ont de la gaieté.

– Je ne crois pas que les maris partagent l'opinion de Votre Majesté.

– Oh si ! L'épouse assez sage pour rehausser de fantaisie la monotonie de sa condition bénéficie de toute leur indulgence. Ce n'est jamais la leur, évidemment, mais celle des autres. Allons, j'ai réussi à vous faire rire. Je suis content. Personne ne rit aussi joliment que vous.

Quand ils montèrent, Louis Lacaz s'informa :

– Que vous racontait Sa Majesté ? Vous paraissiez vous divertir.

– L'Empereur m'exposait certaines théories sur le mariage. Chacun, à son avis, en fait ce qu'il souhaite. Mais il parle en homme.

Daisy ouvrit la fenêtre.

Le grondement du ressac envahit la pièce. Elle s'accouda au balcon.

Il lui apporta son grand burnous de velours rose, le mit sur ses épaules.

Il y avait des moments où les attentions de Louis la touchaient. D'autres, au contraire, où elle s'en agaçait. À quoi rimait cette sollicitude ? Il n'en avait eu aucune pour son bonheur.

Elle regardait l'Océan.

Un mouvement majestueux et lent drapait les flots. La lune, ronde, brillait, découpant en noir profond les rochers.

– Daisy, murmura-t-il. Vous m'en voulez encore ? Vous regrettez ?

– Pourquoi me demandez-vous cela maintenant ?

– Eh bien, j'aimerais tant que nous parvenions...

– Rassurez-vous, Louis. On prétend que les regrets gâtent le teint. Je tiens à conserver les satisfactions que me donne mon miroir.

– Daisy, Daisy, ne parlez pas ainsi.

– Alors, ne me posez plus ce genre de questions ! dit-elle avec emportement.

Et elle rentra dans la chambre.

Le lendemain, après le déjeuner, l'Impératrice annonça une randonnée en montagne pour le jour suivant.

Au milieu de l'animation que suscitait le projet – Comment s'habiller ? Comment se chausser ? Convenait-il de prévoir un paletot imperméable ? –, la voix de l'Empereur s'éleva :

– Une agréable nouvelle. Le comte de Nhuys sera parmi nous dans la soirée, ainsi que la princesse Doubretskoï.

Le reste de la journée, des pensées tumultueuses traversèrent l'esprit de Daisy.

Faire ses bagages, s'en aller.

Prétexter un malaise, garder la chambre.

Ne pas le voir. Ne plus le voir.

Après leur rendez-vous place des Victoires, chez Mme Zéphyr, la lingère, Paul de Nhuys lui avait fait remettre à trois reprises un billet par l'intermédiaire du secrétaire de Joseph Lombard.

Le premier, chargé d'exhortations à la patience et de quelques mots bien sentis sur la façon dont elle l'avait quitté. Bouder le lit de cette bonne Mme Zéphyr ! Les hommes ne gagnent rien à être francs avec une femme. Il aurait dû lui jurer qu'elle était la première. En lui faisant l'honneur de la juger au-dessus de ses consœurs, il avait eu tort. Qu'elle lui pardonne. Lui, il l'aimait assez pour lui pardonner sa sottise.

Dans le deuxième billet, il s'étonnait de ne pas avoir reçu de réponse au premier.

Le troisième était encore plus bref, barré de furieux traits de plume. À quel jeu jouait-elle ?

Daisy avait écrit en travers du billet : *« Je ne joue plus, Paul. C'est fini. »*

Et elle avait renvoyé Courtois chez Joseph Lombard.

Depuis, le silence.

Oh ! elle savait très bien que fin septembre, à la reprise des bals, elle serait amenée à le rencontrer, mais échanger un salut poli devant des centaines de personnes est très différent de cohabiter plusieurs jours sous le même toit. Il y a le hasard des couloirs, il y a soi, le cœur, le corps, dont on ignore la résistance, et il y avait Louis Lacaz. Se retrouver à la table, au salon, aux jeux, à la promenade entre Paul et Louis... Cette pensée faisait défaillir Daisy.

Louis ne fit cependant aucun commentaire.

On se coucha tôt en prévision de l'excursion.

Paul et Corinne arrivèrent dans la nuit.

Daisy ne vit Paul qu'au moment de monter dans l'un des chars à bancs destinés à transporter les souverains et leurs invités jusqu'au pied des monts.

Il apparut sur le perron de la villa Eugénie, botté, culottes de peau, veston clair. Le soleil dansait sur son visage.

Daisy avait la bouche sèche, et les poudres prescrites par le médecin contre les nausées se révélaient sans effet ce matin. Elle s'assit dans le char à bancs, Louis à côté d'elle. La présence de celui-ci la forçait à se dominer. Elle parvint à sourire quand Paul de Nhuys s'inclina devant elle.

– Corinne va bien ?

– Un peu lasse. Les voyages l'éprouvent toujours beaucoup. Monsieur.

Le salut que les deux hommes échangèrent fut insolent d'affectation.

La duchesse de Torente, installée à l'avant, appela Paul.

Elle portait une capeline en paille d'Italie nouée

de mousseline verte, riait, montrait ses dents parfaites.

– Daisy, voulez-vous un autre coussin pour vos reins ?

– Que dites-vous, Louis ? Un coussin ? Pourquoi ? Je suis très bien.

Les chars à bancs s'ébranlèrent. Ce fut bientôt la campagne quadrillée de grands champs de maïs. Les sonnailles des attelages tintaient. Ces bruits joyeux se confondaient avec les rires de la duchesse de Torente et de Paul. Il l'avait dit un jour : « Toutes mes maîtresses deviennent mes amies. »

Jamais elle ne serait son amie ! pensa Daisy avec rage.

La route empruntée par les chars à bancs s'arrêtait devant une montagne verdoyante qu'un sentier sillonnait en lacet. Des mulets attendaient. Pour les dames, on avait prévu des cacolets, sortes de bâts munis de deux sièges à dossier.

Louis aida Daisy.

– J'ai peur que vous ne soyez cahotée. Dans votre état...

– Mon état ! Cet état se tait. Et cessez de me traiter comme une malade, Louis, s'il vous plaît.

Paul chevauchait en tête du cortège avec l'Empereur.

Pour des raisons d'équilibre, la duchesse de Torente, étant approximativement de même corpulence que Daisy, partageait son cacolet. Elle chantonnait. Sa jupe en grosse soie cerise bouffait avec grâce. Avait-elle invité Paul à la rejoindre dans sa chambre cette nuit ? Cette supposition était insupportable à Daisy. Elle se la reprocha. La duchesse ou une autre... Paul ne vivait certainement pas dans la chasteté.

La caravane de mulets s'immobilisa sur une sorte d'esplanade que marquait une construction en ruine. Ce devait être une ancienne cabane de berger. Des framboisiers sauvages la tapissaient, et un arbre avait poussé entre les pierres, le tronc presque à l'horizontale. Ses branches ménageaient un grand espace d'ombre. Les valets y avaient déjà dressé le couvert sur des tréteaux tendus de nappes blanches.

On mit pied à terre.

Les dames secouaient leurs jupes, se tamponnaient le front avec leur mouchoir et contrôlaient leurs coiffures dans le petit miroir à main dont Marianne Walewska, habituée à ce genre d'expédition, avait eu la précaution de se munir.

Quand ce fut au tour de Daisy, l'Empereur s'interposa.

– Madame, mes yeux vous diront mieux que ce miroir… Vous êtes à ravir. Mon cher Lacaz, Sa Majesté l'Impératrice vous a désigné pour être à sa tablée. Avec votre permission, je vous enlève votre épouse. Madame, nous avons au menu d'excellents pâtés, et des cailles et des perdrix en escabèche. Vous ne connaissez pas l'escabèche ? C'est un plat espagnol. Une façon d'accommoder et de conserver poissons, mollusques, gibier, à base de vinaigre et d'épices. Ne m'en demandez pas plus, mais je vous garantis qu'en été le plat est agréable.

Le menu passionnait peu Daisy, mais elle éprouvait un soulagement intense d'être débarrassée de la tutelle de Louis. C'était comme si on lui eût enlevé une charge de sur les épaules. Légère tout à coup, daignant enfin découvrir la belle nature qu'on l'invitait à contempler.

Sur des contreforts d'herbe rassemblés comme les gradins d'un cirque, la roche se plantait. En dessous, la fuite charmante des collines traçait le chemin de la vallée. Et là, presque à ses pieds, chatoyait l'eau d'un torrent pavé de pierres plates larges comme des dalles, entre lesquelles les valets avaient calé les panières de vin afin qu'il rafraîchît.

L'Empereur plaça la comtesse Walewska à sa gauche et Daisy à sa droite. Elle fut sensible à cette préférence.

– Madame, vous me permettez ?

Paul.

L'Empereur rit.

– Que de cérémonie, mon cher ! Mais oui, assieds-toi, on t'en prie.

La table était étroite. Leurs bras se frôlaient. Elle dit sur le ton de la conversation :

– J'ai eu de vos nouvelles par Daniel.

– Moi, je n'en ai pas eu. Corinne est très mécontente. C'est mal à vous de la délaisser.

– J'ai été fatiguée.

– Cela se voit, dit Paul.

L'Empereur se pencha.

– Être assis à côté de la baronne Lacaz ne t'autorise pas à l'accaparer, mon ami.

– Sire, je m'en voudrais. L'honneur vous revient.

L'empressement de Napoléon III se poursuivit. Daisy l'entretenait, espérant ainsi décourager l'attention de Louis Lacaz qu'elle sentait fixée sur elle et sur Paul.

Au dessert, on eut la surprise de voir apparaître une troupe de danseurs basques et de musiciens.

Ils entamèrent une ronde.

Pointés vers le ciel comme des flèches de cathédrale, les pics leur offraient un fabuleux décor. Le murmure du torrent accompagnait les tambourins et les guitares. L'Impératrice se leva brusquement, s'élança, se mêla aux danseurs.

Vêtue d'une blouse de flanelle rouge et d'une jupe noire, elle était délicieuse de jeunesse et de simplicité. Elle réclama un fandango. Les applaudissements crépitèrent.

Soudain, sur la droite de Daisy, une voix chuchota :

– Lacaz nous observe. Continue à regarder la danse. J'ai à te parler. Arrange-toi. Il faut que nous nous voyions.

Le cœur de Daisy se mit à battre.

Elle réussit cependant à garder l'apparence de la nonchalance, les yeux braqués sur la silhouette de l'Impératrice qui évoluait avec grâce devant eux.

– Fais-moi prévenir par Céleste, disait Paul. C'est de la plus grande importance.

Le fandango se terminait.

L'Impératrice s'avança vers ses invités, pinça sa jupe, fit la révérence. Les applaudissements reprirent.

On rentra.

Une ombre violette tombait sur les montagnes, derrière lesquelles le ciel s'embrasait. Après la grande chaleur de l'après-midi, la fraîcheur surprenait.

Louis Lacaz insista pour que Daisy mît son mantelet.

Dès la fin du repas, il l'avait rejointe.

– De quoi avez-vous parlé avec le comte de Nhuys ?

– Est-ce un interrogatoire ?

– Daisy, je vous en prie.

– Vous désirez savoir si nous avons évoqué nos souvenirs ? Eh bien, non. Nous avons parlé de la pluie et du beau temps et de nos relations, comme les gens civilisés le font. Une liaison rompue n'empêche pas l'amitié. Voyez autour de nous. Voulez-vous des exemples ?

– Ne vous fâchez pas.

– Vous avez raison, c'est trop bête, dit-elle. Louis, je ne vous comprends pas. J'ai eu assez de mal à oublier la discussion odieuse que nous avons eue au sujet de Paul de Nhuys. Vous êtes bien maladroit de me la rappeler.

Malgré les fatigues de l'excursion, Daisy fut incapable de dormir.

La prudence commandait d'ignorer Paul. Risquer un scandale... Une folie ! Et à quoi bon ? Le voir durant quelques minutes serait autant de regrets en plus. La situation était sans issue. Elle avait eu la sagesse de l'accepter...

Quelque chose d'important, avait-il dit ?

L'important, pour Paul, se résumait à ses ambitions.

Au lieu de le créer duc en novembre prochain, à Compiègne, l'Empereur songeait-il à le hausser au titre de prince ?

Mais la rancœur, l'ironie ne parvenaient pas à chasser l'essentiel : en dépit du silence qu'elle avait établi entre eux, les sentiments de Paul demeuraient. Cette constatation causait à Daisy une allégresse dont l'intensité l'étourdissait. Il l'aimait. Elle se tournait et se retournait dans les draps... Il l'aimait... Toute autre pensée lui échappait.

À travers les rideaux en toile de Jouy, la clarté de l'aube pointa.

Elle passa un peignoir, ouvrit fenêtre et volets.

L'horizon se noyait entre ciel et eau. La lumière incertaine esquissait un paysage sans couleurs, sans contours. L'air semblait avoir réglé sa respiration sur cette somnolence. Pas un souffle, aucun bruit, si ce n'était le léger clapotis des vagues.

Daisy resta sur le balcon jusqu'aux premières roseurs de l'aurore.

Le réveil de la terre coïncidait avec celui du personnel. Un mouvement furtif commença d'agiter la villa Eugénie. Les jardiniers parurent, longeant la grande haie d'hortensias. Le va-et-vient de leurs arrosoirs, si discret fût-il, gâtait la quiétude.

Elle regagna son lit, un peu frissonnante, et, blottie dans les oreillers, réfléchit au moyen de voir Paul.

La matinée s'écoula sans qu'elle eût arrêté quoi que ce soit.

Lorsqu'elle descendit au bras de Louis Lacaz, Corinne était dans le hall avec le Dr Barthès. Vêtue de cachemire blanc, une fleur de magnolia piquée dans son gros chignon. Elles s'embrassèrent. Daisy proposa de faire quelques pas sur la plage, espérant que le Dr Barthès retiendrait Louis. Les deux hommes sympathisaient. Mais Louis ne les lâcha pas. Ensemble, ils firent la promenade. La femme de chambre de Corinne suivait, portant son châle.

Corinne le réclama bientôt.

– La princesse Doubretskoï est plus raisonnable que vous, Daisy, observa Louis Lacaz.

– La santé m'y oblige, cher monsieur, dit Corinne. Mais en dehors de ce souci... Raisonnable ? Sachez que je ne vis qu'à ma fantaisie. Sinon, autant mourir.

Un peu plus loin, elle s'arrêta, s'appuya à l'épaule de Daisy, enleva son soulier, le secoua.

– Mon ange, ne nous débarrasserez-vous pas une minute de votre chien de garde ? murmura-t-elle. Où et quand Paul peut-il vous rencontrer ?

– Corinne, je ne crois pas que cela soit possible. Vous voyez vous-même.

– Ah ! mais si. Il le faut ! Paul... Non, je ne vous dirai rien. Vous le connaissez, il m'arracherait la langue.

Louis Lacaz revenait vers elles.

Corinne se rechaussa.

– Maudit sable ! Rentrons. Un bol d'air m'alimente pour la journée.

Durant le déjeuner, alors que Daisy se torturait la cervelle, le Dr Barthès vint à son secours.

– Monsieur le baron, vous m'avez promis une partie de billard. Quand la disputerons-nous ? Ce soir, après les jeux ?

– Volontiers.

Ce soir, après les jeux.

Le ciel lui faisait cadeau de quelques minutes. Refuse-t-on les cadeaux ?

Les petits jeux qui égayaient les veillées de la villa Eugénie eussent été consternants de puérilité sans la bonne humeur que chacun y apportait.

Il y avait l'inévitable jeu du chat perché, le jeu de cache-cache, et d'autres. Celui, par exemple, qui consistait à attraper avec la bouche un morceau de bougie flottant dans un récipient plein d'eau. L'amusement était pour les spectateurs, non pour l'infortuné condamné à barboter. Également, et de la même manière, retirer une bague placée sur un plateau de farine. On s'y faisait un visage de pierrot qui provoquait l'hilarité. Il y avait aussi le jeu de la ficelle : on formait un cercle, les mains posées sur une ficelle faisant le tour des joueurs, cependant que deux autres, au centre, distribuaient des claques pour vous la faire lâcher. La malice était de déplacer les mains assez rapidement pour éviter les claques tout en maintenant la ficelle. Les perdants avaient un gage. L'Empereur et l'Impératrice en étaient dispensés.

Ce soir-là, Daisy, qui n'avait guère la tête au jeu, dut un gage à Louis Lacaz et à Paul de Nhuys que le hasard du tirage au sort avait réunis au centre du cercle.

– Monsieur, à vous l'honneur, dit l'Empereur à Louis.

Louis Lacaz réclama un baiser.

On trouva cette tendresse charmante entre époux, on applaudit beaucoup.

– Et toi, Paul ? Qu'exiges-tu de notre amie ?

Paul de Nhuys sourit.

– Votre Majesté sait que je n'exige jamais, on me donne. À votre choix, madame.

– Un baiser, cria Marianne Walewska.

Paul se tourna vers elle.

– Voyons, madame. Vous devriez le savoir. Jamais en présence du mari !

Le comte Walewski fut le premier à rire.

Daisy avait les joues brûlantes. Furieuse. Provoquer Louis en un tel moment...

Mais celui-ci dit, très calme, souriant :

– Monsieur le comte, le mari vous accorde sa permission.

Paul de Nhuys s'inclina, prit la main de Daisy, l'effleura de ses lèvres, se redressa.

– Madame, je vous remercie.

Un murmure de déception s'éleva dans le salon. Les dames espéraient de Paul plus d'originalité et d'audace.

La soirée s'acheva.

Les efforts que Daisy avait faits pour participer à la gaieté générale la laissaient tremblante. Elle accompagna cependant Louis Lacaz et le Dr Barthès jusqu'à la salle de billard, attendit que la partie fût engagée et, assurée enfin de disposer d'un peu de temps, elle regagna sa chambre.

La chambre communiquait avec un réduit prévu pour loger une femme de chambre et donnant sur l'escalier de service.

Céleste y avait déjà introduit Paul de Nhuys.

– Paul, les valets sont en bas en train de ranger, mais ils n'en ont pas pour longtemps, et je ne veux pas...

– Là, là, calme-toi. Est-ce une réception ?

Il la pressait contre lui, froissait la soie de sa robe, ses cheveux, sa bouche, et elle oubliait ses craintes lorsqu'il se détacha doucement d'elle et dit :

– Soyons sages. Écoute-moi. Toi et Lacaz, c'est terminé.

– Paul !

– Tu m'écoutes, tu te tais. Nous allons partir, quitter la France. Tais-toi. Pas demain, évidemment ! Ces choses-là s'organisent. Il me faut réaliser le plus possible et je n'ai pas l'intention de brader vingt ans de labeur, mais...

Il réunit ses mains entre les siennes.

– Je t'avais dit que je ne renoncerais pas à toi. Je ne reviens jamais sur ce que je dis. Mais Paris, pour nous, c'est impossible, avec Lacaz. Je renonce donc à Paris. Le monde est vaste. Corinne est d'accord. Elle vient avec nous, naturellement.

Daisy se mit à pleurer.

– Paul...

– Tu ne me crois pas ? Si je te le dis. J'ai bien réfléchi. J'ai eu de l'existence tout ce qu'un homme peut souhaiter. Le partager avec une femme ? Je n'en voyais nullement l'intérêt, je n'en voyais aucune, je les avais toutes, j'étais comblé. Et tu es apparue. En me quittant, tu m'as dépouillé, tu as fait de moi un pauvre homme. J'ai horreur d'être pauvre, j'ai horreur de perdre ! Je ne veux pas te perdre, Daisy. Le bonheur, avant, je laissais ça aux autres, à ceux qui n'avaient rien, mais sans toi tout me manque à présent.

– Paul...

– Préparer notre départ demandera plusieurs semaines, des mois peut-être, mais nous partirons. D'abord, en Angleterre. J'y ferai transférer mes avoirs. Mais l'Angleterre, c'est trop près. Le sieur Lacaz serait bien capable de nous y poursuivre ou, du moins, de nous y rendre la vie insupportable. Aussi ai-je pensé...

Il s'interrompit, scruta le regard de Daisy.

– Daisy, qu'est-ce qu'il y a ?

Elle le regardait. Les mots ne passaient pas.

– Daisy, répéta-t-il. Daisy...

– Paul... chéri... C'est trop tard. J'attends un enfant de Louis.

Paul de Nhuys lâcha les mains de Daisy.

Ses traits s'étaient affaissés. Les épaules et le buste se tassaient dans l'habit noir. La nuque semblait brisée. C'était la silhouette d'un vaincu, une silhouette qui ne pouvait être la sienne.

– Paul, s'écria Daisy. Paul, j'aurais tant voulu...

Il se redressa, recula, chercha à tâtons le bouton de la porte, l'ouvrit.

Et il sortit.

Le lendemain, au repas de midi, la duchesse de Torente s'étonna de son absence et de celle de Corinne.

– Les affaires, ma chère duchesse, les affaires, dit l'Empereur. Ce diable d'homme n'est jamais en repos. Paris le réclamait, il nous a quittés.

Le 12 septembre, au matin, deux jours après le retour de Daisy et de Louis Lacaz, Achille surgit à Monceau.

Il était venu de Maubrun à cheval malgré un fort orage.

Il entra chez Daisy, les vêtements crottés, dégoulinant d'eau, titubant comme un ivrogne.

Julie avait été prise des premières douleurs la veille dans l'après-midi. L'accouchement présentait des complications. Le médecin était très inquiet.

– Julie te réclame, Daisy, dit-il en s'effondrant dans un fauteuil.

Daisy s'habilla, ordonna de faire atteler et envoya vite un valet prévenir M. et Mme Poitevin, les parents de Julie, ainsi que M. Dubois, le chirurgien-accoucheur de l'Impératrice, en le priant d'avoir la bonté de la rejoindre à Maubrun dans les plus brefs délais.

Durant le trajet, elle s'efforça de calmer le désarroi d'Achille.

– Julie se réjouissait tant d'avoir cet enfant, plus rien ne comptait, répétait-il. Le docteur dit que la tête est trop grosse. Elle hurle, elle pleure, c'est affreux ! Ton père. Tu le connais, il ne supporte pas la souffrance, il a pris un fusil, il est parti dans les bois. Charlotte... Ce n'est pas la place d'une jeune fille, et moi... Un homme se sent si bête, si inutile.

– Surtout si tu lui montres cette tête !

– Elle ne va pas mourir, Daisy ?

– Tu dis des bêtises. Évidemment que non !

Daisy en fut moins sûre en apercevant Julie.

Un feu d'enfer brûlait dans la chambre, les croisées et les rideaux étaient clos. Cette touffeur faisait ruisseler la malheureuse. La chemise collait à son ventre énorme. Elle semblait ne plus avoir la force de crier. Un gémissement continu s'échappait de ses lèvres. Ses cheveux étaient plaqués sur son crâne, sa peau d'une vilaine teinte cireuse.

L'infirmière céda la place à Daisy. Elle embrassa le front moite.

– Julie, dit-elle avec entrain, je crains que vous n'ayez un mari bien peu vaillant. Il a moins bon aspect que vous.

Julie eut un petit soupir.

– Je fais toujours tout de travers. Daisy, vous prendrez soin de lui ? Au fond, Achille n'était pas fait pour le mariage. Si je meurs, il sera bien débarrassé.

– Julie ! Mais voulez-vous vous taire ! Mourir. En voilà des idées ! Sa Majesté l'Impératrice a eu bien plus de difficultés que vous, et si vous aviez vu le petit prince à Biarritz... Superbe. Un amour. À propos, j'ai demandé par précaution à

M. Dubois de venir. Il n'y a pas plus compétent. La vérité, ma chérie, je vais vous la dire. Vous avez mis tant d'orgueil à vouloir nous faire le plus beau bébé du monde qu'aujourd'hui la nature se venge un peu. Un bébé de cinq livres coûte moins à sa mère qu'un de huit. Mais après... Vous serez intenable !

La gaieté, l'optimisme, les exhortations au courage furent bientôt inutiles.

M. Dubois refusa de pratiquer la césarienne, étant donné la faiblesse de la patiente.

Dans la nuit du 12 au 13, l'enfant naquit. Un gros garçon chevelu. On avait dû employer les fers. Il saignait au front. Charlotte et la nourrice l'emportèrent.

– Un fils ! Un Maubrun ! dit Sosthène.

Julie gisait inconsciente. Les médecins se relayaient. On ne parvenait pas à enrayer l'hémorragie.

– Ce n'est pas possible, ce n'est pas possible, marmonnait Achille en faisant les cent pas.

Daisy le pria de s'asseoir.

Il se releva pour l'extrême-onction.

Mme Poitevin, la mère de Julie, pleurait dans son mouchoir. Elle était accourue sans prendre le temps de se changer, vêtue de taffetas vert clair, des bagues à chaque doigt. Quand elle se mouchait, la flamme des bougies se heurtait à l'éclat de ses diamants, et des papillons de lumière voletaient sur les draps du lit.

Le chagrin de Jules Poitevin s'étranglait derrière le col de sa chemise. De temps en temps, il y passait le doigt comme s'il étouffait. Julie était leur unique enfant.

La troisième nuit s'écoula.

On ne bougeait pas. On vivait dans l'attente, hébétés.

Louis Lacaz arriva.

Il signala que la foudre avait frappé un des grands chênes de l'allée. On ne l'avait même pas entendue.

– Daisy, je vous conseillerais de prendre un peu de repos. Songez que vous-même…

– Le moment ne me semble pas indiqué d'y songer.

Elle l'avait laissé en tête à tête avec Sosthène, était remontée.

Les Poitevin, Achille, Charlotte, les médecins, tous debout, entouraient le lit.

Daisy se précipita.

Mme Poitevin s'agrippa à son bras.

– Elle reprend connaissance. Nous allons la sauver.

L'espoir qui éclairait sa figure tuméfiée par les larmes faisait mal.

Achille murmurait :

– Julie… Julie…

Julie ouvrit les yeux.

– Daisy, dit-elle d'une voix bien distincte. Achille, Maman, s'il vous plaît… je veux parler à Daisy.

Tout le monde sortit.

Julie fixa Daisy, avança la main.

– Daisy, quand vous verrez Daniel, dites-lui que je l'aimais beaucoup. Vous le lui direz, vous me le promettez ?

– Je vous le promets.

– Je l'aimais, dit Julie.

Elle referma les yeux et mourut très doucement.

20

Après l'enterrement, Sosthène fit part de ses intentions à Daisy : aux premiers grands froids, lorsqu'on fermerait Maubrun, il avait résolu de se réinstaller avec Charlotte, rue du Bac.

– Achille nous l'a demandé. Le pauvre. Il est si désemparé. Et Charlotte est folle du petit... Et puis, très franchement, Monceau, Lacaz dedans, est devenu bien inconfortable.

– Vous me laisserez au moins Courtois, Papa ?

– Chérie !

Sosthène soupira.

– Ce serait bon si tu pouvais revenir avec nous. Tous ensemble, comme autrefois. Vois-tu, même chez Daniel, et Dieu sait l'affection que j'ai pour lui, je ne me sentais pas chez moi. La rue du Bac, les siècles m'y attachent.

Pour faire plaisir aux Poitevin dont l'enfant d'Achille et de Julie était maintenant l'héritier – de très bonnes personnes, vraiment, même Sosthène le reconnaissait et avait su se montrer compatissant à leur douleur, un effort héroïque car, en général, les chagrins, les siens aussi bien que ceux des autres, le rendaient muet –, pour leur faire plaisir, donc, on avait décidé de donner au petit le prénom de son grand-père maternel. Jules accolé à Poitevin évoquait des comptes d'arrière-boutique, mais Jules de Maubrun...

– Cela me rappelle le cher Jules de Polignac, un grand ami de notre famille et l'intime du bien-aimé Charles X, disait Papa.

Pour l'instant, Charlotte avait rebaptisé Jules : « Baby ».

Ce petit bout de chair rose encore mal défripé la ravissait. Elle en avait délaissé la chasse, la dernière de ses passions, on ne la rencontrait que dans la nursery, et la nourrice, à part fournir son lait, fonction que Charlotte ne pouvait remplir, se tournait les pouces.

Daisy qui venait presque chaque jour au château grondait sa sœur.

– Un bébé, c'est comme un chiot ou un chaton, ça ne se tripote pas. Dormir, à cet âge, c'est profiter.

– Oh ! toi, toi ! répliquait Charlotte. Je plains le pauvre petit que tu vas avoir. Il entrera dans la vie comme au pensionnat.

Mais lorsque Charlotte s'éloignait pour quelques minutes du berceau, Daisy se penchait, touchait du doigt la peau douce du petit Jules, et quelque chose de tendre palpitait en elle, elle souriait.

Cette première quinzaine de septembre l'avait plus mûrie que toutes les années écoulées.

Se résigner est une erreur. Elle éviterait le piège, elle ne se résignerait pas, elle mènerait sa vie au mieux, selon les moyens dont elle disposait.

L'amour de Paul l'y aiderait.

Avec le recul, elle réalisait à présent quelle erreur eût été de s'enfuir avec lui si elle en avait eu la possibilité. Car, évidemment, elle l'aurait fait, elle aurait abandonné son mari, sa famille, son honorabilité, tout, et elle s'en effrayait aujourd'hui. Un homme comme Paul ne s'alimente pas que d'amour. Renoncer à ses prérogatives, à ses aspirations, au souffle même qui l'avait porté aux cimes, il l'avait dit, il s'en croyait capable. Il l'eût très vite regretté. Partir ensemble n'était pas le bonheur, mais s'exposer aux pires tourments. Cela commence par l'ennui, les petites chicaneries, cela se termine dans les reproches, les cris et la faillite.

Non, ce rêve… Eh bien, précisément, ce rêve n'avait que la consistance fragile des rêves, il n'était pas le bonheur.

Le bonheur, le merveilleux bonheur était qu'il le lui eût proposé, qu'il eût choisi, en pleine puissance, lui l'ambitieux, lui l'orgueilleux, de sacrifier toutes les valeurs sur lesquelles il avait bâti son existence pour elle, Daisy.

Ce bonheur-là, rien ni personne ne pourrait le lui enlever.

C'était sa certitude, sa force.

Louis Lacaz, à qui elle avait fait part des projets de Sosthène, exprima le désir que sa mère revînt à Monceau.

Eugène Lormel était maintenant remarié.

Mme Lacaz jugeait l'épouse d'Eugène frivole et vulgaire, elle ne s'en cachait pas, la cohabitation se révélait difficile.

– Au contraire, vous, elle vous admire beaucoup.

– Voilà une nouveauté.

– Daisy !

Le visage de Louis Lacaz se contracta.

Depuis leur retour de Biarritz, il s'énervait souvent.

Daisy dit avec calme :

– Louis, si votre mère le souhaite, elle sera la bienvenue. Mais quand nous avons décidé de reprendre la vie en commun, vous m'avez dit et redit ne pas concevoir d'autre maîtresse que moi dans cette maison. Prévenez votre mère. Il n'y en aura pas deux. Le Grand Courtois, vous connaissez son caractère, ne supporterait pas d'être commandé. Nous n'avons pas les mêmes méthodes, votre mère et moi, vis-à-vis du personnel. Je préfère les sourires à la servilité.

– Nous avons pensé que ma mère pourrait occuper le second étage que le départ de votre père et de votre sœur rend vacant.

– Ce sera très bien.

Plusieurs fourgons apportèrent les meubles de Mme Lacaz.

C'était une partie de ceux qu'elle avait emmenés lors du décès présumé de son fils, et les revoir rappela encore plus vivement à Daisy l'hostilité que sa belle-mère lui avait manifestée.

Néanmoins, elle veilla à ce que le mobilier fût distribué dans les pièces suivant les instructions que celle-ci avait fournies et fit disposer partout des bouquets, tout en sachant que Mme Lacaz n'accordait aucune attention à ce genre de détails.

Mme Lacaz arriva, remercia pour les fleurs, ôta ses gants, son chapeau, tendit son mantelet à sa femme de chambre qui servait déjà à Monceau du temps du banquier Lacaz, alla à la fenêtre, contempla la grande cour que protégeaient les grilles dorées, eut un geste en direction de la vasque d'eau dont le bruissement s'élevait jusqu'à elles en une petite musique douce et mélancolique.

Elle soupira.

– Le bruit de cette eau m'a manqué. Je vous remercie, ma fille, de votre hospitalité.

– Madame, cette maison est la vôtre, dit poliment Daisy.

– Elle le fut. Et, les circonstances eussent été autres, elle le serait encore. Mais dans nos familles les hommes avantagent leurs enfants plus que leur épouse. Et Louis désirait tant cet hôtel.

– Mais je croyais... Il m'avait dit que vous étiez d'accord pour le lui laisser.

– Vous verrez, ma fille, lorsque vous aurez un fils. Sa volonté comptera plus que la vôtre.

Et, pour la première fois, Daisy entrevit quel avait dû être le déchirement de Mme Lacaz quand elle avait quitté Monceau.

Les habitudes furent très vite prises.

Contrairement à ce que Daisy avait craint, Mme Lacaz ne chercha pas à s'imposer.

Elle avait amené son vieux cocher et sa voiture, régnait au second étage sur la femme de chambre et les deux valets qui l'avaient suivie, descendait pour les repas. Après le café, elle brodait quelques instants dans le petit salon mauve en compagnie de Daisy. Quelles pensées remuait-elle derrière cette face sévère et silencieuse à laquelle elle accrochait un vague sourire lorsqu'elle se sentait observée ? Ce n'étaient pas des pensées gaies.

Le dimanche, le jeune Adrien Lormel venait déjeuner.

Le lundi et le jeudi, Mme Lacaz accueillait ses relations. On ouvrait un des grands salons, les valets disposaient les tables de jeu, le chef confectionnait des pyramides de pâtisseries qu'accompagnaient des glaces, de l'orangeade et du thé. Daisy faisait une apparition. « Ma belle-fille », disait Mme Lacaz, et elle le disait à présent avec fierté.

Un lundi, durant le repas que l'on prenait un peu plus tôt ce jour-là, Courtois entra dans la salle à manger.

– On demande Monsieur le baron. Une dame, monsieur le baron. Un fiacre l'attend dehors. Elle dit que c'est personnel et s'est refusée à donner son nom au portier.

– Un fiacre ! Qui peut bien venir en fiacre ? dit Daisy. Vous avez une idée, Louis ?

– Aucune.

– Courtois, fais patienter. Monsieur le baron termine son dessert. Un soufflé n'attend pas.

– Avec votre permission, Daisy. Courtois, introduisez cette dame dans la bibliothèque.

Louis Lacaz se leva.

– Ma mère, je vous prie de m'excuser.

Mme Lacaz et Daisy achevaient le soufflé au café lorsqu'il revint.

– Qui était-ce, Louis ?

– Rien. Enfin... une quémandeuse. Cette personne prétend avoir été lésée lors d'une cession de terrain. C'est possible. Eugène n'est pas tendre en affaires et rogne sur chaque sou.

– Mon fils, dit Mme Lacaz d'une voix tendue, ceci est ton domicile. Tu n'as pas à permettre que n'importe qui sous n'importe quel prétexte vienne troubler ta vie privée. Ton père ne l'a jamais toléré.

– Soyez tranquille, ma mère. Cette dame ne reviendra pas. Je l'ai renvoyée à Lormel. Puis-je avoir un peu de ce soufflé au café ?

« Ma chérie, me voici à nouveau parisien.

Mon premier souci a été de me rendre à Maubrun pour prendre de vos nouvelles. La disparition de Julie m'a atterré. Pauvre Julie !

Charlotte vous remettra ce billet.

Viendrez-vous à Maubrun vendredi ? J'y serai. Mon voyage en Crimée m'a fourni une information intéressante. Après l'avoir entendue, osez encore me traiter de rêveur et de fou !

Vous viendrez, n'est-ce pas ?

Je vous donne un baiser. Disposez-en à votre choix.

Je n'ai plus, hélas ! ce privilège.

Votre Daniel. »

Le vendredi, il pleuvait.

– Un temps de cochon, dit Louis. Je vous conseille, Daisy, de ne pas aller à Maubrun aujourd'hui. Un rhume est vite pris, et dans votre état...

– Être enceinte ne transforme pas une femme en bibelot.

La réflexion de Louis Lacaz décida Daisy.

Elle n'avait cependant guère envie de rencontrer Daniel. L'acharnement que celui-ci mettait à fouiller le passé de son mari lui paraissait maladif, malsain, et, chaque fois que leur conversation remontait à sa mémoire, elle en avait des bouffées de colère.

Mais, en l'apercevant, elle oublia son humeur.

Il était dans la nursery en compagnie de Charlotte et de Luce Grandmaison, vêtue de drap lavande, les boucles nouées d'un ruban de satin blanc dont les pans flottaient avec art.

– Charlotte, tu aurais pu te coiffer et enlever ton tablier. Tiens, Luce ! Bonjour. Vous pouponnez, ma chère ? Attention à votre robe.

– Savez-vous, madame la baronne, que Baby me reconnaît ? Quand je suis entrée, cet amour m'a souri. J'étais justement en train de l'expliquer à M. de Rotran.

Daisy rit.

– Ça devait le passionner. N'est-ce pas, Daniel ? Eh bien, vous ne dites rien ?

– Je vous regarde.

Jules de Maubrun, encore peu sensible aux charmes des dames, se mit à hurler.

Daniel présenta son bras à Daisy.

– Allons-nous-en. Ma tête et mes tympans vont éclater. Comment fait-on pour avoir des enfants chez soi sans terminer sourd et idiot ?

Dans le hall, Sosthène et Achille se débarrassaient de leurs vêtements de chasse, tout en discutant d'un faisan qui leur avait échappé.

– Si tu avais vu ça ! Il s'est envolé à dix mètres. Un endroit bien dégagé, juste avant d'arriver à la ferme Bouchu, bref, impossible de le manquer ! Le temps d'épauler, je crie à Achille : « Celui-là nous fera un compte rond ! » C'était notre centième pièce, les chiens ont surtout levé du perdreau ce matin.

– Vous êtes des assassins. Je suis bien contente pour ce pauvre oiseau.

– Nous l'aurons demain, dit Achille.

– Tu l'entends, Daisy ? Pourquoi faut-il toujours, mon garçon, que tu me contraries ? Je suis sûr de l'avoir touché. Nous aurions dû envoyer les chiens. Les renards vont le dévorer.

– En fait d'oiseau, coupa Daisy, vous trouverez là-haut un volatile tout plumé. Mlle Grandmaison, en personne.

– Luce Grandmaison est une jeune fille charmante.

– Une jolie petite dinde, Papa. Et osez me dire que vous ne la dévoreriez pas avec appétit. Allez vite vous faire beaux, tous les deux. La dinde attend.

– Daisy, vraiment... protesta Achille.

Elle ébouriffa ses cheveux blonds, l'embrassa, le poussa en riant dans le couloir.

Bien qu'il ne fût pas midi, les lumières du petit salon étaient allumées. La pluie persistait. Sur la pelouse, le vent roulait les tas de feuilles mortes assemblés la veille par les jardiniers.

– Achille a l'air de se remettre assez bien, dit Daniel.

La gorge de Daisy se serra.

– Daniel, Julie m'a fait promettre de vous dire... En fait, ce furent ses dernières paroles. Elle... Elle vous aimait. Elle se sentait mourir, elle a voulu que vous le sachiez.

Daniel inclina la tête, considéra ses mains, les joignit.

– Pauvre, pauvre petite ! dit-il. C'était un mauvais choix. Il n'y avait de place que pour vous.

– Elle le savait. On jugeait Julie fantasque, extravagante, elle était très lucide. Papa et Charlotte vont retourner rue du Bac, Daniel. Achille est très seul.

– Et vous, vous ne l'êtes pas ?

– Mme Lacaz est revenue à Monceau.

– Eh bien... Vous avez une mine superbe. Les choses s'arrangent entre vous et Lacaz ?

– J'attends un enfant pour avril.

– Daisy !

Daisy sourit.

– Ne prenez pas cet air catastrophé, voyons ! Avoir un enfant...

– Jamais je ne vous aurais fait un enfant ! Penser que ce beau corps... C'est un crime. Que dis-je, un crime ? C'est une profanation.

– Toutes les femmes...

– Vous n'êtes pas toutes les femmes ! Lacaz exulte, je présume ?

– C'est normal.

Daniel se leva, se rassit, ricana.

– Se perpétuer dans ses enfants. Voilà bien une vanité que je n'ai pas. Le nom des Rotran s'éteindra avec moi, et le monde ne s'en portera pas plus mal. On ne sait d'ailleurs jamais d'avance le petit monstre que l'on engendrera.

– Eh bien, merci, vous êtes encourageant. Parler ainsi à une future mère.

– Daisy, ce m'est impossible, je ne peux pas... Je ne peux admettre...

Daniel se tut.

De la salle à manger provenaient des bruits, murmure des valets, tintements de vaisselle et d'argenterie.

Daisy rompit le silence.

– Nous allons bientôt déjeuner, Daniel. Vous

m'écriviez dans votre lettre... Quelle information avez-vous recueillie en Crimée ?

– À quoi bon, maintenant ? Vous allez avoir un enfant, et ce que je peux vous dire... Si je vous dis que Lacaz a menti et que j'en ai la preuve. Peu importe. Laissons cela.

Daisy le fixa avec sévérité.

– J'ai annulé pour venir ici un essayage chez Worth et un rendez-vous avec le décorateur et les tapissiers. À propos, nous donnons un bal costumé à la fin du mois et, je suis désolée, Louis refusera certainement de vous inviter.

– De toute façon, je n'y serais pas allé.

– Je m'en doutais. Mais vous me manquerez beaucoup. Louis a menti, dites-vous ? Je vous prie de vous expliquer. La dernière fois que nous nous sommes vus, vous m'avez débité une telle énormité.

– Elle se trouve confirmée. Non. S'il vous plaît, Daisy ! Vous désirez vraiment savoir ?

– Je ne désire rien du tout, c'est vous. Quand on formule une accusation, on va jusqu'au bout. La Crimée ! J'ai le cœur barbouillé dès que j'entends prononcer ce nom.

– Le pays vous plairait cependant. Superbe. Lacaz vous l'a décrit ?

– Vous comprendrez...

– C'est juste. Question idiote. L'œil d'un militaire redessine un paysage en positions stratégiques.

Daniel soupira.

– Ah ! que j'aurais voulu faire ce voyage avec vous ! L'endroit incite à toutes les voluptés. J'ai logé à Bakhtchisaraï dans l'ancien palais d'un khan. Des chambres rondes, habillées de marbre rose. Au centre, le frais murmure des jets d'eau. Les fenêtres qu'occultent des arabesques de verdure brodées de fleurs. Je vous aurais aimée sur des divans profonds, dans la senteur des roses, des lauriers et des jasmins. Là-bas, la lumière confère son intensité aux couleurs, le ciel est plus bleu, la mer plus verte, les maisons plus blanches, la végétation plus somptueuse. Chaque jardin, à l'ombre de ses palmiers, de ses oliviers, recrée le paradis. Une douceur de vivre... On y mourrait ! Impossible d'imaginer les barbaries de la guerre sur ces rivages si Sébastopol n'en conservait tant d'odieuses traces.

– Si vous en veniez au fait ? Je suppose que vous avez retrouvé le domaine où a vécu Louis ?

– Oui. Et assez aisément grâce aux indications que vous m'aviez fournies. Obtenir des renseignements fut cependant plus ardu. Le régisseur, ce Tchoglokov, que vous m'aviez nommé, n'était plus là. Renvoyé pour ses sympathies envers l'Église de Rome, m'a confié celui qui occupe maintenant ses fonctions.

– En effet, je me rappelle, dit Daisy. Tchoglokov avait recueilli Louis parce qu'il était catholique romain, donc opposé aux motifs qui, initialement, ont provoqué la guerre.

– Bref, sans Tchoglokov, j'étais dans une impasse. Je n'allais pas ajouter à sa disgrâce en révélant qu'il avait, durant le conflit, abrité sous le toit de ses maîtres un ennemi. Je restai donc dans le vague, disant que Tchoglokov m'avait été recommandé par une relation de Saint-Pétersbourg. Entre parenthèses, le fait de mentionner que j'avais assisté au couronnement du Tsar en qualité de membre de la délégation française a beaucoup impressionné le nouveau régisseur. J'y gagnai une aimable hospitalité, donc la possibilité de poursuivre mon enquête auprès du personnel. Mais le moyen de se faire comprendre quand on ne sait dire en russe que bonjour, bonsoir, combien, et merci ? Ce fut néanmoins cette difficulté même qui me servit. Tandis que l'on riait de mes balbutiements – ce petit peuple de Crimée est jovial et charmant – un des valets revint, poussant glorieusement devant lui un palefrenier, et, miracle ! de cette bouche édentée, salie de barbe, la langue de Molière jaillit. Vous l'avez déjà sûrement deviné, l'homme tenait ces rudiments de Louis Lacaz. Il me l'a décrit. Avec ce respect superstitieux que les humbles portent aux personnes privées de raison.

– Privées de raison ? Mais...

– Raison ou mémoire, pour ces gens frustes, c'est toujours un dérangement du cerveau, donc la folie. Mais le portrait physique coïncide parfaitement. Aucun doute là-dessus.

– Vous voyez.

– L'unique différence entre le récit de Lacaz et celui de ce palefrenier est dans les dates. Lacaz prétend avoir quitté la Crimée l'année dernière, en automne. C'est bien cela, n'est-ce pas ?

– Oui.

– Eh bien, le palefrenier m'a certifié, juré sur son salut éternel que cet événement se situe au début du printemps 1856, soit un an et demi avant. Lacaz pouvait donc se trouver à Paris en mai, date à laquelle je l'ai vu rue de Rivoli.

Daniel fixa Daisy.

– Alors ? Vous pensez toujours que je vous ai raconté une énormité ?

Elle soutint son regard.

– Le témoignage d'un palefrenier... Cet homme a confondu, ou vous avez mal saisi son baragouinage, ou il vous a trompé.

– Je le lui ai fait répéter dix fois. Et quel intérêt aurait-il eu à me mentir ? Lacaz en a un. Lequel ? Mystère.

Daisy se leva.

– Cette histoire ne tient pas debout. Peut-être

Louis s'est-il déplacé sur une autre partie du domaine et le palefrenier en aura conclu... C'est même certainement cela; ce ne peut être que cela. Tchoglokov, étant donné sa position difficile, l'a sans doute éloigné. Enfin, Daniel, est-ce qu'un régisseur doit des explications à un palefrenier ? Voilà ce que vous auriez pensé si vous pensiez sainement. Mais vous désirez tellement avoir raison que quiconque abonde dans votre sens, fût-ce un valet d'écurie ignare...

– Si vous le prenez ainsi, dit Daniel avec raideur, pardonnez-moi. J'aurais mieux fait de me taire.

– Sûrement.

Daisy soupira.

– Louis est mon mari, nous allons avoir un enfant, et j'ai déjà affronté tant de problèmes. Je n'en veux plus, je ne veux plus entendre un mot sur ce sujet. Vous n'en avez parlé à personne, au moins ?

– Je préférerais me trancher la gorge que vous causer du tort. Et pourtant, je déteste voir couler le sang, surtout le mien.

– Du tort, releva Daisy. Pourquoi, du tort ?

– Je ne sais pas.

Il vint vers elle.

Elle avait une expression pensive, le cou un peu ployé. Une de ses boucles s'était déroulée, s'emmêlant aux perles de son sautoir.

Daniel dégagea la boucle, l'enroula sur son doigt, la remit doucement en place.

– Quand M. de Maubrun sera rue du Bac, vous me pemettrez de venir de temps à autre prendre le thé avec vous ? Nous n'y parlerons plus de Lacaz, je vous le promets.

Elle sourit, lui effleura la joue d'un petit geste tendre.

– Je croyais que les femmes enceintes vous répugnaient ?

Il posa sa main sur celle de Daisy, la garda contre sa joue.

– Vous êtes un amour, dit-il.

Bien qu'elle l'eût caché à Daniel, Daisy revint de Maubrun troublée.

Elle récapitulait ce que lui avait conté Louis Lacaz, s'apercevait que c'était peu. Obnubilée par les conséquences de son retour, elle n'avait guère montré de curiosité.

Maintenant, d'un ton dégagé, elle le questionnait.

– Votre régisseur, en Crimée, ce Tchoglokov, il a dû vous regretter. Vivre aussi longtemps ensemble crée des liens. Trois années... Cela a fait trois ans, n'est-ce pas ?

– Oui. Presque jour pour jour. D'automne à automne. Mais voyons, vous le savez, Daisy.

Certaines fois, il répondait en souriant, d'autres avec agacement.

Qu'il eût répugnance à évoquer les détails de cette existence se comprenait.

Tout se comprenait.

Daisy se le répétait, maudissant Daniel.

Cependant, le doute était dans sa tête.

Quand Louise la coiffait, quand Worth retouchait sur elle la fabuleuse toilette prévue pour le bal costumé, ou quand elle allait déguster un verre de ce lait crémeux que l'on servait à la Vacherie d'Auteuil – « Excellent pour vous, madame », affirmait M. Dubois, le chirurgien-accoucheur. Elle détestait le lait, mais elle en buvait. Tout ce qui était bon pour l'enfant... L'enfant, cependant ne l'empêchait pas de penser, et à n'importe quel moment, à la Vacherie d'Auteuil, à Monceau, à Maubrun, à table, dans son lit, dans son bain, brusquement le doute la saisissait.

Si par hasard le palefrenier disait vrai. Un décalage de presque deux ans... Qu'aurait fait Louis Lacaz durant ce temps ?

– Vous n'avez jamais bougé du domaine, Louis ?

– Non.

– En êtes-vous sûr ?

– Enfin, Daisy !

– Je pensais... Avec votre perte de mémoire. Ne subsiste-t-il pas des périodes quelque peu obscures pour vous ?

– Mon amnésie ne concernait que les événements antérieurs à Balaklava. Pour le reste, je ne me souviens que trop, hélas !

Ce visage crispé cachait-il un secret ?

Quel secret ?

Quel mobile aurait pu inciter cet homme pourvu de grands biens et jouissant d'une position élevée à demeurer dans l'ombre ? Le fait de la retrouver, elle, Daisy, remariée, en plein bonheur avec Daniel ? Non. Elle le savait aujourd'hui. Louis Lacaz n'en eût pas tenu compte. Il aurait fait valoir ses droits.

Alors ?

Rien.

Daisy se tranquillisait, allant même parfois jusqu'à penser que le palefrenier était une invention de Daniel. Il avait l'âme assez tortueuse pour cela. Et elle se sentait maintenant une vague rancune contre lui.

Après le dîner, quand ils n'étaient pas invités, Louis Lacaz s'attardait souvent devant le flacon de cognac. Ces soirs-là, il ne frappait pas à la chambre de Daisy, regagnait la sienne. Elle entendait son pas résonner sur le dallage du palier, sa porte se refermer.

Courtois disait :

– Monsieur le baron boit beaucoup. Seul, ce n'est pas une saine compagnie. Ça ne me regarde pas, mais vous devriez le lui dire, madame Daisy.

Elle n'osait pas.

La fragile intimité qu'ils avaient partagée en août ne s'était pas rétablie au retour de Biarritz. La grande chaleur, l'absence de mondanités, les petits repas montés dans la chambre y avaient contribué.

Depuis l'arrivée de Mme Lacaz, par courtoisie, Daisy avait renoncé à ses dînettes de thé et de fruits.

Était-ce l'enfant à venir qui modifiait les relations entre les deux femmes ? Daisy ne sentait plus aucune animosité chez Mme Lacaz. Au contraire, celle-ci – oh ! en peu de mots, en peu de gestes, à sa façon – lui manifestait des sentiments qui, venant de ce caractère dur et replié sur lui-même, pouvaient presque passer pour de l'affection.

À Maubrun, on était sceptique quant à la sincérité de cette attitude.

Cela agaçait Daisy.

– Nous l'avons jugée sur son physique et son milieu. Elle est certainement meilleure personne qu'elle ne le paraît. Je crois d'ailleurs qu'elle a commis la même erreur avec moi. Elle était rébarbative, j'étais insolente, nous nous sommes heurtées.

– Attention ! Quand on s'attendrit, c'est qu'on vieillit, disait Achille.

Elles allèrent ensemble commander la layette du bébé chez Mme Félicie qui avait fourni celle du petit prince impérial et qui comptait dans sa clientèle les plus grands noms.

Bavettes, bonnets, fichus, ceintures-compresses, béguins, chemises, corsets, le linon le plus fin, d'exquises dentelles, des ruchés, des pompons de velours, du satin.

– Bleus ou roses, les rubans, madame la baronne ? On dit que le choix de la maman influe sur le sexe de l'enfant. Madame la baronne a sûrement une préférence ?

– Le baron Lacaz, mon fils, intervint Mme Lacaz, souhaite un garçon. Tous les hommes souhaitent des garçons. Une fille donne pourtant plus de joies.

La vendeuse attendait, son carnet de commandes à la main.

– Mettez du blanc, dit Daisy.

Mme Lacaz offrit les pelisses de cachemire, le manchon et le tour de cou en hermine, ainsi que le trousseau de la future nourrice.

En rentrant, elles trouvèrent la cour encombrée par les fourgons des tapissiers. Les employés envoyés par la Corbeille fleurie étaient là également, en train de préparer les supports auxquels s'ajusterait la décoration prévue pour le bal costumé qui avait lieu le surlendemain.

Charlotte les accueillit sur le perron.

Sosthène, s'associant au deuil d'Achille, n'assisterait pas à la réception, mais Daisy avait insisté pour que sa sœur fût présente.

– Ce sera ma dernière soirée, chérie. Ensuite, je fais retraite jusqu'à la naissance du bébé.

Les deux sœurs se dirigèrent gaiement vers l'escalier.

Louis Lacaz descendait.

– Ah ! Daisy, je viens de recevoir...

Daisy reconnut le glacé rose du carton qu'il tenait à la main.

– Non, ne me dites pas que nous avons une invitation pour Compiègne ?

– La troisième série de novembre.

– Je n'irai pas. Je n'ai pas envie de m'exhiber

avec une taille... Cela ferait trop d'heureuses !

Il la fixa.

– Vous serez très bien. Une invitation impériale ne se refuse pas. Et on le comprendrait d'autant moins en la circonstance. L'Empereur remettra au comte de Nhuys son titre de duc. Leurs Majestés souhaitent réunir à cette série les amis de celui-ci et de la princesse Doubretskoï.

Charlotte la dévisageait.

Daisy dit avec effort :

– J'écrirai à l'Impératrice pour nous excuser, Louis. Les préparatifs de ce bal m'ont déjà bien fatiguée. Vraiment, je ne pourrai pas.

– Mais si. Vous pourrez, dit-il. Et rassurez-vous. Une femme est encore plus belle lorsqu'elle porte un enfant.

Un des valets de Mme Lacaz s'approchait.

– Monsieur Louis, on vous demande.

Charlotte dit avec vivacité :

– Tu viens, Daisy ? Montons.

Elle prit le bras de sa sœur.

– Luce Grandmaison est encore revenue dimanche. Elle exagère ! Je suis persuadée qu'elle a des visées sur Achille. Monsieur notre cousin devient un parti intéressant avec la rente que lui a léguée la pauvre Julie. Mais quel nigaud ! Je ne la laisserai pas faire, elle ne me prendra pas Baby. Tu l'imagines trônant rue du Bac. Achille a les moyens maintenant de choisir faubourg Saint-Germain. Tu devrais lui parler. Daisy, tu m'écoutes ? Qu'est-ce que tu as ? Pourquoi cela te contrarie-t-il tant d'aller à Compiègne ? Tu faisais une tête devant Louis Lacaz ! Pourtant, tu devrais être folle de joie d'assister au couronnement de la carrière de M. *Denhuys*.

– Vraiment ? dit Daisy sèchement.

Charlotte se mit à rire.

– Hypocrite ! Je n'en ai jamais parlé à Papa et

à Achille, ils en seraient malades, mais allons, avouez, ma sœur, que vous avez un penchant secret pour le beau bâtard de Napoléon.

– Charlotte !

Charlotte considéra Daisy, interrompit son rire.

– Bon, bon, dit-elle avec embarras. Mettons que je n'aie rien dit. Ne te fâche pas.

Louise et Céleste étaient dans l'appartement en train de ranger les vêtements de Charlotte. Daisy lui avait fait dresser un lit dans le boudoir.

– Céleste, dit Charlotte, tu me prépareras un grand bain, bien chaud, très parfumé, pour six heures. On peut utiliser ta merveille de baignoire, Daisy ?

– Bien sûr, chérie. Louise, allumez donc les lumières. C'est lugubre, ici.

Machinalement, Daisy alla à la fenêtre.

Les lanternes de l'écurie et celles du perron brûlaient déjà. Les tapissiers remballaient leur matériel dans les fourgons. Les grilles étaient ouvertes. Un fiacre attendait sur la chaussée.

Au milieu du va-et-vient, elle aperçut Louis Lacaz.

Il parlait, et avec véhémence semblait-il, à quelqu'un que la clarté des lanternes repoussait dans l'ombre. Brusquement, il fit volte-face, gravit les marches du perron, tandis que son interlocuteur s'éloignait, apparaissant aux yeux de Daisy. Une femme, plutôt jeune, si l'on en jugeait par l'allure, encapuchonnée d'un grand châle. Daisy la vit monter dans le fiacre.

Au dîner, Louis Lacaz dit tout à coup :

– Les femmes sont bigrement tenaces ! Vous vous rappelez, Daisy, cette solliciteuse qui était venue se plaindre d'Eugène ? Mon accueil ne l'a pas rebutée. Elle est revenue cet après-midi.

Mme Lacaz posa sa fourchette.

– Louis...

Il coupa d'un ton froid :

– Ma mère, je sais ce que j'ai à faire. Le portier a reçu des ordres. La prochaine fois, si cette dame se risque par ici, il l'éconduira. Quant à Eugène, je vais lui tirer les oreilles.

21

S.A.I. le prince Napoléon
S.A.I. la princesse Mathilde
Comte et comtesse de Morny
Comte et comtesse Walewski
M. le duc et Mme la duchesse de Bassano
M. le maréchal Magnan
Baron et baronne Haussmann
Comte et comtesse Tascher de La Pagerie
Comte de Nieuwerkerke
Mme la duchesse de Torente
M. le ministre Eugène Rouher
M. le ministre Achille Fould
Le général Roquet
Le général de Montebello
Etc.

Les personnalités les plus marquantes de la cour, les grands noms, ceux dont on hérite, ceux que l'on se fait, les grands politiques, les grands mondains, les grands bourgeois, le pouvoir, la finance, l'humour, l'élégance, la beauté.

Au total, trois cent quatorze personnes.

– Non. Trois cent seize, avait rectifié Louis, lorsque Daisy lui avait soumis la liste fin septembre. Je ne vois ni le comte de Nhuys ni la princesse Doubretskoï. Cette omission serait une erreur, quels que soient les sentiments que vous avez eus pour le comte et ceux que j'éprouve à son égard. Tout Paris, enfin, ce qui compte, assiste à notre réception. On jaserait à juste titre de leur absence.

Daisy avait donc adressé un carton à Paul et à Corinne.

Corinne avait répondu.

« *... Je viendrai, mon ange. Quant à Paul... J'ignore s'il sera de retour le 25 octobre. Il voyage beaucoup. J'ai même renoncé à le suivre ! Le mois dernier, il était à Stockholm, et le voici à Genève où l'un de ses marchands de tableaux lui a signalé deux superbes Vermeer. Je lui ferai part toutefois...* »

Paul se dérobait, comme Daisy essayait de le faire elle-même. Néanmoins, contre toute logique, ce refus lui pesait terriblement, et elle ne pouvait s'empêcher de chercher sa silhouette parmi la foule des invités que les voitures, l'une après l'autre, déchargeaient devant le perron brillamment éclairé, elle et Louis Lacaz les accueillant debout côte à côte dans le hall, au pied du grand escalier.

Seules, les dames étaient travesties.

L'audace et la gaieté bariolée de leurs costumes se détachaient sur un fond d'habits noirs.

Le bal avait pour thème *les quatre éléments*.

La suggestion venait de Worth, bien placé pour imaginer les interprétations infinies auxquelles la Terre, l'Air, le Feu et l'Eau se prêtaient.

Daisy avait hésité entre le Feu et l'Eau.

Worth l'avait convaincue que la fluidité, les luisances et le mouvement insaisissable de l'onde s'ajustaient mieux à sa grâce.

C'était, en effet, l'illusion qu'offrait au miroir

la merveilleuse robe conçue par lui, un simple tulle entièrement rebrodé de strass. Rien, ni un ruban ni un bout de dentelle, ne venait en interrompre le chatoiement sur lequel glissaient les lumières. La même recherche avait guidé l'art de M. Sébastien.

En accord avec Worth, le coiffeur avait résolument banni bandeaux, boucles, chignon et tresses. Pas un peigne, pas une épingle. La chevelure de Daisy ruisselait jusqu'à ses reins, exposant avec hardiesse ce foisonnement qui pare la nudité des femmes à l'heure de la toilette ou à celle de l'amour. Une couronne en nacre, coraux et perles la retenait aux tempes. La création, d'une magnificence baroque, provenait des ateliers de M. Lemonnier.

Avant de descendre, un ultime examen dans les glaces du palier avait rassuré Daisy.

Grâce à l'ingéniosité du couturier et à la crinoline complice, sa grossesse ne se notait pas.

– Une taille de nymphe, avait affirmé Worth.

Le qualificatif convenait au déguisement, à la coiffure et à ces fleurs de mer, mais, dans le hall déjà bien envahi et chauffé par l'affluence, la « nymphe » commençait à étouffer dans son corset.

Daisy accentua son sourire.

La princesse Mathilde, accompagnée du prince Napoléon, du comte de Nieuwerkerke et de quelques intimes, faisait son entrée.

Jupe de satin brun, gonflée par des draperies s'évasant en paniers d'où jaillissait une moisson d'épis de diamants. À ces générosités de la Terre, l'aimable princesse ajoutait l'abondance de son corsage.

Derrière ce groupe imposant, Luce Grandmaison apparaissait, frêle, exquise, dans de blanches mousselines. Une paire d'ailes cachait ses omoplates pointues. Elle était « fille de l'Air » et l'annonçait.

Luce paya l'honneur qu'on lui faisait en l'invitant – cela, sur la prière d'Achille – par des regards extasiés.

– Quel goût, madame la baronne. Et cette décoration si originale.

Elle n'avait pas à forcer ses talents de flatteuse, chaque invité répétait la même chose.

Une réussite.

Le long des murs, soutenus par des treillis légers, grimpaient des pampres au feuillage d'or roux, chargés de leurs grappes, du raisin de serre dont les gros grains violets et mordorés luisaient comme des gemmes. Des nœuds de satin, argent, safran et jaune soufré, les relevaient.

À gauche et à droite de l'escalier, et devant les portes-fenêtres des salons, d'élégantes corbeilles de plus d'un mètre de haut, peintes à l'or, l'anse enrubannée, présentaient des pyramides d'oranges, de pamplemousses et d'ananas.

Les teintes ensoleillées de tous ces fruits, leurs rondeurs sensuelles, cette luxuriance de la nature répandue parmi les marbres, le mobilier précieux et les tentures de soie offraient un coup d'œil assez extraordinaire. Des senteurs à la fois douces et acidulées s'en dégageaient.

C'eût été, en revanche, une erreur grossière de toucher à la salle de bal.

Ses perspectives tout en glaces, dans lesquelles se réfléchissaient la moire des étoffes claires et la braise des joyaux, l'habillaient royalement. On avait simplement fait éclore sur les piliers une floraison d'orchidées.

Daisy ouvrit le bal avec le prince Napoléon.

Les premières notes du quadrille d'honneur s'égrenaient lorsque Courtois annonça le comte de Nhuys et la princesse Doubretskoï.

Corinne portait une tunique d'un vert glauque, rebrodée d'algues et de coquillages. Des tresses de perles se mêlaient au noir bleuté de son chignon.

Elles rirent ensemble d'avoir élu le même élément sans s'être concertées.

Corinne embrassa Daisy.

– Ne sommes-nous pas sœurs, mon ange ?

C'était doux à entendre.

– Belle soirée, monsieur, disait Paul à Louis Lacaz.

– Le mérite en revient à mon épouse.

Le comte Walewski s'inclinait devant Daisy. Elle partit à son bras.

On en était aux dernières mesures de la polka quand, à nouveau, la grande voix de Courtois retentit :

– Madame la comtesse Anna Djarizé !

Daisy interrogea sa mémoire.

Ce nom ne figurait pas sur la liste des invités.

La femme qui entra était d'une beauté violente. Très brune, une aigrette pourpre piquée dans sa coiffure bouclée, le décolleté superbe, un corsage en lamé or, la jupe rouge vif semée d'escarboucles.

– Qui est-ce ? chuchota Walewski.

– J'avoue que... Une étrangère, il me semble. Sans doute une relation de Leurs Altesses.

La femme ne semblait pas se soucier de la curiosité que son arrivée suscitait. Elle avançait droit devant, la tête haute, dédaigneuse, et c'étaient les gens qui s'écartaient.

– Joli nez.. La bouche un peu grande, signe de passion, observa Walewski. J'ignore qui est cette dame, mais le Feu est son élément. On s'y brûlerait volontiers. Djarizé ? Elle doit être russe.

Daisy chercha Louis Lacaz des yeux et le découvrit presque derrière elle.

– Daisy, venez, il faut que je vous présente Anna Djarizé.

– Justement, Louis, je vous cherchais. Vous connaissez cette dame ?

– Oui et non. Elle se trouve être cousine de personnes dont le domaine avoisinait celui où j'ai vécu en Crimée. Ces personnes m'avaient chargé d'un message pour elle. Je le lui ai remis dès mon retour en France. L'autre jour, tout à fait par hasard, je tombe sur elle devant le Café Véron. Ses parents avaient été aimables pour moi, j'ai souhaité lui rendre la politesse en l'invitant à notre soirée. Et pour parler franc, sachant les splendeurs que vous nous prépariez, il ne déplaisait pas au pauvre diable que je fus de lui montrer ce que je suis. Daisy, vous me voyez confus, cette invitation m'était complètement sortie de l'esprit.

De près, la comtesse Djarizé avait moins de fraîcheur, des paupières froissées, trop de bistre dessus, trop de rouge sur les joues et une taille qui ne tarderait pas à lui donner des problèmes.

Elle darda sur Daisy un regard dont l'intensité mit celle-ci mal à l'aise.

– Votre mari est un cachottier, madame, prononça-t-elle avec beaucoup d'accent. Lorsqu'on possède une si ravissante épouse, on le dit, mon cher.

Après le compliment que, par obligation, Daisy lui rendit, elle exprima immédiatement le désir de danser.

Un peu éberluée par ces façons, Daisy la considérait, s'insinuant avec Louis Lacaz dans le flot des danseurs, lorsqu'une main se posa sur son bras.

– Dansons, dit Paul.

Et elle oublia la comtesse Djarizé.

– Paul, je ne pensais pas que vous viendriez.

– Je ne le pensais pas non plus.

Ils dansèrent.

Ils ne parlaient pas.

Leurs mains s'effleuraient.

Quand la valse s'acheva, Daisy dit :

– Paul, je serai à Compiègne.

Et, disant cela, elle s'étonnait d'avoir voulu éviter ces rencontres. Tout était si simple, si beau maintenant entre eux.

Ensuite, le comte de Morny l'invita.

– Ma chère, je le disais à Bassano. Vous êtes l'image même d'une femme heureuse.

– C'est que je le suis, mon cher comte.

Après Morny, il y eut le duc de Bassano, le préfet Haussmann, le maréchal Magnan, le ministre Rouher, etc.

Les heures tournaient au rythme de la musique. Il faisait de plus en plus chaud. On avait entrebâillé les portes-fenêtres. Quelques dames en profitaient pour aller prendre le frais et admirer la vue. Daisy les enviait. Sa robe de strass pesait comme une cuirasse. Elle aperçut Louis Lacaz qui accompagnait la Russe jusqu'à la terrasse. Ils revinrent presque aussitôt.

Luce Grandmaison, dans le quadrille, perdit l'une de ses ailes. Un danseur consomma le désastre en marchant dessus. Luce était au bord des larmes. Sa petite bouche en forme de cerise tremblait. Daisy, alertée par Charlotte, accourut, la convainquit que, sans ailes, son costume était encore délicieux, la confia à une femme de chambre pour réparer les dégâts, repartit danser une valse avec Eugène Lormel.

Le gros Lormel transpirait abondamment et essayait de suivre à travers la foule les évolutions de sa jeune femme travestie on ne savait trop en quoi, son costume servant essentiellement à dénuder une ronde et ferme poitrine dont Eugène ne resterait pas longtemps l'unique propriétaire, à supposer qu'il le fût encore.

Daisy ne les avait invités qu'avec répugnance. Elle ne pardonnait pas à Eugène Lormel ses indiscrétions au sujet de Paul.

– Mes félicitations, mon cher Lormel, dit-elle d'un ton suave. Mme Lormel semble avoir conquis le prince Napoléon. C'est un grand collectionneur de jolies femmes. Il vagabonde d'ailleurs par tous les chemins, que ce soit ceux de la cour ou du bal Mabille. Mais suis-je sotte ! Un banquier sait ces choses mieux que personne.

Les petits yeux de Lormel, semblables à deux billes de verre enfoncées dans une motte de saindoux, fixèrent Daisy. Impossible de lire quoi que ce soit dans ces yeux-là. Ils captaient tout, ne livraient rien.

– Quand Son Altesse me fait l'honneur de me convoquer, dit-il avec solennité, c'est dans son bureau, jamais dans ses appartements privés.

– Et vous n'avez pas été tenté de regarder par le trou de la serrure ?

– Madame !

À une heure du matin, les valets ouvrirent les portes de la grande salle à manger.

Le paysage était dressé.

Au milieu de l'immense pièce, un kiosque s'élevait.

Gracieux de proportions, huit colonnes minces soutenant le chapiteau en forme d'ombrelle, tendu d'étoffe d'or dont les pans relevés par des guirlandes de roses cramoisies encadraient le buffet, une plate-forme circulaire montée sur tréteaux, somptueusement chargée et illuminée de bougies rassemblées en bouquets ardents. Sous ces flammes, le kiosque s'embrasait, les dentelles rosissaient et des auréoles scintillaient autour des grands plats d'argent et de vermeil.

La princesse Mathilde battit des mains.

Ce fut le signal des applaudissements avant la ruée des appétits.

Petits pâtés feuilletés aux huîtres, pâtés de venaison sur socle, gigots, rôtis, chauds-froids de volaille, salades de homard, salades de truffes blanches, et de petites salades fraîches subtilement composées par le chef, et les gelées, les glaces, les sorbets, les pâtisseries, les fours glacés, le croquembouche aux pistaches...

Douze valets en perruque poudrée et gants blancs servaient, et l'on avait disposé des petites tables de quatre pour ceux et celles qui désiraient se délasser les jambes.

Les messieurs restaient plus volontiers debout, groupés selon leurs sympathies. Daisy repéra Paul avec Walewski et le duc de Bassano. Louis Lacaz et Lormel discutaient.

Elle s'approcha.

– C'est dangereux, je t'assure, disait Lormel avec agitation, tu devrais...

– Qu'est-ce qui est dangereux ? demanda-t-elle.

– Nous parlions Bourse, dit Louis Lacaz.

Daisy rit.

– Bourse ! Vous n'avez pas honte ? Louis, vous feriez mieux de surveiller votre invitée.

De l'autre côté du buffet, un peu décoiffée, la comtesse Djarizé considérait avec beaucoup d'intérêt son verre qu'un valet remplissait de champagne.

– Elle en est au moins à son sixième, elle ne mange rien, elle boit.

– Les Russes, vous savez, dit Louis avec un sourire. Elle a certainement l'habitude. À propos, elle m'a chargé de vous dire combien elle vous trouvait délicieuse.

– Vraiment ? Ce n'est guère une épithète qu'une femme accorde à une autre. Et, franchement, j'ai plutôt eu l'impression de lui être antipathique, ce qui m'est d'ailleurs tout à fait égal.

Eugène Lormel s'interposa.

– Voulez-vous un rafraîchissement ? Vaquer à ses devoirs d'hôtesse n'implique pas de se négliger soi-même.

Cela rappela à Daisy que, sur son ordre, Courtois lui avait fait porter un verre de madère à la table de la princesse Mathilde. Corinne et Marianne Walewska étaient assises avec la princesse. Daisy bavarda un instant avec elles.

L'orchestre qui avait joué en sourdine durant le souper haussait ses accents.

Lentement, par couples, des invités commençaient à déserter le buffet.

Les dames avaient le visage un peu défait, la taille étranglée par les gourmandises. Elles s'appuyaient avec plus de langueur sur le bras de leurs cavaliers. Les messieurs, ceux dont le teint dénonçait l'excès d'appétit, avaient des difficultés avec leur gilet.

Paul de Nhuys, comme elle, n'avait touché à aucun plat. De temps en temps, leurs regards se frôlaient. C'était suffisant pour tout se dire. La duchesse de Torente et la comtesse Walewska lui faisaient la cour. Comment avait-elle pu être jalouse de ces femmes ?

Louis Lacaz avait abandonné Lormel.

Celui-ci tripotait sa chaîne de montre avec nervosité et, tout en feignant d'écouter les propos d'Achille Fould, observait sa femme.

Le décolleté de Mme Lormel marquait d'une tache claire le cercle d'habits noirs qui l'entouraient. Le prince Napoléon et le comte Tascher de La Pagerie étaient des plus empressés et l'assaillaient galamment avec des assiettes de petits fours. Elle les repoussait en riant puis, comme vaincue, choisissait du bout des doigts une friandise, la portait à sa bouche avec des mines pâmées.

Daisy, poursuivant son inspection à travers la salle à manger, aperçut Louis auprès de la comtesse Djarizé. Il parlait, les sourcils froncés. De la Crimée, probablement. Il avait presque toujours cet air quand il en parlait.

Soudain, la Russe posa la main sur la manche de Louis. À sa mimique, Daisy comprit qu'elle souhaitait danser. Cela ne semblait pas enthousiasmer Louis.

– Daisy, Corinne est lasse, et je repars ce matin même pour Stockholm. Nous allons nous retirer.

Daisy se tourna vers Paul.

Elle ne l'avait pas noté tout à l'heure, mais il avait maigri, sa haute silhouette se voûtait.

Une tendresse violente la submergea.

– Prenez soin de vous, dit-elle, la voix enrouée.

– Vous aussi.

Ils se considérèrent avec gravité.

Elle croyait avoir dompté le chagrin, les regrets. Ils étaient là. Ils l'étouffaient brusquement. Elle pressa ses mains l'une contre l'autre. Il prit la droite, la baisa. Ses bracelets de nacre et de coraux tintèrent.

– Au revoir, dit-il. Nous nous verrons à Compiègne.

Charlotte et Luce, remise de ses émotions, arrivaient gaiement, escortées de plusieurs jeunes gens. Ce remous sépara Daisy de Paul. Elle trouva devant elle le général Roquet. Depuis l'attentat de l'Opéra où son sang avait maculé sa robe, le brave général lui vouait une adoration silencieuse.

– Madame la baronne, je n'ai pas encore eu l'honneur…

Ils pénétrèrent dans la salle de bal.

Louis Lacaz et la comtesse Djarizé valsaient.

Le général Roquet suivit le regard de Daisy.

– Bien belle femme, mais un peu trop exotique, ne pensez-vous pas ?

Paul et Corinne s'en allaient.

Daisy dit :

– Pardonnez ma distraction, général. Que disiez-vous ?

– Je disais que cette dame qui danse avec le baron Lacaz est belle, mais assez étrange.

– Mon Dieu, elle est russe. Les Russes...

Daisy s'interrompit.

Pétrifiée.

La comtesse Djarizé s'était détachée de Louis Lacaz, continuant à danser seule sur place. Ses chaussures devaient la gêner. Elle les avait enlevées. Stupéfaits ou pour mieux voir, les autres couples reculaient. Dans ce cercle qui s'élargissait autour d'elle, la Russe semblait très à l'aise, indifférente à l'étonnement qu'elle provoquait. L'orchestre se tut. Cela ne l'arrêta pas. C'était sa propre musique qu'elle écoutait, une musique qui montait de ses hanches épanouies, jaillissait d'entre ses seins, tout imprégnée de sensualité et dont l'interprétation eût été d'une indécence extrême sans la grâce qu'elle y mettait.

Louis Lacaz était transformé en statue. La petite Luce Grandmaison écarquillait les yeux. Des femmes s'éventaient. La duchesse de Torente se mordillait la lèvre. Les hommes avaient cette face froide qu'ils prennent pour dissimuler à leurs compagnes un plaisir.

Charlotte se glissa jusqu'à Daisy.

– Fais quelque chose, voyons, murmura-t-elle. Il faut arrêter cette exhibition, c'est grotesque.

Daisy ne bougea pas.

Comme dans une scène d'amour, lorsque l'éveil de la volupté cède à l'impatience de l'atteindre, une sorte de frénésie agitait maintenant la danseuse.

Cela s'était fait sans transition.

Elle se mouvait à peine, balançant avec lenteur

les épaules, tirant de son corps des frissons lascifs et, d'un coup, ce souffle sauvage, cet élan, ses pieds qui bondissent et rebondissent, ses mains qui se lèvent, scandent la mesure, de plus en plus vite, de plus en plus fort, sa chevelure croule, emportée dans le tourbillon rouge et or de son costume...

Subitement, la comtesse Djarizé s'immobilisa, salua, cassée en deux, la tête dans ses jupes. On aurait dit une immense fleur de coquelicot posée sur le parquet.

Quelques hommes osèrent applaudir.

Alors, un grand rire la redressa, elle cria : « Du champagne ! »

Avant que Daisy puisse franchir le barrage de la foule et intervenir, un valet trop zélé s'approchait déjà avec un plateau.

Ce qui succéda se déroula avec une consternante rapidité. La Russe prit un verre sur le plateau. Louis Lacaz, récupérant enfin son sang-froid, se précipita, voulant le lui ôter des mains. Elle rit encore, de ce rire nerveux, empreint de folie, brandit le verre, lui en lança le contenu à la figure.

Le silence qui s'abat brutalement sur trois cents personnes fait un grand bruit.

Le cœur de Daisy se mit à battre.

Louis Lacaz écarta le valet qui s'empressait avec une serviette, saisit la comtesse Djarizé par le bras. Elle n'opposa aucune résistance. Du rire, elle en était aux larmes.

Daisy bredouilla : « Pardonnez-moi, général » et se hâta vers l'orchestre. Tous les regards, délaissant la Russe que Louis emmenait, se pointèrent dans sa direction. C'était d'elle dont on attendait maintenant un spectacle, songea-t-elle avec fureur, modérant son pas, affirmant son sourire. En passant devant les musiciens, elle chuchota : « Vite !

Une polka ! », se dirigea vers la princesse Mathilde.

– Je prie Votre Altesse d'excuser un incident aussi regrettable. Cette dame est étrangère. Elle aura confondu champagne et limonade.

La Princesse rassura Daisy avec bonne humeur. Les Russes ! Quand on en a eu un pour mari, aucune de leurs extravagances ne surprend. Le comte Demidoff, dont elle était séparée, distrayait ses soirées en la battant. Alors, une danse... et bien joliment exécutée, n'est-ce pas, Plon-Plon ?

Le prince Napoléon acquiesça et en profita pour entraîner Daisy dans la polka. C'était la polka dite « des baisers ». Elle lui en accorda un, la coutume l'exigeait, et ajouta ce désagrément au passif de Louis Lacaz.

Sa rage dissimulée sous une expression charmante éclata dès que se referma la portière de la dernière voiture.

– Je suis navré, répétait Louis. Comment aurais-je pu me douter ?

– Qu'est-ce que cette femme est pour vous ?

– Pour moi ? Enfin, voyons, Daisy !

– Je l'ai observée. Elle n'a cessé de vous dévorer des yeux.

– Jalouse ?

– Oh ! s'il vous plaît, dit Daisy. J'ai horreur qu'on se fiche de moi, n'allez surtout pas imaginer autre chose. Et une femme ne jette pas son verre à la tête d'un homme sans un quelconque motif.

Louis Lacaz haussa les épaules.

– Anna Djarizé était ivre. Croyez-en l'expérience d'un homme. C'est un motif très suffisant. Et ces Russes, quand ils se mettent à boire...

– Permettez. Je suis allée, moi aussi, en Russie. Ni à Saint-Pétersbourg ni à Moscou, je n'ai rencontré une femme se conduisant ainsi.

– Vous n'avez assisté qu'à des soirées officielles. Les Russes entre eux, même de la meilleure société, sont autres.

– Vous en avez donc fréquenté ? releva Daisy. Je croyais qu'en dehors de ce Tchoglokov, un vulgaire régisseur...

– Il y avait nos voisins Djarizé, ses cousins précisément.

– Vous ne m'en avez jamais parlé.

– Mais si. Certainement. Écoutez, Daisy. Depuis Balaklava, danser est pour moi un supplice, ma hanche me fait un mal de chien, je n'ai qu'une envie : m'étendre. Je regrette infiniment. Ce fut une stupidité de ma part. On n'invite pas quelqu'un qu'on connaît si peu. Maintenant, dois-je me mettre à genoux pour implorer votre pardon ? Est-ce cela que vous souhaitez ? Dites. Je le ferai. Mais, bon Dieu, finissons-en. Nous n'allons pas passer la matinée entière à discuter sur ce palier.

Elle lui tourna le dos, entra dans sa chambre.

Les jours qui suivirent, Daisy ne bougea pas de Monceau. Elle se sentait fatiguée. Le médecin la gronda. Les jeunes femmes n'ont aucune raison. Au quatrième mois d'une grossesse, on évite polkas et cotillons, et on ne prétend plus à une taille de libellule. Il exigea que l'on appelât Louise et Céleste et leur fit un cours sur la manière de lacer dorénavant le corset de leur maîtresse.

Conformément à ces prescriptions, les ouvrières de Worth vinrent élargir les robes qu'elle comptait emporter à Compiègne. L'opération manquait de gaieté, et Daisy ne commanda qu'une toilette, celle qu'elle porterait à la petite cérémonie durant laquelle l'Empereur remettrait à Paul de Nhuys son titre de duc.

Worth se déplaça.

Daisy en profita pour le présenter à Mme Lacaz.

– Ma belle-fille, monsieur, insiste beaucoup pour que je vous rende visite. Mais j'ai l'habitude depuis vingt ans de ma couturière.

– Les habitudes vieillissent, madame, si vous m'autorisez cette remarque. Venez rue de la Paix. En trois essayages, vous perdrez ces vingt ans.

– Et qu'y gagnerai-je, monsieur ?

– Si vous l'ignorez, madame, il n'est que temps.

Daisy redoutait un peu la franchise bourrue du couturier. Mme Lacaz ne parut pas s'en offusquer. Elle sourit, promit d'y penser.

Assez souvent maintenant, elle apportait son ouvrage dans le boudoir lorsque Daisy se reposait. C'était une présence silencieuse. Il lui arrivait cependant de laisser échapper des réflexions qu'on n'eût jamais imaginées nichées derrière ces bandeaux stricts et ce visage.

– On m'a mariée comme nous nous marions dans la bourgeoisie : par intérêt. On m'a élevée comme j'ai élevé ma fille, pour être une épouse vertueuse, obéissante, soumise, en un mot, pour ne pas être, sinon l'ombre de l'époux. La vie passe. On la regarde de loin avec sévérité, on étouffe ainsi ses désirs, et c'est ainsi, je l'avoue, que je vous regardais. Une femme dont l'éducation n'a point tué la personnalité n'inspire que méfiance dans notre milieu.

– Quels que soient son éducation et son milieu, aucune femme n'est libre, les lois y ont pourvu et les hommes, qui les ont faites, avait murmuré Daisy.

Mme Lacaz avait enfilé son aiguillée de soie jaune, elle avait piqué le cœur d'une des tulipes composant le motif central de sa tapisserie, et elle avait dit, la tête baissée :

– Cela n'a pas été facile pour vous, je le sais, mais je vous suis très reconnaissante d'avoir repris l'existence avec mon fils. Sans vous, je le perdais une seconde fois.

Bien que sa femme de chambre lui eût sûrement relaté le comportement de la comtesse Djarizé, Mme Lacaz n'y avait pas fait la moindre allusion. Daisy et Louis Lacaz n'en avaient pas non plus reparlé. Une gêne subsistait entre eux.

Leur séjour à Compiègne coïncidait avec le retour des Maubrun dans la capitale.

En prévision de celui-ci, Sosthène et Charlotte avaient chargé le Grand Courtois de diverses courses.

Courtois attrapa la grippe.

En dépit de l'agacement de Louis Lacaz qui ne comprenait pas – et ne comprendrait jamais – qu'on pût considérer un serviteur comme un membre de sa famille, Daisy l'envoya au lit, appela le médecin, le soigna et, constatant que la fièvre persistait, résolut la veille du départ d'aller faire elle-même ces courses avec Céleste, son père étant trop tatillon sur ses affaires personnelles pour que l'on en confiât le soin à un valet.

La voiture la conduisit d'abord chez Candès, boulevard Saint-Denis, où l'on vendait un lait antéphélique souverain contre les taches de rousseur. *Surtout, n'oublie pas,* avait souligné Charlotte; puis, chez Marquis, passage des Panoramas, les meilleurs chocolats de Paris.

À la Corbeille fleurie, Daisy s'attarda, choisit de superbes bouquets destinés à l'hôtel de Maubrun et fit porter une vasque de chrysanthèmes sur la tombe de Julie, dans la teinte jaune acide que celle-ci aimait.

La voiture retourna ensuite place des Victoires chez Gibus neveu déposer deux chapeaux. Sosthène souhaitait que l'on en changeât les coiffes. Daisy hésita longuement entre la soie gris perle et la beige rosé que l'employé lui présentait sur le comptoir. Son esprit était ailleurs. De l'autre côté de la place. Chez Mme Zéphyr, la lingère. Les mêmes draperies ornaient la devanture, et elle l'avait aperçue par la portière, assise les mains sur le ventre dans son fauteuil. Sans doute un couple était-il en train de faire l'amour dans le lit tendu de moire bleu pâle, qu'elle avait dédaigné...

Elle soupira, opta pour la soie gris perle.

À la Petite Jeannette, boulevard des Italiens, Daisy vérifia une à une les deux douzaines de chemises commandées par son père, y ajouta quelques cravates pour lui et Achille.

De là, la voiture la mena chez Boissier, boulevard des Capucines.

Giroux se trouvait au nº 21. Daisy s'y dirigea à pied.

La voiture suivait.

Giroux était célèbre. L'Empereur et l'Impératrice y venaient acheter eux-mêmes les jouets du petit prince. Quoique Jules de Maubrun fût encore trop jeune pour s'intéresser à autre chose qu'aux tétons de sa nourrice ou aux volants de son berceau, Charlotte serait contente de l'attention, et Daisy avançait, se demandant quel jouet pourrait lui proposer Giroux pour un nourrisson de deux mois, lorsqu'une voix l'arrêta.

– Madame.

Elle se retourna.

Ses yeux éblouis par l'illumination des vitrines distinguèrent une silhouette de femme, la tête enveloppée d'un châle noir qui retombait en pans sur sa robe.

– Madame ? dit-elle.

– Vous ne me reconnaissez pas ? Anna Djarizé.

Daisy sursauta.

Dépouillée de ses fards, de ses bijoux, de son clinquant, la personne qui lui faisait face avait peu de rapport avec le souvenir que Daisy conservait de la comtesse Djarizé.

– Si. À présent, en effet, dit-elle froidement. Mais en quoi puis-je...

Le regard étincela dans le visage brouillé et blême.

– Louis a donné des ordres chez lui, on ne m'aurait pas laissée parvenir jusqu'à vous. Alors, je vous ai suivie. Il le fallait. Il faut que je vous parle, madame.

Cette femme appelait Louis Lacaz par son prénom. Il avait donc menti, et avec quel aplomb !

– Vous disiez ? dit-elle.

– Il faut que je vous parle.

– À quel sujet ?

– De Louis et de moi. J'ai un fiacre. Nous pouvons nous y asseoir.

– J'ai ma voiture, dit Daisy.

– Non. Je ne veux pas que vos domestiques nous entendent.

– Vous ne voulez pas ! Vous vous conduisez dans ma maison d'une manière inqualifiable, et... Soit, montons dans votre fiacre.

Le fiacre stationnait devant chez Boissier.

Au moment de gravir le marchepied, Daisy hésita entre le désir de savoir et la prudence.

D'une créature aussi bizarre, on pouvait s'attendre à n'importe quoi. Et l'image d'Anna Djarizé sortant un poignard de sous ce paquet d'étoffes qui la couvraient et l'égorgeant sur la banquette lui effleura l'esprit.

Mais le cocher avait une mine honnête, il portait l'uniforme de la Compagnie générale des petites voitures, redingote brune, pantalon bistre foncé, et, allez savoir pourquoi, le fait qu'il sifflotait : « Ah ! il a des bottes, Bastien ! », la scie à la mode que même Céleste, l'entendant à l'office, fredonnait, acheva de rassurer Daisy.

Elles casèrent avec difficulté leurs crinolines. Anna Djarizé rejeta son châle en arrière, découvrant le haut de son front blanc et ses cheveux. Elle avait dû être très belle. Pour l'être encore, elle avait maintenant besoin d'artifices et de lumières appropriées.

– Louis est le seul homme que j'aie jamais aimé, commença-t-elle.

– Vraiment ? dit Daisy d'une voix polie.

– Je l'ai aimé dès que je l'ai vu. Quand Tchoglokov m'a fait appeler après que ces femmes de Balaklava l'eurent amené...

Le calme que Daisy avait résolu d'opposer à l'excitation de la Russe céda.

– Tchoglokov ! s'écria-t-elle, stupéfaite.

– Louis ne vous l'a pas dit. Nous sommes arrivés de Russie ensemble.

22

Par la suite, Daisy reconstitua l'histoire d'Anna Djarizé.

Allant et venant du passé au présent, entrecoupé d'exclamations et d'imprécations en russe, bientôt de sanglots, et sur un ton où alternaient l'agressivité et le désespoir, son récit ne permettait pas aisément de discerner la vérité de l'exagération et du mensonge.

Une seule certitude : la passion d'Anna pour Louis Lacaz.

Anna, d'origine obscure, devait à son physique l'intérêt que lui manifesta le comte Djarizé, de quelques décennies son aîné. Il l'épousa. Sa mort, survenue dix ans plus tard, détruisit une position durement acquise. Yvan, le frère du comte, hérita de tous les biens, dont le domaine jouxtant celui qu'administrait Tchoglokov et où les Djarizé habitaient. Il consentit à ce qu'elle y demeurât.

Auprès d'Yvan Djarizé, *avare comme un rat et fourbe comme un chacal,* devenue gouvernante là où elle avait régné en maîtresse, Anna se morfond. Louis Lacaz paraît. Elle a de l'habileté pour soigner. Elle dépense à cette tâche sa tendresse refoulée, elle le sauve. Ils sont amants. Anna flambe comme braise... Et elle l'avouait sans qu'un soupçon de pudeur voilât son regard.

Lorsque Louis Lacaz décide de regagner la France, il la convainc de partir avec lui. Il ne lui parle pas de Daisy, mais de la vie magnifique qu'elle aura à Paris. Elle l'aime, elle le croit.

Pour régler les frais du voyage, Anna vole son beau-frère... *J'ai dit à Louis que c'était mon argent, mais je connaissais la cachette dans laquelle Yvan en gardait pour les dépenses courantes du domaine. Pour le prendre, je l'aurais tué si cela avait été nécessaire.* Ses yeux brillaient en disant cela.

Ah ! ce voyage !

J'allais, portée par les ailes du bonheur...

À Paris, Louis Lacaz se voit dans l'obligation d'informer Anna de son mariage. Le choc est terrible. *Terrible !* elle le répéta à plusieurs reprises, le mot explosant de ses lèvres, roulant et s'étirant comme le grondement du tonnerre, et l'on imaginait sans peine le fracas dont avait dû s'accompagner la scène.

Elle parvient cependant à se faire à cette idée. Elle restera la maîtresse, elle aura la meilleure part. *Vous, il s'est servi de vous, il ne vous aime pas. Moi non plus, d'ailleurs, il ne m'aime pas. Louis a le cœur sec et dur, il n'aime personne. Mais au lit... Au lit, oui, il m'aimait. Jamais il n'était rassasié.* Bref, Anna s'accommode, elle s'accommoderait de tout pourvu que Louis Lacaz lui fournisse sa ration de plaisir. Elle ne le déclara pas en ces termes, mais Daisy le traduisit ainsi, assez effarée des voluptés que les soupirs d'Anna évoquaient, n'ayant jamais ressenti quoi que ce soit qui s'en approchât dans les bras de Louis Lacaz.

Octobre dernier.

Le drame.

Louis Lacaz apprend à Anna qu'il va être père. Leurs relations doivent cesser.

L'amour cesse-t-il parce qu'on le lui commande ?

Il lui offre de l'argent, beaucoup d'argent, *son misérable argent.* Elle refuse et, dès qu'elle l'a flanqué à la porte, commence à guetter son retour.

C'est Eugène Lormel qui vient. Oui, elle connaissait le banquier Lormel, Louis le lui avait présenté. Celui-là, *autant parler sentiments à un tas de cailloux* ! Lormel aligne des chiffres devant Anna. Avec ce qu'on lui propose, elle pourra vivre sur un grand train à Londres, à Vienne ou à Rome, selon son choix. Paris, elle doit le comprendre, ce n'est plus possible, Louis Lacaz a une position qui le contraint à la prudence, la baronne Lacaz jouit des faveurs impériales. *Il paraît même que l'Empereur vous court après. Aussi, pas question de vous causer le moindre chagrin, n'est-ce pas.* Le chagrin, c'est pour elle, Anna, que Louis congédie.

Malgré son interdiction, elle se précipite à Monceau.

Elle supplie.

Louis Lacaz s'en défait par une promesse. Il viendra.

Anna prépare des pirojki, met la vodka dans le seau à glace, elle chante, elle est à nouveau heureuse.

Elle attend toute la nuit, jette les pirojki, boit la vodka tiède, se soûle d'alcool et de larmes, et décide de paraître au bal costumé dont Louis, avec imprudence, lui a mentionné la date.

Je voulais lui donner une leçon, lui montrer que je vous valais bien.

Et Anna voit Daisy.

La jalousie gâche son plaisir, le champagne s'en mêle, tout s'embrouille dans sa tête.

L'éclat qu'elle fait dans la salle de bal a un double effet. Il ramène Louis Lacaz chez elle. Il brise Anna.

Louis la trouve dégrisée, repentante, épouvantée.

Pour obtenir son pardon, je me serais ouvert les veines, je me serais tranché la gorge.

Louis n'en demande pas tant, il ne lui demande que d'obéir, se soumettre. Anna dit oui, oui à tout. Elle quittera Paris, elle quittera la France, elle ira... Qu'importe où ! Une exaltation sublime s'est emparée d'elle. Se sacrifier, c'est encore vivre un grand moment d'amour. Mais pour qu'il soit parfait, elle voudrait une dernière fois... *Je me suis traînée à ses pieds, je l'ai imploré, j'agonisais.* Louis la relève. Elle a juré d'être sage. Il lui enverra son banquier. La porte se referme. Le beau roman d'Anna est terminé.

Prise entre le dégoût et la pitié, Daisy n'avait qu'une envie : descendre du fiacre, fuir cette furie. Mais il y avait aussi les pleurs, la figure torturée d'Anna Djarizé, ses mains qui se broyaient l'une l'autre, et elle avait trop souffert elle-même, elle savait trop comment l'on vit privée d'amour pour ne pas ressentir un élan de compassion.

Elle dit avec douceur :

– Enfin, madame, je comprends votre chagrin, mais m'en prendre à témoin, vous confier à moi... Vous ne prétendez quand même pas que j'intercède en votre faveur pour que mon époux vous revienne ?

Anna Djarizé éclata de rire.

Cet accès de gaieté avait quelque chose d'effrayant.

– Je pourrais le tuer. J'y ai pensé. Mais lui ôter la vie ne me paierait pas du mal qu'il m'a fait. Mourir n'est rien. Je veux qu'il souffre, je veux qu'il tremble de peur. Dites-le-lui.

Daisy se raidit.

– Puis-je vous donner un conseil ? Acceptez ce qu'il vous offre et oubliez-le.

Anna Djarizé fixa Daisy.

– Vous ne l'aimez pas. Vous profitez de son argent.

– Madame, je vous interdis.

– Alors, gardez vos conseils. L'oublier ? Oublier Louis Lacaz ? Il m'a détruite, je le détruirai. Dites-lui qu'il est un menteur, un lâche, et que tout le monde le saura. Dites-lui ça, il comprendra.

Daisy ouvrit la portière.

– Il est inutile que nous poursuivions cet entretien. Adieu, madame.

Elle avait descendu le marchepied lorsque la Russe la rappela.

– S'il vous plaît. Les bonbons de Boissier sont-ils aussi excellents qu'on le dit ?

– Ils le sont, dit Daisy.

En remontant dans sa voiture, elle aperçut la silhouette d'Anna Djarizé s'engouffrant chez Boissier.

Une brusque impulsion la fit retourner en courant jusqu'au fiacre et promettre 50 francs au cocher s'il lui apportait à Monceau l'adresse de sa cliente.

– Pour ce prix-là, j'irais vous la chercher aux Enfers. À remettre à Mlle Céleste, femme de chambre ? C'est comme si elle l'avait !

Elle dut patienter.

Louis Lacaz était en conférence avec le tailleur Human.

L'attente chauffa sa colère.

Louis l'avait trompée. Bien pis ! Traînant une femme dans ses bagages il avait osé fouiller sa vie privée, la menacer de ruiner sa réputation et celle de Paul si elle ne se conduisait pas comme le modèle des épouses, et tout cela sur le ton le plus hypocrite.

Un hypocrite. Un menteur.

Ces deux mots lancés avec violence l'atteignirent quand il entra, le clouant sur place, sidéré.

Elle reprit son souffle pour lui ordonner de fermer la porte et débita pêle-mêle tout ce que la Russe lui avait appris, sans qu'il l'interrompît, les mâchoires tendues, le regard fixé au plancher.

– Qu'allez-vous inventer pour vous défendre ? conclut-elle.

– Mais rien.

Son visage se détendait, il souriait presque.

– Daisy, réfléchissez. Ce que me reproche Anna Djarizé, c'est d'avoir rompu, souhaité être bon époux et bon père. Allez-vous, vous aussi, me le reprocher ? Soit. Je l'admets. Je vous ai caché cette aventure. Tout homme n'aurait-il pas agi de même ? Pourquoi gâter le présent avec un passé dont je ne voulais plus ? Qu'est-ce que cela changerait pour nous ? En revanche, je vous l'aurais dit... Les femmes ajoutent aussitôt du sentiment là où il n'y en a pas, vous vous seriez figuré... ! Pour ma part, Anna Djarizé ne fut qu'un passe-temps. Un homme est un homme. Mais, et j'insiste sur ce point, j'ai cessé toute relation avec cette personne dès que je suis revenu habiter à Monceau.

– Elle, elle m'a dit : le mois dernier.

– Quelqu'un de sensé peut-il se fier à ce qu'elle dit ? C'est une pauvre folle, une hystérique. Elle couchait avec son beau-frère, et j'aurais bien dû la lui laisser, mais elle m'a supplié de l'emmener.

– Elle prétend le contraire.

– Elle savait que j'étais marié, qu'elle n'avait rien à attendre de moi. Mais elle avait tellement envie de s'en aller, de fuir la monotonie de la campagne, et allez savoir ce qui se passe dans la tête d'une déséquilibrée. Je l'avoue, j'ai été le roi des sots de m'en encombrer, mais un homme est toujours faible devant les pleurs d'une femme.

Daisy tenta d'imaginer Louis Lacaz attendri, n'y parvint pas. « Un cœur sec et dur », avait dit Anna, et c'était bien ce que reflétaient son expression et le mépris, l'indifférence avec lesquels il en parlait.

– Louis, elle vous a quand même sauvé la vie.

– Elle s'ennuyait. Me soigner a été pour elle une façon de dépenser son énergie, de se distraire. Et je l'en ai remboursée au centuple.

– Comment cela ?

Louis Lacaz ricana.

– Voyons, vous l'avez vue, vous l'avez entendue. Anna épuiserait dix hommes.

– Je vous en prie.

Il haussa les épaules.

– Vous me questionnez. Que voudriez-vous que je vous réponde ? Que nous jouions aux dames ou à la marelle ? Après tout, vous non plus, durant ces années, vous n'êtes pas restée chaste au coin de votre feu. Et si vous aviez pu me dissimuler votre liaison avec Paul de Nhuys, vous l'auriez fait, n'essayez pas de me dire le contraire.

– L'argument est trop commode.

– Il est juste. Soyez honnête. Nous avons vécu. C'était notre droit, à chacun. Quant à Anna... En Crimée, elle dépendait de son beau-frère pour tout. Aujourd'hui, la voilà pourvue. Alors, qu'elle ne vienne pas parler de prétendues dettes que j'aurais envers elle.

– Elle vous aime.

– Il me semble bizarre, Daisy, que vous le souligniez.

– Pourquoi ? Parce qu'elle a été votre maîtresse ? Ça n'a rien à voir. Elle souffre.

– Qu'y puis-je ? Nous avons, tous, nos périodes de désespoir. Ne vous laissez pas impressionner.

– Louis, cette femme était dans un état !

– Anna a des états pour chaque heure du jour. La tragédie est un besoin chez elle. Sa nature s'en nourrit. Une véritable boulimie. Mais une fois gavée, et elle se gave vite, vous la voyez danser, chanter comme un pinson, heureuse d'un rien. Si vous la connaissiez comme je la connais ! En Crimée, la présence de son beau-frère la maintenait dans une certaine réserve, mais ici... Du délire.

Daisy hocha la tête.

– C'est bien possible. Elle m'a paru cependant dans une réelle détresse, et capable... Ah oui ! J'oubliais.

Louis Lacaz ne broncha pas en écoutant les menaces proférées par Anna Djarizé.

Ses yeux scrutaient Daisy.

– C'est tout ? Elle ne vous a rien dit de plus ?

– Il y avait plus à dire ?

– Non. Non, absolument pas.

Il fit quelques pas, s'arrêta devant la fenêtre, examina le ciel.

– Couvrez-vous chaudement demain. Je gage que nous trouverons la pluie à Compiègne.

Il se retourna, s'approcha du fauteuil, prit la main de Daisy entre les siennes.

– Je suis content, dit-il. Ce secret me pesait. Ne vous inquiétez pas d'Anna. Je m'en occupe.

Elle se sentit vaguement effrayée par son ton.

– Louis ! Vous n'allez pas...

– Je ne vais pas quoi ?

– Eh bien, je ne sais pas... La pauvre...

– Rassurez-vous, je n'ai pas pour habitude de rudoyer les femmes. Durant notre séjour à Compiègne, Eugène Lormel mettra bon ordre à cette affaire. Au fond, ce qu'elle cherche c'est à faire monter les enchères. Elle y aura réussi.

La cérémonie eut lieu le troisième jour de la troisième série, à cinq heures de l'après-midi, dans la galerie des Cartes.

Une explosion de chrysanthèmes rouille et or garnissait les grands vases. On avait installé des fauteuils pour les dames.

À part l'Impératrice et Corinne, toutes les jolies femmes présentes étaient des ex-maîtresses de Paul de Nhuys. Le détail ne gênait plus Daisy. Au contraire, elle prenait maintenant, sans s'expliquer pourquoi, un certain agrément à leur compagnie.

La duchesse de Torente inclina vers elle le flamboiement de sa chevelure qu'un panache d'autruche vert rehaussait.

– Ma chère, regardez Morny. Il fait une tête ! Cette fois, Paul l'a coiffé au poteau.

Les hommes se tenaient debout derrière les trois rangées de fauteuils, surplombant un paysage de velours et de satin sur lequel ondulaient les gorges laiteuses et rondes. Des nuages de tulle et de gaze flottaient dessus. Un mouvement brusque, une exclamation, un rire les déplaçaient, c'était aussitôt un feu de diamants, de rubis et d'émeraudes.

Louis Lacaz chuchotait avec le ministre Rouher. Il paraissait en forme, plus souriant. Le fait d'avoir éclairci la situation entre eux devait l'avoir soulagé d'un grand poids. Et son humeur sombre, ses réticences, sa nervosité s'expliquaient mieux. Il n'y avait d'autre mystère, au fond, que l'histoire assez banale d'un amour non partagé...

À côté de Morny qui, quoi qu'en dît la duchesse de Torente, dissimulait très bien son amertume sous un air de gaieté, se tenait Daniel.

Son regard croisa celui de Daisy, ils se sourirent.

Depuis leur arrivée au château, Daniel et Louis Lacaz n'avaient pas échangé trois paroles.

Une attitude ridicule et assez inconfortable pour elle.

Daisy se tourna vivement.

Les deux battants de la porte s'ouvraient.

L'Empereur entra.

Paul de Nhuys et le duc de Bassano suivaient.

Paul portait son habit noir et un jabot de dentelle.

Il vint se placer à gauche, sous le grand lustre, face à l'Empereur. La lumière se concentra sur son jabot, découpant en triangle le haut de l'habit. Cette blancheur éclatante accentuait la gravité du visage.

Le cœur de Daisy battait.

– J'ai souhaité offrir au loyalisme et au dévouement une marque de ma reconnaissance, disait l'Empereur, ainsi qu'un témoignage accru de mon estime et de mon amitié à celui qui s'est associé si courageusement à l'acte grandiose du 2 décembre. En ce jour, j'ai l'honneur et le plaisir de créer duc M. le comte de Nhuys.

Un parchemin enjolivé de dorures passa des mains du duc de Bassano à celles de l'Empereur. Il le remit à Paul, lui donna l'accolade.

À quoi pensait celui-ci ?

Au dépit de Morny ? Au chemin parcouru par le fils putatif d'Alphonse Denhuys, maraîcher ? À l'autre, qui ne lui avait légué que son sang et le goût des ambitions, mais c'est déjà laisser un bel héritage quand on s'appelle Napoléon Ier ? Ou pensait-il à elle, Daisy ?

Daisy serra les dents, le cou droit, l'épaule se dégageant avec grâce du drapé d'hermine assorti au grand volant qui ourlait la jupe de velours noir.

Worth avait déclaré :

– Madame la baronne, nous reprendrons le rose

pour vos relevailles. Le noir sera superbe avec votre carnation de blonde. Et il mincit.

Elle détestait le noir, elle n'était pas très sûre d'aimer cet enfant qui commençait à remuer dans son ventre, mais elle avait juré de « prendre le meilleur du pire », comme disait Sosthène, et, lorsque Paul vint s'incliner sur sa main comme il le faisait pour chaque dame, elle récita d'une voix claire le petit compliment qu'elle avait préparé.

– Monsieur le duc, aujourd'hui est un jour particulièrement heureux pour vos amis...

Louis Lacaz partageait sa chambre.

Perse grise à fleurs, mobilier d'acajou, accessoires de toilette en sèvres bleu et or, que marquait le grand N doré. La chambre était en tout point identique à celle qu'on lui avait attribuée lors de son premier séjour à Compiègne. Comment concevoir qu'à l'époque elle se rongeait de chagrin pour cet époux envers qui elle n'éprouvait plus rien ?

Elle passa la nuit à se rappeler.

Sa dispute avec Paul de Nhuys durant la chasse à courre...

La demande en mariage de Daniel...

– Vous ne dormez pas, Daisy ? murmurait de temps à autre Louis Lacaz.

Non.

Lui non plus.

Un homme et une femme, dans un lit, remuant leurs pensées côte à côte.

Le lendemain matin, il y eut chasse au tir.

Cette sorte de chasse était un véritable massacre, et Daisy songeait à s'abstenir, mais Louis, après avoir mis le nez à la fenêtre, déclara : « Je vous conseillerais de ne pas venir. Par ce froid, et dans votre état... »

Cela suffit à la faire renoncer au farniente

qu'elle projetait. Quand comprendrait-il donc que l'idée d'être traitée en infirme l'horripilait ?

Les tirés s'étendaient entre la route de Soissons et l'Oise. Sur un taillis de dix kilomètres de long et de deux cents mètres de large, dont on avait coupé les jeunes arbres à environ soixante centimètres de hauteur, des layons parallèles, sablés comme des allées, étaient aménagés.

Avant de s'engager dans le sien, au centre, le plus large, l'Empereur sourit à Daisy.

– Ma chère, souhaitez-moi bonne chance.

Il eût plutôt fallu en souhaiter au pauvre gibier, lapins, lièvres, faisans et chevreuils, rabattus à l'aube par les soldats de la garnison de Compiègne.

Sa Majesté ne s'accordait pas une seconde de distraction. À peine son fusil épaulé et déchargé, le baron de Laage, son lieutenant de chasse, qui suivait, lui en passait un autre, le tenant par la main droite tandis que la gauche venait récupérer l'arme utilisée. La précision de la manœuvre et sa cadence étaient plus fascinantes que le résultat, sans surprise, du tir. Derrière eux, huit sous-officiers rechargeaient au fur et à mesure les fusils. Un garde remplissait cet office auprès de chaque invité.

Avec quelques courageuses, Daisy piétinait près des voitures, observant de loin ces exploits.

Le bruit était infernal. Les oiseaux tombaient du ciel comme des pierres. Elle releva son col de zibeline. Une petite bise aigre soufflait sur la perspective tronquée et grise. Assez sinistre. Elle regretta d'avoir écouté son humeur.

L'arrivée de Daniel, très élégant dans un costume de drap roux, créa une diversion.

– Mon cher marquis, dit Marianne Walewska, on sait que vous n'avez point de goût pour les tueries et que vous préférez chasser sur d'autres terrains, mais est-ce bien de profiter de ce que nos maris ont le dos tourné pour venir nous faire la cour ?

Sa voix avait une nuance complice. Elle riait. Son regard effleurait Daisy. Les rapports qu'elle entretenait avec Daniel passionnaient maintenant plus les dames de la cour que ceux qu'elle avait avec son mari. On espérait qu'elle renoue. On ne pardonnait pas à Louis Lacaz d'avoir dédaigné certaines avances amoureuses. Un mari fidèle se range vite parmi les pisse-froid et les trouble-fête. L'opinion évoluait.

Les dames furent déçues.

Daniel se planta devant Daisy.

– Vous, vous avez froid.

– Mais non, je vous assure.

– Vous allez me faire le plaisir de rentrer.

Malgré ses protestations, il la mit dans une voiture, ordonna au cocher de la ramener au château.

– Je ne vous raccompagne pas, Lacaz en conclurait... Avec les esprits étroits, on ne peut se comporter normalement. Ah ! c'est vrai, j'oubliais. Nous sommes convenus de ne plus évoquer le personnage. Ma chérie, au retour nous nous verrons rue du Bac.

Tout en roulant dans le sous-bois dépouillé, toutes ses feuilles à terre, déjà brunes et pourrissantes, à part quelques poignées de-ci, de-là, cramponnées à une branche, qui mettaient un peu de couleur dans cette uniformité, Daisy pensa soudain à Anna Djarizé. C'eût été intéressant de demander à Daniel s'il avait rencontré le beau-frère de la Russe en Crimée. Probablement pas. Il le lui aurait dit.

La voiture la déposa dans la cour d'honneur devant le grand perron.

Au bas des marches, il y avait Paul, Corinne et le ministre Rouher.

– Vous n’êtes pas restée à la chasse, mon ange ?
– J’avais un peu froid.
Corinne la prit par le bras.
– Venez. Je vous invite à mon quart d’heure d’air quotidien.
Rouher dit à Paul :
– Mon cher, nous en discuterons mieux cet après-midi avec Sa Majesté. Ne faites pas attendre ces dames.
Ils longèrent la façade en silence.
Après les pavés de la cour, le sable de l’allée était doux sous les semelles. Corinne admira le massif de chrysanthèmes. Il faisait bon. La forêt, même à nu, emprisonnait le vent entre ses troncs. Des odeurs fortes montaient de la terre.
– Vous devriez aller mettre une fourrure, il y a beaucoup d’humidité, dit tout à coup Paul à Corinne.
– Je suis très bien.
– Corinne, s’il vous plaît !
Corinne regarda Paul, Daisy, marmonna : « Suis-je sotte, excusez-moi ! », fit demi-tour.
– Ce n’est pas très prudent, dit Daisy.
Mais elle continua de marcher.
– Comment vas-tu ? dit-il doucement.
– Ça va. Paul, je suis si heureuse pour vous.
– De quoi ?
– Eh bien, ce titre. Vous le désiriez tellement.
– Oui, en effet. Daisy, je voulais te dire… Je ne voudrais pas que tu l’apprennes par quelqu’un d’autre, c’est tout récent.
Elle se raidit, fixa un banc de pierre accoté un peu plus loin à une butte de gazon.
– Vous vous mariez ?
Il tourna la tête vers elle.
Toujours cette luminosité, ce profil. Le petit nez droit, avec juste ce qu’il fallait d’impertinence au bout pour que la perfection ne devînt mono-

tonie, le front délicatement bombé que des frisons d'or pâle et soyeux relevaient, s'échappant du bandeau de zibeline qui la coiffait, mais la bouche avait moins de douceur, une ombre marquait les yeux, et ces yeux le fuyaient.

– Daisy, regarde-moi. Me marier ? Tu dis n'importe quoi. L'Empereur, d'accord avec Walewski, vient de me nommer ambassadeur en Suède. Je partirai avec Corinne pour Stockholm au début de l'année qui vient, dans deux mois environ. Daisy, tu m'écoutes ?

– Je vous écoute. Nous ne nous verrons plus.

– Tu appelles ça nous voir, ces réunions mondaines, ces baisemains, ces quelques mots que nous échangeons ? J'en reviens à moitié fou quand je te vois ! C'est pourquoi j'ai accepté. Tu n'aurais pas attendu cet enfant... Je te l'ai dit à Biarritz, j'envoyais tout au diable. Duc, ambassadeur, roi de la finance, j'y croyais. Maintenant, ce ne sont plus que des consolations.

Elle l'interrompit avec une véhémence soudaine :

– Paul, ne dites pas cela. J'ai réfléchi. C'eût été une bêtise de nous enfuir. Vous auriez été malheureux, nous aurions donc été malheureux. Laissez-moi finir. Que vous l'ayez voulu m'a comblée de bonheur, chéri, mais ce n'était pas possible. Le goût de la puissance est dans votre nature. Vous vous imaginez... Mais vous y croyez encore, vous y croirez toujours, et vous avez trop de qualités pour les laisser inemployées, pour vous borner à l'inaction.

Daisy soupira.

– Évidemment, Stockholm... Ça ne va pas être facile de vous situer si loin...

– Je t'aime, dit-il. La distance n'est rien. Et puis, c'est l'affaire de six ou sept ans. Je reviendrai. L'enfant aura grandi, et tant de choses changent avec le temps. Tu m'attendras ? Tu ne vas pas te jeter par ennui au cou d'un autre homme ?

Alors, enfin, Daisy le regarda.

L'ombre, sur son visage, s'était dissipée. La tendresse rayonnait.

– Je vous attendrai, dit-elle. Un si mauvais caractère que le vôtre, ça ne se retrouve pas.

Et elle sourit.

À Monceau, Mme Lacaz accueillit Louis et Daisy sur le perron.

– Vous m'avez manqué, ma chère fille.

Elle n'en dit pas autant à son fils, le gratifia d'un baiser sec. Depuis un certain temps, Daisy notait un fléchissement dans leurs rapports. Là, ce fut très net.

Les valets montèrent les bagages.

Elle prit un bain rapide, et elle venait de s'étendre lorsque le Grand Courtois se présenta.

– Qu'est-ce que tu veux ?

– Madame Daisy, j'ai mené ma petite enquête au sujet de cette dame.

Ah oui ! Anna Djarizé.

Daisy se souvint brusquement.

Avant de prendre le train pour Compiègne, elle avait chargé Courtois, dès qu'il serait rétabli, de se rendre aux adresses que le cocher avait, le soir même, remises à Céleste contre les 50 francs promis. Deux adresses. La Russe, en sortant de chez Boissier, était d'abord allée rue de Londres, au n° 5; puis, avec un monceau de bagages, elle s'était fait conduire dans le quartier de Passy, rue Nicolo...

Pourquoi cette enquête ? pensa Daisy avec lassitude.

Qu'importait Anna Djarizé, cette histoire sordide, alors que Paul partait ?

Rétrospectivement, elle se jugea ridicule.

La haine d'Anna garantissait la sincérité de Louis. C'était suffisant. Le problème ne la concernait pas. Elle avait assez des siens, et si elle n'avait craint d'offenser Courtois, elle l'aurait prié de remettre l'explication à plus tard.

À travers la couverture, elle se tâta le ventre avec inquiétude.

Elle avait mal.

Au lieu d'accepter la voiture particulière que l'Empereur avait aimablement mise à sa disposition, pourquoi s'était-elle obstinée à monter avec les autres invités dans un des chars à bancs ? Le trajet du château à la gare de Compiègne mené à un train d'enfer – Marianne Walewska ayant égaré une bague et retardé le cocher – avait été très pénible. Dans le train, cette douleur l'avait prise, et persistait. Allait-elle devoir vivre allongée les presque cinq mois qui restaient avant l'accouchement ? Le médecin l'en avait menacée. Elle s'était pourtant montrée raisonnable. Juste une valse avec Sa Majesté, et les autres soirs faisant le rond avec les dames dans le *salon de famille* où l'étiquette ne permettait qu'à l'Impératrice de bâiller.

Elle interrompit Courtois :

– Surtout, n'oublie pas d'envoyer un valet chez le médecin. Je veux qu'il vienne sans faute demain matin.

– Madame Daisy ! Ai-je l'habitude d'oublier quoi que ce soit ? Je disais donc : le n° 37, rue Nicolo, à Passy, là où le fiacre a déposé la dame en dernier, c'est une pension de famille. Elle n'y a couché que deux nuits et en est repartie le surlendemain en compagnie d'un monsieur…

Lormel, pensa Daisy.

– On a été incapable de me dire où…

– Ça ne fait rien. Bon vent !

Courtois dit d'une voix rogue :

– En ce cas, ce n'était vraiment pas la peine

que j'aille rue de Londres et que je perde une heure de mon temps avec le portier.

– Oh ! je t'en prie, ne sois pas si susceptible. Je suis fatiguée. J'ai le droit d'être fatiguée, non ? Alors, tu disais, rue de Londres ?

– Cinq francs au portier, et je ne pouvais plus l'arrêter. Il était bien content que la dame ait décampé. Entre parenthèses, elle se fait appeler Mme Fromantel, mais il me l'a décrite, c'est bien elle, l'accent, l'allure, tout. Les Russes, il ne faut plus lui en parler, à ce pauvre homme. La dame buvait comme un trou, paraît-il. Et quand elle était ivre, elle jetait ses vêtements par la fenêtre. Les autres locataires de la maison, belle maison d'ailleurs, se sont plaints.

Daisy se mit à rire.

– Pas de doute, en effet. C'est bien Anna Djarizé. Elle recevait ?

– Non. Le portier n'a jamais vu passer pour elle devant la loge qu'un monsieur grand, brun, très bien mis, et le propriétaire... Le propriétaire, tenez-vous bien, Madame Daisy ! c'est... Jamais vous ne devinerez !

– M. Lormel ?

– Vous le saviez ? dit Courtois, déçu.

– Non. Une intuition. Continue.

– Le portier croit que la Russe est sa petite amie. M. Lormel a une belle réputation d'avarice, il paie ses gens une misère, mais il logeait la dame gratis chez lui et, durant qu'elle a été absente, il n'a pas loué, comme s'il l'attendait. Pour un monsieur comme M. Lormel, perdre plus d'un an de location, ça représente un sérieux sacrifice.

Daisy fronça les sourcils.

– Je ne comprends pas. Qu'est-ce que tu dis ? Plus d'un an ? Mais, voyons...

– Oui. La Russe a été absente plus d'un an.

– Attends, attends. Comment Anna Djarizé a-t-elle pu être absente plus d'un an puisque cela en fait à peine un qu'elle est en France ?

Courtois accentua son air digne.

– Vous faites erreur, Madame Daisy. Pour m'être agréable, le portier m'a montré une sorte de registre que tenait son prédécesseur et dans lequel celui-ci consignait les emménagements, les déménagements, bref des détails concernant les locataires... L'ancien portier est mort l'année dernière. Une chute. La nuque brisée dans l'escalier. L'entrée de la dame Djarizé, ou plutôt de la dame Fromantel, n'était pas notée du fait qu'il ne s'agissait pas d'une locataire ordinaire, mais nous avons relevé la livraison d'un piano à son nom le 18 avril 1856. Donc, elle y était à cette date. Ensuite, elle est partie, et le nouveau portier occupait déjà ses fonctions quand elle est revenue en janvier de cette année.

– Avril 1856, répéta Daisy.

La pendule sur la cheminée sonna sept heures.

– Madame Daisy, j'appelle Céleste pour vous habiller ? Le dîner est dans une demi-heure. Et il y a des soufflés. Mme Lacaz a invité le jeune Monsieur Adrien.

Il s'agissait bien de dîner !

– Passe-moi mon peignoir.

Avril 1856.

Si Anna Djarizé était à l'époque à Paris, Louis Lacaz s'y trouvait aussi. Sur ce point, leurs paroles coïncidaient. Chacun avait déclaré être arrivé avec l'autre en France. Louis, à Paris, voici deux ans et demi ! Daniel n'avait donc pas eu de vision.

Elle rejeta les couvertures, se leva, enfila le peignoir en cachemire blanc, noua la ceinture n'importe comment.

– Courtois, tu préviendras le chef. Qu'il tienne le repas au chaud. Nous dînerons sûrement en retard.

23

Daisy traversa le palier.

Elle ne sentait plus la fatigue ni cette douleur sournoise qui ajoutait son poids à celui de l'enfant.

Sans frapper, elle tourna le bouton d'un poignet sec.

Louis Lacaz, en chemise et gilet, était en train de vérifier dans le miroir la tenue de sa cravate.

Raoul, son valet de chambre, patientait, trois pas derrière, lui présentant l'habit.

– Louis !

Le ton de sa voix alerta son mari.

Il lâcha le miroir, prit l'habit des mains du valet, fit un signe à celui-ci qui recula jusqu'à la porte et la referma derrière lui.

– Allons bon, qu'y a-t-il, Daisy ?

Elle le lui dit, se contraignant à énoncer posément les faits.

« ... Le cocher de fiacre devant chez Boissier... Ne me demandez pas pourquoi j'ai voulu avoir l'adresse de cette femme, je n'en sais rien moi-même. » Mais il ne le lui demandait pas, il disait : « Continuez », et elle continuait... L'enquête de Courtois, la rue de Londres, le portier, la livraison d'un piano le 18 avril 1856, consignée dans le registre de l'ancien portier parce que celui-ci avait reçu 30 sous pour descendre à la cave et en rapporter une poulie et des cordes avec lesquelles on avait hissé le meuble jusqu'au premier étage au-dessus de l'entresol où habitait Mme Fromantel, alias Anna Djarizé... Tout le temps qu'elle parla, sans lui épargner un détail, Louis Lacaz garda l'œil fixé sur le col en velours noir de son habit, brossant l'étoffe du plat de la main avec application.

Elle était quand même déconcertée par ce calme.

Il enfila l'habit, consulta la pendule du regard, le dirigea enfin vers elle.

– Une discussion avant le repas n'est pas la meilleure façon de se préparer une bonne digestion, mais j'en ai tellement par-dessus la tête d'Anna et des frictions qu'elle a occasionnées entre nous ! Terminons-en.

Il s'assit, désigna un fauteuil.

– Asseyez-vous. Vous avez une mine épouvantable, Daisy. Dans un sens, je m'en veux. J'ai insisté pour que nous allions à Compiègne, je n'aurais pas dû.

– Répondez au lieu de détourner la conversation.

– Asseyez-vous, répéta-t-il avec douceur. Vous vous énervez trop. C'est mauvais pour l'enfant. Et je vous jure que cela n'en vaut pas la peine. S'il vous plaît, Daisy. Cette course en char à bancs du château de Compiègne m'a épuisé. J'ai mal au dos, ma hanche m'élance. Vous n'allez quand même pas me forcer à me relever et à rester debout.

Elle s'assit.

– Bien, dit-il. L'explication tient en trois mots. Mme Fromantel, car il existe bel et bien, figurez-vous, une Mme Fromantel, était la maîtresse d'Eugène Lormel. Eugène a rencontré sa future épouse, il s'est séparé de sa maîtresse. Il a cependant gardé l'appartement de la rue de Londres pour ses petites fredaines... Quand nous sommes arrivés en France, je commençais déjà à me repentir d'avoir eu la faiblesse d'emmener Anna. L'aider à obtenir un permis de séjour, c'était en quelque sorte me mettre un boulet au pied. Et dans une location, un hôtel, la police a l'œil sur les étrangers. Eugène lui proposa l'appartement. L'idée de loger rue de Londres sous le nom d'Élisa Fromantel ravit Anna. De temps en temps, elle disait bien : « Il faudra que je me renseigne sur les formalités à remplir. » L'intention, pour Anna, vaut l'action. Elle avait l'impression ainsi de se mettre en règle, sa conscience était satisfaite, elle n'y pensait plus. Après que j'ai eu rompu, en attendant qu'elle prenne sa décision, les choses sont demeurées en l'état. Voilà l'histoire.

– Mais lui procurer un toit et une fausse identité, n'était-ce pas vous créer des difficultés supplémentaires si vous songiez à vous en débarrasser ? dit lentement Daisy.

– Que vouliez-vous que je fasse ? L'abandonner dans la rue ? Après tout, vous l'avez dit vous-même l'autre jour, Anna m'a soigné. Il y a certaines obligations morales auxquelles un homme ne peut se dérober. Daisy, Adrien vient d'arriver, ma mère nous attend. Je vous conseillerais de retourner dans votre chambre et de vous habiller.

Louis Lacaz se leva.

– Quand on montre de la curiosité, il faut savoir interpréter à bon escient. Comment est-ce possible, Daisy, que vous vous soyez arrêtée à une hypothèse aussi abracadabrante ? Moi et Anna, à Paris, au printemps de 1856 ! Enfin, voyons, je ne suis pas n'importe qui, j'avais de grands biens, une épouse, je les aurais réclamés !

– En effet, je sais, cela paraît...

Et sans réfléchir, Daisy ajouta d'un trait :

– C'est d'ailleurs ce que j'ai toujours dit à Daniel.

– Que vient faire Rotran là-dedans ?

– Oh ! rien, rien, dit-elle avec embarras. Vous savez ce que c'est, on parle...

– Non, je ne sais pas. De quoi parliez-vous ?

Daisy s'extirpa du fauteuil.

– Louis, ne mêlons pas Daniel... Vous avez adopté envers lui une attitude que rien ne motivait et qui me chagrine beaucoup. Et je suis comme vous, j'en ai assez de ces perpétuelles discussions au sujet de cette dame Djarizé. Ne faisons pas attendre votre mère, je vais m'habiller.

– Vous parliez de moi avec Rotran dans mon dos, mais vous vous refusez de parler de lui avec moi.

Elle marcha en direction de la porte.

Il fut plus prompt, se plaça devant.

– Je veux savoir de quoi vous parliez.

– Louis, je vous ai dit...

– Ce n'est pas ce que vous dites qui m'intéresse, mais ce que vous a dit Rotran. Allons, Daisy, quelles horreurs a débitées sur moi votre sacro-saint Daniel ?

Elle fut incapable par la suite de démêler la raison exacte qui la poussa à le dire. Était-ce le besoin d'« innocenter » Daniel, l'envie un peu perverse de voir comment Louis réagirait, l'exaspération provoquée par son ton ? Elle aurait pu se taire, prétexter... non, ce n'eût même pas été un prétexte, elle avait à nouveau cette douleur dans le ventre. Louis, s'il vous plaît, n'insistez pas, je ne me sens pas bien... Il désirait tellement cet enfant. Mais non. Elle dit :

– Ce ne sont pas des horreurs. Simplement, Daniel croit vous avoir vu à Paris, rue de Rivoli, en mai, voici deux ans.

– Comment ?

Les narines de Louis Lacaz se pincèrent.
– Il me hait parce que je vous ai ! hurla-t-il.
– Louis...
– Et vous ne m'avez rien dit, vous avez gardé cette insanité pour vous ?
– Précisément. Cela m'a paru si inutile de vous le répéter.
– Mais ne vous rendez-vous pas compte, Daisy, du tort qu'il est susceptible de me causer ? Non, vous ne vous en rendez pas compte. C'est délirant, c'est... c'est monstrueux ! Avoir vécu comme une bête en Crimée, et entendre ça !
La souffrance qu'on lisait dans son regard atteignit Daisy.
– Louis, calmez-vous, dit-elle. On peut être abusé par une ressemblance.
– Soit. Mais celle-ci ne résistait pas au bon sens. Et Rotran en a. Un sacré bon sens, une sacrée intelligence, capable d'inventer n'importe quoi pour me salir à vos yeux. Tout à l'heure, après avoir écouté le rapport de Courtois, n'étiez-vous pas prête à le croire, ne l'avez-vous pas cru ?
– Avouez que la coïncidence des dates... Et si vous aviez été plus franc dès le début, si vous ne m'aviez pas fait ces cachotteries ridicules...
– Je les ai faites, Daisy, pour vous préserver, vous tenir à l'écart d'une aventure assez misérable, et puis aussi...
Louis Lacaz porta les mains à son visage, ses doigts s'incrustèrent dans la chair des joues.
– N'aurai-je donc jamais plus le droit d'être un peu tranquille ? chuchota-t-il.
– Louis, Louis, répétait Daisy, désemparée, en le tirant par la manche de son habit.
Il laissa retomber ses mains, redressa la tête.
– En dehors de vous, à qui a-t-il raconté ça ?
– Mais à personne, voyons. Qui l'aurait cru ? Louis, oubliez ce que je vous ai dit, je regrette.

Si j'avais supposé que cela prendrait de telles proportions et vous bouleverserait autant…

Il dit brutalement :

– Vous êtes inconsciente, ou quoi ? Chien qui bave laisse des traces. S'il lui vient à l'idée de répandre cette fable… J'ai eu de trop cruels moments, je ne supporterai pas qu'on les étale à nouveau.

– Daniel ne ferait pas ça.

Louis Lacaz fixa Daisy.

– Non, en effet, il ne le fera pas. Je vais lui en ôter toute envie.

Il boutonna son habit, alla décrocher son chapeau à la patère, rafla ses gants sur la commode.

– Dînez sans moi. Vous m'excuserez auprès de ma mère.

– Louis, où allez-vous ?

– N'ai-je pas été clair ? Rue Saint-Honoré, rendre une petite visite à votre cher Daniel.

Il passa devant Daisy.

Elle le regarda, la voix et le geste paralysés, et continua, après qu'il eut disparu, à regarder, stupide, le rectangle de la porte dans lequel s'inscrivait une des glaces du palier, flamboyante de lumière.

Cette lumière l'hypnotisait.

Le bruit des pas de Louis Lacaz résonnant sur le carreau du hall la tira de cette fascination.

Son esprit fonctionnait à nouveau.

Elle se rua hors de la chambre, descendit l'escalier d'une manière qui eût scandalisé le médecin. Louis avait négligé de refermer le battant de la porte d'entrée. Le froid s'engouffra dans son léger peignoir, mais elle ne le sentit pas, sortit sur le perron.

La berline de Mme Lacaz, qui venait d'amener Adrien Lormel, n'était pas encore dételée. Le cocher discutait avec un valet. Elle le vit remonter précipitamment sur son siège, Louis Lacaz gravir le marchepied, claquer derrière lui la portière, le valet courir vers les grilles. La voiture s'ébranla.

Daisy fit demi-tour, remonta à l'étage, pénétra en trombe dans sa chambre où Céleste et Louise achevaient de faire la couverture, se débarrassa de son peignoir.

– Céleste, va aux écuries. Je veux le tilbury de M. le baron attelé dans cinq minutes. Cinq minutes, tu entends ! Eh bien, qu'est-ce que tu attends ? File ! Louise, ma robe. Mais oui, celle que je portais pour le voyage. Elle a des taches ? Qu'est-ce que vous voulez que ça me fiche, ma pauvre Louise ! Dépêchez-vous.

À cette heure du jour, les mondanités commençaient à meubler la rue d'encombrements. Un tilbury, étroit, maniable, avait plus de chances de se faufiler parmi les files de voitures stationnant aux grilles des hôtels ou convergeant vers les restaurants et les théâtres. Daisy espérait ainsi devancer la lourde berline de Mme Lacaz.

Mais, faubourg Saint-Honoré, à hauteur du palais de l'Élysée, le tilbury fut immobilisé par un cortège de fiacres qui venaient des boulevards et se rendaient au bal Mabille. Dedans s'entassaient une cinquantaine de jeunes gens endimanchés, chantant à tue-tête et lançant des œillets aux passantes. Ce charivari faisait partie des réjouissances, ils n'étaient pas pressés. Le cocher mit dix bonnes minutes à s'en dégager.

Daisy s'affolait.

On ne pouvait même pas espérer que Daniel fût absent de chez lui puisque, comme eux, il rentrait de Compiègne. Pourquoi avoir dit cela ? Elle maudissait sa langue. Les relations entre les deux hommes étaient déjà assez tendues sans y ajouter cette sottise.

Des images terribles roulaient dans son imagination.

Daniel avait une complexion si délicate, si paresseuse.

Il le disait d'ailleurs lui-même en riant :

– Tout dans la cervelle, rien dans les bras. J'aurais à peine la force d'assommer une mouche. Et je m'en flatte. Laissons la panoplie des violences physiques aux primitifs et aux barbares.

Que pourrait-il contre un homme en furie ?

Le cœur de Daisy se serrait.

Le tilbury s'engagea enfin dans la rue Saint-Honoré. Les lanternes de l'hôtel Rotran brillaient au loin comme deux yeux d'or posés sur l'obscurité. Les hauts battants en bois peint du portail étaient encore ouverts. L'équipage les franchit avec fracas, dépassa la berline de Mme Lacaz garée le long des arceaux du portique qui séparait la cour et le jardin, stoppa devant le porche.

Un valet parut.

Il eut un large sourire en reconnaissant Daisy.

– Madame ! Quelle joie de voir Madame ! Madame va bien ?

– Jean, M. le baron Lacaz est ici ?

– Il vient d'arriver. J'ai prévenu M. le marquis. M. le baron est dans le petit salon. Madame connaît le chemin.

Le charme du petit salon tenait autant à l'atmosphère créée par l'harmonie exquise des choses qu'à sa disposition particulière. Un plancher sur deux niveaux, le seuil se prolongeant par une estrade dominant de trois fortes marches le reste de la pièce et la vue du jardin.

Sosthène, lorsque les Maubrun habitaient l'hôtel Rotran, ne manquait pas de répéter : « Un jour, j'aurai l'esprit ailleurs, vous me retrouverez au bas de ces maudites marches, cassé en morceaux. » C'était devenu une plaisanterie. « Papa, attention, n'oubliez pas les marches ! » lançait Charlotte chaque fois qu'il entrait, et tout le monde, en ce temps heureux, riait.

Dans la pénombre douce ménagée par les éclairages, la silhouette de Louis Lacaz se fondait presque avec le paysage d'eaux sombres et de bois que déployait derrière lui la tapisserie des Gobelins.

Le claquement des hauts talons de Daisy lui fit lever la tête.

Leurs regards se croisèrent.

– Allez-vous-en, Daisy, cria-t-il. Ne vous mêlez pas de ça.

Elle continua d'avancer.

– Louis...

Papa ! Attention aux marches !

Le cri de Charlotte retentit à son oreille, elle baissa les yeux, mais sa mémoire avait fonctionné une fraction de seconde trop tard, il n'y avait plus que le vide sous son pied, elle tenta d'atteindre la balustrade de bois sculpté qui encadrait à gauche et à droite les marches, ses doigts n'attrapèrent que le vide, elle bascula en avant.

Ensuite, elle entendit vaguement une cavalcade de pas, une voix, celle de Daniel : « Étendez-la sur le sofa, j'envoie chercher le médecin », elle sentit qu'on la soulevait parce qu'une douleur aiguë la poignarda... « Chut ! ne parlez pas, ne bougez pas », dit quelqu'un qui devait être Louis Lacaz, et elle se rappela pourquoi elle était là, voulut bouger, parler, mais son corps refusait de lui obéir, les sons s'atténuaient autour d'elle jusqu'à n'être plus que des souffles dans un univers d'ombres, et le noir l'engloutit.

Un rêve... ou la réalité ?

Peut-être avait-elle rêvé les événements qui l'avaient séparée de Daniel, son amour pour Paul de Nhuys et le retour de Louis Lacaz, peut-être n'avait-elle jamais quitté cette chambre où elle avait connu tant de félicité ?

Tout était pareil.

La luminosité rose et blonde s'insinuant entre les draperies de satin, la Dame de Gainsborough, avec son grand chapeau emplumé, le sourire un peu mièvre, en face d'elle entre les deux fenêtres, le petit vase en argent sur le bonheur-du-jour, des tulipes dedans, bien sûr, et même l'odeur propre à la pièce, que dégageait le capitonnage de velours, une odeur de colle et d'étoffe, en général, fleurie de son parfum, mais s'y ajoutaient aujourd'hui des relents de médicaments, assez déplaisants.

Daisy s'agita.

Aussitôt, l'horizon se peupla.

Charlotte, Achille, son père, Louis...

Des figures grises, comme découpées dans du papier froissé.

Elle, elle était bien, très bien, quoique un peu tiraillée à présent par ces mains qui saisissaient les siennes, par ces voix qui s'entrecroisaient au-dessus d'elle et troublaient sa paix.

Louis :

– Daisy, Daisy...

Charlotte :

– Les médecins nous ont interdit de te transporter. Tu te reconnais ? Ton ancienne chambre, chérie.

Achille :

– Eh bien, tu peux te vanter de nous avoir fait manquer une belle chasse ! Nous étions retournés à Maubrun passer la fin de semaine...

Sosthène :

– Tu devrais épargner ce genre d'émotion à ton père. Ah ! vous vous moquiez de moi ! Je radotais ! Ces maudites marches...

Les marches.
La chute.
Daisy se dressa.
Une forme vêtue de blanc, cheveux tirés sous le bonnet, un nez brusque dans une face ronde, surgit, faisant le vide autour du lit, la plaquant aux épaules avec fermeté.
– Madame la baronne, nous devons être sage. Restez étendue. Ordre de M. Dubois.
– L'enfant ? dit Daisy.
Instinctivement, elle se toucha le ventre, rencontra sous ses doigts un bandage qui l'enserrait des cuisses aux hanches.
– L'enfant ? répéta-t-elle.
Le visage de Louis reparut.
– Nous l'avons perdu, Daisy. C'était un garçon.
Il ne put continuer. Il s'étouffait.
Charlotte dit de son ton sec :
– Monsieur, je vous en prie. Vous n'aidez guère ma sœur. Ces choses-là s'annoncent avec ménagements. Tenez, la voilà qui pleure maintenant. Daisy, chérie, le principal est que toi, tu ailles bien. Nous avons eu si peur !
Elle pleurait ?
Daisy se frotta les paupières.
Pourquoi pleurait-elle ?
Ce pauvre enfant, au fond, soyons honnête, elle ne l'avait pas désiré. Elle avait bien essayé de se persuader. Un enfant, c'est si mignon, regarde celui de Julie, pense au bonheur qu'avait Julie, au bonheur d'avoir de la tendresse, une présence, quelqu'un à aimer. Bref, elle avait fait ce qu'elle avait pu, elle s'était efforcée d'accueillir cet être fragile qui grossissait dans son ventre mais, en vérité, elle l'avait refusé dès le premier jour.
Elle renifla, considéra Louis Lacaz, immobile, accablé par un chagrin que personne, dans la

pièce, ne ressentait. Cette solitude l'emmurait. Elle éprouva tout à coup une violente pitié pour lui. Mais comment le lui dire ? Ils étaient si loin l'un de l'autre. Les mots ne comblent pas la distance. Elle n'avait plus que des mots à lui offrir.

– Louis... dit-elle.

Charlotte se précipita.

– Ne bouge pas. Tu as entendu l'infirmière ? Tu ne dois pas bouger.

Sosthène, qui surprenait parfois par un accès de sensibilité, tapota l'épaule de son gendre.

– Reprenez-vous, mon cher. Dans l'existence, il convient de s'arranger des mauvais tours comme des bons. Voyez Achille. Il a subi le pire. Eh bien, il s'en arrange. Et puis, enfin, disons-le, un fœtus n'est qu'un fœtus. Pensez plutôt à votre femme. Une fausse couche, à cinq mois, le chirurgien ne nous l'a pas caché, nous risquions la septicémie. Alors, que voulez-vous, quand je me rappelle la pauvre petite Julie, quand je vois ma fille saine et sauve, fraîche comme une rose en bouton, je me réjouis, je remercie le ciel. Faites-en autant. Si ton père blanchit avant l'âge, mon petit, ne t'étonne pas. Ces deux jours...

– Comment, deux jours ? Quel jour sommes-nous ?

– Lundi, dit Charlotte. Depuis samedi soir, Daniel a mis la maison à notre disposition. Il s'est établi à l'hôtel. Toutes les heures, son valet vient aux nouvelles.

Elle se pencha, fit semblant de redresser les dentelles de l'oreiller, murmura :

– Nous avons failli tomber à la renverse en apprenant que tu étais avec Louis Lacaz chez Daniel. Que faisiez-vous ici ? Ton mari nous a déclaré qu'il s'agissait d'une affaire personnelle.

– Ils se sont parlé ? dit vivement Daisy.

– Tu sais, quand nous sommes arrivés, Daniel

partait. Ils se sont serré la main, Louis Lacaz l'a remercié. Il pouvait. Daniel a été si discret, si efficace, si parfait.

– Mademoiselle de Maubrun, vous allez fatiguer Mme la baronne, intervint l'infirmière. Nous devons nous reposer.

Le surlendemain, Daisy regagna Monceau.

La nouvelle de sa fausse couche se répandait.

Le hall ressembla bientôt à une boutique de fleuriste. Gerbes et corbeilles s'entassaient. Un cent de roses roses disposées dans un vase de jaspe bleu lavande à reliefs blancs, portant la marque de Wedgwood, arriva sans carton. Ce n'était pas nécessaire pour deviner de qui venait ce présent. L'Empereur portait à l'art anglais une affection particulière en souvenir de son temps d'exil et, à Compiègne, ils avaient longuement évoqué ce prestigieux céramiste du XVIIIe siècle, compatriote de la mère de Daisy, et dont celle-ci raffolait. L'attention la charma.

Paul et Corinne envoyèrent des orchidées.

Daniel se distingua en lui adressant un petit bouquet de violettes.

Elle sourit en lisant le billet.

« Modestie n'est souvent que calcul : en l'occurrence, jouir sans partage des faveurs de votre chambre d'où la Faculté a certainement proscrit les débauches florales auxquelles ont dû se livrer d'autres, moins avisés... »

Elle fit placer les violettes sur sa table de chevet dans une timbale d'argent.

L'attitude délicate de Daniel semblait avoir dissipé l'hostilité de Louis Lacaz.

Il disait :

– Rotran a été très bien.

– Je suis aise que vous le reconnaissiez.

Et elle se gardait d'ajouter quoi que ce soit.

Louis demeurait très abattu. Les regrets. Les remords aussi, probablement. Sans ce mouvement de colère insensé qui les avait entraînés rue Saint-Honoré, elle n'aurait pas fait de fausse couche. Il devait y penser.

Dès qu'on la sut rétablie, elle eut des visites.

La princesse Mathilde et la princesse d'Essling, mandées par l'Impératrice, vinrent dans les premières.

Corinne, également.

Louis Lacaz était là. Il n'y eut pas une parole qu'il n'entendît. Corinne parla surtout de Stockholm et des tracas qu'engendrait le départ.

L'hôtel de Nhuys était en révolution.

– Vous connaissez mon frère, il lui faut son cadre. Aussi le transportons-nous à l'ambassade. Le pauvre Joseph Lombard ne sait plus où donner de la tête. Imaginez les collections de tableaux, les tapisseries, le mobilier, les bibelots, la bibliothèque. Tout cela à faire emballer, acheminer. Et au milieu de cette agitation qui nuit au service, nous recevons matin et soir. La maison est devenue une tour de Babel avec tous les corps diplomatiques qui s'y pressent. La nomination de Paul a un si grand retentissement !

Après qu'il eut raccompagné Corinne jusqu'à sa voiture, Louis déclara :

– À certains, la fortune sourit. Sur d'autres, la fatalité s'acharne. Bon Dieu, que ne donnerais-je pour être mort à Balaklava !

Daisy soupira, se mordit les lèvres.

Achille et Charlotte parurent. Elle les retint à dîner.

Depuis l'accident, la table de la salle à manger lui semblait immense, les pièces désertes. Un sentiment de vide l'étreignait lorsqu'elle poussait une porte comme si, inconsciemment, elle avait déjà ajouté aux lieux le rire d'un enfant.

Elle ordonna que l'on distribue la layette à une œuvre de bienfaisance.

– Ma fille, observa Mme Lacaz, ces habits sont bien trop beaux pour des nécessiteux. Ils ne leur feront aucun usage. Pourquoi les donner ? M. Dubois a affirmé à mon fils que vous étiez parfaitement apte à concevoir. Je me mêle peut-être... Mais, croyez-moi, lorsque ce malheur survient, le mieux est d'avoir très vite un autre enfant.

Daisy n'avait pas répondu.

L'anniversaire d'Adrien Lormel tombait le 18 décembre.

On ne le fêtait jamais, la date coïncidant avec celle du décès de sa mère, morte à sa naissance. Daisy avait cependant fini par convaincre Mme Lacaz de renoncer à cette rigueur, et par la décider à offrir une réception enfantine pour les onze ans de son petit-fils.

C'était un événement.

Depuis le début novembre, Mme Lacaz s'y employait. La fausse couche survint. Mme Lacaz voulut annuler. Daisy s'y opposa. Il n'était pas question de priver Adrien de la joie qu'il s'en faisait ni sa grand-mère de cette animation. L'accident de Daisy semblait avoir beaucoup marqué Mme Lacaz. Sa démarche s'usait. Elle avait maigri.

– Louis, vous devriez conseiller à votre mère de consulter, disait Daisy, sa mine m'inquiète.

Mais les hommes voient différemment...

Le matin du 18 décembre, elle descendit avec sa belle-mère dans la grande salle à manger.

Le couvert du goûter était mis. Les valets avaient disposé deux longues tables qu'une troisième joignait en bout, d'où les gouvernantes pourraient surveiller les jeunes convives sans troubler leur plaisir. Le chef était en train d'y pourvoir aux cuisines, dressant avec ses aides des montagnes de brioches, de tartelettes, de choux, de massepains, de macarons, de darioles, de croquignoles, de profiteroles et autres pâtisseries... Les drageoirs de cristal et les présentoirs en vermeil étageant leurs plateaux chargés de confiseries avaient déjà pris place sur les dentelles que doublait un organza jaune paille. Et les tasses à chocolat, les assiettes étaient très gaies, en porcelaine côtelée à décor de bleuets, cerclées d'or. On tenait au frais les six buissons de roses blanches, piqués de bougies, onze par buisson, qui fleurissaient les tables.

– Adrien sera content ! répétait Mme Lacaz.

Son sourire s'élargit encore en passant dans le salon, transformé en petit théâtre.

On avait loué les chaises dorées chez Chevet, et une scène était aménagée, où évoluerait un montreur de chiens et de singes savants. Une tombola devait conclure le spectacle. À Adrien revenait l'honneur de la tirer. Chaque enfant repartirait gagnant, avec un superbe jouet de chez Giroux.

Voir les emballages de Giroux rappela à Daisy son entretien avec Anna Djarizé, boulevard des Capucines. Où était maintenant la Russe ? À Londres ? À Rome ? Un nouvel amant ? Une nouvelle jeunesse grâce à l'argent neuf ? Daisy haussa les épaules. Anna ne présentait plus d'intérêt.

– Ma mère, dit-elle, pourquoi ne demanderiez-vous pas à Eugène Lormel de vous confier pour quelque temps Adrien ? Je ne crois pas que son épouse s'en formaliserait.

– Elle ! Je ne sais comment Eugène tolère... Dieu, que c'est bête, un homme, quand ça vieillit. Vraiment, Daisy, cela ne vous ennuierait pas que je reprenne Adrien ici ?

– Au contraire.

Une douceur poudra le visage de Mme Lacaz,

qui sentait toujours un peu le savon quand on l'embrassait.

– Ce petit... et vous, ma chère fille...

Elle fit une pause.

– Que pourrais-je faire pour que vous soyez un peu heureuse ? Ce n'est pas juste que vous payiez, vous aussi ! Rien n'a été juste.

Cette sortie inopinée étonna Daisy.

Mme Lacaz dut s'en rendre compte, elle enchaîna avec volubilité.

– Pardonnez-moi, je radote. À mon âge, quand on a plus d'années derrière soi que devant, on voudrait tout refaire avec des si. S'il n'y avait pas eu la guerre, si Louis... si... si... si... ! Des ronds dans l'eau.

– Madame Daisy.

Daisy se retourna.

– Vous avez une visite, dit Courtois. Un monsieur Mocquard désire vous parler.

– Mocquard ? Je ne connais qu'un monsieur Mocquard, le chef du cabinet civil de l'Empereur.

– Ma foi, c'est quelque chose comme ça qu'il m'a dit.

– Mocquard, répéta Daisy. Bon. Fais-le patienter. Je ne suis ni habillée ni coiffée. Ma mère, vous m'excuserez. Courtois, préviens M. le baron.

– M. le baron est sorti. Mais c'est vous, Madame Daisy, que M. Mocquard a demandée.

Mocquard faisait partie de ces ombres qui hantent les couloirs de la politique. Les grandes décisions ne portent jamais leur nom, mais s'inspirent très souvent de leurs préférences. Mocquard était puissant. Sa soixantaine bien entamée n'avait aucune influence sur son physique sec ni sur ses activités dont certaines débordaient de sa fonction.

Bien qu'il eût réglé les détails secrets du mariage de l'Empereur et – simultanément – ceux de la rupture avec miss Howard, la maîtresse anglaise ramenée d'exil par Louis-Napoléon, l'Impératrice le détestait. Le mariage n'avait rien changé. Mocquard continuait à servir la vie amoureuse de son maître. Les démarches auprès des demoiselles de théâtre ou des dames remarquées par Sa Majesté, la location de luxueux pied-à-terre, l'acquisition d'un hôtel ou d'une rivière de diamants pour telle personne particulièrement aimable, les rendez-vous à fixer, les doléances à recevoir, les congés à donner, tout ce fastidieux gravitant autour d'ébats que la double position de souverain et d'époux obligeait à tenir secrets, Mocquard l'assumait avec zèle.

Tandis que Louise arrangeait ses boucles, Daisy songea tout à coup que c'était sans doute Mocquard qui avait acheté le superbe vase de Wedgwood. Cette pensée la fit sourire, puis l'agaça.

Les salutations durèrent une minute, et il n'en fallut guère plus à Mocquard pour exposer l'objet de sa venue : la baronne Lacaz était priée de se rendre ce jour même, à quatre heures de l'après-midi, aux Tuileries, avec son époux. L'Empereur les y recevrait.

– Sa Majesté, que votre état de santé, Madame, a grandement préoccupée, eût souhaité différer l'entretien. Il ne se peut.

– Cet après-midi... Savez-vous de quoi il s'agit, monsieur ?

Question idiote.

Mocquard le lui fit sentir.

– C'est à Sa Majesté qu'il appartient... Ma visite est d'ailleurs officieuse. Veillez, Madame, à la considérer comme telle.

Mocquard venait à peine de grimper dans la voiture noire et très anonyme qui l'avait amené, lorsque Louis Lacaz parut.

Daisy le mit au courant.

– Daisy, avez-vous une idée... ?

Elle dit en souriant :

– J'en ai même plusieurs. Je connais l'Empereur. Son excellent cœur a des coquetteries. Il aime annoncer lui-même ses générosités. Louis, on vous aurait accordé quelque distinction pour votre belle conduite durant la guerre de Crimée, vous ne m'en verriez pas surprise !

– Cela ne vous semble pas bien tardif ? Les délais ordinaires sont...

– Dans votre cas, le délai ne peut être ordinaire.

– Peut-être, dit-il.

– À moins que... On parle de plus en plus d'une alliance entre la France et le roi du Piémont contre l'Autriche. L'Empereur a souvent déploré devant moi que vous ayez quitté l'armée. Peut-être, dans la conjoncture actuelle, espère-t-il vous faire changer d'avis ?

– Vous donnez trop d'importance à ma personne, Daisy.

– Ne dites pas ça. Pourquoi dénigrer le meilleur de vous-même ?

– Daisy, je suis revenu chercher quelques documents dont Eugène a besoin. Je ne déjeunerai pas ici.

– Mais... auriez-vous oublié ? C'est l'anniversaire d'Adrien. Votre mère...

– Je regrette. Dites-le-lui. Je serai de retour avant trois heures.

À trois heures moins le quart, Daisy était prête.

Louise s'était passée de déjeuner pour reprendre aux coutures la robe qu'elle portait. Toutes ses robes flottaient à la taille. Faire appel à Worth devenait urgent.

Dans le but de complaire à l'Empereur, elle avait choisi du rose. En attendant Louis Lacaz, elle s'examina dans la glace, se trouva très bien dans ce velours travaillé de grands volants de dentelles plissées que des nœuds de satin chocolat épinglaient. Mince, mince… Une belle peau… Et le petit chapeau *impératrice* était charmant, peut-être un rien effronté pour une entrevue avec Sa Majesté, mais tout à fait charmant avec son minuscule bord relevé de chaque côté, qu'empanachait une touffe de plumes de coq. Elle l'inclina un peu plus sur le front, rabaissa avec soin la grande voilette, consulta la pendule.

Trois heures.

Déjà, les premières voitures s'alignaient dans la cour. On entendait des rires d'enfants. Daisy alla à la fenêtre. Deux petites filles à longues anglaises blondes descendaient d'une calèche. La gouvernante les inspecta, tira sur les petits pardessus de soie, rectifia les rubans blancs de leur chevelure. Le soleil faisait briller le bout verni de leurs bottines.

3 h 05.

Daisy commençait à s'énerver. Le cocher avait sorti la berline. Que faisait Louis ?

On frappa.

Courtois.

– M. le marquis de Rotran est en bas.

– C'est vraiment le moment !

Elle prit son sac, ses gants.

– Je descends. Dès que M. le baron arrive, nous partons… Louise, vous m'apporterez ma cape de zibeline.

24

Dans le hall, Adrien lâcha sans façon les deux fillettes que Daisy avait aperçues par la fenêtre et qu'il était en train de saluer.

– Tante Daisy, vous serez de retour pour la représentation ? Vous me le promettez ?

Adrien Lormel ne ressemblait pas du tout à son père.

Vif, espiègle, le teint délicieux, une masse de boucles courtes, les traits dessinés « au pinceau d'ange » pour emprunter une expression de Luce Grandmaison, et, si le caractère était capricieux et autoritaire, il avait les manières pour se le faire pardonner. Daisy s'était souvent demandé si Eugène Lormel, par intérêt, n'avait pas endossé une paternité dont il n'était pas le responsable.

Elle embrassa le petit garçon.

– Mumm, que vous sentez bon, tante Daisy. C'est promis, n'est-ce pas ?

– Chéri, souviens-t'en, on ne doit promettre que ce que l'on peut tenir. Je te le promets, je ferai l'impossible. Maintenant, va. Un jeune homme ne fait jamais attendre des demoiselles.

Un autre groupe d'enfants entrait, elle se hâta vers le petit salon.

– Vous sortiez ? dit Daniel.

– Oui. Louis devrait être là. Nous allons aux

Tuileries. Gardez ceci pour vous, Daniel, mais je crois que Sa Majesté souhaiterait que Louis réintègre l'armée. Il me l'a dit à plusieurs reprises. À mon avis, ce serait excellent pour Louis. Être dans le civil ne lui réussit pas.

– Et s'il *s'en va-t'en guerre,* vous, vous aurez la paix.

– Daniel !

Il dit doucement :

– Le jeu de mots est mauvais, je vous l'accorde, mais ce n'est pas moi que vous pourrez abuser, ma chérie. Bon, je me tais. D'ailleurs, vous êtes pressée, et je ne tiens pas à rencontrer Lacaz. Je pensais qu'à cette heure-ci il serait à son cercle. Vous êtes superbe, Daisy. Charlotte me l'a affirmé, mais je tenais à contrôler par moi-même. Je vais pour les fêtes en Espagne. Une invitation impromptue du duc d'Albe et qui tombe à pic. J'envisageais d'aller à Londres. Les fins d'année, à Paris, me sont devenues insupportables.

– Vous rentrez quand ?

– Eh bien, figurez-vous que, du Sud, votre serviteur a l'intention de remonter bravement à l'assaut des glaces. Corinne m'a supplié de les rejoindre à Stockholm. Je m'entends bien avec elle. Nous avons tous les deux peu de santé, beaucoup de nonchalance, une propension aux bavardages et une langue bien pointue pour les relever. Elle dit qu'à deux frileux nous nous défendrons mieux... Je soupçonne un peu Paul de Nhuys de chercher à s'adjoindre mes modestes compétences dans l'art subtil de la diplomatie, mais ce n'est pas pour me déplaire. Et j'apprécie toujours la compagnie d'un homme remarquable. Il l'est.

– Vous allez nous manquer, Daniel. Mon père se réjouissait de vous voir de nouveau à l'heure du thé, rue du Bac.

Il surprit le coup d'œil qu'elle jetait à la pendule.

– Je ne veux pas vous déranger plus longtemps.

La tendresse éclaira le visage crispé de Daisy.

– Daniel, jamais vous ne me dérangez. Vous êtes, vous serez toujours mon ami le plus cher. Mais je me demande ce que fait Louis. Déjà trois heures et quart.

Daniel se leva.

– Je me sauve. Au fait, pourquoi Lacaz était-il venu rue Saint-Honoré ? Avec cette grande peur que vous nous avez causée, il ne m'a rien dit, et Charlotte a été incapable de me renseigner. Je pensais qu'il reviendrait. Je ne l'ai pas revu.

Le battant de la porte s'écarta.

Daisy dit vivement :

– Louis, Daniel est passé me faire ses adieux et s'assurer des effets de son aimable hospitalité. Il part en Espagne. Vous êtes en retard, Louis.

– Je sais.

Louis Lacaz s'avança, serra la main de Daniel. Son regard traduisait une nervosité extrême.

– Daniel, vous nous excuserez, dit Daisy.

Elle se dirigea vers la porte.

Daniel suivit.

– Louis ! Vous venez ?

– Une minute, Daisy. Rotran, qu'est-ce que c'est que cette histoire ? D'après Daisy, il paraîtrait que vous m'auriez vu à Paris, il y a deux ans, au printemps. On ne peut être à deux endroits différents. J'étais en Crimée.

– Louis, quelle importance, dit Daisy. Venez.

Daniel nota sa pâleur.

– Daisy a raison, dit-il. Vous dites que vous étiez en Crimée. Eh bien, mon cher, tenons-nous-en là.

– Vous admettez donc que vous vous êtes trompé ?

Daniel prit la main de Daisy, la baisa.

– Il vaut mieux que je m'en aille, chuchota-t-il. Portez-vous bien. Au revoir, Lacaz.

Daisy sortit.

Louise, qui guettait sa maîtresse, s'élança. Elles allèrent devant une glace. Daisy rectifia sa toilette, tandis que la femme de chambre drapait la fourrure sur ses épaules.

Dans le hall, il y avait une foule d'enfants. Valets et gouvernantes s'empressaient. Les fillettes, débarrassées de leur cape ou de leur pardessus, avaient l'air de petites femmes dans leurs élégantes robes claires soutachées de soie. Le gonflé des jupes ajoutait une taille et des hanches à ce qui n'était encore qu'esquisse gracile. Avec des gestes empruntés à leur maman, elles ôtaient leurs chapeaux fleuris, les tendaient aux valets. Les garçons étaient vêtus de blouses russes. On respirait une odeur nette de savon anglais. Adrien l'aperçut, lui cria quelque chose qui se perdit dans le brouhaha joyeux des voix.

Daisy enfila ses gants, chercha des yeux Louis Lacaz.

– Louise, vous avez vu passer M. le baron ?

– Je crois, Madame, que ces messieurs sont toujours dans le petit salon.

Daisy se précipita.

– Louis, enfin, venez-vous ? La demie va bientôt sonner, nous...

Le reste de la phrase lui resta dans la gorge.

Les deux hommes étaient au milieu de la pièce face à face.

C'était Daniel qui parlait.

– ... votre honneur ! Lacaz, je sens que si vous commencez à employer les grands mots, vous allez m'ennuyer. N'insistez pas. Je n'ai nullement l'intention d'en faire état vis-à-vis de quiconque, cependant vos affirmations ne modifient en rien ma conviction. Je vous ai vu. Vous ne me ferez pas revenir là-dessus.

– En somme, vous insinuez que je suis un menteur, observa Louis Lacaz d'une voix traînante.

– Prenez-le comme il vous plaît.

– Eh bien, c'est moi, monsieur, qui vous traite de menteur... et plus ! Vous êtes une vipère, un...

– Louis ! Ça suffit ! s'écria Daisy.

Louis Lacaz négligea l'interruption.

– ... un être malfaisant, un traître ! Vous avez profité des événements pour me voler ma femme, vous avez piétiné notre amitié, encore que je doute que ce sentiment ait quelque signification pour vous, car...

– Louis ! Daniel, je vous en supplie, partez.

– Voudriez-vous, en plus, qu'il me traite de lâche ! Lacaz, où vous voudrez, quand vous voudrez, mais avant demain midi. Mon train est à une heure.

– Au petit jour, si cela vous convient.

– À merveille. Vous recevrez ce soir la visite de mes témoins.

Daisy, horrifiée, vit Daniel s'incliner devant elle, disparaître.

Louis Lacaz lui présenta son bras.

– Eh bien, n'étiez-vous pas pressée ? Allons.

Le sang bourdonnait à ses tempes, son cœur battait avec violence, ses genoux tremblaient.

À droite et à gauche des portières glissaient des terrains vagues, des jardins maraîchers, des groupes de maisonnettes, s'intercalant avec les grilles de quelque bel hôtel ou le paysage culbuté d'un chantier de construction. L'annexion de Monceau, qui serait présentée à l'approbation de la Chambre l'année prochaine, incitait de nombreux Parisiens à se déplacer. La proximité du parc, la tranquillité, l'espace les tentaient. Et la spéculation allait bon train.

Daisy dit brusquement :

– Louis, j'exige que vous alliez rue Saint-Honoré présenter des excuses à Daniel dès que nous aurons terminé aux Tuileries. Vous battre avec lui. Mais ce serait un assassinat !

– Quand on ne sait pas tenir un pistolet, on ne provoque pas les gens. Il n'avait qu'à reconnaître ses torts. Si je le tue, il l'aura cherché. Et je vous dirai comme lui : Ceci ne vous regarde pas. Les hommes règlent ce genre d'affaire entre eux. (Il ricana.) D'ailleurs, pourquoi êtes-vous si pessimiste ? Un duel a ses hasards. Rotran est l'offensé, il tirera le premier. Il a une chance de faire mouche. Ce sera très bien ainsi.

Les façades s'allongeaient à présent en ligne continue. Derrière les vitres embuées par le froid, des lumières commençaient à clignoter. Il y avait peu de circulation.

Quand la voiture déboucha devant l'église de la Madeleine, Daisy rompit le silence.

– Je vais vous quitter, Louis. Je ne veux plus vivre avec vous, je ne peux plus.

Louis Lacaz eut un rire bref.

– Nous voilà vraiment en heureuses dispositions pour voir l'Empereur. Me quitter ? Et vous irez où ? Rejoindre à Stockholm le duc de Nhuys ? Il vous l'a demandé ?

– J'irai rue du Bac.

– Alors, vous renonceriez à Monceau ?

Elle tourna la tête vers lui, mais ne rencontra que son profil. L'œil regardait droit devant.

– Oui, Louis, je renonce, dit-elle. C'est, ce me semble, la seule décision honnête pour vous et pour moi. Nous n'aurions jamais dû reprendre la vie en commun. Nous sommes trop différents de ce que nous étions. Et n'essayez plus de me menacer. Vous ne pourrez rien contre moi. Je n'ai nulle intention de renouer avec Paul de Nhuys. La position qu'il occupe aujourd'hui me l'interdit.

– Vous menacer ?

Il eut le même rire.

– Je n'ai fait que vous raisonner, Daisy. Mais maintenant faites ce que vous voulez. Si vous saviez comme je m'en fiche !

On arrivait.

La voiture roula sous l'arc du Carrousel, passa devant les deux guérites abritant les fonctionnaires à cheval, s'arrêta devant le pavillon de l'Horloge.

Louis Lacaz aida Daisy à descendre.

Des buées montaient du fleuve. L'humidité la fit frissonner. Debout, elle se découvrait sans forces. « Pour votre première sortie, madame la baronne, avait dit le médecin, je vous conseille un joli tour de promenade au bois de Boulogne. » Un joli tour de promenade ! Daisy retint un ricanement.

Les gardes étaient prévenus. L'un d'eux courut chercher M. Mocquard.

Les appartements privés de l'Empereur, au rez-de-chaussée, à gauche, en direction du pavillon de Flore, s'ouvraient par le salon des Huissiers, auquel succédait celui des Aides de camp.

Louis Lacaz désigna les aigles fixées au mur par des anneaux de bronze.

– Regardez, Daisy. Voici les aigles des régiments de la garde impériale. Les jours de prises d'armes, c'est aux Cent-Gardes que revient l'honneur de venir les prendre pour les remettre aux porte-aigles des Corps.

M. Mocquard opinait.

Elle, elle ne voyait rien, elle avançait, poussant ses réflexions. Sans doute l'Empereur allait-il offrir le grade de colonel à Louis. Chacun à sa place. Lui à l'armée; elle, rue du Bac. Sa famille, Baby,

Courtois, Céleste, thé et muffins, une vie douce, sans heurts, sans surprise, que l'on déguste à petites cuillerées comme de la confiture de roses... Le soulagement qu'elle eût normalement ressenti s'effondrait devant la perspective du duel... Elle résolut après l'entrevue de se faire conduire à l'hôtel Maubrun. Son père, Achille auraient peut-être une idée, une idée d'homme. Mais elle se rappela brusquement qu'ils étaient partis chasser dans le Loiret sur l'invitation des parents de Luce Grandmaison, qui y possédaient un domaine. Maudite Luce !

Pour traverser la salle du Conseil, on contourna la grande table recouverte de velours vert. Les doubles rideaux n'étaient pas encore tirés. À travers une brume de mousseline s'esquissaient les rampes de l'escalier à double révolution accédant aux jardins.

M. Mocquard les laissa dans le salon des Journaux. La soie dont étaient tapissés les murs ajoutait aux lumières une note rougeâtre. Louis Lacaz se planta devant la bibliothèque. Daisy s'assit, tâcha de se concentrer sur le moment présent. Elle penserait plus tard, on ne pense pas à ses problèmes devant l'Empereur, on déploie sa grâce, on est belle, on sourit.

Et c'est ce qu'elle fit lorsqu'ils furent introduits par Mocquard dans le cabinet de Napoléon III et que celui-ci vint à sa rencontre et la mena lui-même à l'un des fauteuils placés face au bureau, un gros meuble à bronzes massifs, derrière lequel il s'installa.

Après quelques courtoisies sur la santé de Daisy, il se mit à jouer avec une tabatière en or, ouvrant et fermant le couvercle.

On attendait.

Le feu ronflait dans la cheminée. Daisy se dégagea de ses zibelines, elle avait chaud, l'estomac barbouillé. Le ragoût d'huîtres, les truffes au champagne et la gigue de chevreuil composaient un savoureux déjeuner d'anniversaire, mais n'étaient pas les plats appropriés pour affronter un après-midi de cette sorte. Le bruit que faisait l'Empereur avec le couvercle de la tabatière exaspérait ses nerfs, et elle se sentait impressionnée par le silence et par cet air grave, préoccupé, qu'il arborait depuis qu'il s'était rassis. Ce n'était pas l'accueil qu'elle avait prévu.

Enfin, il lâcha la tabatière, sortit un papier d'un tiroir, posa la main dessus.

– Pietri, notre préfet de police, m'a apporté ceci hier soir. Avant que le document soit transmis pour instruction aux autorités militaires, j'ai voulu par amitié, chère baronne, vous en donner connaissance à tous les deux. Cette lettre émane d'une certaine dame Djarizé. Elle prétend, monsieur, vous avoir rencontré en Crimée ?

– C'est exact, Sire, dit Louis Lacaz.

– Elle prétend également vous avoir soigné après la bataille de Balaklava ?

– En effet, Sire.

– Ce pourquoi elle soutient qu'à part quelques jours de coma, dû à la gravité de vos blessures, vous n'avez jamais perdu la mémoire et donc que votre amnésie aurait été simulée. L'accusation est d'une portée extrême, vous ne l'ignorez pas.

– Cette personne ment, Sire.

Daisy pressa ses mains l'une contre l'autre.

– Louis, vous ne devez rien cacher à Sa Majesté. Mais, peut-être, ce me sera plus facile qu'à vous. Sire, la comtesse Djarizé a eu une liaison avec mon époux en Crimée. Elle l'a suivi lorsqu'il est rentré en France, s'imaginant... Toute femme amoureuse bâtit des rêves. À Paris, mon époux a retrouvé son existence. Cette dame ne l'a pas admis, et elle n'a cessé depuis de l'importuner.

J'en suis témoin. Elle est allée jusqu'à faire scandale au bal costumé que j'ai donné en octobre dernier et à m'aborder en pleine rue pour me conter ses désillusions. Aussi puis-je assurer à Votre Majesté que le comportement de la comtesse Djarizé à l'égard de mon époux frise l'hystérie et que ses déclarations ne sauraient être prises en considération. D'ailleurs, le caractère même de l'accusation prouve sa déraison. Feindre l'amnésie ! Pourquoi ? C'est à la fois grotesque et infâme.

Louis Lacaz inclina la tête.

– Je crois, Sire, n'avoir rien à ajouter aux paroles de la baronne Lacaz. Elle a parfaitement situé mes rapports avec cette personne.

Le regard de l'Empereur se dirigea vers lui.

– Quelle chance vous avez, monsieur, de posséder une épouse assez intelligente pour accepter certaines choses sans s'en formaliser. Cette lettre, puisque vous me mettez à l'aise, ma chère amie, est en effet la déposition d'une femme très éprise et violemment déçue. Elle crie vengeance sans fard, vous accusant en sus, monsieur, d'avoir récemment voulu attenter à sa vie, ce qui l'a amenée, argue-t-elle, à vous dénoncer.

– La vilenie se cherche toujours des excuses, observa Louis Lacaz.

– Eh bien, je pense que ce sera tout.

L'Empereur agita une sonnette.

– J'ai jugé préférable, monsieur, que vous soyez averti.

Comme Louis ne disait rien, Daisy se hâta :

– Sire, nous vous sommes infiniment reconnaissants. Pouvons-nous espérer que, grâce à votre bienveillance, cette lamentable affaire ne fera pas plus de bruit qu'elle n'en mérite ? Tout ce qui touche à la période durant laquelle il a vécu en Crimée affecte si cruellement mon époux !

– Je crains, hélas ! que l'enquête que seront obligées d'ordonner les autorités militaires ne l'y ramène. On aura besoin de vous, monsieur.

– Cela va de soi, Sire.

Mocquard entra.

Daisy et Louis Lacaz se levèrent.

L'Empereur aussi.

– Mocquard, raccompagnez M. le baron. Madame, je vous prierai de m'accorder encore quelques instants.

Il l'entraîna devant le feu – « Venez, c'est mon coin favori » – l'installa dans un fauteuil en velours rouge semblable à celui qu'elle venait de quitter, approcha le sien, un grand siège en cuir vert à oreillettes, prit une main qu'il n'était pas question de lui refuser.

– Ma très chère, jamais nous n'avons été si seuls et, en un autre moment, sans doute en aurais-je tiré avantage pour vous faire apprécier mes sentiments.

Elle le scrutait, ne comprenant pas où il voulait en venir.

– Daisy, Pietri sachant l'amitié en laquelle je vous tiens a interrogé lui-même la dame Djarizé. Elle n'est d'ailleurs pas en règle avec les statuts déterminant les conditions de séjour des étrangers sur notre sol et sera reconduite à la frontière dès qu'aura eu lieu sa confrontation avec le baron Lacaz.

– Une confrontation est nécessaire ?

– Il se doit de réfuter ses dires. Daisy, le souci de votre bonheur me force à parler. Quelque chose dans l'attitude de votre époux me chagrine. Je connais les hommes. Un ancien officier que l'on traite de déserteur…

Daisy eut un haut-le-corps.

– Déserteur !

Il dit doucement :

– Mais oui. C'est de cela qu'il s'agit. Bref, tout militaire accusé de cette énormité va réagir avec violence et, même en présence de son souverain, être incapable, il me semble, d'observer le ton mesuré du baron Lacaz, à moins de s'attendre à cette révélation et d'espérer qu'en l'accueillant avec dédain nous ferons de même. Je souhaite me tromper.

– Déserteur… répétait Daisy.

Elle se dressa.

– Sire, ces années ont fait de mon époux un homme dur, amer, renfermé. Je vous l'avoue, nous nous entendons mal, je songe à une séparation. Mais, sur ce point, je peux jurer à Votre Majesté qu'il vénérait sa fonction, il y apportait son orgueil, sa foi, le meilleur de lui-même. Déserteur ? Allons donc, il eût préféré la mort mille fois…

L'Empereur pinça sa moustache, soupira.

– Étant donné la notoriété de la famille Lacaz, l'opinion va être grandement secouée. On ne pourra museler les journalistes… surtout ceux opposés à notre gouvernement. Je désirerais cependant tant que vous soyez épargnée.

Elle réussit un pâle sourire.

– La bonté que vous me témoignez, Sire, me sera un réconfort contre la malveillance.

– Sire… Sire… Louis-Napoléon ne vous paraît-il pas plus aimable ? Que diable ! laissez un peu l'Empereur, voyez l'ami ! Et l'ami vous dit ceci : s'il y a une parcelle de vérité dans cette dénonciation, nous allons au pire. Jugement, condamnation… Pensez à votre père, à votre sœur, au nom des Maubrun, à celui que vous portez.

Il pressa la main de Daisy.

– Chut ! On n'interrompt pas l'Empereur, et c'est lui maintenant qui vous parle. Une nouvelle guerre est proche. L'armée ne peut se permettre une tache sur son drapeau. Aussi ai-je décidé que cette lettre demeurera dans mon bureau jusque après-demain soir. Si votre époux a quoi que ce soit à se reprocher, qu'il s'en aille, qu'il abandonne la France, qu'il disparaisse. Après tout, il a bien déjà disparu pendant plus de trois ans. Ailleurs, sous un autre nom, il essaiera de se refaire un honneur. Moyennant quoi, l'affaire n'aura pas de suite, je m'y engage. Pietri est seul à la connaître. Quant à la dame Djarizé, nous avons des moyens de pression sur elle. Le baron Lacaz dispose de quarante-huit heures. C'est largement assez pour gagner une de nos frontières. Passé ce délai, les autorités militaires seront saisies. S'il est innocent, il restera.

Daisy le fixa droit dans les yeux.

– J'ai l'impression, Sire, que vous ne me dites pas tout.

– La dame Djarizé a affirmé à Pietri que le baron Lacaz et elle avaient quitté la Crimée dès la fin de la guerre... Le traité de paix a été signé ici même le 30 avril 1856. Ils sont venus à Paris, repartis pour l'Angleterre.

– Mais...

– Comme preuve, la dame Djarizé a exhibé à Pietri une lettre adressée à Londres par le banquier Lormel à votre époux. Elle la lui a subtilisée. Il faudra évidemment une expertise pour authentifier l'écriture de façon certaine. Mais il se trouve que Lormel est le banquier de Pietri. Pour lui, l'écriture est bien de celui-ci... Il semblerait donc que la passion ait motivé à l'origine la conduite de votre époux. Vous en informer n'était guère plaisant.

Louis Lacaz l'attendait à côté, dans le salon des Journaux.

Ils refirent le trajet en sens inverse. Un garde les escortait. Ils montèrent dans la voiture.

– Pourquoi l'Empereur vous a-t-il retenue ? demanda Louis Lacaz.

– Il m'a dit... Louis, pourquoi vous être acharné à accumuler les mensonges ? Et ne me racontez pas que c'était pour me préserver et autres balivernes de ce genre. Vous en étiez donc si amoureux ?

– Amoureux ? Amoureux de qui ?

– Vous n'avez jamais perdu la mémoire, n'est-ce pas ? Et si vous n'avez pas rejoint votre bataillon à Sébastopol comme le devoir vous l'ordonnait, c'est parce que Anna Djarizé vous en a empêché, parce que vous l'aimiez.

– Mais qu'est-ce que vous racontez ! Je vous interdis, vous m'entendez...

Une rage soudaine contractait sa figure. Il hurlait.

– Je vous interdis ! répéta-t-il encore. Aimer cette femme... ! Les femmes mettent l'amour à toutes les sauces, le cœur leur tient lieu de cervelle et de conscience. Me jugez-vous donc si misérable, si petit ?

– J'essaie de m'expliquer.

– N'essayez pas. Vous avez été très bien tout à l'heure devant l'Empereur. Je vous en remercie. Maintenant, s'il vous plaît, laissez-moi tranquille.

– Ah ! pardon, j'ai le droit de savoir ! Et d'abord, comment se fait-il ? Je croyais que vous aviez chargé Lormel d'éloigner Anna Djarizé.

– Elle a changé de domicile. Voilà plus d'un mois que nous la cherchons. Et si vous pensez que j'ai tenté de la supprimer, la réponse est non. Et je le regrette. De toutes les erreurs que j'ai commises, ce fut la plus désastreuse.

– Louis, l'Empereur...

– Bon Dieu, Daisy, taisez-vous ! Que vous importe ? Vous allez me quitter.

– Ça n'a rien à voir. Entre refuser de continuer

à vivre cette vie que nous vivons et vouloir vous aider...

– Personne ne peut m'aider.

Il disait cela d'une voix usée, fermait les yeux, se tassait dans l'angle de la banquette, et ce fut face à ce visage clos et muet qu'elle exposa l'offre de l'Empereur.

– Sa Majesté a dit : S'il est innocent, il restera. Sinon, il dispose de quarante-huit heures. Louis, je vous en prie, dites-moi...

Elle n'en tira plus une parole.

La nuit tombait. Les réverbères à gaz étaient allumés. Il y avait plus de circulation qu'à l'aller. Beaucoup de fiacres. Le grand roulement de la rue se ponctuait du cliquetis des harnais et des jurons des cochers dont l'haleine fumait. La clarté des lanternes moirait, en les dépassant, les glaces des autres voitures, se faufilait sans discrétion à l'intérieur. L'œil de Daisy enregistrait de-ci, de-là, deux têtes amoureusement rapprochées, des lèvres dessinant un éclat de rire, mais l'impatience de rentrer chez soi dominait, et elle enviait presque ces gens à l'existence probablement ordinaire et sans problème. Enfin, si, des problèmes, un bouton sur le nez, un rhume, une dispute, un rôti brûlé, des bêtises qui prennent l'allure de drame quand on est heureux.

Le rez-de-chaussée de l'hôtel Lacaz brillait de tous ses feux. Cet embrasement creusait d'ombres les étages supérieurs. Derrière, le ciel d'hiver se dressait.

En atteignant le haut du perron, Daisy s'arrêta, retint Louis par la manche.

– Louis, qu'allez-vous décider ? Je vous en supplie, parlez-moi, parlez-moi...

Sa voix montait.

Il se retourna.

– Daisy, nous n'allons pas nous donner en spectacle aux domestiques. Je vais dans la bibliothèque. Qu'on ne me dérange pas.

Il la dévisagea, ricana.

– Mais non. Ne craignez rien. Je n'ai pas l'intention de me supprimer. Je l'aurais déjà fait.

Il détacha les doigts de Daisy crispés sur son habit, poussa le battant.

De la musique, des rires d'enfants agressèrent Daisy.

Dans le hall régnait une température agréable. Les bois, les ors, les marbres, les tableaux, les bouquets étaient à leur place. Les draperies de velours n'avaient pas un faux pli. Cette ordonnance la choqua.

Elle abandonna sa cape aux mains d'un valet, courut après Louis Lacaz qui entrait dans la bibliothèque.

– Louis, attendez. Vous ne pouvez pas vous battre avec Daniel, ce serait malhonnête, vous le savez.

– Daniel ! ce cher Daniel ! C'est votre grande préoccupation, hein !

Elle dit avec colère :

– Ce n'est pas juste ce que vous dites là. Si je pouvais quoi que ce soit pour vous...

– Vous le pouvez. Laissez-moi réfléchir.

Il se pencha brusquement, lui toucha l'épaule.

– Pardonnez-moi, dit-il.

Elle écouta le bruit de la clef tournant dans la serrure.

Céleste arrivait du salon, hilare, s'essuyant les yeux à son tablier.

– Madame, Monsieur Adrien m'a bien recommandé... La représentation est commencée. On vous attendait. Madame va rire. Ces bestioles, je n'ai jamais rien vu de plus drôle ! Les enfants... Madame les entend ? Ah ! pour une fête, c'est une fête !

Céleste lâcha son tablier.

– Ça ne va pas, Madame Daisy ?

– Un peu fatiguée. Je n'ai plus l'habitude de circuler dans Paris.

– Ah ! j'allais oublier, dit Céleste. M. le baron est rentré avec Madame ? Mme Lacaz a demandé qu'on l'avertisse dès le retour de M. le baron.

– Où est-elle ?

– Au salon, bien sûr. Vous pensez ! Monsieur Adrien trépignait parce que vous n'étiez pas là. Il est quand même bien mignon. Il m'a permis d'assister à la représentation. Ce n'est pas Mme Lacaz... Je ne sais pas ce qu'elle a. Elle donne une fête et elle a l'air de quelqu'un qui porte un mort en terre depuis que vous êtes sortie avec M. le baron.

– Qu'est-ce que tu dis ?

– Je dis...

Daisy écarta Céleste, se dirigea vers le salon.

On avait éteint les lustres. Une rampe éclairait la scène. C'était comme une grande bouche de lumière ouverte sur l'obscurité. Entre les rideaux de satin vert et jaune que relevaient des tresses cramoisies, un décor de cirque miniature était dressé. Trapèze, anneaux, passerelles, et même une escarpolette. Deux petites guenons s'y balançaient, attifées en demoiselles, coiffées de capotes enrubannées. Entre leurs gants blancs, elles serraient un éventail. Deux singes, jaquettes à fines rayures, gilets à fleurs, chaînes de montre et breloques, hauts-de-forme, poussaient l'escarpolette. Ce mouvement plein de vigueur retroussait les jupes des guenons. Elles les rabattaient à grands coups d'éventail. Leurs grimaces déclenchaient les rires. Des frissons roses, des bruissements de soie agitaient la jeune assistance, les applaudissements crépitaient. Le montreur, M. Zaccari, un Italien, s'avançait, saluait.

Au premier rang, à côté d'Adrien, se tenait Mme Lacaz.

En apercevant Daisy, elle se souleva un peu sur sa chaise. Adrien, lui, se leva carrément, provoquant des murmures de protestation qu'il dédaigna.

– Tante Daisy, enfin ! Eh bien, vous en avez mis du temps. Si vous saviez...

– Chéri, tu me raconteras cela tout à l'heure. Ma mère, je pourrais vous parler ?

– Louis est là ?

Adrien s'interposa.

– Ah non ! Grand-mère, je vais bientôt tirer la tombola, vous devez voir ça. Tante Daisy, asseyez-vous. Vous m'avez promis. Vous voulez donc me gâcher mon anniversaire ? Déjà, vous n'étiez pas au goûter.

– Chéri, je t'ai dit : tout à l'heure. Sois gentil. Il faut que je parle à ta grand-mère.

Elles quittèrent le salon sur un air de polka. On avait enlevé l'escarpolette, apporté un piano mécanique. Les petites guenons aux bras de leurs cavaliers dansaient. On aurait dit des plumes tant leur grâce était légère.

Après cette animation, le silence de la chambre oppressait.

Dès les premiers mots de Daisy, la physionomie de Mme Lacaz s'était durcie. Elle avait à nouveau ce regard hostile qu'on ne lui voyait plus. Elle ne niait pas, elle disait : « Je ne sais rien. Ce n'est pas parce que Eugène Lormel est soi-disant au courant que je dois l'être » ou : « Adressez-vous à mon fils », le buste bien droit appuyé au dossier du fauteuil, les bras le long du corps, les mains à plat sur sa jupe de taffetas noir.

– Ma mère, comprenez-le. Il faut que je sache

ce qu'a fait Louis. Si nous voulons l'aider... répétait Daisy.

Cette résistance commençait à la désespérer.

Et elle songeait à redescendre et à tambouriner à la porte de la bibliothèque jusqu'à ce que Louis Lacaz la laisse entrer, lorsque Mme Lacaz eut tout à coup la même phrase que celui-ci : « Personne ne peut l'aider », et, disant cela, elle hocha la tête à plusieurs reprises, porta les mains à sa poitrine. Son visage se défaisait, se plissait comme un masque mal ajusté. Ne demeurait en place que l'œil fixe, la bouche béait, comme décrochée.

– Ma mère ! cria Daisy.

– Je le savais. Cette femme nous a apporté le malheur.

– C'est donc bien elle...

– Mais non, coupa Mme Lacaz. Elle s'est simplement trouvée là où elle n'aurait pas dû être. Toutes ces tortures que mon fils a endurées... Quand il est arrivé en avril voici deux ans, il nous a tout dit. Ce qu'il a fait ? Pauvre Louis ! Cela s'est passé à Balaklava durant la bataille. Souvenez-vous. La cavalerie anglaise a chargé[1] et s'est fait massacrer par les Russes.

Devant l'effroyable boucherie, Louis Lacaz prend peur pour la première fois dans sa carrière d'officier. La panique le paralyse. Ces quelques secondes, cette minute peut-être, qui s'écoulent avant qu'il ne soit capable d'exécuter les ordres, c'est-à-dire de se porter au secours des Anglais, les Russes l'exploitent. Du moins est-ce la conclusion qu'il tire, en voyant ses camarades tomber autour de lui. Lui-même tombe.

Blessé, amené chez le régisseur Tchoglokov, dès qu'il est en état de penser, le sentiment de

1. Ce fut la célèbre « Charge de la Brigade Légère ».

sa faute l'anéantit. La fièvre, la souffrance, la conjoncture grossissent avec démesure ce moment de faiblesse. Il s'imagine au banc de l'infamie, sa lâcheté étalée, jugée à la face du monde. Impossible ! Il souhaite mourir. Il survit. Alors, il décide de feindre l'amnésie. En annihilant le passé, il évite le déshonneur. C'est choisir une autre forme de châtiment.

Le temps passe, Sébastopol est pris, on entame à Vienne les préliminaires de paix entre la France, l'Angleterre et la Russie.

Louis Lacaz, réduit aux charités du brave Tchoglokov, ressent de plus en plus la misère de sa condition.

Un pauvre animal, avait-il dit quand il était apparu à Monceau, se rappela Daisy et, comme alors, la pitié lui mouilla les yeux. Sur un point, au moins, il ne l'avait pas trompée : sa détresse morale avait même certainement été bien pire que celle qu'elle supposait.

Regagner Paris devient une obsession. Paris, c'est l'inconnu. Louis Lacaz ignore le sort que lui réservera l'armée, mais il n'en peut plus, il prend le risque. Anna Djarizé s'impose. Il n'ose l'éconduire. Elle l'a veillé pendant qu'il était dans le coma et délirait, elle connaît son secret.

Ils s'en vont ensemble.

Couple boiteux.

Le voyage exalte la passion d'Anna. Les préoccupations de Louis sont autres, axées sur un futur où elle n'a pas sa place. Les sentiments dont elle déborde ? Il les évalue avec le mépris d'un homme pour qui toute femme qui cède hors mariage est de naturel dépravé, donc vénal. Une belle somme d'argent l'en débarrassera.

Paris.

Tandis que Louis et Anna se cachent rue de Londres, Eugène Lormel use de ses relations pour consulter les rapports officiels de la bataille de Balaklava et ceux concernant le commandant Lacaz. Rien. Aucune mention de cette défaillance dont il a fait un crime. Au contraire, des éloges. Ses supérieurs ont été unanimes à déplorer son décès et à vanter sa loyauté, sa valeur.

– Le compte rendu d'Eugène Lormel le désespéra plus que s'il avait été porté coupable. Nous avons cru qu'il allait devenir fou. Ce fut abominable.

Louis Lacaz apprend également le remariage de Daisy avec Daniel de Rotran.

– J'étais la première, ma fille, je l'avoue, à condamner votre conduite. Eugène et moi avons conseillé à Louis de jouer sur l'amnésie et de réclamer ses droits. De tels cas ne sont sans doute pas fréquents dans les annales de l'armée, mais ils existent. Et, en étudiant la conjoncture et la position sociale de mon fils, quel motif aurait-on eu de douter de sa parole ? Aucun. Absolument aucun. Mais Louis, pour les raisons que je viens de vous expliquer, était très ébranlé, il ne se sentait pas la force d'affronter la commission militaire ni, surtout, le marquis de Rotran. Il répétait que le marquis était l'intime de l'Impératrice, qu'il avait l'intelligence féroce, qu'il remuerait ciel et terre pour vous garder, et que s'attaquer à lui équivalait à courir tout droit au peloton d'exécution... Ce fut sa grande erreur. On n'eût jamais pu prouver à ce moment-là qu'il avait déserté.

Louis Lacaz et Anna Djarizé quittent Paris, gagnent l'Angleterre. Eugène Lormel pourvoit à leurs besoins. Ils vivent bien. Cependant, Louis se morfond. L'amour d'Anna l'étouffe. Les Anglais l'exaspèrent. Après avoir retrouvé la France, ce nouvel exil lui pèse encore plus que le précédent.

Lorsqu'on annonce la séparation prochaine de

Daniel de Rotran et de Daisy, il décide de réapparaître.

– Notre carte maîtresse, c'était vous, ma fille. Pardonnez-moi de vous le dire si crûment, mais quand l'Empereur convoite une dame de la cour, cela se sait. Nous le savions. Nous savions que vous jouissiez de ses faveurs et que cette protection s'étendrait jusqu'à Louis et musellerait toute curiosité intempestive. Pour cela, il était indispensable que vous repreniez la vie commune.

– Alors, quand il disait qu'il m'aimait... Me faire du chantage aux sentiments avec un tel aplomb !

Mme Lacaz soupira.

– À force de feindre, l'habitude se prend. La dissimulation est devenue sa seconde nature, son refuge. Le cœur, là-dedans... Chez Louis, le mécanisme est détraqué. Même moi, sa mère, il ne m'aime plus. Mais vous, peut-être. Il était si heureux d'avoir cet enfant. Pauvre Louis. Son orgueil l'a perdu. Quel soldat n'a jamais eu peur ? Le courage, c'est précisément d'avoir peur et de s'en arranger. Louis ne l'admettait pas. Et il a sous-estimé cette Russe. Il disait : « Elle, me dénoncer ? Elle se tuerait pour moi. » Quand il a compris le danger, il était trop tard. Le malheureux... Ah ! qu'il m'aura fait souffrir !

Daisy s'était levée, marchait de long en large.

– Vous m'en voulez, chuchota Mme Lacaz. Mais que pouvions-nous faire d'autre ? C'était mon fils. Et vous m'indifériez. Depuis, j'ai eu bien des remords. Vous vous êtes révélée si gentille, si affectueuse.

Daisy coupa :

– L'important, c'est Louis pour l'instant. Quand il est revenu ici, je l'ai averti : je ne l'aimais plus. J'ai eu cette honnêteté. Pour obtenir mon accord, il s'est servi d'arguments inqualifiables. Néanmoins, aujourd'hui... Dans notre famille, on ne règle pas ses comptes avec un homme à terre. Je l'ai aimé. Lui aussi, je crois, m'a aimée, et si je peux faire quoi que ce soit...

– Vous ne pouvez rien. Je le connais. Il est à bout. Ce secret le mine depuis trop longtemps. Et repartir... Il préférera tout confesser.

– Tout confesser ? (Les yeux de Daisy étincelèrent.) Il n'a pas le droit ! s'écria-t-elle. Il s'est fait assez de mal, il nous en a trop fait. Tout confesser ? Jamais, vous m'entendez ! Je ne le lui permettrai pas, et il va bien falloir, cette fois, qu'il m'écoute.

25

Au bas des marches, il y avait Courtois.

– Madame Daisy...

– Tout à l'heure !

– Si vous allez chez M. le baron, il a de la visite. M. le duc de Nhuys et le comte de Montluc.

Daisy s'immobilisa.

– Le duc de Nhuys ?

– Ces messieurs sont envoyés par M. le marquis de Rotran. M. le baron devait les attendre. Il m'a ordonné de les introduire tout de suite dans la bibliothèque.

– Il y a longtemps ?

– Cinq minutes, à peine.

Courtois considéra Daisy avec désapprobation.

– Vous feriez mieux de remonter vous étendre, dit-il. Vous avez une mine ! M. Sosthène serait furieux s'il vous voyait. Mais que se passe-t-il donc dans cette maison ?

– Il se passe que M. le baron a injurié M. de Rotran. Ces messieurs sont ses témoins. J'espérais convaincre M. le baron de se rétracter, mais maintenant...

Daisy s'interrompit.

De toutes les portes débouchaient des enfants. La tombola devait être terminée. Ils avaient des figures béates, un peu ahuries, et le brusque passage de la pénombre aux lumières leur plissait les yeux.

Daisy n'eut pas le temps d'éviter Adrien.

– Où est Grand-mère ?

– En haut, chéri. Elle se repose.

– Tante Daisy, je suis très, très fâché contre vous. Vous n'êtes même pas descendue pour la tombola. C'était magnifique ! Je vais chercher Grand-mère. Mes amis désirent la remercier et lui dire au revoir.

– Ta grand-mère est fatiguée, Adrien.

– Mais c'est MON anniversaire. Que vont penser mes amis ?

Adrien dévisagea Daisy, opta pour un petit ton câlin.

– Tante Daisy, puisque vous ne voulez pas qu'on dérange Grand-mère, vous savez ce que vous feriez si vous étiez vraiment très, très gentille ?

Il l'entraîna au pied de l'escalier, se plaça à côté d'elle. « Juste où vous étiez avec Oncle Louis pour recevoir vos invités au bal costumé, Céleste m'a montré. » Il avait oublié son indignation, il se pavanait. Aux petites filles, il annonçait avec solennité : « Voici ma tante Daisy. C'est la plus jolie dame de la cour. » Les gamines faisaient la révérence, assez embarrassées par la somptueuse poupée que chacune tenait entre les bras.

Ces poupées, Daisy les avait choisies avec Mme Lacaz chez Giroux. Elles avaient des robes de couleurs différentes, un triple jupon de dentelle d'or, des bracelets, des colliers, des bas de soie, des souliers vernis, et leurs anglaises étaient en vrais cheveux. Le premier prix de la tombola consistait en une garde-robe complète serrée dans une malle-armoire capitonnée de cretonne rose à fleurs. Lorsque Giroux la leur avait proposée, Mme Lacaz s'était exclamée : « Mon Dieu, avoir dix ans et connaître son bonheur ! » Daisy s'en souvint soudain. Elle essaya d'imaginer Mme Lacaz enfant, une fillette comme celles-ci, remuante, très gaie, la peau tendre, des fossettes. Elle n'y parvint pas.

Elle avait résolument accroché un sourire à ses lèvres, elle répétait d'une voix mécanique : « Je suis contente que la fête vous ait plu, il faudra revenir », la phrase tombait comme une bénédiction sur les petites têtes brunes, blondes et rousses qui défilaient devant elle, elle n'en voyait aucune, toute son attention se concentrait sur la bibliothèque, et elle enrageait de ce code ridicule qui lui interdisait de s'immiscer dans une situation que les hommes s'arrogent, seuls, le soin de régler.

Se battre avec Daniel !

Une autre *affaire d'honneur* attendait Louis, et combien plus urgente !

Le hall ressemblait à une volière. Ivres de gourmandises et de rires, les enfants échappaient au contrôle de leurs gouvernantes. Enfiler les capes, les petits pardessus, relacer les bottines, boutonner les gants, vérifier les coiffures était toute une histoire. On avait appelé les femmes de chambre à la rescousse. L'air s'échauffait de tant de gestes, de tant de protestations, de tant de gaieté. Daisy avait les paumes moites, mal au cœur.

Adrien continuait les présentations.

– Nicolas Trousseau. Nicolas est mon meilleur ami, Tante Daisy. Nous sommes dans la même classe au lycée Bonaparte. Devinez ce que Nicolas a gagné à la tombola ?

– Je ne sais pas. Une poupée ?

Les deux petits garçons s'esclaffèrent.

– Tante Daisy, où avez-vous la tête ? Les poupées, c'est pour les filles. Nicolas a gagné...

Courtois traversa le hall, poussa la porte de la bibliothèque.

Daisy marmonna : « Au revoir, Nicolas », et se hâta.

Le comte de Montluc parut. C'était un homme d'âge, ami du père de Daniel. On avait toujours l'impression devant lui d'être trop décolletée, trop peinte et de dégager un parfum de soufre.

Paul de Nhuys suivait.

Elle dit avec précipitation :

– Ce duel ne saurait avoir lieu. Il faut l'empêcher. Ne partez pas. Je vais parler à mon époux.

La figure du comte de Montluc s'allongea encore.

– Madame, une dame n'a pas qualité pour...

Paul coupa :

– Mon cher comte, au lieu de donner une leçon d'éthique à la baronne Lacaz, rassurez-la plutôt. Ma chère, le baron Lacaz s'est rétracté. Il nous a chargés de présenter ses excuses à Rotran. J'aime mieux ça. Cette rencontre ne me plaisait pas du tout. Rotran manie les armes comme moi la houe ou la serpette.

Le comte de Montluc prit congé. Un rendez-vous urgent. Daisy ne le retint pas.

Elle se sentait déséquilibrée avec cette grande peur en moins. Celle-ci, en s'en allant, la laissait stupide, les jambes coupées, la tête creuse. Elle cherchait à retrouver la colère, l'élan qui l'avaient jetée hors de la chambre. Les mots, alors, venaient tout seuls. À présent, elle regardait Paul. Elle n'avait plus de mots.

La cohue les isolait. Paul prit sa main. Des exclamations fusaient, tissant autour d'eux un climat d'indifférence complice.

– Octave, n'oubliez pas vos gants.

– Ma poupée ! Mademoiselle, Antoine m'a pris ma poupée !

– Constance, si vous ne vous laissez pas peigner,

je le dirai à Madame votre mère. Vous serez corrigée.

Ces banalités avaient quelque chose de rassurant qui engourdissait Daisy. Elle savait qu'elle aurait dû renvoyer Paul, rejoindre Louis Lacaz dans la bibliothèque. Elle restait, ses doigts enlacés aux siens, enfouis dans les volants plissés de sa jupe.

– Tante Daisy ! Tante Daisy ! cria à tue-tête Adrien.

– Sacrebleu ! dit Paul. N'y aurait-il pas un endroit où nous pourrions être tranquilles deux minutes ? Corinne m'avait dit que tu t'étais très bien remise. Qu'est-ce que tu as ? Qu'est-ce que t'a encore fait Lacaz ?

– Paul, il est préférable que vous partiez. Dites à Daniel combien je me réjouis...

– Eh bien, tu n'en as pas l'air !

– Tante Daisy !

Paul lâcha sa main.

– Tante Daisy, vous venez ? dit Adrien.

Il considéra Paul de Nhuys avec curiosité.

– Mon neveu Adrien Lormel, en l'honneur de qui nous donnons cette petite fête, dit Daisy.

– Tante Daisy...

– Laisse ta tante, Adrien. Ça suffit.

– Ah ! Louis !

Depuis combien de temps les observait-il ?

– Louis, justement, j'ai...

– Monsieur le duc, pourriez-vous m'accorder encore quelques instants ? Daisy, venez aussi, s'il vous plaît.

Le capitonnage en cuir de la porte étouffait tout bruit. La pièce était belle, mais sévère. De hautes et larges bibliothèques protégeant derrière leur fin grillage et leurs rideaux de soie un peu passée les milliers d'ouvrages accumulés par le banquier Lacaz, un mobilier de poirier noirci, des fauteuils tapissés dans le même velours vert bouteille que les tentures, des vitraux de couleur. Une seule lampe, à pied d'argent, brûlait, traçant un rond de lumière autour du bureau placé en angle près de l'une des deux fenêtres.

Louis Lacaz ne songea pas à offrir un siège.

Il dit aussitôt, s'adressant à Daisy :

– Vous étiez en train de le mettre au courant ?

– Non. Évidemment que non. Pourquoi le ferais-je ? En revanche, je viens d'avoir une conversation avec votre mère. Elle m'a tout raconté.

– Ah ? Ma foi, ça simplifie.

– Ma chère, je vais me retirer, dit Paul. Vous avez à discuter avec votre époux. Cela ne me concerne pas.

Louis Lacaz se tourna vers lui.

– Cela vous concerne puisque cela la concerne, elle. Laissons tomber l'hypocrisie, voulez-vous ?

– Tout à fait d'accord.

– Louis, à quoi cela rime-t-il ? s'écria Daisy. Le temps passe et...

– Vous êtes pressée ? Moi, pas. Pour aller au ministère de la Guerre, il ne me faut pas plus d'une demi-heure. De toute façon, à cette heure-ci, le ministère est fermé, cela me laisse jusqu'à demain matin.

– Vous n'irez pas !

– Monsieur, dit Paul, je n'ai pas pour habitude de tenir les rôles muets. Et si vous disposez de votre soirée, on m'attend chez la princesse Mathilde. Je devrais déjà y être. Ou vous cessez de parler par énigmes ou...

– Vous aimeriez peut-être un verre de porto ou de madère ?

– Non, merci.

– Je boirai donc seul. Mais asseyez-vous, asseyez-vous, monsieur le duc, je vous en prie.

– On m'attend, je vous l'ai dit.

Louis Lacaz alla jusqu'au guéridon, se servit, revint, éleva son verre.

– Daisy, je salue votre choix. On ne peut le nier, M. le duc de Nhuys est ce que l'on fait de mieux.

Il but le verre d'un trait, reprit :

– Monsieur, on dit à Paris que vous êtes toujours le premier instruit des événements grands et petits. La primeur de l'information que recevra demain la presse vous revient donc. Daisy, dites-lui, expliquez-lui. Je vais devoir répéter tant de fois mon histoire. Vous ne voulez pas ? Il faudra pourtant vous y accoutumer. Après-demain, sachez-le, monsieur le duc, on pourra lire dans tous les journaux que le commandant Lacaz a déserté durant la guerre de Crimée et qu'après avoir assez joliment berné son monde il a décidé de se rendre aux autorités militaires afin d'expier son crime. Le texte est un peu bref, mais faisons confiance aux journalistes pour les détails.

– Taisez-vous ! Je vous défends, vous n'irez pas ! cria Daisy. Un crime ? Paul, ne l'écoutez pas. Il n'est coupable que de trop de scrupules, de trop d'honneur.

– C'est un point de vue de femme, dit Louis Lacaz. L'armée a une plus stricte conception du devoir.

– Le devoir ! Et ceux que vous avez envers moi, envers votre famille, envers la mienne ? Jamais, chez les Maubrun, même par alliance, il n'y a eu de déserteur. Si vous avez des torts, Louis, c'est vis-à-vis de moi. Le reste n'est que le résultat d'une lamentable conjoncture. Le sort de la guerre n'a pas changé à cause de vous; le mien, si. Vous n'aviez pas le droit de me mêler à votre supercherie. Pourtant, vous l'avez fait délibérément. Aujourd'hui, vous abandonnez, vous parlez d'expiation, cette nouvelle folie paraît presque vous complaire. Qu'ai-je à expier, moi, et mon père, et Charlotte ? N'en avez-vous donc pas assez fait ? Souhaitez-vous, en plus, m'imposer les abominations d'un procès, votre condamnation, votre supplice ? Mais en quoi me croyez-vous donc faite ! Et votre mère ? Elle ne résistera pas. Si vous l'aimez, si vous m'avez aimée un peu, vous devez accepter le salut que l'Empereur vous offre. Votre fortune vous suivra. Avec ces moyens, vous pouvez vous refaire n'importe où une existence.

Louis Lacaz ricana.

– Et laisser la place à M. le duc de Nhuys ? Daisy, ne venez pas me parler de ma mère, de son chagrin, de la honte que ma décision fera rejaillir sur votre famille. Soyez plus franche. La raison essentielle est ailleurs. Si je disparaissais, quel soulagement ! Discrétion, silence. Vous pourriez étaler vos amours au grand jour sans nuire à la sacro-sainte carrière de M. le duc de Nhuys. Tout serait pour le mieux dans le meilleur des mondes, n'est-ce pas, monsieur le duc ? N'EST-CE PAS ?

– Je vous entends, monsieur. Inutile de hurler. Je ne sais exactement ce dont vous vous êtes rendu coupable, encore que le portrait d'un déserteur ne corresponde guère à l'idée que je me faisais de vous. Mais, pour répondre à votre question, il est incontestable que vous n'êtes plus du tout l'homme qui convient à Daisy, et vous le savez.

Les mains de Daisy se mirent à trembler, elle les accrocha à sa jupe.

– Louis, je vous le jure, sur la tête de mon père, sur celle de Charlotte, je n'ai pas pensé une seconde...

– Moi, si. Depuis que je vous ai vus tout à l'heure tous les deux ensemble, je ne pense même qu'à ça, figurez-vous. Et je vais plus loin. Que je disparaisse, à ma manière ou à la vôtre, lui, il sera toujours là, et vous continuerez à le regarder avec cet... cette expression que vous aviez jadis pour moi et que vous n'avez plus. C'était déjà assez désagréable de savoir qu'il m'avait précédé avant que je revinsse à Monceau, mais savoir qu'il me succédera dès que je m'en irai, ça, ça dépasse les limites de l'acceptable. On m'a retiré jusqu'au goût de vivre, et ce monsieur qui a tout vous aurait en sus ! Avouez que ce serait un peu trop. Je ne le supporterais pas. Aussi allons-nous régler cela. Monsieur, je pense, étant donné les circonstances, que vous serez d'accord pour que nous abrégions le cérémonial d'usage ? Au pistolet ou à l'épée, à votre choix. J'ai ouï dire que vous excelliez aux deux. Moi, de même. Ce sera un plaisir.

Daisy poussa un cri.

– Louis ! Mais vous êtes complètement fou ! D'abord, Daniel. Et maintenant, maintenant...

– Daisy, s'il vous plaît...

Les lèvres de Paul esquissèrent ce mince sourire qui n'atteignait pas ses yeux et donnait à sa physionomie un grand air de dédain.

– Navré de vous décevoir, Lacaz. Je ne me battrai pas avec vous. Vous servir d'exutoire parce que vous en voulez à la terre entière... Non, merci. Si vous êtes las de l'existence, j'ai tout fait jusqu'à présent pour en être content. Je ne la risquerai pas pour satisfaire ce que j'appellerais un caprice. Je ne me sens pas offensé, mais très flatté au contraire par ce que vous venez de dire, je n'ai donc aucun motif de me battre. Et vous tuer... car vous devez bien penser que si je me battais j'essaierais de mettre la chance de mon côté et elle m'a été, en général, favorable. Vous tuer ? J'en ai tué d'autres qui m'étaient plus sympathiques, des gens agréables, spirituels, avec qui j'avais partagé de bons moments et que j'aurais préféré avoir à ma table qu'au bout de mon pistolet. Vous tuer ne me dérangerait pas du tout, je vous l'assure. Mais il y a Daisy. Mes sentiments pour elle vont bien au-delà de ce que vous pouvez concevoir, je me refuse à mettre entre nous ce souvenir gênant.

– Vous refusez de vous battre ?

– Comment faut-il donc vous le dire ?

– Auriez-vous peur ?

Paul haussa les épaules.

– Si vous vous imaginez qu'en m'insultant... Il n'y a que les sots pour répondre à ce genre de provocation. Adieu, monsieur. Venez, Daisy. Ne restez pas ici.

– Je vous interdis de vous approcher de ma femme. Daisy ! écartez-vous de ce foutu bâtard ! Je...

Louis Lacaz se tut. Daisy le vit courir jusqu'au bureau, ouvrir un tiroir, en sortir un pistolet, le braquer sur Paul. Tous ces mouvements exécutés avec une telle rapidité qu'ils semblèrent se fondre en un seul. Il était là, à côté d'elle, près du fauteuil, il gesticulait, il vociférait. Et, brusquement, le mufle noir de ce pistolet dans sa main.

Paul s'était figé.

Le regard de Daisy remonta avec précaution jusqu'au visage de Louis Lacaz. La clarté de la lampe l'éclairait d'une blancheur crue. Les yeux luisaient au fond de deux trous d'ombre.

Il va tirer, il va le tuer, pensa-t-elle, et, ayant admis cela, elle se sentit très calme, très froide, sa panique cessa, car il y avait une façon d'arrêter cette fureur meurtrière, une unique façon de ramener Louis à la raison, et elle savait laquelle, elle le savait depuis qu'ils étaient entrés tous les trois dans la bibliothèque.

Elle se raidit, avança en direction du bureau.

– Puisque vous refusez de vous battre, monsieur le duc, vous ne me laissez d'autre choix que vous supprimer.

La voix de Louis se croisa avec celle de Paul.

– Lacaz, posez cette arme. Vous avez commis... Peu importe, je m'en moque, je ne juge personne, aucun homme ne se sent la conscience tout à fait nette quand il regarde derrière lui. Mais abattre quelqu'un de désarmé, c'est comme lui tirer dans le dos. Êtes-vous capable de me tirer dans le dos, Lacaz ? Je vous accuserais volontiers de manquer d'élégance, mais capable de ça, non, je ne le crois pas.

– On ne sait pas soi-même de quoi on est capable.

Louis Lacaz releva le chien du pistolet. On entendit un petit claquement sec.

Daisy dit très vite :

– Vous n'avez pas à faire ça, Louis. Je partirai avec vous, où vous voudrez.

– Daisy ! cria Paul.

Sans le quitter des yeux, Louis Lacaz murmura :

– Vous l'aimez donc tant.

À ce moment précis, les gonds de la porte grincèrent.

L'oreille de Daisy enregistra le bruit. Louis s'en était plaint la semaine précédente. Elle songea machinalement que les valets avaient mal fait leur travail, qu'il faudrait le signaler à Courtois...

– Tante Daisy...

Elle fit volte-face.

Un sourire gonflait les joues d'Adrien. On ne voyait que ce sourire et, au-dessus, son regard ensoleillé. Sa petite personne s'enfouissait sous un énorme bouquet de roses blanches qu'il tenait à deux mains.

– Tante Daisy, c'est pour vous. J'ai cueilli toutes les roses qui étaient sur la table du goûter.

Il rit.

– Céleste m'a grondé, mais, après tout, c'était mon goûter, elles étaient à moi, ces roses. J'ai fait le bouquet moi-même. Il est beau, hein ? Je l'ai montré à Grand-mère, mais elle m'a dit de vous l'offrir pour vous remercier parce que, paraît-il, c'est grâce à vous si, cette année, on m'a fêté mon anniversaire. C'était une fête magnifique, Tante Daisy ! Faites attention, il y a des épines, ça pique, je me suis piqué tous les doigts.

Daisy prit le bouquet.

– Vous ne me donnez pas un baiser ?

Elle l'embrassa maladroitement à cause des fleurs. La peau d'Adrien sentait bon. Une odeur de biscuit et de lavande, mêlée à celle des roses.

Elle avait tout à coup envie de pleurer.

Adrien se dégagea.

– Mon Oncle...

Le cœur de Daisy se mit à battre, elle se retourna. Louis Lacaz souriait. Ses mains jouaient avec un coupe-papier. Le pistolet avait disparu.

– Mon Oncle, je peux rester pour le dîner ? Savez-vous que je vais revenir habiter Monceau ? Tante Daisy a dit à Grand-mère de le demander à Papa. Vous m'emmènerez galoper avec vous le dimanche au bois de Boulogne ?

– Adrien... Adrien, viens ici.

Le petit garçon passa devant Paul de Nhuys, dit « pardon, monsieur » d'un ton charmant, car, si on n'avait pas réussi à lui inculquer l'élémentaire politesse de frapper à une porte avant d'entrer, le souci de plaire dominait chez lui.

Louis Lacaz posa le coupe-papier.

– Je crains bien, mon garçon, de ne pouvoir t'emmener au bois de Boulogne. Vois-tu, je pars en voyage.

– Vous partez ? Grand-mère ne me l'a pas dit. Vous allez où, mon Oncle ? Loin ?

– Assez.
– Et tante Daisy ? Elle part avec vous ?
Au-dessus de la petite tête bouclée, le regard de Louis Lacaz rejoignit celui de Daisy.
– Non. Tante Daisy ne part pas. Tu veilleras sur ta grand-mère, Adrien ? Elle n'a plus que toi.
– Moi et Tante Daisy, mon Oncle !
– Oui, toi et Tante Daisy.
Louis Lacaz ébouriffa les cheveux d'Adrien.
– Tu m'accompagnes à la voiture ?
– Vous ne dites pas au revoir à Grand-mère ?
– Tu sais, les adieux, c'est toujours triste.
– Louis… chuchota Daisy.
– Daisy, vous embrasserez ma mère pour moi, vous lui direz… vous saurez quoi. Je lui écrirai. Soyez aimable de faire rassembler mes effets. Eugène Lormel les enverra prendre. Je quitterai Paris demain. Vous irez aussi voir l'Empereur. Mes chevaux… Montez-les de temps à autre. Ils vont s'ennuyer. Voilà. Je crois que je n'oublie rien. Adrien, salue M. le duc de Nhuys.
Il sortit.
Adrien suivit en gambadant.
La porte claqua.
Le heurt du lourd battant en bois massif résonna dans tout le corps de Daisy.
Paul s'avança.
– Mon enfant chérie, remets-toi, c'est fini, tout va bien.
Les mots la pénétraient, neutralisaient la stupeur, calmaient le rythme de son sang; la vie revenait à petits souffles, elle pouvait presque respirer normalement, elle détacha une de ses mains cramponnées au bouquet, toucha l'habit de Paul comme pour s'assurer de sa présence.
Il dit :
– Nous deux, Daisy…

Et la solitude de celui qui s'en allait lui parut encore plus affreuse.

Elle lâcha les roses.

– Paul, je reviens. Je… Je ne peux pas le laisser partir comme ça.

Dans le hall, le personnel s'affairait.

On empilait les petites chaises dorées de chez Chevet. Les femmes de chambre roulaient les tapis pour les battre dans la cour. Devant les portes-fenêtres, on avait replacé les grandes jardinières en majolique de la Renaissance, et quatre valets à petits pas prudents rapportaient la table ovale en glace et bronze signée Thomire. Quelqu'un, dans le salon, tournait la manivelle du piano mécanique. Les notes joyeuses de la musique poursuivirent Daisy jusque sur le perron.

– Louis…

Il remonta d'une marche, la regarda, et elle se trouva gauche et sotte avec son émotion.

– Louis, prenez soin de vous. C'était la seule solution, maintenant vous le comprenez, n'est-ce pas ? Vous verrez, je suis sûre que l'existence… Enfin, je veux dire, je souhaite…

– Adieu, Daisy. Si vous pensez quelquefois à moi, pensez à ce que je vous ai souvent dit : Il y a du meilleur et du pire en chacun de nous. La vie décide. Tu viens, Adrien ?

Il avait oublié sa canne.

Pour descendre les cinq marches qui restaient, il s'appuya sur l'épaule du petit garçon.

Littérature

extrait du catalogue

Cette collection est d'abord marquée par sa diversité : classiques, grands romans contemporains ou même des livres d'auteurs réputés plus difficiles, comme Borges, Soupault, Goes. En fait, c'est tout le roman qui est proposé ici, Henri Troyat, Bernard Clavel, Guy des Cars, Alain Robbe-Grillet, mais aussi des écrivains tels que Moravia, Colleen McCullough ou Konsalik.

Les classiques tels que Stendhal, Maupassant, Flaubert, Zola, Balzac, etc. sont publiés en texte intégral au prix le plus bas de toute l'édition. Chaque volume est complété par un cahier photos illustrant la biographie de l'auteur.

ADLER Philippe	**C'est peut-être ça l'amour** 2284/**3★**
	Les amies de ma femme 2439/**3★**
AMADOU Jean	**Heureux les convaincus** 2110/**3★**
ANDREWS Virginia C.	Fleurs captives :
	- Fleurs captives 1165/**4★**
	- Pétales au vent 1237/**4★**
	- Bouquet d'épines 1350/**4★**
	- Les racines du passé 1818/**4★**
	- Le jardin des ombres 2526/**4★**
	Ma douce Audrina 1578/**4★**
ANGER Henri	**La mille et unième rue** 2564/**3★**
APOLLINAIRE Guillaume	**Les onze mille verges** 704/**1★**
	Les exploits d'un jeune don Juan 875/**1★**
ARCHER Jeffrey	**Kane et Abel** 2109/**6★**
	Faut-il le dire à la Présidente ? 2376/**4★**
ARTUR José	**Parlons de moi y a que ça qui m'intéresse** 2542/**4★**
AUEL Jean-M.	**Les chasseurs de mammouths** 2213/**5★** & 2214/**5★**
AURIOL H. & NEVEU C.	**Une histoire d'hommes** 2423/**4★**
AVRIL Nicole	**La disgrâce** 1344/**3★**
	Jeanne 1879/**3★**
	L'été de la Saint-Valentin 2038/**2★**
	La première alliance 2168 /**3★**
AZNAVOUR-GARVARENTZ	**Aïda Petit frère** 2358/**3★**
BACH Richard	**Jonathan Livingston le goéland** 1562/**1★** illustré
	Illusions 2111/**2★**
	Un pont sur l'infini 2270/**4★**
BALZAC Honoré de	**Le père Goriot** 1988/**2★**
BARBER Noël	**Tanamera** 1804/**4★** & 1805/**4★**
BATS Joël	**Gardien de ma vie** 2238/**3★** illustré
BAUDELAIRE Charles	**Les Fleurs du mal** 1939/**2★**
BEAULIEU PRESLEY Priscillia	**Elvis et moi** 2157/**4★** illustré

BENZONI Juliette	Un aussi long chemin 1872/4★
	Le Gerfaut des Brumes :
	- Le Gerfaut 2206/6★
	- Un collier pour le diable 2207/6★
	- Le trésor 2208/5★
	- Haute-Savane 2209/5★
BEYALA Calixthe	C'est le soleil qui m'a brûlée 2512/2★
BINCHY Maeve	Nos rêves de Castlebay 2444/6★
BISIAUX M. & JAJOLET C.	Chat plume 2545/5★
BOMSEL Marie-Claude	Pas si bêtes 2331/3★ illustré
BORGES & BIOY CASARES	Nouveaux contes de Bustos Domecq 1908/3★
BOURGEADE Pierre	Le lac d'Orta 2410/2★
BOVE Emmanuel	Mes amis 1973/3★
BRADFORD Sarah	Grace 2002/4★
BRISKIN Jacqueline	La croisée des destins 2146/6★
BROCHIER Jean-Jacques	Odette Genonceau 1111/1★
	Villa Marguerite 1556/2★
	Un cauchemar 2046/2★
	L'hallali 2541/2★
BURON Nicole de	Vas-y maman 1031/2★
	Dix-jours-de-rêve 1481/3★
	Qui c'est, ce garçon ? 2043/3★
CALDWELL Erskine	Le bâtard 1757/2★
CARS Guy des	La brute 47/3★
	Le château de la juive 97/4★
	La tricheuse 125/3★
	L'impure 173/4★
	La corruptrice 229/3★
	La demoiselle d'Opéra 246/3★
	Les filles de joie 265/3★
	La dame du cirque 295/2★
	Cette étrange tendresse 303/3★
	L'officier sans nom 331/3★
	Les sept femmes 347/4★
	La maudite 361/3★
	L'habitude d'amour 376/3★
	La révoltée 492/4★
	Amour de ma vie 516/3★
	La vipère 615/4★
	L'entremetteuse 639/4★
	Une certaine dame 696/4★
	L'insolence de sa beauté 736/3★
	J'ose 858/2★
	La justicière 1163/2★
	La vie secrète de Dorothée Gindt 1236/2★
	La femme qui en savait trop 1293/2★

	Le château du clown 1357/4*
	La femme sans frontières 1518/3*
	Les reines de coeur 1783/3*
	La coupable 1880/3*
	L'envoûteuse 2016/5*
	Le faiseur de morts 2063/3*
	La vengeresse 2253/3*
	Sang d'Afrique 2291/5*
	Le crime de Mathilde 2375/4*
CARS Jean des	Elisabeth d'Autriche 1692/4*
CASTELOT André	Belles et tragiques amours de l'Histoire 1956/4* & 1957/4*
CASTRIES duc de	Madame Récamier 1835/4*
CATO Nancy	L'Australienne 1969/4* & 1970/4*
	Les étoiles du Pacifique 2183/4* & 2184/4*
	Lady F. 2603/4*
CESBRON Gilbert	Chiens perdus sans collier 6/2*
	C'est Mozart qu'on assassine 379/3*
CHABAN-DELMAS Jacques	La dame d'Aquitaine 2409/2*
CHASTENET Geneviève	Marie-Louise 2024/5*
CHAVELET É. & DANNE J. de	Avenue Foch 1949/3*
CHEDID Andrée	La maison sans racines 2065/2*
	Le sixième jour 2529/3*
CHOW CHING LIE	Le palanquin des larmes 859/4*
	Concerto du fleuve Jaune 1202/3*
CHRIS Long	Johnny 2380/4* illustré
CLANCIER Georges-Emmanuel	Le pain noir :
	1- Le pain noir 651/3*
	2- La fabrique du roi 652/3*
	3- Les drapeaux de la ville 653/4*
	4- La dernière saison 654/4*
CLAUDE Madame	Le meilleur c'est l'autre 2170/3*
CLAVEL Bernard	Lettre à un képi blanc 100/1*
	Le tonnerre de Dieu 290/1*
	Le voyage du père 300/1*
	L'Espagnol 309/4*
	Malataverne 324/1*
	L'hercule sur la place 333/3*
	Le tambour du bief 457/2*
	Le massacre des innocents 474/1*
	L'espion aux yeux verts 499/3*
	La grande patience :
	1- La maison des autres 522/4*
	2- Celui qui voulait voir la mer 523/4*
	3- Le cœur des vivants 524/4*
	4- Les fruits de l'hiver 525/4*

CLAVEL (suite)	**Le Seigneur du Fleuve** 590/**3**★
	Victoire au Mans 611/**2**★
	Pirates du Rhône 658/**2**★
	Le silence des armes 742/**3**★
	Tiennot 1099/**2**★
	Les colonnes du ciel :
	1- La saison des loups 1235/**3**★
	2- La lumière du lac 1306/**4**★
	3- La femme de guerre 1356/**3**★
	4- Marie Bon Pain 1422/**3**★
	5- Compagnons du Nouveau-Monde 1503/**3**★
	Terres de mémoire 1729/**2**★
	Bernard Clavel, qui êtes-vous ? 1895/**2**★
	Le Royaume du Nord :
	- Harricana 2153/**4**★
	- L'Or de la terre 2328/**4**★
	- Miséréré 2540/**4**★
CLERC Christine	**L'Arpeggione** 2513/**3**★
CLERC Michel	**Les hommes mariés** 2141/**3**★
COCTEAU Jean	**Orphée** 2172/**2**★
COLETTE	**Le blé en herbe** 2/**1**★
COLLINS Jackie	**Les dessous de Hollywood** 2234/**4**★ & 2235/**4**★
CONTRUCCI Jean	**Un jour, tu verras** 2478/**3**★
CORMAN Avery	**Kramer contre Kramer** 1044/**3**★
COUSSE Raymond	**Stratégie pour deux jambons** 1840/**2**★
DANA Jacqueline	**L'été du diable** 2064/**3**★
	Les noces de Camille 2477/**3**★
DARLAN Eva	**Le Journal d'une chic fille** 2211/**3**★
DAUDET Alphonse	**Tartarin de Tarascon** 34/**1**★
	Lettres de mon moulin 844/**1**★
DAVENAT Colette	**Les émigrés du roi** 2227/**6**★
	Daisy Rose 2597/**6**★
DEFLANDRE Bernard	**La soupe aux doryphores** 2185/**4**★
DHÔTEL André	**Le pays où l'on n'arrive jamais** 61/**2**★
DIDEROT	**Jacques le fataliste** 2023/**3**★
DJIAN Philippe	**37°2 le matin** 1951/**4**★
	Bleu comme l'enfer 1971/**4**★
	Zone érogène 2062/**4**★
	Maudit manège 2167/**5**★
	50 contre 1 2363/**3**★
DORIN Françoise	**Les lits à une place** 1369/**4**★
	Les miroirs truqués 1519/**4**★
	Les jupes-culottes 1893/**4**★
DOS PASSOS John	**Les trois femmes de Jed Morris** 1867/**4**★
DUFOUR Hortense	**Le Diable blanc** 2507/**4**★

2597

Composition Communication à Champforgeui
Impression Brodard et Taupin
à La Flèche (Sarthe) le 10 mai 1989
1013B-5 Dépôt légal mai 1989
ISBN 2-277-22597-5
Imprimé en France
Editions J'ai lu
27, rue Cassette, 75006 Paris
diffusion France et étranger : Flammarion